LACRYMOSA

JULIANA DAGLIO

LACRYMOSA

1ª edição

BERTRAND BRASIL
Rio de Janeiro | 2019

Copyright © Juliana Daglio, 2019

Capa: Marina Avila

Texto revisado segundo o novo
Acordo Ortográfico da Língua Portuguesa

2019
Impresso no Brasil
Printed in Brazil

CIP-BRASIL. CATALOGAÇÃO NA PUBLICAÇÃO
SINDICATO NACIONAL DOS EDITORES DE LIVROS, RJ

D127L

Daglio, Juliana, 1990-
    Lacrymosa / Juliana Daglio. - 1. ed. - Rio de Janeiro : Bertrand
Brasil, 2019.
    ; 23 cm.

    ISBN 978-85-286-2292-8

    1. Ficção brasileira. I. Título.

19-57915

CDD: 869.3
CDU: 82-3(81)

Meri Gleice Rodrigues de Souza - Bibliotecária CRB-7/6439

Todos os direitos reservados.
Não é permitida a reprodução total ou parcial desta obra, por
quaisquer meios, sem a prévia autorização por escrito da Editora.

Direitos exclusivos de publicação adquiridos pela:
EDITORA BERTRAND BRASIL LTDA.
Rua Argentina, 171 — 3o andar — São Cristóvão
20921-380 — Rio de Janeiro — RJ
Tel.: (0xx21) 2585-2000 — Fax: (0xx21) 2585-2084

Atendimento e venda direta ao leitor:
sac@record.com.br

Para Rosana, a mãe.

Dia de lágrimas, aquele dia, em que
O homem ressurgirá das cinzas para ser julgado.
Poupai-os então, ó Deus, piedoso Senhor Jesus!
Dai-lhes o descanso eterno.
Amém

Réquiem — Mozart
Trecho de Dies Iræ

PRÓLOGO

O mal não resiste a uma porta destrancada.

Você não precisa deixá-la escancarada, basta não girar a chave. Quando ele bater sutilmente, mesmo que não obtenha seu consentimento ou encontre apenas silêncio, vai testar a maçaneta e vê-la ceder em suas mãos, entendendo a mensagem como permissão para entrar.

Ele força e entra. Exceto se você trancá-la bem...

Era nisso que a garota pensava enquanto arrastava a pequena mala porta afora. Dentro, apenas algumas poucas roupas, itens de primeira necessidade e uma pequena quantia em dinheiro. *Além da porta, havia apenas o mal, esperando para invadir. Bastava que não girasse a chave...*

Ela tinha as costas curvadas, o rosto coberto por um capuz largo demais, assim como o moletom que lhe descia até o meio das coxas, cobrindo parte do jeans grosso escondido na canela pela bota de cano alto.

Eram três da manhã quando chamou o táxi. Naquele momento, em meio a uma noite chuvosa, seus pais e irmãos dormiam, secos e tranquilos, dentro da casa que deixava para trás.

Mesmo olhando de muito longe, consigo ter um vislumbre de seu rosto ao fechar a porta do carro, mesmo depois de murmurar ao taxista o destino da corrida. Aquela lágrima avolumada no olho direito, pronta para cair. As mandíbulas latejando e os olhos esbugalhados, bastante vermelhos, segurando a dor que crescia em seu peito como a força de um grito, ou de um trovão, que seria reprimido para sempre.

A chuva aumentou, mas ela não esboçou qualquer movimento. Não parecia se incomodar em estar ensopada. A cabeça escondida sob o capuz não revelava seu rosto firme e decidido agora que o táxi tinha arrancado pela rua, assim como não denunciava uma mente em frangalhos, junto a um coração sangrando pela dor de deixar tudo aquilo para trás.

Mas ela precisava. Precisava deixar sua família.

Tinha apenas 16 anos, mas carregava o mundo todo em suas costas. O céu, o inferno, os anjos e os demônios...

O motorista não olhou para seu rosto durante o trajeto, apenas acatou a ordem de dirigir até a rodoviária. Lá, um ônibus para São Paulo a esperava, atrasado para sair como que por magia providencial. A garota pagou a passagem, a borracha da bota raspando no chão com aquele ruído arenoso; seguiu em silêncio até a plataforma, embarcou e sequer olhou pela janela enquanto o ônibus deixava sua cidade.

Três horas depois, descia em seu destino. Em sua mente turbulenta tocava uma música fúnebre, mas seu fone de ouvido gritava com o rock pesado de uma banda de heavy metal. Parecia nem ouvir a letra da canção que falava sobre o número da besta, na voz de Bruce Dickinson.

Já não se importava mais com a Besta de tanto vê-la em todos os cantos. No fim descobrira que não precisava ouvir músicas sobre o Diabo para que ele notasse sua existência e quisesse roubar sua alma. O Diabo não ouve música. Nem as que falam sobre ele.

Pensando nele ou não, ouvindo ou não aquelas canções sobre o número da Besta, a garota o enxergava de diferentes formas, fazendo coisas diversas. Via as faces das pessoas distorcidas pelos demônios particulares em seus ombros. Ouvia os sussurros, sentia os cheiros pútridos.

Passava por isso todos os dias desde quando podia lembrar.

Uma criança atormentada, uma adolescente perturbada. Equação infalível.

Aquilo tudo estava prestes a acabar. O homem que a encontrara tinha sido claro sobre o que ela era, sobre o que tinha que fazer. Não confiava nele, mas ele não pedira nada, não é mesmo? Só tinha deixado um conselho e depois desaparecido na escuridão da noite.

Afaste-se de todos que ama ou eles estarão condenados.
Como você.

A voz acusatória em seus pensamentos era resoluta em culpá-la por todos os acontecimentos recentes em sua família. A apreensão que vivenciava quase a fez perder o segundo táxi que deveria tomar para chegar a tempo a seu compromisso, e, durante o trajeto dentro daquele carro mofado cheirando a cigarro, só conseguia remoer os pensamentos de culpa e luto.

Vou deixar todos para trás sem nem ao menos explicar do que estou fugindo. Sem que eles saibam quem eu sou de verdade, sem que entendam que devo fazer isso.

Eu preciso ficar longe!

Ao meio-dia da data de seu 16º aniversário, encontrou o homem que a aguardava no aeroporto de Congonhas, com a identidade e o passaporte falsos. A garota se aproximou dele, puxou o capuz e revelou seu rosto marcado pela frieza e pelo sono, os cabelos alaranjados caindo em enormes cachos pelos ombros.

— Estou aqui — disse, usando seu tom gélido natural.

Ele a mirou com seus olhos sombrios, fez que ia sorrir, mas, ao ver a dureza dela, qualquer vestígio disso sumiu de seu rosto. Sem ensaios ou trocas de amenidades, arrastaram-se para um canto onde pudessem conversar por meio de sussurros, unidos por uma aproximação desconfortável e cheia de respirações entrecortadas. Atentos às vozes um do outro, falaram sobre o que o futuro lhes reservava como se isso pudesse definir o destino do mundo.

O homem a orientou, entregou-lhe um novo nome, uma nova chance. Tomaria o lugar de uma garota morta, falaria um novo idioma, esqueceria o que deixou para trás e jamais poderia baixar a cabeça para lamentar. A garota engoliu as lágrimas, sugando-as como o barro absorve a água. Seu coração ficando mais frio a cada segundo.

Também lhe entregou uma pasta, com tudo que precisava ter e saber para começar sua nova vida, incluindo a identidade nova, que observou como quem olha para um cadáver no necrotério. Era tudo tão bem-feito que parecia verdadeiro. Pensou que combinava com ela, parecer verdadeira, mas ser uma cópia do que deveria ser de verdade.

Ele a segurou pelo braço enquanto a conduzia para o avião. Pareciam pai e filha. Um pai apressado e estressado e uma filha mal-humorada, como quaisquer outros.

Ao sentar-se em sua poltrona de primeira classe, ela guardou os fones e olhou para as mãos pálidas pousadas sobre os joelhos. O anel de esmeraldas no dedo médio da mão direita brilhava por conta do reflexo da luz. Um presente da mãe no aniversário de 15 anos. A lembrança a fez engolir lágrimas amargas, novamente.

Amar demais é experimentar dor em seu estado bruto, tornar-se vulnerável a altas doses dela. E ela amava aqueles que abandonara, sentindo a brutalidade da dor que quase lhe rasgava o peito.

Eu nunca deixei a porta destrancada. Nunca! Gritava internamente, enquanto guardava o anel num compartimento seguro dentro da bolsa. *E, ainda assim, o mal vai me assolar pelo resto da vida.*

A conclusão emergiu azeda em sua garganta, como uma comida indigesta. São as pessoas normais, as que têm realmente uma porta, que precisam de uma fechadura resistente. Ela não tinha nem mesmo uma casa para trancar, só uma alma fria e o fardo que carregava. O mal era sua sina, uma consequência nefasta de ser quem era.

Se pudesse aconselhar as pessoas, diria que trancassem a porta e nunca dessem pouso a desconhecidos. Eles poderiam ser como ela, que, mesmo sem querer, acaba destruindo a vida de quem toca.

A garota de cabelos vermelhos era o perigo. Atraía o perigo.

Naquela noite ela morreria para que mais ninguém que amasse morresse ou se machucasse. Logo em seguida outra garota nasceria. Era o primeiro dia de sua vida.

Olhou para a nova identidade em seu colo e viu um nome. Seu novo nome.

Valery Green.

11 de janeiro de 2003.

Eu nascia.

PARTE I

DIES IRÆ

1
VALERY

2015

O único som que se ouvia em todo o salão de aparelhos era dos meus passos constantes e firmes sobre a lona da esteira. Meus pés estavam, independentemente de minha vontade, correndo ritmados, barulhentos e ocos.

Sabia que estava tarde. A academia tinha fechado havia horas, porém o dono do estabelecimento estava acostumado a deixar a porta automática aberta para eu sair a hora que quisesse depois do horário de funcionamento.

Estava sentindo a adrenalina correr pelo meu corpo inteiro, os olhos fechados, respirando feito um carro com motor velho e ignorando que a roupa estava colada à pele por conta do suor. Nada disso me incomodava. O silêncio solitário da academia vazia era meu aliado contra a balbúrdia em minha mente.

Ainda ouvia os tiros, os gritos. Via os flashes em minha memória, que insistia em me pregar aquela peça maldosa. Masoquista. Sem que eu quisesse, me via escondida no beco, enquanto meu parceiro tentava negociar com o traficante pela vida de um dos oficiais. Carlile tremia nas mãos do bandido, que o mantinha atado com a faca em seu pescoço e um braço ao redor de sua barriga. Os olhos do policial procuravam por ajuda, sem me enxergar ali na escuridão, com a mira na cabeça de seu algoz.

Tudo que era possível foi feito. Carlile podia morrer. O traficante não estava interessado em poupar ninguém. Gritos foram ouvidos. Choros ecoaram na penumbra.

Então meu dedo pressionou o gatilho e a bala acertou o alvo precisamente.

Podia ver as gotas do sangue saltarem da ferida no meio da testa e ainda ouvia o som oco do corpo atingindo o chão úmido. Era um ruído ímpar, bem peculiar. O amontoado de músculos e sangue se espatifando no solo enquanto o mundo todo continuava a girar.

O mundo não espera que os mortos terminem a queda.

Não era a primeira vez que minhas mãos causavam a morte, e talvez nem fosse a última.

O corpo do traficante terminava de atingir o chão quando uma mão quente bateu na minha. Despertei, abrindo os olhos e saltando da esteira enquanto agarrava o braço que tinha me abordado, já preparada para me defender. Ao reconhecer o sujeito, meu rosto passou do estado de alerta para o aborrecimento.

— Axel! — Bufei, cerrando os dentes.

Meu parceiro me lançou um olhar divertido, porém quando virei de costas podia senti-lo esfregando o braço onde eu o tinha apertado.

— Parece que você precisa de uma folguinha — brincou ele.

Afastei-me em direção a uma pilha de roupas onde tinha guardado minha garrafa de água e aproveitei para virá-la sobre o rosto, derrubando parte do líquido pelo pescoço, até a blusa. Axel não evitou acompanhar as gotículas descendo pelo meu corpo, lançando um olhar cheio de malícia que fez com que eu o encarasse com brusquidão. Ele podia fingir que não reconhecia minha irritação com seus olhares, mas eu o conhecia; Axel percebia quando era inconveniente, muito embora isso não significasse muita coisa.

— Eu estou de folga — devolvi num tom neutro. — Parece que o tenente está levando a sério essa coisa de avaliação psicológica.

Axel riu, embora não achasse aquilo realmente engraçado.

— Você deu motivos, Green... Mas ele não está levando tão a sério assim. Foi o próprio Carpax que me mandou pegá-la para uma busca — esclareceu, num tom otimista. — Parece que localizaram uma das propriedades abandonadas de George Benson. Acreditamos que ele mantém a garota lá.

Mesmo afastada da polícia, tinha visto as fotos do caso. Um homicídio brutal, cujas imagens mostravam uma realidade que causaria náuseas em qualquer pessoa. John Carpax não conseguia passar um dia sem me mandar fotos de cadáveres, pedindo minha opinião. Axel sabia muito bem disso, portanto poderia pular a parte das explicações.

— Nadine Benson, morta com mordidas humanas. Jugular e faringe expostas, possível caso de canibalismo — listei. — Ele me adiantou essa.

Axel sempre se arrepiava quando eu falava daquele jeito, lacônica, quase inumana. Queria esquecer que ele me vira no beco, quando desmoronei sobre os joelhos e fiquei presa num estupor, paralisada feito uma garotinha medrosa depois de um ataque de um maníaco. Desejava poder ter reagido de outra forma, como a policial que eu lutei tanto para ser. Invulnerável e fria.

— Ele sequestrou a menina, ou estão sendo mantidos em cativeiro juntos. Acreditamos na segunda opção. Os depoimentos dizem que Benson estava envolvido com más companhias, frequentando orgias, essas coisas. Alguém pode ter se aproveitado.

— Você não precisa de mim para pegar o cara — emendei, vestindo uma blusa por cima da roupa suada.

Ele soltou um riso irônico.

— Como vai sua avaliação psicológica? — inquiriu, acenando de forma provocativa.

Dei de ombros, forjando uma expressão indecifrável.

— Você não foi, não é mesmo?

— Eu não vou passar. Todos sabem disso — pontuei, mantendo o tom numa neutralidade que beirava a indiferença. — Mas estou bem, Axel. Quando escolhi ser policial, sabia que teria que matar uns caras maus. Salvei a vida de Carlile, no fim das contas.

— Você salvou.

Axel deu dois passos, enfiou as mãos nos bolsos da calça jeans e ensaiou a fala, sempre se sentindo intimidado na minha presença, como se eu não soubesse disso.

— Não vou com você pegar o Benson — afirmei.

Mas eu quero ir. Preciso ir. Preciso fazer algo de verdade além de encarar meus fantasmas do passado e lamentar feito uma dessas personagens de dramalhões mexicanos.

— Carpax quer você no caso. Acha que é mais do que aparenta, e confia no seu *olho* para essas coisas.

Relembrei as fotos, vendo a mulher de olhos vidrados presos na última imagem aterrorizante que tinha registrado antes de morrer. Ela parecia estar contemplando o pior terror de sua vida, e isso eu compreendia bem. Axel achava que o pior que eu já tinha visto fora aquele homem morrendo no chão sujo e úmido, com uma bala que eu mesma havia desferido.

Ele estava errado. Eu já tinha visto coisas piores.

Peguei a mochila com minhas coisas do chão, coloquei nas costas e estalei a língua.

— Encontro você lá fora em quinze minutos.

Saí andando em direção aos chuveiros. Axel abaixou a cabeça, reprimindo o sorriso cínico.

— Vai querer estar limpa na hora de pegar o filho da mãe?

— Não vou sentar ao lado do meu parceiro bonitão fedendo a suor — ergui a voz, já contornando a parede do vestiário.

Olhei para trás a tempo de vê-lo soltando um riso ao esfregar a barba. Axel sempre se desarmava e me deixava em paz quando eu fingia estar flertando, ou quando agia com a frieza que o assustava.

Meu parceiro tinha um enorme respeito por mim quando se tratava de nossa relação profissional, e era recíproco. Eu não confiaria em mais ninguém naquela droga de delegacia. Porém nossa relação pessoal vagava feito um fantasma entre nós, mesmo nos momentos mais silenciosos.

Axel tinha um desejo ardente de desvendar minha personalidade, sem nem imaginar que eu percebia suas investidas. Contudo, jamais permitiria que alcançasse esse ponto. Desvendar-me o machucaria. A verdade sobre mim tinha que permanecer submersa em todas as minhas camadas de expressões gélidas.

DARKVILLE ERA UMA pequena ilha situada a 17 quilômetros de Nova York. As duas cidades eram separadas apenas por uma ponte capenga, que funcionava como um portal entre dimensões. À medida que os carros avançavam por ela, adentravam um clima seco, cinzento, sempre assolado por ventanias frias, muito diferente da capital. O local para onde avançávamos ficava no extremo norte, bem próximo à ponte. Diziam que era um bairro nobre bem antes da minha chegada, talvez há décadas. Ao meu redor só se viam casarões decrépitos, carros velhos abandonados e lixo que o tempo não conseguira varrer. Os poucos moradores que insistiram em permanecer ali sequer olharam pela janela quando o farol do carro passou, apenas os gatos sorrateiros se dispersaram para se esconderem atrás dos entulhos e muros alquebrados.

Por algum motivo que ainda não tinha compreendido, aquele bairro era o único ainda não vasculhado pelos meus colegas, e, exatamente nele, estava localizada a antiga propriedade dos Benson.

Eu estava mergulhada no ambiente em ruínas, e Axel, concentrado no trabalho, talvez absorto em sua certeza de que encontraríamos George Benson e Anastacia, a filha de 7 anos, naquele local. Sempre se comportava com intensa seriedade quando estávamos nas ruas, mas eu não deixava de perceber que ele estava hesitante em ir comigo a campo novamente.

Pela primeira vez depois do beco.

Eu não temia nada além da minha culpa, das minhas mãos sujas de sangue mais uma vez. Por mais que eu fugisse daquele tipo de desgraça, ela sempre me perseguia. As chances de ter que matar alguém quando chegássemos ao nosso destino eram as mesmas de antes.

Todas.

O carro estacionou em frente à última casa de uma rua sem saída. O terreno era vasto, coberto de uma grama cinza que, iluminada pelos faróis, revelava um aspecto tenebroso de natureza morta. Onde a rua terminava, havia um caminho de pedras no que antes deveria ter sido um jardim. Não muito distante estava o rio, tão vasto e negro que parecia não ter fim. Em sua direção, delineava-se também um penhasco, tornando aquele lugar desprotegido e impróprio para crianças.

Sem portões ou muros, a construção era isolada da última casa pela qual tínhamos passado, erguendo-se em dois andares de madeira tingida de branco, coberta de mofo e sujeira do tempo de abandono. As janelas arredondadas estavam lacradas por dentro, o teto pontudo alquebrado, afetado pela chuva e pelas tempestades de neve. Tudo estava apagado, engolido pela escuridão espessa e fria ao redor. Somente a lua trazia um pouco de claridade, cheia num céu sem estrelas, acompanhada da trilha sonora de grilos e gatos a distância.

Ao descermos do carro, sorrateiros e sem emitir ruído algum, notei que além de quieto demais, o local cheirava a ferrugem e matéria orgânica, denunciando ainda mais seu abandono.

Axel andou bem ao meu lado. A lanterna na mão esquerda por cima da arma, na outra mão.

— Não vem ninguém aqui há uns cem anos — comentou, sussurrando.

Passei a mão pela minha arma, sentindo o presságio de presença humana a poucos metros. Ele reagiu enrijecendo os ombros, talvez com medo do que eu faria com ela.

— Não vou matar você, Axel — rosnei.

Ele fingiu um sorriso, apagando a lanterna e a guardando no bolso quando chegamos perto das escadas que davam para a varanda.

— Nunca se sabe, Valery — brincou. — Você pode ser explosiva às vezes.

— Nunca se sabe quando vou ceder ao meu desejo mais profundo.

Fiz um sinal para nos separarmos e rondarmos a casa. Ele assentiu, ainda com um risinho no rosto pela minha brincadeira idiota.

Andei para a direita e ele para a esquerda, mas ao redor da casa tudo era silêncio e frio, sem nenhum sinal da presença de George ou Anastacia. Voltei para a varanda e o encontrei inspecionando as paredes manchadas de vermelho, o que poderia ou não ser sangue. Julguei ser barro avermelhado, esfregado ali propositalmente por algum vândalo. Mas seria difícil dizer naquela escuridão toda.

Fiz um sinal para checarmos as janelas. Axel anuiu e foi para o outro lado, iluminando os vãos com sua lanterna. Comecei pela que estava ao meu lado, olhando, pelo vidro quebrado, as sombras dançando no interior da residência. Um vento gelado passava pelas quinas, de dentro para fora. Tentei ignorar a razão de a casa estar mais gelada por dentro. Era fim do outono e fazia muito frio naquela região no mês de novembro.

O frio supostamente tem que ser maior do lado de fora.

Minha visão periférica captou um movimento, um vulto passando pela sala. Cada célula do meu corpo acordou, espalhou a frieza conhecida pelos músculos, sinalizando atenção e armando minhas defesas e ataques. Nesses momentos de puro ímpeto, todos os meus sentidos se aguçavam, de forma que até os fios de cabelo que escapavam de meu coque alto roçavam em minha nuca e produziam um arrepio intenso que se espalhava por todo o corpo. Esses instintos de combate já me eram natos, e agora também treinados, portanto eu sabia o que fazer quando a pessoa no interior tropeçou em algo e bradou um gemido de dor. Sinalizei para Axel, que leu meu olhar e imediatamente se juntou a mim.

Lá dentro um homem andava pelo escuro gorgolejando coisas indistinguíveis com um tom sussurrado. Axel fez que ia arrombar a porta pútrida, mas parou quando ergui a mão livre para cima em sinal de alerta. A outra mão, que segurava a arma, tremeu sutilmente denunciando meu vacilo interno. Ergueu os ombros questionando o que estava havendo, mas eu jamais poderia dizer em forma de sinais. Ele esperava com paciência, encarando-me com os olhos arregalados, enquanto eu sequer piscava, ou movia um músculo.

Algo está errado e não é o que eu esperava. Não é o que Axel está imaginando...

A voz do estranho me despertou os piores pensamentos, as velhas sensações e o sentimento que prendia a respiração no fundo da garganta. Toda a minha saliva secou, tive que segurar uma tosse convulsiva. A sensação foi crescendo em meu peito, se avolumando aos poucos às minhas costas. Aumentando gradativamente, oprimindo mais a cada segundo.

Eu conhecia aquilo havia mais tempo do que poderia lembrar. Minha intuição vasculhava o arquivo de memórias, ressoando os gritos das almas que me perseguiam em sonhos, a sensação agora potencializada pelo cenário fúnebre daquele bairro abandonado. A temperatura caía gradativamente, junto com a do meu sangue, que se tornara gelo. O pavor era quase um gosto amargo, feito comida estragada azedando no fundo da garganta, porém eu era mais que capaz de reprimi-lo. Poderia ser uma perita em engolir meu próprio medo.

Se eu me virar, vai estar ali. Materializada, como se tivesse deixado o meu corpo e se tornado algo palpável. A sensação funesta coberta de expectativa, soando como uma contagem regressiva. *Vai estar ali, esperando para me esmagar.*

Então veio o cheiro. Inconfundível, próprio. Minhas narinas inflaram ao captá-lo, abrindo-se involuntariamente para sua entrada. Virei a cabeça um pouco de lado, procurando, sem querer, pela origem dele.

Pelo canto do olho captei algo, mas experimentei aquela velha intuição dos medrosos. A certeza, ainda que fantasiosa, de que algo está ali, embrenhado no canto de sua visão, só esperando que você vire um pouco sua cabeça para que ela suma, evapore, ou mude de lugar. *Está ali, agora tenho certeza de que não estou enganada.*

O homem dentro da casa começou a falar mais alto, enquanto eu ainda estava paralisada em meus pensamentos. Aos poucos, a fala foi adquirindo sentido, tomando a forma de um amontoado de palavras que eu conhecia muito bem, entonadas de forma sôfrega por aquele homem que rezava na escuridão.

— Ave Maria, cheia de graça... Ave Maria... Livrai-nos do... Livrai--nos do...

Nós nos aproximamos da porta. O lamento do homem era próximo ao colapso do desespero, e não havia fé em sua prece, só loucura. Axel queria colar o ouvido à porta, mas o impedi com um chiado exasperado.

— Não encoste na madeira — sibilei, sem emitir som algum.

— O que estamos esperando? — devolveu ele.

Eu ia responder que deveríamos recuar para conversar longe dali, quando senti a presença obscura atrás de mim. Não era mais só uma sensação palpável. Havia uma respiração junto com ela, passos que reverberavam na madeira e o cheiro de podridão tornando-se tão intenso, como se um cadáver morto há mais de dez dias estivesse parado atrás de mim.

É ele... Eu o conheço tão bem quanto conheço a mim mesma.

Era como reconhecer um parente que mora em outra cidade e vem passar os feriados. Tive um minuto para pensar em Axel e em sua completa inexperiência com o que estava havendo, no risco que sua vida corria, em como eu poderia fugir com ele dali sem ter que dar nenhuma explicação.

Contudo, sua expressão não era de temor ou assombro. Tive que piscar os olhos para compreender que não estava imaginando coisas. Ele olhava para a coisa atrás de mim com uma expressão de preocupação e cuidado. Algo perto da incredulidade piedosa.

Se eu olhar agora, se virar a cabeça o suficiente para encarar meu velho conhecido, será um caminho sem volta. Ele sempre irá me encontrar, por mais que eu fuja ou me esconda.

— Olá, garotinha — disse Axel, quebrando o silêncio.

Uma garotinha?

O alvo da possessão era a porra de uma garota!

— Axel? Com quem está falando? — inquiri com a voz trêmula.

A pergunta era inútil e saíra sem que eu percebesse. Meus sentidos tinham arrefecido com o tempo, agora acostumada a lidar com humanos e seus pecados humanos, com suas atitudes humanas.

Axel me ignorou. Caminhou em direção à presença atrás de mim, passando pelo meu corpo petrificado enquanto eu me virava aos poucos para acompanhar sua passagem.

Guardei a arma na cintura, sabendo piamente que ela não teria utilidade nenhuma naquela noite. Se eu visse o que pensava que ia ver, somente uma pessoa no mundo poderia me ajudar a salvar aquela família. Pensar nisso ainda era como caçar uma nuvem no ar. Sem sentido, irreal e... distante.

— Está tudo bem, Anastacia. Eu e minha parceira viemos para ajudar você.

Anastacia... Apenas uma garotinha.

Uma criança cheia de inocência.

Tive que segurar um gemido de dor, obrigando-me a desanuviar meus pensamentos que insistiam em caçar aquelas nuvens em busca dos dados do meu passado, conectados com aquele presente.

Por favor, que seja um pesadelo. Só mais uns dos meus pesadelos!

— Axel, não chegue muito perto — alertei-o com a voz alta e grave, ainda que vacilante.

Mal tinha acabado de falar quando vi uma luz se acender na sala, ao meu lado, fazendo com que Axel reagisse estancando no lugar e ficando com a coluna ereta.

— Não preciso da sua — disse a voz da menina, num tom choroso — ajuda.

A última palavra saiu distorcida, animalesca, destoando do timbre infantil anterior.

Axel andou para trás e tropeçou no calcanhar, caindo de costas no chão. Pensei em acudi-lo, mas esse primeiro instinto protetor é sempre enganoso — eu sabia bem disso. Não era a prioridade no momento.

Afastei-me da porta ao sentir que o homem lá dentro vinha correndo nessa direção. Saquei a arma e me precipitei para Axel, puxando-o pela jaqueta para que se levantasse. Apontei a mira para a porta, vendo o olhar intrigado da garotinha para meu parceiro, que agora estava em pé.

Foi aí que eu a vi de verdade.

Era loura, mas seus cabelos compridos e ondulados se escondiam em meio à sujeira preta de dias sem lavagem. Seus olhos azulados dilatados, cheios de veias vermelhas ao redor, a boca roxa contra uma face pálida, permeada por escoriações purulentas, as roupas rasgadas pelo corpo, salpicado de pontos ensanguentados.

O pior de tudo eram as unhas, ou a falta delas. Na ponta dos dedos da pequena Anastacia havia apenas sangue e sujeira.

— O que diabos... — murmurou Axel, também levantando a arma, apontando-a para a porta. — O que ele fez com a garota?

A porta se abriu, revelando a forma de um homem maltrapilho.

— Não faça nada, Axel! — alertei, entre dentes.

— Deve estar armado — devolveu ele, sem acreditar em minha atitude incomum.

A garotinha andou pela varanda, seus passos curtinhos, delicados e contidos batendo contra a madeira úmida. Seu corpinho deslocado, meio torto, como se tivesse machucado a coluna, dançou alguns passinhos.

— *Hush, little baby, don't say a word, papa's gonna buy you a mockingbird...* — começou a cantarolar com a voz infantil.

Axel abaixou a arma, ouvindo a canção de ninar com uma estranheza intensa, uma sensação de terror abrindo em seus olhos. Havia algo errado naquilo, algo que eu não conseguiria encontrar palavras para definir. Eu reconhecia com nitidez as mudanças que aquela visão causava nele, pois já tinha visto aquela expressão no espelho, anos atrás.

Quando eu tinha a idade de Anastacia.

A visão do mal nos muda de uma maneira que nada mais pode mudar, mesmo quando fingimos que não estamos vendo. Na verdade, essa é a forma preferida que ele tem de ser visto. A negação, o aterramento de emoções conflituosas.

Axel experimentava tudo isso agora, sem saber.

A garotinha parou frente à porta e continuou a cantar.

— *If the mockingbird don't sing, papa's gonna buy you a diamond ring.*

O tom delicado e inocente destoava de todo o entorno. O ar pesado com aquele aspecto amarelado, feito um pesadelo em looping, a visão decadente da figura que deveria ser completamente pueril, tão maculada pelas marcas da pior de todas as maldades.

A maldade genuína.

O homem ignorava o canto agudo, fino demais, que causava atordoamento em Axel e minha completa perplexidade. Era o pai quem surgia ali, amedrontado, levantando as mãos para cima.

— Levem-me, por favor! — urrou ele, quebrando o som da canção de ninar, tão rouco que parecia que sua garganta estava se rasgando. — Levem-me!

Abri a boca para dizer algo, mas as palavras me faltaram. Não me lembrava mais como era lidar com aquele mundo que ignorei existir por cinco anos.

Cinco malditos anos.

— Jesus Cristo... — sussurrou Axel.

Não! Merda!

— Não diga... essa palavra agora — rosnei alto, embora em tom de desesperança.

Era tarde demais. A garotinha tinha ouvido, e isso a despertara de algum tipo de transe. Virou para a janela, soltou um grito estridente, fazendo nós três levarmos as mãos aos ouvidos.

Era um som que beirava o inumano. Rasgado, recheado de um medo doloroso.

O homem caiu de joelhos assim que a menina se projetou para a janela, furando o vidro e sumindo pela escuridão no mesmo instante.

Nesse momento Axel se levantou, puxou as algemas e correu em direção a Charles. Apressei-me em contornar a janela estilhaçada, buscando por rastros da garota lá dentro. Meus olhos vasculhando a escuridão, sedentos por ao menos um vestígio da sensação que eu experimentara cinco minutos atrás; aquela que era palpável, quase física. Eu tinha um nome para ela.

Fumaça Negra.

A presença inexorável do mal — invisível e oculta para a maioria dos humanos — se apresentava a mim como uma sensação certeira, inegável. Qualquer pessoa sentiria apenas uma atmosfera opressora, ou nem mesmo isso. Com o tempo, os humanos se fundiram tanto com sua própria malevolência, que perderam a sensibilidade para a mãe de todas as perversidades.

Para mim, era como se uma nuvem de vespas sobrevoasse minhas costas, esperando para começar o festival de picadas lancinantes. Ao mesmo tempo era como uma fumaça no sentido literal, mais invisível que um sopro de cigarro, mais discreta que a do escapamento de um carro, porém perfeitamente tóxica e passível de ser inalada.

Senti a Fumaça Negra vindo do andar de cima, passando pelos cômodos, um a um, desesperada para se esconder. Logo pude ouvir a voz uivando, pedindo ajuda, tentando imitar a criança em que habitava.

Virei a cabeça para procurar Axel e o vi algemando o homem que estava insano, o rosto coberto de desespero.

— Obrigado, policial — chorava ele aos pés de Axel. — Obrigado...

— Você é George Benson? — Nada, somente choro. Axel afastou os pés e segurou o homem pela camiseta imunda, colocando-o de pé. — Você é George Benson? — repetiu, mais ríspido que da primeira vez.

Cheguei mais perto, ainda procurando palavras. Talvez fosse melhor não dizer nenhuma.

— Si- Sim... — respondeu o homem, tremendo com o choro convulsivo.

Observei o rosto por baixo dos hematomas e da sujeira, dando-me conta de que era o mesmo rosto que eu vira nas fotos enviadas por Carpax. Um banqueiro rico e arrogante, agora possuído pelo medo, caminhando com algemas em direção ao carro da polícia de Darkville.

Axel o empurrou para dentro da viatura depois de inundar George com perguntas que ele não conseguia responder. Fechou a porta e me encarou com um ponto de interrogação estampado no rosto.

— Achei que você estaria pedindo reforços para encontrar a garota agora — comentou ele, com um tom de desconfiança.

— Ela está dentro da casa — respondi baixo demais.

Ouvir o som de minha voz me fez perceber que eu não estava sonhando. Estava mesmo acontecendo.

— O que esse monstro fez com ela? — Axel passava a mão pelo rosto, talvez segurando a vontade de surrar o homem. — Você viu como ela está machucada?

Eu tinha que medir minhas palavras. Precisava tomar uma atitude e, a julgar pela intensidade com que eu sentia a Fumaça Negra dentro da casa, tinha que ser a medida mais definitiva de todas.

— Benson não a machucou, Axel — pronunciei com cuidado, agora o olhando nos olhos.

Ele devolveu com uma expressão de estranheza.

— Você não viu...?

A pergunta morreu antes de sair. Meu velho parceiro ainda me inspecionava, acredito que se perguntando o motivo de eu estar calada e arredia, e não fria e assertiva, como sempre.

— Ela fez aquilo consigo mesma — falei, sem deixar mais nada escapar de minha boca para explicar como tinha chegado àquela conclusão.

— Não me diga que acha que a garotinha matou a mulher também?

Os olhos azuis de Axel se estreitaram.

— Chame reforços, mas quero que tragam um médico para sedá-la — continuei, fingindo ignorar sua desconfiança. — Vamos precisar de muitos homens para contê-la.

— Ela tem 7 anos!

— Mas o que ela tem não tem idade! — berrei de uma forma grave. — Já viu alguém psicótico antes? — ponderei, recuperando a calma.

— Você não tem como saber...

— Sim, eu tenho — afirmei, resoluta. — Tem coisas que você não sabe, Emerson.

Axel riu nervosamente, sabendo que não havia como discutir quando eu o chamava pelo sobrenome. Entrou na viatura, chamando reforços pelo rádio. Pediu um médico também. Orientou-os dizendo que a garotinha estava fora de si, podendo até mesmo ser agressiva. No banco de trás, George chorava copiosamente, ainda murmurando agradecimentos misturados a preces insanas.

Eu tinha falado demais; poderia me arrepender daquilo. Contudo, nada naquela noite colaborava para meu autocontrole. Nada estava me ajudando a ser quem eu deveria.

Afastei-me do carro e puxei meu celular do bolso, discando um número que sabia de cor, mas ao qual nunca tinha recorrido em todos os meus anos em Darkville. Um número que insisti em ignorar, negando a todos os cantos da minha mente. Agora eu me rendia, sem titubear, a pressioná-lo no teclado do aparelho.

Uma mulher atendeu, falando em italiano uma saudação educada.

Disse a ela o que tinha que dizer, de forma breve. Identificou-se como Nora, ouviu minhas palavras com atenção e em seguida quis passar a ligação.

— Não precisa fazer isso — apressei-me, levantando a voz. — Só diga a ele que temos uns dos grandes e passe o endereço que lhe falei.

Encerrei a ligação sem me despedir, inspirando a pleno vapor a consternação e a raiva que cresciam em meu peito agora que tudo se tornava real. Quando olhei para o lado, Axel me observava como quem olha para uma estranha.

Eu sou uma estranha, Axel... Você nunca me conheceu de verdade.

2
ITÁLIA

ELE

A escuridão total intensificava o som do violino aos meus ouvidos. O pano emborrachado da venda atritava contra minha pele suada, enquanto a respiração pausada ajudava a diminuir e controlar meus batimentos. Era impossível não ser absorvido pelas notas, as vibrações reverberavam em cada objeto ao meu redor, assim como em meus ossos, até o tutano. O concerto de Mozart.

Lacrymosa.

Aquela composição não era apenas para mim, embora nada no mundo se comparasse ao que ela me causava. Seus compassos doíam nas partes mais profundas que alcançavam meu ser, unindo-se ao inflar e esvaziar de meus pulmões, ao pulsar das minhas veias.

Poderia ver com os olhos vendados, enxergar com todos os sentidos, desde que aquela música soasse. Só me completava ao som do *Réquiem* e atingia meu ápice chegando à estrofe do Juízo Final.

Dia de lágrimas, aquele dia...

Ao *crescendo* dos instrumentos em perfeita harmonia, senti-me concentrado o bastante para deixar minha posição de lótus e começar a praticar os movimentos rotineiros. Aquela sequência de golpes era repetida diversas vezes, até meu corpo se tornar leve. Esforço físico compassado, liderado pela voz do coro, como se os tons agudos femininos louvassem a violência reproduzida por meus membros.

Sem tirar a venda, caminhei até o meio daquele porão que era só meu, sem esbarrar em quaisquer objetos, segurei *meu* saco de pancadas para então absorver o cheiro do couro antes de deflagrar nele o primeiro soco.

Deixei os dedos enterrados na superfície por um átimo. As vozes cresciam.

Tudo fluía em intervalos enquanto espancava-o com murros certeiros. Gemidos de esforço abafados pela música. De meu corpo pulsando em agressividade vazava tudo o que costumava ser guardado sob o véu lívido que minha profissão exigia. Sons ocos irrompiam o peito, suor avolumado nos olhos vendados, respiração ofegante. *Esse sou eu... Ao som das lágrimas, desferindo uma dor bruta, ódio, instinto animal... Só assim posso encontrar minha essência.*

Tal véu também era parte de mim. Ocasional, conveniente. Minha lividez natural diante das tarefas mais comuns era o ponto forte de minha personalidade. Ninguém imaginaria me ver ali, num porão secreto da minha casa, cercado de tatames, supinos, sacos de pancada e pesos de academia, desferindo golpes solitários como se estivesse numa briga. Claro, havia também um aparelho de som alimentado com uma única faixa.

Aos poucos, os golpes ficaram mais fortes e rápidos, como se ensaiados. Um chute ruidoso seguido de um bradar mais alto, então me conectava ainda mais com minha alma. Sentia cada gotícula salgada de suor, cada retesar dos músculos, ouvia com mais precisão as notas e conseguia ouvir além. Expandir.

A dor nos torna animais, treinados, preparados para ver e ouvir além. A agonia agressiva transforma as presas em animais selvagens. Caçadores...

Mais um chute, dessa vez rodeando o tatame para confundir minha orientação espacial. Harmonia. Mais harmonia, corpo e mente conectados. A violência, quando controlada, liga os sentidos como luzes de Natal atadas à rede elétrica. Os membros obedecem, piscam, apagam, machucam e curam, como você espera que eles façam.

Cruzado. Direto. Cruzado.

Cruz.

Salvação.

Por isso eu precisava daquele momento a sós com os aparelhos, as lutas, a música. A sós com a besta que morava na parte escura daquela venda preta. Meu lado obscuro tinha conhecimentos que meu eu parcimonioso e comedido não possuía. Sabia dizer exatamente onde Nora estava — a secretária idosa, discreta e controladora encontrava-se na cozinha, enxugando os pratos que usamos para jantar na noite anterior. Mais distante, o bull terrier do vizinho da frente choramingava, arranhando a porta dos fundos e pedindo para entrar, porém o velho Rigotini dormia aos roncos no sofá, inerte ao ruído incessante de uma televisão já sem sinal.

Sem lutas para lutar. Sem guerras... *Sem vozes guturais.*

Entretanto a harmonia tinha que proceder. Guerras aconteciam todos os dias. Era meu trabalho, embora minhas habilidades extras fossem desconhecidas pela maioria dos meus colegas.

Um soco direto e os sons de fora sumiam...

Cruzado, direto, cruzado. As lembranças eram acionadas.

Chute circular, cotovelada, chute direto. Vozes da memória. Despedidas e promessas dolorosas. Um gemido agressivo e outro soco, dessa vez uma sequência quase inumanamente veloz, então podia ser acometido pelas derrotas. *Cruzado, cruzado, chute circular, frontal, girado, soco frontal.* Todas as minhas falhas podiam me soterrar enquanto eu lutava comigo mesmo, sem piedade e com toda força.

Um homem desfeito em perdas.

Erguido em propósitos — proteger, exterminar, expurgar.

Mais uma sequência e os urros já se juntavam às notas, que agora seguiam rumo à resolução em seu momento crucial. Agudo, intenso e perfeito. Sem me perceber perdido em ofegantes gemidos viscerais, soltava-os compassadamente enquanto malhava aquele objeto em couro, punindo-me e conectando todas as luzes de Natal. Eu me tornei um festival delas, perdido em dor, cansaço e solidão.

Então, o silêncio sólido.

O arrefecer dos instintos unido à aterradora onda de nada. Zunidos, exaustão e aquele saco de pancadas balançando no vazio, feito um pêndulo de um hipnotista, causando uma brisa que batia em meu rosto. Minha respiração desacelerou, o ouvido berrando o protesto do fim de *Lacrymosa*. Mozart não mais soava e eu tampouco extravasava. Já era um homem morto em vida, harmonizado e preparado com as lembranças dos fracassos escondendo-se como fantasmas assustados escorregando por entre sombras atrás das paredes de concreto. Retirei a venda e me permiti olhar ao redor. Mais uma vez — Solidão.

A agrura da visão literal era como um anticlímax. Como fazer algo errado e depois se descobrir desapontado, já que o resultado da rebeldia não é — não para todos — fonte de êxtase. Está mais para vazio existencial, como o meu naquele instante. *Qual é mesmo o sentido de levar a vida que eu levo?*

Sim, cumprir a promessa. Honrar minha maldita palavra!

Prestes a desferir um golpe de pura raiva no saco de pancadas quase imóvel, ouvi os passos de Nora correndo para atender o telefone. Aguardei, sentindo meu corpo de um metro e oitenta e um, pouco mais de setenta e cinco quilos ceder a um cansaço acalentador. Era raro parar e sentir algo diferente do vazio diário, da raiva burlesca sem propósito. Joguei-me de barriga para cima no tatame, encarando o teto enquanto entreouvia o murmurar de Nora ao telefone.

Mais uma manhã ensolarada se erguia sobre Roma. As almas falavam aquela língua apressada, a maioria sedenta por tocar a santidade de seus líderes religiosos, pensando que, por estarem tão perto do Santo Papa, eram intocáveis pelo mal.

Irônico. Quanto mais perto da luz você fica, mais próxima está a marca da Besta. Quanto mais lhe é dado, mais lhe será requerido.

Não queria levantar, nem ter que vestir aquela roupa odiosa do trabalho, obrigar-me a confiar em meus instintos enquanto percorria as ruas da capital italiana. O capitólio da cegueira, das ladainhas e da falsa paz. Paz que os seres humanos insistiam em buscar em mim quando me viam naqueles trajes ridículos. Ajudá-las era meu único alento, minha forma de purgar a besta interior. Seria mentira dizer que redimir outra alma não me dava certa vaidade travestida de serenidade. Nada daquilo ao meu redor era realmente necessário para praticar tais atos. Só uma roupa e um livro de capa preta que cheirava a poeira.

Respirei fundo e soltei o ar úmido que provinha de minha exaustão. Queria pegar no sono e mergulhar num pesadelo qualquer — estava acostumado a eles. Batidas na porta me despertaram do quase cochilo quando Nora abriu a porta do porão, deixando uma fresta da luz da cozinha invadir a semipenumbra do cômodo mofado. Sabia que ela não desceria as escadas, ficaria lá em cima esperando que eu a chamasse. Nora era bem paga e de alta confiança, mas não gostava de me ver treinar, por isso sempre esperava um tempo para que me recompusesse antes de interagirmos.

— Nora? — chamei-a enquanto sentava para poder enxergar seu rosto no alto da escada. — Posso ajudá-la?

Ela se aproximou do beiral, mas não desceu. Desagradava-lhe até mesmo ver os aparelhos lá embaixo, embora tivesse me confessado isso de forma airosa enquanto fazia para mim um macarrão caseiro, cinco anos atrás. No início de nossa relação quase maternal.

— Acabo de atender uma ligação muito estranha — anunciou, torcendo o rosto numa expressão preocupada. — Uma garota americana perguntou pelo senhor.

A referência colocou-me em pé num átimo vertiginoso. Mas claro que não precisava me preocupar com isso. *Não era ela... Ela jamais me ligaria. Eu já fora requisitado nos Estados Unidos antes, afinal.*

— E o que ela disse, Nora? — pronunciei acelerado, denunciando a ansiedade tórrida. — Falou como se chamava ou o que queria?

Quem mais poderia ser? Talvez ela precisasse de mim.

— Passou um endereço e disse para lhe comunicar que tem um dos grandes lá.

Só poderia ser ela. Ninguém mais no mundo falaria daquela forma sobre um assunto dos mais temidos pelos seres humanos. Peguei-me soltando um riso impávido, contendo-o antes que Nora percebesse.

Não era uma situação para sorrir ou para pensar em pormenores. Valery jamais venceria seu orgulho por algo com que pudesse lidar sozinha, portanto minhas ações demandavam a contundência de um procedimento cirúrgico.

Agarrei uma toalha pendurada em um dos aparelhos e enxuguei meu rosto, já me encaminhando para a espiral de degraus.

— Nora, pode chamar um táxi para mim? — disse com pressa, enquanto subia.

Encontrei-a no topo da escada, seus olhos castanhos rodeados de simpáticas rugas pareciam preocupados, como se pressentisse que aquela ligação não era como as outras.

— Vai até eles? — perguntou com certo temor.

— Sim — respondi, resoluto. — Preciso comunicar que vou viajar.

Passei a mão pelo rosto e tentei respirar fundo, mas meu coração disparado destoava do tom leve com que minha voz respondeu. Nora assentiu, submissa à tarefa que eu teria de cumprir, embora com uma expressão tensa. *Um dos grandes.* Nunca era bom, nem mesmo quando podia chamá-los de... *menores.*

Passou por mim em direção à cozinha, preparada para os procedimentos seguintes. Enquanto eu me vestia, ela faria as malas, colocaria nelas o necessário e agiria com eficiência, como sempre.

— Vou pedir para que o carro chegue em quinze minutos, padre.

3
VALERY

O céu estava vestido com um tom de café amargo naquele anoitecer vagaroso. Sem estrelas, só nuvens esparsas de um tom mais claro, como se fossem natas leitosas passeando pelo firmamento. Sentada na varanda do meu apartamento no sétimo andar, tinha uma ampla visão do céu e da cidade que se estendia como um cobertor de luzes cintilantes.

Num dos armazéns abandonados da rua atrás do condomínio, o alarme de emergência soava enquanto a lâmpada vermelha piscava freneticamente. Era reconfortante ter para onde olhar naquele momento, depois de uma noite em claro, uma manhã vazia e uma tarde toda revivendo cenas aterradoras de crianças insanas e canções de ninar diabólicas.

Sempre que me sentava ali, o instinto me mandava procurar a Fumaça Negra. Aliás, escolhi aquele apartamento por esse exato motivo, a localização propícia que permitia ver a maior parte de Darkville. Só não contava com o fato de o meu pior pesadelo estar acontecendo num dos raros pontos cegos, como o bairro ermo do norte onde ficava o rio. Onde estiveram George Benson e sua filha.

Sorri daquela gozação cósmica, enquanto agarrava meu cobertor e me escondia entre as mechas volumosas de cabelo a fim de proteger minhas bochechas do ar frio de novembro.

Pensei ter visto um gato entrar pela janela do armazém mais cedo, como via quase todas as vezes que o rimbombar agudo de sons começava a perturbar a vizinhança. Meus companheiros de condomínio eram, em sua maioria, velhos quase surdos, viajantes que nunca estão em casa ou famigerados solitários vidrados em jogos que imitam a vida real. Todos adoravam me dar bom-dia quando nos encontrávamos no elevador. A policial benquista, séria, cheia de credibilidade. Nenhum alarme os assustaria o bastante enquanto eu estivesse ali.

Ingênuos.

Em minutos lá estava a viatura e o gato cinzento fugindo por outra janela, satisfeito com sua missão de desperdiçar a força policial. Aquele gato tinha meu respeito.

A luz vermelha parou, o policial foi embora. Fiquei com a escuridão do céu e o tapete de lâmpadas da cidade. Sem querer me vi escorregando os olhos para a parte alta de Darkville, a que ficava no sul. A parte mais famosa de todas. Lá, naquele planalto erguido entre uma camada de majestade e outra de assombro, estava o hospital psiquiátrico para criminosos inimputáveis — o Castle Black. O governo dos Estados Unidos amava o Castle da mesma forma que um pai negligente ama a mãe que cria seus filhos sem reclamar de pensão ou ausência. Era para lá que mandavam todos os malucos que cometiam crimes hediondos e tinham a licença poética da loucura como expiação.

Era lá que Anastacia Benson estava agora.

Fora levada depois de concluírem que não havia mais o que fazer. Era um caso para os especialistas, para os que entendiam de morte e insanidade. Agora que olhava para o sul, eu conseguia ver a Fumaça Negra vinda de lá, me desafiando, gritando meu fracasso.

Eu estou aqui, sua vadia! Corrompi uma garotinha bem debaixo do seu nariz empinado.

Cuspi um arremedo de um riso de escárnio. Eu era uma piada. Pronta, mal contada. Só esperava que minha ligação surtisse efeito. O cara do outro lado da linha, protegido por uma secretária com uma voz de mãe protetora, tinha que chegar o mais rápido possível. Antes que Ana morresse ou matasse mais alguém.

Eu carregava um peso nas costas, agora. Sentia-o me empurrar para baixo, quase que literalmente. Minha espinha dorsal sempre ereta estava curvada, tentando dar conta de 28 anos de uma existência que eu poderia jurar ser de mais de um século. Ou o peso de mais quinze vidas, talvez. Suspirei, enrolei meu corpo no cobertor e blasfemei contra Deus mais uma vez, só para não perder o velho costume.

Eu ser quem sou é culpa sua.

Afinal, toda estratégia tem sua falha. Salvar o mundo e condenar uma alma. Isso vale a pena para você? Deixar que uma garotinha mate sua família e jogar isso na minha cara é divertido?

Prazer, Valery Green, a garota feita de falhas.

Remendada. Tentando salvar um pouco do resto de vida de dentro de si.

"O resultado da perícia confirmou que as unhas no pescoço de Nadine Benson são de Anastacia. Ela tinha sangue da mãe nas roupas e por todo o corpo. Nenhum vestígio de George foi encontrado na mulher", dissera Axel, numa ligação rápida no meio do dia.

Seria difícil livrar a garotinha da sentença, das consequências sociais e do trauma. Eximi-la da culpa era quase impossível. A cidade toda já sabia, os jornais locais não falavam de outra coisa.

Lá dentro do apartamento, ouvi uma batida na porta e passos pela sala. Era Denise, minha companheira de apartamento havia quase cinco anos. Estava chegando de seu trabalho, cansada como sempre, mas ainda com alguma agitação, certamente por dentro das fofocas e pronta para me bombardear com perguntas. Por sorte ainda levaria um tempo para me encontrar na varanda, o que seria o bastante para pensar em como me esquivar de todo o questionamento e devolver com boas carrancas, das quais ela não tinha um pingo de medo. Meu jeito grosseiro não intimidava a doce e paciente srta. Nelson.

Por isso a aturava e, secretamente, sentia um afeto desconfortável por ela.

Tombei a cabeça para cima e me recostei no assento duro da cadeira, desconfortável a ponto de sentir uma pontada aguda nas costas. Ignorei a dor, procurando esvaziar minha mente das imagens que me soterraram durante o dia, mas tudo o que senti foi outra dor, dessa vez no meio da tez, se espalhando como se uma gota de ácido tivesse pingado ali e dissolvesse tudo.

Gemi, não consegui abrir os olhos.

Não! Isso não acontece há mais de cinco anos! Não pode estar acontecendo agora...

Contudo, a negação não me livraria da vertigem que viria a seguir. Era como se meu rosto se desdobrasse em dois, elástico e trêmulo. A dor na têmpora se espalhava. Em seguida, sem que eu percebesse, as imagens se sobrepunham, impossíveis de conter quando começavam a se desenrolar.

Então eu estava lá, do outro lado, parada no limbo, perdida numa visão enquanto meu corpo convulsionava na realidade. Era como um sonho, mas vinha de algo externo e não da minha mente. Algo que queria me passar uma mensagem desconexa, como um quebra-cabeça para ser montado. Primeiro vi Anastacia deitada sobre uma bancada de mármore e três homens de rosto borrado ao redor dela. A garotinha gritava, mas eles ignoravam. Murmuravam alguma coisa.

Um breve apagão. Outro lugar.

Não quero seguir... Eu não quero ver o que tem depois!

Uma parede adornada se abriu defronte a mim; havia um retrato dela, um quadro oval mostrando a foto de um bebê. Ele tinha um rostinho ingênuo retratado em matizes de um azul meio desbotado. Era uma foto antiga, adornada com uma moldura dourada cheia de pequenos relevos. O papel de parede era antiquado, flores em variados tons de marrom e azul. Queria tocar o quadro, mas me detive quando vi um líquido espesso e avermelhado escorrer de trás dele. *Sangue...* Espalhava-se devagar, sem a ação da gravidade, indo para todos os lados. Afastei-me, assustada demais para prosseguir. Senti algo pinicar minhas pernas por baixo da calça e, num reflexo, as chacoalhei enquanto continha um leve grito de susto. Formigas, subindo pelos meus pés, vindas de todos os cantos de um chão amontoado delas. Não paravam de chegar, não paravam de subir.

Meu impulso foi correr mesmo sabendo que não tinha como fugir. Estava presa na visão até ela acabar, mas não significava que ficaria parada. Ao virar, dei-me com a imagem de uma mulher a alguns metros de mim. Não vi seu rosto. Estava de costas, meio inclinada para a parede, suas mãos estendidas segurando um terço. As contas balançavam, o sangue pingando delas, como se o objeto sacro estivesse abrindo feridas em sua palma. Ela rezava, choramingando, com fervor. Com uma fé que machucava.

Por favor, pai. Livre meu garoto dessa sina... Por favor, livra-o desse destino...

O desespero daquela voz feminina me tomou de súbito, trazendo-me de volta à realidade enquanto puxava o ar com força.

Droga. Droga. Droga! Funguei, nada aliviada por retornar.

O ruído chiado de minha respiração me fez levar a mão ao peito dolorido.

As visões. As malditas visões tinham voltado mesmo ou fora apenas algo isolado?

— Jesus Cristo, você é mórbida! — interrompeu a voz de Denise.

Não era a primeira vez que ela usava tal adjetivo para me descrever. Provavelmente me pegava com certa frequência em devaneios silenciosos de completa imobilidade. Desviei a atenção para sua chegada, torcendo para que não tivesse me visto antes, enquanto meus olhos provavelmente reviravam ao ser tomada pela visão macabra.

Constatei que não ao vê-la sorrindo com uma expressão gentil.

Denise era meu oposto. Sempre iluminada, comunicativa e dinâmica. Nunca entendi como conseguia lidar com toda aquela energia. Seria custoso admitir em voz alta, mas nunca tive amigas antes dela, não a ponto de sentir que a presença de outra pessoa pudesse tornar minha vida menos solitária do que precisava ser.

— Não consigo parar de pensar em Anastacia Benson... — comentou, me olhando enquanto desmanchava o sorriso. — Sinto muito que o caso tenha interrompido sua...

— Vou continuar de licença — retruquei antes que terminasse a frase, apertando-me no meio do cobertor.

Denise se sentou na cadeira ao meu lado, ambas emolduradas pelo último raio de sol e pelas nuvens escuras aparecendo no céu. Ela segurava uma caneca de café em cada mão, entregou-me uma que aceitei de imediato, refletindo sobre quanto tempo a visão tinha durado. *O tempo de passar um café, talvez? Costumava durar segundos.*

Tomei um longo gole, deixando o líquido quente adormecer meus fantasmas interiores. Nenhuma de nós quis quebrar o silêncio até a escuridão tomar o céu por completo.

— Conheço uma das avós da menininha — anunciou, cautelosa e soturna. — Amara Verner. Sempre a vejo na paróquia do padre Angélico.

— Axel ia interrogá-la à tarde — foi tudo o que respondi.

Esperava que isso desse fim ao assunto.

— Por que não está lá? Você fez a prisão...

— Não, Axel fez — retorqui, soando mais irritada do que queria. — Eu fiquei parada como uma idiota enquanto ele fazia tudo.

— Valery — começou, virando-se em minha direção daquele jeito que eu sabia o que significava: conselhos, perguntas... — É uma criança que matou a mãe. Isso poderia paralisar qualquer um.

Engoli o restante do café em um gole só, junto com o amargor no fundo da garganta.

Uma criança matando a mãe não me paralisaria, não me tornaria uma inútil. Se fosse isso, eu agiria com cautela, chamaria o socorro, faria tudo com a mesma calma de sempre. Maldade humana não me assustava.

— Por isso saiu do caso, Val? — insistiu. — Isso a afetou muito?

— Como afetou você? — retruquei, molhando os lábios secos pelo frio.

— Não sei. É difícil digerir — disse Denise, pensativa. Desviou o olhar para a paisagem e ficou mais séria do que jamais imaginei vê-la. — Distúrbio mental, talvez? Ou ela é uma dessas pessoas que já nascem com...

Sua voz morreu. Ninguém tinha coragem de dizer em voz alta que ela era culpada. Uma criança apenas. Uma psicopata nata? Sem piedade? Sem culpa?

Eu queria perguntar uma coisa à minha amiga. Seria como um desafio para mim ao mesmo tempo que uma tentação. Queria perguntar se acreditava no mal. Não um mal qualquer, mas um capaz de possuir garotinhas e matar a mãe delas usando suas mãozinhas delicadas.

O sonido estridente do celular interrompeu a conversa.

O visor mostrava EMERSON.

— Seu parceiro bonitão? — perguntou Denise, embora sem a malícia bem-humorada em sua voz, como de costume.

Ignorei-a, revirando os olhos, e apertei o botão verde.

— Green.

— Oi, Green — saudou-me com um timbre trêmulo, ensaiado. — Tudo bem?

— O que você quer? — devolvi, sem humor para aguentar as investidas preocupadas de Axel. Ele estava ligado no modo "herói" desde a noite passada, quando trouxeram a garota amarrada de dentro da casa e eu tinha entrado em torpor ao lado dele na viatura, demorando a responder às perguntas dos outros policiais.

Axel, o herói, e eu, a moça perturbada cheia de fantasmas interiores que ele iria salvar.

Só que não.

— O que foi aquilo na noite passada? — sussurrou ele, como se temesse ser ouvido por alguém por perto. — Você fez uma ligação e depois agiu como uma estranha.

Então o herói vira também o policial paranoico. E eu, a moça cheia de segredos, que é sexy demais para levar o descrédito logo de cara.

Por sorte, Denise se levantou e pegou a caneca vazia de minhas mãos. Não poderia falar sobre aquilo na frente dela.

— Contou isso a alguém? — inquiri apressada, assim que ela se retirou.

Axel fungou do outro lado. Eu quase podia ver as maçãs coradas do seu rosto, tão inundado de cafeína quanto eu. Os cabelos compridos deviam estar caídos ao lado do rosto, uma cortina negra de fios bem cuidados que ele mantinha com muito apreço. Parecia um cantor de heavy metal, a voz também era semelhante. Isso tinha me atraído no começo.

Fora um erro. Axel não sabia separar as coisas.

— Ainda não. Preciso me preocupar?

Quando o assunto sou eu, Axel, tudo o que tem que fazer é se preocupar.

— Não conte a ninguém — emendei ainda às pressas, procurando uma forma de não parecer uma mentirosa. — Chamei ajuda para Anastacia.

— Ela está numa instituição especializada agora — respondeu, como se fosse óbvio. Como se eu estivesse fora de mim. — Já temos ajuda, Valery!

Não argumentei, recorrendo ao silêncio. Axel respirava alto do outro lado da linha, talvez passando os dedos pelo osso superior de seu nariz, esperando que eu abrisse um pequeno espaço. O modo herói e o policial paranoico brigando dentro dele, engalfinhando as paredes dos pensamentos, até que se decidisse por um ou inventasse um terceiro.

— Tudo bem — resmungou, condescendente, vencido pelo meu silêncio.

— Só quero saber se devo esperar uma surpresa por conta de sua ligação.

— Talvez — divaguei, pois não tinha tempo de inventar uma mentira.

— Vai aparecer alguém no Castle, creio que ainda hoje.

— Alguém? De que tipo?

— Um padre.

Eu tinha certeza de que essa era a última resposta que esperava ouvir da minha boca. Talvez estivesse pensando na possibilidade de um grande mal ter feito aquilo com Anastacia, mas nunca ia se permitir ter certeza — era o que pessoas normais faziam. Pessoas que eu invejava, que nunca viram o que eu via.

— Um padre passou por aqui hoje — comunicou-me, agora menos tenso que antes. — Padre Angélico, da paróquia de Darkville. Foi para ele que você ligou?

— Não. Axel... — Fiquei em silêncio, ensaiando as palavras. Pela primeira vez em cinco anos teria que dividir um segredo, confiar em alguém, passar pela barreira. — Ninguém pode saber que eu o chamei.

Alimente o herói, Valery... Ele tem que pensar que é algo que vocês partilham, um segredo só dele.

— Por quê? Acredita mesmo que...

— Confie em mim, como sempre.

— Quem você chamou, Valery? — insistiu com veemência.

Axel não ia parar com as perguntas, e elas poderiam me pressionar a ponto de eu ceder. Tinha que fazer algo para deixá-lo satisfeito, sanar suas dúvidas rasas que jamais chegariam perto de vislumbrar a realidade.

Eu sempre o calava com sexo. Era o meu problema também. Axel se sentia perfeitamente a par de minha vida depois que dormíamos juntos. Sexo não significa aprofundamento de relação, mas poderia criar essa ilusão.

Porém, hoje não. Não depois da ligação que eu tinha feito.

— Pode me encontrar no Joker daqui a quinze minutos?

Axel concordou de imediato, desligando o telefone antes de mim.

Vesti-me rapidamente, escondendo-me num casaco grosso e em botas que não combinavam com as calças de moletom. Passei pela cozinha, verificando que Denise já cozinhava o jantar, cantarolando distraída.

— Se importa se eu me atrasar para o jantar? — falei em um tom de prévia desculpa.

— Não se você estiver indo se encontrar com o Axel — pontuou, sorrindo com malícia. — Deixo seu prato na geladeira.

— Denise, eu não vou me encontrar com Axel pelas razões que você...

— Só vá! — dispensou-me com um aceno.

Hesitei, mais uma vez tentada a perguntar a ela se acreditava no Diabo. Denise era católica, era claro que acreditava. Por isso desisti, saindo de casa somente com o celular e a chave da moto.

Passei pelas ruas frias pensando no meu velho conhecido e perseguidor nato. Havia anos estávamos distantes, mas continuava ouvindo falar sobre suas supostas ações pelo planeta.

Eu sabia que a maior parte do mal era feita pelos próprios homens. Seus desejos hediondos e o potencial egoísta assassino presente na semente da alma, que, somados, resultavam na decadência da espécie. Homens matando homens, disputando lugares, corpos, dinheiro.

E todos culpavam o Diabo. As costas mais largas da história do homem.

As pessoas pecam e precisam de alguém para responsabilizar e continuar a pecar.

Mas, na verdade, o Demônio não se importa com a música que você ouve, a roupa que você veste ou com quem escolhe transar. Ele não cheira as drogas por você, não macula seu corpo com mutilações físicas e psicológicas para castigá-lo. O Demônio senta e observa o que pode reaproveitar das coisas que faz consigo mesmo.

Ele está em cada atitude de julgamento, depreciação e contenda que você causa, não nos seus pecados em si. Ele quer que você vá à igreja para exibir sua vida perfeita enquanto derrete por dentro com uma inveja venenosa, falando dos outros com a mesma mesquinhez com que lida com sua própria alma.

A mentira da falsa virtude. Orgulho e ira travestidos de humildade.

O Demônio senta e assiste, de camarote, aos humanos destruírem a si mesmos, sem ter que trabalhar muito.

A verdade é que a maioria das coisas não eram o Diabo.

Mas a coisa dentro de Anastacia era.

4

O Joker era um buraco mofado localizado numa esquina erma, a uns 2 quilômetros da ponte que ligava Darkville à cidade grande. O bar era frequentado por pessoas extenuadas que se escondiam por trás de copos de cerveja quente que nunca chegavam a findar. Nenhum lugar do mundo seria mais apropriado para que eu me refugiasse, sentindo-me em casa assim que abria a porta e o barulho da sineta se mesclava ao do rock que nunca era silenciado.

Assim que atravessei o umbral e percorri os olhos pelas paredes rubras descascadas, apreendendo o ambiente abarrotado, encontrei a figura de Axel debruçado sobre um copo pela metade, perdido em pensamentos. Fechei o casaco até o pescoço, marchando pela balbúrdia. Aquele lugar era pequeno demais para tantas mesas mal alinhadas. A decoração, demasiada de quadros e lâmpadas penduradas de luz avermelhada, tornava o espaço ainda mais claustrofóbico, beirando o obscuro.

No balcão estava Marie, uma das donas do lugar, que me lançou uma piscadela de cumprimento enquanto eu desviava de bêbados com copos levantados e da garçonete com bandejas cheias de canecas suadas transbordando álcool. Os cheiros eram familiares também — cevada, suor e óleo quente. Fiz um gesto indicando a mesa para onde seguia, sabendo que minha companheira de bebedeiras conhecia meu pedido usual e o levaria para lá em segundos.

Marie e eu nutríamos uma cumplicidade sem aprofundamentos. Minha presença controlava os assoberbados machistas alcoolizados e impunha respeito ao ambiente, já que todos em Darkville tinham pleno conhecimento de que eu poderia acabar com eles enquanto entornava minha caneca de cerveja. Já ela me presenteava com sua discrição e ausência de perguntas sobre o meu passado, restringindo nossa relação a piadas sarcásticas sobre os homens de farda desabotoada.

Frequentava o bar desde que me mudei para a cidade, principalmente por simpatizar com o nome. O Joker era meu vilão favorito no mundo dos heróis e me apegar a razões pitorescas para fazer qualquer coisa trazia certa noção de naturalidade, desprendimento.

Apertando-me entre as mesas, reconhecia diversos colegas de trabalho, também velhos clientes do local, que anuíam à minha passagem com naturalidade, pois costumávamos jogar sinuca ou pôquer depois de longas jornadas de trabalho estressante. Ninguém mais estranhava a ruiva alta de cabelos ondulados, apesar de eu saber que ainda teciam comentários a respeito do meu traseiro, para o qual os imbecis inventaram um apelido estúpido — *Traseiro de Marte*.

Contudo, diante de mim mostravam respeito e me tratavam como igual; uma policial que, apesar de seus 60 quilos, tinha na lista de prisões executadas mais nomes do que qualquer outro oficial ali. Um traseiro de outro planeta, como zombavam, mas por certo mais competente que o deles na hora de se mexer em campo.

Axel era o único com quem tinha me permitido um relacionamento além dos olhares marrentos e tiradas mordazes, porém ainda considerava a gravidade do meu erro em me permitir ficar sem roupas na frente de um colega de trabalho. Contradizendo minhas expectativas, para ele não fora só sexo, e agora o filho da mãe nutria um afeto irresponsável por mim.

Quando finalmente consegui chegar à mesa, minha sombra se agigantou sobre ele, atraindo sua atenção imediata. E lá estava o sorriso transparente de quem está satisfeito por ter esperado o tempo que fosse, como se eu representasse muito mais do que a grande merda que eu era. *Eu disse para você não me amar, Axel. Só pare de me olhar assim.*

Joguei-me no assento à sua frente, largando o corpo sobre o couro vermelho com todo o cansaço acumulado pesando sobre meus ombros. Marie já deslizava meu pedido sobre a mesa úmida, selando meu ritual antes mesmo que eu abrisse a boca para falar com meu acompanhante.

— Aqui está, linda — brincou, usando uma voz grave enquanto piscava o olho carregado de maquiagem preta. — Duas cervejas pretas, uma para virar de uma vez e outra para apreciar com moderação.

— Ei, você sabe como me agradar, querida — agradeci, devolvendo a piscadela.

Marie virou as costas, deixando-me a sós com meu ritual obsessivo e vital. As duas cervejas eram sagradas — serviam para lembrar que o mundo ainda tinha coisas boas a serem apreciadas.

Duas mentiras no fundo da caneca.

— Oi para você também, linda — zombou Axel, estreitando os olhos cor de anil. — Vá em frente, vire a primeira caneca. Ai de mim dizer qualquer coisa antes disso.

Agarrei minha bebida já salivando, colocando todo o maravilhoso e essencial conteúdo garganta abaixo, sob o escrutínio silencioso de Axel. Assim que acabei, limpei a boca com as costas da mão e deslizei a caneca vazia para longe, encarando-o enfim.

— Obrigada pela paciência — ironizei, ganhando mais um sorriso em troca.

Droga, Axel. Só pare de parecer tão legal!

— E aí? — continuou, seguido de uma respiração ruidosa. — Sobre o que vamos falar primeiro?

— Algum progresso com a investigação? — emendei, enérgica. — Benson falou alguma coisa?

Axel baixou a cabeça parecendo exausto. Aquela expressão podia ser lida com facilidade — desapontamento. Ele sempre esperava mais de mim; um afeto, um segredo, uma confissão que nos aproximaria, mesmo que de forma tênue.

— Bom... Parece que agora você quer saber — murmurou baixo. — Benson ainda está em choque e a menina passou o dia todo sedada. Mandei Robson junto com Carlile para vigiar o local. Não quero curiosos por perto.

— Fez bem... — divaguei.

Ficamos num silêncio desconfortável por um segundo, sob a trilha sonora das vozes e o som da música nos alto-falantes. Zeppelin tocava "Stairway to Heaven", acendendo a parte melancólica de mim contra a qual eu lutava para reprimir. A maldita melancolia dos infernos que trazia sentimentos à tona.

Quando ela vinha, eu me tornava a pessoa que queria esconder. Perigosa, cheia de trevas, anunciando ao mundo que havia mesmo duas versões de mim. Acho que três, ou quatro, se eu me dispusesse a contar.

Acabei virando o segundo copo também, intuída a acabar com aquela imersão depressiva logo que chegasse ao último gole, trazendo de volta minha frieza ideal.

— Ei, devagar, senhorita — exortou Axel, abrindo um sorriso travesso enquanto eu terminava de entornar. — Você bebe como um viking

— Talvez eles sejam meus ancestrais — devolvi, dando de ombros.

Ele se contentava com minhas patadas espirituosas e sem nenhuma emoção.

— Está certo, Obelix — arrematou, ainda que soando sério. — Vamos ao que interessa: conte-me sobre o padre.

A menção ao clérigo me aturdiu de imediato. Minha visão embaçou, desvanecendo por um segundo, talvez pelo efeito da quantidade de álcool invadindo minhas células num curto espaço de tempo. Meu celular pesou no bolso, incomodando-me com a possibilidade de receber uma ligação dele.

Nenhuma droga no mundo seria capaz de me entorpecer o suficiente para me livrar daquilo. A melancolia se ampliava quando pensava no homem para o qual eu tinha feito aquela ligação na noite anterior, mas Axel insistia em me olhar com ansiedade. Não consegui separar palavras para dizer qualquer coisa.

— Valery... — chamou, inclinando-se na mesa enquanto seu timbre preocupado me acordava do torpor. — Você está bem?

Abri bem os olhos, sem piscar, mais atordoada do que seria aceitável.

— Sim — menti, soando convicta. — Preciso ir ao banheiro. Só um segundo, ok?

Minha cabeça pesou quando tentei me levantar. Ela pareceu, de repente, prestes a inchar feito um balão de aniversário, até explodir em pedaços. Era a iminência certeira das visões — as malditas visões.

— Estarei no mesmo lugar. — Piscou, não notando meu estado quase derradeiro de insanidade.

Eu era mesmo boa em parecer bem.

Levantei de uma vez, tomando o rumo conhecido do único banheiro limpo no Joker, já que o local não era frequentado por muitas mulheres. Distante da música, abri a porta e me projetei para dentro, procurando algo para me sentar até a visão vir e passar de uma vez.

Por sorte estava vazio. A luz branca piscava, zunindo feito um besouro voador.

O cheiro de pinho impregnava o ambiente, fazendo a cerveja e o café revirarem no estômago. Deslizei para uma das cabines, jogando-me no assento aberto e fechando a porta com as duas mãos. Já ofegava, sentindo aquela dor de cabeça aguda despontando, o que me fez cerrar os olhos e contrair todos os músculos. Gemi baixo, controlando-me à medida que os abria devagar, verificando a porta da cabine, toda rabiscada, suja de diversas maneiras, adornada em gravuras e entalhes feitos pelas senhoras bem--educadas que nada tinham para fazer enquanto faziam suas necessidades.

"JEREMY É UM CUZÃO." Alguém tinha escrito em letras de forma.

"MARGARETH MÃOS DE TESOURA, EU VOU MATAR VOCÊ." Rabiscara apressadamente outra caligrafia.

Pobre Margareth e Jeremy, eternizados em um banheiro fétido de um bar barato. E eu ali, tentando me concentrar neles enquanto espantava a imersão insana dentro da minha cabeça. Repeti os nomes em voz alta, me prendendo à realidade, mas a dor aumentou. Meu corpo se contorceu com o rosnar da agrura, obrigando-me a fechar os olhos novamente.

Do outro lado de minhas pálpebras encontrei a imagem do bebê que vira mais cedo, emoldurado em arabescos num retrato. Aquela imagem surgiu num fundo negro, elevando-se em ondas trêmulas até tomar toda minha visão. Um ruído de estática cresceu com ela, emergindo num crescendo constante até atingir um nível insuportável e me fazer voltar a abrir os olhos, felizmente de volta à cabine do Joker.

Respirei fundo. Três vezes.

Talvez seja só uma dor de cabeça.

Que seja só isso...

Estava de volta à realidade e era tudo o que importava. Poderia me entupir de analgésicos até que meu paladar se amargasse pelo gosto químico característico de uma intoxicação de remédios. Dormiria e, quando acordasse, mentiria para mim mesma. Mentiria que eu não tinha visto um demônio dentro de uma garotinha e não tinha voltado a ter visões.

Não poderia estar mais enganada. A palma cerrada de minha mão esquerda estava espremida dolorosamente contra um objeto que não estava ali há alguns minutos. Ergui-a na altura de meu rosto, deparando-me com um terço caliginoso enrolado em meus dedos, machucando a palma, cortando a pele.

Solucei, reprimindo um grito.

Sangue se avolumava em minha mão, que não aceitava as ordens de largar o terço. O líquido viscoso escorria, pingando no chão, as gotas sujando minhas botas.

Soltei então a voz, permitindo que o som rouco irrompesse a garganta para expressar o horror que me assomava, mas nenhum ruído se fez. Era como estar embaixo d'água, submersa em uma mente que me pregava peças antes de me empurrar para mais fundo.

A dor explodiu de vez, apagando meus sentidos imediatamente. Caí com as costas de encontro à parede, a tempo de sentir as omoplatas arderem por causa do impacto. Porém quaisquer sensações físicas ou emocionais sumiram no mar tétrico que se ergueu sobre mim.

Era como não existir, não sentir, não ser. A consciência de meu corpo se esvaía, até virar fumaça indistinta, vazia. Perdida no nada.

Entretanto, por pouco tempo, embora fosse impossível mensurar os segundos. Num átimo não estava mais no banheiro do Joker. Tinha me deslocado de meu corpo, caminhando milhas metafóricas para qualquer lugar do cosmos. Meu paradeiro era só uma questão de tempo para ser desvelado.

Devagar, uma imagem se abriu, como uma janela descerrando numa noite fulgurosa. Por um pequeno quadrado de luz, minha consciência se aproximou da imagem de uma garotinha adormecida sobre uma cama de lençóis brancos. Eu não estava lá, não tinha mais consciência de meu corpo, mas ouvia o tiquetaquear de um relógio pendurado na parede sobre a cama, marcando 20h10.

Está acontecendo agora! Essa é... Anastacia?

Não havia como negar que os cabelos louros pertenciam à pequena menina que Axel resgatara, mas não tive tempo de observar a face ainda coberta de sangue e sujeira. A imagem se transmutou para longe dali, junto com a figura de uma mulher que deixava o quarto e avançava por corredores, abrindo portas que emitiam uma campainha grave antes de cederem e revelarem mais corredores.

Então vieram os cheiros — comida ruim, éter, sabão... Cheiro de hospital. Corredores de paredes brancas iluminados por uma parca luz azulada. Aparência de hospital. O sonar de passos emborrachados rangendo sobre um chão liso, as vozes ao fundo, o silêncio que engole tudo. Som de hospital. *Castle Black.*

Uma última campainha antecedeu a abertura de uma porta que levou a mulher para fora do ambiente soturno e aflitivo, o que foi para mim como cuspir água dos pulmões depois de um afogamento. Eu me vi parada em um canto, observando uma sala de recepção composta de cadeiras alinhadas, balcões e portas bem trancafiadas. A figura feminina que eu acompanhara caminhava por ela, até ser abordada por um policial que reconheci imediatamente — David Robson.

Robson e a enfermeira trocaram palavras cochichadas enquanto eu percorria os olhos pela recepção. Perto da entrada havia outra figura conhecida que esperava pacientemente — Padre Angélico, da paróquia de Darkville. Um senhor alto de pele negra, cabelos grisalhos e olhos escuros. Todos na cidade respeitavam-no com ardor, até mesmo os não religiosos.

Angélico tinha ido visitar a garotinha. Era de se entender que a família o requisitasse, dada a natureza dos comportamentos de Anastacia, mas a rapidez de sua chegada me fez entender que não era só isso — outro poder o clamara. Graças às minhas atitudes inusitadas.

A mulher o cumprimentou com reverência, depois o acompanhou até perto dos oficiais que flanqueavam a passagem, só então quis me aproximar, ainda sentindo minha consciência corporal com estranheza. Meus movimentos gelatinosos e desengonçados, não pertencentes àquela realidade.

Eu não estava ali, afinal. Era um espectro observador.

— Ora, não vão cumprimentar nosso padre? — disse a enfermeira quando cheguei até eles. Mantinha os braços na cintura para sustentar o tom de exortação teatral, tentando quebrar o clima tenso entre o recém-chegado e os policiais opulentos. — Podem tirar as mãos das armas. Ele não vai assaltar ninguém.

O outro policial era Paul Carlile, o homem por quem eu deflagrara um tiro que findou a vida de um traficante, naquele beco onde quase perdi minha dignidade diante da corporação. Carlile era mais sério, um quarentão robusto de ideias rígidas, obediente à hierarquia e minucioso em cada tarefa. Nem mesmo o senhor na batina passaria por ele agora.

— Ordens, senhorita — disse, encarando Angélico. — Ordens...

Robson assentiu, embora sua expressão fosse mais relaxada e respeitosa. O padre não se intimidou com a atitude de Carlile, dando com as mãos como se não tivesse importância.

Rodeei os quatro corpos, parando ao lado da enfermeira para observá-los melhor, procurando o motivo de estar ali. *O que seria tão importante para que eu precisasse ver?*

— Sei que estão cumprindo seu dever — respondeu a voz serena, cálida. O padre encarou todos ali, passando os olhos de um a um, até a mulher. — Na verdade, vim para cumprir o meu também. Sou o padre da paróquia de Darkville, onde congrega a sra. Verner, atual responsável legal pela garota Anastacia Benson.

Um frêmito ao fim da frase me fez compreender que seu tom era insincero.

— Veio aqui para rezar pela garota? — questionou o oficial Carlile.

Robson não gostou, demonstrando sua desaprovação com um ruído assoviado para o parceiro.

— Tudo bem, Robson — replicou o padre. — Entendo que eu esteja aqui fora de hora, mas creio que a sra. Verner precise do meu auxílio nesse momento, não é mesmo?

Novamente a voz hesitante. Também havia insegurança velada nele, o que li pelo vacilar de sua sobrancelha direita.

A enfermeira fez que sim com veemência, mas Carlile continuou ereto, a mão ao alcance da arma.

— Sinto muito, padre, mas não acho prudente que o senhor entre na sala, pela sua própria segurança.

Angélico se aproximou do oficial Robson, colocou a mão sobre seu ombro e respirou profundamente. Notei as olheiras escurecidas do homem, também o forte cheiro de roupas guardadas. Seus olhos, antes castanhos, tinham um tom anuviado causado pelo início de uma catarata.

Que mal ele poderia fazer a Anastacia, Robson? Deixe-o entrar!

— Ouça, Robson — começou, mantendo o tom acalentado. — Não quero entrar nos aposentos da pequena Anastacia. Só quero dar uma olhada pela porta de vidro, fazer uma oração e ir embora.

Aquela foi a primeira coisa sincera que ele disse.

— Padre, eu pensei que... — a enfermeira começou a dizer.

Calou-se quando o velho sacerdote a encarou com contundência.

— Farei uma oração, minha filha — acalmou-a, balançando a cabeça. — Claro que farei.

Robson e Carlile trocaram um sinal de consentimento, ainda que o segundo mantivesse uma carranca contrariada. Segui Robson enquanto ele abria a portinhola que levava para os fundos, aguardando o padre e a enfermeira.

— Acompanhe-me, padre — disse a enfermeira, polidamente.

A mulher liderou a passagem pelos corredores, usando seu cartão de acesso para liberar portas e mais portas, cumprimentando enfermeiros e outros guardas armados. Era um local de segurança máxima, afinal. Segui no encalço deles. Vendo de mais perto, li em seu crachá o nome Giselle King, escrito em pequenas letras ao lado do logotipo do hospital. Fui visualizando tudo quanto podia — o caminho, os sons, o rosto das pessoas, para caso tivesse que despertar naquele banheiro e correr até ali o mais rápido possível.

Conforme o trio avançava, senti a urgência crescer entre eles. Nada disseram, mas limparam gargantas e suspiraram mais vezes do que os atores faziam nas novelas românticas da TV. O Morgan Freeman de batina era o mais tenso dos três, embora mantivesse os olhos sempre firmes, as mãos entrelaçadas na frente do abdômen.

Pararam diante de uma porta larga de metal pintada de verde. A cor a fazia se destacar do ambiente monocromático, quebrando o branco e o bege com o tom gritante. "Ala infantil", dizia a placa acima da entrada.

Giselle encarou o dispositivo de segurança por alguns segundos antes de se voltar para o padre.

— Ela é a única paciente da ala... — introduziu com o timbre fraco, meio incerto. — Não temos muitas crianças, atualmente. Há outros hospitais para delinquentes juvenis.

Angélico segurou a respiração, mantendo o peito estufado embora os olhos parecessem lamentosos. Ao silêncio, Giselle passou o cartão pelo dispositivo e a campainha grave soou. O som me lembrou dos programas de perguntas e respostas quando um dos participantes respondia errado. Era como se não fosse certo estar ali, observando a tudo sem saber a razão, apenas uma espiã obrigada a ver aquelas três pessoas atravessando a porta como se quisessem correr de volta. Todos os pares de olhos custando para não desviarem, disfarçando o medo.

A luz ali dentro era amarelada, ainda mais fraca que a dos demais locais. O corredor único e estreito, que exalava abandono, levava a uma janela de mosaico colorido, por onde a noite penetrava lançando sombras até metade do chão de linóleo. Portas alinhadas dos dois lados, promessas de horror inevitáveis, já que Anastacia poderia estar em qualquer uma delas.

Dessa vez, a enfermeira sacou seu cartão magnético, prendendo-o em seus dedos trêmulos. Caminhou até a primeira porta do corredor e estancou ali, mirando os dois homens que a seguiram.

— Não é necessário destrancar a porta — lembrou o padre, erguendo uma das mãos. — Posso dar uma olhada na menina?

Giselle assentiu, abrindo o caminho até o quadrado de vidro que permitia a visão do interior do quarto. Angélico se aproximou a passos curtos, receosos demais. Observei-o sem ter coragem de olhar também, como se o medo dele fluísse até mim, roubando minhas sensações genuínas. Era claro que o padre nunca esperaria ter que ver uma criança naquele estado. Quando seus olhos a encontraram, um abatimento lhe caiu pelos ombros.

Eu sabia que sempre que uma possibilidade de possessão demoníaca era levada aos superiores, o sacerdote local era enviado para refutar ou reiterar as suspeitas. Conhecia Angélico graças aos chás e festas que Denise promovia em nosso apartamento, convidando suas amigas da igreja. O velho sempre me passou certa fragilidade, apesar da sabedoria inerente. Podia imaginar o quanto gostaria de ligar para o número de seus líderes e dizer que não, não havia uma menina possuída em Darkville.

A opressão ali era tão pungente que o arrepio tensionava cada um dos expectadores. A Fumaça Negra se alastrava, junto com a respiração ruidosa da menina que se ouvia por baixo da porta enquanto o padre ainda a observava pelo vidro. Vi-o de perfil, mexendo a boca numa prece indistinguível.

— Ela está muito machucada — disse, com seriedade, se afastando dois passos para o meio do corredor. — Os machucados não foram cuidados. Nem mesmo a limparam...

Giselle anuiu com os lábios estreitos.

— Não foi possível, padre — respondeu de forma triste. — Ela estava agressiva e é muito forte para seu tamanho. Só conseguimos fazer com que dormisse através de uma dose cavalar de calmante.

— Conte-me mais — pediu ele, num sussurro.

— Ela chegou hoje às sete da manhã, trazida pelos oficiais — começou, perdida num olhar lamentoso. — Falava coisas sem sentido, como que em outra língua. Seus músculos parecem flexíveis demais; consegue ficar em posições estranhas, se contorcendo, por assim dizer. Agrediu os policiais, todos os enfermeiros, e quase arrancou os olhos do dr. Fitzgerald.

A voz da mulher morreu no fundo da garganta, engasgada com o desconforto daquelas informações.

— Ela disse algo que vocês conseguiram entender? Algo incomum?

Robson se aproximou, parando ao lado do padre.

— É uma menina perturbada, padre, disse várias coisas incomuns — interpôs ele, como se fosse óbvio. — Ela matou a própria mãe.

Angélico abaixou a cabeça e se afastou da porta, encostando na parede do outro lado. Passou a mão pelo rosto, respirando tão profundamente que seu peito tremeu. Queria poder ler seus pensamentos. Saber o que tinham dito a ele, como o tinham abordado em relação ao que deveria acontecer em seguida.

— Tiveram algum sucesso em descobrir o motivo?

Robson mexeu a cabeça em negativa.

— O pai esteve sedado durante o dia todo e conseguimos pouco com a avó — continuou, paciente. — O detetive Emerson vai investigar a fundo amanhã.

O padre fez o sinal da cruz, ergueu os olhos para Robson, aguardando um tempo antes de continuar. Angélico sabia, obviamente, que não havia como escapar do que havia atrás daquela porta.

— Se importam se eu ficar um pouco sozinho para fazer minhas orações?

Robson não estava confortável, mas Giselle o conduziu para fora, menos de seis passos de onde estavam. Padre Angélico puxou um terço do pescoço e um pequeno frasco de água benta de um bolso invisível em sua batina. Encarou a porta do quarto de Anastacia, depois a porta da saída, onde podia ver o perfil de Robson o olhando de esguelha, atento a seus movimentos. Segurou a cruz na palma, apertando-a com força.

— Dê-me forças, Pai — sussurrou, fechando os olhos.

Jogou a água benta em direção à porta, fazendo com a mão o desenho da cruz, três vezes. Com a cabeça arqueada, proferiu as orações.

— Pe... Pelo sangue do cordeiro, eu selo essa entrada — iniciou, gaguejando um pouco de início. — Que nenhum mal por ela entre, mas se já o tiver feito, que seja incapaz de sair até a ordem do homem de Deus.

Repetiu a oração, evocando a autoridade de Deus sobre si. Em seguida, fez as orações em latim enquanto Robson o observava pela fresta junto com Giselle, ambos com certa expectativa em suas expressões.

Ele não vai ajudá-la só com isso, queridos. Vai ser preciso muito mais barulho, dor e alguns palavrões.

Um baque se fez dentro do quarto. Um barulho seco, como o de um chinelo matando uma mosca. O padre levou um susto, mas não interrompeu a oração. Robson passou pela porta, encarou o vidro, vendo a luz piscar dentro do cômodo. Afastei-me rumo à entrada da ala, negando-me a presenciar o demônio acordado. *E se ele pudesse me ver?* Se descobrisse sobre mim, tudo estaria perdido.

Por que estou aqui?

Angélico estava imóvel, olhando para os pés enquanto sua voz saía rápida e desesperada. Robson andou mais alguns passos, com a enfermeira o seguindo.

Outro baque. Dessa vez mais forte.

A luz piscou mais vezes, produzindo um zumbido áspero no corredor inteiro.

— Padre — chamou Giselle. Ele ergueu os olhos meio lacrimosos e sorriu em meio à prece. — O que o senhor está fazendo?

Antes que ele interrompesse a oração para responder, toda luz se extinguiu, deixando o lugar na completa escuridão. Ao som de um curto grito emitido por Giselle, encolhi-me com meu próprio medo, percorrendo os olhos pela fresta para ver que todo hospital estava na penumbra. Robson tinha sacado a arma instintivamente, mesmo sem ter um local certo para onde apontá-la.

Isso não pode estar acontecendo... Não... Não... Não! Ele não afetou todo o hospital!

Isso significava que era mais forte do que eu imaginava.

A pungência maligna veio em vibrações que se propagaram pelo ar, como uma onda sonora urgente que mantém uma nota só, afetando seu tímpano, aturdindo seus sentidos. Aquilo se espalhou, reverberou. Robson respirava tão alto que quase foi possível me enganar de que o chiado oco que ouvi em seguida tinha vindo dele.

Eu precisava avisar que corressem, dizer que não havia nada que pudessem fazer para ajudar Anastacia agora, mas minha voz não saía. Eu não estava ali.

Por que me colocou nessa visão se não posso proteger essas pessoas, seu filho da mãe?!

Não era hora de discutir com o autor de minhas Revelações. Nunca funcionou. Ele nunca me ouvia ou não fazia questão de responder. Era inevitável o desvelar da pantomima de horrores, quase megalomaníaca, causada por quem jazia selado atrás daquela porta.

Um grito distante cortou meu raciocínio.

Masculino, embora agudo.

Nesse momento a cabeça de Giselle se virou para detectar a origem do som, o padre elevou a voz grave, pronunciando o início de uma oração em latim, muito familiar. Robson, por sua vez, agarrou a arma, apontando para um adversário invisível.

Cada um com seus instintos inúteis frente a um pavor que era concreto. Reverberava em meus ossos frígidos, incendiava minhas percepções.

Ao som do Pai-Nosso, outro grito reverberou de algum lugar. A boca de Angélico mexia, golfando um bafo esbranquiçado que se adensava, a cada frase proferida. A temperatura ali caía gradativamente, fazendo Giselle e Robson se amedrontarem ainda mais.

Em seguida, outro ruído.

Baixo, oco e próximo.

Um sussurro gutural em *crescendo*, como um arroto interminável, lentamente atingindo seu pico. Prometia um estopim macabro, a ponto de congelar sua espinha de baixo para cima, explodindo como milhões de estrelas em sua cabeça.

Angélico silenciou, abrindo os olhos para enxergar na escuridão. Podia ouvir a enfermeira segurando o choro amedrontado e Robson respirando de forma ainda mais acelerada e ruidosa.

A coisa dentro do quarto riu. Os três seres humanos se afastaram assombrados.

— Estou aqui — bramiu uma voz áspera. — Estou aqui... bem pertinho, padre de merda!

O anátema era a enunciação que selava qualquer possibilidade por certa. Giselle chorava, seu medo compartilhado com os dois homens, sem que ninguém tivesse coragem de sair dali. Quanto a mim, testemunha impotente, só me restava esperar o momento de despertar.

— O que é isso? — perguntou Robson. — É ela quem está falando?

— Padre de merda... Filho da puta... Piranha desgraçada... Eu estou aqui...

O padre não respondeu ou se afetou pelas ofensas. Aquela voz cada vez mais dissonante, insana, repetia os xingamentos, se agitando dentro do quarto de forma que seus movimentos eram ouvidos de fora.

A escuridão foi quebrada pela luz de uma lanterna. Carlile se juntou a eles, escorregando a luz por cada um dos presentes para verificar que estavam petrificados. Parou em Robson, que mantinha sua arma apontada para o quarto enquanto tremia e suava.

— O que diabos está acontecendo aqui, pelo amor de Deus?! — vociferou, indignado.

A menina guinchou lá dentro, fazendo o padre retomar sua consciência e continuar a rezar. Falou mais alto, ainda em latim, repetindo o nome de Cristo ao se reaproximar da porta. Sua coragem ascendeu unida à voz, enquanto as luzes se acendiam gradativamente, retornando em zumbidos leves.

Porém, dentro do quarto os ruídos tinham aumentado.

— O senhor a está deixando agitada — continuou Carlile. — Precisamos parar.

Robson olhou pelo vidro, agora recuperado do susto, como se a luz o tivesse acordado. Corri para seu lado, procurando a menina lá dentro, sem encontrá-la em lugar algum, embora ouvíssemos seus guinchos desesperados.

— *Et ne nos indúcas in tentatiónem; sed líbera nos a malo. Amem.**

Angélico encerrou o Pai-Nosso, todos caíram no silêncio. Robson ainda não conseguia ver nada dentro do quarto, assim como eu. Deu mais um passo em direção à porta.

O som gutural virou, devagar, um riso. Zombando, se deleitando.

— Padre de merda — sussurrou com a voz de Anastacia, infantil e melodiosa.

O som parecia vir de todos os lugares, como se saíssem por alto-falantes.

— É pior do que eu tinha imaginado — disse o padre, olhando para as lâmpadas que, aos poucos, recuperavam a potência.

Carlile se aproximou, o olhar desconfiado grudado no sacerdote.

— Tivemos uma queda de energia no prédio todo. Os pacientes estão inquietos agora e precisam de todo o pessoal — explicou, agitado. — Giselle, vamos levar o padre para fora.

— Ela não está lá dentro — disse Robson, olhando, incrédulo, pela pequena abertura.

Ela está... Não olhe tão de perto!

— Por onde ela teria saído? — indagou Carlile.

Nesse momento a face machucada de Anastacia apareceu no vidro. A respiração úmida embaçava a superfície, enquanto os olhos vítreos muito

---

* Trecho da oração do Pai-Nosso: ...e não nos deixei cair em tentação, mas livrai-nos do mal. Amém.

abertos encaravam seus espectadores com malícia, suas pupilas deleitosas se expandindo rapidamente, até tornarem-se de um negro plúmbeo. Mas não eram os olhos que mais assustavam. A garotinha estava de cabeça para baixo com os cabelos sujos pendendo feito uma cortina de fios emaranhados.

Ela sorria, os dentes ensanguentados gozando do medo que causara.

Robson andou de costas com a mão no peito e caiu sentado no chão, soluçando por conta do susto. Carlile ignorou a imagem horrenda e tentou abordar o companheiro.

Minha respiração acelerou, temendo que me visse ali, mas tinha a atenção presa ao padre.

— Vou matar todos vocês — cantarolou a voz inocente de menina. — Vou matar todos vocês! — repetiu, agora adquirindo um tom mais sério, ameaçador.

— Por Cristo... — murmurou a mulher, as mãos espalmadas sobre o rosto, sem conseguir tirar os olhos da cena.

Anastacia se afastou, sumindo por um instante até reaparecer. Ela caminhava pela parede, escalando com os pés ensanguentados, como uma aranha que passeia pelo concreto.

Ouvi o grito da enfermeira, unindo-se ao sobressalto contido do padre.

O eco agudo foi a última coisa que ouvi antes de apagar, mergulhando num breu como se tivesse sido lançada de volta à água escura de minha mente.

Despertei num gemido alto, sentada no banheiro do Joker, coberta de suor.

Puxei o celular e vi a hora no visor.

Eram 20h10.

Vai acontecer agora.

5

Olhos vermelhos e bochechas pálidas me observavam no reflexo do espelho.

Encarei minha imagem longamente, apreendendo a realidade ao meu redor, pondo em dúvida se eu tinha mesmo retornado ou se ainda era enganada pela visão. Para despertar de vez, lavei o rosto três vezes com água fria, esfreguei a pele até que ruborizasse, abrindo e fechando os olhos para observar o movimento das pupilas.

Só então veio a fúria. Emergiu do centro da minha alma. Era pelo que acontecera com Anastacia, mas também por estar novamente em uma situação como aquela, mesmo depois de tudo que foi feito para que eu não tivesse que enfrentá-lo. O mal.

Respirei fundo, inutilmente.

Sentir-me calma sempre foi um desafio. Raiva reprimida sempre foi um problema. Respirações compassadas não funcionavam comigo, muito menos pensamentos positivos estimulados por psicólogos. Minha calma só emergia quando eu encontrava, bem no fundo da consciência, aquele botão de desligar minhas emoções. Aquele que me transformava em uma cretina insensível, mas que protegia o mundo da minha escuridão.

Apertei o botão e deixei o banheiro.

Tinha me ausentado por cinco minutos, segundo o enorme relógio do Joker. Axel não parecia impaciente, embora estivesse acompanhando meus movimentos enquanto eu retornava à mesa. Procurei afastar os pensamentos do Castle, da chegada de Angélico que poderia estar acontecendo naquele instante, enquanto eu teria que aguardar o momento de agir.

Sobre a mesa o celular de Axel se mantinha apagado. Nenhuma emergência. Contendo minha ansiedade, voltei a atenção para ele e suspirei de maneira robótica.

— Valery Green pode ficar pálida! — exclamou, disfarçando um tom preocupado. — Isso é novidade para mim.

— Eu também posso rosnar. Quer ver?

Ele levantou as mãos como que se rendesse, com um sorriso no rosto. Em seguida girou o indicador no ar, para que prosseguíssemos com os assuntos.

— Então, onde estávamos mesmo? Hum... O padre.

— Primeiro me responda uma coisa — esquivei-me, causando uma expressão descontente em Axel. — O que Carpax disse sobre o caso?

Eu sabia que ele estava cansado das minhas digressões, mas eu realmente precisava da resposta.

— O tenente está trabalhando nas motivações. Levantou suspeitas de abuso sexual, físico e psicológico... — Chacoalhou a cabeça como se aquilo não importasse. — O de sempre.

— Ele vai prender o primeiro filho da mãe que puder culpar — reclamei, sentindo a urgência aumentar.

Axel soltou um riso cansado, olhou para o relógio na parede e cerrou a mandíbula — claros sinais de que sua paciência estava se esgotando.

— Green, você costuma ser mais durona que o próprio Carpax e agora está desestabilizada, inquieta — disse, com uma incomum seriedade. — O que diabos está acontecendo com você?

Escolha uma boa mentira, Valery... Uma em que ele não só acredite, mas também sinta empatia. Faça-o sentir que você precisa compartilhar algo, ser protegida, compreendida.

— Não gosto de falar sobre o meu passado com as pessoas...

Axel debruçou na mesa ao ouvir meu tom baixo, meio entristecido.

— Isso tudo... — começou, cauteloso. — Tem a ver com o seu passado?

— Não quero falar sobre isso, Axel — falei, procurando soar evasiva.

— Tudo o que você precisa saber é que, por algum motivo, o que eu vi acontecer com Anastacia me lembrou das histórias que eu ouvia minha mãe contar sobre...

Mentir dói. Mentir é covardia.

Entretanto o sentimento era verdadeiro, estava por todo meu passado. As sombras negras nos cantos das ruas, as vozes, os gritos na madrugada. Ao evocar tudo isso, senti minha expressão se torcer em algo próximo à angústia. Axel respondeu como imaginei. Preocupação.

— Sobre o demônio, eu presumo — completou ele. À minha anuência, relaxou o corpo sobre o encosto. — Não vou mentir que também não pensei nisso.

— Minha família conhece um cara — continuei, sobrepondo sua fala.

— Pensei que todos da sua família tivessem morrido — interpôs, erguendo a voz. — Seu pai, mãe e irmã, em um acidente de carro quando você tinha 16 anos.

Axel tinha lido meu arquivo, enfim. Tudo lá era falso, embora real para a Valery Green verdadeira, cujos pais haviam mesmo sofrido um acidente de carro do qual somente ela saiu viva. Só que a garota faleceu depois de dois meses em coma, deixando sua identidade para mim.

Aliás, para Oz...

Maldito Oz! Onde você está quando mais preciso?

A mentira tinha gosto de merda.

— Leu meu arquivo... — divaguei, armando uma expressão insondável. — Filho da puta!

— Minha mãe morreu, mocinha! Cuidado com a boca.

— Que seja... — retruquei, exasperada. — Eu tive um tutor, ele é minha família. E ele conhece esse cara...

— Seu tutor conhece um padre? — inquiriu, insistente.

Suas sobrancelhas erguidas sondavam-me como se eu fosse uma garotinha amedrontada, o que remexeu minha cólera. Era melhor para todos que eu continuasse fingindo.

— Um padre de alto nível — completei com veemência. — Que pode resolver o problema de Anastacia.

— O problema espiritual dela? — insistiu, incrédulo. — E você acredita nessa merda? Você é católica?

Tremi antes de responder.

Não! A última coisa que sou é católica. Prefiro comer merda, Axel!

— Sim...

— E por que ninguém pode saber disso?!

— Não sou uma garota do tipo que frequenta missa — continuei, a voz embargada. — Sou mais de terços secretos.

Pela compleição empática nos olhos dele, soube que estávamos bem. Axel conhecia um segredo meu, como sempre desejou. Não era tão ruim assim. Eu só tinha chamado um padre, afinal. Que mal havia nisso?

— Seu segredo está seguro comigo — disse, depois de um tempo pensando. — Quando o tal padre chegar, não deixarei que ninguém saiba que você o chamou.

Fingi um sorriso triste que ele logo correspondeu.

— Eu achei que valeria a pena tentar. Talvez ajude em alguma coisa... Não sei — hesitei, depois respirei fundo. — Fiz pelos meus princípios.

Que ridículo! Princípios? Nunca fui conhecida exatamente por respeitar os princípios impostos pela maioria.

— Não perguntou o que eu acho disso tudo — falou, sugestivamente, colocando os cotovelos sobre a mesa.

Minha boca era uma linha fina num rosto lívido. Nos olhos dele, uma ternura velada fez com que eu me arrependesse da "revelação". Serviu para atenuar seu afeto por mim.

Mais tarde, na solidão de meu quarto, a culpa iria me dilacerar.

— Eu acho que você tem um coração por baixo dessa couraça — continuou, quando não respondi.

— Vai para o inferno — murmurei, virando o rosto.

Axel riu mostrando todos os dentes alinhados, fazendo aquele som rouco que excitaria qualquer mulher. Sua sobrancelha esquerda estava arqueada, desenhando um ângulo quase reto sobre o olho azulado.

— Não acho que a garota esteja possuída. Se eu puder chutar, acho que o pai a machucava, talvez sexualmente, e a mãe era conivente — prosseguiu, resoluto. — Não seria a primeira vez que isso acontece com uma criança.

— Então porque ela não matou o Benson também?

Axel ficou sério, cruzando os braços na frente do peito.

— Ainda estou trabalhando nisso — rebateu, no mesmo tom.

— Benson, um marmanjo, se cagando de medo da filha de 7 anos? — repliquei, mais irritada do que gostaria.

— Como eu disse, ainda estou trabalhando nisso. — Ele se remexeu, incomodado. — Carpax compartilha da minha teoria.

— O tenente só quer alguém que possa colocar atrás de grades. Alguém que já tenha pelos nas genitálias.

— Sempre encantadora...

Dei de ombros, mais expressiva do que era natural.

— Sei que isso vai aborrecê-la profundamente, mas preciso dizer: estou feliz que tenha me contado isso.

Pisquei os olhos, espantando a nuvem de cólera. Eu não queria que ele ficasse feliz. Não com aquilo.

— Não tive escolha.

— Poderia ter mentido.

Eu menti... Pensei, cerrando os lábios.

— Tem razão... — divaguei, tamborilando os dedos sobre o tampo de madeira. — Isso me aborrece profundamente.

O toque do celular explodiu num sonido irritante, interrompendo o clima hostil. Enquanto Axel respondia à chamada, conferi o relógio. Dez minutos transcorreram desde a visão — o suficiente para que muitas coisas tivessem acontecido no Castle.

Axel ouvia a voz do outro lado, enquanto o som alarmante de um timbre grave chegava até mim. Eu sabia que era Robson e que em minutos estaria no Castle ao lado do padre Angélico tendo uma boa desculpa para entrar no hospital.

Meu parceiro encerrou a chamada sem dizer mais nada além de um "estou chegando" indecifrável. Estava coberto de tensão, ligado no modo policial frio, encarando-me com olhos dilatados, um vinco atravessando a testa.

— O que foi? — interrompi o silêncio, afobada.

Precisamos ir, Axel! Agora!

— O padre local apareceu no hospital. Mas não foi esse o problema... — Ele guardou o celular e jogou alguns dólares sobre a mesa. — Parece que está havendo algum tipo de rebelião.

O demônio apagara e acendera luzes. Fizera sua festinha enquanto o padre murmurava orações em outra língua. Sim, eu sei...

— Vou com você.

— Tem certeza?

Axel já se levantava, vestindo seu casaco grosso por cima da camiseta, ajeitando o cinturão em volta do cós da calça.

— Não diria se não tivesse.

Segui-o até a porta, sabendo que ele tinha ouvido muito mais do que explicara. Do lado de fora do Joker, um ar gelado nos envolveu, causando--nos tremores enquanto aquele silêncio violento se erguia.

Tomada pela minha própria pressa e focada no que poderia ter acontecido depois que a visão terminou, tomei a dianteira em direção à viatura, mas fui detida pela mão forte de Axel em meu antebraço.

— Seu padre misterioso é mesmo bom? — indagou de imediato.

Assenti sem querer. Era muito a se considerar naquela resposta.

— Meu tutor diz que ele é o melhor.

Ele me soltou devagar.

— Então, ele faz exorcismos tipo *o de Emily Rose*, ou o quê?

— Talvez... Sim — hesitei, com dificuldades de elaborar. — Se for preciso.

A urgência o impediu de continuar o inquérito, contudo era sua fé repentina em meu relato que me chamava atenção. O que ele teria ouvido ao telefone era grave a ponto de ele passar a considerar a presença do padre?

— É bom que ele seja mesmo o melhor — murmurou, antes de dar a volta e sentar no banco do motorista.

O que eu não soube responder era que o padre que estava a caminho não era somente o melhor. Ele não fazia exorcismos como os de Emily Rose ou do filme clássico *O Exorcista*.

Não cometia erros.

Mas não era ortodoxo. Por baixo de suas vestes havia tatuagens em vez de pele sacra; cicatrizes sobre a epiderme alva. Eram elas que definiam o poder da Ordem à qual pertencia.

Conhecido entre bispos e cardeais como *The Salt Sword*, Henry Chastain não era somente um homem com um voto de castidade. Ele era a arma do Vaticano, escondida sob a manga da batina do papa. A Espada de Sal que, soturna e letal, exorcizava os demônios que ninguém queria enfrentar. Nem mesmo o Sumo Pontífice.

PNEUS CANTAVAM SOBRE o asfalto escorregadio, enquanto Axel avançava em direção ao Castle Black.

Sobre a colina de Darkville, o prédio tétrico se erguia, magnânimo em sua frieza. Construído durante a fundação da cidade, seu primeiro proprietário havia sido Harry Castle, que fez questão de dar à construção o estilo gótico, permeado de janelas altas e adornos que desenhavam figuras indistintas em tons de cinza. A ação do tempo fora impiedosa com as paredes, antes de um puro branco, agora descascadas e cobertas pela extensão aveludada e negra do mofo. A indômita entrada esculpida em ferro bruto se assemelhava a uma boca animalesca sem dentes, pronta para tragar a alma daqueles que passassem por ela.

Enquanto me aproximava do local, senti um arrepio ao me pegar pensando que tal boca me sorria, esperando para me engolir, assim como tinha feito com todos os seus internos. Os inimputáveis esquecidos por suas famílias, pelo governo e por... Deus.

Não fui atroz em meus crimes como aqueles loucos, mas não seria eu incólume a qualquer outro castigo que não a solidão?

— Valery — chamou-me Axel, quebrando o silêncio com um tom grave. — Robson me avisou que a coisa está feia lá dentro. Me espere para entrar, tudo bem?

Não virei a cabeça em sua direção, apenas encarei a iluminação azul e vermelha das viaturas refletida na multidão em polvorosa que se reunia ao redor da entrada, esperando para espiar a ocorrência.

— Essa preocupação é com a minha sanidade? — enfrentei-o, seca.

— Continuo sendo a mesma pessoa, Axel. O que aconteceu no beco não vai se repetir.

— Repetiu ontem — sobrepôs, diminuindo a velocidade do veículo.

— Anastacia está lá dentro e sei que o que houve com ela a atingiu. Por favor, Valery, fique por perto.

Gritos ecoaram das janelas gradeadas do Castle. Eram viscerais, unidos ao som de tiros e pancadas ocas, como pisadas descontroladas. Havia uma rebelião entre os corredores escuros do hospital.

A urgência apagou a conversa com Axel de minha cabeça, fez tudo virar um borrão lá dentro, mantendo minha única missão em mente. Encontrar Anastacia e padre Angélico. Parar a rebelião.

Com a sirene ligada, conseguimos que os curiosos abrissem um espaço para que a viatura fosse até o portão de entrada. Antes mesmo de o carro parar, já saltei e me coloquei diante dos policiais de guarda com meu distintivo à mostra.

— Houve uma queda de energia... Os internos se alvoroçaram... Médicos entraram para contê-los e foram atacados. Uns libertaram os outros... Há sangue nos corredores... — Robson falava com Axel.

A mão do meu parceiro segurou meu braço, enquanto as palavras penetravam meus ouvidos feito centopeias que rumavam para meu crânio, prontas para perfurarem tudo.

Nem senti minhas pernas me levarem dali, perfurando a contenção de policiais que impedia as pessoas de entrarem.

A voz de Axel gritou meu nome.

Depois disso, tudo foi submerso pela frieza, pelos sons do meu coração batendo contra o tímpano, devagar, preciso.

Corredores em alvoroço. Vozes. Sangue. Gritos roucos de dor intensa.

Sob meus pés o chão era escorregadio. Um braço amolecido caiu à minha frente, quase me desequilibrando. Vi que se tratava de uma pessoa desmaiada, enquanto um enfermeiro lhe aplicava uma seringa no pescoço.

A escuridão quebrada pelo piscar das lâmpadas era minha guia para não trombar naqueles corpos que lutavam. Meus braços sentiram algumas pancadas, até mesmo puxões entre os gritos insanos dos acometidos pela loucura. Eles mostravam dentes, chiavam, balbuciavam coisas incompreensíveis.

O medo ultrapassara as barreiras do pavor absoluto. Em minhas veias pulsavam as ondas de pavor, advertindo-me para recuar, ajudar os feridos. Porém eu tinha que seguir o outro instinto, que queimava em minha pele, que me levaria à fonte de toda aquela rebelião dolorosa.

A Fumaça Negra.

Deixei-me atrair por ela como fumaça de cigarro que, mesmo invisível, é marcada por seu odor acre. Enquanto o instinto primitivo mais pungente para a maioria é a sobrevivência, para mim era o contrário. Precisava sentir a presença do mal.

Consegui chegar à porta verde revelada na visão. Alcancei-a sem olhar para trás, para as luzes que explodiam e os gritos que ecoavam. Ao empurrá-la, adentrei um ambiente carregado de energia maligna, mas incólume à loucura dos corredores. A iluminação multicolorida da lua se projetando sobre o mosaico quebrava a penumbra da extensão de portas enfileiradas. O vitral compunha a imagem do Arcanjo Miguel empunhando sua espada flamejante.

Seus anjos não vão salvar aquelas pessoas lá fora, não é mesmo?

Ouvi um resmungo, percebendo que vinham de duas silhuetas agachadas abaixo da janela em mosaico, a única do estreito corredor. Padre Angélico e a enfermeira se escondiam nas sombras, encolhidos em desespero.

Ignorando o primeiro quarto, onde eu sabia que estava Anastacia, segui para socorrê-los. Ao me aproximar, dois pares de olhos me atingiram, mãos trêmulas tentaram me alcançar, levantando-se do chão em busca de apoio. Ajudei a enfermeira a ficar de pé, procurando compreender suas palavras gaguejadas.

— Acalme-se, Giselle — falei, segurando seu antebraço e atraindo seus olhos para os meus. — Sou a detetive Green. Preciso da sua ajuda para tirar o padre daqui, tudo bem?

Ela assentiu com veemência, respirando pela boca para expulsar o ar.

— Eu não sei como tudo começou... — choramingou, desviando os olhos para o sacerdote. — Ele só veio fazer uma visita e...

— Eu sei! — apressei-me, agora segurando seus braços. — Tem uma saída pela qual vocês possam escapar?

— Pela cozinha, eu acho — hesitou, aflita.

Escorreguei a mão sem que percebesse e, usando habilidades das quais eu não me orgulhava, a deslizei para dentro do jaleco. Puxei o cartão magnético com uma rapidez quase impossível.

— Ele está em estado de choque agora — falei, já me afastando. — Tentarei acalmá-lo. Nossa prioridade é tirar vocês dois daqui sem nenhum machucado, entendeu? — Ela fez que sim, e virou a cabeça para Angélico, dando-me oportunidade de esconder o cartão no meu bolso. — Pode esperar um pouco no início do corredor, enquanto eu falo com ele?

— Mas eu po... Posso... — tentou articular, entre os soluços aflitivos.

— Não, Giselle — pontuei, resoluta. — Você também está assustada e eu posso fazer isso. Só me espere perto da entrada, ok?

Esperei que ela chegasse até a porta verde, encolhida e de costas para o quarto de Anastacia, tapando os ouvidos como se quisesse evitar os sons que vinham de fora. Abaixei-me de frente para Angélico, seus olhos brilhando feito obsidianas no breu que tornava impossível verificar sua expressão.

— Padre, o senhor está me ouvindo?

— Sim — murmurou, quase inaudível. — Eu não posso salvá-la, minha filha — lamentou, quase à beira do choro. — Não posso fazer mais nada além de selar a sala.

— Eu preciso que o senhor ouça minha confissão. — Pela primeira vez ele me olhou de verdade, acordando de seu torpor como se minha voz o tivesse trazido de volta à vida. — Eu não tenho tempo para explicar. Só preciso que o senhor ouça e que me conceda a absolvição.

Angélico anuiu e segurou minhas mãos para levantar-se. Não questionou meus motivos ou argumentou que não tínhamos tempo para aquilo. Ao vê-lo na luz, percebi sua expressão apaziguada, a seriedade da mandíbula cerrada, a mansidão em seus olhos. Era como se soubesse o significado das minhas urgências; como se compreendesse o que estava causando a rebelião e o que eu tinha que fazer.

— Perdoa-me, padre, pois pequei... — Engolfei o ar e, resistente, despejei tudo.

Sobre o beco, o tiro, a frieza, o baque do corpo no chão.

Falei sobre Axel. Sobre o amor que ele sentia e que eu não correspondia. Os desejos que minha carne não conseguia evitar.

Por último, falei sobre meu velho amigo, o que estava preso naquele quarto. Por muitas vezes o tinha visto nos últimos cinco anos, ignorando-o. Esse era o grande pecado.

Era por esse que eu precisava da maior absolvição.

Com gentileza, ele pousou a mão quente sobre a minha testa, deixando em minha pele suada o rastro de três sinais da cruz.

— Eu a absolvo, em nome do Pai, do Filho e do Espírito Santo — murmurou, melancólico. — Vá e enfrente o último dos seus pecados.

Angélico passou por mim sem perguntar nada, roçando o pano da batina em meu ombro. Virei o corpo devagar, vendo-o partir até a saída.

— Padre — chamei. Ele inclinou a cabeça de lado, iluminado por um pedaço vermelho do mosaico. — Eu sinto muito que tenha visto isso.

Ele sorriu de uma forma triste, o que me doeu muito mais do que dizer todas aquelas coisas, cedendo à confissão para poder lutar.

— Todos nós temos que perder a inocência, hora ou outra.

6

Sozinha na entrada do quarto, aguardei que Angélico e Giselle se afastassem. Dentro da minha carteira, escondida num dos compartimentos mais apertados, estava uma medalha de ouro que eu não tirava dali havia anos.

Segurei-a na palma esquerda fechada, sentindo o material nobre esquentar com minha temperatura elevada.

O umbral era um mau agouro claro. A Fumaça Negra extravasava das ombreiras, atingindo-me numa onda de intensa repulsa.

Essas visões não servem para nada, no final das contas, pensei, abrindo os dedos para encarar o símbolo entalhado na joia. *Eu sou uma aberração na natureza, essa é a grande novidade.*

As Revelações não me sobrevinham para proteger os outros, mas a mim mesma. Não me atraíam, mas me empurravam. Eu precisava saber onde o mal estava para não me aproximar. Era um mecanismo primitivo de defesa, instalado para salvaguardar o dom, o carma que eu carregava na alma.

Eu só preciso entrar, usar essa porra de medalha e pronunciar as palavras, então tudo vai se aquietar. Eu só preciso entrar!

Resmunguei um palavrão em minha língua natal, passei o cartão no leitor magnético, empurrando a porta antes que a coragem se esvaísse.

— Se você entrar, não vai sair — alertou-me uma voz infantil.

Coloquei um pé para a frente, depois outro. Estava quase dentro do quarto. Ainda não podia vê-la no escuro. Certamente estaria em algum lugar onde ninguém jamais pensaria em olhar.

O Diabo trabalha de formas misteriosas.

Ele se exibe, surpreende, assusta. Ele gosta de gritos.

Mas esse conhecimento não desacelerava meus batimentos ou me privava do horror a ser desvelado. Assim que deslizei os olhos pelo entorno, acostumando-os à penumbra do cubículo, minha visão captou a silhueta de Anastacia.

Pensei que minhas pernas cederiam. Contive o grito, cobrindo os lábios secos para segurar um frêmito.

O corpo de Anastacia jazia dependurado como um morcego em um galho, a cabeça pendendo no vazio, balançando com um vagaroso ritmo. Seus olhos eram ardósias fixadas em mim, maliciosos e satisfeitos em ver meu vacilar.

— Sei o que você é e o que está fazendo com as pessoas lá fora — consegui dizer, embargando a voz para que não gaguejasse.

A coisa riu. O som não foi nada mais que uma zombaria de criança.

— Alguns têm muito de mim em si, matam em meu nome.

— Seu nome... — falei, dando mais um passo. — Às vezes esqueço que coisas imundas como você têm nomes.

Apertei a medalha na mão, chegando bem ao centro do quarto. O corpo pendurado me escrutinava, espreitando a hora de atacar como se a espera fosse deliciosa. Agora tão próxima, eu vi que sorria. Dentinhos pontudos ensanguentados mostrando um prazer evidente.

— Não consigo descobrir seu nome — rosnou, com a voz mais rouca, menos infantil. Seu sorriso se fechou, formando uma expressão de ira. — Não consigo ler sua mente! O que você é?

Claro que não consegue... Usando o polegar, prendi a medalha de São Bento em minha palma aberta, voltando-a para o ser em minha frente. Sua ira ascendeu ao ver o símbolo entalhado no ouro; esguichou, tampando os olhos com os braços esquálidos.

— *Crux Sacra sit mihi lux* — pronunciei a oração, elevando a voz. — *Non draco sit mihi dux.**

---

* Tradução livre: Cruz Santa seja minha luz; que o dragão não seja meu guia.

Um grito animalesco escapou da garganta da menina. Seu corpo caiu no chão, sibilando feito uma cobra enraivecida, debatendo-se em ângulos inumanos. Repeti as palavras em voz mais grave, aproximando-me da criatura enquanto ela se afastava, protestando com aquele timbre rouco tenebroso.

— VADIA, EU VOU TE MATAR! — bradou, adquirindo um tom de muitas vozes. — CALE A BOCA, CALE A MALDITA BOCA!

Avancei com a medalha diante de seu rosto, repetindo ainda mais alto e rápido as palavras. A cabeça de Anastacia tombou, um líquido macilento vazando dos orifícios enquanto ela guinchava, doente pelo som de minhas palavras.

— Maldita seja... — praguejou a voz gutural. — Malditas sejam todas as suas gerações.

— *Ipse venena bibas!* * — gritei, em tom de ordem, encerrando o primeiro ciclo da oração.

O corpo sofreu um baque, projetando-se de costas para a parede. Um som oco ecoou no quarto, feito um grito em uma intensidade crescente. Anastacia foi puxada para cima, deslizando com força brutal até a quina do teto, onde ficou suspensa de olhos abertos, vidrados em mim. Dor estampava a face demoníaca. As juntas estalavam, veias rubras percorriam toda a extensão da epiderme, corrompendo a face pueril da hospedeira.

Era o momento de iniciar um novo ciclo. Abri os lábios, mas vi os olhos da criatura se desviarem para algo atrás de mim.

Havia uma nova presença.

Humana.

Pressenti o ataque antes mesmo de me virar. A criatura avançou com as garras em riste na direção do recém-chegado. Interceptei-a no ar, rolando pelo chão até que a dominasse debaixo de meu corpo. Mas a coisa tinha força de dez homens.

Por favor, chegue a tempo de salvar a vida dela, rezava enquanto as garras tentavam ferir minha pele, os urros embebidos em cólera dominando minha audição. Uma das mãos imundas atingiu a lateral do meu pescoço

---

*Tradução livre: Bebe tu mesmo o teu veneno.

quando minha força ameaçou ceder. Podia gemer e buscar mais ira dentro de mim, porém temia quebrar aqueles braços franzinos, perder Anastacia naquele embate.

O corpo continuava a se debater. Meus braços tremiam, enfraquecidos pelos medos abstratos que percorriam minha consciência. *Se eu não a matar lutando com essa coisa, ela morrerá depois. Você precisa chegar, padre!* Como último recurso, libertei o braço esquerdo do toque nefasto e enterrei a palma aberta contra a testa de Anastacia, assegurando que o ouro da medalha não perdesse contato com a pele.

A queimadura chiou. Um cheiro de podridão se espalhou pelo quarto, atingindo minhas narinas como veneno. Ela gritou, o som rasgado quase explodindo a garganta ao produzir aquelas várias vozes equalizadas.

Esticando-se com uma elasticidade quase impossível, as mãos magricelas agarraram meu pescoço com brutalidade, espremeram minha traqueia até me deixar à beira de um desmaio.

Contudo a presença humana às minhas costas emergiu. Um corpo se agigantou na minha frente, projetou-se sobre Anastacia e puxou os braços para trás, prendendo-os no chão.

Eu não posso parar... Não posso perder a força! À minha frente estava Axel. Olhos presos em mim, questionadores e aflitos, lutando contra uma provável ambiguidade de sentimentos. Como todos os que veem o mal pela primeira vez, a briga entre temor e incredulidade era evidente. Porém, ele apenas assentiu, mirou nos braços de Anastacia e empunhou força para contê-la.

— Você fede... — arrotou a voz que vinha dela.

Axel enrijeceu os ombros. Afastei a medalha e a enterrei novamente, em um espaço de pele ainda imaculado da garotinha.

— Você fede a dor, seu covarde — insistiu a criatura, enquanto queimava. — Você vai ser meu. Vai ser todo meu. Vou te comer inteirinho...

— Não ouça! — alertei, rouca.

Axel virou o rosto, a expressão tensa e os olhos cerrados. Medo, bruto e palpável, como o efeito de éter grudado às narinas.

— Axel, não escute o que ele diz — salientei, resoluta. — O que você está sentindo é mentira, vem dele, não de você.

— O quê?

— Só repita comigo, ok? — ordenei, para atrair sua atenção. — Repita comigo antes que ele mate todo mundo aqui.

— VOU MATAR TODOS! VOCÊS SÃO MEUS!

Apertei mais a medalha e o encarei para que visse o movimento dos meus lábios.

— *Crux Sacra sit mihi lux; non draco sit mihi dux.*

Ele arregalou os olhos. Repeti mais alto, tão alto que minha garganta doía.

— *Vade retro satana!; nunquam suade mihi vana; sunt mala quae libas; ipse venena bibas.**

Hesitante, ele mexeu os lábios.

A oração de São Bento não só enfraquecia a coisa que prendíamos, mas também o agitava por causa da dor; um tormento causado pelas palavras sacras e pelo objeto carregado de energia divina. Axel olhava meu rosto enquanto repetia as sílabas. Li a ofensa na expressão alarmada. Eu havia mentido para ele no Joker, o que era evidente agora.

Eu não sou mesmo quem você pensa, Axel.

Ele sabia. *Claro que sabia. Não era a primeira vez que eu fazia aquilo.*

Abaixo de nós, a agitação arrefeceu, decrescendo até a imobilidade. Com um último retumbar dos membros inferiores no piso, o corpo de Anastacia atingiu a inconsciência absoluta, até emitir um espasmo que me assustou.

Em seguida, silêncio.

Entretanto, aguardei em meio ao som dos zumbidos na minha mente alarmada. Nenhum novo rompante, nenhum som gutural.

Meus ombros cederam, em seguida todo o corpo, caindo de lado enquanto tremores causados pela adrenalina me acometiam. Sob o escrutínio de um Axel perdido em respirações ruidosas e olhar de pavor, considerei que antes de me justificar teria que priorizar a vida da garotinha.

Estiquei-me e toquei sua pele úmida de suor. O aspecto era cadavérico, repleto de veias coloridas por baixo da epiderme de papel macilento. Contudo, ainda estava morna.

As luzes acenderam. Máquinas voltaram a funcionar e os ruídos ao longe mudaram de tom. Não eram mais dor e descontrole, mas estranhamento.

---

*Tradução livre: Retira-te Satanás! Nunca me aconselhes coisas vãs. É mal o que tu me ofereces.

— Anastacia? — chamei-a, medindo seus batimentos cardíacos.

Eles estão fortes. Graças a Deus, estão fortes!

Puxei-a para o meu colo, acomodando o corpo desfalecido em meus braços. Tão debilitada. A dor em meu peito despontou com força, reverberando do coração para os membros. Meus olhos se anuviaram à mercê das lágrimas.

Não chore, Valery Green! Não desmorone agora!

— Valery... — Axel me chamou. Quando o olhei, tive certeza de que pôde ver toda a dor que eu lutava para esconder do mundo. — Ela está viva?

A sensação de alívio amorteceu-me, fazendo meu peito estremecer num soluço.

— Sim... — golfei, num frêmito agudo. — Ela está viva.

Senti um movimento sobre meu colo. Alarmada e pronta para um novo ataque, vi que as pálpebras da menina tremularam, revelando apenas uma fenda de seus olhos azuis. Puro e límpido.

Ergui-a do chão com a ajuda de Axel, enquanto ela focalizava a visão em meu rosto, recobrando a consciência aos poucos. Ajeitei-a sobre o colchão, cobri-a quando percebi que tremia, procurando deixá-la confortável. Sua respiração era calma, compassada, não revelando nenhuma dor evidente.

Suspirei aliviada. Porém era cedo para me permitir qualquer vitória. Ele voltaria.

— Quero a minha mãe... — choramingou dolorosamente. Troquei um olhar de desespero velado com Axel. — O monstro vai voltar e vai pegar minha mãe. Ele disse que vai.

Um talho de fraqueza se abriu em meu peito. Sangrou mais do que uma tristeza comum. A raiva por não conseguir salvá-la, por saber que o monstro ceifara sua mãe por meio de seus próprios dedos. Cerrei os lábios, engoli a ira, deixei-me sangrar por apenas um átimo sobre aquela criança inocente.

— Ei, querida — passei a mão em seu rosto, tentei falar o mais calma e confiante possível. — Meu nome é Valery. Estou aqui para dar um recado de um homem que está vindo para cuidar de você e derrotar o monstro.

— Você pode... — resmungou num tom cálido infantil. — Pode mandar o monstro embora?

Apertei os olhos e quando os abri, Axel estava do outro lado da cama esfregando o queixo, nos olhando com um misto de pena e confusão.

— Nós podemos — falei, a voz embolada. Minha mão afagou os cabelos sujos, a tez ferida, tremendo enquanto a tocava. — Juntas. Agora eu o fiz dormir e ele vai demorar para voltar, mas precisamos trabalhar para quando isso acontecer, ok?

A garotinha fez que sim, agarrando minha mão como se fosse a corda que a mantivesse presa à vida.

— O que eu faço? — perguntou com fraqueza.

— Sua mãe deve ter lhe ensinado a rezar, não é? — Ela concordou. Uma pequena lágrima desceu dos seus olhos exauridos. — Quando o monstro voltar, lá dentro, você tem que rezar. Pense nos anjos, pense na sua mãe, pense em coisas muito boas. Isso vai fazer o monstro ficar bem fraco.

A menina estava caindo no sono, vencida pela exaustão.

Por favor, Anastacia, fique viva. Seja forte! Ele está vindo. Só mais um pouquinho!

Deixei minha cabeça cair ao lado da cama, segurando a mão dela, juntamente com o choro. Ouvi os passos de Axel, macios e cautelosos, se aproximarem. Em seguida a mão firme pousou sobre meu ombro.

— Valery... — sussurrou ele. A voz me soou confortável. — A comoção parou. Os internos parecem calmos agora.

Havia uma pergunta velada em seu tom.

— Quantos mortos?

— No último contato pelo rádio, Robson reportou mais de cinco. A maioria eram presos do hospital.

Levantei-me do chão e andei para fora do quarto. Alguém viria cuidar de Anastacia agora. Poderiam dar banho, remédios e alimento. Ela se fortaleceria um pouco; tinha ao menos doze horas para isso.

Axel me seguiu num silêncio fúnebre, acho que se contendo antes de começar a me bombardear com perguntas. Tranquei a porta e joguei o cartão no chão, bem à vista de quem passasse ali. Giselle pensaria que o tinha perdido no meio da confusão.

Dei uma última olhada pelo vidro antes de encarar Axel.

— Ela foi tomada muito rápido — soltei, confiando nele como jamais confiaria em outra pessoa. — Não temos mais muito tempo.

A tontura de cansaço me tomou de repente, quase me fazendo cair. Ele me segurou pelo cotovelo e deslizou a mão pelo meu rosto, sondando meus olhos com preocupação. Cada parte de mim desejava ceder, desmaiar ali mesmo.

— O que aconteceu ali dentro? — perguntou, segurando meus ombros.

— Só preciso de um tempo para me recuperar, mas vou explicar tudo.

Soltou meus braços, entre bufadas exasperadas e esfregões ásperos no queixo. Seus conflitos extravasavam pelos olhares furtivos que me lançava. Por todos os mais de trezentos dias em que convivemos, as rondas, os lanches divididos na viatura e nossa relação secreta, dançando defronte a nós, caindo em pedaços.

Axel sabia que eu não me revelava. Contudo não teria esperado que meus segredos envolvessem habilidades com exorcismos e coisas às escondidas da polícia.

— O que acontece se ela morrer? — Foi o que ele decidiu perguntar.

Senti-me aliviada por não ter que responder nada pessoal no momento.

— Vai arrastar a alma dela — soltei, sabendo que não tinha mais saída. — No começo pensei que era um espírito "comum". Eles têm uma hierarquia. Seguem um padrão, sempre. Mas esse é maior. Talvez uma terceira ou quarta classe.

Parei um segundo, vendo que ele beirava o assombro.

— Você entende a hierarquia dos demônios? — retorquiu, incrédulo.

— Se esse espírito tomou Anastacia com tamanha força e rapidez, ela certamente foi submetida a um ritual — pontuei, considerando que parecia uma interna do Castle em meio a um surto. — Isso me preocupa porque significa que temos uma seita, talvez uma feiticeira de magia negra, ou um grupo de satanistas experientes.

Quando parei de falar, Axel estava mais atônito que antes, mas sabia que não era coincidência que a comoção tivesse parado no exato instante em que Anastacia recobrara a consciência. Talvez ele fosse me acusar, me prender ali mesmo, entregar meu distintivo a Carpax.

Não importava mais.

— Isso é insano.

— Pode me entregar, Axel — falei, vencida. — Pode fazer o que quiser, mas não deixe que interfiram quando o padre Chastain chegar. Ele pode salvar a vida dela. Por favor, me dê só essa chance.

— Paul Carlile está morto — soltou com agressividade contida.

Sem ar, deixei golfar um ruído oco no lugar da voz.

Vi-me no beco segurando a arma, a mira no traficante que mantinha uma faca no pescoço de um oficial. Era Carlile. Ele ia morrer.

Eu matei para salvar sua vida.

— Um dos internos o trancou no quarto com mais dois — continuou, encarando-me com certa pena. — Quando eu cheguei...

— Pare! — Solucei, erguendo uma palma.

Quase deixei o corpo desabar. Segurei o cabelo atrás da cabeça, andando de um lado para outro para conter a raiva. Sem sucesso desferi um murro numa das portas.

— Produzir evidências de luta nesse corredor nos ajudará bastante a manter nossa história — disse com um melancólico sarcasmo.

Dei-lhe as costas, contendo ao máximo a explosão que ameaçava me tomar.

— Vamos sair daqui, Valery — completou, cedendo. — Vou lhe dar uma chance, mas só uma. Se esse exorcismo não surtir efeito, entrego vocês dois ao tenente.

7

Nasci fadada à dor, mas não incólume ao pânico.

Axel me arrastou do Castle em meio à balbúrdia de corpos e gritaria. Sentia sua mão firme em meu antebraço enquanto meus pés deslizavam no chão liso e minhas narinas eram castigadas pelos odores pronunciados de tragédia — suor e sangue. Ácido e metal diluídos no ar.

Só mais um trauma contabilizado em minha infindável lista.

É um acontecimento isolado, dizia a mim mesma, enquanto Robson dirigia em silêncio. *O que houve com Anastacia não tem nada a ver comigo. Não tem!*

Ao mesmo tempo que minha voz interna urrava tais pensamentos, meu lado racional não os internalizava. Vivi por 28 anos entre visões, catástrofes e mortes, logo tinha deixado de acreditar em coincidências.

Pensei em minha Harley-Davidson estacionada na frente do Joker. A motocicleta que era quase uma extensão de mim mesma seria a única coisa que estaria no lugar em toda Darkville no dia seguinte. A prova disso era o silêncio fúnebre entre Robson e eu, presos no ar gélido daquela viatura barulhenta. O luto por Carlile pairava entre nós com o peso de uma tonelada, marcando a expressão de meu colega com pesar.

Fiquei grata por ele não dizer nada. Eu não saberia como me expressar adequadamente.

Depois de bater a porta do carro sem me despedir e subir sete lances de escadas, encontrei-me encarando o umbral do apartamento 74, incapaz de entrar. Ouvindo o burburinho de um aparelho de televisão, constatei que

Denise estava acordada mesmo passando das três da manhã. Vencida pela exaustão, respirei fundo e girei as chaves, sendo recebida imediatamente por seus olhos arregalados ao me ver ali — destruída, imunda, fedendo ao inferno.

— Meu Deus... — sussurrou, levantando do sofá.

Em seguida veio o turbilhão de frases de lamento pela morte de Carlile, que ela tinha visto no noticiário. Perguntas. *Muitas perguntas!* Não respondi a nenhuma, passando pelos cômodos em direção ao quarto enquanto Denise ignorava ser ignorada.

— Nós estávamos na igreja fazendo uma novena para a pequena, quando ouvimos a comoção na rua — tagarelou, já parada à porta de meu quarto.

— Estavam todos indo para o Castle. Eu vim para casa para encontrá-la, mas é claro você que tinha sido chamada! Valery, eu fiquei desesperada vendo o noticiário! — exclamou aflita, as mãos espalmadas no peito. — Todas aquelas pessoas gritando, as luzes piscando, as quedas de energia! E você estava lá dentro, seu celular nem respondia...

Sentei na cama e removi os sapatos cobertos de barro e sangue. Ergui a mão sinalizando um pedido imperativo de silêncio. Foi imediato. Denise sabia a hora de parar antes de acordar a fera de voz rouca e xingamentos sucessivos que vivia dentro de mim. Esperou que eu falasse, braços cruzados, apoiada na ombreira da porta, uma expressão assustada estampada no rosto.

— Sabe algo do padre Angélico?

Essa é uma pergunta que não levará a nenhuma outra, não é mesmo, Valery?

— Ele disse que ia passar a noite com a mãe, na casa de repouso — respondeu, cautelosa, mudando o peso do corpo para a outra perna. — Sumiu a noite toda.

Ainda assustada, Denise parecia querer questionar minha indagação, mas tudo o que fez foi engolir ruidosamente, esperando que eu continuasse.

Tive um segundo para refletir acerca da mentira que o sacerdote tinha contado sobre seu paradeiro, o que me deu certeza de que havia sido orientado pelos italianos. Essa coisa de que poucos exorcismos são sancionados pelo Vaticano é pura conversa para evitar a histeria. Todos os dias, dezenas de exorcistas profissionais viajam pelo mundo na surdina, fingindo visitas e passeios para expulsar demônios por baixo do pano. Não era como em algumas igrejas que adoravam um show protagonizado pelos ataques forjados do Diabo. Satanás, como gostavam de chamar.

É, o nome realmente impressiona.

Deitei de barriga para cima, exausta. Denise se jogou na cama ao meu lado, segurou meus dedos. Pela primeira vez, não me esquivei. Nunca tive uma amiga para me apoiar depois de encarar as coisas terríveis que enfrentava. Sempre recusei aproximações, forçando-me a impor limites ao calor humano e à preocupação de outrem. Contudo, aquele gesto genuíno era confortador.

Não que eu devesse me permitir consolar por isso.

Por algum motivo, Denise não desistia de mim, não se afastava com meu mau humor e minhas respostas beligerantes. Eu desconfiava que era uma missão para ela — quebrar meu broquel e encontrar o caminho do meu coração.

— Você precisa dormir agora, Val...

— Não acho que vou conseguir.

— Foi tão feio assim? — emendou, enternecida.

— Foi pior.

Os corpos, os gritos. *Carlile.*

Dormir parecia um prêmio acalentador do qual eu não era merecedora.

— A única coisa em que eu fico pensando é... — divagou, resistente em continuar. Seus olhos presos ao teto. — Duas tragédias muito grandes acontecendo em vinte e quatro horas!

Engoli o gosto amargo no fundo da garganta.

— Parece o fim do mundo, não é mesmo? — respondi, tombando a cabeça de lado para encará-la.

— Não ia dizer isso — murmurou, abraçando o corpo com uma expressão assustada.

Precisava parar antes que a contagiasse com meu humor nefasto. *Só preciso ficar sozinha um segundo...*

— Denise, você me faria um chá?

Cuidar, acalentar, era parte da vida de Denise. O pedido a colocou em movimento. Já cuidara no passado de sua mãe e duas avós que adoeceram e ficaram sob sua custódia, e, como bônus, do irmão mais novo, que morreu muito jovem.

Esperei o ruído da água enchendo a chaleira para me trancar no banheiro. Girei a chave duas vezes na porta, não a fim de impedir a entrada da minha companheira, mas para me dar aquele falso sentimento de proteção contra o mal que me perseguia.

Denise e Axel jamais poderiam saber, mas haviam me feito quebrar a promessa de não me afeiçoar a ninguém. Era perigoso ser alvo do meu afeto.

Quando o mal não pode colocar as mãos em você, ele atinge aqueles que você mais ama.

Merda... Como se minha última experiência não tivesse sido o suficiente para aprender, não é mesmo?

Deixei as roupas imundas num canto do banheiro para queimá-las no outro dia e nunca mais ter que me vestir ou tocar nos tecidos marcados pela hecatombe daquela noite. Em seguida liguei o chuveiro numa temperatura fervente e o deixei encher a banheira antes de entrar.

Só quando o vapor inundou o pequeno cômodo, permiti-me encarar minha imagem no espelho. Vi o vulto através da superfície embaçada, distinguindo o ruivo-alourado dos meus cabelos, os contornos salientes de meus ombros e braços. Virei de costas e fitei o borrão negro de tinta sobre a superfície branca da minha pele.

A tatuagem ocupava toda a extensão entre as escápulas e o meio das costas, formando um círculo perfeito, delineado com precisão, cheio de símbolos menores detalhados.

Era aquele desenho complexo, tingido em minha epiderme com muita dor, que havia custado a coisa mais preciosa de toda a minha vida. Em contrapartida, havia sido ele a me proteger da influência do mal naquela noite. Sua composição carregada de magia milenar impedia que demônios lessem meus pensamentos, sentissem minha presença ou soubessem o que eu era.

Exceto a única força no mundo que detinha poder sobre tudo o que há.

Mas Ele nunca pareceu realmente disposto a me fornecer qualquer ajuda, mesmo com todos os serviços que lhe prestava, sendo quem eu era.

Não que eu tivesse escolha.

A ironia me fez rir com amargor enquanto passava a ponta dos dedos sobre a superfície tatuada, por que tive de pagar um alto preço para me guardar do mal. Afinal, ele estava tão próximo novamente. Tive que enfrentá-lo naquela noite correndo o risco de me expor, tornar tudo em vão.

De qualquer forma, há certos custos com os quais você não está disposto a arcar, mas tem sempre alguém pronto para fazer sacrifícios em seu lugar.

Por isso a Palavra de Deus estava em minhas costas.

Por causa de um maldito sacrifício.

23 de abril de 1960.

Meu amado Victor,

Escrevo esta carta usando meu último reservatório de energia. Sei que você não chegará a tempo, pois sinto sua ausência como algo palpável que traz imensa dor. Você é minha lua, tão distante e majestosa, e eu sou o lobo que uiva em seu clamor.

Estou partindo, deixando para trás mais do que uma vida feliz ao seu lado, pela qual lutamos avidamente. Também deixo o fardo que trago em minha alma para encontrar alívio em algum lugar. Será que poderei repousar por algum tempo? Haverá para mim algum limbo, seguro e quente, onde eu possa descansar antes de retornar?

Sei que já passei por isso tantas vezes! Mas, Deus, dou graças por minha mente retornar limpa ao mundo! Prefiro viver com a dúvida a trazer na alma o peso de tantas vidas.

Quando fechar meus olhos hoje, meu amor, não mais os abrirei. Quero que saiba que nossos dias de escuridão valeram a pena. Alcançamos a paz de uma vida tranquila, filhos maravilhosos, um amor compartilhado do tamanho de todo o paraíso. Fui a mulher mais amada ao seu lado e sei que, mesmo que não me lembre, levarei seu amor comigo para a próxima jornada.

Essa noite tive o sonho. Aquele velho sonho novamente.

Vi a mulher de cabelos vermelhos diante daquele cemitério. Ela repetia a oração do Salmo 23 em sussurros. O Vale da Sombra da Morte estava diante dela. Usava o mesmo vestido negro de rendas caídas, tinha o mesmo colo alvo e os olhos verdes que, junto com os cabelos afogueados, quebravam a paisagem em tons de cinza. Os olhos marejados de lágrimas translúcidas brilhavam naquela imagem.

E, claro, tocava Mozart! Nossa música favorita, aquela que amamos e odiamos na mesma medida!

A moça ruiva andou até o centro do Vale da Sombra da Morte, para se prostrar em derrota. Um vento quente bateu em seu corpo e então eu senti toda a sua dor. Uma dor tão grande! Uma dor de muitas vidas.

Ela chorou.

A lágrima caiu sobre o chão de pedras reviradas. Vi aquela gota atingir o solo desencadeando ondas vibrantes que reverberam em direção ao firmamento, onde um céu arroxeado de nuvens se abriu sob um iridescente sol de amanhecer. A música silenciou; o ruído de pedras quebrando se fez.

Vozes, muitas vozes! Aquelas vozes me atormentam, Victor! Choros e uma comoção intensa que me assombra por dias cada vez que o sonho se repete.

Logo eu acordei em nossa cama. Minhas mãos enrugadas suando, lágrimas descendo dos olhos. Lágrimas que logo tive que conter.

Agora sinto o fôlego encurtar e já entrevejo a presença dela. A morte me aguarda, meu querido. Setenta anos é uma idade perfeita para nossos dias tão sombrios, cheios de mazelas incuráveis.

Sorte minha partir assim. Sem dor, no silêncio dos meus pesadelos, com meu fardo, tendo a certeza de que o carreguei da melhor maneira que pude.

Oz entregará essa carta a você, mas rogo para que não desconte nele essa ira de velho rabugento. Lembre-se de que ele é meu Guardião e sempre será.

Partirei o amando, feliz por não tê-lo aqui para me ver fechar os olhos. Sei que não suportaria isso. Jamais deixarei de ser grata por nosso neto tê-lo convencido a conhecer os Pampas Gaúchos nesses tempos. Um velho não pode morrer sem conhecer a terra dos pais.

Gostaria de dizer que nos encontraremos do outro lado, mas essa é uma dor que preciso suportar. Você sabe o que o espera no porvir, por isso cumpra sua promessa de viver com plenitude cada um de seus dias. Nós nos encontraremos no dia... Bem, você sabe.

Lembre-se de mim com alegria e não ouse desistir por minha ausência.

Amo você, meu grande amor! Amá-lo-ei em outras vidas, e carregarei pela minha eternidade a semente que plantou em mim: a esperança.

Sua Lacrymosa.
Lourdes Vila-Lobos.

8
AXEL

Ao chegar em casa estava preparado para as perguntas de Phillip, tendo ensaiado as respostas grosseiras e os pedidos de silêncio. Abri a porta dos fundos, topando com uma cozinha escura, até escutar o soar de um ronco que se espalhava pelo casarão. A trilha sonora dos meus dias.

Um ótimo dia para não ver os noticiários, pai.

O cheiro de comida congelada estragada também era parte do nosso dia a dia havia dois anos. Quando perdemos minha mãe, Rachel, deixamos partes de nossa alma em sua sepultura. Phillip, um homem sempre ativo, exigente, porém parcimonioso, tinha virado um sedentário envolto em roupões felpudos que cheiravam a gato na chuva, armado de palavrões de outras épocas e uma careca que a cada dia só aumentava.

Já eu preferia os clássicos atemporais.

Merda. Porra. O básico.

Também entrei para a polícia, aprendera que, para cuidar dele, tinha de demonstrar que não me importava, e que pagar a faxineira no início do mês poderia evitar muitos ratos e moscas.

A falta de Rachel ainda era um rombo no meu peito. Sempre seria. Mas quem não tinha seus próprios vazios?

Ah, Valery! Você preencheu boa parte deles sem saber.

Era um desafio conhecê-la e penetrar o coração frio, as expressões irritadas que precediam rompantes de raiva.

Naquela noite, quando vi horrores que jamais imaginei, a Valery que pensei ter começado a conhecer ganhou uma nova face. O que achei ser resultado de algum tipo de abuso psicológico, criação negligente ou até mesmo da morte prematura dos pais era na verdade outra coisa. A ruiva tinha um histórico de padres, exorcistas e possessões demoníacas.

Joguei-me sobre a cadeira, de frente para a pia cheia de louça. Fitei a lua cheia através da janela. Naquela escuridão quebrada pela luz incidente, meus pensamentos jorravam teorias e mais teorias sobre tudo o que tinha se passado desde o dia anterior.

Não era sobrenatural. Eu provaria isso.

Provaria a ela que não existiam demônios, mas sim pessoas que praticam o mal e o multiplica por aqueles que estão ao seu redor, por mais jovens que sejam.

Meu corpo esgotado latejava desde os pés até a cabeça. Por toda a roupa, o sangue de Carlile secava aderido ao pano, pesando como chumbo líquido. Passei a mão por onde ele se espalhava, sentindo a repulsa e o assombro que tinha experimentado.

Eu não contaria a ela, mas encontrei seu corpo ainda com vida depois que os internos o feriram. *Carlile morreu nos meus braços. Nos meus malditos braços! Depois do que teve que fazer para salvar sua vida no beco.*

Perturbado, subi para o quarto, já deixando a roupa suja sobre a soleira. Precisava me livrar daquilo. A estampa da banda Slayer estava parcialmente coberta pela mancha rubra, lembrando-me de que Valery a odiava — a camiseta e a banda. Jamais poderia fazer piadas com as canções novamente, correndo o risco de me lembrar daquela noite.

Eu teria que arrumar outra banda que Valery odiasse para atormentá-la. *Valery... Valery... Valery... Tudo voltava sempre para essa filha da puta! Por que ela não sai da minha cabeça?*

Mesmo tendo mentido para mim, me feito de idiota, não a tirava dos pensamentos. Ela confiava mais em um homem de vestido que cheirava a naftalina do que em mim!

Era eu quem estava no beco no dia do tiro, não um velho com uma Bíblia na mão. Era eu quem passava os dias encontrando formas de fingir que não a amava, tendo paciência, tendo coragem para enfrentar o jeito ogro com que ela me tratava.

Arranquei a arma e o distintivo, derrubando-os sobre a escrivaninha bagunçada, enquanto segurava as bufadas que me escapavam sem que pudesse controlá-las.

Você é calmo, Axel... Não é assim! Você não é uma porra de homem descontrolado!

O ruído de um silvo interrompeu o fluxo dos meus pensamentos, atraindo meus olhos imediatamente para a janela. A madeira balançava, como que empurrada por uma forte rajada de vento. Aproximei-me dela, considerando que não havia sido exatamente um silvo, mas algo como uma voz aguda cantando em oitavas ainda mais altas.

Toquei o fecho e testei duas vezes, conferindo que nenhum fio de ar passava pelas frestas. Não estava ventando.

Está ouvindo coisas, Axel? Está acreditando em demônios, fantasmas e toda essa merda?

A coisa toda tinha mexido com a minha cabeça. *E com a cabeça de quem não mexeria?*

O meu tamanho e meu peso poderiam enganar. Ninguém imaginava que um homem de mais de 1,90 metro, pesando mais de 100 quilos, seria um medroso que não assistia a filmes de terror pois tinha pesadelos como uma criancinha. Mas eu tinha medo dos filmes sobre coisas que *vivem, respiram e matam* outras coisas que *vivem e respiram*. Essa bobagem sobrenatural era pura merda.

Merda para desculpar atrocidades.

Foi minha completa repulsa por seres humanos monstruosos que me levou à polícia. Agora eu tinha uma arma e uma patente para lutar contra eles, a fim de encarcerar todos que estivessem ao meu alcance.

Outro silvo.

Agora mais forte e mais melodioso.

Pela visão periférica, entrevi uma sombra humana estancada na entrada do quarto. De imediato virei o rosto, percebendo que a sombra partia corredor afora.

— Pai?! — chamei, a voz mais grave que de costume. — O senhor está acordado?

Em resposta ouvi o ronco gutural de seu sono profundo.

Meu coração acelerou em retumbadas.

Por uma das frestas da persiana, chequei o quintal, vendo algo se mexer nos arbustos perto da piscina abandonada. Apertei os olhos sem conseguir distinguir a forma que se avolumava entre as folhas secas, esbranquiçadas pelo inverno iminente.

Alarmado, vesti a primeira camiseta que encontrei, peguei a arma e desci as escadas com pressa. Não raciocinava, só submergia naquela sensação de perseguição, de perigo, de uma presença que não deveria estar ali.

Você está louco, Axel? Maldita hora para se impressionar!

Abri a porta da cozinha, vendo a coisa sair do meio dos arbustos.

A figura humana se agigantou defronte aos meus olhos arregalados, já secos. Pelos eriçados percorreram meu tronco em direção à nuca, enquanto meu sangue esquentava e o suor já começava a brotar.

Podia contar meus batimentos cardíacos contra meu tímpano, junto a uma canção que irrompeu meus pensamentos, num casamento funesto com a imagem refletida em minha retina.

Life slips away
As demons come forth
Death takes my hand
And captures my soul.

Eu a conhecia. Seus olhos, braços, cabelos e pernas. A reconheceria até no inferno, mesmo jurando que adornava o paraíso.

A arma pendeu da minha mão, caindo sobre o chão gramado enquanto meu corpo cedia em completo amortecimento. Sem mais nenhum pensamento além de seu chamado preso em meus lábios, permiti-me dizer em voz alta.

— Mãe...

9
VALERY

O banho quente e o chá forte de Denise me entorpeceram de imediato. Deitei na cama com o rosto afundado no travesseiro, pesando toneladas sobre ele com meus pensamentos nebulosos. Extenuada pelo cansaço, mal conseguia direcionar meu lado racional para pensar no que deveria fazer no dia seguinte. Sem querer, acabei perdida em lembranças de minha infância, quando eu ainda era um problema para minha família. Naquela época, ao descobrirem que eu via coisas que ninguém mais podia ver, meus pais fizeram o que pais desesperados fazem de melhor — estragaram tudo ainda mais.

Minhas visitas ao dr. Pirulito eram prova disso. O homem no jaleco pensava que uma pedra de glicose espetada em um palito me faria sentir bem em sua presença, mas só tinha recebido silêncio em troca. Mirián insistiu para que eu falasse o que estava acontecendo, porém o que eu via refletido nos olhos deles era um filme de horror: macas, contenções e injeções de líquidos amarelos.

— São só sonhos — respondi, a voz esganiçada.

Era mentira, e minha mãe sabia.

Só não sabia dos gritos que eu passei a reprimir de madrugada, dos cheiros de fumaça e enxofre, dos sussurros que vinham de pessoas com quem cruzávamos pela rua e das sombras que eu enxergava montadas sobre os ombros delas. Seus demônios de estimação.

Mirián foi meu ensaio para o mundo. Para mantê-la longe dos meus demônios, tive que aprender, sem ao menos ter completado uma década de vida, a ser fria. Na primeira vez que uma das visões aconteceu, eu mal tinha me acostumado com os vultos, as vozes e as sensações opressoras, mas sabia que ninguém deveria saber sobre ela.

Adormeci pensando na garotinha que eu costumava ser, sempre vestida de azul ou verde-claro, feito uma verdadeira mocinha paulistana da década de 1990. Sem perceber, estava sonhando com ela, vendo-a sentada à mesa da cozinha tomando seu café da manhã enquanto observava um pardalzinho ciscando no beiral da janela. Ele piava, ameaçava voar e voltava a parar ali, entortando a cabecinha daquele jeito hiperativo. Na paisagem havia uma rosa balançando com o vento, vestida em espinhos e adornada em folhas verdes.

De repente a cabeça pendeu para trás, os olhos reviraram mostrando somente o globo branco, os braços arrepiados e o horror pungente revelado pelo retesar da musculatura.

Sem mais nem menos, não estava mais ali. Fui lançada com minha consciência para outro mundo.

Ao longo dos anos entendi que, no mundo das aberrações como eu, há algumas regras no que concerne a visões do passado. A primeira delas: você não precisa ter estado no local, nem ter nascido naquela época, para poder acessar a visão. A segunda: ao chegar em qualquer ponto do passado, o conhecimento sobre o local onde você está é imediato. Não precisa ter visitado a Itália para saber que está lá, nem a Síria, nem o inferno. O conhecimento simplesmente está lá.

Primeiro vi um céu estrelado em pequenas luzes coruscantes, unindo-se a um horizonte de frondosas montanhas que desenhavam ondas na paisagem cerúlea. Em seguida, a cabana no meio do deserto noturno, erguida com madeira apodrecida e aparentemente vulnerável demais. Era fronteada por apenas uma porta de palha e uma janela forjada com bruta simplicidade pela qual uma fraca chama se revelava.

Um homem chegava até ela a passos rápidos, lutando contra o vento que o castigava com rajadas de areia. Vestia roupas rústicas, panos e mais panos sobre um corpo opulento que beirava os 2 metros de altura. Olhos negros podiam ser vistos no rosto semicoberto, tão caliginosos como duas pedras preciosas lapidadas com a matéria-prima que compunha as madrugadas.

Com sua mão pesada, bateu na porta frágil duas vezes, desencadeando um choro infantil que ecoou por todo o deserto. Alguém entreabriu a porta, porém rapidamente tentou cerrá-la para barrar o recém-chegado, que, num reflexo bruto, espalmou a madeira e forçou a entrada.

No interior da cabana, uma mulher envolta em trajes esfarrapados se abraçava ao próprio corpo enquanto protegia um berço rústico. O rosto coberto de medo, mas a coragem materna que transforma cordeiros em leões transbordando dos olhos castanhos. Estava sozinha com o bebê naquele local abandonado, desprotegida e agora à mercê daquele estranho.

— Vim de longe para ver a criança — rosnou uma voz de trovão.

A mulher tremia, confusa entre grudar os olhos nele ou na criança, que estava aos berros. Ao ouvir a voz dele, no entanto, algo em sua expressão mudou, como se o tivesse reconhecido. Corajosa apesar de tudo, deu um passo e puxou bruscamente o pano que cobria o rosto do homem misterioso. Ergueu as mãos para tapar a boca ao contemplar, emocionada, a face do visitante.

— Você é o homem dos sonhos...

Eu entendia o que falavam, mesmo sabendo que não se comunicavam na minha língua. Essa é a terceira regra das visões: as aberrações também podem entender todos os idiomas existentes na face da Terra. A capacidade multilíngue é um prêmio de consolação devido à maldição original.

— Fui guiado pelo deserto até sua cabana, senhora — continuou ele, agora com cautela. — Viajei por 27 noites até chegar aqui. Quando ouvi o choro, soube que tinha vindo ao lugar certo.

— Sabe o que acontece com minha filha? — indagou, desesperada. — Sabe por que a perseguem ou porque tenho visões?

O visitante ergueu a mão para acalmá-la.

— São chamadas de Revelações — esclareceu, taciturno. — Tudo o que me foi revelado por Ele, revelarei a você, minha senhora. Serei o Guardião da menina.

O homem misterioso possuía uma barba volumosa, rosto de ângulos bem marcados e uma voz que poderia ser comparada ao rosnado de um lobo selvagem. Em contraste à sua aparente brutalidade, eram visíveis em sua expressão enternecida a bondade e a mansidão de seu caráter.

Logo o choro da mãe se fundiu a um sorriso de esperança. Carregava em sua compleição a marca do sofrimento daqueles que nunca perdem a fé, dos que lutam sem desistir em meio a situações impossíveis. Tal marca nunca me passaria despercebida.

— Você vem de onde, meu senhor?

A resposta não veio de imediato. Ele escorregou os olhos para o bebê, que ainda berrava a plenos pulmões. Fez sinal pedindo autorização para pegá-lo no colo. Ao assentimento da mãe, esticou as mãos brutas no berço improvisado e puxou a criança com discrepante delicadeza.

O pano que cobria o bebê escorregou de seu pequeno corpo, revelando que era uma garotinha. Assim que o homem a aninhou em seus braços, foi instantâneo o cessar dos gritos e o despontar de um sorriso inocente que logo a preencheu. Ele a olhou nos olhos, que eram verdes feito esmeraldas, sorrindo de volta de uma forma apaixonada. Jamais esqueceria aquele olhar trocado entre ambos. Não era como o amor puro de um pai e uma filha; era diferente, não maior ou mais puro, só sobrenatural e forjado pelas mãos do Criador — o amor de um Guardião e sua protegida.

Desajeitado, o homem limpou uma lágrima solitária com o ombro, para só então devolver a atenção para a mulher.

— Venho do norte da Itália, de uma cidade de magos.

Ela franziu o cenho de imediato.

— Somos cristãs e não podemos aceitar pagãos em nossa casa — retorquiu com um tom de incerteza. — Por que o Criador o escolheria para proteger minha filha?

O homem dos olhos escuros não pareceu incomodado ou surpreso com a indagação. Continuou acariciando os cabelos finos da garotinha.

— Javé não é tão avesso ao meu povo quanto seus seguidores são. Seu deus é um pouco mais complicado do que você pensa, senhora — respondeu, paciente. — Se a notícia correr entre os cristãos, eles a tomarão de ti, pois há corrupção nascendo no cerne da Igreja.

Ela assentiu, ainda meio trêmula. Sentaram no chão enquanto o homem embalava a menina nos braços, conversaram de muitas coisas por muitas horas. Falavam dos filhos da natureza, de anjos, de lágrimas e também de demônios. Só depois de todos os mistérios da fé foi que falaram sobre o dom da garotinha.

— Ela terá que viver para sempre? — hesitou a mãe, como se temesse formular tal pergunta.

O homem considerou antes de responder.

— A essência dela é divina, portanto tem que retornar ao Criador a cada ciclo de uma vida — disse, temeroso. — Minhas Revelações me mostraram todas as suas vidas. Fui eu o condenado, ou presenteado, a vagar imortal pela terra, aguardando que cada ciclo se complete.

Ainda conversavam quando percebi que suas vozes ficavam distantes, que a imagem evanescia. Desejei ficar, saber mais sobre a garotinha, mas não conseguia lutar contra a força magnética que me puxava para fora dali.

Golfei uma respiração dolorida quando retornei ofegante, percebendo-me na cozinha da minha antiga casa. O passarinho ainda ciscava na janela, a rosa vestida de espinhos dançava na mesma velocidade, como se o mundo tivesse parado para que eu assistisse àquela cena.

Talvez eu tenha enlouquecido de vez naquele dia. O dr. Pirulito certamente diria que sim e me ofereceria injeções amarelas com promessas de férias escolares. Por isso, guardei a cabana no deserto como um segredo precioso entre tantos outros obscuros.

A última coisa que vi naquele sonho nostálgico foi o rosto de Mirián aparecendo em meu campo de visão, tapando a paisagem bucólica emoldurada pela janela. Seus olhos verdes me especulavam, aflitos, preocupados, sua mão pousou sobre minha testa.

O toque foi morno.

A saudade, abrasadora.

Não acordei de supetão, nem mesmo respirava com dificuldade ou tremia. Não havia sido um pesadelo, mas machucara mais do que um. Sentei na cama ainda sentindo a reminiscência mágica do toque de minha mãe em minha testa. Segurei a lágrima no último instante. Dormir evocando a lembrança tinha sido uma má ideia, pois agora eu teria de carregar o sonho por todo o dia, feito um grilhão em minha canela.

Determinada a focar na missão de descobrir o que tinha acontecido com Anastacia, livrei-me da melancolia para enfrentar o mundo real.

Já passava das oito da manhã quando apertei o passo na rua, correndo contra ao tempo para resgatar minha motocicleta na frente do Joker. Quinze minutos de caminhada me levaram a ela, que abandonada protestava contra minha negligência com o couro do assento salpicado de umidade. No céu, a iminência de uma chuva fria de novembro me fez ter pressa em vestir o capacete enroscado no guidão.

A Harley significava muito para mim; por sua história, por seu antigo dono e por tudo que tínhamos vivido juntas. Ao girar a chave, pisei com força no pedal, fazendo o motor roncar alto.

Esse som é melhor do que uma declaração de amor, minha querida.

Arranquei, já aumentando a velocidade, que reverberava em meus músculos produzindo aquele prazer quase sexual. A vida sobre a moto era a liberdade que eu nunca experimentara. Como se eu pudesse ter asas e voar para longe de mim mesma, de quem eu era, do que eu poderia fazer e da dor que poderia causar. Minhas bochechas congelavam com o vento frio, as mãos girando no acelerador chegavam a doer, mas essa era uma dor suportável, diferente das outras que eu tinha que congelar e esconder na alma.

Murmurei contrariada ao enxergar a silhueta do prédio da polícia surgir na rua. Gostaria de poder passar mais do que apenas dez minutos correndo sobre minha paixão metálica, mas o estacionamento a esperava e o tenente aguardava minha chegada.

Quando entrei no elevador já sabia que, assim que as portas deslizassem no quarto andar, veria ali o homem imperativo e imponente, cheio de uma autoridade respeitosa, esperando por mim. O andar todo estaria num luto pesado, porém barulhento. Pessoas surgiriam depois; a família de Carlile viria chorar e me abraçar, agradecendo por ter conseguido salvar sua vida da primeira vez, como se tivesse servido de alguma coisa.

Quando a morte quer, ela encontra os caminhos mais improváveis até você. Não importa o que faça para se salvar ou fugir.

Lá estava John Carpax exatamente como eu imaginei. Suas mãos enterradas nos bolsos do paletó impecável, recendendo àquela colônia cítrica peculiar que todos sabiam ser uma exigência de sua esposa. De pele negra e olhos castanhos, era uma figura distinta, exalando poder. Tinha bem mais idade do que aparentava.

— Bom dia, chefe — saudei-o, já abrindo a boca para dar minhas desculpas pelo atraso.

Carpax ergueu a mão e apontou para sua sala, no fim de um enorme corredor de divisórias. Segui-o num silêncio submisso sem olhar para os lados, correndo o risco de me deparar com a família de Carlile, ou fazer contato visual com alguém que quisesse conversar sobre a noite anterior.

O tenente me deu espaço para entrar no gabinete, fechou a porta, cerrou as persianas, sentando à minha frente. A sala toda tinha o aroma pronunciado de capim-limão, contrastando com o ar rústico de sua parca decoração.

— Onde está Emerson? — indagou, exasperado.

Axel também estava atrasado? Isso sim era incomum. O cara não sabia burlar nenhum tipo de regra. Sua mãe sempre dizia que os atrasados só comiam as sobras e não valiam muito mais do que elas.

— Não falo com ele desde ontem — respondi depois de um tempo. — Foi uma noite longa, tenente.

— Nem me diga, detetive... — replicou, deixando transparecer certa ironia mal-humorada. — Os danos no Castle ainda não puderam ser mensurados, mas estou tentando resolver as causas antes que a imprensa descubra que a garotinha que matou a mãe, e que já falam estar possuída pelo Diabo, estava internada lá justo naquela noite.

A frequência autoritária de sua voz me fez perder o ar. Quando acabou de despejar a fala sobre mim, bateu os dedos sobre o tampo da mesa, produzindo um som oco. Engoli em seco, medindo o que poderia falar.

— Vão cercar a história como abutres cercam a carniça.

Não me diga, Valery? Essa é melhor coisa que conseguiu articular? Mesmo?!

— É claro que uma coisa não tem nada a ver com a outra, não é mesmo? — provocou, embora sua cólera não fosse direcionada a mim.

Contudo soou como um desafio, um teste. Ele sempre procurava medir a força de seus funcionários. Nesse caso, queria mensurar meu grau de histeria.

— De jeito algum — devolvi, simplesmente.

Carpax balançou a cabeça de forma singela. Ao meu silêncio funesto, passou a mão pela gaveta e me entregou a pasta com a identificação de George Benson. Hesitei em segurar, mas a determinação em seus olhos era ameaçadora; a última coisa de que precisava agora eram problemas com o chefe.

— Você não está mais fora do caso Benson — anunciou de olhos estreitos. — Está oficialmente aprovada na avaliação psicológica também.

Ah, isso seria impossível.

— Chefe, eu...

A mão silenciadora se ergueu, calando-me no mesmo instante. O tenente se envergou sobre a mesa e cruzou as mãos, forjando uma expressão que passava a clara mensagem de que sua ordem era inquestionável.

— Você e Emerson vão arrancar uma confissão de George Benson — pontuou, resoluto. — Ou descobrir alguma pista sobre o que aconteceu entre o dia da morte de Nadine e a prisão dele.

— Eu não sei se seria a mais indicada para...

Chiou feito um urso, me interrompendo novamente. Obedecer a um homem era mais do que péssimo, me deixava consternada de um jeito que me faria surrar paredes. Porém, pensando com clareza, conversar com Benson poderia ser útil em minha busca pessoal.

— Tem algo nessa pasta que pode ser considerado um presente meu para você, detetive — prosseguiu, inclemente. — Sabe que não a deixaria no escuro, não é mesmo?

Carpax tinha jeitos escusos de me lembrar de que eu era sua subordinada.

— Estou inclinada a dizer que presente não seria o termo mais apropriado.

Carpax soltou um riso curto, antinatural, mas ameaçador.

— São informações sobre o irmão mais velho de George, Charles Benson. — Apontou para a pasta, indicando que eu a abrisse. Na primeira página havia a foto de um homem muito parecido com George. — Esse desgraçado foi morto há alguns anos em Chicago. A causa da morte foram golpes repetitivos com uma barra de ferro.

Virei a página, vi a foto de um corpo mutilado, múltiplas pancadas abertas em suas costas. Não me impressionou, por isso a fechei e pousei sobre a mesa.

— Prossiga.

— Charles estava estuprando uma garota no momento em que um garoto de 14 anos passou pelo local e ouviu os gritos — sua voz embolou nessa parte. Os olhos turvos eram um sinal do ódio que nutria pelos "caras maus". — A polícia de Chicago descobriu que o DNA de Benson batia com mais de dez casos de estupro seguido de morte brutal, em mais de cinco estados. Todas as meninas eram menores de idade. A mais nova tinha 9 anos.

Meu estômago revirou, enojado pela informação indigesta. Em um segundo entendi onde o tenente queria chegar.

— O senhor quer que eu use essa informação para dificultar as coisas para ele — falei, cautelosa. Ele assentiu, mas resmungou para que eu prosseguisse. — Quer que eu sugira que ele tem a mesma patologia do irmão, e que Anastacia pode ser uma vítima e não a culpada.

— Você é brilhante — zombou, sério. — Pode ser que não seja o caso, mas o atormentará o bastante para que ele diga a verdade.

Só que isso dificultava as coisas para mim. A origem da loucura de Anastacia era outra. Era dela que eu deveria estar cuidando naquele momento. Seria uma perda de tempo focar no passado da família Benson enquanto um demônio possuía o corpo da menina.

— O senhor acha mesmo que é um caso de pedofilia?

— Não saberemos até que consigam realizar um exame detalhado na menina, o que foi impossível até agora — disse, ainda soando irritadiço. — Fui informado de que ela foi a única interna não afetada pela rebelião. Desde a madrugada a estão medicando, trataram os ferimentos e agora estão fazendo os exames.

— Isso é bom...

Minha memória evocou a sensação do corpo esquálido da menina em meus braços. O cheiro de suor e sangue, a dor em meu peito rasgando tudo, quase irrompendo.

— Green... — chamou-me enquanto eu divagava. Debruçou-se na mesa e me encarou com um ar de compreensão. Como se pudesse adivinhar o que eu sentia. — Você é um dos meus melhores homens. Sei que o caso a afetou, ainda mais depois da morte de Carlile, mas por isso mesmo preciso de você para resolver tudo antes que as coisas fiquem mais alvoroçadas nas ruas.

Melhor homem, ha! Como se eu não pudesse ser melhor que um maldito homem sem ter que sofrer comparações machistas. Eu posso ser melhor, cretino! O pensamento quase me fazia rosnar, mas a prioridade ainda não era essa.

— Aprecio sua confiança em mim, tenente, mas temo que meus sentimentos em relação a Anastacia atrapalhem meu julgamento — salientei, ouvindo minha voz como se fosse de outra pessoa. — E, como disse, a morte de Carlile muda tudo.

Ele anuiu, compreendendo com certa dureza.

— Tais sentimentos vão ajudar seu julgamento — concluiu, impassível.

— Você é a única pessoa a ter pena da garotinha. A cidade toda acha que ela é um monstro.

Anastacia tem um monstro dentro de si, tenente. E é o sentimento de ódio que nutro por ele o que vai nos ajudar.

Pela visão periférica, captei um crucifixo de cobre pendurado na parede. A família de Carpax era católica, e certamente ele tinha ouvido todo o tipo de coisas antes de ir para o trabalho naquela manhã. Estava nervoso, ansioso, mas não demonstrava mais do que dedos tamborilando sobre a mesa.

Reabri a pasta, li o nome da garota que fora a última vítima de Charles Benson. Emiti um sorriso torto.

— Debra Green não é sua parente, detetive? — perguntou, observando-me.

Fiz que não com a cabeça.

— É um sobrenome muito comum, chefe — concluí, resoluta, colocando a pasta sobre o colo.

Meu sinal de quem aceitava a missão. Ele relaxou, respirou fundo, aliviado por ter me convencido.

— De qualquer forma, você vai agir como se fosse sua parente e defendê--la enquanto faz Benson abrir o bico — disse, prosaico, armando um sorriso sem mostrar os dentes. — Se ele for como Charles, você vai descobrir.

Encaramo-nos por um tempo considerável, sem nenhum constrangimento. A confiança de Carpax em mim era genuína. Eu era grata apesar de todos os machismos, por isso conseguia olhá-lo sem precisar desviar.

— Posso pedir algo ao senhor? — Ele rumorejou em concordância. — Gostaria que se posicionasse frente à imprensa, mesmo que discretamente, a favor de Anastacia. Se essas pessoas continuarem odiando a menina, ela nunca terá uma vida, nunca terá uma chance. Darkville precisa abrir a possibilidade da inocência da menina.

— As unhas, Green... — salientou, quase sobressaltado. — O exame não mente. As unhas de Anastacia estavam misturadas ao ferimento de Nadine, enterradas na carne.

— São provas circunstanciais, o senhor sabe — insisti, sem abaixar o tom. — Tudo ainda é especulação. Pode dizer isso.

Ele suspirou, passou a mão pelo rosto, raspando na barba pontuda cheia de fios brancos.

— Descubra o que puder com Benson. Faremos o que for necessário.

— Pense bem, chefe... É só uma garotinha, não um monstro. Se alguém merece o benefício da dúvida, é ela.

— Vamos trabalhar nisso juntos, detetive — retrucou, ainda não convencido.

Era o máximo que eu conseguiria por ora. Plantar uma dúvida, abrir uma nova linha de pensamento.

— Obrigada, senhor.

Levantei-me da cadeira, mas ele me impediu com um gesto de quem tinha algo mais a falar. Aguardei, olhando de relance para um segundo crucifixo, dessa vez de bronze, à parede do outro lado da sala. Talvez meu chefe fosse religioso, no fim das contas.

— Se Emerson não chegar em dez minutos, você conduz o interrogatório sozinha.

10
AXEL

Acordei com o rosto estatelado sobre o ladrilho úmido, impregnado com um cheiro ácido de vômito. Abri os olhos com dificuldade, a visão turva, o corpo dolorido. A cabeça vazia, se recuperando devagar de um sono repleto de escuridão. Não me lembrava de nada desde o momento em que entrei no quarto e tirei a camiseta, na noite anterior, portanto não sabia o que era aquela superfície fétida.

Eu dormi na cozinha? Indaguei-me, apreendendo com familiaridade as cores do local, o pé desgastado da mesa mais à frente, o tom marrom prosaico do azulejo. Ao fundo havia o som das vozes familiares do drama mexicano que meu pai acompanhava todas as manhãs num canal da TV por assinatura. *Que merda de horas são?*

Com dificuldade, sentei-me. Aquela dor pungente nas têmporas poderia ser uma ressaca, assim como o azedume em meu paladar. *Mas eu não tinha bebido na noite anterior, tinha? Onde eu estava antes de ir parar ali, no chão da minha própria cozinha, coberto de vômito?*

O reconhecimento do local me fez retornar parte da sobriedade, então a coisa voltou para minha cabeça, vencendo-me de imediato. Gritos, bisturis, sangue, Carlile... E Valery — aquela filha da mãe mentirosa — prendendo uma garotinha magrela sobre seu corpo enquanto rezava em outras línguas.

O cheiro de cadáver em putrefação era uma lembrança vívida também.

Levantei-me cambaleante. Tropecei nas pernas e precisei me escorar na bancada da cozinha para retomar o equilíbrio, mal aguentando o peso do meu corpo. Piscando algumas vezes, percebi que o café da manhã estava sobre a mesa, o que significava que Phillip tinha passado por ali, provavelmente me vendo desmaiado no chão.

— Seu velho miserável! Por que não me acordou?!

O volume da televisão diminuiu imediatamente. Quase podia adivinhar a carranca enrugada e decadente dele, virando o corpo de lado para berrar de volta.

— Seu bêbado miserável! — devolveu a voz rouca. — Você já tem idade para levantar do chão sozinho e ir para a cama!

Ri cansado, sabendo que aqueles insultos eram quase como declarações de amor penosas. Nossa relação se arrastaria naquilo até que um dos dois tivesse coragem de pegar o outro nos braços e chorar a morte de Rachel. Eu só precisava mantê-lo vivo, alimentado e limpo. Era a missão da minha vida manter digna a existência do meu pai.

Agora só tenho que saber como infernos eu vim parar aqui... Ralhei comigo mesmo, vendo que já quase passava das nove da manhã. Uma bronca fenomenal de Carpax era inevitável, por melhor que fosse minha desculpa.

Eu tinha que me atrasar justamente no dia do interrogatório de Benson! Mas por que eu mal saía do lugar? Por que meu corpo não respondia à urgência de chegar à delegacia?

Caminhei alguns passos até a torneira, onde entornei um copo d'água, ainda lutando contra a vertigem. Onde Valery estaria? *Será que o tal padre já teria exorcizado Anastacia? Quantos anos ele poderia ter? Sessenta? Setenta?* Padres são sempre velhos, disso eu tinha certeza, e duvidava de que ele conseguiria vencer as artrites para segurar garotinhas ensandecidas.

Com dificuldade, subi para o quarto depois de passar pela sala da televisão. Ignorei meu pai para não precisar encarar a onda de pena que eu sempre sentia ao ver suas costas curvadas, os cabelos brancos, o olhar vidrado na tela. Já no andar de cima, tudo continuava como lembrei de ter deixado. A camisa ensanguentada num canto. Os coturnos na beira da cama. A carteira com o distintivo. O celular...

E...

Tem mais uma coisa. Estou esquecendo algo importante.

Algo que não está aqui.

Agarrei o celular para ouvir uma mensagem deixada por Valery, enquanto vasculhava o quarto à procura do objeto ainda desconhecido. Minha cabeça ficou caótica, pensamentos paranoicos me acometeram enquanto a voz soava do aparelho.

— *Seu filho da mãe!* — saudou com tom grave. — *Preciso de você aqui em dez minutos ou vou ter que interrogar Benson sozinha! Se não chegar, vou esmagar suas bolas, Emerson. Juro que vou...*

E meus dez minutos tinham se esgotado havia mais de meia hora. Minhas bolas ficariam intactas, eu sabia. Valery não estava em posição de exigir muita coisa de mim no momento.

Eu só preciso encontrar o que está faltando... Mas não está em nenhum lugar!

Lancei um travesseiro na parede, tomado por um rompante curto de raiva que estranhei. Mas aquilo era demais! *O que diabos eu estava procurando?*

Virei o colchão com brusquidão, parando um segundo para ofegar quando me dei conta de que estava fraco segundos atrás e agora esbravejava irracionalmente. Contei algumas respirações acaloradas, vi minha calça jogada no chão, o cinturão da polícia repousando sobre ela.

O coldre estava vazio.

O que estava faltando não era um objeto qualquer. Eu tinha perdido minha arma.

11
VALERY

O idiota não atendia o celular nem dava resposta alguma.

Entrar naquele interrogatório sozinha era terreno perigoso. Na mesma medida em que coletaria as informações de que precisava, Carpax também as teria. Minhas perguntas poderiam parecer tendenciosas, ao passo que Axel manejaria as coisas com seu jeito mais brando, dando-me chance para ler nas entrelinhas.

Tinha ido ao banheiro, prendido o cabelo num rabo de cavalo e batido nas faces até ficarem vermelhas, fazendo meu sangue circular e meus pensamentos se organizarem. Parei em frente ao observatório da sala onde Benson estava, fiz uma contagem regressiva a fim de dar a Axel mais uns minutos de tolerância, porém ele não chegou.

O desgraçado olhava para as mãos algemadas quando cruzei a entrada no cubículo escuro, mal levantando os olhos à minha chegada. Recusara com veemência a presença de um advogado, mesmo tendo dinheiro para pagar pelo melhor tubarão da lei, o mais rápido em livrar figurões como ele.

Pousei sobre a mesa um copo transbordando de café aguado e joguei-me na cadeira defronte dele, deslizando a pasta aberta com as fotos de Debra e Nadine expostas cobrindo metade da mesa. George suspirou resignado, em seguida voltou a encarar as mãos. Lágrimas desceram de seus olhos e um ruído espasmódico lhe escapou.

— Bom dia, sr. Benson. — Uma pausa eficiente. Claro que ele não responderia. — Sou a detetive Valery Green.

Ele virou as fotos para baixo sem voltar a fitá-las, só então içou os olhos para mim. O rosto barbudo estava destruído, olheiras avermelhadas, a boca seca cheia de feridas. Seu estado de espírito poderia ser confundido com a sonolência, mas eu sabia reconhecer aquela linha de rompimento com a sanidade e o sr. Benson estava quase lá. O homem de 35 anos, fama de mulherengo, antes dotado de um peitoral inchado e olhos azuis emoldurados por um rosto anguloso, estava derrotado, sem esperanças e enlouquecendo. Não conseguiria muita coisa ali.

— Eu dispenso me apresentar — murmurou ele, a cabeça pendendo para a frente.

— Senhor, eu gostaria de ser poupada de fazer a maioria das perguntas. Não estou particularmente feliz hoje e me aborreceria muito ter que partir para o óbvio.

— Não matei minha esposa — respondeu, uma voz baixa porém grave.

— Foi sua filha Anastacia, de 7 anos, quem matou?

Soltou um riso cansado, inclinou-se na mesa e abraçou o copo de café com os dedos. Em seguida escorregou o olho para a câmera suspensa na quina da parede.

— A coisa dentro da minha filha a matou — sussurrou, paranoico.

Eu sabia que era verdade, embora também soubesse que não havia nada inocente em George. Humanos com motivações torpes também fedem de longe; não são só os demônios que possuem catinga própria. Mas era perigoso deixá-lo falar. Poderia parecer que eu acreditava nele, ou pior, poderia dar a Carpax pistas que eu deveria seguir sozinha.

Vou entrar no jogo da policial calma. Por ora, seu filho da puta.

— O que é a coisa dentro da sua filha, George?

— Se eu disser, vão acreditar em mim? — retorquiu, arregalando os olhos até formar uma expressão maníaca. — Não. Vocês vão me mandar para um quarto especial no Castle Black e de lá não posso ajudar minha filha.

Puxei outras duas fotos de dentro da pasta, deslizei-as sobre a mesa. Uma delas mostrava o cadáver de Charles Benson destruído por golpes de uma barra de ferro. Na outra, Debra Green, a garota que tinha sobrevivido a ele. Nos olhos de George estava o reconhecimento frio.

— Ninguém vai acreditar no homem que é o irmão caçula de um estuprador e serial killer — sugeri, soando cínica.

George estava pálido, resmungando sons inaudíveis, olhando horrorizado para a foto do irmão. Recolhi-as e guardei dentro da pasta, esperando a pausa estratégica surtir seu efeito de envenenar todos os planos de Benson.

— Debra está viva e reside em Nova York agora — prossegui, num tom de falsa indiferença. — Podemos ligar para ela, pedir que diga o que acha de Anastacia. Se há semelhanças com o que houve com ela. O irmão de um serial killer seria malvisto diante de um júri, não acha? O garoto que matou seu irmão deve ter sido considerado um herói na época... Ainda temos esperanças para sua filha.

Recostei na cadeira, mantendo um ar de que não me importaria em cumprir tal promessa. Vi quando os ombros dele caíram ainda mais, sua expressão se contorceu para segurar o choro.

— Isso não tem nada a ver com... — Engasgou, elevando as mãos ao rosto.

Eu sei que não... Só continue jogando e me diga o que eu preciso saber.

— Será que devo procurar por inclinações pedófilas em toda a linhagem dos Benson?

Minha pergunta o chocou. Os olhos já insanos agora eram estreitos, denunciando a raiva que sentia a meu respeito.

— Está insinuando que eu... — balbuciou, enojado.

Eu era boa em identificar emoções nas microexpressões das pessoas. Benson não tinha feito aquilo.

— Não sou burro, detetive Green. O histórico do meu irmão piora tudo para mim. Mas acredite, eu era um garoto na época em que Charles morreu... Não sou nada como ele.

— Como acha que isso vai acabar para vocês?

Benson sorriu inconformado, provavelmente desejando poder me responder com outras palavras.

— Serei preso — pontuou, dando de ombros com irritação. — Condenado por homicídio, abuso ou qualquer coisa que consigam contra mim. Minha filha vai passar o resto da vida no Castle.

Ela não vai.

— O senhor abusou física ou psicologicamente da sua filha, sr. Benson? — insisti, salientando as palavras para que o tenente as ouvisse do outro lado do espelho.

Benson mordeu os lábios, balançando a cabeça em negação.

— Sua mulher abusava?

— Não! — vociferou, indignado. — Ela era uma mãe perfeita.

— Então quer que eu acredite que uma menina de 20 quilos matou a mãe por nada? — inquiri, contundente. — Quer me convencer que ela tenha atacado Nadine, infringindo-lhe graves ferimentos na cabeça, e aberto sua jugular com as unhas sem motivo?

Charles se levantou num rompante, explodindo em um choro cheio de babas e mucos nasais que esfregava pelo rosto, murmurando coisas desconexas. Não me mexi, esperei-o andar de um lado para o outro enquanto senti os olhos de Carpax atrás do espelho.

— Sente-se, ou vou ser obrigada a colar seu traseiro nessa cadeira e você nunca mais vai levantá-lo dali.

O homem parou, olhando-me como um pássaro assustado. Obedeceu, ainda tremendo.

— Eu quero que tragam um padre para minha filha.

— Você não é católico, George.

— Ninguém pode ajudar minha filha — implorou, a voz embargada. — O que fizeram com ela... O que eu permiti que aquelas pessoas fizessem com ela...

Pessoas... havia pessoas, claro. A energia da sala mudou, minhas sobrancelhas relaxaram e minhas costas descansaram na cadeira. A luz vermelha da câmera era como os olhos do tenente dentro da sala, sinalizando que também tinha ouvido.

A calma que precede o esporro me invadiu. Uni as mãos sobre a mesa, molhei os lábios secos.

— Quem são essas... *pessoas?*

— Eles vão me matar — chorou em desespero, cuspindo saliva. — Ele vai matá-la.

— O que houve com sua filha, Benson? — Ergui uma voz grave autoritária. — Você a viu assassinar sua esposa?

— SIM! — Urrou, batendo sobre a mesa. O café quente respingou do copo, mas eu permaneci impávida. — SIM! Eu vi a coisa dentro dela matar Nadine, mas não era ela! Minha filha está perturbada por algo que vocês nunca vão poder entender. E é minha culpa... É minha culpa...

É sua culpa.

Inexoravelmente sua.

— Se você não me der mais informações, não poderei ajudar — argumentei num tom gélido. — Eu não quero que ela passe a vida no Castle, então fale agora, George, porque se meu tenente entrar aqui você não vai ter uma chance como essa.

Benson esfregou o nariz, controlou o choro e bebeu quase metade do café de uma vez.

— Confiei nas pessoas erradas, porque eu queria mais... — falou, diminuindo o volume da voz, melancólico. — Mais dinheiro, mais poder, mais mulheres. Quando você tem o bastante, algumas ficam dispostas a ignorar a aliança no seu dedo. Então me falaram desse lugar...

Parou, olhou-me nos olhos com a vergonha estampada na face úmida.

— Continue... — encorajei-o, demonstrando que estava indo bem.

— O dinheiro é como uma droga, detetive. Quando se experimenta uma dose muito grande, você não consegue mais parar. As outras vêm depois, cada vez piores. Consomem sua alma e fazem com que ela perca o valor.

Inclinei-me sobre a mesa, mantendo os olhos dele presos aos meus para que visse que eu não estava amolecendo por conta do discurso.

— Você está me enrolando, Benson? Acha que vim aqui procurar lições de vida? — Bati com a palma da mão duas vezes na mesa, num gesto efusivo. — Eu quero saber a parte interessante da história.

Charles estava conduzindo muito bem as coisas para mim, na verdade. Eu tinha entendido tudo. Benson procurou alguém que oferece Pactos Financeiros, o que reduzia o campo de minhas buscas basicamente a praticantes de magia negra que tinham contatos com demônios de encruzilhada.

— É o fim da linha para mim. — Tornou a chorar, embora mais conformado. — Eu não matei minha esposa, nem minha filha a matou. Havia mais pessoas na casa, mas eu não posso denunciá-las, elas me matariam.

Sorri de lado, ironizando o que ele dizia.

— Anotei tudo o que disse e não vou esquecer, Benson. Há mais pessoas envolvidas. — Ele olhou para o colo, o rosto se fechando em resignação novamente. — Mas se alguém o estiver ameaçando, você está no lugar mais seguro que poderia est...

— NÃO! NÃO ESTOU! — voltou a urrar, socando a mesa repetidas vezes. — TRAGA UM MALDITO PADRE PARA MINHA FILHA, SUA PUTA MISERÁVEL!

O corpo macilento de Benson eclodiu enquanto ele ainda esmurrava a mesa. Por um segundo fiquei na mesma posição, vendo-o naquela febril reação insana sem ao menos a presença de um sussurro espiritual ou Fumaça Negra. Só quando caiu em espasmos no chão e seus olhos reviraram com a convulsão, reagi procurando imobilizar a cabeça.

Contudo, sabia que não era espiritual, e sim a loucura humana, a doença da culpa.

Problemas humanos estavam fora do meu alcance. Eu não sentia a mínima empatia por aquele homem decadente. Afastei-me quando os oficiais entraram para acudi-lo, já fria, certa do que deveria fazer e de quem eu deveria procurar.

12
HENRY

— Fez boa viagem, padre?

Respondi com um sorriso ao taxista educado, indicando-o que seguisse para o endereço da paróquia do padre Angélico. Depois de horas em aeroportos abarrotados e sonos interrompidos, finalmente me encaminhava para a pequena Darkville, na região de Nova York.

— Vamos demorar cerca de uma hora para chegar — informou-me o rapaz. — O senhor está com pressa?

Eu estava, certamente, mas tudo o que pude fazer foi sorrir como um bom sacerdote.

— Não, filho — respondi, calmo. — Estou bem.

A viagem prosseguiu com conversas amenas, dessas que todas as pessoas gostam de ter com homens da minha profissão. Apeguei-me ao diálogo para não pensar na missão, o que me trouxe certo equilíbrio espiritual como sempre. Após passar a ponte, pude ver a nuvem de chuva a oeste, indicando meu destino e pronta para despejar seu aguaceiro sobre a cidade, como que para comemorar minha chegada.

O clima era frio ali também, mais do que eu esperava para a região. Podia entender a escolha de Valery — climas frios e secos eram bem parecidos com ela.

Pouco mais de uma hora depois, adentramos numa rua arborizada com prédios rústicos erguidos em tijolos vermelhos. Pelas calçadas pessoas corriam na fuga contra a chuva, escondendo-se nos estabelecimentos abertos. Adiante estava a casa paroquial, ladeada por um vasto jardim gramado, sinalizada pela imagem do sagrado coração.

Um padre surgiu por entre a cortina esbranquiçada de água que só crescia, segurando dois guarda-chuvas. Abriu a porta do táxi para me proteger, enquanto eu entregava uma gorjeta ao motorista e puxava minha pesada mala.

Ao partir do carro, ficamos na calçada. O padre me entregou o cabo do meu guarda-chuva, observando-me com um vislumbre de estranhamento, como se esperasse outra coisa. Eu sabia que esperava; tal olhar não me era estranho ou incômodo. Quando se trata de lutas travadas contra entidades malignas, o que se esperam são cabelos brancos, vozes roucas e rugas de experiência.

Eu só tinha a experiência.

— Olá, padre Angélico — saudei-o, esticando a mão.

— Bem-vindo, padre Chastain... — respondeu resistente, apertando a minha mão com força.

A ventania jogou água fria em ambos, obrigando-nos a postergar a conversa. Deixei que me indicasse o caminho e o segui ao som de trovoadas e ventos assoviados.

Uma porta aberta me esperava, golfando ar quente de uma lareira. Cruzei a entrada, já me livrando do sobretudo encharcado que meu anfitrião tomou de minhas mãos rapidamente para pendurar perto do fogo aceso.

— Espero que o senhor tenha feito boa viagem, padre... — disse-me, solícito.

— Por favor, não me chame de senhor. — Soltei uma risada fraca, tentando parecer leve para esconder a ansiedade.

Angélico meneou a cabeça, piscando demais os olhos. Estava constrangido, esgotado, provavelmente cheio de perguntas que temia fazer. Nesse meio-tempo de silêncio constrangedor, fiz uma breve varredura da casa paroquial, verificando que talvez houvesse uma comissão secreta de decoração sacerdotal. Em todos os lugares do mundo onde estive, as casas dos sacerdotes eram decoradas com imagens parecidas, tons de vermelho em veludo e móveis antiquados de largura ostentosa, naquele tom de mogno escuro.

Meu anfitrião me indicou uma poltrona perto da lareira, onde me sentei em sua companhia, esperando que terminasse seus ensaios e partisse logo para o inquérito.

— Pedi a algumas das minhas fiéis que preparassem um almoço farto para o senh... — Pigarreou, constrangido. — Para você. Deve ficar pronto a qualquer momento.

— O cheiro está maravilhoso — comentei com sinceridade. — Aprecio a hospitalidade.

Mais um segundo de silêncio. Podia ouvir sua respiração ruidosa somada ao barulho de vozes femininas ao fundo.

— Creio que precisemos conversar sobre os arranjos que consegui fazer. — Limpou a garganta, remexendo-se na poltrona. — A menina Anastacia Benson está internada num hospital para doentes mentais chamado Castle Black. É para lá que vão os doentes que cometem crimes.

Mais direto do que imaginei.

— Foi o lugar onde aconteceu a rebelião ontem à noite — comentei, assentindo. — Eu vi no noticiário no aeroporto. Aquilo foi...

— Aconteceu durante o ritual de selamento que você me ensinou por telefone. Fui removido do local pela orientação de uma detetive... Bom... — Pausou, reconsiderando. O sacerdote aparentava cansaço, apesar do olhar manso e a polidez. — Estou me adiantando. Queria fazer algumas perguntas antes de contar o que aconteceu.

Sorri sem mostrar os dentes, concordando com um gesto curto.

— Pode perguntar o que quiser. Sei que devo parecer jovem demais para...

— Não — interrompeu-me, abanando rapidamente a mão. — Embora isso seja evidente, não me incomoda de forma alguma. Nunca estive numa situação como essas antes, mas sei qual seria o procedimento em caso de comprovação de possessão demoníaca.

Bem, para tudo existe uma primeira vez. As perguntas sobre a minha idade costumavam sobressair às demais.

— O padre deve se reportar ao bispo da Diocese, e este deve autorizar o exorcismo, chamando o exorcista mais competente ou realizando ele mesmo.

Angélico concordou avidamente.

— No entanto, um dos maiores exorcistas do Vaticano sabia da existência de uma pessoa possuída antes mesmo de mim — prosseguiu, chegando onde queria com certo incômodo em seu tom. — Como me explica isso, padre Chastain?

— Notícias como essa correm muito rápido — emendei, a resposta pronta em minha mente. — Certos procedimentos desse tipo exigem a quebra do protocolo padrão. O Sumo Concílio do Vaticano tenta realizar a maior parte dos exorcismos sem que haja conhecimento público. Não querem causar caos e mais superstição.

— O senhor... Você, oras! — vociferou, quase ofegante. — Trabalha diretamente com o Santíssimo Papa?

Hesitei em responder. Não era uma pergunta que me faziam com muita frequência, mas a dúvida e a desconfiança estavam estampadas nos olhos do meu colega.

— Faço parte de uma Ordem que tem acesso direto a ele. Logo, sim.

— Entendo... — divagou, impressionado. — Fico honrado com sua presença, padre Chastain. Gostaria de saber se o senhor foi informado da possessão por intermédio da detetive Valery Green.

Desprevenido, emudeci de momento. *Detetive? Valery tinha entrado para a polícia?* Não sabia se tinha perdido as palavras pela pergunta ou pelo orgulho em saber o que ela tinha conseguido fazer nos anos que passaram. Tentei me recompor rapidamente, sem perder a expressão facial.

— Conheço a srta. Green há muitos anos.

Ele parecia compreender.

— Ela ajudou a enfermeira King a me tirar do prédio ontem — informou-me, passando uma impressão de espanto. — Vi-a pela última vez em frente ao quarto da menina Benson. Para meu contentamento, hoje pela manhã fui informado de uma melhora do estado dela.

Seu tom foi sugestivo, como se minha informação anterior tivesse esclarecido algum tipo de suspeita que nutria a respeito do fato. Ademais, eu sabia que Valery teria colocado o demônio para dormir. Era temporário, mas com certeza tinha salvado a vida da menina.

— Ela sabia o que estava fazendo.

— Devo imaginar que sim — completou, sorrindo solenemente. — Numa ocasião fiz uma visita para a srta. Nelson, amiga da detetive. Conversei com ambas por um tempo até Valery me dizer que não rezava havia anos e afirmar que Deus a abandonara no nascimento. Pode imaginar então minha surpresa quando me pediu a confissão?

Angélico riu, um pouco mais à vontade em minha presença.

— Acredito mesmo que ela tenha dito tais coisas — completei, num tom neutro.

— Nem mesmo eu, um sacerdote da Santa Madre Igreja, soube acalmar o espírito, mas a detetive o fez!

Angélico esfregou a barba branca que despontava no rosto cansado.

— Gostaria que o senhor mantivesse a atuação de Valery em segredo — emendei, inclinando-me em direção a ele. — Ela deixou essa vida há muito tempo...

Houve uma pausa analítica. A expectativa do que viria a seguir disparou meu coração.

— São irmãos? Ou parentes próximos?

A pergunta me aliviou, quase fazendo-me rir.

— Não. Não somos irmãos ou parentes. Como eu disse, gostaria que ela fosse preservada.

— Ela trabalhava para a igreja, então...

Não neguei, mas também não afirmei. Era melhor que o padre tivesse o mínimo de informações possíveis, ou Valery me quebraria as duas pernas. E, Deus, ela era mesmo capaz disso.

— E os arranjos que o senhor fez, padre Angélico? — apressei-me em perguntar.

O velho pareceu acordar de um torpor, voltando a me encarar agora menos desconfiado.

— Já combinei tudo com uma pessoa da minha confiança — disse, cruzando os braços, acertando a postura antes meio curvada. — À uma da tarde, ela vai desligar as câmeras de segurança da ala infantil, por uma hora.

Nesse período, temos uma visita agendada autorizada por Amara Verner, a responsável legal de Anastacia. Como o corredor infantil fica afastado dos demais, o risco dos ruídos será atenuado e poderemos ter privacidade.

— Não posso entrar pela frente, padre.

Angélico piscou, virando o rosto de lado numa expressão de dúvida.

— O quê?!

— Como falei, a Igreja quer manter os rituais em segredo. Precisamos tomar cuidado com o que acontece em situações como essa, fazer tudo da forma mais discreta possível. Se a população acreditar que uma garotinha de 7 anos tem um demônio em seu corpo, não se sentirão mais seguros. A histeria será coletiva — pontuei, resoluto. — A Igreja me repreenderia.

De repente, a gola me pareceu muito apertada, pinicando a pele no pescoço onde a barba começava. O incômodo transpareceu em um movimento que fiz para alargar o tecido. Angélico observou com atenção.

Eu daria tudo para não precisar usar essa droga vinte e quatro horas por dia.

— O que faremos então? — indagou, abrindo os braços.

Trocamos um olhar um pouco mais longo. Era hora de começar a parte prática.

— O senhor fará da forma como planejado...

13
VALERY

Carpax estava profundamente silencioso quando saí da sala de interrogatório. Não me detive em me preocupar, meus pensamentos estavam voltados para outra pessoa.

Oz... Eu precisava falar com ele! As informações dadas por Benson eram alarmantes, Oz saberia o que fazer com elas.

Deixei o tenente na companhia de sua quietude, rumei para minha mesa, longe dali. Encontrei Axel vasculhando as gavetas de forma acelerada, seu rosto marcado por uma expressão preocupada que se desmanchou para uma careta de desculpas assim que parei à sua frente enterrando as mãos na cintura.

— Aposto que foi um interrogatório incrível. — Sorriu, como se tudo fosse uma piada, como sempre.

— Não é engraçado, Axel — retorqui seriamente. — Sabe que estou em condições de estragar tudo.

Parecia perturbado, cheio de olhares furtivos, respirações entrecortadas. Não prosseguiu com as piadas, apenas anuiu pesaroso.

— Que cheiro é esse? — Farejei até chegar a ele. Recuei de imediato, expressando uma onomatopeia de nojo. — Todo esse atraso e você não se prestou a tomar um banho?

— Sinto muito se meu perfume natural a incomoda, senhorita...

Chacoalhei a cabeça, concentrando-me no que era importante.

— Sério. Axel, como passou a noite?

Certamente estranhando o tom preocupado da pergunta, ele hesitou.

Eu gostaria de receber rapidamente uma resposta. Estava apreensiva, sabendo que Axel tinha tocado diretamente no corpo possuído. Boa parte das pessoas que o faziam eram assombradas por pesadelos, acometidas de sudoreses intensas e com frequência tinham visões de entes queridos mortos em versões malignas.

— Assisti a um filme de romance e chorei feito um bebê — retrucou, irritadiço.

Cruzei os braços, defensiva. Porém eu sabia que algo não estava certo, pois o conhecia em seus mais refinados trejeitos.

— Ou chorou feito você mesmo? — devolvi de imediato.

Arrependi-me pela grosseria precipitada. *Talvez seja íntimo demais. Visões, dores do passado. Quem era eu para remexer naquilo?*

— Valery, eu estou bem — falou, cedendo. Ombros caídos, a face cansada transparecendo em sua compleição. — Desmaiei na minha cama e só acordei hoje de manhã.

Está mentindo. Claro que está.

Chafurdar sua noite obscura não era prioridade, afinal.

— Carpax me colocou na sala com Benson — recomecei, dando de ombros. — Sabia que ele não quer um advogado? Ele quer falar coisas que o colocariam num hospital psiquiátrico, e eu não poderia impedi-lo.

Terminei a frase sussurrando, olhando para os lados, confiante de que meu parceiro compartilhava daquele segredo. Seu sorriso enviesado me pegou de surpresa.

— Como o demônio dentro da garotinha? — desafiou-me, sussurrando bem perto do meu ouvido. — Não tinha por que se preocupar, Green. Você sabe muito bem mentir sobre essas coisas.

Mordi a bochecha para controlar a raiva.

— Ele disse coisas que podem ajudar — emendei, ignorando-o.

— Isso tudo é... — Sobrepôs minha fala, tão exasperado que precisou parar. Respirou fundo e me encarou resignado. — Merda, Valery!

Antes que eu prosseguisse com interjeições sobre o estado de Axel, o tenente adentrou o espaço dos detetives com o olhar estreito preso em nossa direção. Ambos mantivemos silêncio, braços cruzados, olhar obediente. O chefe parou entre nós dois de peito estufado, exalando capim-limão e autoridade. Estava satisfeito, embora consternado.

— Poupe-me de desculpas, detetive Emerson — adiantou a voz soberana. — Vocês dois estão perdoados pelos atrasos de hoje.

Trocamos um olhar de subalternos repreendidos.

— Eu sinto muito, chefe...

— Já disse para me poupar, Emerson! — exasperou, mantendo a compostura. Passeou a atenção por nós dois e parou em mim. — Vou cuidar do caso Castle pessoalmente, mas quero vocês dois com os Benson.

— Sim, senhor — respondemos em uníssono.

Carpax reagiu meneando a cabeça em aprovação.

— Green, você vai para a rua tentar investigar quem eram as pessoas na noite do assassinato. Descubra com quem Benson andava, os horários, as mudanças de comportamento, e me traga o relatório na segunda. — Assenti imediatamente, então ele deslizou o olhar déspota para Axel. — Emerson, você fica com Amara Verner. Ela deve saber de alguma coisa. E não estou nem aí se é fim de semana, entenderam?

— Considere feito — arrematei, forjando um sorriso sem mostrar os dentes.

Axel apenas salientou minha fala com uma continência teatral. O tenente bufou uma recriminação. Deixou-nos em seguida, ambos assistindo a seu caminhar irritado de volta para sua sala, até bater a porta às suas costas.

— Aí vai um homem possuído por alguma coisa — brincou Axel, embora sua expressão estivesse fechada. — Agora me diga: o quanto mentiu para mim ontem antes da rebelião?

Pisquei algumas vezes antes mediante a mudança brusca de assunto.

— Não menti — respondi, resoluta. — Eu omiti detalhes que não fariam bem a nenhum de nós.

Axel estalou a língua, custando a engolir minhas falas furtivas. Eu não o condenava por isso. No lugar dele, eu já teria me denunciado ao tenente.

— Eu vi você montada numa menina de 20 quilos como se estivesse num rodeio com um touro de uma tonelada — sussurrou ele, embora ainda soasse alto.

Ao ver que os outros detetives nos lançavam olhares diagonais, puxei-o pelo braço para um canto mais vazio.

— Eu não tenho muito tempo para dar explicações — disse, entre dentes, pressionando-o contra a parede com o indicador em riste. — Se encontrar as pessoas que fizeram isso, podemos inocentar Anastacia. Eles levariam a culpa e ela poderia ter uma chance de viver de verdade.

Minha conclusão o fez mudar de expressão, embora ainda parecesse hesitar.

— Seu padre já salvou a vida dela? — Outro desafio, dessa vez mais ácido.

— Deve estar na cidade. Não sei... — divaguei, afastando-me para poder respirar. — Ele vai fazer sua parte, vamos fazer a nossa.

Para mim a conversa estaria encerrada ali, portanto me virei para sair o mais rápido possível. A mão opulenta de Axel deteve com força meu antebraço, e em um segundo ele estava tão próximo a mim que pude ver sua pupila negra dilatada.

Eu não queria ter tirado sua inocência, Axel. Não queria que descobrisse o meu mundo.

— Eu preciso ir — pronunciei devagar, com cuidado.

— Espero poder confiar em você, Green. Eu quero respostas.

Larguei meu braço bruscamente.

— Você quer me conhecer, Axel? Quer desvendar quem é a Valery por trás da carcaça de gelo, não quer? Está aqui! — pontuei em intensa irritação enquanto batia em meu peito. — Bem na sua cara! Sou um problema grande e fodido com um passado cheio dessas coisas que matam mães usando mãos de criança. Essa sou eu.

Axel negou com um movimento sutil, abaixando os olhos. Por um momento não houve piada, comentário malicioso ou hostilidade forçada. Ele estava esgotado, beirando a exaustão. Senti meu coração desacelerar, os pensamentos se turvarem em culpa.

Não faça nada, Valery. Só arrume as malas e fuja. Para mais longe dessa vez.

— Você tem sorte por eu ser muito bom em farejar o caráter de pessoas mentirosas, Valery — falou bem baixo. — Se eu fosse mais idiota, você estaria nas mãos de Carpax agora.

— Eu tenho sorte então.

Axel ergueu os olhos de turmalina para mim. Estavam acinzentados.

— Se acontecer alguma coisa com Anastacia, entrego você e seu padre sem pensar duas vezes.

Sem me despedir ou argumentar, virei as costas rumo à saída, sem olhar para trás até entrar no elevador. Antes de as portas se fecharem, me virei e o vi de ombros caídos olhando para a gaveta vazia aberta em sua mesa. Seus cabelos compridos estavam presos num rabo de cavalo baixo, as costas largas voltadas para mim. Axel era um fio de esperança em meu coração de mármore todo surrado pela vida.

Não tinha por ele um amor avassalador, tampouco mesmo uma paixão carnal. Era um afeto tácito, tão real e pulsante quanto qualquer um desses sentimentos. Permiti-me pensar que, se fosse uma garota normal, desejaria ter outra vida, outro corpo, uma alma, para me dar a chance de amar alguém como ele.

Não tenho certeza de como cheguei em casa tão rápido, atropelando os móveis e chutando as quinas até chegar ao quarto. Quando me peguei dentro do cômodo, parei em frente à porta do enorme guarda-roupa e estanquei, ouvindo meu coração bater contra o meu ouvido.

Eu só preciso do maldito celular. É só abrir o baú e pegar o aparelho!

Repreendi-me algumas vezes antes de pegar as chaves no bolso da jaqueta. Uma delas abria aquele compartimento que eu mantive secreto por anos, onde guardava pedaços do meu passado que não queria mais ver. Virar o rosto às vezes é o melhor remédio para lidar com o que não podemos mudar em nossa história. Um remédio dos covardes, é claro.

Seria tudo menos complicado se eu simplesmente tivesse dado meu número novo a Oz. Ou até mesmo me permitido memorizar o dele, assim não precisaria desenterrar aquele aparelho morto no fundo do baú. *Como se eu pudesse enterrar Oz!*

Numa sequência de movimentos mecânicos, girei a chave na porta de mogno e, em seguida, destranquei a fechadura do baú. Mantive-me impassível quando o enorme tampo de madeira cedeu, produzindo um sonido enferrujado e revelando as lombadas dos livros que eu jamais enfileiraria numa estante na sala. Ocultismo, bruxaria, demonologia, segredos do cristianismo — só alguns dos assuntos listados. Embaixo de todos os exemplares, estava o celular velho, jogado, desde que pensei que pudesse me livrar das pessoas que já haviam me contactado por ali.

Agarrei o Motorola V3 e liguei-o na tomada, para recarregar parte da bateria.

Ele deve saber a essas horas... Oz compartilha as minhas visões, todas elas. Então por que não está aqui agora?

Ao SURGIR UMA barrinha de bateria no visor, liguei o celular e me apressei em procurar o contato de Oz. O toque se repetiu seis vezes até que a voz familiar me respondeu dizendo meu nome. Levou uns segundos para eu apreender o tom grave, o timbre de trovão que eu não ouvia havia cinco anos. Escorreguei na beirada da cama, esfreguei os olhos secos.

— Valery? — repetiu, parcimonioso.

— Estou aqui — respondi finalmente.

— Faz muito tempo, não é mesmo? — falou baixo.

Algo naquele tom me fez adivinhar que Oz emitia um sorriso triste. Ignorei o sentimento de nostalgia que isso me trazia.

— As visões voltaram, como você já deve saber — pronunciei com estranha cautela. — Então onde você está?

Sua respiração era alta do outro lado.

— Atrás de uma coisa para você — retrucou num rosnado. — Descobri algo que...

— Tenho uma possessão demoníaca numa garotinha de 7 anos — sobrepus com urgência. — Você deve ter visto, aliás.

— Como um filme de terror — devolveu no mesmo tom. — Tive tempo para analisar a visão, Valery. Não é como se eu não estivesse fazendo nada. Como bem sabe, não tenho poder de me teletransportar ainda.

Esfreguei a nuca, consternada demais para articular as palavras.

— Eu preciso de ajuda! — vociferei, controlando a altura da voz. — Consegui descobrir algumas coisas que podem ajudar a menina a escapar de um sanatório para o resto da vida.

— Ela matou alguém?

Contei rapidamente o que sabia, falando da noite em que a encontramos e do assassinato da mãe. Falei de minhas suspeitas sobre o Pacto Financeiro e da resistência de Benson, que temia ser morto pelas pessoas que tinha procurado.

— Vou vasculhar a cidade em busca de seitas de magia negra — disse ele, num tom mais profissional. — Por ora você deve procurar o padre que fez o selamento e descobrir se alguém está sendo enviado para fazer o exorcismo.

Essa era a parte na qual eu não queria chegar.

Claro que sim, Oz. Tem um padre vindo fazer o exorcismo, e é exatamente aquele que você não gostaria de encontrar. Previ a tonelada de palavrões, os rugidos de lobo. Calei-me engasgada com as palavras.

— Valery, o que está me escondendo?

— Chastain está vindo — soltei, depois de cerrar os olhos.

Um átimo de silêncio. *Depois de tantos anos eu ainda tenho medo das reações coléricas dele?!*

— Filha da puta! O que deu na sua cabeça?! Se pegarem ele... — Parou ali, certamente percebendo que tinha extrapolado na reação. Podia imaginá-lo mordendo o indicador dobrado para conter a raiva, enquanto eu estava ali encostada à parede, de olhos fechados, feito uma adolescente que foi pega pulando a janela. — Caralho, Valery! Você é estúpida como o inferno.

— Seu amor por mim é comovente, Oz.

Depois de uma ofegada ruidosa ele pareceu se acalmar.

— Como eu disse, tive tempo para analisar a visão. É uma entidade de alta hierarquia — disse, ainda soando como um lobo. — Um demônio de encruzilhada não poderia ter influenciado tantas pessoas após um ritual de selamento.

— Podem ter enganado Benson — falei, sem controlar o desespero iminente. — Podem querer outra coisa.

— Está pensando que isso pode ser sobre você, mas ainda é muito cedo para isso.

Contei meus batimentos, permitindo-me um momento de calma.

— Um demônio isolado, numa cidade qualquer — divaguei. — Ele não pôde me ver ou ler meus pensamentos. A maldita tatuagem me protegeu de verdade.

Oz riu do outro lado. Seu riso seco de preocupação paternal.

— A tatuagem a protege dos demônios, mas você não é invisível para padres do Vaticano, então fique longe de Chastain — argumentou, ácido.

— Vá para o inferno, Oz!

— Estou trabalhando nisso há dois mil anos, docinho — retrucou ainda mais cínico. — Cheque a proteção do seu apartamento, procure ficar aí dentro até termos certeza de que está segura.

Queria argumentar, mas a ligação foi encerrada antes mesmo que minha atitude produzisse mais alguma ofensa. Fiquei com o vazio tempestuoso de Oz para engolir.

Mesmo contrariada, obedeci à ordem de checar o apartamento.

Apaguei todas as luzes da casa, munida de uma lanterna de luz branca para verificar as portas. Iluminei a entrada, verificando os símbolos desenhados nela. Ainda estavam lá. As runas de proteção entalhadas com meu próprio sangue num ritual que Oz tinha me ensinado.

Segundo ele, nos tempos antes de Cristo, os povos pagãos descobriram o poder dos símbolos. Eram presentes dos deuses da terra para manter os humanos protegidos contra demônios e outros males sobrenaturais. O sangue era para tornar o efeito duradouro, já que é uma substância que mesmo depois de limpa deixa rastros eternos.

O sangue nunca mente.

Ali dentro eu estava segura. Denise estava segura.

Não suportaria que algo tão profano a tocasse, ainda mais por um descuido meu.

Contendo um arrepio, encarei as formas arredondadas do pentagrama desenhado em luz fluorescente. Outros desenhos menores se dispunham nas pontas — um escorpião, uma estrela de seis pontas, um sol. Era complexo, como a tatuagem nas minhas costas.

Desliguei a lanterna e fiquei no escuro por um tempo, procurando o sentimento de controle dentro de mim. Escondi o celular no bolso falso da minha jaqueta e me preparei para enfrentar os corredores de sangue do Castle Black.

14
HENRY

Um corredor frio, luz amarelada, cheiro de éter disfarçando o odor de enxofre.

Caí de joelhos sobre uma superfície lisa que protestou contra o contato da borracha dos sapatos. Meu corpo mal suava nas roupas, mas o calor era excruciante.

Vozes. Passos. Presenças em todos os cantos.

Eu estava dentro do Castle Black, o famoso e temido hospital para doentes mentais criminosos. A algumas portas havia uma entrada que se destacava. Dela vinha o cheiro, as emanações.

Por cada grão de concreto daquele lugar vinha o medo em seu estado mais puro.

A opressão não provinha somente da criatura dentro da garotinha, mas de todos os lados. Tinha sido trazido pelas pessoas trancadas nos corredores inferiores, como um amuleto de todas as atrocidades que cometeram. Estava impregnado na alma deles, na certeza de que de dentro daquele prédio só sairiam para o inferno. E nada poderia ser pior do que a danação eterna na companhia das vítimas de quem ceifaram a vida.

O medo pode preencher corredores, alas, prédios.

Escondi-me ali na penumbra da ala infantil, depois de ter me esgueirado pela janela. Apesar de me recuperar mais rápido que pessoas comuns, ofegava por causa do esforço. Três andares escalando beirais ocultos, evitando o olhar dos guardas, parecendo um bandido qualquer serpenteando pelos muros.

Odiava ser obrigado a agir assim. Mas minha ira maior era a de ter nascido com aquelas habilidades que me atraíam para coisas nefastas como a que se escondia atrás daquela porta. Dali podia ouvir a respiração de uma menina muito jovem, fraca, quase se perdendo apesar de estar adormecida.

Ele estava lá.

Valery Green costumava chamar de Fumaça Negra. Um fenômeno que quase todas as pessoas poderiam perceber, mas poucas com tamanha intensidade. O tímpano vibrava ao captar o zunido, os músculos tremiam e a pele quase podia sentir o toque no ar. Eu preferia chamar, desde a primeira vez que a senti, de Opressão Maligna.

Naquele lugar era forte, quase palpável.

Passos duplos se aproximaram. Logo a porta de entrada para a ala foi destrancada, dando espaço para uma mulher vestida de branco acompanhada do padre Angélico. Ela me viu primeiro, olhando-me como se eu fosse uma assombração, enquanto meu colega detinha um sorriso de canto; tinha quase apostado comigo que eu não conseguiria entrar.

Aproximei-me deles e estendi a mão para cumprimentá-la de forma polida. A enfermeira tinha no olhar a fé com a qual eu precisava contar para fazer o meu trabalho de forma discreta, como deveria. Eram pessoas como Giselle que permitiam que os exorcismos acontecessem e que as notícias não se espalhassem.

— A senhorita deve ser a enfermeira King — falei num tom educado.

Com gentileza, embora envergonhada, pegou minha mão e depositou um leve beijo nas costas dela, quase sem encostar os lábios em minha pele.

— Sua bênção, padre Chastain.

Aquilo seria sempre tão desconfortável?

Quando devolvi a bênção de forma mecânica, a moça corou, recuando como se quisesse se esconder detrás do padre mais velho — aquele que não subia em janelas, tampouco burlava sistemas de segurança.

— Sei que a pegamos de surpresa com tudo isso — comecei com cautela, trocando olhares com o outro sacerdote. — Agradeço sua discrição. Só assim poderei ajudar a pequena Anastacia como ela precisa.

— Padre Angélico disse que o senhor trabalha diretamente para o papa — devolveu ela, os olhos brilhando em esperança. — Espero que em suas mãos ela possa se recuperar dessa...

Abanou a cabeça, como se quisesse espantar os pensamentos.

— Ela vai ficar bem agora — disse Angélico, convicto.

— Eu a chequei faz pouco tempo, e ainda estava sedada — disse-me, soando preocupada. — Isso pode atrapalhar em alguma coisa?

— Ela vai acordar quando eu começar — esclareci, deslizando o olhar para o objeto que meu colega trazia em mãos.

Angélico me entregou a maleta com meus pertences. Coloquei-a no chão e abri para vestir os acessórios que precisava para começar meu trabalho — a batina, a estola roxa ungida, os instrumentos ungidos pelo papa e uma cópia oficial do Rituale Romanum. Vesti-me rapidamente sobre as roupas que usava e encaixei a gola branca.

— Vou precisar que me ajudem a amarrá-la para que não me distraia tentando me machucar.

Os dois pares de olhos me fitavam com certo assombro.

— Padre, tem outra coisa que eu gostaria de saber. — A moça engoliu em seco, em seguida deu um passo para perto do quarto, espiando pela abertura de vidro com um ar preocupado. — Ela pode morrer durante o ritual?

Troquei olhares com Angélico antes de responder.

— Cerca de vinte por cento dos acometidos por esses ataques morrem durante ou depois do ritual. Porém, em todos os exorcismos que realizei, apenas duas pessoas morreram em minhas mãos.

A srta. King quis sorrir, mas não era uma situação para comemorações.

— Espada de Sal do Papa, hein? Acho que deve ser uma nomeação merecida — disse Angélico, num tom sugestivo.

— Pessoalmente, eu não gosto desse apelido — respondi, tentando não soar grosseiro. — Afinal, sal não segura demônios por muito tempo.

Ouvi um baque vindo do quarto, sobressaltando os dois.

Certamente a menina tinha despertado quando a entidade sentiu minha presença. Os símbolos sagrados da Palavra de Deus tatuados em meu ombro direito protegiam minha mente contra a ação perturbadora dos ataques, mas não tinha sido tatuada por um Escriba, portanto eu não estaria incólume por muito tempo.

— Padre, segure isso. — Entreguei a ele a cruz de ouro que trazia na maleta. Angélico agarrou com a mão tremendo e me encarou sem saber como proceder. — Não tenho tempo para lhe ensinar o ritual, por isso não quero que entre no quarto.

— O senhor disse que o selamento não duraria muito tempo — murmurou, fitando Giselle de lado. Ela estava grudada no vidro da porta, observando dentro do cômodo. — Estamos seguros aqui?

Considerei a onda de opressão que cresceu ao meu redor. Meus ouvidos tremulavam por conta das ondas sonoras oriundas da garotinha.

— Se algo fora do esperado acontecer, não hesite em me deixar para trás — ordenei contundente. — Não sei quanto tempo o ritual de proteção vai durar.

Ele assentiu preocupado, os olhos dilatados pelo medo crescente. Outro baque se fez através da entrada e dessa vez balançou todas as portas do corredor. As paredes vibraram, as luzes piscaram. A enfermeira saltou para trás com um grito, colocando a mão na boca para reprimi-lo.

Corri até a abertura de vidro para olhar a garota, porém tudo o que vi foi sua figura deitada inerte sobre a cama. Os cabelos ralos estavam espalhados pelo travesseiro inclinado, o rosto arroxeado como se estivesse morta.

— Ela não está respirando! — gritou Giselle, já com as mãos procurando a chave certa para abrir a porta.

Um grunhido longo e gutural reverberou lá dentro, balançando a maçaneta, ainda piscando as luzes. Estava por toda parte, exalando o cheiro fétido para debaixo da porta.

Impossível!

Minha urgência cresceu enquanto a mulher não conseguira abrir a porta.

— Chastain, o que está havendo? — indagou o padre, sobressaltado.

— Ele saiu da menina — sussurrei, incrédulo.

— Preciso entrar para ressuscitá-la. — A mulher estava tremendo. Tentou passar o cartão magnético no leitor, mas suas mãos não permitiam.

— Preciso entrar agora!

A criatura invisível grunhia por todos os cantos, a opressão ficando maior.

Meu reflexo instintivo foi segurar a enfermeira, mas ela agiu de forma inesperada, correndo para dentro do quarto.

— Giselle, não! — rosnei alto.

Adentrei em seu encalço, mas não tive tempo de agarrar seu braço, quando algo a encontrou já no meio do cômodo. Seu corpo foi projetado para fora, lançando-a de costas contra a parede do corredor. Em seguida a porta se fechou num forte baque, me trancando sozinho com a menina lá dentro.

Houve um silêncio absoluto naquele instante. Senti o cheiro impregnado no ar, de cadáver em putrefação, enxofre puro.

Gorgolejos soaram ao meu redor, feito um animal espreitando a vítima antes de atacar. Andei de costas até perto da cama da garotinha, segurando a cruz de bronze que trazia no bolso da batina. Usando a mão esquerda, com a atenção presa ao som animalesco, medi os batimentos cardíacos no pescoço frio de Anastacia.

Graças a Deus, está viva...

Comecei a proferir as orações. No mesmo instante ele sussurrou dolorosamente, vivendo o incômodo que aquelas palavras em latim causavam. Aumentei o ritmo e ergui a voz. Ele se batia nas paredes, grasnando.

Senti em meu corpo a opressão aumentar à medida que o demônio lutava. Cada músculo rejeitava sua presença e seus ataques, enquanto ele tentava penetrar minha mente.

Era forte, nauseante.

Com precisão, terminei a primeira sequência de palavras, mas ele não parou de lutar. A temperatura do ambiente caía em rápida sucessão, causando tremores que me enfraqueceram. Logo resolveu me atacar novamente, agigantando-se à minha frente feito um monstro que eu não podia ver, mas cujas formas podia adivinhar. Seus olhos me cegaram e minha mente começou a romper.

Vozes, gritos, choro intenso, visceral. Imploravam por socorro em urros de uma angustiante agrura.

Quase caí de joelhos ao vivenciar aquela dor, aquela perdição sem fim que a criatura das trevas me mostrava. Havia só sons, mas eram o bastante para me tirar as forças por um breve tempo.

— *Ergo, draco maledicte et omnis legio diabolica, adjuramus te per Deum, vivum, per Deum, verum, per Deum sanctum, per Deum qui sic dilexit mundum...*

Elevei a voz, percebendo que era apenas um som rouco alto. O demônio se afastou, gorjeando, atingido pela oração. Percebi que deslizou por baixo da cama e o senti emergir do outro lado.

Inerte, o corpo da menina foi levantado devagar, começando pela cintura fina de maneira que sua pequena forma formasse um arco. Lembrei-me das vozes infantis que gritaram em minha mente ainda há pouco, sabendo que se ele tornasse a possuí-la, Anastacia seria arrastada para o inferno.

— Não vai fazer isso — murmurei por instinto.

A garotinha estava elevada diante do meu rosto, ao alcance das minhas mãos. Se eu usasse o momento da possessão para exorcizar o demônio, ele estaria mais fraco e o mandaria de volta às profundezas. Porém Anastacia poderia não sobreviver.

Sempre escolha mandar o demônio para o inferno. Uma vida não vale todas as que ele pode tirar. Dizia uma voz interna. A ordem de meu mentor e líder, Cervacci.

A decisão tinha que ser certeira.

As paredes tremeram quando um ruído selvagem ecoou. Rachaduras se formaram no concreto, água escapando pelo encanamento fraturado. O selamento estava cedendo à força da entidade ali dentro.

A decisão final me acometeu.

Ergui os braços e agarrei a menina, puxando-a de volta para a cama. Imediatamente colei a cruz em sua testa, o que a despertou e a colocou num choro doloroso. Pediu minha ajuda enquanto o demônio lutava para retornar ao corpo, embrenhando-se pelos esquálidos membros de forma que ela se agitava convulsivamente. Enterrei a cruz na testa suada da menina, vendo a pele queimar. O cheiro pungente impregnou minhas narinas.

— *In nomine patris, et filii, et spiritus sancti* — rezei, de forma afobada, mas mantendo a voz firme. — Eu selo esse corpo com a proteção da Santa Cruz.

Ele se afastou, produzindo um ruído agudo que me ensurdeceu por um breve período. Afastou-se, o que aliviou a convulsão de Anastacia, porém as paredes tremeram com mais intensidade, como se algo pesado investisse contra elas.

A menina foi fechando os olhos ao som de minha oração, acalmando-se aos poucos, à medida que desfalecia diante de meus olhos. A respiração cessou e ela engasgou, perto de perder a vida. Empurrei o ar para dentro de seus pulmões, tampando o nariz e em seguida fiz a massagem cardíaca para reanimá-la.

As vidas. Eu sempre escolheria as vidas humanas.

A voz de Cervacci morreu em minha mente enquanto Anastacia voltava a respirar, abrindo os olhos azuis vivos. Sua mão agarrava a minha, esquentando à medida que o coração voltava a bater.

A pancada mais forte soou como uma explosão. Foi como se um cano tivesse estourado na parede. Choveu ali dentro, os chiados da água abafando todos os outros sons.

Quando recobrei a consciência do meu entorno e vi todo o estrago, uma última explosão se fez, estilhaçando a parede em pedaços de tijolo e concreto. O quarto pareceu esvaziar depois que um som gutural se esvaiu pelo enorme rombo que jorrava água.

Podia jurar que ele estava rindo.

Anastacia agora caminhava para um sono exausto, soltando minhas mãos. Estanquei ali um segundo, perdido no alívio de vê-la viva, e na culpa por ter chegado tão tarde a ponto de deixar que o demônio escapasse.

Deixei o quarto pela porta, agora destrancada, sem considerar o que aconteceria em seguida, quando os seguranças do hospital chegassem.

No corredor Angélico amparava Giselle, tentando acordá-la. Tinha poucos segundos para escapar dali. Passos e vozes já se aproximavam, atraídos pelo rompante.

Abaixei em frente ao meu colega, colocando a mão em seu ombro.

— Preciso sair antes que me peguem aqui — disse rapidamente. — Eu não passei pela segurança na entrada, então só sairia daqui algemado. Diga que foi uma explosão no encanamento, que aconteceu quando estavam entrando no quarto.

Contrariado, cerrou os olhos, sabendo que não havia outra saída.

— Ele saiu da menina, não é? — sibilou, beirando a angústia. — Ela está bem?

— Ela vai sobreviver.

— Você escolheu a vida dela... — tornou a ofegar.

Giselle gemeu em seus braços.

Levantei-me e corri para a mesma janela que tinha usado para entrar. Abri o vitral e olhei para trás. A enfermeira estava se sentando com a mão na cabeça, Angélico me olhava com lágrimas nos olhos.

Assenti, depois saltei.

15
VALERY

Estacionei minha Harley a poucos metros do Castle. Caminhei, sob uma garoa amena, o restante do trajeto até a entrada do hospital. A rua estava vazia, preenchida pela chuva e por relâmpagos pálidos naquele céu escuro coberto de nuvens cinza.

Mantinha minhas costas eretas, bem como a expressão dura no rosto, sabendo que a qualquer momento poderia esbarrar com o padre Chastain. Tencionava não deixar transparecer qualquer afetação de minha parte diante de sua chegada, ainda que dissesse a mim mesma que isso seria natural.

Henry não importava mais.

Um trovão retumbou no firmamento, produzindo sons cortantes que ecoaram aos poucos, feito uma trilha sonora para a imagem do prédio tétrico. A chuva logo aumentou, obrigando-me a apertar o passo rumo aos portões de ferro, onde já podia ver os guardas a postos para receber qualquer visitante.

Contudo, um odor pungente me deteve, fazendo-me estancar no meio da rua. Putrefação, o inconfundível aroma das criaturas malignas. Estava se espalhando, assim como uma onda fria que derrubava a temperatura exponencialmente.

Em seguida uma presença que deformava o ar, como um homem invisível revelado pela forma das gotas de água, se assomou em minha direção com fúria. As reverberações nefastas eram opressivas, arrepiavam cada pequena extensão de pele do meu corpo já tremendo pelo frio.

Protegi meu rosto quando senti que avançava sobre mim, porém a coisa não me notou ali. Atravessou meu corpo como um vento gélido e fétido, afastando-se pela rua até sumir ladeira abaixo, deixando para trás apenas opressão.

Aquilo era um demônio.

A conclusão foi ainda mais nefasta que o avanço da criatura sobre mim. Era a derradeira noção do fracasso da minha missão em proteger Anastacia Benson. Respirando alto entre os tremores que percorriam meu corpo, peguei-me segurando a coronha por instinto. Era inútil, já que tal arma jamais poderia me defender ou vingar a fuga da entidade.

Então eu corri.

Ela morreu! Anastacia está morta!

Engolia o choro em soluços enquanto meus pés batiam nas poças da chuva. Meu corpo todo ficava encharcado com o avultar da tempestade sobre o local.

Chastain não tinha chegado a tempo. Anastacia morrera, sua alma pertencia àquele que possuíra seu corpo. *Era minha culpa! Se eu tivesse me inteirado do caso antes...*

Minha cabeça era um borrão, difusa e incerta, beirando o choro.

Não posso chorar. Eu não posso chorar, droga!

Ouvi um baque vindo de mais adiante. Foi seco, feito o som de um corpo atingindo o chão. Vinha do beco que ladeava o Castle; um cemitério de gatos e cachorros, puro lixo. Contudo, tinha certeza de que a presença que se aproximava atrás do prédio era humana.

Parei e me recostei ao muro. Saquei a arma preparada para conter o louco que tinha conseguido escapar do manicômio. Contei três respirações completas enquanto esvaziava minha cabeça, então saltei para a frente com a arma em riste.

— Parado!

No meio da ordem, um corpo pesado me atingiu em cheio, pegando-me de surpresa. A arma voou para longe das minhas mãos, o sujeito me jogou para o lado, rolando comigo pelo solo enlameado. Meu braço foi esmagado, dor reverberou até o meio das costas, atrapalhando meu julgamento.

O sujeito conseguiu parar por cima de mim, imobilizando meus braços acima da cabeça e minhas pernas com seu próprio peso. Era mais forte que eu, mais habilidoso.

Golfando o ar com dificuldade, consegui ver seu rosto.

E ele viu o meu.

— Chas...

Estava mortificada, a cabeça vazia. Pelo olhar que me foi devolvido, o sentimento era mútuo.

— Valery?!

Chastain saltou para trás, caindo sentado numa poça barrenta. Por um segundo pensei que o tinha assustado como se fosse uma assombração. Senti-me ofendida pela sua repulsa, até me lembrar de tudo e perceber que fazia sentido.

— Fugindo de alguma coisa? — rosnei.

Numa fração ínfima de segundo, ele hesitou. Encarou-me atônito.

— Eu... Droga! — Colocou-se de pé e esticou a mão para me ajudar. — Você se machucou?

Recusei a ajuda, afastando a mão e me levantando sozinha. Limpei o barro das roupas da melhor forma que pude, sentindo em um dos braços a dor aguda da queda. Chastain tinha uma expressão de culpa em seu rosto, o que me fez dispersar minha careta de dor.

— Estou bem — devolvi, soando mal-humorada.

— Sinto muito...

— Eu estou bem — repeti, salientando as palavras e desviando os olhos.

Peguei minha arma no solo barrento, a escondi no coldre sobre a jaqueta. Quando levantei os olhos, metade de meu rosto estava coberta pelo cabelo encharcado. Por entre os fios apreendia a imagem do homem de batina à minha frente. Ele, por sua vez, tinha atenção presa ao distintivo enroscado no cós da minha calça.

Ambos mudamos, não é mesmo?

— Bom... — pronunciou mansamente como lhe era típico. — Olá, Valery.

Henry não tinha mudado muito, apesar de certa marca da idade. Os mesmos cabelos castanhos volumosos, e olhos da mesma cor, transparentes e peculiares. Tinha a barba meticulosamente aparada no rosto arredondado, mostrando que era o mesmo homem de quem me lembrava.

— Olá, padre — respondi, cáustica.

Ele apertou os lábios numa linha fina, lendo minhas expressões. Andou alguns passos em minha direção, limpando o rosto sujo de terra e desfazendo a careta constrangida. Estava sério agora, mantendo uma distância segura.

— O espírito deixou a menina — disse-me, num tom de lamento. — Nunca vi isso acontecer antes.

Anastacia... A lembrança dela gelou todo o meu corpo.

— Ele não deixaria o corpo até que a alma estivesse...

— Levaria um tempo para voltar — interrompeu, querendo me acalmar.

— Acredito que ele o tenha feito para me dar uma escolha. Eu poderia expulsá-lo no momento da possessão, mas não o fiz.

— Ela está viva?

— Sim... Ela está bem.

Soltei a respiração aliviada, sentindo um cansaço percorrer meu corpo. Em seguida, me apoiei sobre os joelhos, para esperar o torpor passar. Chastain chegou mais perto, sondando meu rosto.

— Meu instinto me diz que ele queria sair — continuou, tão calmo que chegava a me irritar. — O que você sabe?

Endireitei as costas, ainda com dificuldade de manter meus olhos nele enquanto falava.

— Já coloquei Oz para descobrir mais. O pai dela fez um Pacto Financeiro, mas acredito que quem fez isso se aproveitou da ganância dele.

— Não seria a primeira vez — divagou, erguendo os olhos para o alto do Castle.

Segui sua visão e percebi que observava a janela em mosaico. O corredor da ala infantil, por onde, certamente, ele havia fugido. A resignação apareceu em sua expressão. Mesmo com tantos anos de distanciamento, eu sabia ler a culpa em seu olhar.

— Chas?

Sua mandíbula cerrada pulsava. Sua tensão me atingia, fazendo-me sentir aquela empatia profunda que nos unira no passado. Mas eu não queria sentir. Queria me afastar dele. Desejava que sentisse minha acidez, acima de tudo.

— Não cheguei a tempo, Valery — confessou, olhando-me novamente. — Você pediu minha ajuda e eu falhei.

— Você falhou? — indaguei com ironia. — Eu consegui ficar longe disso por cinco malditos anos. Agora tudo acontece aqui, na minha cidade, embaixo do meu nariz.

Chastain deu um passo, mas estancou. Quase pensei que me tocaria na tentativa de me conter.

— Isso não tem nada a ver com você, Valery! — ergueu a voz, embora ainda soasse daquela forma calmamente irritante. — Sua tatuagem, lembra?

— Eu nunca vou esquecer.

Soei dura demais, o que o fez ficar calado. Andei de um lado para o outro, pensando no que fazer em seguida.

— Padre Angélico precisa de alguém para ajudá-lo com a história que vai contar aos policiais — disse-me, enfim. — Preciso de um tempo agora. Tenho um demônio para caçar.

Abri a boca para formular uma frase, porém me peguei sem palavras. Seu tom endurecido misturava culpa e ira, essa última sendo o instinto que ele mais costumava reprimir. Então virou as costas sem se despedir e caminhou para o meio da rua.

Em segundos, tinha sumido da minha vista.

Angélico estava sentado na recepção, embrulhado num cobertor áspero.

Um dos oficiais de plantão me atualizava do que tinha acontecido. Do que ele *achava* que tinha acontecido.

A artimanha de Chastain fora bem articulada. Giselle King os tinha ajudado, embora agora se encontrasse a caminho do Hospital Mercy de Darkville. As câmeras de segurança haviam sido desligadas por ela, certamente. Com isso não havia nenhuma brecha para desmentir a história que contaram sobre o cano que explodira durante a visita do sacerdote.

Logo me sentei ao lado do padre, embora nenhum de nós tenha cedido ao contato visual.

— Você parece ter saído de uma briga com um mamute, detetive Green — falou, num tom acabrunhado.

— O senhor também não está com a batina nos melhores dias — devolvi, mantendo um ar de brincadeira.

Angélico riu de uma forma pesada, voltando a encarar sua mão que segurava um terço rubro. Já eu tremia pelo frio causado por minhas roupas molhadas, meus cabelos empapados pingando uma água macilenta, coberta em sujeira.

— O nome do mamute é Henry Chastain — continuei, baixando a voz. — Ele me contou que o exorcismo falhou.

O padre suspirou ruidosamente e me olhou de soslaio.

— Ele não é exatamente o que eu esperava. Nem a senhorita.

— Eu o aconselharia a não esperar nada de mim, padre. Já de Chastain, pode ter certeza de que ele vai pegar o maldito demônio. Só lhe dê um tempo.

— Sou obrigado de qualquer forma — emendou, contrariado. — O bispo Cervacci me disse que o papa deu a Chastain autonomia em qualquer missão.

— Conheço esse nome. Cervacci é um filho da puta — rosnei, recebendo um olhar de condenação. — Desculpe, padre.

— Hoje é um dia em que palavrões são desculpáveis.

De repente descobri que gostava do velho sacerdote. Arrependi-me de já ter dito coisas ruins a ele, tentando fazê-lo vítima de minha rixa pessoal com o homem lá de cima.

— Sua instituição não é exatamente o que o senhor conhece — soltei, recebendo um olhar de atenção. — Eles prezam mais por segredos do que pela Palavra de Deus.

Enfatizei a ironia nas últimas palavras, o que ele não gostou. Devia estar cansado demais para me repreender.

Robson passou por nós, cumprimentando-me com um aceno rápido.

Sua presença fez emergir todas as minhas falhas e descuidos dos últimos dias. Primeiro Anastacia, depois Axel e, por fim, Carlile. Percebi-me encolher. Angélico notou meu desconforto.

— Green — chamou-me, acordando-me do devaneio. — Quem é você?

Ele estava me olhando com uma curiosidade meticulosa, o que me fez sentir um aperto no peito. Parecia ver através dos meus olhos, procurando explicações, lendo meus pensamentos.

— O senhor não gostaria nada de saber, padre.

Angélico sorriu de lado, em sua típica forma bem-humorada, apesar de triste. Apertou minha mão, pressionando o terço contra ela. Senti o toque quente reverberar até meu peito, produzindo uma incomum sensação de conforto.

— Você está assombrada, filha — disse, convicto. — Tem uma luz nos seus olhos, mas também tem caos, tudo misturado. Eu vi enquanto você se confessava, ontem à noite.

A fala emergiu como um nó em minha garganta. Apesar de Angélico não conhecer a forma de meus segredos, os contemplava em essência. Pareceu-me desonesto emitir qualquer negativa ou esquiva.

— Não é uma luz. É um fardo, desses que tendem a esfriar a alma de quem os carrega.

— Você não tem a alma fria.

Eu não era uma pessoa transparente, no entanto ele me lia com precisão. Respeitei aquele homem ao meu lado mais do que a qualquer outro ser humano que houvesse cruzado o meu caminho.

— Não precisa se incomodar em dizer nada — continuou ele, tirando a mão da minha. — Ao menos tenho uma boa notícia sobre a pequena Anastacia. Ao que parece ela está sendo bem cuidada agora e despertou dizendo que gostaria de ver uma moça de cabelos ruivos — informou, num tom afetuoso.

Isso é muito perigoso. Coisas assim podem fazer rachaduras em meu coração de pedra.

— O médico me disse para esperar aqui até que autorizem minha entrada em seu quarto — prosseguiu ao meu silêncio. — Pode esperar comigo, se quiser.

— Acho que não tenho nada melhor para fazer hoje.

16
HENRY

Não sabia exatamente onde estava quando meus pés tocaram um chão frio de taco encerado. Havia um aroma pronunciado de lavanda se mesclando a um leve toque de bolo recém-assado. A sensação de familiaridade era dúbia. De alguma forma parecia errado estar ali, naquele quarto de paredes azuis descascadas, olhando para minhas mãos tão pequenas de dedos roliços. Guiado por um tipo de instinto, soube para onde caminhar quando desejei olhar meu reflexo. Passei por uma porta e rumei ao fim de um corredor estreito, chegando ao enorme espelho que agora refletia um garotinho de cabelos escuros, olhos castanho-esverdeados, trajando um pijama xadrez.

Um calafrio me subiu pela espinha. Era errado estar ali. Aquela imagem de mim mesmo, discrepante.

Era o maldito dia!

Sem refletir se estava sonhando ou viajando no tempo, corri alarmado, desci as escadas e passei pela cozinha, onde um forno ligado já queimava o bolo. A porta dos fundos estava meio aberta. Empurrei-a e me lancei para fora, já atingido pelo ar invernal de dezembro.

Sobre o chão coberto de neve, estava minha mãe, ajoelhada com a cabeça voltada para baixo, os braços tremendo enquanto segurava algo que ainda me era oculto. Emoldurando-a, as montanhas do Maine desenhavam a paisagem com pinhos pontudos, salpicados de branco, flocos finos de gelo caindo do céu.

— *Mamãe!* — gritei, a voz aguda e infantil.

Nostalgia, dor. *Era uma lembrança ou eu estava mesmo sentindo tudo isso novamente?*

Ela não reagiu ao meu chamado, ainda trêmula e tão indefesa. Senti aquela necessidade extrema de cuidar da minha mãe, salvá-la do que a afligia como se soubesse que havia um perigo real, palpável. Caminhei rumo a ela, sem me preocupar com o corpo que convulsionava de frio ou com os pés nus afundando no cobertor gélido do solo.

Rose costumava achar maravilhoso como eu logo me adaptava ao frio, assim como as feridas que se curavam rapidamente quando eu me machucava, ou, ainda, com o fato de que eu nunca tinha ficado doente. Mas depois de um tempo passou a me olhar daquele jeito estranho, como se não me reconhecesse. Sumia de madrugada para ir chorar no quintal. Era por isso que estava lá agora.

Aquilo doía, seu olhar me machucava com feridas que não cicatrizavam. Eu a amava mais que tudo no mundo.

Ergui a mão para tocar seu ombro, ouvindo seus soluços que formavam algum tipo de reza indecifrável. Cauteloso, fui chegando mais perto, as pontas dos dedos quase relando na superfície de seu casaco, quando um arrulho selvagem me deteve.

Conheço esse som! Conheço esse medo!

Do meio da floresta surgiram os olhos vermelhos que se abriram na escuridão. A besta de meus pesadelos caminhava até mim, rosnando baixo e sedento, coberto em seus pelos macilentos. O lobo branco, maligno e selvagem que sempre rondava minha mãe. Ela não o via ou ouvia, mas ficava extremamente perturbada quando eu falava nele, alertando-a. Até que parei de fazê-lo, rezando para que fosse embora, para que a deixasse em paz.

Agora ele estava perto demais para que eu pudesse ignorar.

— *Mãe! Cuidado com o lobo!*

Então ela se virou.

— *Henry, vá para dentro! Vá para dentro!*

O olhar que doía.

Eu era uma aberração e minha mãe tinha nojo de mim.

De repente o olhar do lobo se virou em minha direção. Vendo a cor rubra crepitando como fogo, lembrei-me de tudo. Da memória primitiva que sempre me retornava em sonhos, como se eu pudesse evitar o que viria a seguir.

Um forte rugido me fez cair sentado sobre a neve. Enquanto eu tentava me levantar, aturdido pelo pavor, o animal avançou sobre minha mãe com um salto. Gritei estridente, tateando o chão em sua procura, porém ele não a engoliu ou fechou os dentes sobre sua pele. Ainda no ar seu corpo se tornou um véu negro que atravessou o peito de Rose, causando nela um choro convulsivo, tremores intensos, desesperados.

Era tão agourento que as aves que dormiam na natureza ao nosso redor despertaram, grasnando alto em ecos macabros.

— Mãe, por favor! — implorei, agora conseguindo alcançar seus ombros. — Mãe?!

Rodeei-a, percebendo o sangue que fluía de seu pulso, pingando sobre o chão níveo e o tingindo de escarlate. O objeto antes oculto era uma lâmina afiada que ela derrubou sobre o chão, antes de tombar por cima dele, já beirando a inconsciência.

— Por favor, não morra, mamãe! — chorei, chacoalhando seu corpo.

Foi tudo em vão. Rose não responderia nem queria me enxergar ali. O lobo a tinha infectado por completo. Debrucei sobre minha mãe e deitei em seus cabelos, incapaz sequer de fazer uma oração ou dizer algo que faria sentido.

A dor era aterradora.

— Chas — chamou uma voz.

O tom soprano, tão penetrante, era único, inconfundível. *O que ela está fazendo aqui? Valery não faz parte dessa memória.*

Levantei-me e a encarei se aproximar. Usava um vestido negro de veludo que apertava demais seu peito, revelando a pele alabastrina da curva de seus seios. Os cabelos de um vermelho vibrante desciam em cachos longos, emoldurando bochechas rosadas, os lábios naturalmente cor de cereja. Parou com certa distância e tocou meu rosto. A mão era morna, confortável.

— Senti sua dor. Não é sua culpa, Chas — disse calmamente. — Você está se condenando por ter falhado com Anastacia, assim como se condenava por sua mãe, mas elas estavam sob influência deles.

— Rose não estava possuída — repliquei secamente. — Ela tinha nojo de mim, do que eu sou. Se a culpa for a causa desses sonhos, então eu os mereço.

Uma expressão triste tomou conta de seu rosto.

— Você não pode salvar a todos — sussurrou, bem perto do meu ouvido.

Valery se afastou caminhando de costas. Certo incômodo me perpassou quando percebi que já não era mais um menino, dando-me conta de ter assumido minha forma adulta. Perdido na confusão que senti, nem vi quando Valery desapareceu e me deixou sozinho com o corpo de minha mãe. Um soluço saiu de meu peito assim que mirei os talhos abertos nos pulsos novamente, cerrando os olhos na tentativa de despertar.

Senti dedos agarrando minha canela de repente. Abri os olhos, assustado, vendo que Rose tinha deslizado de bruços e me segurava pelas pernas, olhos vítreos bem abertos a me encarar com uma sede maligna estampada neles. Veias negras serpenteavam por baixo de sua epiderme, os dentes à mostra, como um animal.

Abaixei para tentar ajudá-la, ainda que meus instintos me dissessem que aquela já não era mais Rose. Repelindo minha ajuda, deflagrou um tapa em meu rosto e arranhou a pele com os dedos. Soltei um ruído de assombro, caí de costas no chão, afastando-me em soluços enquanto o corpo de minha mãe avançava sobre mim, escalando meu peito, meus ombros, até estar por sobre o meu. O rosto contorcido, a boca aberta exalando um hálito putrefato que fez meu estômago revirar.

— *Você caminha até mim desde esse dia e sua alma um dia será minha, padre* — zombou a voz gutural, rouca.

Meu peito tremia, quase convulsionando, prenunciando um grito grave que rasgou meu peito. Um grito de dor, lamento e culpa, mas, acima de tudo, um grito de ódio.

Despertei sobressaltado, já sentado na cama. Batidas na porta soaram urgentes. Não soube distinguir se elas faziam parte do pesadelo.

— Padre Chastain? — chamou Angélico. — O que está havendo?

Estava no quarto de hóspedes da casa paroquial. Suava frio, meus músculos retesados latejando, a mente ainda atrapalhada. O relógio da cabeceira mostrava que eram dez da manhã, totalizando doze horas de sono após o esgotamento causado pelo meu ritual fracassado.

Vesti minha camisa — a mesma do dia anterior — e abri a porta, encontrando um olhar genuinamente preocupado do outro lado. Estava começando a me afeiçoar ao sacerdote da casa.

— Sonhos ruins? — indagou ele, adentrando o cômodo quando lhe dei passagem, depois de ter me acordado com suas batidas. — Não tive tempo de falar com você depois do que houve no Castle ontem.

Encaminhei-me para uma das poltronas perto da janela, esperando que ele se acomodasse à minha frente. O sono despertado pelo conteúdo soturno de meus símbolos oníricos ainda confundia meu raciocínio.

— Meu ritual foi falho — soltei, exausto. — Não costumo lidar bem com meus fracassos quando eles colocam vidas inocentes em perigo.

— Não tem como alguém falhar em uma missão que nem chegou a começar.

Soltei um riso triste.

— Pratico exorcismo há anos e nunca vi um demônio deixar espontaneamente um corpo — respondi, esfregando meu rosto.

— Sou servo da Santa Madre Igreja há quarenta anos e nunca tinha visto um demônio possuir um corpo.

Justo. Anuí com seriedade.

— Aliás, como ela está? — perguntei num tom plácido.

— Bem. Muito bem — respondeu, pouco empolgado. — Valery passou a noite no hospital. Antes de dormir recebi uma mensagem dizendo que Anastacia seria transferida para o hospital central hoje pela manhã.

— Isso é bom. Farei uma visita em breve. Quero repetir o ritual de proteção.

Angélico assentiu, mas seu olhar vagueou, talvez perdido em perguntas interiores.

— Nos últimos dias tenho visto coisas que não permitirão que eu seja o mesmo, nunca mais — confessou, esfregando o queixo com a ponta dos dedos. — Fico me perguntando quantos exorcismos são feitos sem que ninguém tome conhecimento. Quantas pessoas são tomadas e vencidas pelo mal todos os dias sem que tenham chance alguma?

Muitas, companheiro... Mais do que o senhor poderia suportar saber.

Estava mais acordado agora, a mente mais limpa. Precisava responder àquelas perguntas com todas as verdades que demandavam. Devia isso a Angélico por ter falhado com a criança e com a enfermeira que se machucou durante o exorcismo. Porém, uma batida na porta da frente interrompeu minha resposta. Angélico se levantou calmamente para atender a visita, mas ainda me fitava com expectativa.

— Podemos conversar sobre isso mais tarde, se o senhor me permitir? — falei, acompanhando-o até a saída do quarto. — Preciso de um banho e umas horas de meditação.

— Não se incomode, padre Henry — replicou, abanando as mãos em compreensão. — Algumas de minhas ajudantes da paróquia virão fazer o almoço. Querem conhecer o famoso homem do Vaticano.

Não estava exatamente em condições de assumir meu afável papel de sacerdote, porém emiti um grato sorriso, concordando em encontrá-lo para a refeição em uma hora. Além de um parco apetite, não conseguia pensar em nada além de meu inusitado encontro com Valery no beco.

Em todos aqueles anos longe de Valery, imaginei nosso reencontro de diversas formas. Nada se aproximava ao desenrolar daquele momento, no entanto. A mágoa que li em seus olhos de esmeralda foi mais do que pude suportar, completando minha sucessão de fracassos do dia. Não pensei que a encontraria daquela forma, tampouco que não conseguiria olhá-la por muito tempo sem ter que desviar os olhos.

Já fechava a porta atrás de Angélico quando ele se voltou para falar mais alguma coisa.

— Acredito que o senhor vá gostar de conhecer uma de minhas visitantes em especial — disse com um leve sorriso. — Denise Nelson é a amiga que divide o apartamento com a detetive Green. Ela é quem deve estar ansiosa tocando a campainha, aliás.

Sozinho com meus pensamentos, pude rememorar toda sequência de acontecimentos desde a ligação de Valery. Talvez fosse melhor procurá-la, entender o motivo de ter recorrido a mim e não ter se reportado direto à paróquia local a respeito da possessão. Cinco anos de silêncio, *cinco anos* em que teve uma vida que eu desconhecia enquanto rezava missas e performava exorcismos pelo mundo.

O pensamento de ter que encontrá-la se tornou obsessivo durante toda a tarde.

Esforcei-me em cumprir minha persona diante das visitas de Angélico, sofrendo ondas de extrema ansiedade todas as vezes que a srta. Nelson citava o nome de Valery sem saber que eu a conhecia. Foi uma longa refeição, teatral e arrastada.

Eu só tinha que sair dali.

Na primeira oportunidade argumentei que precisava fazer minhas orações e fugi pelos fundos. Munido somente de minha carteira e meu casaco grosso, andei algumas quadras até achar um táxi para o qual pudesse sinalizar. Logo que adentrei o veículo, dispensei as amenidades.

— Qual o bar mais mal frequentado da cidade? — perguntei ao motorista, ofegante.

Ele olhou meus trajes pelo retrovisor, depois virou a cabeça para ver melhor. Não dei justificativas.

— Perto da ponte tem um cheio de tiras, chamado Joker — disse sarcástico. — Não consigo pensar num lugar mais mal frequentado que esse, mas posso levar o senhor nos bairros adjacentes, se preferir. Tem uns buracos bem suspeitos por lá.

— O Joker parece ser exatamente o que eu busco — retruquei, sorrindo com certa malícia. — Para lá, então.

— O senhor que manda, padre.

17
AXEL

Eram dez da manhã do domingo. Phillip roncava alto desde a madrugada. Eu não tinha dormido nem um minuto sequer.

Depois do interrogatório informal com Amara Verner, que não dera em nada, voltei para casa pensando em apagar por pelo menos doze horas, mas meu corpo se recusou a descansar. Fiquei vagando por pensamentos sombrios a respeito dos pesadelos com minha mãe e do sumiço de minha arma, até que minha visão lateral captou algo que chamou minha atenção. Antes de mirar o objeto sobre a escrivaninha, senti o arrepio percorrer a espinha, o coração acelerar.

Não estava lá no dia anterior. Eu poderia jurar.

A arma repousava sobre o móvel às vistas.

Agarrei o metal frio na palma, espremendo-o ali para apreender a realidade. Já vinha considerando dizer a Carpax que a tinha perdido durante a rebelião do Castle, esperando que isso amenizasse a repreensão. Agora a sopesava em minhas mãos como se estivesse ali o tempo todo.

Bati-a com força sobre a superfície, segurando um urro raivoso. Minha mente parecia um nebuloso mar de confusões, blackouts e incertezas. Desde que colocara as mãos em Anastacia Benson, vinha me sentindo à beira de um colapso.

Escondi a arma na gaveta e rumei para o banheiro, onde a água escaldante escorria sobre minhas costas. Passei longos minutos ali, deixando minha mente esvaziar e os ânimos arrefecerem, escoando pelo ralo junto à sujeira do corpo. Logo o vapor inundou o banheiro, rodeando-me com um leve amortecimento letárgico.

A dor começou logo em seguida, surgindo no centro do peito. A princípio, não parecia nada de mais, apenas um estresse físico comum decorrente de tudo o que estava havendo nos últimos dias. Logo aumentou, provocando uma sensação aguda que me fez começar a tossir.

Desliguei o chuveiro, ainda tomado pelo rompante de tosses, tateando em busca da toalha. Minha mão roçou em uma superfície úmida, semelhante à pele de um sapo. Com repulsa afastei a mão ao distinguir uma forma humana entre a cortina esbranquiçada de vapor. O susto me fez colar contra a parede gelada, procurando enxergar melhor o que estava vendo. Parecia com a silhueta de uma mulher de cabelos compridos, ombros esquálidos e pontudos.

— Quem diabos é você e como entrou aqui? — vociferei, amedrontado.

Conferi mais uma vez, o arrepio eriçando os pelos dos braços, mas logo reconsiderei aquele pavor infundado. *É só uma garota que entrou em minha casa.*

Aprumei minha postura, cheguei dois passos mais perto com cautela. A invasora sorria de uma forma insana, os lábios formando rugas nas laterais enquanto revelava dentes espaçados.

— Senti saudades — respondeu uma voz, embora não tivesse movido os lábios. — Você sentiu saudades de mim, Ax?

Confusão e pavor. Meus neurônios mandaram ordens para que eu reagisse, então avancei em sua direção descomedido, sem considerar minha nudez ou minha força. Porém, quando estiquei meus braços, a mulher desapareceu no meio do vapor.

— Que porra é essa? — gritei, ouvindo minha própria voz soar como a de um louco. *Isso está indo longe demais! Eu estou enlouquecendo!*

Rumei para a gaveta da escrivaninha, como que por intuição. Arfando, com a mente atrapalhada, puxei a maçaneta e a encontrei vazia. A loucura então atingiu seu ápice, como se pudesse penetrar meus poros e invadir cada uma das minhas veias feito um veneno.

Soquei a madeira, urrei, esfreguei o rosto com as unhas, arranhei a pele.

— Vou devolver, Ax... — A voz veio de trás de mim, mas não me virei. Meu corpo acelerado entrou num estupor, tornando-se gelatina. — Não quero machucar você.

— O que você quer de mim, sua filha da puta dos infernos?!

A aparição riu, mas quando me virei pronto para agredir a figura tétrica, não havia nada além do vazio do quarto. Entretanto, sobre a cama revolta em roupas repousava a arma.

Não. Não. Não!

Tentei me mexer para agarrar o objeto amaldiçoado, mas percebi minhas mãos trêmulas. Ergui-as em frente ao rosto, o corpo imerso naquela sensação líquida. Vi os dedos emitindo espasmos involuntários conforme fechava e abria a palma.

Algo está errado comigo. Muito errado.

Só havia uma pessoa a quem poderia recorrer para me ajudar com aquilo. De alguma forma eu sabia, como uma premonição macabra, que restava pouco tempo antes que tudo estivesse perdido. Talvez Valery soubesse o que fazer.

18
VALERY

Passar a noite sobre uma poltrona dura havia aumentado a dor lancinante em minhas costas. Observei Anastacia dormir tranquila até aquela manhã, mirando a marca queimada em seu rosto esquálido, tão abatido. A marca da cruz de Chas, inconfundível. Deixei o Castle quando o médico me informou que a menina seria transferida para o Mercy Central para ser tratada como uma paciente normal, recebendo todos os cuidados necessários.

Quisera eu poder descansar agora.

Rumei para o Joker, decidida a fazer do meu café da manhã um punhado de amendoins e dois copos de cerveja escura. Abriguei-me numa das mesas do fundo, prontamente servida pela eficaz Marie, que me sorria com um orgulho dramático ao me ver beber naquela hora da manhã.

Mal tinha começado minhas goladas, quando a entrada de alguém me deteve. A silhueta desenhada pela luz ofuscante do sol ao fundo era algo que eu poderia reconhecer em qualquer lugar do mundo, não importando o quão bêbada estivesse.

Tinha me encontrado ali também, já que rapidamente começou a caminhar por entre as mesas, revelando seus traços inconfundíveis enquanto me encarava. Os grandes olhos de citrino, que mesclavam tons de marrom e verde, pareciam sorrir, embora no fundo expressassem certo pesar de toda uma vida. Mantive-me presa ao banco, aguardando sua chegada, aproveitando para finalizar a bebida. O álcool amorteceria o impacto do encontro.

Enfim sentou-se na minha frente, limpou a garganta e repousou as mãos calmamente sobre a mesa.

— Olá, Valery — cumprimentou num tom baixo.

— Como me encontrou? — resmunguei, revirando os olhos.

— Peguei um táxi e pedi para me levar ao pior bar de Darkville — disse, bem-humorado, abrindo as mãos e olhando ao redor. — Sempre fui bom em encontrar pessoas.

Havia um sorrisinho medíocre em seu rosto que me fez estreitar os olhos.

— Estou lisonjeada — devolvi, cáustica.

Marie se aproximou da mesa para anotar o pedido dele. Quando viu a maldita gola, franziu o cenho. Nenhum padre jamais tinha pisado no Joker, acredito que ela não sabia direito como se comportar diante de um.

— Uma dose dupla de uísque, por favor — pediu, sem tirar os olhos dos meus. Marie foi pega de surpresa, encarando-o por um momento antes de sair abanando a cabeça. — Como você está, Valery?

A pergunta soou sincera, mas não muito calma.

— Já tive dias melhores — dei de ombros. — No útero da minha mãe, eu acho.

— Sempre drástica.

— Sempre observador.

Houve um momento constrangedor de troca de olhares furtivos embalados apenas pela trilha sonora do bar.

— Sinto muito por ontem, no beco — disse por fim, pesaroso. — Não era exatamente como eu esperava reencontrá-la.

— Eu esperava não o encontrar — divaguei, sem causar qualquer reação nele. Debrucei-me sobre a mesa, tentando parecer corajosa, austera, mas sentindo que falhava miseravelmente. — Temos que pegar o demônio, antes que seja pior.

— Ninguém sabe disso melhor do que eu.

— Então pare de se martirizar e cace-o, padre.

Chas piscou os olhos, inflando as narinas como fazia quando estava com raiva.

— A menina sobreviveu, afinal — falou num tom áspero.

Não a noite toda...

Houve uma hora no meio da madrugada em que o coração de Anastacia falhou. Entretanto, quando os médicos vieram em seu socorro, ela tinha voltado a respirar. Eu dormia na poltrona ao lado.

— Não consigo parar de pensar que ele tinha um propósito — falei, desviando-me dos pensamentos. — Pela conversa que tive com o pai, concluí que algo se aproveitou dele por alguma razão, tendo vantagem para conseguir o que queria. Se o demônio preferiu fugir a arrastar a alma de uma criança, a causa deve ser nobre.

— Talvez Oz consiga descobrir onde o pacto foi feito — sugeriu. Ao me encarar, ele concluiu o óbvio. — Ele deve ter descarregado os infernos em cima de você quando soube que me chamou.

— Se eu tivesse esperado, a menina teria morrido, entendeu? — Os segredos cresceram entre nós, feito um elefante sentado na mesa. Ninguém diria em voz alta. — Não pense que eu queria sua presença aqui.

Minha voz morreu, o elefante evanesceu.

— Eu não penso.

Marie trouxe a bebida, ainda olhando para o padre com aquela expressão incrédula que ele continuava a ignorar.

Ele bebeu tudo de uma vez, com o pensamento longe, a expressão consternada.

— Então, padre — resmunguei, estreitando os olhos —, você usa essa golinha só para escandalizar em público ou fica com ela vinte e quatro horas por dia?

A pergunta ácida dispersou um pouco da tensão. Henry sorriu com certa satisfação, como se minha impertinência fosse esperada.

— Eu tiro para tomar banho.

Recostei-me de braços cruzados, evitando mais uma tirada para não dar a ele o sabor da previsão de meus atos.

— Devemos nos concentrar na missão, Chas.

— Você não devia me chamar assim — devolveu de supetão, imediatamente afetado.

Ri com consternação e estalei a mandíbula, um gesto de clara indignação que ele saberia ler.

— Isso é hipocrisia — retruquei depois de um tempo. — Quer evitar um apelido porque prefere ser chamado de senhor, ou padre, ou seja lá qual inferno de nome?

Na mesa do outro lado, algumas pessoas bebiam alienadas, mas ouviram a explosão e olharam de soslaio. Chas se espremeu no encosto, mordendo o lábio inferior, olhando para o teto.

— Era assim que você me chamava antes.

Ponderei seu tom baixo e dolorido. Por mais que o odiasse, eu sabia interpretá-lo. *Maldição, como sabia!* Meu coração estava imerso numa calota de gelo, o corpo latejando de adrenalina por conta dos sentimentos ambivalentes.

A frieza me venceu. Não poderia ceder, nenhum centímetro de carne poderia ficar exposto.

— Quando éramos amantes? — retruquei, dramatizando um sussurro.

— Quando você se esqueceu do seu voto de castidade para pecar comigo? A palavra "Chas" faz você se lembrar disso tudo?

O tom venenoso foi certeiro. Ele reagiu fechando a expressão magoada.

— Não vou responder às suas provocações insinceras.

— E se forem sinceras?

— Não são. Eu nunca pequei, Valery. Eu amava você.

Não esperava que ele falasse nada daquela natureza. Previra fugas, retóricas e rodeios, não sinceridade astuta. Um silêncio constrangedor se estabeleceu, o elefante voltou a sentar sobre a mesa. Lá na porta, a sineta voltou a soar, outra presença familiar entrando no ambiente, atraindo minha atenção imediata.

— Vamos ter que falar sobre o demônio que...

Ele tentou falar, mas ergui a mão e encarei a figura na porta.

Axel.

— Vamos ter que falar sobre isso depois.

Minha pronúncia rápida o alertou que alguém estava vindo. Rapidamente Axel já estava ali, agigantando-se ao lado da mesa com uma expressão indagativa no rosto.

— Seu celular está fora de área — foi dizendo, olhando para Chastain agora. — Você é o exorcista?

— Axel! — Levantei-me, puxando-o pelo braço antes que alguém o ouvisse. Ele caiu pesado ao meu lado no banco, empurrando-me para o canto de forma a ficar frente a frente com o outro. — Esse é Henry Chastain.

Chas, por sua vez, me condenava com o olhar. Odiava dividir aquelas informações, compartilhar sua identidade com quem não confiava.

— Você deve ser...

— Axel Emerson. — Estendeu a mão. Tive a impressão de que apertou com mais força que o necessário. — Sou o parceiro de Valery na polícia. Não esperava que o senhor fosse tão...

— Idade não significa nada, Axel — repreendi-o, entre dentes.

— Bom, ainda bem que não me fez beijar sua mão, padre Henry Chastain — suspirou, teatral. — Não pegaria muito bem.

Chas riu baixo, brincando com seu copo vazio.

— Não obrigo ninguém a fazer isso, detetive Axel Emerson.

O tratamento com o cargo e o nome completo soava hostil. Menos de um minuto na presença um do outro e os dois pareciam inclinados a uma arena de gladiadores. Contudo me parecia incongruente a maneira do meu parceiro se comportar. Axel estava inquieto, envolto numa aura de ansiedade, estalando os dedos, esticando o pescoço de forma desconfortável.

— Chas... padre Chastain — limpei a garganta, me apressando a desfazer o clima tenso. — Axel está a par da situação com Anastacia. Ele me ajudou a lidar com ela na noite da rebelião.

Chas o olhou com curiosidade.

— Tive um trabalho dos infernos para me libertar dos pesadelos. — Axel riu, mas soou falso, nervoso. — Eu imagino que tenham conseguido sucesso no que iam fazer. Carpax me ligou agora dizendo que a menina está no hospital geral.

Abaixei a cabeça para não ter que encarar o rosto de meu parceiro ao mentir mais uma vez.

— O importante é que ela está bem agora — respondi baixo, tamborilando os dedos. — Tenho que ir. Minha noite não foi das melhores.

Chastain parecia insatisfeito, certamente não tendo concluído os assuntos que o levaram até mim. Axel, por sua vez, demorou a se mover quando o empurrei para o lado pedindo passagem no banco. Com resistência se levantou e me encarou demoradamente, algo nele disparou minha preocupação.

— O que foi? — indaguei, perscrutando sua face.

Ele balançou a cabeça e lançou um sorriso sem graça para o padre, que nos observava com interesse.

— Não é nada, é só que... — fungou, olhando para os lados. — Eu falo com você depois, tudo bem? Vá descansar e depois me ligue.

— Tudo bem.

Anuí, ainda não convencida, mas tomada pelo cansaço e dores nas costas. Sem me despedir, agarrei meu casaco pendurado no banco e deixei-os ali, desconfortáveis na presença um do outro.

— Até breve, Valery — ouvi Chastain dizer às minhas costas.

19
VALERY

Deus trabalha de formas misteriosas.

Ele gosta de enigmas. Clareza e objetividade nunca estiveram no roteiro do Criador. Revirei na cama, custando a acreditar na ideia que me sobrevinha a respeito das visões, se viriam d'Ele, que nunca foi um personagem da minha história e sempre esteve em silêncio, deixando tudo acontecer. Sem castigos ou recompensas.

Vou me permitir um momento. Só um, entendeu? Não vai durar nem um segundo, então é melhor aproveitar.

O teto foi minha paisagem; o figurino, uma camisola surrada com os dizeres "Fuck yourself and let me sleep". A trilha sonora era o alarme do armazém abandonado, certamente disparado pelo gato anarquista.

— Certo, homem aí em cima — rezei, sarcástica. — Está na hora de ser mais claro. O que quer de mim?

Condenei-me por ter aguardado um tempo, como se algo pudesse mesmo acontecer. Virei de lado bufando uma autorrepreensão, quando senti a dor nas têmporas despontar. A penumbra do quarto de repente parecia escura demais e meu corpo sobre a cama era como gelatina, derretendo anestesiado.

Droga... Droga... Eu não deveria ter começado isso!

Tentei gritar por socorro, mas engasguei com a garganta fechada, sem conseguir proferir as palavras. A escuridão me levando para longe, cada vez mais distante dali, sem destino e sem freio.

Quero voltar... EU QUERO VOLTAR!

Tarde demais!

Uma fenda se abriu no meio das sombras. Vi o papel de parede florido, o quadro do bebê emoldurado pelo enxame de formigas e aquelas serpentes feitas de sangue se alastrando ao redor do objeto suspenso. Ouvi a voz de uma mulher chorando, até que a visão se abriu e pude vê-la ali, ajoelhada frente à foto da criança, um terço apertado em suas palmas cerradas, fazendo a pele sangrar.

Eu não deveria estar ali vendo o desespero daquela senhora. Parecia errado, profano.

Eu quero sair daqui! Agora!

Meu tímpano captou um zunido, o que colaborou para minha confusão mental distorcendo o som daquela voz sôfrega. Agoniada, estiquei meu braço para tocá-la, pensando assim poder encontrar uma forma de compreender por que aquela cena aterradora era recorrente. Fui cautelosa, aproximando-me devagar, os dedos quase alcançando as vestes provincianas, porém quase no momento do toque ela se virou, encarando-me com olhos sedentos, mortificados; sua mão agarrou a minha com tamanha força que jurava ter ouvido o estalar de meus ossos.

— Ele vai ser usado — arfou com desespero. — Meu menino vai ser usado e a culpa é sua! Sua maldita! Sua maldita!

— Quem? — vociferei em resposta. — Por favor, diga-me de quem está falando!

Não houve resposta, era como se não pudesse me ouvir. Ainda agarrava minha mão e me puxava, quando a foto da criança deslizou da parede e atingiu o chão num estrépito. A mulher me soltou, procurando a fotografia com nervosismo. A força que eu fazia para não ser puxada me lançou de costas ao chão.

Ao som do choro daquela desconhecida, senti meu corpo liquefazer novamente, flutuando para longe dali enquanto as imagens desvaneciam aos poucos até tudo sumir.

Cheiro de terra revirada, cheiro de morte.

Despertei em um cemitério, agora. Meu corpo deitado sobre uma cova remexida, castigada por uma garoa fria. Apressei-me em levantar, o eco da voz ainda remanescente, reverberando dos quatro cantos daquele local ermo. Olhei para os lados, lápides pontudas, cruzes de bronze e ferro escuro alinhadas sob um céu avermelhado, soturno.

Estou sonhando. É só um pesadelo e já vou acordar. Vou acordar!

Nada aconteceu.

Percorri o entorno, procurando algo que pudesse ser familiar ou algum jeito de fugir, então me vi diante de uma sepultura oculta pela bruma, alguns metros adiante. Ela se destacava das outras pela escultura cinzenta que a adornava, já afetada pela ação de musgos. Eu a conhecia muito bem, por isso me detive a ela e caminhei para fora da cova rasa ao seu encontro.

LOURDES VILA-LOBOS — 1890—1960.

Cambaleante, parei aos pés do jazigo, percorri os olhos sobre os entalhes que formavam a figura de uma mulher bela, braços ao redor do corpo e uma expressão triste, decaída. Do olho direito, esculpida com delicadeza, estava uma lágrima parada no rosto.

A lágrima que nunca cairia.

Ali, aos seus pés, era como se tudo fizesse sentido. Representava tudo o que eu deveria ser: tinha vivido como eu deveria viver, experimentando amor e paz ao lado de Victor, sob a proteção de Oz.

Foi então que eu apreendi o que estava havendo. A cova revirada, o buraco onde antes havia um caixão, pertencia àquela escultura. Correndo ao redor dela, encontrei os pedaços de madeira apodrecida cujo bojo outrora servira de abrigo ao cadáver de Lourdes. Estava jogado ali com descaso, como se não significasse nada.

Temi dar aqueles passos em direção a ele. Temi estar certa e ver o que pensei que veria no centro do esquife. Cinzas, ossos. Os restos da mortalha usada pela mulher em seu cortejo. Mas não, o que lá estava era apenas o fundo enegrecido do ataúde de carvalho, um chumaço louro do que havia sido um cabelo e o cheiro ainda pungente de queimado.

Haviam desenterrado Lourdes Vila-Lobos. Era por isso que eu estava ali, vendo seus restos mortais profanados.

Por que eu era o próximo destino daquele mal.

DESPERTEI DE REPENTE, catapultada para fora da visão com a mesma velocidade e dor com que tinha ido parar nela. Não tinha dormido ou piscado. Meus olhos secos eram prova disso. Menos de um minuto se passara e meu coração aos saltos era só um dos sintomas da intensidade do que vivenciei.

Saí da cama, acendi a luz e me olhei no espelho, para avaliar se aquilo era real, se eu estava viva. Meu rosto vermelho afogado no suor, os cachos desmantelados, alguns grudados na pele oleosa. Meus olhos completamente dilatados.

Pela manhã teria que enfrentar o funeral de Paul Carlile. Encarar aquela família, os demais policiais, Axel e meu fracasso. Só poderia dormir para estar preparada, lidar com aquilo sem os olhos profundos rodeados por olheiras.

Contudo, abri meu baú secreto e garimpei até o fundo à procura do livro que poderia esclarecer minha intuição a respeito da visão. Ouvi os passos de Denise do lado de fora, ainda acordada, talvez por conta do alarme disparado no armazém.

Ignorando o risco que corria, agarrei o exemplar que procurava, sentindo-o esfarelar sobre meu toque. Recostada à beirada da cama, apoiei o livro sobre o colo e passei por páginas e mais páginas daquelas gravuras horrorosas e palavras em outras línguas.

GRIMÓRIO DE INICIAÇÃO COVAK.

Procurei na lista de feitiços escrita à mão até chegar ao bloco que buscava. Algo dentro de mim torcendo para que estivesse errada, que não houvesse nada ali relacionado a sepulturas ou caixões.

Mas bruxas Covak nunca cometeram um só erro, em todas as suas gerações.

Numa das páginas finais, gravado com a letra que assinava o nome de Eleonora Covak, estava o ritual intitulado "Para Rastrear Fontes de Poder".

"Ancestral", "ossos" e "combustão" eram algumas das palavras listadas.

Eu era uma fonte de poder, e Lourdes, de alguma forma, minha ancestral.

Joguei o livro de volta ao esconderijo sem muito cuidado. Tranquei o guarda-roupa, desejando nunca tê-lo aberto. Agora que as coisas pareciam apontar para o pior, a culpa era uma dor pequena demais para o que eu deveria sentir.

Só faltava mesmo uma confirmação. A sentença.

Liguei o computador, odiando aqueles minutos que levavam para que o sistema iniciasse por completo. Logo a conexão com a internet tinha se estabelecido, abri o mecanismo de busca e digitei as palavras-chave.

São Paulo, interior, sepultura violada.

Dois segundos e os resultados se revelaram na tela. Logo no primeiro, datado de dois meses antes, estava a manchete de um dos principais jornais brasileiros:

SEPULTURA VIOLADA EM CIDADE DO INTERIOR DE SÃO PAULO. POLÍCIA SUSPEITA QUE O CRIME DE VIOLAÇÃO FOI COMETIDO POR SEITA RELIGIOSA.

A notícia informava a ocorrência sem aprofundar muito, ao lado de uma pequena foto em preto e branco que mostrava a lateral da sepultura, dando a entrever a escultura da mulher chorosa.

"No último dia 3 de setembro, o coveiro do cemitério encontrou a antiga sepultura violada. Segundo informações, o túmulo pertence a uma importante família local. A notícia deixou os parentes estarrecidos.

A polícia publicou uma nota informando que os ossos da antiga moradora foram exumados e queimados dentro do próprio caixão. Havia velas e inscrições misteriosas no chão, fato que deixou toda a população da pequena cidade em pânico."

Encolhi-me, segurando meus cabelos na tentativa de me acalmar. Fechei a página e verifiquei a notícia seguinte, publicada dois dias após a primeira.

SEIS CORPOS SÃO ENCONTRADOS EM CASA ABANDONADA NO INTERIOR DE SÃO PAULO. MORTE DOS JOVENS CHOCA CIDADE PELA SEGUNDA VEZ NA SEMANA.

As vítimas estavam carbonizadas, envoltas em velas e inscrições entalhadas no chão como no cemitério.

A coisa usou os membros do culto e depois ceifou suas vidas. Talvez não quisesse deixar provas.

Talvez quisesse ele mesmo ir em busca de seu prêmio.

20
AXEL

Uma confortável sensação tocava minha pele, transmitindo uma calma que havia muito não experimentava. Despertei devagar quando senti uma carícia em meu braço, virando na cama à procura da origem do toque. Uma mão pequena, embora firme, me puxava enquanto meus olhos se abriam para encarar a visão além de minhas pálpebras. Um par de brilhantes olhos verdes iluminados por um feixe de luz do sol que vinha da janela aberta, encarava-me, sonolento.

A dona de tal olhar costumava ser tão ríspida, mas naquele raro momento ela se revelava para mim tão afável e enternecida.

— Bom dia, srta. Green.

Beijou meus lábios com aquele gosto adocicado, despertando meu corpo numa velocidade inebriante. Reagi, puxando-a para mais perto. Nossas respirações ficaram ruidosas, as peles esfregavam uma na outra, aumentando o fluxo sanguíneo.

Valery se afastou devagar, piscando os olhos para despertar de vez.

Virou-se na cama, o lençol friccionando sobre seu corpo perfeitamente nu, uma visão paradisíaca. O sol caía sobre ela, dando um tom dourado à sua pele, afogueado aos seus cabelos. Era tão imaculada que poderia ser um anjo.

— Vai começar a me encarar logo pela manhã? — murmurou, com a voz ainda amolecida.

— Sabe que você é linda demais para eu não olhar, não sabe?

Ela não gostava de elogios. Sempre reagia a eles com uma patada ou com o silêncio indiferente. Foi a esse último que recorreu, sentando-se abraçada ao lençol.

Houve uma pequena pausa. Um átimo somente, mas foi o suficiente. Minha mente captou a cena, no mesmo instante em que um sentimento de estranheza me acometeu.

Aquilo já acontecera. Não era agora. Não era real. Fora há duas estações, antes do inverno que agora cobria Darkville.

Valery me olhava sugestiva, acariciando o colchão enquanto me encarava.

— Como você se sente agora, sabendo que eu gosto de um padre? Você é apaixonado por mim há um ano, aguentou meu mau humor, minhas grosserias, e eu só queria sexo. Usar seu pau duro de vez em quando, como se você fosse uma putinha gratuita.

Isso não está acontecendo. Isso não é ela. Minha Valery jamais diria algo assim.

— O que disse?

Inclinou-se em minha direção. O lençol que a cobria escorregou, revelando seus seios fartos, os pequenos mamilos rosados apontando em minha direção. Encarei-os sem querer, a saliva preenchendo minha boca.

O que está fazendo, Axel? Isso não é real!

— Você me quer, Axel, mas eu quero o padre — destilou, venenosa. — A única forma de ficar comigo é matando aquele desgraçado. Use a sua arma e atire nele. Faça isso por mim.

A arma agora estava magicamente em cima da cama, repousando sobre os lençóis bagunçados. *Sempre a maldita arma. Indo e voltando. Escondendo--se e aparecendo. Maldita arma!*

Agarrei-a com a mão direita, os lábios desenhando palavras confusas, ponderando o que ouvira. *Talvez Valery precise da minha ajuda para se livrar daquele homem.*

Não é ela! Claro que não! Se quisesse o padre morto, o mataria ela mesma.

Fiquei em pé sob seu escrutínio. O olhar malicioso, a boca sedenta, os seios convidativos. Eu faria de tudo por aquela mulher. Morreria, mataria! Eu me perderia no inferno por ela.

Mas não era Valery. A coisa em minha frente a imitava, enchia meus sentidos com uma sensação maligna muito parecida com a que eu senti quando olhei nos olhos de Anastacia Benson.

Ergui a arma.

Atirei.

O buraco aberto na testa exalou uma fumaça pútrida, enquanto o rosto continuava a me sorrir. Senti o desespero me invadir, uma falta de ar fez--me engasgar, soluçando, procurando por alívio.

Água... Tem água entrando pela minha garganta!

Vomitei em jorros enquanto me sentava numa banheira. *Tinha adormecido no banho? Mas em que momento entrara ali?* Eu jurava ter dormido em minha cama, desmaiado com as roupas do corpo depois de voltar frustrado do Joker.

— O que há de errado comigo? — murmurei, desesperado. — O que há de errado comigo?!

Tossi água com sabão mais algumas vezes enquanto meu corpo em choque não sabia o que fazer. Impulsionei-me para fora da banheira, caindo no chão frio e espalhando água e espuma para todo lado. Quase tinha morrido afogado no meu próprio banheiro, desmaiado nas mãos daquele pesadelo terrível.

Deus sabia que eu tinha odiado aquele padre. Aquela troca furtiva de olhares, o rubor incomum nas bochechas de Valery quando ele falava me fizeram desconfiar que os dois fossem mais que conhecidos.

Ainda assim, eu jamais mataria um homem inocente.

Jamais?

No fim das contas tinha sido só um sonho. A porra de um sonho.

Acalmava-me enquanto tremia, dizendo a mim mesmo coisas que uma mãe diria a uma criança assustada na madrugada. Levantei do chão e procurei abrigo numa toalha, fugindo do frio, quando encarei o espelho.

"Atire no padre, ou atirarei no seu pai."

Estava escrito no vapor da superfície prateada. E então o terror foi a única coisa da qual tinha certeza.

Desesperado, ouvindo o choro involuntário sair em espasmos, corri para limpar a inscrição, esfregando tantas vezes quanto foi possível. Eu falava coisas desconexas, tentando me acalmar em vão. Estava perdendo a cabeça, beirando à loucura e precisava de ajuda.

Não devia ter deixado passar a chance de falar com Valery sobre as coisas que estava sentindo. Considerava estar alucinando, mas e se não estivesse? E se o que Anastacia tinha fosse como um vírus que tivesse me infectado?

Procurei me acalmar, sabendo que não deveria mais adiar contar a ela o que estava acontecendo. Vesti-me e desci as escadas, procurando por meu pai em algum canto da casa.

Phillip arrumava a mesa do café da manhã quando cheguei à cozinha. Parecia animado, incólume à minha ansiedade tão evidente, andando acelerado de um lado para o outro vestindo aquele chinelo menor que seu pé e o robe sujo que não deixava a empregada lavar. Senti uma estranha contrição. Sempre o deixava sozinho logo pela manhã, sem dar a chance de contar suas trivialidades, de sentir minha presença. Faminto, sentei-me à mesa e respirei fundo, procurando nele uma distração daquela angústia, um dado de realidade que me dissesse que eu estava bem.

Meu pai pareceu se animar com meu gesto.

— Eu andei assistindo ao noticiário local — começou a dizer, me servindo uma caneca com café. Sentou-se à minha frente, as mãos trêmulas manuseando os objetos. *Quando ele se tornou tão frágil?* — Disseram que a menina assassina estava internada no Castle no dia da rebelião. Isso é verdade?

Esfreguei o rosto, de repente exasperado.

— Essa informação não deveria ter vazado. Agora não poderemos lidar com esses estúpidos carniceiros!

— Estão falando em possessão demoníaca e tudo — disse em tom de escárnio. — Ela está no Mercy Central.

— Eu sei, pai. Esqueceu que eu sou da polícia?

— E você, esqueceu? — retrucou de imediato, a voz ficando naquele tom agudo irritante. — Vai trabalhar com esses trajes de bandido outra vez?

— Não são trajes de bandido, seu fascista hipócrita! — vociferei, agressivo.

Minha resposta não soou uma brincadeira dessa vez. Havia algo errado comigo e meu pai já tinha percebido, sondando meu rosto com preocupação. Não parecia realmente magoado, mas o arrependimento veio mesmo assim.

— Não falei sério, pai.

Ele meneou a cabeça, engolindo seu café.

Parecia cansado, mais arqueado que de costume. Éramos só os dois e um amor minguado pelo tempo, ao qual eu tentava me apegar para controlar aqueles sentimentos confusos.

Ele voltou a falar, dessa vez mais efusivo. Sua voz rápida, velha e cuspida. A boca suja de café abrindo e fechando, soltando gotículas de saliva. *Ah... Eu o mataria para que calasse essa boca nojenta! O sangue escorreria da sua garganta aberta, o corpo tombaria no chão. Nunca mais me aborreceria com essas merdas; nunca mais precisaria sentir pena desse velho imundo.*

O pensamento acabou no mesmo instante em que me sobressaltou. Fiquei em pé, ofegando, olhando para ele com um desespero tórrido, como se eu pudesse perder o controle e feri-lo.

— Filho! O que foi?

— Não fale comigo! Só. Não. Fale. Comigo!

Ele falava sobre chamar um médico quando fugi de sua presença, correndo escada acima para me trancar em meu quarto. Ali, onde não poderia machucar meu pai.

Atire no padre, ou eu atirarei no seu pai.

Ou eu atirarei no seu pai.

Atire no padre!

Estava por toda parte no quarto, escrito pelas paredes com tinta descascada. Pelo chão entalhado com riscos no assoalho, nos espelhos e vidros com marcas de vapor.

Chorei, agarrei meus cabelos, sem decidir para onde olhar.

Aquela dor agourenta crescendo em meu peito, amortecendo meus músculos, tomando conta da minha mente. Um grito prenunciou o queimar de minha pele. A dor ali no peito, rasgando por baixo da camiseta que retirei rasgando o pano. Caí de joelhos, agora sentindo o odor pronunciado de carne queimada. Putrefação.

Sobre a pele nua vi surgirem rasgos que vinham de dentro para fora, como se em meu tórax houvesse um enxame de insetos perniciosos com navalhas em seus traseiros, agora lutando para sair, picando a epiderme sem piedade. Os talhos formavam uma palavra que, com horror, consegui ler no reflexo de um espelho — ATIRE.

Caí de quatro, golfando em espasmos o café da manhã. Tentei pedir socorro, porém minha voz era apenas um som inarticulado, selvagem. Só havia algo a fazer para parar aquilo, para cessar as investidas que provinham de dentro de meu corpo — levantar, discar para Valery e dizer — *O maldito veio atrás de mim.*

Mas meus neurônios não acatavam a ordem. Não me pertenciam mais.

Num movimento inumano, minha musculatura eclodiu e fui projetado de costas em direção ao teto. Mal tive tempo de apreender, quando a força sobrenatural me jogou de volta no chão, agora virado para cima.

— Por favor, meu Deus! Por favor! — Chorei, tentando virar a cabeça e me mexer.

Tudo era angústia. Só sentia as lágrimas aos borbotões que estavam em ebulição em meu rosto contorcido. O desespero e o terror eram meus únicos companheiros.

Não me restava nada além deles.

Profundo. Escalando, esgueirando, penetrando.

Possuindo.

Do...

En...

Do.

SAÍ PELA PORTA da cozinha.

Havia névoa ali. No quintal.

Vira uma mulher pela janela e ela agora me olhava, ereta, esperando. Esperando. Esperando. Suja, cabelos escorridos, cheiro de poço e de morte.

— Mãe? — eu tinha dito, e ela estava sorrindo, satisfeita pelo meu reconhecimento.

— Lembra-se desse dia, meu pequeno Axel? — questionou a voz suave. — Lembra-se de quando achou que poderia nadar e pulou na piscina?

Onde eu estava? O que era aquilo? A lembrança do blackout! Só poderia ser a porra da lembrança!

— Ma-Mãe? O que está fazendo?

A mulher ergueu o rosto, puxou os cabelos de lado. Era mesmo minha mãe; uma versão jovem dela, como era quando eu costumava andar de fraldas. Sorria no meio do rosto azulado, aquela mesma expressão macabra que eu vira no banheiro antes de reconhecê-la.

— Você se afogou, esteve morto por cinco minutos, mas eu salvei sua vida. Sua mamãe sempre esteve lá por você, meu garotinho.

— Eu não... não me lembro disso.

— Claro que não — respondeu ela, muito baixo. — Suas memórias reprimidas são deliciosas, Axel.

Não é ela! Não é minha mãe, assim como não era Valery!

Era algo maligno, como a coisa dentro de Anastacia. Irreconhecível, mas tão obscuro como uma cova sem fim, atraindo com a força da gravidade. A mulher que se parecia com minha mãe se aproximou devagar, tocou minha testa com a ponta do indicador; o rosto ainda coberto de uma escuridão azulada.

— Alimentei-me da sua dor, do seu amor doentio por aquela garota vazia, da sua quase morte — sussurrou com o timbre untuoso. — Você já correu para mim naquele dia, Axel.

— Que-Quem é você?

Diante de minha fragilidade e pequenez, a mão deslizou sobre a minha e tomou cautelosamente a 38mm de minhas mãos.

— Olha, meu garotinho agora tem uma arma — zombou, maliciosa. — Ele mata os caras maus e não sente culpa nenhuma, não é? Tem que agradecer a mim por isso, pequeno Axel. Eu tirei sua culpa, eu o abençoei com minhas próprias mãos naquele dia em que esteve morto. Você é meu e agora preciso de você.

— Seja quem você for, não pertenço a você, seu filho de uma puta!

Ela tombou a cabeça de lado, sorriu pérfida e me observou tremer de medo. A coisa deu um passo para trás, ainda levando minha arma nas mãos. Os olhos se tornaram injetados, girando na órbita até revelarem somente a parte branca, repleta de capilares arroxeados.

— Virei em breve, e você será meu — arrulhou, feito um animal.

A imagem se desfez diante de meus olhos, transformando-se em uma nuvem de insetos barulhentos que zuniam. Eram marimbondos formando um redemoinho negro, agora avançando em minha direção num só golpe, antes de se espalharem no ar.

Protegi meu rosto e tombei para trás. Só quando eles se dispersaram e o zunido alto tornou-se apenas um eco foi que consegui correr para dentro. Tombei algumas vezes até firmar as pernas e chegar à cozinha, onde me deixei cair, chorando sobre o chão liso. Prostrado, pude me lembrar do dia em que caí na piscina e minha mãe me salvara. Estava sem respirar, mas Rachel soube o que fazer e depois me abraçou chorando em soluços.

Uma brincadeira de criança. Um descuido. Nada mais.

De joelhos sobre minhas antigas dores, senti que uma volumosa escuridão se avultava ao meu redor, roubando meus sentidos. Minha memória.

Do...

En...

Do.

Lembrava-me de tudo agora.

Os MARIMBONDOS ESTAVAM ali comigo, no entanto, sobrevoando meu corpo estraçalhado pelas pancadas, girando naquele voo frenético enquanto meu peito rasgava. A presença pungente do mal, aguardando o momento em que eu perderia o controle sobre minha carne e sucumbisse em espírito.

Você é um covarde! Por que não mostra sua verdadeira face? Por que não me diz seu nome? Vai ficar aí se escondendo em fantasias infantis até quando? Acha que eu tenho medo? Seu covarde!

Num forte zunido ensurdecedor, a nuvem de marimbondos se precipitou sobre mim, envolvendo meu corpo. Senti-os entrando pela minha boca aberta, imóvel em um grito que eu era obrigado a sufocar pelo engasgamento provocado por aquela invasão dolorosa.

Era mais do que eu poderia suportar.

Os INSETOS ME rasgavam com seus ferrões, adentravam meus orifícios, cavoucavam minha pele. Lá dentro a coisa peçonhenta já formava uma morada, vendo o que eu via, pensando o que eu pensava. Sugava-me para dentro de um limbo caliginoso de medo e solidão enquanto as dores físicas ultrapassavam os limites humanos.

De repente meus ossos se estalaram e todo o corpo se contorceu num estrépito, quebrando um a um. Arqueei para cima com o quadril involuntariamente ao som de meus gemidos guturais. Senti-me contorcer, mas já não tinha o controle de nada. Todos os marimbondos estavam lá dentro e agora zanzavam por meu cérebro naquele canto sombrio.

Só me restou o cheiro. De poço, carne queimada e morte.

Então eu desapareci.

21
HENRY

O cortejo fúnebre seguia sob o salpicar da neve no cemitério de Darkville. Ainda não era época de nevar no estado de Nova Iorque, o que estava agitando um pouco a população. Era um efeito da libertação do poderoso demônio no mundo dos vivos. A perturbação climática era um sintoma inconfundível da presença do mal. O tom esbranquiçado, somado aos casacos escuros, dava ao pesaroso evento um aspecto ainda mais triste, monocromático, salientado pelo som dos murmúrios lamentosos.

Postei-me ao lado de Angélico, ouvi os elogios fúnebres, as homenagens dos amigos e a voz da esposa, que, entre frêmitos, repetia seu luto em palavras ininteligíveis. Não conhecia Paul Carlile, mas certamente era um homem valioso, o que era o bastante para experimentar o amargo sabor da morte injusta.

Valery acompanhava a cerimônia escondida por trás de uma barreira de pessoas. Seu cabelo afogueado a destacava, ainda que tencionasse a permanecer oculta. Não colocara os olhos em mim desde que chegara, nem mesmo olhara para os lados, mantendo o foco no chão com aquela expressão que, para muitos, poderia expressar neutralidade e indiferença, mas que para mim era a prova cabal de seu mundo interior desmoronando.

Valery Green dispensava consolos e era repelente à compaixão, por isso desviei a atenção dela e me permiti confiar que aguentaria mais daquela provação.

Em breve faremos justiça à pequena Anastacia e você vai ficar bem. Juro que vai.

Angélico tomou a frente diante do esquife suspenso sobre a cova aberta. Um silêncio respeitoso se fez para aguardar as palavras do sacerdote.

— Não foi fácil encontrar as palavras adequadas para falar sobre Paul Carlile. Um oficial valioso para nossa comunidade. Um pai presente, um marido exemplar. Todos o conheciam e o respeitavam, um bom católico e um bom homem — começou, e então limpou a garganta, pesaroso. — Fui levado a um texto no Livro das Revelações que gostaria de ler a vocês.

Meu olhar encontrou o de Valery. O prenúncio do recitar do texto já desvelado, pairando entre nós. Dentre tantos livros da Bíblia, Angélico escolheria o que mais nos traria pesar?

— E vi os mortos, grandes e pequenos, que estavam diante do Trono, e abriram-se os livros; e abriu-se outro livro, que é o da vida. E os mortos foram julgados pelas coisas que estavam escritas nos livros, segundo as suas obras.

Padre Angélico fechou a Bíblia, colocou-a sobre o peito. Seus olhos bondosos encararam a família em luto. Valery e eu ainda nos olhávamos quando ele arrematou:

— E esse dia será cheio de lágrimas. Não só pela dor dos que voltarão para o Julgamento Final, mas porque será o dia em que nos reencontraremos com nossos entes queridos. Nesse dia Paul Carlile nos esperará para o reencontro glorioso.

Ela abaixou a cabeça e sorriu de forma triste, estufando o peito para segurar os pensamentos que eu conhecia tão bem. Padre Angélico tinha interpretado errado o texto.

Muito errado, aliás.

Um dia cheio de lágrimas de fato, mas elas não verteriam de toda a humanidade, e sim de um específico par de belos olhos.

Ao FIM DO enterro, o frio tinha se alastrado e a neve formava redemoinhos por conta do vento agressivo, expulsando rapidamente os presentes. Valery cumprimentou seus colegas enquanto eu saudava os fiéis ao lado do sacerdote local. Esperei que se dispersassem e vi que ela permaneceu ali, recostada a um mausoléu a alguns metros.

— Bela mensagem — murmurou à minha aproximação. Não tinha tirado os olhos do chão ainda. — Irônica, mas bela.

— Como tem passado, Valery? — emendei com certo tento.

Ela me encarou, irritada, quase a revirar os olhos.

— Vou poupá-lo das amenidades, Chas... Henry. — Suas bochechas estavam afogueadas, contrastando com o clima esbranquiçado. Mudou a perna de apoio, respirou fundo, perpassada de uma preocupação que me alarmou. — Eu tenho tido visões há alguns dias, desde a noite que encontrei Anastacia. Revelações, ainda que não saiba quem ou o que as está enviando. Considerando o presente que você mandou entalhar nas minhas costas, minhas opções são limitadas, então podemos excluir qualquer demônio.

Parou de falar e eu não fiz pergunta alguma. De repente intuindo o desmoronamento de minha convicção a respeito de resolver as coisas em breve, de garantir que todos em Darkville estivessem seguros.

— Continue, por favor — murmurei, neutro.

— Preciso resumir, porque não suporto parecer dramática, mas as coisas vão ficar feias, Chas — soltou, ofegante. Seus olhos turvaram, transparecendo a vulnerabilidade que escondiam. — Eu vi o túmulo dos Vila-Lobos revirado, ossos queimados. Havia umas coisas estranhas antes, mas ainda estou trabalhando nelas. Só que não era um sonho apenas, nem uma distorção de realidade. Eu fiz as pesquisas. Desenterraram os ossos de Lourdes e queimaram num tipo de ritual.

— O quê? — cuspi, alarmado. Meu sangue em ebulição. — O que Oz disse sobre isso?

— Ainda não contei a ele o que descobri — resmungou, distante. — Fizeram um ritual de rastreamento, Chas. Estão atrás de mim novamente. Eu sabia que a coisa em Anastacia não era aleatória. Me iludi pensando que alguém como eu poderia se esconder por muito tempo.

O dom de Valery. Preciso e divino. Um segredo indivisível que poria em risco tudo o que as pessoas entendem por mundo. O que ela podia fazer causaria encanto e revolta, cobiça e medo. Era por esse segredo que eu tinha cedido ao celibato, em troca de algo que a escondesse do mal, humano e sobrenatural, por fim.

— Isso pode ser um engano, uma coincidência — emendei, soando ridículo até mesmo para mim. Ela aguardou que eu me desse conta do que aquilo poderia significar, permitiu um momento para minhas defesas ruírem. — De qualquer forma, não pode encontrá-la, Valery. Deve ter conseguido uma localidade próxima.

— Chas! — interrompeu-me com a voz rouca, imperiosa. — Eu não me importo comigo. Pessoas vão morrer enquanto eles me caçam, incapazes de me ver ou me sentir. Vai ser pior, muito pior.

— Como teriam achado o túmulo, Valery? — teimei, desejando poder acordar daquele pesadelo.

Valery se exasperou. Ergueu os braços e enterrou as mãos nos cabelos, afastando-se um pouco com a respiração acelerada.

— É compreensível que você queira negar, considerando que seu antigo plano para me proteger parecia infalível. Mas uma possessão da magnitude que vimos em Anastacia não pode ser coincidência — pontuou de forma acelerada. Gesticulava mais do que era seu costume, ainda evitando parar e me encarar. — Sinto muito por chamá-lo de volta para minha vida perigosa. Fez o que tinha que fazer, ainda que eu o odeie por isso, e não tem obrigação de fazer mais nada.

— Pare! — rosnei. Agora me sentia aquecido em demasia.

A gola me sufocou, o suor começou a brotar por baixo da batina abafada. Meu rosto devia estar pegando fogo também.

— Não estou sendo compreensiva, estou sendo pragmática — devolveu, olhos estreitos. — Estão vindo buscar o poder que eu guardo, apesar de tudo o que foi feito para protegê-lo.

— Precisamos trabalhar juntos, Valery — falei, chegando perto dela com o forte impulso de tocá-la. — Lidaremos com esse filho da puta, seja o que for.

— Não sei se podemos fazer isso...

— Não temos escolha.

Ela anuiu de mandíbulas cerradas, afastando-se quando notou minha proximidade.

— A delegacia está vazia agora que todos estão na casa de Carlile — falou, mais calma. — Vou aproveitar essa oportunidade para falar com

Benson, tentar arrancar mais alguma coisa dele. Pode ser útil descobrir quem serviu de ponte e como aconteceu. Só não posso ficar aqui parada.

— Onde está seu parceiro?

— Foda-se o Axel! Eu preciso fazer alguma coisa.

Valery virou-se e ameaçou sair andando, mas num impulso agarrei seu braço e sem querer a puxei com mais força do que deveria. Seus olhos ficaram alinhados com minhas narinas infladas, respirando ruidosamente.

— Pode me ligar quando terminar?

— Você não precisa se preocupar comigo, padre.

Soltou o braço num puxão. A mágoa em sua expressão cortava-me por dentro, mas era justificada. Eu a tinha abandonado. Ao menos era nisso que ela pensava, em que se apegava tendo viva a memória do dia em que nos separamos.

Afastou-se por fim, caminhando rumo à motocicleta que a aguardava mais adiante, sozinha em meio ao frio esbranquiçado.

— Essa é a história da minha vida, Valery.

Mas ela estava longe demais para ouvir.

SOBRE O PASSADO
I

2006, Manhattan

Mantinha o foco em meu livro e na caneca de café, compenetrado nos estudos. Acabara minha fase rebelde, logo iniciado o decreto de meu celibato destinado, portanto se fazia necessário algum esforço em manter-me alienado às tentações oferecidas pela primavera, com suas garotas bonitas e festas de fraternidade.

A determinação se tornaria menos profícua em instantes, quando uma linda moça ruiva adentraria a cafeteria e observaria por sobre meu ombro o livro que eu lia, estabelecendo um diálogo primeiramente tão corriqueiro para, em seguida, tornar-se a conversa mais extraordinária que já tive.

Começou quando eu, distraidamente, elevei a já quase vazia caneca de café aos lábios esquecendo-me de que o líquido já estava frio e amargo, causando um desagradável impacto em meu paladar.

— Merda! — soltei, pensando ter falado baixo.

Uma gota escura caiu na folha do livro sobre demonologia, que era propriedade da biblioteca da universidade, não minha. Procurei limpar da melhor forma usando a manga da camisa, frustrado e disperso do movimento ao entorno, inclusive da garota ao meu lado.

— Devia vigiar sua linguagem ao ler essas coisas — falou a voz de soprano da desconhecida. Elevei o rosto na direção da voz e vi que ela sorria contida. — Dizem que os demônios se aproveitam de nossos pecados.

Um par de vibrantes esmeraldas me fitavam com divertimento e sarcasmo, contudo havia algo naquela expressão tão contundente e na curva tensa dos lábios cor de cereja que aparentava certa seriedade.

— Consigo pensar em uns cinco pecados piores do que falar palavrões — devolvi, polidamente.

A moça sorriu discretamente, ainda de olho no exemplar do meu livro.

— Já li esse aí — disse, apontando-o com o queixo. — A maioria das informações são bobagens. Conheço uns melhores e mais esclarecedores, mas não acho que um padre iria gostar.

A maldita gola branca.

— Eu não sou... — Engasguei, pegando minhas intenções errôneas antes que me escapassem. — Sou seminarista.

— Dá no mesmo.

— Henry Chastain. — Estendi a mão, armando um sorriso apressado.

Ela hesitou, olhando meu cumprimento suspenso no ar, em seguida me observou um instante, deu de ombros e, por fim, devolveu o gesto com um aperto de mão apressado.

— Valery Green.

Seu tom sugeria que não se apresentava com muita frequência ou que estava desconfortável em fazê-lo.

— Você tem um sotaque diferente, Valery. Não é de Nova York, certamente.

Percebi outra vez o incômodo, dessa vez expresso pelos ombros retesados.

— Desculpa, estou sendo invasivo — apressei-me em dizer, antes que a tensão aumentasse. — De qualquer forma, o que faria uma garota tão jovem se interessar por um assunto tão... obscuro?

Ela riu discretamente com uma expressão dúbia, mas voltou a relaxar. O atendente lhe entregou o café no copo para viagem. Começou a bebericar ali mesmo, no entanto, estancada no assento separado do meu apenas pelo hiato de um banco vazio.

— Por que você se interessa? — indagou, de forma sugestiva.

Inclinei-me de lado, agora intrigado com o fato de ela querer prosseguir com aquele diálogo. Uma garota jovem interessada na ciência dos demônios não era algo a se ver todos os dias.

— Vou trabalhar com isso, não vou? — Apontei para a gola, o que não a convenceu, já que armou uma careta de desaprovação em resposta. — Formei-me em teologia no ano passado. Agora meus tutores me querem em Roma para fazer um curso de exorcismo. Quer ir no meu lugar?

Negou enfaticamente, munida do mesmo sorriso anterior. Não consegui evitar rir, o que me fez corar. Já tinha passado da fase das garotas, entretanto aquela em especial me pareceu chamativa demais, instigante. Eu poderia ficar ali, conversando só um pouco. Só *um pouco* não seria nenhum pecado.

— Acredita no mal, Henry?

A pergunta me pegou de surpresa, não pelo seu conteúdo, mas pela sua intensidade.

— Como não acreditar no que seus olhos veem todos os dias? — devolvi, pretendendo soar bem-humorado. Certamente não contaria a ela que desde pequeno podia ver o mal, literalmente.

A expressão de Valery mudou. Como uma larva fechada na imago, seu rosto se tornou um mistério. Sutil e gradativamente, minha intuição genuína disparou, talvez inconscientemente naquele instante, logo acendendo todas as luzes de emergência. Aquela jovem não era mesmo como as demais. Havia algo, um pesar, uma beleza inexpressável que mexeu comigo ali mesmo, naquele segundo de silêncio.

— Você não é como os outros, Henry Chastain — soltou, desviando os olhos.

Eu pensava o mesmo a seu respeito.

— Como os outros seminaristas?

— Não, como os outros em geral — pontuou, profusamente. — Você quer ser padre? Digo, sentiu o seu chamado?

O barulho das vozes ficou distante e de repente só havia ela. Cheiro de café, madeira e sons abafados, junto com as perguntas de Valery Green. Ali, naquele café movimentado que cheirava a cidade grande e correria, pela primeira vez eu enxerguei algo sobrenatural que não era maligno. Estava em Valery, emanava dela ostensivamente. Aquela sensação pungente me deixou desnudo, encarando-a, certamente aparentando ser um maníaco insano diante de uma mulher atraente.

— Não. Eu sou um acólito — arquejei, acordando do torpor. — A Igreja me criou, portanto não tenho escolha.

Ela olhou para os lados, como se estivesse se sentindo observada.

— Conheço alguém que pode lhe dar uma escolha — disse, por fim, inclinando-se para mim com um jeito furtivo. — Pode me achar uma louca e sair correndo daqui, eu vou entender.

Movi-me de meu assento para o que estava ao seu lado, próximo além do que seria conveniente. Valery se retesou, mas não afastou um só músculo, embora tenha engolido em seco enquanto mirava diretamente os meus olhos em expectativa.

Por que está fazendo isso, Henry? Porque está chegando tão perto dessa garota? O aroma que provinha de sua pele mesclava tons florais e baunilha.

— O que você disse? — perguntei baixo e devagar.

— Você tem um dom, não tem, Henr... Chas! — exclamou, como se tivesse tido uma grande ideia. — Vou te chamar de Chas. Combina com você.

Peguei-me sorrindo com mais espontaneidade do que deveria, consciente de que minha posição como futuro sacerdote estaria comprometida se me vissem ali. Aquele raro momento de transparência ocorreu pela surpresa de ter, depois de 23 anos, um diminutivo, um apelido enfim. Sempre fui tratado com tanta estoicidade, educado para ser prolixo e sério, por isso me foi tão confortável ouvi-la atribuir tal alcunha a mim.

— O que a faz achar que eu tenho um dom?

— Quando começou? — insistiu, ignorando expressamente minha réplica.

— Depende do que você quer saber.

— Quando você começou a ver as sombras? — elaborou, efusiva.

A surpresa me aturdiu. Reconsiderei diante das muitas perguntas que me rodeavam. Talvez eu devesse ir embora, esquecer aquele encontro.

— Como sabe disso?

— Como eu disse antes — emendou, num tom apressado —, conheço alguém que pode ajudar de verdade. Sem que precise de uma batina e um voto de castidade.

De forma acelerada, pegou um guardanapo do balcão e anotou nele alguma coisa que escondeu de minhas vistas. Dobrou e esticou para mim, mirando-me com uma expressão autoritária. Hesitei por conta das prerrogativas em aceitar a, ainda misteriosa, oferta.

— Quem é você? — sussurrei, observando sua perseverança.

— Pode me fazer essas perguntas num outro momento — insistiu, balançando o papel.

Segurei o guardanapo, fechando minha mão em torno da sua por um instante. Houve um choque, uma tensão alarmante, até que Valery a recolheu e puxou sua bolsa, preparada para partir.

— Bom, num outro momento então — resmunguei.

Ela assentiu e se distanciou de costas para a saída, devolvendo meu olhar.

— Até breve, Chas.

A quase desconhecida e enigmática srta. Green partiu, olhando para mim pelo vidro diáfano da cafeteria até sumir na calçada, unindo-se à balbúrdia nova-iorquina. Abri o papel, o coração aos saltos, lendo ali um número de telefone, seguido de uma sentença que me foi decisiva.

"A primeira vez que vi as sombras tinha só 5 anos."

22

Observava a pequena Anastacia dormir, velando o pacífico inflar e desinflar de seus pulmões. Não tive dificuldades em passar pelos guardas e entrar nos aposentos, prometendo dar uma bênção a ela diretamente de Roma. Deixei-me levar pelo seu ressonar tranquilo, o tremor dos olhos por baixo das pálpebras desenhadas em delicados capilares coloridos, então me hipnotizei com a calma e a paz da garotinha, mergulhando em pensamentos difusos enquanto não acordava.

Abrir mão de você para saber que sua vida ainda existe.

Foi a última coisa que disse à Valery, cinco anos atrás, mas ecoava em minha memória agora, assim como tinha me assombrado feito um fantasma em cada dia que vivi desde então. Se fosse confirmada a exumação do corpo de Lourdes, se soubéssemos por certo que o demônio que assombrou a família Benson era mesmo um perseguidor em seu encalço, tudo teria sido em vão.

A tatuagem da Palavra de Deus, que comprei com meu celibato e pela qual abri mão da mulher que amava. Assim que ela partira de Roma com o desenho entalhado em suas costas, o Escriba do Vaticano me ofereceu a mesma saída — tatuar a Palavra de Deus em minha pele e me ocultar para sempre do mal. Neguei gentilmente sua oferta; não o vi desde então.

Aquele homem representava a despedida.

O resmungar de Anastacia me despertou dos devaneios, colocando-me em alerta. Aproximei-me do leito e aguardei que terminasse de abrir os olhos pesados, percorrendo o quarto com um olhar sonolento, até parar em mim.

— Olá, Ana — saudei, num tom afável.

De início pareceu assustada, mas como uma criança educada por uma avó católica, ela sabia reconhecer as roupas de um padre. Foi um alívio não tê-la assustado com meu rosto estranho.

— Oi — resmungou a frágil voz pueril. — O senhor rezou por mim no lugar ruim.

Assenti, emocionado de uma forma pesarosa. Sobre a testa de alabastro ainda restava a mancha da queimadura provocada pela cruz que eu colocara ali.

— Agora você vai ficar bem — respondi, meu tom embargado. — Vai ter uma vida longa e tranquila.

Mesmo com fraqueza, ela conseguiu sorrir. Os olhinhos de um azul cerúleo, a inocência recuperada, mas ainda o pesar da marca da passagem avassaladora do mal. Elevei a mão direita e acariciei os cabelos ralos, murmurando uma prece silenciosa, ainda sob o olhar curioso dela.

— Onde está a vovó? — indagou, procurando a presença de Amara dentro do quarto.

— Ela saiu para tomar um café e pediu para que eu tomasse conta de você — respondi, ainda percebendo o choro preso na garganta.

— A vovó disse que padres não contam nossos segredos, mesmo os mais secretos — disse baixo, quase um sussurro. — Ela chora muito, o tempo todo. Não quero que vovó chore mais.

Para uma garotinha de 7 anos, suas percepções pareciam bem apuradas, assim como o proficiente diálogo.

— Quer me contar alguma coisa, Anastacia? Algo que não contou para ninguém ainda, talvez um pesadelo ruim.

Ela assentiu, para minha surpresa. Uma porção de lágrimas avultou na linha dos olhos e ela as secou com as costas da mão, fazendo uma careta de choro contido.

— Tinha um monstro lá dentro — choramingou, baixo. — Ele pegou minha mãe e queria me pegar também. Mas a moça ruiva chegou e me disse para rezar até ele ficar fraco. Ela prometeu que alguém viria me ajudar a derrotar o monstro.

— Ela falou comigo — respondi rapidamente, percebendo que a iminência das lágrimas aumentava. — A moça ruiva é minha amiga. Ela me chamou para ajudar uma garotinha de cabelos loiros e nariz de gato — brinquei com o nariz dela, fingindo apertar uma campainha e provocando um sorriso leve. — Agora o monstro foi derrotado, só que não por mim. Você é a verdadeira heroína aqui.

Anastacia riu brevemente, porém o bastante para que o sonido daquela gargalhada me preenchesse de algo pleno — esperança. Se uma menina de tão frágil aparência tinha vencido um demônio como aquele, Valery e eu o venceríamos também.

Tinha consciência das repercussões de meus atos naquele quarto do Castle Black, quando o espírito imundo me obrigou a escolher entre o exorcismo e a vida de Anastacia. Agora tinha por certo que ele não voltaria para aquele corpo, mas não poderia salvar as outras pessoas que espreitava naquele momento, talvez à procura de um novo hospedeiro. *Ao salvar Anastacia, quantas vidas tinha condenado?* De qualquer forma, nenhum arrependimento se somou aos outros.

Anastacia merece viver.

— Tem mais uma coisa — prosseguiu, agora mais firme. — Depois que o monstro foi embora, minha mãe me levou para um lugar tranquilo. Tinha um jardim e cachorros para todo lado. Era bonito e ela estava lá, mas aí...

A fala foi cortada e a atenção da menina se tornou distante. O alarme intuitivo novamente disparou, prevendo o que ela ia dizer, o que aquele sonho iluminado poderia significar.

— Aí o que aconteceu, querida?

A criança me encarou por um instante, como uma adulta faria antes de dar uma notícia ruim.

— A mão invisível me puxou e eu fui embora — concluiu tristemente. — Minha mãe gritou que eu não podia ir, mas eu fui mesmo assim.

Segurei a mão da menina, notando-a esquálida, ossos frágeis, porém aquecida e viva. *Eu sei o que você fez, Valery. Posso sentir seu coração batendo agora.*

— Você está feliz em estar aqui, com sua avó?

Meneou a cabeça em resposta, aparentando cansaço. Decidi não insistir em perguntas nem fornecer qualquer interpretação a ela. Mesmo uma criança poderia entender o que era um sonho, buscar conforto neles e criar fantasias próprias.

— Posso rezar por você agora? — pedi, sem usar o tom infantilizado. Ela concordou, quase cedendo à exaustão evidente. — *In nomine patris et filii et spiritus sancti...* — rezei baixo, percebendo que ela cerrava as pálpebras.

Antes de minha entrada, Amara me contara que a neta ainda estava sob efeito de fortes medicamentos. A senhora corpulenta dos cabelos brancos mais brilhantes que eu já vira tinha me agradecido com fervor pela bênção prometida, agora aliviada por saber que Anastacia tinha chances de ser absolvida de qualquer culpa sobre a morte de Nadine Benson.

Por fim, a menina pegou no sono novamente. Naquele silêncio de paz que procedeu o término de minha oração, deixei sobre a mesa de cabeceira uma de minhas medalhas abençoadas pelo papa e experimentei novamente o fio de esperança que me mantinha atado à sobriedade.

— Espero que me ensine a usar os dons que me deu em favor dessas pessoas — falei baixo, olhando para a cruz suspensa na parede acima do leito.

Uma cruz vazia.

23
VALERY

A delegacia estava vazia após o funeral, mas os oficiais de plantão logo dariam as caras. Deveria ser rápida e eficaz. Dispensei o novato que ficara de guarda no andar das celas durante o cortejo, argumentando que ele parecia cansado e faminto, sem nenhuma dificuldade de persuadi-lo com a sutileza esperada.

Assim que fiquei sozinha, apanhei as chaves das celas e rumei para o corredor onde Benson estava, sozinho num dos compartimentos dos fundos.

Ouvi meus próprios passos apressados sobre o linóleo ecoarem pelas celas vazias, até chegar à única preenchida e encarar o homem à minha espera, mãos atadas às barras e olhos em expectativa de quem estaria se aproximando. Encarei-o enquanto girava a chave e logo deslizei para dentro. O réu recostou na parede, observando atentamente minha mão pousada sobre a coronha.

— Benson, está na hora de aceitar um advogado. O melhor que seu dinheiro possa pagar.

Com uma expressão de estranhamento, considerou o que eu dizia.

— O que está fazendo aqui, detetive?

— Preste atenção no que eu vou falar, pois vai ser uma vez só. — Inclinei sobre ele com meu melhor olhar ameaçador, fazendo-o recuar um pouco.

— Eu nunca vou esquecer o que você fez à sua filha, mas ela precisa do que resta da família agora. Então depois que você me der as informações de que preciso, vai fazer de tudo para sair daqui. Ela está bem agora, livre da coisa que você deixou colocarem no corpo dela.

— O quê?

Dei dois passos altivos, estendendo o indicador em riste diante do seu nariz. Num gesto teatral, abri os dedos em garra e fingi que iria enforcá-lo, mas parei com a mão suspensa ali, ameaçadora.

— Você fez um pacto com um demônio por dinheiro, mas adivinhe só! — Abri os braços, salientando a sugestão histérica. — Demônios de encruzilhada não aparecem em clubes, Benson. Você foi enganado! E eu quero saber por quem.

Benson gaguejou e ameaçou se levantar, mas intercepteio com um empurrão que o colocou sentado no chão depois de escorregar de costas na parede. Imediatamente ele começou a chorar. Desferi um tapa em seu rosto, puxando-o pelo queixo para me encarar.

— Seja homem, engula essa porra de choro. — Ergui um joelho e o pressionei em seu estômago, fazendo-o ter um motivo de verdade para chorar. — Eu quero um nome.

— Ele vai me matar...

— Quem se importaria?

Puxei-o pela roupa, para depois jogá-lo contra a parede novamente. A cabeça deu uma pancada, e ele gemeu mais alto.

— Não fui clara, seu filho da puta? — esbravejei, o timbre grave. — O nome de quem você contatou para vender a alma da sua filha!

As pernas do homem deslizaram no chão para tentar levantar o corpo trêmulo. Com um novo empurrão, tornei a dificultar seus movimentos.

— Não sei o nome, de verdade. Eu não... não vendi a alma dela! — cuspiu, beirando o desespero. — Ele me disse que seria temporário, que não ia machucar! Eu não sabia que o demônio queria possuí-la!

George começou a chorar aos soluços e cuspidas. Não me causava pena alguma, pelo contrário, disparava meus níveis coléricos. Apertei o joelho contra seu estômago e arrematei um enforcamento usando a gola da camiseta puída.

— O que demônios fazem com crianças é muito pior do que possuir o corpo delas — destilei, cuidando para ele sentir meu bafo úmido com a proximidade ameaçadora. — Eles as matam e arrastam as almas para o inferno! Seu feiticeiro particular não contou isso? Hein?!

George tentou se livrar das minhas mãos, mas eu era mais forte do que aquele homem que deveria medir um palmo a mais que eu. Desferi um tapa de humilhação em seu rosto, fazendo-o fechar a expressão de derrota, a boca bufando saliva e hálito ácido.

— Ele não disse! Ele não disse nada! — vociferou em agonia. — Prometeu que ela não ia se machucar. Ele só queria uma criança, um pouco de sangue dela e nada mais!

Sangue. Invocação.

Afastei-me perturbada pela ignorância que a cobiça provocara, grande o bastante para arrefecer ao amor de um pai para a filha. George subordinara sua cria em favor de seus desejos. Tive que morder o indicador dobrado, deixar a dor me acordar da ira completa que poderia sucumbir diante da ideia de matá-lo ali mesmo.

— Ele pediu pelo sangue dela em troca do quê?

George estava ofegante, suando frio, quase à beira de uma nova convulsão. Dessa vez o encheria de pontapés antes que os tremores começassem.

— Você é bem forte para uma mulher — comentou, esfregando a garganta, humilhado.

Avancei dois passos. Ele tremeu, tapando o rosto, então limpou o suor com a manga do braço, gemendo um choramingo covarde.

— Há um círculo! — começou, quase gritando. — São pessoas da elite nova-iorquina que frequentam esse lugar em Manhattan, perto das docas. São feiticeiros, como gostam de ser chamados, mas há algumas prostitutas e outros tipos. — Parou e olhou para as mãos, que tremiam freneticamente. Seu medo era desconcertante. — Eu achava que a parte da feitiçaria era balela, mas algumas pessoas afirmavam que conseguiam coisas em trocas com demônios por intermédio dos feiticeiros. Falavam que eles não eram maus como a Igreja diz.

Fez outra pausa, arfando o desespero. Aquele pavor pungente poderia acovardá-lo ainda mais, então avancei e ele recomeçou a falar.

— E-eu qui-is fazer aquilo — gaguejou com dificuldade. — Antes era só para fazer parte daquele grupo. São pessoas ricas, poderosas, mais do que você imagina — pontuou, num tom de quem faz uma grande revelação. — Quando cheguei lá, ainda estava cético, só interessado nas drogas e nas prostitutas, mas depois de um tempo vieram me chamar dizendo que um dos feiticeiros queria falar comigo, me oferecer uma sessão, o mais poderoso deles, de graça. Não tinha nada a perder, e meus companheiros pareciam impressionados, então eu fui. Segui aquele homem para os fundos, onde um velho me esperava cercado de coisas macabras. Crânios, folhas, velas escuras, toda essa merda que impressiona bem, ainda mais com aquela música alta.

— Sem rodeios! — gritei sobre a fala dele.

Eu poderia ouvir tudo, talvez. Procurar pistas nos detalhes, já que George estava imerso no próprio relato, disposto a desabafar. Mas estava com pressa.

— O velho di-disse que sa-sabia de onde eu vinha — continuou nervosamente. — Disse o nome da rua onde eu morava e o meu telefone. Não foi exatamente o que me fez acreditar, mas tudo ali era estranho, maligno. Eu senti que estava nas mãos de algo que não compreendia.

— Acreditou fácil, Benson. Seus amigos poderiam ter armado isso, não acha?

Ele negou com veemência.

— Minha cabeça estava confusa, como se eu tivesse fumado uma árvore inteira de maconha, mas eu não tinha, não estava chapado ainda.

— Não estou interessada, quero logo a merda que me interessa.

Ele abraçou seu corpo, mergulhado em lembranças certamente perturbadoras.

— O feiticeiro falou que via uma menina em meus pensamentos e que só queria um pouco do sangue dela para provar, mas garantiu que seria só isso.

Tive que desviar os olhos quando meu estômago revirou. O dele também não parecia em seu melhor estado, já sua expressão de nojo casava perfeitamente com o conteúdo pernicioso de sua história insana.

— Continue.

— Eu pensei que era só uma gota de sangue, em troca ele me faria o homem mais rico de Darkville. Como bônus, faria todos esquecerem sobre meu irmão. Mas não foi só isso — prosseguiu, ainda enojado. — Na sexta--feira passada foram até minha casa. Nadine atendeu a porta e no mesmo instante ele a atacou. Ficamos dentro da casa a noite toda. — George fechou os olhos, deixando lágrimas escorrerem junto com o muco do nariz. — Ele fez o ritual com Anastacia, só que depois disso as coisas ficaram muito feias. O demônio não a tomou imediatamente, primeiro veio pelo feiticeiro, como se usasse os olhos dele para vê-la. Foi ele quem matou minha esposa e depois, quando tomou Anastacia, usou suas delicadas unhas para cavoucar o pescoço de Nadine e beber seu sangue.

Encolhi-me, soltando um ruído que era puro ódio. Não conseguia falar agora, ou poderia vomitar em Benson.

— Ele também bebeu o sangue de Nadine depois de morta — chorou seu puro desespero. — Depois deixaram o corpo lá e nos arrastaram até aquela casa onde vocês nos acharam. Ele deixou a casa pouco antes de vocês chegarem.

Andei até ele, segurei seu rosto usando a mão direita enquanto a esquerda rodeava o pescoço. Bati diversas vezes ali com menos força, só para extravasar a ira.

— Vou ignorar a minha vontade de matar você agora, Benson, porque eu preciso de um nome — rosnei. Senti meu rosto afoguear e as veias do pescoço inchadas. Deveria parecer um monstro para George agora. — O nome do feiticeiro, agora!

Ele tremeu, soltando um gemido pavoroso cheio de saliva.

— Ele vai me matar, sabia? — choramingou, babando. — Vai me matar se souber que eu falei o nome dele.

Com sorte, vai mesmo.

— Eu não me importo com você — sussurrei, falando bem perto de seu rosto, usando minha melhor expressão selvagem —, mas mesmo assim vou deixar algo para protegê-lo, caso alguma coisa venha.

— Quem é você? — cuspiu, sua pele vermelha e os lábios já roxos. — Não é detetive coisa nenhuma.

Finquei as unhas no rosto dele, apertando seu maxilar com força.

— Eu sou a pessoa que vai te matar de verdade caso não me dê o MALDITO NOME!

— Casper Donovan! É o nome dele! Eu juro, detetive! Eu juro pela minha vida, por favor, por favor.

Afastei-me, recuperando a compostura.

Enfiei a mão no bolso, encontrando o objeto que tinha enfiado ali pela manhã, tirado do baú que mantinha trancado. Um saquinho branco amarrado por um cordão dourado. Era um dos últimos, precioso demais para desperdiçar, mas faria por Anastacia, pela vida normal que eu queria que ela tivesse.

Chas diria o mesmo. Acreditaria que aquele ser vil e covarde jogado em minha frente merecia uma segunda chance.

Casper Donovan.

— Isso é um feitiço de proteção, feito por alguém muito mais forte que seu amigo — salientei e o joguei em sua mão suada. — Fique com ele perto do corpo e vai manter qualquer ameaça longe, por ora. Isso não deixa de ser feitiçaria, entendeu? Tenho um amigo que odiaria isso e pediria para você usar medalhinhas ungidas por homens que usam vestido, portanto guarde com cuidado e não mostre a ninguém.

George concordou, depois limpou o rosto molhado.

— Obrigado, detetive.

— Agora vai esquecer que eu estive aqui. Se alguém ficar sabendo dessa nossa conversa, eu vou deixar você viver para ver o que toda Darkville... — parei, os olhos maquiavélicos estreitos — Todo o estado de Nova York dirá quando souberem que você mija nas calças diante de uma mulher.

Ele segurou a respiração, guardou o saquinho no bolso da calça, e voltou a mexer a cabeça em assentimento.

Arqueei as costas, dei a ele meu melhor sorriso cínico e saí da cela levando comigo o nome daquele em quem poria as mãos e de quem planejava, com ardor, derramar o sangue.

PARTE II

CONFUTATIS

SOBRE O PASSADO
II
HENRY

Eu fiz a ligação alguns dias depois do encontro na cafeteria.

Como uma droga que vicia no primeiro uso, a voz de Valery era para mim o receptáculo de histórias que nunca tinha contado a ninguém, nem mesmo aos outros acólitos. Não sabia de onde vinham as palavras, só as vomitava, ouvindo o som da minha fala como se pudesse estar também do outro lado, recebendo as informações pela primeira vez. Ela ouvia tudo, respirando audivelmente do outro lado, sem me interromper um só segundo.

Comecei falando sobre meu nascimento. Meu e de minha irmã gêmea — Hope. Os dois nomes com H, talvez pensados como um par, porém somente o dela tinha um significado mais profundo — esperança. Isso porque Rose tivera complicações para conceber. Éramos, então, filhos desejados com ardor, aguardados por anos.

A felicidade de nossa mãe findou na mesa de parto quando, sem ao menos ter a chance de respirar uma só vez, Hope foi retirada sem vida depois de mim. Ouvi-a contar tantas vezes para meu pai que tinha visto o corpo murcho da bebê que ela tanto amava, enquanto me ouvia berrar a plenos pulmões.

A esperança tinha morrido — ironia de um destino sórdido.

Como herança de minha sobrevivência, veio a ausência de Hope. Mesmo com o coração infante, sentia o penar de minha mãe em realizar suas tarefas, ainda que procurasse em mim o apego para prosseguir.

O sobrevivente era a lembrança da morte.

Joshua, meu pai, era um homem austero e pouco afetuoso, por isso não interferia em minha educação; trabalhava o dia todo, chegava silencioso, reagindo à depressão da esposa com mais ausência e buracos impossíveis de serem preenchidos. Aquela depressão durou todos os anos que eu vivi ao lado dela.

Entretanto, agravou quando as visões começaram.

Fantasmas, eu dizia. O suor quase nunca sumia de meu corpo, junto com a adrenalina e os pesadelos que interrompiam meu sono, tornando-me um garoto pálido com olheiras assustadoras. Não demorou para as pessoas começarem a me olhar de um jeito estranho, causando ainda mais aversão em minha mãe.

O sobrevivente era a lembrança da morte *e* a escolha errada do destino.

Um parto maldito, carregado de um dom maligno.

Indecisa entre o amor e a rejeição, ela lutou por um tempo. Passei a esconder tudo a respeito de minhas assombrações, buscando desesperadamente aquele afeto cuja falta me sufocava. Lembro que por um tempo Rose pareceu me amar, ainda que de forma pesarosa. Esquentava meu leite antes de dormir e afagava meu cabelo enquanto eu o tomava, deixando um rastro sobre o lábio para fazê-la rir. Era bom, aquele som. Cálido e cheio de esperança.

Levantava minha coberta quando eu me deitava na cama e, gentilmente, beijava-me a testa prometendo me acordar bem cedo. Fazíamos orações, então ela partia e fechava a porta.

Deixando-me sozinho com as sombras.

Alguns dias antes das aparições do lobo branco, alguns padres apareceram em casa. Minha mãe falou com eles, parecia desesperada, pedindo-lhes ajuda. Não recordava de muita coisa dita naquele dia, porém uma palavra ficou guardada na memória como uma ladainha insolente — Drachenorden, a Ordem do Dragão.

Segundo eles, minhas visões e idiossincrasias não eram algo maligno, e sim um presente. Um dom de ser forte, não adoecer, ver o impossível. As palavras a fizeram sorrir, mas quando eles foram embora, Rose se trancou no quarto e chorou por duas horas, isolada, negligente. Lembro-me de sentir empolgação com aquilo, olhando para minhas revistas de super-heróis, que também tinham poderes especiais. Mas, ao ver as lágrimas dela, um futuro herói morreu dentro de mim. Era um fardo, maldito e indesejado.

Foi por causa dele que o lobo branco a encontrou e usou sua doença para tirar sua vida.

Ao fim do meu relato, cedi às lágrimas silenciosas segurando o telefone suado de encontro ao ouvido. Meu coração latejava, dolorido, a garganta seca de tanto falar sem ter tempo para respirar. O silêncio do outro lado não era vazio, mas cheio de uma compressão pesada de quem sabe que nenhuma palavra é adequada para certos tipos de histórias.

— Seu pai o entregou aos padres depois que sua mãe morreu, não foi? — disse, depois da longa pausa.

— Sim — respondi com pesar. — No mesmo fim de semana.

Tantos abandonos talvez estivessem me fazendo parecer frágil, mas eu não era. Pelo contrário — alguns daqueles fatos colaboraram para o desenvolvimento de minhas habilidades.

— Posso ouvir seu coração bater, Valery — soltei, tencionado a falar sobre os meus dons, mostrar que eu não era vulnerável. — Literalmente, eu digo. Está acelerado, a respiração também. Sua adrenalina está disparada.

Silêncio do outro lado.

— O quê? — sibilou muito baixo.

— Eu posso ouvir — arrematei, como se não fosse mais dizer nada. — É uma das coisas estranhas a meu respeito que você ainda não sabe.

— Você tem uma caneta? — emendou, de forma acelerada.

— Tenho uma boa memória...

Ouvi um leve riso e um suspiro profundo.

— Então anote um endereço e venha me encontrar amanhã, no fim da tarde.

— Valery, eu não sei — resmunguei.

Minhas intenções eram evidentes. Sentia por ela muito mais que atração física. Desabafei coisas que jamais dissera a ninguém.

— Não diga nada — falou, resoluta. — Só me dê essa chance, Chas. Vou lhe apresentar uma pessoa que pode ajudar. Se, mesmo depois de conversar com ela, ainda acreditar que a Igreja é o melhor lugar para você, eu vou respeitar e deixá-lo em paz.

— Não — estanquei, indeciso. — Não quero que você me deixe em paz.

Esperei pela culpa; aquela que o celibato insere na sua alma aos poucos, feito veneno. Só que não senti nada.

— Não diga isso sem ter certeza — zombou ela, os batimentos acelerando novamente. — Temos um encontro, então. Não um encontro do tipo... *encontro*. Um compromisso.

— Eu entendi, Valery. — Estava sorrindo agora, de certa forma me sentindo mais leve. — Nós nos veremos amanhã, então.

Naquela noite eu dormi como uma criança, ainda que fosse uma péssima comparação — quando eu era criança, dormia como um adulto. Nunca soube o que era um sono tranquilo e descansado, mas quando acordei no dia seguinte meu corpo todo agradecia, leve, completo com uma ansiedade positiva.

Segui para o endereço que Valery me passara, tendo de tomar duas linhas de metrô, andar mais umas ruas e parar transeuntes para pedir informações.

Na hora combinada eu contornava a esquina da rua indicada, já vendo a garota de cabelos afogueados na calçada, olhando para os lados. Usava um vestido florido, botas de cano alto e um suéter verde que jamais poderia deixar de mencionar — ele contrastava com os cabelos alaranjados, enquanto combinava perfeitamente com os olhos.

Quando ela me enxergou ao longe, a imagem do sorriso sem graça nos lábios cor de cereja, os ombros rijos e os cabelos balançando com o vento ficaria gravada em minha memória para sempre.

Há pecados disfarçados de virtudes, da mesma forma que virtudes que parecem perdições. Era difícil estabelecer o que era naquele momento. Mais tarde consegui descobrir a mistura improvável de ambos.

Valery Green conseguia ser tudo. Luz e trevas. Ascensão e queda.

— Você veio mesmo — falou, assim que parei em sua frente.

— Obrigado por me ouvir na noite passada — respondi, procurando manter um sorriso ainda que tímido. — Acho que exagerei.

— Não — interrompeu-me, aproximando um passo. — Eu tenho que agradecer por você ter confiado em mim, mas vamos deixar os agradecimentos para depois.

Sinalizou para a casa que se erguia ao nosso lado. Uma bela construção de paredes de madeira branca, janelas azuis e um entorno bucólico repleto de todos os tipos de cores e plantas. A varanda era adornada por cadeiras de balanço, bancos e mais flores. Na entrada uma enorme mandala artesanal me chamou a atenção, suspensa acima de uma aldrava de bronze.

Não demorou para eu captar as emanações de dentro da construção. Sentia-os dali, dois corações poderosos batendo regulamente. Havia energia, algo que eu conhecia.

Fixei os olhos em Valery, estreitando-os.

— Há dois seres sobrenaturais dentro da casa.

Meu corpo estava retesado. Valery procurou meu braço para me acalmar com um toque, mas a repeli de imediato, por reflexo.

— Não é como você pensa — replicou, com um olhar de quem implora. — Ficaria surpreso se ouvisse o que eles têm a dizer, Chas. Eles não são todos maus como seus livrinhos de história contam. Aquelas duas pessoas cuidaram de mim quando...

— Quando...? — insisti quando ela parou.

Valery suspirou, certamente indisposta a me revelar seus segredos antes que eu fizesse o que me pedia.

— Se você entrar lá e ouvi-la, eu conto como os conheci — persuadiu, calma. — Não é minha intenção mudar sua religião, destruir seus princípios, ou qualquer coisa que esteja pensando. Eu só quero que ouça algo que nunca ouviu. Ela já trabalhou com homens do clero antes.

— Ela? Tem um homem lá dentro.

— Como você sabe de tudo isso?

Hesitei, assim como ela. Ambos tínhamos estabelecido um tipo de conexão platônica um com o outro, mas ali estava o limite da confiança. Se eu jamais entrasse na casa ela jamais confiaria em mim, se ela não confiasse em mim, eu não contaria o restante.

— Eu entendi — murmurou, cruzando os braços. Sabia lidar com segredos porque escondia muitos, certamente. — O homem não vai falar com você. É um pouco atípico. Antissocial.

— Seu pai?

— Não. É pior que isso.

Perto da exasperação, passei as mãos pelos cabelos e olhei meu entorno.

— Por que quer tanto que eu entre? — questionei, incisivo. — Você não me conhece e, me perdoe dizer, mas não parece o tipo de pessoa que corre atrás de estranhos oferecendo ajuda. É tão fechada, tão...

— Fria? É, já me disseram isso muitas vezes — retrucou, lacônica. — Mas você parece perdido, mente demais para si mesmo e todo mundo acredita. Eu sei ver essas coisas. Senti que poderia lhe oferecer isto.

Apontou para a casa sutilmente, fechando a expressão. Eu a tinha magoado e, pelo olhar em seu rosto, não era algo comum. A garota tinha me aberto um espaço e eu agi como um idiota. Pedir desculpas não parecia uma opção, poderia piorar tudo, me faria ainda mais estúpido aos olhos dela.

Cedi, por fim, com um suspiro longo.

Segui Valery pelo corredor de entrada, até ela estancar de repente antes de subir para a varanda. Nossos corpos trombaram de leve, agora próximos demais um do outro, mais do que seria correto. Ali naquela distância curta eu consegui ver que não havia mais frieza ou austeridade, mal restando uma parte da casca que ela lutava para manter, guardando seus segredos e suas emoções.

— Eu quero poder confiar em você — disse baixo, olhando para a gola da minha camisa.

Segurei o impulso de retirá-la dali.

— Sei disso — devolvi no mesmo tom. — Eu vou ouvir o que a mulher tem a dizer.

— Preciso que você ouça — salientou. — Eu não posso mais ficar sozinha, Chas. Às vezes eu acho que vou sufocar.

Seu peito golfou um soluço involuntário, que pareceu doloroso. Sem pensar, segurei seus braços e diminuí ainda mais a distância. Vi em seus olhos um caos de tristeza tão intenso que me sufocou também. Dentro do verde-esmeralda que brilhava ao sol do fim da tarde havia um mundo de sofrimento tão latente e complexo, tão belo e triste. Uma antítese inexplicável.

— Vou merecer sua confiança, eu prometo.

— Também não quero que você seja um padre.

Abri a boca para responder, mas minha voz não saiu.

— Eu diria que poderia ir para o inferno por causa do que eu vou fazer agora, mas eu não posso ir para o inferno.

Não tive tempo de recuar. Os lábios dela acertaram os meus muito rápido, certeiramente. Mãos pequenas e delicadas envolveram minha nuca, prendendo-me ali. Soltei os braços inertes de início, até entender onde estava e que deveria parar.

O voto. O maldito voto!

Tinha me prometido que a última vez seria mesmo a última. Cervacci sempre me perdoava, mas dessa vez tinha dito que era para valer.

Elevei as mãos à cintura dela e tentei afastá-la, mas isso só a fez abrir minha boca com a sua. A saliva quente me invadiu, o gosto doce, inebriante. O empurrão então se tornou um aperto de dedos, que se enterram na pele morna. Logo me vi puxando a garota pela cintura, grudando seu corpo no meu enquanto cedia ao beijo, que ficou intenso e ofegante.

E então, a partir daquele momento, eu entendi — a virtude e a perdição podem coexistir em uma pessoa. Valery era a prova disso.

24
HENRY

A prece amarga que fiz ao leito de Anastacia ainda incomodava em meu paladar.

Mirei-me no espelho do banheiro do hospital, encontrando a imagem de um homem envolto em raiva a me olhar de volta. Com punhos cerrados e veias salientes, segurei um urro que já vibrava na garganta, procurando uma forma de externar aquilo sem que o estrago fosse evidente.

Arranquei a batina, lancei no latão de lixo e soquei-a até que sumisse no fundo. *É bom me livrar de uma delas*, porém seria mais fácil arrancar a pele do que me livrar daquilo de uma vez por todas.

Aquela batina hipócrita, destinada a mim por coerção. Nem mesmo ela tinha podido evitar que um demônio enviado para caçar Valery agora estivesse solto, ameaçando pessoas inocentes. Nenhuma de minhas habilidades serviu de nada, nenhum de meus sacrifícios.

Nem mesmo as preces.

Ou Ele.

Você nunca veio por mim. Nunca o vi se manifestar, seu filho da mãe. Ao menos proteja aquela garotinha você mesmo. Ignore minhas palavras em latim e faça você mesmo seu trabalho.

Saí para a rua fria já salpicada de neve, o céu crepuscular tingido de branco e roxo, sem lua ou estrelas. Chamei um táxi e pedi para ir até a delegacia de Darkville, mas não contei ao taxista que seguia em direção à minha fraqueza, que era também a minha verdade. Quando desci em frente ao opulento prédio de três andares, vi luzes apenas no último deles, um estacionamento quase vazio, exceto pela Harley, parada ali perto de duas outras motocicletas menores.

Caminhei até ela, submerso em lembranças de uma vida que eu já tinha perdido. Toquei o assento, o guidão, até envolver o acelerador com meus dedos. Um dia aquele amontoado de aço soldado havia sido a realização de um garoto solitário, preso num quarto frio com terços e rezas vazias, que, escondido, ouvia canções proibidas e lia revistas sobre homens que cruzavam o mundo sobre suas motocicletas, trajando coletes de couro e exercendo um estilo de vida sem regras.

O dia em que subi nela, eu tive certeza de que Deus existia, e que, sim, ele poderia realizar sonhos impossíveis. Já não sabia mais onde estava aquele sentimento agora, que a tocava sabendo que não me pertencia mais. Realizei meu sonho paradisíaco, mas encontrei meu inferno aonde milhões de pessoas iam para proclamar sua fé.

— O que está fazendo?

Levantei os olhos desperto do torpor, encontrando Valery parada sobre a calçada, braços cruzados e um sorriso que segurava com todas as suas forças, talvez pensando que seus olhos estivessem escondendo-o também. Nem me daria ao trabalho de explicar no que estava pensando já que ela poderia inferir com o mínimo de esforço — não me envergonhava que soubesse.

— Deve ter conseguido alguma coisa com o pai de Anastacia — falei com seriedade. — Vamos caçar, então.

Os olhos dela brilharam, o sorriso se desfez.

— Tem um grupo de feiticeiros num inferninho em Manhattan, perto das docas — respondeu, soando introspectiva. — Eles receberam uma mensagem assim que Benson entrou no local e o enviaram para a menina por meio de um tal Casper Donovan.

— Se houve um ritual, você pode entregar os envolvidos para seu tenente e inocentar Anastacia.

— Não tenho certeza de que devemos ir até eles assim, Chas.

Meneei a cabeça, pronto para dar continuidade ao que estava pensando em fazer, mas Valery se afastou até onde havia outras motos e, sem hesitar, arrancou de uma delas o capacete amarrado ao guidão. Pisando firme e com um jeito de quem não aceitaria nenhuma negativa, estendeu-me o objeto de forma imperativa.

— Vamos ao Brooklyn.

— Valery, não é uma boa ideia.

Voltar para aquela casa poderia ser o reinício e uma derrocada de eventos. Eu sabia que não havia saída, mas gostaria de considerar algumas opções antes.

— Sou o queridinho do Vaticano — dramatizou, engrossando a voz para imitar a minha. — Uso cachecóis roxos e vestidos pretos. Não posso me envolver com feitiçaria.

Suas feições teatralizaram as minhas com uma atuação epopeica que me fez observar em silêncio, segurando uma risada audível. Assim que acabou e deu de ombros, tornou a estender o capacete e dessa vez bateu com ele em meu peito, mudando a expressão para sua usual máscara de frieza.

— Não me obrigue a cometer uma heresia.

Valery avançou sobre mim e puxou minha gola clerical do pescoço, jogou no chão e me encarou, como se tudo estivesse resolvido agora e eu pudesse aceitar sua oferta.

— Agora você pode ir comigo.

— Vou usar aquele ali, se é assim. — Apontei para o capacete original, que estava sobre a Harley. — E eu vou dirigir.

Vesti-o antes que ela recomeçasse a ladainha e montei sobre a moto com destreza. Ela me olhava com exasperação, respirando acelerada.

— Agora ela é minha, e você não vai dirigir.

Abri o visor, inclinando a cabeça em sua direção.

— Sua impertinência é sua fraqueza, Valery Green — cantarolei, sarcástico. — Se quer ir ao Brooklyn atrás da bruxa, então iremos. Mas quero dirigir minha moto mais uma vez. Fui claro?

Ela cruzou os braços, tentando resistir.

— Isso consiste em eu ficar atrás de você. Posso violar os termos que permeiam sua castidade, padre. Isso é uma ameaça.

Não havia humor em sua voz, somente a impertinência da qual eu tinha falado.

— Acredito que eu sentar atrás de você viole muito mais.

— Eu odeio você, Chas.

Vencida, vestiu o icônico capacete e subiu na traseira da moto, fazendo questão de pressionar os ossos dos joelhos contra mim com certa agressividade. A dor pontiaguda não me incomodou, mas o calor de suas pernas ao redor das minhas e a proximidade, sim.

Rapidamente, pisei com força no pedal depois de girar a chave que me foi entregue a contragosto. Quando senti a velocidade dando vida à motocicleta sob meu domínio, algo dentro de mim acordou. Por uma brevidade irrisória, era novamente o homem que sempre quis ser, tendo ao meu alcance tudo aquilo que amava.

25
VALERY

Eu poderia apostar que Chas tinha passado um tempo remoendo o passado. A forma como ele olhava para a casa agora era um sinal claro, sempre transparente. Odiava como podia ler todas as expressões dele, sabendo que eram tão límpidas e honestas como as minhas jamais seriam.

— Ela não está sozinha — falou, sério. — Droga!

Desci da moto e marchei rumo ao portão de entrada, percebendo que Chas demorou a me seguir. Oz estava lá dentro, e eu gostaria muito de iniciar uma discussão com ele sobre as visões e sobre o que eu tinha descoberto. Havia algumas responsabilidades que precisava jogar em suas costas largas.

— Valery, espere um pouco — implorou, ainda parado na rua.

Voltei dois passos e o encarei, tremendo de frio enquanto Chas estava inabalável, tão invulnerável à ação daquele inverno rigoroso.

— Sei que quer brigar com Oz sobre o túmulo de Lourdes — falou, apaziguador. — Eu o conheço o suficiente para saber que se esteve ausente até agora, é porque estava tentando resolver as coisas.

— Desde quando você o defende?

Chas considerou, subiu na calçada e ficou perto demais. Suas bochechas estavam vermelhas, os olhos, vibrantes. Pela primeira vez desde nosso reencontro, ele se pareceu com o velho Henry Chastain que eu conhecia.

— Não defendo — prosseguiu, ainda soando como se quisesse me acalmar. — Só acho que não devemos distribuir culpas agora que a coisa está feita. Vamos rastrear o demônio e exorcizá-lo. É só o que temos que fazer.

— E depois? — interrompi-o, usando um tom mais alto. — Os vestígios, outros podem seguir de onde esse parou. Eles vão continuar vindo.

— Eu vou protegê-la quantas vezes forem necessárias.

— Você não tem mais nada em troca! — explodi, gesticulando quando me aproximei dele. Chas ficou parado, assistindo às coisas ruírem em mim, sentimentos escaparem pelas rachaduras que eu insistia em remendar. — Você não me protegeu quando abriu mão de mim, mas me tirou a única coisa boa e verdadeira que tive em anos! — O olhar dele é sombrio apesar de nada surpreso.

Mas eu não tinha acabado e pretendia ir até o fim.

— É por isso que não vou perdoá-lo nem deixar que você me encha dos mesmos velhos discursos sobre o quanto se sacrificou, tudo o que teve que fazer para me manter segura. Eu preferia ter vivido fugindo a ter entrado naquele avião sozinha — a última palavra saiu num frêmito e nesse momento ele reagiu. Pareceu afetado, perturbado —, a ter voltado para uma casa vazia e dormido mais uma noite naquela cama, sentindo o cheiro das suas roupas no armário, vendo o copo sujo que você esqueceu na pia e a toalha no encosto da cadeira.

Minha respiração falhou. Uma enorme quantidade de ar chiou em meu peito, quando as lágrimas à espreita foram engolfadas, secando antes mesmo de serem derramadas. Tive que virar as costas para esconder meu arrependimento, para me castigar por ter deixado tudo escapar, por perder o controle. Chas não deveria saber que tudo aquilo ainda me afetava, mesmo depois de tantos anos.

Ouvi seus passos e senti a quentura de sua proximidade, mas não me virei.

— Eu ainda amo você, Valery — disse, depois de um tempo.

Queria voltar a explodir, agredi-lo, enterrar minhas unhas em sua carne como um castigo por ter dito aquela merda. Entretanto não me movi, feito uma estátua de gelo no meio da calçada, sem nem mais tremer de frio.

Chas me ultrapassou e caminhou até o portão.

— Você não vem? — questionou, com um pé sobre o degrau de entrada.

Ia devolver com alguma resposta mal-educada, quando a porta da casa se abriu e duros passos se aproximaram. A figura ainda oculta pelas moitas altas do jardim exalava uma autoridade inconfundível, o que me fez prever o desfecho e correr para seu encontro antes mesmo da chegada da voz em trovões e da enxurrada de palavrões.

— Oz, olá — cumprimentou Chas, muito sério.

O outro se agigantou diante dele, dois palmos de altura a mais. Feroz como um leão e também rugia como um quando queria.

— O que diabos vocês dois estão fazendo juntos?

DENTRO DA CASA era exatamente como antes: mesmos móveis claros, cheiro de ervas e incenso, fotos da família e tapetes coloridos. A atmosfera tinha um toque reconfortante, familiar. De um jeito perigoso.

Se eu aspirasse muito aquele ar, poderia acreditar que tudo ficaria bem.

Oz tinha subido para o andar de cima esbravejando, o que não era surpresa alguma. Chas e eu esperamos na antessala, os dois tensos de braços cruzados, fingindo admirar os quadros alegres e a decoração efusiva. Ele parou diante de uma fotografia minha aos 17 anos, segurando um diploma.

— Como se você não tivesse visto isso antes — vociferei e tombei o quadro incisivamente.

— Se eu fosse um cretino qualquer faria piada com seus hormônios — devolveu com ar de riso. — Prefiro sugerir que compre um saco de pancadas.

Virei as costas, bufando. A voz de Oz ultrapassava as paredes e reverberava ali, esbravejando ao contar para alguém que eu estava lá embaixo *com aquele filho da mãe.*

— Como se não tivéssemos problemas piores — murmurei, fitando o alto das escadas. — Eu preciso falar com você, seu idiota! — gritei, rouca.

As vozes se calaram lá em cima e passos trotaram no assoalho. Logo Oz desceu as escadas, adentrando a sala com imponência. Tinha as mãos enfiadas nos bolsos das calças escuras, a postura ereta salientando o peitoral volumoso. Seus cabelos negros estavam compridos até as orelhas, mas as costeletas se mostravam por baixo, unindo-se à barba cheia.

— Os anos passam sobre a Terra, mas você continua parecendo um homem das cavernas.

— Chas! — repreendi-o, quase dando um grito.

Mas ele estava satisfeito com o que tinha dito, sorrindo como um adolescente. Oz emitiu um ruído gutural, o que correspondia à sua risada. Aproximou-se, mirando Chastain com um ar cínico que era prenúncio de uma tempestade.

— E você já acostumou com o ar gelando as bolas por baixo da sua saia?

Chas riu, sem resposta. Ignorei-os e parei em frente a Oz, atraindo seu olhar para mim com um estalo de dedos, já que ele estava muito ocupado lançando olhares odiosos ao outro.

— Onde você esteve?

— Vamos chegar a isso, Val — sussurrou, apontando o dedo gigante para meu nariz. — Parece que todos voltam correndo para você com uma ligação apenas, não é? Mesmo assim continua se comportando igual a uma megera. Eu deveria matá-la de uma vez e quem sabe a próxima seja uma pessoa mais agradável.

— Vá se foder, Oz.

— Queria trabalhar sozinho dessa vez, mas você sempre faz as coisas antecipadas! — reclamou comigo, indiferente, enquanto Chas o encarava com uma antipatia mútua.

— Como ligar para mim? — devolveu o padre, num tom ameaçador. — Um demônio estava dentro de uma criança. Acho que não havia muita coisa a ser feita.

A exasperação e a pressa se uniram, deixando-me acelerada e tensa. Queria golpear o rosto de Oz, gritar com ele coisas entaladas em minha garganta havia anos, por todas as vezes que ele me tratou levianamente para que eu me subjugasse à sua proteção. Eu sabia que as intenções não eram ruins, mas aquilo não funcionava e ele já deveria saber.

— Não pode trabalhar sozinho quando sabe que eu tenho as mesmas Revelações que você — pontuei, irritadiça. — Ou se esqueceu disso? Achou que eu não saberia interpretar as visões e que não seria esperta para descobrir do que se tratavam?

Oz passou a mão pelo maxilar quadrado enquanto me encarava ardilosamente. Mantive a compostura, mesmo que quisesse entrar em combustão.

— Ainda sou a porra do seu Guardião, Valery Green! Ainda vejo o que você vê e sinto o que a ameaça antes mesmo que você sinta.

— Então o que você sabe?! — enfrentei-o. — Por que isso está acontecendo de novo?

Oz desmanchou o olhar ardiloso e esfregou o rosto, rosnando. Parecia um urso prestes a dar o bote em sua presa indefesa.

— Vocês dois me envergonham — falou uma quarta voz, vinda do alto das escadas.

Era calma, rouca e segura, me fazendo tremer por dentro.

Malik adentrou o ambiente com sua presença apaziguadora, trajando um vestido branco de linho, os cabelos enrolados muito volumosos, a pele de ébano aveludada e olhos de um tom escuro de marrom. Caminhou até mim com uma expressão maternal, nada repreensiva como tinha soado ainda há pouco.

— Malik.

— Minha menina — disse afável, já tomando meu rosto em suas mãos mornas. — Como eu senti falta desses olhos lindos.

Como eu senti falta disso, Malik!

O cheiro familiar de erva-doce e o toque dela serviram para aplacar todo o turbilhão de sentimentos. Permiti que ela passasse a mão em meus cabelos, me observando com uma expressão triste, e depois a abracei calorosamente, envergonhada por precisar tanto dela.

— Vamos passar por mais essa juntos, menina. E vocês dois — olhou para Oz com repreensão, apontando o dedo de mim para ele — não deviam se tratar assim, como estranhos que se odeiam.

— Malik, estão vindo atrás de mim novamente — sussurrei para ela, enquanto lia minhas expressões. — O que vocês sabem sobre isso?

Segurando minha mão, puxou-me para sala e os dois nos seguiram. Ainda que me custasse muito pensar que estava me sentando sobre um sofá macio e confortável enquanto um demônio estava agindo em minha cidade, eu precisava relaxar minha musculatura e clarear minhas ideias. Chas se sentou ao meu lado, ambos aguardamos ansiosamente que Malik e Oz começassem a falar.

— Deve saber que exumaram o corpo de Lourdes — disse Oz, encarando-me sério, o corpo envergado apoiado nos joelhos que balançavam.

— Primeiro quero dizer que eu fui ao Brasil pessoalmente. Sua família está bem. Estão seguros.

Aquela possibilidade estava à espreita em minha mente. A segurança de meus pais e irmãos colocada em risco seria fatal para mim. Eles eram tudo o que importava.

— Oz teve uma Revelação sobre Lourdes no dia em que aconteceu, há dois meses — falou Malik, cautelosa, embora assertiva. — Achamos melhor não preocupá-la, por isso ele viajou sozinho.

Ri de desespero, esfregando o rosto.

— Não pensou no que aconteceria depois do ritual?

— Sempre soube que a tatuagem a protegeria — justificou Oz, os olhos estreitos. — Só conseguiriam uma localização próxima, teriam que caçá-la. Eu poderia ter sido mais rápido, mas falhei. Não tenho desculpas para isso.

Desviei os olhos, incapaz de articular qualquer palavra. O fracasso era compartilhado entre todos ali.

— O que mais? — interferiu Chas.

Oz o fitou como um general de guerra olha para seu tenente.

— Passei essa noite toda estudando o que está havendo em Darkville — prosseguiu. — O modo como ele operou, passando por uma criança e influenciando todas aquelas pessoas, mostra a alta hierarquia. Talvez seja um general, um demônio de guerra.

— A importância de Valery diante da guerra entre Deus e o Diabo sugere que há mais em jogo — prosseguiu Malik, calma demais. — Quando você foi localizada, há cinco anos, houve um hiato muito grande de calmaria. Eles podem ter planejado algo maior, compreende?

Chas respirou fundo, esfregou o rosto e se levantou, incontido.

— Nunca vai parar — resmungou, abatido. — Os generais só são soltos para planejar coisas maiores. Guerras — pontuou, olhando para Oz. — Ele deve ter vindo abrir as portas para algo maior. Ou formará um exército, ou invocará um demônio da mais alta patente.

— E as boas notícias não param de chegar, não é mesmo? — falei, ácida.

213

Chas se aproximou e esticou a mão para tocar meu ombro. Afastei-me, repelindo o contato. De soslaio, vi Oz fazer um sinal para que me deixasse, e então me levantei e rumei para a outra sala, sufocada demais com aquelas possibilidades nefastas.

Parei na antessala e fiquei recostada à parede, desejando que Chas estivesse errado. Porém as chances eram mínimas. Ele era especialista em demonologia, estudara a ação maligna na terra e as hierarquias daquelas criaturas desde novo. Nunca o vira dar um palpite errado.

Aliás, só uma vez. Mas era uma lembrança a ser remoída num outro momento.

— O feiticeiro se chama Casper Donovan — falou em tom alto. — Os espíritos devem ter cercado Darkville quando descobriram a localização inexata de Valery e, quando Benson apareceu às vistas de Casper, ele foi escolhido.

Oz ronronou uma concordância.

— Tenho um amigo que pode nos ajudar a localizar Casper — disse, depois de um tempo. — Se o feiticeiro performou o ritual de possessão, criou uma conexão com o demônio e pode nos levar até ele.

— Temos que fazer hoje — pontuou Malik. — Já deve ter um novo hospedeiro e, se for alguém que Valery conhece, as chances de ele descobrir sua identidade são maiores.

— Vamos agora — emendou Chas, determinado.

Ouvi passos, respirações aceleradas.

— Chastain, espero que o bispo Cervacci não saiba onde está ou o que está fazendo — rosnou Oz. — A última coisa que precisamos agora é que eles descubram sobre Valery e a cacem também.

— O que a ligava a eles era a proteção que garanti a ela, Oz — devolveu Chas. — Se o preço que paguei não a escondeu, não devo mais nada a Cervacci. Lidarei com ele sozinho.

Ameacei voltar para a sala, mas ainda estava atordoada pensando em Mirián, Adrian, Pietro e meu pai. E meus avós já idosos, tios, primos! Todos vivendo naquele bairro tão perto de onde o mal tinha ido, procurando por mim.

Se os encontrassem, Chas não seria o único ali a ter feito sacrifícios vãos.

— Se quebrar seus votos com Ele, pode perder seus poderes — continuou Oz.

— Ozzias, eu já disse para não se intrometer em assuntos que não lhe dizem respeito? — indagou Malik, incrédula.

— Malik, isso me diz respeito. — Um silêncio curto, a tensão disparou na sala. — Deus não exige nada de nós que não possamos cumprir, Chastain. Mas você prometeu algo a Ele e quando descumprimos nossas promessas com Javé, perdemos também nossos privilégios.

Ouvi Chastain rir forçadamente, como que ironizando o que Oz tinha dito.

— Minha promessa a Ele foi muito além de exorcizar demônios em nome da Santa Igreja, Oz. Prometi que protegeria uma de suas armas mais preciosas, mesmo que tivesse que derramar meu sangue. Isso é a única coisa que nós dois temos em comum, então eu sei que pode me compreender.

Outro silêncio, dessa vez a tensão diminuindo.

Caminhei de volta para a sala no momento em que Malik tinha voltado a falar.

— A melhor coisa seria sairmos do país, afastar Valery da ameaça.

— Não. Eu vou ficar e lutar.

Chas estava meneando a cabeça, considerando a ideia de Malik.

— Também pensei nisso — disse Oz, por fim, olhando para Malik. — Mas eles matariam pessoas inocentes como mataram a mãe de Anastacia. Fariam uma trilha de corpos até nos encontrarem.

Até nos encontrarem? Ele estava pensando em fugir comigo?

Ignorei o pensamento por ora.

— Vamos lutar — falou Oz, encarando-me.

De repente o olhar dele se distanciou, causando um calafrio em minha espinha. Parecia estar fitando algo além do mundo material.

— Está acontecendo outra vez, Valery — disse ele, os olhos abertos demais.

Malik correu ao seu encontro, segurando-lhe o rosto, enquanto Chas se levantava e vinha em minha direção. A dor começou em concomitância, surgindo nas têmporas, alastrando-se por toda a cabeça. Abri a boca para dizer algo, a voz não saiu.

No alto da parede, o relógio mudou o ponteiro dos minutos de lugar. Meus olhos encontraram os de Oz. Ele gemeu, levando as mãos à cabeça. Resisti, como se pudesse parar o processo. Então tudo ao redor se tornou silêncio, escuridão e dor.

Cada pingo de água nos canos da casa; a madeira estalando; os pedestres na rua.

Tudo parou, congelando no tempo e no espaço enquanto minha cabeça gritava latejando aquela agrura familiar.

Em seguida, Oz e eu estávamos sobre nossos joelhos.

26

O ruído do tiquetaquear de um relógio soava abafado e longínquo, bem como o bater frenético num teclado de computador. Aqueles sons obliteravam junto com o emergir de formas sobressaindo na escuridão, feito o acordar gradativo de um sono sem sonhos numa manhã ensolarada.

Aquele novo local cheirava a graxa e papel velho e tinha um aspecto familiar, embora eu ainda estivesse atordoada demais para me localizar com precisão. Estava de frente para uma parede bege descascada, vendo um crucifixo de bronze quebrando a monotonia da pintura fria. Foi aí que reconheci onde estava, virando imediatamente para contemplar o meu entorno.

É a sala do tenente Carpax. O que eu estou fazendo aqui?

Estava ao lado da mesa onde havia apenas um dia tinha sido requisitada para voltar à ativa. Tudo parecia mais obscuro agora que era noite e apenas o abajur de lâmpada amarela sobre a mesa estava aceso. De persianas fechadas, o tenente se debruçava sobre a mesa, digitando no computador, as costas opulentas curvadas e os olhos cansados por trás das lentes dos óculos. Ele respirou audivelmente e recostou na cadeira, fazendo-a ranger com seu peso. Ao me aproximar, percebi que estava rodeado pelas fotos desastrosas do caso Benson e da rebelião no Castle, formando um painel sangrento de tudo o que ele tinha visto na cidade nos últimos dias. Naquele momento, ele deveria estar em casa com Hillary e as meninas, sentado em frente à lareira ouvindo as filhas tocarem o piano da sala. Não ali naquela delegacia úmida e malcheirosa, olhando para as fotos daquela desgraça.

Rodeei a mesa para ver o que havia no monitor, deparando-me com a imagem pausada de um vídeo de segurança. Reconheci o corredor do Castle, a janela mosaico no final do corredor infantil — Carpax estava revendo os vídeos de segurança, certamente por não acreditar nas versões narradas por Giselle King e padre Angélico.

Depois de virar a caneca fumegante de café e bufar algumas vezes, reiniciou o vídeo e por trás das lentes estreitou os olhos muito próximo à tela, como se não quisesse perder nenhum detalhe. A sequência de imagens começou na recepção, quando o sacerdote tinha sido recebido pela enfermeira. Depois eles adentraram os corredores, logo em seguida as imagens passaram a sofrer interferências, cheias de zunidos e sombras de falhas dos pixels. Porém, foi só cinco minutos depois, quando cruzaram o corredor acompanhados de David Robson, que elas sumiram de verdade.

Os borrões tomaram conta da tela, dançando diante do tenente como bailarinas vestidas de preto. Seus olhos permaneceram ali, talvez esperando que algum milagre acontecesse ou alguma coisa nova se revelasse. Um chiado se fez, o timbre se assemelhava a uma distorção vocal, o que fez com que ele voltasse o vídeo para tentar decifrar o som.

Não faça isso, tenente. O senhor não vai querer entender essa mensagem.

Ele não podia me ouvir, é claro. Meu coração acelerou ao considerar o porquê de estar vendo aquilo, tendo que assistir quando Carpax prosseguia no filme da rebelião do Castle compenetrado, suor brotando das entradas de sua testa. Quando o padre Angélico chegou defronte à porta do quarto de Anastacia, o vídeo todo apagou, tornando-se somente um amontoado de sombras e chiados.

Matem todos...

Alarmei-me com o sussurro que veio das caixas de som, mas Carpax não tinha se abalado. Rebobinou o filme até a chegada do padre e ergueu o volume em seu máximo.

Matem todos...

A voz era infantil, distorcida. O tenente então repetiu aquele instante, indo e voltando na mesma faixa de tempo com uma insistência obsessiva.

Matem todos. Matem todos. Matem todos. Matem todos.

Estava gravado ali, feito uma ordem. O mandato irrevogável do que havia ocorrido naquele momento. Sabia que ele tinha compreendido algo, apesar de não saber ler exatamente o que aqueles enormes olhos castanhos estavam querendo dizer. Aproximei mais, vi ali o espelho obscuro do monitor brilhando contra as pupilas do meu chefe, incapaz de discernir o que eu poderia fazer ali. O que queriam de mim me lançando naquela visão? Compenetrado e astuto, como era de seu feitio, ele deixou o filme prosseguir, mesmo estando imerso em trevas. Os chiados altos feriram meus ouvidos, enquanto ele continuava ali, incólume. Aguardando.

Esperando algo acontecer.

Uma gota de suor escorreu pela sua têmpora; o dedo tremeu sobre o mouse, como se ele quisesse desligar. Porém ficou ali, ouvindo os sonidos arranhados e altos daquela gravação tétrica.

Você morre hoje!

Com um salto na cadeira, o homem opulento emitiu um leve grito de susto. Andei ao seu redor, hiperativa, assistindo-lhe medir sua pulsação com o indicador enquanto começava a rir de si mesmo, batendo com o dedo sobre o botão que fechava o arquivo de vídeo. Quase me senti aliviada, iludindo-me que tudo acabaria ali, que o tenente desligaria o computador e iria embora para encontrar sua família.

Foi então que a porta do escritório abriu de repente, assustando-o novamente e o fazendo levantar de supetão da cadeira. Entrei em modo de defesa, mesmo que de forma irracional. Esperava o pior, mas jamais poderia ter me preparado para ver a entrada daquele ser humano que ultrapassou a soleira e adentrou o cômodo escuro.

— Axel! — Carpax ofegou, colocando a mão sobre o peito.

Não era Axel. *Não podia ser!* Estava envolto em sombras, sua face oculta por distorções quase imperceptíveis.

— Eu estava assistindo à gravação do Castle — continuou o tenente, a voz trêmula. Não prestou atenção no detetive que adentrava a sala devagar, de cabeça baixa. Estava preocupado em justificar aquela aparente demonstração de fraqueza. — Pensei ter ouvido alguma coisa. — Voltou a dar play no vídeo, mais corajoso dessa vez. — Parecia um chiado, mas depois achei que era uma voz. — Então ergueu os olhos e o mirou de verdade. — Axel?

Meu parceiro estava parado perto da mesa, o rosto coberto pela escuridão. O tenente apertou os olhos, passou as costas da mão pela testa para limpar o suor abundante.

— Axel? Está tudo bem?

Ouvi um gorgolejo vindo dele. Um ruído que se parecia muito com uma garganta em processo de afogamento, contudo o som foi se modificando, até parecer com uma risada doentia.

— Que diabos, Emerson?! — esbravejou Carpax, ficando em pé e sacando a arma quase instintivamente.

Sua mão tremia, denunciando o nervosismo e a incerteza. Não era um homem conhecido por tremer em serviço, talvez por isso chegara a tal patente.

— Detetive Axel Emerson, identifique-se, agora.

Destravou a arma, respirou fundo.

Por favor, não atire. Não atire!

Minha voz mal ecoava dentro de minha própria mente, tomada pelo terror. Custava a apreender que era Axel ali, ladeado pela sombra fétida, tomado por ela até as raízes de sua epiderme.

— Eu quero ver o prisioneiro — falou e a voz era de Axel, o que ajudou a acalmar o tenente talvez. — George Benson.

Naquele frêmito ao final da frase, pude sentir o esforço que empregara para articular as palavras. Apesar de o tenente ter se acalmado, ainda não abaixou a arma, agora mantendo-a com precisão em direção ao rosto coberto em penumbra.

— Quero que você ande de costas até a porta e acenda a luz.

Uma risada oca veio em resposta. A silhueta da cabeça do que parecia ser Axel tombou para o lado, adquirindo um ângulo humanamente impossível, como se o pescoço estivesse em um ângulo reto com o ombro. A temperatura despencava exponencialmente, de forma que a respiração de Carpax emitia uma fumaça esbranquiçada. A luz parca do abajur tremulava, assim como a tela do computador, que acendia e apagava, emitindo ruídos de estática.

Ouvi o som do gatilho, os passos reticentes do tenente se afastando até a parede. Lá no fundo eu lamentava que tivesse que ser Axel, que agora nosso chefe o visse naquele estado, sendo obrigado a feri-lo enquanto eu nada poderia fazer de onde estava.

— Vou repetir — disse entre dentes. — Ande de costas até a parede e acenda a luz.

— Tem certeza, tenente? — zombou a voz de Axel.

Carpax engoliu em seco.

— Agora!

A cabeça voltou ao ângulo certo. O homem andou três passos largos e o interruptor foi acionado. Embora a luz tivesse acendido, logo em seguida começou a piscar.

O que Carpax viu no rosto do detetive Axel jamais sairia de sua memória. Estava coberto de veias negras, os olhos rodeados de vermelho intenso, as pupilas enormes no meio de uma íris amarelada. Soltou outro grito e dessa vez seu dedo pressionou o gatilho, disparando uma bala contra o ombro do detetive.

Não! Não o machuque!

Axel estancou de início, como se o impacto não o tivesse atingido. Levou um tempo para perceber o sangue aparecer pela abertura na jaqueta, degustando sua demonstração de horror. Logo levou a mão à ferida e a cavoucou com a ponta dos dedos, os olhos presos em Carpax, que mirava a cena com pavor mudo. Cobriu o indicador e o dedo médio com o líquido escarlate e levou-os à boca. Lambeu os lábios úmidos em sinal de aprovação.

— Jesus Cristo — sussurrou o tenente.

Feito o sibilar de uma cobra mediante uma ameaça, Axel emitiu um sonido ao saltar sobre a mesa. Carpax tremia convulsivamente, rumorejando sua incredulidade diante da cena bestial.

— Mostre-me o prisioneiro e poupo sua vida — gritou Axel, a voz rouca distorcendo-se naquele tom doentio.

Guiados pelo ruído do disparo, dois oficiais invadiram a sala já com as armas sacadas apontadas para Axel.

— Mãos para cima, Emerson — ordenou um deles. — Devagar, para o chão. Agora!

A imobilidade de Carpax não me era surpresa alguma. A coisa dentro de Axel exercia pressão sobre sua mente, invadindo-a com garras profanas à procura de seu medo mais intricado na alma. A criatura então virou devagar a cabeça, rindo baixo com o timbre insano que fazia arregalar os olhos dos oficiais.

— O covarde novamente — cantarolou, colocando os olhos no detetive Robson. — Você é tão cheio de medo. Tão delicioso.

Axel se projetou para cima, depois caiu de quatro no chão, a cabeça envergada num ângulo obtuso em direção ao oficial Robson.

— Detetive Emerson, é o último aviso. Se aproximar-se mais um pouco, vou atirar.

A gargalhada gutural ecoou mais alto dessa vez. Carpax recuperou os sentidos, agarrou novamente a arma e olhou para o crucifixo que tinha na parede adjacente. Tudo ocorria muito rápido, de forma que era difícil apreender todas as oscilações psicológicas dos presentes. Mirei no tenente, que aparentava ter tido uma ideia contundente agora, muito embora estivesse coberto de pavor.

Andou até o objeto a passos leves, fazendo um sinal para Robson, que agarrou sua arma com as duas mãos. O outro oficial tremia, suor aos borbotões por seu rosto apavorado.

— Eu soube do seu amigo — zombou a voz insana. A cabeça tombando de lado novamente. — Quer ter um reencontro com ele, "oficial"?

— Ei, Emerson! — urrou o tenente.

Virei a tempo de vê-lo segurando o crucifixo e o disparando como uma lança em direção a Axel.

Não!

Minha voz não gritava. Não havia garganta ou corpo.

O bronze penetrou nas costas, de forma certeira. Houve um brado ao som de vozes em uníssono, feito o grito de guerra de dez homens em batalha. Guinchos se uniam aos ruídos diabólicos, preenchendo a pequena sala com uma pungente energia aterradora que tremulava o ar. Sob os olhos incrédulos daqueles três homens, o corpo de Axel atingiu o chão em contorções absurdas. Ossos e juntas estalavam ao girar dos membros em ângulos completos, a cabeça retorcida, quase rente às costas, quando o braço alcançou o local onde o objeto estava enterrado.

— Não atirem! — ordenou o tenente. — Algemem-no e o tranquem numa cela. Vou chamar o padre Angélico.

— O quê?! — gritou o outro oficial.

Com dificuldade, a criatura agarrou o cabo do crucifixo e o arrancou da pele com um ruído oco. Ao aproximar dos oficiais já com as algemas preparadas, ele saltou e estalou todo o corpo até estar em pé e ereto novamente. O objeto agora repousava em sua mão, pronto para atacar e com a ideia mórbida estampada no olhar insensível.

— Tenente! — alertou Robson.

Porém, na intermitência de sua fala, Axel soltou o crucifixo com perspicácia, lançando-o em direção ao chefe. Foi rápido, mas os ruídos abafados e o atordoamento causado pelo meu desespero agudo fizeram tudo parecer eterno, um momento arrastado em horror. Parei de ouvir as interjeições quando um grito rouco soou de Robson e os passos do outro oficial correram para o meio da sala. Tudo ficou mudo.

O mundo pareceu parar.

Mas era uma distração, pois eu já comprovara que o tempo jamais pararia para a queda de ninguém.

Os braços de Carpax estavam estendidos num ângulo de fuga, a boca aberta em forma oval, olhos vítreos arregalados diante daquela imagem — o rosto de Axel Emerson perdido em feridas, distorcido em expressões demoníacas.

O objeto atravessara até o outro lado e jazia enfiado na parede.

A cabeça do tenente caiu primeiro, escorregando do pescoço até atingir o chão com barulho oco. Sangue brotava do que tinha sobrado no topo, até que o corpo cedeu, caindo por cima da cabeça, que mirava os dois homens horrorizados.

A única coisa que restava a eles era correr.

Chas me encarava em um silêncio funesto desde que Oz e eu voltamos da visão. Demorei a voltar a respirar compassadamente, enquanto meu companheiro tinha se levantado do chão ofegando.

Levou menos de dois minutos para o desespero das conclusões me possuírem e, num rompante, percorrer a sala com as mãos na cabeça, incapaz de encontrar as palavras necessárias para resolver aquilo.

Talvez dê tempo! Talvez não tenha acontecido ainda!

— Um telefone, eu preciso de um telefone! — urrei.

Tateei os bolsos e achei meu próprio celular, tremendo freneticamente à procura do número de Carpax. *Posso evitar isso! Claro que eu posso evitar. Merda!*

— Valery — chamou a voz de Oz. — Você conhece aquele homem?

— Axel — ofeguei. — Ele é meu parceiro.

A ligação estava chamando enquanto todos me olhavam, aflitos. Chas me seguiu quando virei o corpo para escapar de seus escrutínios. Ninguém atendeu do outro lado. Ao som da caixa postal, logo puxei o aparelho para fazer outra ligação. Oz me interceptou, segurando meu braço com certa brutalidade. Em sua expressão uma lamentosa compreensão quase me fez desmoronar.

— Não há nada que você possa fazer, Valery — disse, paternal. — Eu vi o relógio sobre a mesa do tenente. Está acontecendo agora.

Ao turvar de minha visão, meus dedos largaram o aparelho. Os braços robustos me seguraram e conduziram até o sofá, mantendo-me sob seu poder como se eu fosse escapar. Porém o verdadeiro perigo não era uma fuga e sim uma implosão bombástica de ódio.

— Como é seu relacionamento com aquele rapaz? — indagou Oz, insistente. — Sabe onde podemos encontrá-lo?

— Foi o detetive Emerson? — emendou Chas, aparecendo em meu campo de visão.

Anuí com veemência, sem saber como dizer tal coisa em voz alta.

— Malik, você pode levar Valery em seu carro até Darkville? — prosseguiu Chas, enquanto Oz olhava para minha mão dentro da dele, tão esquálida e suando frio. — Oz e eu vamos procurar Donovan.

— Vocês não podem! — cuspi, o peito custando a normalizar a respiração. — Não podem decidir as coisas por mim.

— Uma pessoa está morrendo nesse momento, Valery — interferiu Malik, tomando minha mão para si. — Precisa estar lá agora, porque sua comunidade precisa de você.

— Talvez haja tempo — gemi, ficando em pé. — Talvez não esteja acontecendo agora.

— Vamos! — A mão de Malik agarrou a minha e me puxou dali, tateando os móveis em busca das chaves do carro e de sua bolsa.

Vi Chas me fitar com um pedido de desculpas silenciado, causando-me raiva ao armar aquela expressão de que tudo ficaria bem. Não ficaria!

O tenente Carpax fora decapitado por um demônio.

Por *Axel*.

Entre todos, tinha que ser o único filho da mãe cuja segurança em risco poderia me desestabilizar.

SOBRE O PASSADO
III

No dia em que Chas e Malik se conheceram, algo entre eles nasceu à primeira vista. Estive tensa no momento em que aguardava o encontro, mas o que aconteceu depois dos cumprimentos educados escapou do meu controle; foi natural, leve, feito uma obra do destino.

Ninguém falou em demônios, exorcismos ou assombrações naquele dia. Discorreram a respeito de fé, de promessas desnecessárias e de como o corpo e a mente conseguiam fazer coisas extraordinárias quando trabalhavam juntos. Fiquei em silêncio na maior parte do tempo, ouvindo os dois conversarem sobre como o bem e o mal são conceitos muito nublados, sobre ideias de que o Criador seja um só deus e como existem outros, como há panteões inteiros e religiões maravilhosas ao redor do mundo. Malik o encantou com a ideia de que tantas formas divinas podem conviver num mesmo mundo e de como é vão tentar definir o que é o certo e o errado. A essência do Criador jamais poderia ser definida com precisão, na verdade.

Já passava das nove da noite quando a conversa acabou, forçada pelo cansaço de Chastain. Encabulado, ele nos confessou que morava numa das casas paroquiais da cidade, o que me fez pensar que nutria um profundo desânimo por não ter sua própria moradia. Aquele rapaz que tanto me chamara atenção tinha uma sede pungente pela liberdade que nunca experimentara.

Eu poderia ser sua casa, se aceitasse. Pensei, brecando tal conjectura quando a percebi tão inusitada. Ao acompanhá-lo até o lado de fora da casa, ainda me encontrava imersa num limbo emocional, cujos novos sentimentos me eram ambivalentes.

Chastain parou sobre a calçada e me olhou nos olhos com um sorriso acanhado nos lábios.

O que esse cretino tem de diferente dos outros?

— Obrigado por isso, Valery — disse, envergando de leve a cabeça.

— Eu espero que tenha sido uma experiência a ser considerada — murmurei, sem saber direito o que queria dizer sobre aquilo. — Eu não posso mentir para você, Chas. Não seria justo depois de tudo o que você me contou.

Quando dei por mim, tinha soltado aquilo sem pensar. As coisas mal esclarecidas pairavam entre nós, portanto virariam pensamentos ruminantes caso eu as deixasse no ar. Ele tinha me dito tanto sobre si mesmo, havia aceitado meu convite de conhecer a bruxa, por isso sentia-me em dívida agora.

— Você quer me contar as suas verdades? — indagou, enterrado as mãos nos bolsos. — Primeiro me diga qual é a mentira que costuma contar aos outros.

Limpei a garganta, sem querer desviando os olhos.

— Eu nasci no Kansas, onde cresci até os 12 anos. Meu pai era executivo de uma multinacional e foi transferido para o Mississippi, onde vivi até os 16 anos, com uma irmã seis anos mais nova — comecei, recitando aquilo como um roteiro malfeito de um filme dramático.

— E depois? — encorajou-me, vendo que eu hesitava.

— Eles morreram num acidente de carro do qual fui a única sobrevivente. Entrei em coma, fui dada como morta, porém um amigo do meu pai não desistiu de mim e conseguiu minha guarda. Quando acordei milagrosamente, ele me trouxe para Nova York.

Houve um silêncio pesado. Considerava quais palavras usaria para dizer a verdade, encobrir toda aquela história roubada, dizer a ele que nem mesmo me chamava Valery. Contudo, Chas não insistiu, nem parecia inclinado a fazê-lo.

— Vou ficar com isso por ora — falou, seguido de um suspiro. — Quando você estiver pronta, eu também estarei.

Meus ombros relaxaram em alívio. Ele sorriu.

Nenhuma despedida me ocorreu, embora meu coração acelerado estivesse me obrigando a continuar aquele diálogo. Sentia-me estúpida, mas por alguma razão não me pareceu correto deixá-lo ir ainda.

— Não deveria ter beijado você! — Novamente as coisas desajeitadas escapando. Queria socar meu próprio rosto, ainda mais quando ele não segurou o sorriso e desviou o olhar. — Você tem um voto de castidade, eu deveria respeitar isso. Controlar meus impulsos, mas é que...

— Não é a primeira vez que eu beijo uma garota, Valery — sobrepôs, claramente se divertindo. — Fui obrigado a um voto de castidade aos 12 anos. Eu nem sabia o que estava prometendo, tenho certeza de que não valia nada. — Engasgou, envergonhado. — Não até a ordenação. Só não se sinta culpada por mim. Posso fazer isso sozinho.

Só em uma frase, ele tinha mudado de expressão três vezes — passou do divertimento, para a vergonha e agora para a culpa de quem tinha dito o que não devia. Aquele conflito me deixou aturdida de início, porém logo experimentei certa inveja de sua transparência.

— Você é gostoso demais para ser padre — soltei, com meu jeito destrambelhado que me fazia sorrir enviesado.

No exato instante em que terminei de falar, já tinha me arrependido. Chas riu, aquele som sereno, meio rouco, reconfortante. Com a bochecha corada, ele fingiu estar preparado para me encarar, mas não disse nada, apenas ficou com a boca aberta num prenúncio de uma frase que jamais conseguiria elaborar.

— Não é a primeira vez que dizem isso a você, eu suponho.

— Não conto para as garotas que beijo que vou ser padre.

— Você beija muitas garotas, então? Pensei que acólitos eram vigiados com chicotes.

— Tenho 24 anos, Valery — retorquiu, abrindo os braços. — Hormônios e curiosidade também. Fiquei internado naquele lugar cheirando a naftalina desde os 5 anos, mas consegui fugir algumas vezes e ser um rebelde.

— Não tenho certeza se a palavra rebelde combina com você — devolvi, desafiadora.

— Não vou continuar contando meus segredos por ora, Garota-que-
-não-nasceu-no-Kansas.

Essa doeu, Chas...

Peguei-me segurando um sorriso triste, presa entre uma parede imaginária e o olhar dele.

— Você foi a única pessoa além de Malik e Oz para quem eu nunca
menti — disse, soando tão calma e contundente que estranhei meu tom.

— Sei que provavelmente o encontro de hoje não significou tanto e que
você vai voltar ao seu convento. Vai ficar rodeado de outros como você,
rezar com um terço na mão pedindo perdão por ter me beijado, só que
mesmo que eu nunca mais o veja, para mim você sempre será o cara para
quem eu não menti.

Não tencionava ficar ali aguardando resposta alguma. Chas estava estancado na calçada, boquiaberto e engasgado, sendo essa a última imagem
que eu teria dele naquele dia. Vê-lo partir na incerteza de se iríamos nos
encontrar novamente me foi um sentimento tão novo e amargo quanto os
outros.

Ele levaria consigo um pedaço de algo que eu nunca imaginara ter em
todos os meus 19 anos de vida — esperança.

Num gesto rápido e impensado, beijei sua bochecha e fugi. O coração
aos saltos enquanto corria para dentro feito uma adolescente furtiva depois
de ter escapado para namorar. Ouvi-o murmurar algo, porém não olhei
para trás. Abracei meu corpo até atravessar o umbral e estar na segurança
de minha casa, onde poderia respirar fundo, acalmar meus batimentos.

Naquele instante de completo silêncio, tornei-me consciente de estar
perdida e não lamentar nem um pouco por isso.

27
HENRY

O aspecto selvagem de Oz era ressaltado pela luz fraca do poste, que produzia sombras em seu rosto compenetrado. Lia um mapa, recostado numa lixeira, enquanto eu ouvia Malik do outro lado do celular. Segundo ela, Valery estava dentro da delegacia havia mais de uma hora, tentando passar pela recém-chegada força policial no saguão. Os policiais estaduais tinham entrado em ação, tratando todos como suspeitos.

Quando encerrei a ligação e me aproximei, Oz não moveu um só músculo para me perguntar qualquer coisa.

— Benson disse para Valery que era em Manhattan, perto das docas. Talvez não precisemos do seu contato.

— Ele virá — recitou, sem me olhar. — Tenha paciência, padre.

A hora de espera se arrastava mais do que era aceitável. Oz insistia que confiava em seu velho conhecido, um Guardião como ele, mas que vagava por Nova York desde que perdera seu protegido.

Quando eu estava prestes a desistir, convencido a ir caçar sozinho o tal feiticeiro, vi a sombra solitária se aproximar pela ponte. O homem franzino cobria o rosto com um capuz grande demais para sua compleição, caminhando até nós num ritmo acelerado.

Sem perceber, me vi em posição de defesa, enrijecendo os músculos em modo de luta. Todos os sentidos se sobressaíam nesses momentos, inclusive a visão. Pude ver sua expressão de incômodo ao me fitar ali ao lado de seu amigo, um risco de dúvida desenhado na tez ao perceber que Oz não fora sozinho.

Oz parou sob o poste, guardou o mapa e me lançou uma expressão clara — *fique quieto, ou vai apanhar um bocado*. O estranho chegou ao terreno perto das motos e baixou seu capuz, revelando um rosto jovem suado, pele negra, traços quadrados que denotavam a mesma selvageria que tanto me incomodava em Oz, contudo mantinha uma barba bem-feita, diferentemente de meu companheiro. O que sobressaiu, no entanto, foi sua expressão de olhos cansados, endurecidos, transmitindo uma sensação de desolamento, solidão.

— O que você quer, Oz? — soltou impaciente, sem cumprimentos ou rodeios.

Tais Guardiões haviam tirado lições vigorosas de sua imortalidade — palavras desperdiçadas eram preciosas, afinal.

Oz se aproximou, parando no espaço entre o estranho e eu.

— Minha protegida está em perigo. Um demônio foi enviado aos arredores de onde ela vive depois de um ritual de localização.

— Pensei que sua protegida fosse tatuada com a Palavra de Deus — zombou, andando devagar para perto do outro.

Ele era pequeno e franzino, mas parecia forte e seguro. Os dois se olharam com uma rivalidade cúmplice que me alarmou e intrigou na mesma medida.

— Grig, isso é importante. Estamos falando dela — salientou Oz, recorrendo aos conhecimentos do mago. — Sabe o que aconteceria se um dos soldados do inferno colocasse as mãos na minha protegida, não sabe?

— Estou ciente, Oz. — Voz de bebedeira, de ressaca, de tristeza contida. Quase senti pena de Grig. — Não vale me galantear dizendo que sente muito pelo meu protegido, por ter acontecido a ele o que não aconteceu à sua. Eu o perdi para a Ordem.

Estanquei, procurando conter minha expressão de denúncia. Por mais que eu tivesse sido coagido a tal destino, era parte da Ordem. Eu não nutria por ela qualquer sentimento de fidelidade que não me tivesse sido imposto. Sabia que detinha pessoas especiais de todos os lugares, com todos os tipos de poder, coagidas assim como eu. Pessoas que possuíam habilidades divinas. Aquele guardião era um exemplo do que ficava para trás quando eles exerciam a autoridade que clamaram para si havia séculos.

— Chastain, como é mesmo o nome do feiticeiro?

Percebi que Oz ignorara a inflexão de luto de Grig, mas sabia que não o fizera por desprezo, só não sabia lidar com esses sentimentos. Como Guardião, inferia o tamanho da dor e da derrota em perder o protegido. Era nítida sua empatia por meio da tensão das mandíbulas e o fluxo alto de ar expulsado por suas narinas.

— Casper Donovan — soltei depois de uma pausa.

Os olhos de Grig deslizaram para mim, estreitando o cenho em sinal de reconhecimento ao nome.

— Ouvi falar dele pelas ruas — respondeu, interessado. — Estão trabalhando com demônios de encruzilhada e dizem que o tal Casper poderia trazer peixes maiores para a seita. Vários figurões de Nova York estão procurando por ele para fazer pactos mais grandiosos.

— É o nosso cara — falei, parando ao lado de Oz. — Grig, pode nos dizer onde encontrá-lo?

— Ele é o novato de Papa Lenoir, um dos bruxos de magia negra mais degenerados da cidade — emendou de imediato. — Nunca vi o filho da puta, mas não parece ser grande coisa. Vocês podem invadir sozinhos.

— Em troca... — divagou Oz.

Grig voltou a parecer sério, a tristeza contida lutando em seu interior. Talvez eu devesse dizer-lhe que sabia onde estavam as pessoas que a Ordem recrutava e que seu protegido poderia estar entre eles, porém eu sabia que pessoas demais seriam mortas caso eu interferisse naquela briga.

— Eu nunca lhe pedi nada nem nos tempos mais gloriosos, portanto não será agora. Só não falhe como eu falhei.

— Obrigado, Gregório.

O imortal nos passou os nomes das ruas perto das docas. Assim que acabou de falar, virou as costas, ajeitou o capuz, assentiu e, num átimo, seu corpo desapareceu no ar, deixando para trás apenas o ruído assoviado de uma rajada de vento.

— Ele poderia ter usado isso para chegar até aqui — disse Oz, olhando-me de lado. — Grig sempre foi o mais dramático dos Guardiões.

— Ele está em luto.

— O que ele perdeu não pode ser chamado de luto, Chastain. É falhar com o cara lá em cima e ele não é tão bonzinho como a propaganda faz pensar. Quando você não pode morrer, isso pode ser a pior tortura.

Encarei Oz com uma triste certeza.

— Sabe que eu poderia ajudá-lo a recuperar o protegido.

— Mas não deve — emendou, resoluto. — Cervacci tem os próprios meios de torturar. Se pusesse as mãos em você, de verdade, se descobrisse o que Valery é e que você mentiu o tempo todo, nós a perderíamos. Ela é mais valiosa do que o protegido de Grig.

Sob a luz fraca do poste, seu rosto parecia ainda mais selvagem, os fios brancos perdidos na barba negra brilhavam, os olhos eram apenas sombras.

— De qualquer forma, estamos perdendo tempo conversando — prossegui, ignorando o mal-estar ao pensar em Grig. — Não temos muito tempo.

— Vai ter que sujar as mãos de sangue para fazer isso, Chastain — rosnou em resposta. — Da última vez que o vi, ainda tinha discursos sobre o valor da vida humana e aquelas porcarias todas. Você é uma bomba de conflitos morais ambulante.

— Estou ignorado um agora — devolvi, dando de ombros. — Não gosto de estar fazendo isso com você também. A recíproca é verdadeira.

Oz parou em minha frente agigantando suas formas para me intimidar. Mas ele não era mais forte, mesmo com sua altura e corpulência. Apenas uma palavra minha e ele cairia de joelhos. Para sua sorte, nunca fui inclinado a perder tempo com as frivolidades da testosterona.

— Ainda duvido que possa fazer isso da forma necessária — disse ele, braços cruzados, respiração ruidosa.

— Precisamos de Casper vivo para entregar à polícia de Darkville.

Oz riu, abanando a cabeça. Senti-me resignado por me pegar ali, naquele conflito leviano, repetindo cenas do passado em que ele tentava me intimidar para testar meu merecimento sobre Valery.

— Não vamos matar ninguém, mas vamos precisar agredir — retorquiu com certa agressividade.

233

— Já o vi em ação antes, sei que vai matar se julgar necessário.

Com um sorriso de desagrado, passou por mim, subiu em sua bem equipada Speed vermelha, me encarando com malícia.

— Temos sorte que sou um homem de 2 mil anos com um julgamento apropriado.

Vestiu seu capacete e pisou fundo, acelerando o motor para me apressar.

Quando o segui pela ponte fria que levava a Manhattan, senti o vento batendo em meu corpo, meus músculos estremecendo, meu coração acelerado. Entretanto não era o frio que me fazia tremer, mas a derradeira sensação de um caminho sem volta. Já não podia mais me enganar que o chamado da caçada sem os grilhões da batina era tudo pelo que minha alma mais estava sedenta.

HAVIA UM MOVIMENTO conturbado vindo da casa de paredes enegrecidas. Uma agitação febril que me embaralhava os sentidos enquanto eu procurava desvendar as energias que de lá provinham. Oz se mantinha recostado à motocicleta, aguardando que eu executasse a tarefa paranormal que ele mesmo poderia fazer, deixando ao meu encargo ainda na intenção de me testar.

Sob a proteção de um muro alto a alguns metros de nosso alvo, observei de esguelha o pórtico decrépito da construção. Em segundos, toda a reverberação humana se desvencilhou das demais. Localizei a pulsação opressiva e seus exatos pontos de emanação. Era tudo muito nítido para mim, diáfano, como olhar para um copo limpo de água e enxergar até mesmo as micromoléculas de sujeira.

— Estão bêbados, em sua maioria. Tem vinte humanos lá dentro, cinco mulheres e quinze homens. Há quatro feiticeiros, mas um deles é bruxo de nascença — recitei, compenetrado. — Um é velho, poderoso, fede a enxofre e a suor. O outro possui uma magia genuína muito forte. Os restantes têm uma emanação fraca, então não dá para dizer muito sobre eles. Nenhum dos quatro sentiu nossa presença.

O grandalhão olhava para a frente com uma careta dramática de quem estava impressionado. Não me comoveu ou nem causou reação alguma. A abstração era a chave da assertividade em tarefas como aquela. O objetivo claro era não deixar nenhum dos feiticeiros sair daquele local portando magia, mas para tanto Oz e eu precisávamos trabalhar juntos.

— Podemos dar conta de quatro deles — murmurou, apontando com a cabeça na direção da casa.

Apontei para um amontoado de moitas grosseiras malcuidadas ao lado da casa, fazendo divisória entre o jardim vizinho e o inferninho. Escondi-me primeiro, observando por meio das folhas. A casa atrás de nós era abandonada, não havendo uma só presença humana dentro dela, apenas gatos e toda diversidade de insetos barulhentos.

Fiz uma leitura diagonal da expressão de Oz quando se colocou ao meu lado; parecia inclinado a deixar nossas prerrogativas ocultadas por ora.

— Eu posso neutralizar a energia deles — sibilei. — Mas duraria pouco tempo.

A música que tocava lá dentro explodia em ondas pulsantes. O vocal gutural se juntava às vozes aberrantes, aos sons do sexo e dos desejos desencarnados, das garrafas se quebrando e da violência pungente.

— Posso tocar o terror nos humanos — respondeu de um jeito animalesco, quase satisfeito. — Coloco todos para fora em dois minutos, então você faz sua mágica.

Aquilo significava usar minhas habilidades em potência máxima, como não fazia havia muito tempo. Ao anuir, senti uma pontada inesperada de algo que não soube definir de imediato.

Ansiedade. Sede.

Culpa, talvez?

Afinal, não eram demônios ali dentro — ainda que tivessem energias alimentadas por tais criaturas. Excluindo tudo que era maligno, restava apenas humanidade naqueles receptáculos de carne. Não era exatamente contra eles que eu tinha nascido para lutar.

Oz deixou o esconderijo primeiro, compenetrado feito um leão em modo de caça. Segui-o, colocando de lado todos meus conflitos morais enquanto focava na pulsação energética da casa.

"Tendo chamado seus doze discípulos, deu-lhes poder para expulsar espíritos imundos..."

Esse é o princípio. Está nas minhas palavras. É só dizer.

— Você tem dois minutos, Oz — proferi, resoluto. — Eles podem contra-atacar, então não exagere no terror.

O mago imortal só precisou fechar os olhos.

Num átimo, uma série de gritos se iniciou lá dentro. Luzes piscavam pelas janelas feito sirenes de emergência, a música falhava, se distorcendo em ruídos ocos que muito se assemelhavam às vozes demoníacas. Os humanos tentavam fugir, perturbados pela ação de Oz, socando as janelas e as portas com murros e brados de pavor. Não tardou para que uma das saídas explodisse em fiapos de madeira e ferro, deixando alguns deles escaparem. Aquelas pessoas fugiram do local aos gritos, passando por nós ali na entrada sem notarem nossa presença, tamanha era a comoção causada pelo mago, que se mantinha imóvel, olhos bem abertos, a boca torta numa expressão de aparente contentamento.

Vinte segundos, nada mais.

Ainda havia humanos lá dentro, paralisados demais pelo horror que Oz empurrava em suas mentes.

— Chega, Oz! — bradei, levantando a mão imperativa. — Agora, chega!

Lamentando pausar seu momento particularmente sádico, abriu os olhos languidamente.

Os gritos cessaram de imediato.

— *Delere Illecebra!* — pronunciei ardorosamente.

Sabia que meus olhos estavam tomados pela íris negra quando a prece surtiu efeito. O poder percorreu toda extensão, rodeando a casa com braços de gelo. Jamais deixaria de ser inebriante proferir tais palavras, incapaz de ocultar a volúpia evidente na dilatação de meus olhos. Ao final, sentia-me indigno, como se tivesse feito um uso deturpado da magia divina impressa naqueles verbetes ditos pela minha voz: cessar magia. Contudo o efeito fora certeiro, as portas e janelas se trancaram imediatamente, seladas de forma inexorável. A saída principal, a única pela qual poderiam tentar fugir.

Logo, o rosto de um garoto apareceu por uma das vidraças. Munido de uma expressão encolerizada, estreitou os olhos em minha direção, depois desapareceu na escuridão.

Oz me olhou de esguelha enquanto os últimos humanos corriam para fora da casa.

— Ainda precisa dizer as palavras? — indagou como uma zombaria.
— Achei que tinha aprendido a agir como um feiticeiro. Fazer tudo só com a mente.

— Eu não sou um feiticeiro — retruquei prontamente, desviando os olhos para a porta.

— Há controvérsias.

Dei um passo à frente, desconcertado pelas insinuações maliciosas.

— Só faça seu maldito trabalho, Ozzias!

Atingido pela minha provocação ao dizer seu nome de nascimento, ele me ultrapassou. No mesmo instante o garoto tentava escapar pela porta, impedido pela chegada de Oz. O gigante implacável o agarrou pelo pescoço, levantando o menino feito uma pena.

Havia magia negra naquela criança. Ainda assim não deixei de julgar a cena bestial quando o vi batendo as pernas no ar, engasgando sob o comando do homem de 2 metros de altura que o elevava na altura de seus olhos.

Infelizmente não voltarei para a casa paroquial sem um bocado de sangue nas mãos, pensei ao parar ao lado dos dois. Ao olhar arregalado do jovem feiticeiro, adentrei a casa.

28

Manter neutralizada a energia obscura daquelas pessoas estava me esgotando mais rapidamente do que eu tinha planejado. Usando a força física de Oz, arrastamos o velho e os restantes para o porão, possibilitando que eu pudesse mantê-los enfraquecidos por mais tempo, confinados no mesmo espaço.

Como eu sabia, formavam um grupo de quatro pessoas — uma mulher por volta dos 30 anos, um homem tatuado beirando 40, o velho de quem Grig havia falado e, por fim, o garoto esquálido interceptado na saída.

— Um de vocês é Casper Donovan — afirmou Oz, caminhando em frente a eles com os braços atrás do corpo.

Tomada de uma súbita e inconsequente coragem, a mulher tentou se levantar. Papa Lenoir, o mais velho, a puxou de volta ao chão com uma reprimenda autoritária.

— Não há ninguém com esse nome aqui — respondeu ele, colocando-se em pé com dificuldade.

Oz inclinou a cabeça. Um animal, farejando.

— Você acredita nele? — disse para mim, embora ainda olhando para o velho. — Eu não.

— Não é a garota — falei, em tom de provocação. — A emanação dela é muito fraca.

A jovem se ofendeu, franzindo demais o cenho.

— Um de vocês é um Exorcista. Um dos Originais — continuou o velho Lenoir, percorrendo os olhos de um para o outro. — O que um perseguidor de demônios quer com uma casa de pactos?

Cruzei os braços, deixando os músculos latejarem. Andei até aquele senhor, que tinha aparência fraca e cheirava a podridão de alma. Oz estava atento, passando o olhar em todos eles, enquanto eu fazia Papa Lenoir recuar dois passos até grudar na parede.

— Seu grupo fez um pacto para um homem chamado George Benson, de Darkville. Um pacto mentiroso que liberou um demônio de alta hierarquia, custando a vida de uma mulher e a sanidade de uma criança.

Minha boca salivava em cólera, sentia na pele algo que não experimentava havia anos: a selvageria de caçar. Sem rituais romanos, batinas ou regras. Só meus instintos e minha raiva.

Como Oz.

— Presumo que o senhor esteja muito certo do que está dizendo — retrucou o velho. Voz de fumante, hálito de carne podre. — Mas não sabemos de nenhum Benson.

Num movimento repentino o agarrei pela garganta e o joguei bruscamente ao chão. Gemeu de dor, amedrontado e derrotado. Pessoas como ele tendiam a ter o físico prejudicado, já que passavam a vida confiando puramente nos dotes sobrenaturais.

— Covarde — murmurei, virando as costas.

Caminhei devagar para perto de Oz, enquanto os demais se arrastavam em socorro do líder estatelado ao chão. Aquele espaço pequeno e mal iluminado tornava a violência no ar mais palpável, ambientada pela trilha sonora dos pingos nos canos.

Ao me voltar novamente para fitá-los, vi que o garoto estava distante dos seus companheiros, recostado ao fundo numa pilha de caixas de bebida. À luz parca, ele parecia calmo, tão lívido que nem ao menos aparentava ser humano. A mulher também não tinha expressado seus sentimentos, mas o homem tatuado segurava o velho bruxo de forma protetora.

O homem ou o garoto?

— Meu amigo aqui passou anos e anos reprimindo uma besta dentro de si — disse Oz, erguendo a voz num tom cínico. — A batina lhe caiu bem, mas eu ainda acho que a violência o veste melhor. O que acham? — Abanou as mãos no ar, teatralmente. — Eu penso que bastaria mais um pouco de resistência de vocês para que a besta o domine de uma vez por todas.

Eu não deixaria isso acontecer.

Fechei as mãos em punho, contando a respiração. Um nó se apertou em minha garganta ao eco das palavras, consciente de que, a despeito de ter sido tão dramático, Oz falava a verdade.

— Não sabíamos a intenção do demônio — disse a garota, lacônica.

— Nunca sabemos.

— Betsy — repreendeu o tatuado.

— Continue! — urrou Oz, fazendo-a pular.

— Nós nunca sabemos o que um demônio quer ou o nome dele — prosseguiu ela, desprovida de expressões. — Geralmente desejam as almas que os humanos oferecem em troca de dinheiro, fama, poder. Para nós oferecem prêmios por intermediarmos os pactos, mas esse demônio não queria o mesmo que os outros.

— Não fale, Betsy! — implorou o homem.

Oz projetou um soco no rosto do tatuado, fazendo seu nariz explodir em sangue. O osso saiu do lugar, rasgando a pele. O grito gutural quase me fez ceder, rompendo meu esforço em os manter enfraquecidos de poder. Já Oz prosseguia inabalado à dor, antes de tudo, humana.

— A bagunça que vocês fizeram foi suja, seus filhos da puta! — urrou Oz, cuspindo saliva sobre o ferido. — Soltaram um maldito demônio entre os humanos e agora eu vou ter que limpar a merda de vocês!

Puxei Oz enquanto o tatuado chorava segurando o nariz. Lancei um rápido olhar sobre o garoto, percebendo que agora aparentava certo nervosismo ao fitar o agressor enraivecido.

— Quem é Casper Donovan? — perguntei, percebendo o grupo ceder diante da violência. — Antes que mais alguém se machuque.

— Não vamos dizer — falou o velho, tremendo e com olhos lacrimosos. — Sei que podem usá-lo para encontrar o demônio e então nós estaremos mortos.

— Já estão — rosnou Oz, respirando ofegante. — Podemos rastreá-lo de uma forma ou de outra. Seguimos os estragos, o cheiro, o que for! Isso aqui é uma chance que estamos dando ao seu grupo nojento de se redimir pela morte da mulher e a possessão da menina.

A frase pairou entre eles. Trocaram olhares lastimosos. O que estava ferido esforçou-se em não gritar de dor enquanto colocava o osso do nariz no lugar. Seu choro quebrou o silêncio fúnebre e causou agitação nos demais.

— Como podem ver, nossas opções são bem limitadas. Posso chutar qual de vocês é Casper, e eu diria que é você — disse apontando para o tatuado ofegante.

— Sim, sou eu — gemeu em resposta, tateando o chão para se levantar. — Sou Casper Donovan.

Troquei um olhar com Oz. Era o momento de acabar com aquilo de uma vez e sair dali levando o feiticeiro. Passei a atenção para o homem, incapaz de articular qualquer palavra a respeito do que ele dissera. Até mesmo os homens maus podem agir com nobreza.

Era uma confissão falsa. Um sacrifício para proteger outra pessoa.

O garoto.

Oz agiu rapidamente, passando por mim como uma ventania ao empurrar-me de sua frente e se projetar em direção a Casper. Numa fração de segundo o erguia pelo franzino pescoço pela segunda vez no dia. A mulher se aproximou de braços esticados, porém, com apenas um movimento sutil de cabeça, Oz a lançou de encontro à parede, fazendo-a desmaiar em segundos.

— É um garoto, Oz! — urrei, para que ele parasse. — Coloque-o no chão e vamos embora. Agora!

— É meu filho, por favor! — implorou o tatuado, com dificuldade, colocando-se em pé. Era o único ali com sentimentos, agora desesperado. — Por favor, tenha piedade dele! Não o machuque.

As pernas magricelas do menino lutavam, chutavam, tentavam encontrar em vão o solo. Não pronunciara nem mesmo um pedido de ajuda, os olhos imersos em um ódio silencioso profundo demais. A expressão dele foi capaz de me gelar a espinha.

— Oz — tornei a alertá-lo.

Estiquei a mão e toquei seu ombro com firmeza, porém nem mesmo um olhar me foi destinado. Estava sobremaneira focado em estrangular a criança.

— Por favor! — berrou o pai.

— Oz — rosnei. — Solte-o.

— Por favor, ele é só um menino! Por favor!

— É minha culpa! — gritou o velho, atraindo nossa atenção. — Eu treinei Casper desde pequeno quando demonstrou que tinha dons. Sabia que deveria protegê-lo contra os demônios maiores que os de encruzilhada. Mas me deixei corromper pelo potencial dele. Fiz de propósito, sabendo que a alta hierarquia do inferno se interessaria.

— Ele é um bruxo e você o criou como uma mera peça de tapeçaria — destilou Oz, sorrindo de forma enviesada. Mirou o garoto, ainda com expressão sardônica. — Seu Papa Lenoir manipulou você, garotinho. Podia ser muito mais poderoso que ele, sabia?

Oz o largou no chão. O menino caiu inerte, segurando o pescoço, tremendo.

— Maldito! — gritou a voz aguda ainda infantil.

— Cale a boca, Casper! — repreendeu o pai. — Vocês disseram que não precisam dele para encontrar o demônio. Por favor, não o machuquem.

— Você fala como um covarde, Sandy — retrucou o líder, condenando-o com o olhar. — Essa gente arrancou nossos poderes agora, mas não para sempre. Não se curve a magos que se acham melhores que nós. Acham que são divinos!

Oz rosnou em ódio, fechando as mãos em punho.

— Diga o que aconteceu — sobrepus, antes que a carnificina começasse.

O pai do garoto se interpôs com os braços abertos, protegendo o filho.

— Durante uma das festas dos ricaços, Casper teve uma visão. Disse que um demônio tinha se interessado por um deles e apontou para Benson — começou Sandy, falando rápido demais. — Papa Lenoir o levou para os fundos, onde fazemos as sessões de contato. Na maioria das vezes mentimos para eles, só os levamos para o ritual e fingimos que estamos possuídos para impressionar os caras. Só que dessa vez os olhos de Casper mudaram, ficaram vermelhos e ele cheirava a ainda mais podridão do que de costume.

Casper tremia no chão, convulsionando.

— Ele falou por meio de mim — chiou o menino, num tom orgulhoso.

— Disse que queria a filha do ricaço e que me faria ainda mais poderoso se eu a entregasse.

— Que corja de covardes eu fui criar — cuspiu Papa Lenoir, enojado.
— Malditos sejam todos vocês, Donovans.

Oz deflagrou um golpe com as costas de sua mão no rosto do velho, que cuspiu um dente ao se curvar no chão. Meus conflitos morais sobressaíram por um instante me ordenando a interferir, até que o líder se levantou de supetão e saltou sobre Oz com as unhas em garra. Não houve tempo para interpelações. De repente as mãos opulentas de Oz empurraram o outro contra uma parede e, com apenas uma torcida, o pescoço de Papa Lenoir virou num ângulo de 360 graus. O corpo caiu no chão, desmantelado, produzindo um ruído abafado.

Sandy e Casper gritaram em uníssono. O garoto engatinhou até o pai, o abraçou de lado enquanto cerrava os olhos em lágrimas.

— O líder do seu grupo está morto — disse Oz, parando em frente aos dois com imponência. — Vocês não têm mais nada agora.

— Por que fez isso? Estávamos dando o que você queria! — Chorou o jovem.

— Não sou estúpido e sei que invocariam o demônio assim que eu saísse daqui — destilou em resposta, inclinando-se para ambos. — Entenda, Sandy, que certas coisas existem para não serem tocadas. Demônios fétidos que precisam de crianças para possuir estão no topo da lista.

Em seguida levou a mão à cabeça de Sandy, cobrindo seu pescoço por inteiro. Casper escapou pela lateral enquanto seu pai passava a convulsionar sob o toque do gigante, porém o interceptei, agarrando-o de costas. Mantive o mago atado a mim com precisão, mesmo que se esforçasse em debater os membros e me amaldiçoar.

Oz murmurava palavras antigas naquele timbre arrepiante que vibrava em suas cordas vocais. Repetiu o gesto sobre a mulher desfalecida no chão, erguendo aquela oração sombria que o fazia parecer um ser etéreo, inescrutável. Aquelas palavras acessavam um poder que eu não tinha como ocultar, como minhas palavras sagradas.

Quando acabou, Sandy percebeu o que tinha acontecido. O feitiço proferido pelo mago o eximiria para sempre de sua magia negra. A derrota em seus olhos ficou evidente quando deslizou a atenção para seu filho, mantido em meus braços.

Um pai e um filho, no fim das contas. Eles acreditavam na maldade que praticavam. Às vezes, a maldade é tudo o que você tem.

— Vocês querem o nome do demônio — concluiu Sandy, ofegante. — Sei que vão vasculhar a mente de Casper. Vão drenar tudo dele, até que não seja mais que um retardado.

Oz tomou o garoto de meus braços. Com um toque despreocupado em sua testa, fez o menino cair inconsciente aos nossos pés. Enquanto ele erguia o garoto nos braços, agachei em frente a Sandy, procurando manter minha expressão firme.

— Seu grupo acabou. Não há mais Papa Lenoir nem demônios de encruzilhada para conjurar — pontuei devagar. — Seu filho vai conosco e vocês não podem provar que estivemos aqui. Então ouça bem o que eu vou dizer, Sandy.

Ele chorou, o sangue se misturando às lágrimas.

— A menina que vocês feririam está sendo acusada pela morte da mãe. O demônio que conjuraram por meio dela já matou mais pessoas desde então, portanto todo esse sangue está nas suas mãos agora. — Ergui o dedo em riste e o bati com força contra o peito arfante do homem. — Quando sua namorada acordar, vocês dois vão procurar a delegacia mais próxima para confessar envolvimento no assassinato. Vão dizer que são de um culto, que acreditaram nessas merdas sobre magia negra e por isso fizeram coisas ruins com essa família. Se mostrem muito arrependidos, chorem se for preciso, mas inocentem a menina, entendeu?

O choro cessou e a mandíbula ensanguentada de Sandy se fechou em tensão. Mantive meu olhar preso ao dele, tendo por certo que minha ordem era irrevogável.

— Em troca, você vai manter Casper vivo, Exorcista.

29
VALERY

Quando o teto vira sua paisagem mais atrativa e o travesseiro já começa a sofrer as consequências do peso de seus pensamentos, a corda que segura sua mente na sanidade começa a ruir.

Passei tantas noites questionando o porquê de ter nascido com aquele fardo. Por que tinha que assistir a outras garotinhas vestidas de rosa, sorrindo pueris, montadas no cangote de seus pais, com almas tão leves; futuros cheios de diplomas, aplausos, carinho, e eu, sempre sozinha. Um nome emprestado. Pais mortos que não eram meus. A garota de quem eu roubara a identidade fora feliz antes de morrer naquele acidente, tinha tido tudo o que eu não tinha. A verdadeira Valery viveu 16 anos, mas foi mais feliz do que eu seria a vida toda.

Se ainda me restavam anos para viver, gostaria de não os gastar lamentando e sentindo pena de mim mesma. Poderia utilizá-los para reparar danos. Agora mais do que nunca, carregando a culpa da morte de John Carpax em minhas costas, já tão pesadas.

Precisava manter a calmar para rastrear Axel, no entanto; seguir a Fumaça Negra quando houvesse algum sinal dela. Só podia torcer para que seu corpo resistisse por tempo suficiente até o exorcismo. Tentava ser otimista, mas estava mentindo para quem? O otimismo era um traço que eu jamais teria em minha personalidade.

Revirei por boa parte da madrugada, lembrando o tumulto em frente à delegacia. O corpo de Carpax sendo trazido naquele saco preto enquanto as pessoas murmuravam e a imprensa local tentava alcançar as filhas e a esposa do tenente. O olhar de uma das meninas ainda permanecia em mim — aquela falsa gelidez, beirando o desespero. Eu sabia reconhecer bem a força de uma represa prestes a ser rompida.

Não tive coragem de ir até elas, parada ali como se a garota lacônica fosse meu espelho. Havia um profundo desejo de atravessar aquela multidão, dizer a ela que a culpa era minha, que seu pai fora assassinado por uma coisa que queria pôr as mãos em mim.

O sonido da campainha do celular me sugou para fora de tais devaneios. A foto de Malik apareceu na tela. Hesitei antes de atender, talvez receosa de receber más notícias.

Ao deslizar o botão verde, ouvi as vozes de Oz e Chas ao fundo, embora distantes demais para que eu entendesse o que diziam.

— Ainda acordada? — indagou ela, em seu melhor tom maternal.

— Só não consigo tirar aquela merda toda da cabeça — resmunguei, esfregando o rosto. — Como eles se saíram na caça aos feiticeiros?

Ela limpou a garganta do outro lado.

— Casper Donovan agora é hóspede no nosso porão — disse, finalmente. — Vamos pensar numa forma de extrair dele o que precisamos para rastrear o demônio, mas Oz e eu já temos tudo sob controle. Procure dormir agora, filha.

Sentei na cama, as costas doloridas e a cabeça latejando. Ainda tinha flashes macabros da cabeça. A sensação de pânico, disparada pela adrenalina, era apenas um efeito colateral de ter assistido à cabeça de Carpax deslizando do pescoço.

— Se eu fosse levar em conta a calma no seu tom de voz, poderia acabar acreditando que está tudo bem — respondi baixo, melancólica além do que eu gostaria.

— Não está tudo bem — retorquiu, pesarosa. — Você perdeu dois colegas de profissão e ainda tem a menina, Anastacia. Eu não posso evitar que você seja você mesma e passe noites em claro se culpando por isso, mas posso tentar evitar que mais pessoas morram.

— Pode me ajudar a fazer o desgraçado pagar por isso — emendei friamente, embora meu sangue estivesse febril. — Começando por Casper Donovan.

Ouvi quando sua respiração chiou no autofalante, pesarosa. Havia algo errado que não estava me falando.

— Malik? O que foi?

— Donovan não é como esperávamos, Valery — respondeu hesitante. — Ele tem só 14 anos.

— Droga! — gemi, mordendo o indicador dobrado.

O mundo estava todo errado havia muito tempo; desde que permitiram que crianças fossem tocadas pelo mal, feitas como instrumentos. Cerrei os olhos e contive a raiva que me fazia arquejar.

— Ele ainda não contou a história toda, nada além do que já sabemos — prosseguiu ela. — É possível que saiba os planos do demônio ou alguma forma de rastreá-lo. Vamos conseguir alguma coisa pela manhã.

— Um garoto de 14 anos não faria isso sozinho.

— Tem mais feiticeiros envolvidos, Valery. Chastain conseguiu que eles prometessem confessar a morte da mãe da menina.

— Chas acreditou nele?

— Por ora, só durma, filha — disse, desviando-se de minha pergunta ácida. — Confie em mim. Vamos lidar com mais essa, eu tenho certeza.

— Mas eles continuam voltando.

— Então continuaremos mandando-os para o lugar de onde vieram — arrematou, contundente.

30
HENRY

Aguardei pacientemente que a ligação se encerrasse, observando Malik recostada à ombreira da saída para o jardim. Ansiava não somente perguntar-lhe sobre Valery, mas também conversar com ela sobre coisas das quais não falaria com mais ninguém. Aqueles anos de distância não amenizaram o afeto e confiança que nutria pela bruxa. Trajada sempre com vestes artesanais brancas, mantinha os volumosos cabelos cacheados com as pontas clareadas, tornando-os uma bela moldura para seu rosto de ébano, olhos de ágata marrom e cheios de vida.

Era uma linda mulher em seus 40 e tantos anos, contudo sua expressão mantinha o frescor como se estivesse em seus 20.

Aproximei-me devagar. Parei ao seu lado, diante da frondosa diversidade de plantas que cultivava ali com tanto esmero.

— Como ela está?

— Vai ficar bem — respondeu simplesmente.

Não era de todo verdade. Valery tinha assistido, impotente, à morte de seu chefe, perdida no desespero por saber que o responsável estava lá à sua procura.

— Tem sido um inferno solitário, todos esses anos lá no Vaticano — comecei, introspectivo. — Sabendo que estamos de volta a uma guerra pela vida de Valery, começo a me questionar se tudo valeu a pena.

— Sacrifícios nem sempre trazem a paz que procuramos — respondeu serenamente, olhando-me de soslaio. — Serviria de consolo se o lembrasse de que deu a ela cinco anos de uma vida de verdade? Cinco anos em que se tornou uma detetive respeitada, fez uma amiga que a ama e tornou-se parte de uma comunidade.

— Se fosse algum consolo de verdade, ela não me odiaria tanto, Malik — argumentei, pesaroso. — Sei que você sempre acreditou em minhas intenções, mas talvez eu não seja o homem que você vê. Talvez fosse mais honesto de minha parte deixar o caçador predominar, as atitudes egoístas junto a ele. Ser altruísta me custou muito e custou a Valery na mesma proporção.

— Conseguiu o respeito de Oz sendo o homem que eu vejo — afirmou, sorrindo ao me fitar nos olhos. — Sei que não o tem como um de seus afetos, mas ainda assim é o homem que nunca respeitou nenhum dos amores de suas protegidas. Diante dos olhos dele, entregar-se à Ordem foi a coisa mais nobre que alguém já fez por Valery, em todas as suas vidas anteriores.

Custava-me ceder, mas o respeito de Oz me foi caro. Naquele momento em que fitávamos a lua nova sumir entre as nuvens, perdidos num silêncio compenetrado, meu coração estava junto a Valery, estilhaçado por saber que novamente ela carregaria tamanho fardo.

— Ainda sou aquele que a feriu mais, de qualquer forma — murmurei, derrotado.

Malik suspirou longamente, em seguida desceu o degrau que a separava do jardim e se juntou à vegetação abundante. Estava melancólica ainda, contudo fez um sinal sutil com a cabeça para que me juntasse a ela sob o céu invernal.

Tudo ali tinha cheiro de flores e tons cítricos. Era familiar de um jeito perigoso. A casa da bruxa e do mago fora como um lar no passado, onde encontrei conforto e sensações de esperança. Não era momento de sentir tais emoções, no entanto.

— Quando me casei com Oz, sabia que estava me unindo a um imortal. Um dia morrerei e o deixarei novamente na solidão — pronunciou de forma nostálgica, convidando-me a ouvir sua história com atenção. — Uma solidão em hiatos, como narrou minha mãe, ao me contar a lenda dos guardiões.

Ela falava do mito das armas celestiais. Os rumores falavam em humanos enviados ao mundo pelo Criador, que escondia em suas almas poderes sobrenaturais, armas de guerra celestial, divinas e disputadas até pelos próprios anjos. Tais humanos possuíam guardiões destinados a protegê-los. Guardiões imortais, magos escolhidos pelo próprio Criador. Mago e humano teriam que caminhar juntos até o dia em que fossem requeridos diante da Presença Divina para que Ele pudesse usufruir de tais poderes. Um guardião vê, sente e tem Revelações junto com seu protegido. Revelações do passado, do presente ou, raro, do futuro, que visam proteger e avisar sobre perigos iminentes.

Para uma pessoa comum, as armas celestiais não passavam de uma lenda. Para nós, que possuíamos conhecimentos não compartilhados com a grande massa, era uma inefável realidade.

Valery era um desses humanos especiais, e Oz, seu Guardião imortal.

— Não sei se a parabenizo pelos anos em que o suportou ou presto condolências — brinquei, arrancando de seu rosto sério um honesto riso.

— Sei que ele não tinha uma companheira humana havia muito tempo antes de conhecê-la. Valery me contou algumas coisas.

Malik assentiu, recuperando a compostura de sobriedade.

— Estava com ele em 1988, quando Valery nasceu — prosseguiu, certamente tencionada a chegar a algum lugar com sua narrativa. — Eu sabia que ele faria como fez com as outras mulheres de sua vida: largaria tudo e iria atrás da menina. Afinal, era sua missão sacra e eterna. Mas eu fui egoísta, Chas. Muito egoísta!

Percebi um quê de emoção em sua fala. Algo vulnerável, como jamais tinha imaginado ver Malik demonstrar. Parei em sua frente, examinando sua expressão olho a olho enquanto falava com os olhos cheios de lágrimas.

— Fale comigo, Malik — murmurei, encorajando-a quando hesitou.

Respirando fundo, ela secou o rosto e novamente se recobrou.

— Eu não queria perdê-lo, por isso o convenci a esperar que a menina crescesse, que a deixasse com a família e permitir que tivesse uma vida. Argumentei que a garotinha merecia o amor dos pais e a presença deles.

Aquela voz distante denunciava o segredo de Malik, jamais pronunciado a nenhum outro ouvinte.

— Mas eu não fiz isso por ela. Eu o manipulei a ficar comigo. Deve saber onde quero chegar agora — continuou, encarando-me convicta. — Escolhi seguir meus desejos, renunciei ao altruísmo e isso custou caro a Valery. Foi minha culpa o que aconteceu com o irmão mais novo dela. Um demônio o atacou naquele dia, quando ela já tinha 15 anos e estava desprotegida dos cuidados de Oz. Então a vida dela se tornou a escuridão que é hoje. A culpa foi minha, Chas.

Ao arrematar seu raciocínio, tal relato não surtiu em mim o efeito que ela desejara. Queria comparar nossas ações do passado e exaltar meu altruísmo desenfreado, mas só me fez lamentar por ver que também carregava sua parcela de culpa.

— Suas ações deram a Valery anos de vida e foram muito melhores do que os cinco últimos que ela teve.

— Não — respondeu, resoluta. — Eu deveria ter respeitado o elo entre o Guardião e a protegida, que é superior ao amor entre um homem e uma mulher. O que eu fiz foi profano.

— Malik... — divaguei, pegando-me sem palavras.

A bruxa tomou minhas mãos entre as suas daquela forma doce que lhe era genuína. Sua pele estava quente apesar do frio que predominava naquele espaço aberto.

— Não é necessário que diga nada, filho — falou de um jeito compreensivo. — De qualquer forma, foi bom dizer isso a alguém. Sempre o considerei especial e ainda acredito em todas as suas ações. Passadas ou futuras.

Antes que a conversa prosseguisse, a sombra de Oz se agigantou no jardim, sua presença se juntando a nós a passos duros. Ele me encarou soltar as mãos de sua esposa, o olhar de obsidiana compenetrado em meus movimentos.

— Sinto muito interromper o momento de ternura de vocês — falou, cáustico. — Casper estará inconsciente pelas próximas doze horas, no mínimo. Você pode voltar para Darkville e dormir um pouco também. Alguém precisa estar lá para Valery, de qualquer forma.

Assenti, tentado mesmo a dormir por quantas horas fosse possível para iniciar minha caçada no dia seguinte. Antes de chegar até a saída acompanhado pelo casal, estanquei e olhei para Oz.

— Se conseguirem descobrir a localização, liguem diretamente para mim — pontuei de forma autoritária. — Valery pode querer ir atrás de Axel sozinha.

— Então monitore-a como um maldito GPS — retrucou ele, irritadiço. — A filha da mãe tem um rastreador de demônios instalado na mente dela 24 horas por dia.

Virei as costas e me guiei até a Harley-Davidson, na qual eu descontaria boa parte de minhas frustrações.

Um tempo depois, ao adentrar a estrada sentindo a liberdade despertar novamente meus sentidos, convenci-me de que conseguiria colocar as mãos em Axel e exorcizá-lo antes do fim de mais um dia. Depois disso levaria Valery para um local seguro, quisesse ela ou não, me perdoasse ou me odiasse eternamente.

Só precisava garantir que, antes disso, a criatura das trevas não conseguisse cumprir sua missão sórdida.

Como um elo nostálgico da reminiscência de um término, a maioria dos casais se liga por uma música, um local que visitaram, um presente, ou ao cachorro que compraram juntos. Valery e eu nos atávamos ao passado através da moto. Senti-me obrigado a deixá-la estacionada em frente à delegacia e lhe avisar por meio de uma mensagem de texto.

Fui a pé até a casa paroquial, atravessando parte da cidade numa corrida de vinte minutos que serviu para me aquecer do frio cortante. Deparei-me com as luzes acesas já às 5h30 da manhã, sinalizando que padre Angélico já estava acordado.

Furtivamente me esgueirei até o quarto, ansiando por um banho quente e algumas horas acalentadoras de sono.

Saí do banho distraído e trajando apenas a toalha enrolada na cintura; os pensamentos imersos nos acontecimentos daquele pesaroso dia, alienando todos os meus outros sentidos. Não imaginava que poderia encontrar meu anfitrião à minha espera, parado à janela sem ter pedido autorização para entrar. Imediatamente considerei as tatuagens à mostra no torço desnudo — o desenho colorido da rosa sobre o peito na região do coração, seu cabo de espinhos descendo em ondulações por onde mais delas brotavam, até terminar no meio das costelas. Em meu ombro, direito um complexo conjunto de símbolos que formava uma das versões da Palavra de Deus.

Ao se virar, seus olhos foram atraídos imediatamente pelas runas em minha pele, porém nenhum traço de surpresa transpassou sua face. Uniu os braços em frente ao peito, sinalizando a poltrona para que eu me sentasse, certamente querendo ter algum tipo de conversa.

— Bonitas tatuagens — observou distraidamente.

Sentei-me em sua frente, incomodado com minha condição física inapropriada, mas Angélico não parecia aberto a pedidos de postergar aquele diálogo.

— A rosa é em homenagem à minha mãe — justifiquei, ainda que não fosse necessário. — Ela se chamava Rose. Mas acredito que o senhor não tenha vindo aqui para descobrir um dos meus pecados contra o sacerdócio, não é mesmo?

Em resposta emitiu uma baixa negativa que não me convenceu. Meus pecados eram exatamente a razão de sua presença.

— Nos meus 60 anos de vida, jamais alcancei o tamanho prestígio e as habilidades sacerdotais que o senhor já possui aos... — ensaiou, deixando a frase morrer para que eu a completasse.

Hesitei. Minha exaustão chegando a níveis cabalísticos, desejando declinar aquela conversa.

— Trinta e três, padre — respondi por fim, soando paciente.

Sorriu, unindo os indicadores em frente ao nariz. A posição de preâmbulos mais famosa da história dos homens.

— Idade interessante, porém não serei tão leviano a ponto de compará-la com Cristo.

— Posso ser direto e perguntar aonde quer chegar com essa conversa? — indaguei, ainda mantendo-me sóbrio.

Angélico respirou fundo e me olhou nos olhos, como se quisesse tomar coragem para prosseguir.

— O assassinato do tenente John Carpax foi minha gota d'água — soltou, articulando as palavras muito rapidamente. — Sei que tudo está interligado à possessão da menina Benson. Você chegou muito rápido, agindo fora dos protocolos da Igreja Católica. Não posso mais esconder que tive minhas desconfianças a seu respeito.

— É completamente aceitável que tenha, padre. Eu falhei com a menina num momento onde falhas não são aceitáveis. Envergonhei minha posição diante do Sumo Sacerdócio e, quanto a isso, não tenho como ser perdoado.

Angélico negou com um movimento de mãos.

— Não duvido que possa fazer esse exorcismo — continuou, agora descontente e num tom culpado. — Mas minhas desconfianças me levaram a contatar seus superiores. Falei com o bispo Lucas Cervacci.

A luz de emergência acendeu. Cervacci era o homem que me criara desde que fui entregue às mãos da Igreja. Um filho da mãe vestido em batinas brancas de estolas roxas, chapéus frondosos que indicavam uma hierarquia que não merecia.

Sua verdadeira função não era o celibato.

Lucas era o verdadeiro homem mais poderoso do mundo, escondido no anonimato junto com todas as verdades ocultadas dos homens. Meu tutor e criador, o líder da Ordem.

— Perguntei a ele sobre a detetive Green. Eu queria saber o que ela tinha a ver com sua trajetória enquanto exorcista, se poderia confiar em vocês dois trabalhando juntos.

Minhas mãos se fecharam em punho, o coração bombeando o sangue quente enquanto a saliva secava. Ódio, medo, culpa. Aquela mescla venenosa de reações paralisantes.

Cervacci não podia saber sobre Valery.

Jamais.

— Essa era a única coisa que o senhor não tinha o direito de fazer — rosnei, milagrosamente mantendo o controle.

— Ele me contou sobre vocês dois — soltou, respirando alto, ansioso.

— Eu sinto muito se isso o alertou sobre algo, mas eu não tinha como... não tinha como saber!

O senhor poderia ter me contado!

— Cervacci não vai me perdoar por ter traído minha palavra — respondi baixo, num tom quase ameaçador. — Padre, eu só peço que o senhor se retire agora.

— Você a ama? — emendou abruptamente.

Ignorou meu pedido, a voz carregada de uma ansiedade densa enquanto eu devolvia um olhar estreito.

— O que aconteceria se tivesse minha resposta? — devolvi, num tom agressivo.

Naquele instante em que mantivemos o olhar um do outro, percebi que não havia qualquer resquício de julgamento em sua expressão, apenas a certeza de ser um mestre fitando um tolo aprendiz na expectativa de ser superado ou encantado.

— A Igreja não se importa com isso! Não se preocupam com minha castidade ou votos — cuspi, exasperado além de meu limite. — Valery não é um pecado que me levaria ao inferno, mas sim uma distração que coloca em xeque minha dedicação às causas e às guerras que travam há séculos. A Igreja precisa que eu seja uma arma, nada mais. São esses os homens de Deus da sua Santa Madre Igreja, padre!

Ao perceber o elevar de minha voz ao final da frase, contive-me, esfregando o rosto apoquentado pela cólera. Minhas veias pulsavam, os músculos estavam exaustos e minhas emoções conflitavam entre as preocupações anteriores, e o perigo à espreita.

Se Cervacci estiver com muita raiva, ele pode vir atrás de mim. Pode descobrir que menti no passado e que Valery não é apenas a garota por quem eu me apaixonei.

— O bispo é conhecido por ser implacável com aqueles que considera traidores — falei por fim, exaurido. — Em algum lugar de sua megalomania, ele pensa que é Deus. Preciso de um tempo a sós para pensar em como vou lidar com isso.

Angélico tombou a cabeça e alisou a testa antes de se levantar.

— O senhor expulsa demônios em nome de Deus, mas blasfema contra a Igreja — disse baixo, porém castrador.

— Se lhe servir como um esclarecimento, as pessoas para quem fui coagido a trabalhar não ganhariam sua admiração — soltei, endurecendo minha expressão. — O Santo Papa, seus fiéis e todos os santos, não os admirariam se os conhecessem como eu conheço.

Fitou-me com um assombrado interesse, mas não parecia creditar minhas meias verdades. Sua dúvida ficou veemente, porém quando me levantei e o encarei frente a frente, elas evanesceram ao ver a convicção selvagem em minha face.

— Do que o senhor está falando, padre Henry? — perguntou com cautela, pronunciando as palavras com cuidado.

— Em suas dúvidas mais superficiais, não se perguntou se sou fiel ao Criador mais do que aos homens? Minhas blasfêmias são por desrespeitar a Igreja, por amar uma mulher? — enfrentei-o, declinando minha cabeça para mais perto da sua. Os olhos escuros do velho brilharam. — Sugira minha excomunhão, mas, na próxima vez, tente exorcizar seus demônios sozinho.

A ofensa lhe sobreveio junto ao silêncio. Mantive meu queixo ereto mesmo quando percebi que tinha deixado a ira me levar a castigá-lo sem propósito algum. Em nenhum momento quis me prejudicar ou ofender. Suas dúvidas eram compreensíveis. Segredos demais é que levam a falhas como aquela e nisso o único culpado era eu.

O padre passou por mim cabisbaixo, respirando de forma curta. Parou na soleira e mirou-me mais uma vez.

— Quando o bispo me disse que você trocou seu amor por Valery para ocultá-la do mal, perguntei-me a que tipo de perigo ela teria sido exposta — disse, como se não tivesse mais nada a perder. — Não encontrei minha resposta, mas algo me diz que isso pode estar relacionado ao que estamos enfrentando agora. Queria que o senhor soubesse que sinto muito por vocês dois. A culpa que provavelmente carregam nada se compara à pequena falha que eu acabo de cometer. Nesse momento, ela me consome, por isso tenho misericórdia da sua alma, padre Henry. Espero que tenha um bom descanso e que tenha me perdoado ao acordar.

Peguei-me aterrado por tais palavras, pela verdade inquestionável impressa nelas. Devia ter baixado a cabeça e me desculpado, justificado novamente meu temor de ferir Valery com a consequência de minhas falhas.

— Nunca deveria ter trocado meu amor por Valery por nada, padre — foi o que respondi, desolado, embora firme em meu tom. — Se
algo trouxe o mal a Darkville, a culpa é somente minha e de meus
sacrifícios arrogantes. Costumava ser um homem mais forte quando a
tinha ao meu lado.

SOBRE O PASSADO
IV

Em oposição a todas as prerrogativas de Oz sobre eu cursar alguma faculdade, me mantive determinada em escolher uma profissão e ir até o fim, ainda que seguisse tendo que estabelecer limites em criar vínculos com amigos ou possíveis relacionamentos. Ele sempre foi veemente em narrar as consequências de me apegar a qualquer ser humano mortal. Problemas de segurança.

Durante o segundo ano de Ciências Forenses, senti-me tentada pelo meu instinto rebelde e desafiador a cursar uma das matérias da grade de teologia. De repente estava lá, sobre a minha mesa, os formulários de inscrição preenchidos para o curso de Demonologia, ministrado por um acadêmico famoso por dominar o tema. Era a matéria com as vagas mais disputadas, contudo com o maior índice de evasão.

Não seria prudente saber mais sobre o inimigo que caminhava ao meu encalço desde a mais tenra idade? Além do que, as aulas me mantinham ocupada, distante de pensamentos obsessivos e ruminações acerca do sumiço do rapaz de olhos de citrino.

Pensava em Lourdes Vila-Lobos, a ancestral intrépida de quem Oz falava com tanto orgulho. A que tinha lutado para viver toda sua longevidade ao lado de Victor, o amor para quem escreveu a carta que eu guardava em meus arquivos secretos. Foram para ele suas últimas palavras antes do beijo da morte. Enquanto isso minha existência fria caminhava para um destino em que não haveria laços a serem sustentados até o fim dos meus dias. Chas era o único a me fazer lamentar a solidão derradeira que me aguardava ao cessar do caminho.

Invejei-a com amargor, como se tivesse mordido a língua e agora experimentasse o gosto férrico do sangue. Qualquer lembrança daquele beijo pecaminoso confundia minhas emoções, turvando minha visão com um misto de desejo e culpa.

Podia jurar, sem risco de ter minhas lembranças maculadas ou tendenciosas, que naquele dia em particular eu estava presente apenas de corpo na aula de Demonologia. Pensava nele quando ouvi a voz pedir licença para adentrar a sala, considerando estar alucinando com o timbre do fantasma de meus próprios pensamentos.

Não era um espectro. Estava mesmo ali.

Adentrou a aula trajando uma calça jeans clara e uma camisa xadrez azul desabotoada; os cabelos mais compridos revoltos sobre a cabeça de uma forma displicente. Sentou-se na carteira vazia atrás da minha, como se soubesse exatamente onde eu estava, pois, quando o olhei por sobre o ombro, sorria sem nenhum ar de surpresa. Aquilo não era coincidência.

Fingi prestar atenção na fala do professor enquanto meu coração esmurrava meu peito. Durou cinco minutos. Chas se inclinou sobre sua mesa e se aproximou perigosamente de minha orelha descoberta pelo cabelo.

— Acho que seria mais saudável se uma bela dama como você estivesse estudando Angelologia — sussurrou.

O morno hálito mentolado balançou os fios soltos e arrepiou a pele do pescoço. Seu aroma ainda era inconfundível em notas cítricas de laranja fresca. Inclinei meu rosto, vendo que ele não tinha se movido, aguardando minha réplica.

— Lúcifer era um anjo — retruquei, inclinando a cabeça de lado. — E para constar, não há nada que belas moças não possam fazer.

— Muito justo — sussurrou, sorrindo.

Virei-me para a frente, sentindo meus músculos faciais se expandirem involuntariamente.

Que merda, eu estou sorrindo?

Segurei os lábios com os dentes na vã tentativa de evitar aquele gesto inusitado. Se chorar me era improvável, sorrir estava na lista do impossível. Ao menos até ter meu autoconhecimento desafiado por Henry Chastain.

Durante o restante da aula ambos ficamos em silêncio. Um par de horas que se arrastou em picos de ansiedade em que precisei me conter para não me perder em olhares furtivos que me fariam parecer uma idiota.

Logo que fomos dispensados, juntei rapidamente meus livros e deixei a sala a passos largos, seguida por Chas. Ele veio ao meu encalço com tanta naturalidade que eu poderia jurar que nos víamos todos os dias e saíamos juntos das classes.

— Você gosta desse casaco verde — disse ele, um tanto tímido. Pareceu não achar a frase pronunciada tão boa quanto a que estava em sua mente. — Quer dizer, no outro dia você estava com ele e, bem... Combina com seus olhos.

Mantive o olhar preso ao caminho abarrotado de alunos, fazendo um esforço homérico para conter um novo sorriso.

— Essa foi a melhor coisa em que conseguiu pensar?

— Já que você perguntou, também observei que ao sol o tom do seu cabelo fica mais loiro do que ruivo — respondeu, menos retraído. — Só estava esperando chegarmos, de fato, ao sol.

Descemos a escadaria, rumo ao gramado do campus, onde todos os universitários se dispersavam. Como uma concordância da natureza, o sol estava irradiando por todo lado, quente e confortável. Parei perto da grama para finalmente olhar para ele. Ali, naquela luz toda, seus olhos estavam diáfanos, denotando toda transparência que dele emanava e por que eu me enciumava. Gostaria de expressar meus sentimentos através de minhas expressões, como Chas fazia com tanta maestria e naturalidade.

— Sou descendente de russos — disse por fim, me rendendo à conversa. — A maioria da minha família é composta por ruivos, mas meu pai é loiro.

Ele assentiu, interessado.

— É — pontuou enfaticamente. — No tempo presente, você diz?

Parei com a boca aberta, a frase presa na língua travada. Ele sabia da minha mentira, mas desconhecia minha verdade.

— Quantos irmãos você tem? — insistiu, com um ar confiante.

— Dois.

— Onde eles estão agora?

Meus braços estremeceram, a boca se cerrou numa linha fina. Chas parecia disposto a esperar que eu resistisse. Por algum motivo irracional, permiti-me ficar calma.

— Longe daqui. Em outro país.

Outro assentimento, compreensivo, como se aquilo bastasse por ora. Rapidamente ele me segurou pelo braço de forma leve, virou meu corpo um pouco para a direita e apontou com a cabeça para uma moto estacionada a alguns metros.

— Desde criança, eu sempre fui apaixonado por motos clássicas — contou, descontraído. — Usei um pouco da herança dos meus pais e comprei uma Harley-Davisson para chamar de minha.

— Vai arrasar chegando à missa com ela.

Ele riu, passando a mão pelo rosto coberto por uma barba que não fazia havia uns bons dias. Notei sua aparência mais rústica, porém bem-cuidada; também a forma mais leve como ele me olhava, sem aquela culpa pesarosa em cada sílaba pronunciada.

— Não pretendo mais ir a nenhuma missa. Entreguei minha carta de desistência há três semanas — revelou, mudando a perna de apoio. — Desde então venho estudando uma forma de falar com você.

De repente o sol parecia quente demais, e o ar, escasso. Gaguejei alguma coisa, decidindo pelo silêncio, já que estava sendo ridícula.

— Você estava me perseguindo? — indaguei depois de um tempo.

— Não foi difícil encontrar um cabelo ruivo, que às vezes parece loiro, andando por aí — brincou, sorrindo de lado. — Agora quero saber se você quer dar uma volta comigo na minha moto nova.

— Tipo um encontro?

Ele anuiu, colocando os braços atrás do corpo.

— Um "ex-padre" e a filha adotiva de um casal de bruxa com mago — divaguei com uma leve ironia. — Acha que isso vai dar certo, Chas?

Pegou-me de surpresa quando segurou minha mão e nossos dedos se entrelaçaram. Era difícil respirar assim, quando meu coração retumbava num ritmo que poria inveja na Sapucaí. Ao mesmo tempo o toque entre nossa pele me pareceu tão certo, perfeito, como se não pudesse aceitar outra forma de caminhar ao seu lado.

Novamente munido do sorriso que pendia levemente para a direita, ele me encarou.

— Acho que nada mais pode dar tão certo.

31

— Val, você está parecendo um fantasma — arquejou Denise, assim que adentrei a cozinha.

Minha amiga lavava os pratos do dia anterior quando a peguei de surpresa, me arrastando feito um figurante de *The Walking Dead*, à procura de uma aspirina. Os pesadelos em meu sono acabaram por me exaurir ainda mais, repetindo num looping infinito as imagens do corpo de Carpax caindo sobre sua cabeça decapitada, os olhos de Axel cobertos de escuridão a mirar com satisfação seu feito.

— Eu me sinto morta.

— Diria que está sendo dramática, mas a cidade toda está falando do tenente. Valery, eu sinto muito!

Depois de desbravar a caixa de analgésicos, engoli a seco o primeiro que encontrei. Denise me fitava com um misto de pena e preocupação, analisando minha peculiar camisola amarrotada e os pés descalços.

— Não teriam me deixado entrar na delegacia ontem — respondi, procurando manter-me séria. — Os policiais estaduais assumiram e estão tratando todo mundo como suspeito. Daqui a algumas horas serei interrogada. Vou sentar no outro lado da mesa dessa vez.

— Então você precisa estar com uma cara melhor que essa. Vá tomar banho e eu farei o almoço. Do meu jeito, mas já é alguma coisa.

Denise me pegou pelo ombro e me conduziu corredor afora, empurrando-me para o banheiro numa atitude de encorajamento. Acatei suas ordens, pois precisava mesmo da água quente em meu corpo. Quando encarei meu reflexo no espelho, pude compreender por que ela tinha se assustado com minha chegada.

No necrotério há pessoas mais apresentáveis que você, Valery...

Arranquei a camisola e olhei minhas costas, fitando a tatuagem. O maldito desenho traçado pelas mãos do Escriba. Um homem que, como eu, carregava um dom que era, na verdade, um fardo. Também fora preso nas garras da Ordem.

Você não me protegeu, sua filha da mãe. Só postergou a chegada deles.

Viajei nas lembranças carregadas de pesar, vendo-me deitada sobre a cama de dossel adornada em lençóis níveos, tão claros que refletiam a luz incandescente do sol pela janela. O aroma de incenso me abraçava, assim como a canção indiana que provinha de um aparelho de som provinciano colocado na mesa de cabeceira.

Chas me fizera deitar nela, mentindo que tudo ia ficar bem depois que o Escriba me ajudasse. Era o único ser vivente cujos olhos poderiam ver e os ouvidos ouvir a voz e a face do Criador sem que fosse ceifado por tamanha glória. Por meio de suas mãos surgiam profecias, novos textos, respostas e manifestações diretas do cara que vive nas nuvens. Seus conhecimentos eram inesgotáveis e seus poderes não tinham limites. Uma arma celestial, como eu.

Quando a figura entrou no quarto e sentou-se ao meu lado, surpreendi-me com sua aparência. Talvez esperasse um homem de fina postura, trajado como um lorde ou numa batina, porém deparei-me com um rosto coberto de tatuagens emendadas em um desenho complexo. Olhos negros puxados, uma pele cor de caramelo por entre os espaços não cobertos. Nas orelhas, argolas douradas que batiam umas nas outras, tilintando perto do meu ouvido.

Não se parecia em nada com os homens de batina e suas músicas líricas.

— Sou o Escriba Original — dissera, com um sotaque indiano. — Porei em sua pele algo de poder inimaginável e de efeito permanente. A carga que isso trará ao seu corpo vai causar uma dor maior do que tudo o que você sentiu até hoje.

— Eu duvido — tinha respondido, mas ele ignorara, pegando seus instrumentos com destreza e desprezando meus olhares desconfiados.

— As Runas Sagradas são oriundas de lendas antigas. Tudo o que se sabe sobre elas é mentira ou está incompleto. O que vou desenhar em você são diversos rituais que serão repetidos constantemente, protegendo-a, escondendo-a, tornando seu corpo e sua mente um borrão diante do mal. São símbolos da chave original, mas também outros, que Ele me revela agora. As Palavras de Deus para a sua Lacrymosa.

Ao findar de sua frase vi me acometida de tremores e sensação de fuga. O homem pousou sua mão quente sobre a minha, assentindo em silêncio; nos olhos uma clara mensagem de que eu deveria me acalmar.

— Como sabe...? — sussurrei.

O Escriba sorriu compreensivamente com seus dentes amarelos, meio desalinhados.

— O Homem de face de leão me conta — sussurrou, distante.

Entregue aos cuidados daquele ser misterioso, compreendi que estávamos ligados de alguma forma. Entrevi seus movimentos, ouvindo-o murmurar junto à música abafada ao fundo, tendo certeza de que ele guardaria meu segredo.

— Somos feitos da mesma essência — disse-me, segurando algo pontudo em suas mãos. — Se meu fardo era estar aqui hoje só para que nos encontrássemos, então eu o compreendo e aceito.

Sua frase cálida penetrou meus pensamentos aturdidos. Entretanto aquela serenidade projetada não foi o suficiente para me ajudar a lidar com o que veio em seguida. Quando a agulha penetrou minha pele e a dor pungente se espalhou por todos os meus capilares feito brasa viva, o som do meu grito irrompeu tão alto a ponto de ferir meus próprios ouvidos.

No fim, eu iria prosseguir discordando do homem. A maior dor de minha vida ainda não era aquela, mas sim a que viria alguns dias depois, quando Chas arrancaria meu coração de uma vez por todas.

Essa era uma memória para outro momento, de qualquer forma. Obriguei-me a despertar para não permitir que tais lembranças me enredassem por mais tempo.

Vesti-me em trajes escuros, finalizando com minha jaqueta verde-musgo e penteei os cachos para que não parecessem malcuidados. Voltei para a cozinha com o intuito de comer como se não houvesse amanhã e me desligar daquela aura sombria de carências afetivas e problemas do passado. Era como se os grilhões que atassem meus problemas mal resolvidos houvessem rompido, deixando-os virem à tona.

Denise serviu-me uma gama inacreditável de sanduíches, sucos e doces de padaria, preocupada em manter um diálogo frenético. Ao fitar os animados olhos castanhos que me sorriam solícitos, senti aqueles grilhões arrefecerem ainda mais, dando vazão à fraqueza que eu custava em admitir que estava sentindo desde que tive que trazer Chas de volta à minha vida.

Eu precisava falar. Precisava usufruir da amizade que ela me entregava tão genuinamente. Em contrapartida não tinha o direito de estragar a vida de Denise com aquelas verdades sobre o mundo, tampouco lidar com as consequências que esse conhecimento lhe traria.

Mas eu podia mentir para maquiar a verdade.

Você é talentosa para essas coisas, garota, só deixe fluir.

— Denise, tem uma coisa que venho querendo perguntar a você faz um tempo — divaguei, ganhando de imediato sua atenção. Ela mastigava rápido, emitindo um ruído para que eu prosseguisse. — Estava lendo um dos meus livros de terror um dia desses e acabei ficando confusa com o rumo que a história tomou. É sobre um casal. Você sabe que eu não entendo nada de casais.

Engoliu com a ajuda de uma boa golada de café, me fitando com um ar duvidoso.

— Isso é uma tentativa de fugir dos assuntos sérios, não é?

Hesitei um momento e então concordei sutilmente, já que não deixava de ser verdade.

— E você poderia me ajudar nisso? — retruquei, soturna. Ela anuiu, gesticulando para que eu continuasse. — Bem, na verdade eu fiquei aborrecida com as ações que o cara tomou. Queria ter certeza de que não estou julgando mal as escolhas que ele teve e que mudaram tudo na história.

— Como é o nome desse livro?

Estanquei, antes de estragar tudo me afogando na minha própria mentira.

— Não me lembro — abanei as mãos, como se não fosse importante. — O livro falava sobre um tipo de batalha entre o bem e o mal, em que essa garota com um tipo de dom era disputada por ambos os lados. Ela era especial, mas de um jeito ruim. Mesmo assim esse cara, que era um caçador de espíritos do mal, se apaixonou por ela e se comprometeu a protegê-la.

— Um livro de terror que virou um romance... — murmurou entediada, no meio de minha fala.

Forjei um olhar de reprimenda, arrancando um sorrisinho divertido dela.

— Quando os dois viraram um casal, em vez de casar e ter filhos, eles resolveram caçar juntos os tais espíritos do mal — prossegui, tendo consciência de soar ridícula. — Houve então um momento em que as coisas fugiram do controle, um dos demônios a reconheceu e se reuniu com outros para caçá-la.

— Obviamente, já que ambos foram muito burros em ir ao encontro do perigo, não é? — disse, erguendo os braços de um jeito divertido. — Mas prossiga. O que o mocinho fez para que você o julgasse?

Você tem razão, Denise, foi uma burrice inenarrável.

Abanei a cabeça para dispersar a conclusão tão óbvia.

— Ele recorreu a pessoas que tinham formas de protegê-la do mal, mas que, em troca, pediram que os dois se separassem — concluí, soando pesarosa. — Isso a faria invisível para sempre aos demônios, mas impediria que ficassem juntos. Em vez de lutar ao lado dela, ele a deixou.

— Então ela poderia ter uma vida normal? — indagou de imediato.

Minhas mãos suavam aos borbotões, talvez pela ansiedade em me expor daquela forma sem precedentes. Desabafar nunca foi meu forte.

— Ele pensava que sim, mas ela nunca teria — respondi com toda sinceridade reprimida. — Não queria ter uma vida longe dele. E só soube do acordo quando tudo estava feito. Disse ao caçador que não o perdoaria por ter aberto mão do que os dois tinham, o acusou de covardia por não querer mais lutar ao lado dela.

Denise considerou, refletindo o que eu tinha falado.

— E você deu razão à garota?

— Absolutamente — arrematei, esganiçando a voz. — Você, não?

— Não — respondeu logo em seguida, convicta. — Acho que ela está errada em não o perdoar.

— O quê?!

Soltei a interjeição sem pensar. Teoricamente amigas tinham que ficar do lado uma da outra, não tinham? Eu nunca tive nenhuma amizade para servir de comparação, mas senti-me traída mesmo que ela não soubesse que aquela era minha história.

— Ele se sacrificou por ela e honrou sua palavra — afirmou, ainda com aquela contundência. — É o que as pessoas fazem quando amam.

— Mas tomou a decisão sozinho!

Denise negou com um movimento veemente de cabeça.

— Ele foi um herói — pronunciou pausadamente. — Essa garota me parece não perceber a importância que tem. Se o mal colocasse as mãos nela, poderiam ter uma arma contra o bem. Esse cara não é um herói só para ela, mas para todo o mundo.

— Você não leu o livro! — esbravejei, sentindo-me ridícula. — Não foi bem assim.

— É o que você está me contando! — replicou gravemente. Parecia prestes a rir. — Valery, esse livro é muito ruim.

— Nojento!

— Pare de ler histórias de terror e leia um romance de verdade. Odeio dizer, mas falta um pouco de amor na sua vida.

A mais pura e indelével verdade. Olhei para as mãos suadas, atingida com um surto de calma e compreensão depois do arremate de minha amiga. Ao menos alguém tinha me ouvido e me dado um conselho sóbrio, sem máculas tendenciosas.

— Denise?

— O quê? Estou brincando — justificou-se, pensando que eu iria argumentar.

— Obrigada.

E foi tudo que eu disse antes de sair.

ELE NÃO FOI um herói só para ela, mas também para todo mundo...
Droga, Denise!

Tranquei-me no quarto assim que a deixei sozinha com sua confusão. Minhas mãos ainda suavam pela ansiedade disparada por minhas ações. Sua fala havia soltado algo dentro de mim, como se tivesse sido uma forte pancada num dos pilares de minhas defesas. Mas não fora só Denise a culpada. Chas não tinha o direito de dizer que ainda me amava, não quando eu conhecia sua transparência, sua honestidade sólida.

Puxei o celular, notando que ele tinha me mandado uma mensagem de texto durante a madrugada.

"Deixei a Harley no lugar onde a encontrei. Chas."

Eu só preciso me recompor. Preciso me concentrar antes do interrogatório.

Havia algo que sempre me acalmava. Poderia ser imprudente, mas mesmo assim eu mantinha como minha válvula de escape. Joguei-me em frente à escrivaninha e apertei o botão para ligar o computador, tamborilei os dedos no teclado enquanto a tela acendia.

Só dez minutos. Talvez quinze. Ah, que merda! Eu não devia estar fazendo isso de novo.

— Olá, David da Silva — cantarolei em português.

Abri meu login falso de uma rede social popular, digitando o nome e sobrenome de meu personagem irreal. Meus dedos pareciam congelados, custosos em prosseguir com mais uma mentira num mesmo conjunto de horas.

— Então você passou os últimos quatro dias de castigo, hein? — murmurei, a tela azulada refletida em meus olhos. — Que se dane. Eu preciso de você agora.

A tela abriu, revelando as fotos que eu tinha roubado de um garoto qualquer num mecanismo de pesquisa. Passei anos trabalhando naquilo, montando um perfil tão completo que por vezes quase acreditei que fosse real.

Mas era tão falso como Valery Green.

Uma mensagem pulou no canto inferior logo que habilitei o bate-papo como on-line. Era exatamente de quem eu esperava.

Adrian Friol diz:
Oi, David! Tudo bem? Sumiu, hein! Achei que tinha morrido, cara.

Da foto de seu perfil, meu irmãozinho me sorria. Dentes com aparelho, cabelos ruivos e sardas espalhadas num rosto travesso. Ele não sabia que eu segurava as lágrimas todas as vezes que o via naquele quadrado pequeno, imaginando seus dedos mexendo sobre o teclado, o quarto ao seu redor, a presença de nossa mãe em algum lugar por perto.

David da Silva diz:
Ei, cara! Tudo bem e com vc? Minha mãe me pegou jogando LoL outra vez de madrugada. Fiquei de castigo, sem computador, por todos esses dias.

O jogo era o elo que eu descobri poder estabelecer uma conexão com Adrian. A plataforma do jogo movimentava garotas e garotos do mundo inteiro, sendo um dos principais interesses de Adrian pelo que constatei em todas as suas redes sociais. Meu irmão só falava no tal *League Of Legends*. Portanto, passei madrugadas inteiras investindo na construção de um avatar para David; interagindo com os garotos, fingindo ser um deles.

Algumas vezes sentia-me cansada daquilo, mas olhava as fotos de Adrian, via nossa família, lia as coisas que ele contava, então as forças ressurgiam. Era a melhor forma que eu tinha conseguido encontrar de estar presente.

Adrian Friol diz:
Tenso, cara... Meus pêsames. Hahahaha
Minha mãe está a cada dia mais chata também. Ainda mais agora que o Pietro está em casa.

David da Silva diz:
Seu irmão voltou de São Paulo, então?

Adrian Friol:
Ele sempre vem para as festas de fim de ano e nesse tirou férias mais cedo. Um saco! Odeio quando meu irmão mais velho está em casa, e eles chamam toda aquela gente. Aff...

Eu daria tudo para estar nessa reunião de família, irmãozinho.

Naqueles três anos de conversas que duravam madrugadas em que eu ignorava o fuso horário e o mantinha acordado, sempre estudei formas de perguntar da família sem que ele se sentisse pressionado ou desconfiasse de alguma coisa. Adrian gostava de falar das garotas da escola, do jogo e de coisas nojentas que garotos fazem quando estão na puberdade. Essas me faziam rir.

Nunca tinha falado na irmã do meio.

David da Silva diz:
É, eu te entendo, brow... Aqui todo ano é a mesma coisa. Todas aquelas tias solteironas me perguntando das namoradinhas.

Adrian Friol diz:
Hahahahaha
Tenso, cara!
Mas a boa é que peguei ouro, joguei ranked por 14 horas. Fiquei sem comer, sem mijar, e devo estar fedendo.

Ali estavam as coisas nojentas, e eu rindo baixo.

David da Silva diz:
Sua mãe vai te matar!

Adrian Friol diz:
Ela disse que vai rezar um terço para Deus me libertar do vício. Pobre dona Mirián...

Mirián. Cabelos vermelhos com cachos grossos e brilhantes. Olhos verdes maternos e aquele colo macio, cheio de pintinhas na altura do decote. Tive que fechar os olhos e controlar a respiração para me recuperar da sensação esmagadora que a lembrança trazia.

> **David da Silva diz:**
> Sua mãe é legal, Adrian. Ela não implica com sua mania
> de não tomar banho. Minha mãe é uma megera.

Demorou um tempo para Adrian começar a digitar depois de ter visualizado minha resposta. Fiquei olhando para a foto, presa apenas a ela para me manter sã.

> **Adrian Friol diz:**
> Cara... Se eu te contar uma coisa, você não vai me zoar? É que acho
> meio embaçado falar com meus amigos, os que eu vejo todos os
> dias. Eles ficam tirando com esse lance de parecer mulherzinha.

> **David da Silva diz:**
> Fala, cara! Você sabe que daqui de Minas não posso te zoar.

> **Adrian Friol diz:**
> Eu nunca comentei nada com você, mas lembra que eu disse que
> tenho dois irmãos? Sou o mais novo, mas tenho Pietro e uma
> irmã. Nunca falei dela porque não gosto de contar sobre ela pra
> ninguém.

Senti o coração disparar e me aproximei demais da tela, mesmo que isso não fosse me fazer ler os pensamentos de Adrian lá do outro lado. Como uma ironia absurda do destino, ele me falara por si mesmo daquilo que evitei questionar por anos. Não sabia se queria saber o que ele sentia ou pensava sobre a irmã. Sobre mim.

> **Adrian Friol diz:**
> Bom, minha irmã fugiu de casa quando eu tinha 3 anos. Ela
> deixou uma carta explicando tudo. Só que minha mãe nunca
> parou de procurar por ela. Toda vez que chega o Natal ela piora.
> Fica deprimida, toma remédios, sai para caminhar. E eu fico de
> saco cheio disso! Será que ela não vê que eu existo? Que eu não

fui um idiota como minha irmã? O Pietro vem, traz a mulher e o filhinho dele, fica fingindo que está tudo bem, mas eu sei que ele também sente isso. Meu pai me trata como se eu não entendesse porque era muito pequeno. Mas eu me lembro dela, porra! Estou de saco cheio dessa família problemática. São todos loucos por culpa dela.

Elevei a mão à boca, como se isso pudesse conter o gelo em minha alma. Meu peito lutava num inflar e desinflar desenfreado, enquanto nos meus pensamentos a resposta dolorosa pipocava fastidiosa.

Eu fugi para que você nunca mais se machucasse! Para que Pietro tivesse uma família, Mirián tivesse paz, e Paulo, uma casa tranquila, sem sombras, para a qual pudesse voltar todas as tardes.

"Eu sacrifiquei estar com você para protegê-la" — disse a voz de Chas em minha mente.

Levantei de sobressalto ao compreender que Chas fizera por mim o que eu tinha feito por minha família, doze anos atrás.

Os malditos sacrifícios que só trazem dor.

David da Silva diz:
Sinto muito por sua irmã, cara. Não deve ter sido fácil.
Eu sou filho único, mas imagino que deve ter sido barra.
Obrigado por confiar em mim. Nem vou zoar.

Adrian recomeçou a digitar bem rápido.

Adrian Friol diz:
Valew, David.
Os caras sabem da minha irmã. A cidade inteira sabe. Ela tinha umas paradas estranhas, mas não gosto de falar nisso.

Paradas estranhas... É uma boa forma de definir, irmãozinho.
Parar no meio da rua e começar a gritar por ver as sombras das entidades que perseguiam as pessoas pode ser considerado uma parada estranha?

Mirián não podia me levar ao supermercado sem ter que lidar com meus rompantes amedrontados e os olhares apiedados das outras mães. Elas queriam aconselhá-la, ajudar a mãe desesperada que tinha uma filha psicótica. Outros condenavam meus pais por não terem religião, faziam burburinhos nas rodas de conversa dizendo que eu tinha problemas espirituais por não ser batizada. Meu pai passou a não ser convidado para o jogo de futebol dos sábados à tarde depois que eu fugi com o filho de um de seus amigos da escola ao avistar uma sombra truculenta perseguindo nossa professora.

Eu sempre tinha que tentar salvar alguém.

Essas eram somente algumas das lembranças que guardava daqueles tempos em que definitivamente fui um estigma para aquela família.

> **David da Silva diz:**
> **Que isso, mano! Qualquer coisa, tô ae!**
> **Acho que devia conversar com sua mãe. Contar pra ela como se sente, sem esquentar a cabeça. Às vezes ela precisa de você para poder acordar do pesadelo.**

Adrian visualizou, mas não respondeu de imediato.

Aproveitei para acessar seu álbum de fotos e abrir aquela que eu sempre parava para olhar. Nela havia um rapaz de 18 anos, cabelos de um vermelho vivo, espinhas no rosto e um corpo magrelo. Ao lado, uma menina de cabelos ruivos encaracolados, rosto introspectivo, mas um sorrisinho acanhado no rosto; segurava um bebê em seu colo, carequinha, sorridente, com as pequenas mãos agitadas no ar.

Havia mais de cem curtidas e diversos comentários de parentes, vizinhos e outros. Abaixo, um comentário de Pietro que dizia:

"Nem parece mais real."

Eu sempre o relia tentando reinterpretar. Talvez não fosse mesmo real, mas a lembrança de um pesadelo desses que se mostram nesses programas sensacionalistas brasileiros. A garotinha-fantasma do meio, evaporada do mundo sem deixar rastros. Pietro com certeza me odiava.

Meu nome de nascimento, o qual não pronunciava havia anos, estava em vários dos comentários. Na legenda da foto Adrian só falava dele e de

Pietro, uma lacuna que denunciava sua mágoa. Aquele nome não dito que nem mesmo Chas conhecia e que me causava dor e orgulho ao mesmo tempo. Era um belo nome, com um lindo significado.

Adrian Friol diz:
A coisa só vai acabar quando a mana voltar para casa. Faz 12 anos, eu sei, mas ela vai voltar, cara.

Aquela mensagem poderia me matar ou me reviver. Olhei-a por mais de um minuto antes de responder, considerando a esperança de meu irmãozinho, tão quebrável quanto uma casca de ovo.

David da Silva diz:
Com certeza ela gostaria de voltar. Sua família parece muito legal, e acho que ela deve ter passado por muita merda para fugir.

Adrian Friol diz:
Um dia eu te conto.
Vamos esquecer essas paradas e voltar pro LoL. Tô louco pra matar umas paradas. Bora logar?

Eu queria muito, Adrian. Seu mundo de RPG é muito melhor que o meu, com monstros de verdade. Mas eu preciso ir.
Já se aproximava da hora marcada para o interrogatório, e qualquer atraso poderia ser motivo de más interpretações pelos policiais estaduais.

David da Silva diz:
Cara, minha mãe acabou de entrar aqui me falando que vou ter que ir com ela para BH, ver minha avó. Acho que vou ficar fora mais um tempinho. Uma merda!

Adrian Friol diz:
Boa sorte, cara!
Até mais.

> David da Silva:
> Boa sorte com sua mãe.
> Até mais.

E fiquei *offline*.
Cada músculo do meu corpo lutava para segurar as lágrimas.

32
AXEL

Caminhei sem rumo por uma floresta. Segui um caminho que mostrava sempre as mesmas árvores, o movimento letárgico delas e um céu escuro sem estrelas ou luar. Meus pés descalços já estavam imundos, machucados por pedras pontudas, cascalhos, galhos e insetos com ferrões.

E lodo. Muito lodo.

O cheiro era o pior. De morte, putrefação em seu estado mais avançado. Os ruídos também eram perturbadores, como gritos de animais que sentiam dor ou pessoas. *Crianças?*

Miados, gorgolejos e músicas infantis.

Hush, little baby, don't say a word...

As vozes cantavam distantes, choramingando como se fossem obrigadas a entoarem as palavras. Quis ouvir melhor, mas no momento em que minhas pernas pararam de vagar, os sons se modificaram.

Vozes. Do exterior.

Exterior? Onde eu estou?

Lembrei-me da pele queimando, da inscrição me ordenando atirar. Lembrei-me de Valery no Joker, do homem sentando à sua frente. Em seguida me vieram os olhos de Anastacia Benson e a coisa vazando de dentro dela, entrando em mim, tomando meu corpo, possuindo cada parte dele.

Caí de joelhos gritando, sentindo a dor reverberar por tudo.

Ouvi um choro de bebê vindo de fora. Era estridente. Por meio de uma lente amarelada eu fitei meus braços segurando um recém-nascido nas mãos, mas não conseguia controlá-las. Meu corpo corria com ele para longe, para um caminho de trevas.

Pisquei e estava de volta no chão de lodo, agora deitado. Meu corpo parecia inexistente, só um espectro sem vida que não me pertencia mais.

Isso não é real! Não pode ser real.

É real, Axy boy! — respondeu uma voz grave, zombeteira. — *Eu disse que você seria meu.*

A onda de pânico me invadiu, fazendo-me encolher em posição fetal. As canções prosseguiam ao longe, agora dando a entender desespero. Aquelas crianças cantando sem parar.

Reuni todas as minhas forças junto com meu ódio e forcei meus olhos a se abrirem.

Quando eu era criança, tinha pesadelos em que me afogava e braços peludos frios me tiravam da água. Sempre percebia que estava sonhando antes de eles me alcançarem, então me obrigava a acordar antes que de fato me tocassem e eu acabasse tendo que ver seu rosto. Eu previa que seria monstruoso.

O esforço sempre dava certo. Despertava em minha cama, com uma sensação clara de medo irracional. Então dormia novamente e me esquecia.

Lembrava agora, realizando o mesmo esforço.

Tive uma visão borrada. Era meu quarto, todo bagunçado. A arma estava sobre a cama e havia sangue nos lençóis. Sangue seco, venal.

Eu via de cima, como se estivesse... *como se estivesse... pendurado?*

Feito um morcego, meu corpo pendia num dos cantos, cansado e destruído, mas movido por aquela força.

Gritei, mas despertei antes de ouvir minha voz, ficando somente com um ruído mudo para trás. Não tinha despertado, estava de volta no lodo.

Desista, Axy boy!

— Quem é você? — gritei, em desespero. — O que fez com o meu corpo?

Um riso oco devolveu a resposta zombando.

Fiz a única coisa que me restava. Comecei a rezar mesmo sem muita fé, mas não me lembrava direito do Pai-Nosso.

Misericórdia.

Se o Diabo existe, Deus também é real.

Isso irritou a coisa. Tudo ao meu redor remexeu feito um estômago gigante prestes a regurgitar.

Uma fenda se abriu. Corri para escapar por ela, seguindo uma luz ofuscante dividida em cores. Persegui-a até que me cegasse por completo, lançando-me para fora do local de trevas. Por um instante divaguei atordoado, ao som de um zumbido ao fundo. Aos poucos consegui sentir-me acordando, piscando os olhos secos, experimentando as dores musculares. Estava de volta à minha casa, vendo com meus próprios olhos.

Algo estava errado.

— Pai?

Phillip estava em minha frente; meus braços envolviam a gola de sua camisa, sangue escorrendo de seu rosto inchado em algumas partes. Prestes a desfalecer, ele ouviu minha voz e se colocou em pé enquanto eu o largava.

— Filho, lute! Você precisa lutar.

Meu corpo virou gelatina ao perceber que meus punhos tinham machucado meu pai. Havia um ferimento aberto entre meus pulmões que doía mais do que tudo que eu já tinha sentido. Também um buraco de bala em meu ombro já quase infeccionado.

Esse corpo não vai durar muito tempo.

— Pai, você precisa correr — disse, tomado pela fraqueza. — Vá até Valery e não conte a ninguém. Diga que o maldito me pegou.

— Não vou deixar você!

Afastei-o com um empurrão. O horror em seus olhos era pungente, mas sua fé em mim era maior.

— VÁ AGORA!

Urrei tão forte que quase perdi os sentidos, caindo no chão. A coisa queria voltar, estava furiosa e iria se vingar por eu ter conseguido aquele segundo de liberdade. Ouvia as crianças novamente, o choro do bebê, o sangue...

Ele usou meu corpo! Usou minhas mãos para uma atrocidade.

Olhei para elas apoiadas no chão, comecei a chorar feito criança, mas não parei de lutar. Ouvi Phillip descendo as escadas, distanciando-se cada vez mais. Eu só precisava ficar consciente por tempo suficiente para que fugisse.

33
VALERY

Detetive Thomas Anderson de Manhattan, é o caralho. Aquele cheiro de Channel e a gravata Ralph Lauren não compraram meu respeito.

Anderson já tinha olhado para os meus peitos três vezes desde que sentara à mesa de interrogatório. Tive vontade de me erguer e agarrar aquele chumaço de cabelo loiro cheio de gel para colocá-lo em pé e dizer gentilmente: *lembra os peitos da sua mãe? Quer chupá-los também, seu filho da puta?*

No lugar de pôr meus pensamentos em prática, fingi sorrir sem mostrar os dentes. Aquele interrogatório já se arrastava havia mais de uma hora. Perguntas sobre meu relacionamento com Emerson, o episódio no beco, o Castle, a prisão de Benson e muitas outras. Enquanto isso os policiais da capital tomavam nossa delegacia e nos tratavam como suspeitos até confirmar álibis.

Uma mulher lacônica de postura extremamente ereta fora encarregada de fazer uma ligação para confirmar o meu e agora voltava para a saleta com um ar de satisfação para informar ao detetive que eu tinha dito a verdade.

— Meredith Ella Covak, sua mãe adotiva.

— Eu a chamo de Malik — esclareci, desinteressada. — Estive lá durante toda a tarde de ontem. Ela mesma me trouxe para a delegacia.

— A sra. Covak confirmou tudo, assim como testemunhas na frente da delegacia — completou com simpatia forçada. — Uma das filhas do tenente Carpax disse que as viu chegar.

Assenti em silêncio, indisposta a continuar ali.

— Eu sei que entende nossos procedimentos, detetive Green. Precisamos tratar todos como suspeitos enquanto não encontramos quem fez isso — explicou, relaxando no encosto, embora ainda aparentasse tensão. — Por enquanto o que sabemos é que o suspeito tinha as chaves do prédio e acesso aos arquivos, já que todos os vídeos de segurança sumiram do sistema. — Parou de falar, esfregando a mandíbula enquanto desviava os olhos para as fotos da cena do crime sobre a mesa. — Os oficiais Robson e Smith foram espancados e estão sob risco de vida, portanto não são testemunhas viáveis. Também sabemos que o agressor, após cometer tais atrocidades, foi até a cela de George Benson. Ele é uma testemunha viável, mas se recusa a abrir o bico.

— A não ser comigo.

— A não ser com você — corroborou, descontente.

Trocamos um longo olhar dúbio. Anderson parecia em conflito a meu respeito, como se quisesse confiar em mim como uma colega de profissão, mas não conseguisse. Ao menos eu não estava em conflito. Eu o detestava, e era somente isso.

— Fui a única pessoa com coragem suficiente para passar a noite com Anastacia Benson no hospital quando a cidade inteira a tratava feito um animal de circo que escapou da jaula — destilei, pontuando cada palavra. — Entendo a súbita confiança dele em mim. Parece que, apesar de não ter um pênis, sou mais eficiente do que vocês homens.

— Encantadora — murmurou, com uma expressão de falso divertimento.

— Minha reputação me precede, eu presumo.

— De fato. — Sorriu com seus dentes brancos e alinhados demais. Um almofadinha pretencioso. — As novidades não param de chegar, entretanto. Acho que gostaria de saber que um homem chamado Sandy Donovan se entregou hoje pela madrugada numa de nossas seccionais, dizendo-se responsável pela morte de Nadine Benson.

Chas tinha mesmo conseguido. Quase suspirei aliviada, mas contive a vontade de debruçar sobre a mesa.

— Seus policiais prenderam o meu suspeito — disse, flexionando as palavras com irônica delicadeza.

— Sandy será encaminhado para cá até o final da tarde — informou, os olhos observadores estreitos. — Acredito que deva estar presente no interrogatório. Todos os oficiais disseram que você sempre acreditou na garotinha.

— Está por dentro do caso, Anderson.

— Tive a manhã toda. — Inclinou-se, parando a centímetros do meu rosto. — Sinto muito pelo seu tenente. Eu imagino que todos vocês estejam destruídos pela perda. Respeito isso e lamento como se fosse o meu chefe.

— Mas... — completei, ignorado suas condolências vazias.

— Axel Emerson — emendou, tornando a se afastar. — É o único membro dessa equipe que ainda não foi localizado. Posso tratá-lo como principal suspeito?

— Ou como vítima em potencial — respondi, franzindo o cenho. — Axel passou por muita coisa desde a prisão de Benson. Quem fez isso com Carpax pode ter feito com Emerson. Antes de tratar meu parceiro como um assassino, o senhor deveria pensar em possibilidades.

— Eu sei, Green — interrompeu-me, batendo as mãos no tampo de metal. — Acho que podemos encerrar por ora. Quero que interrogue Benson e tente descobrir o que ele viu ontem à noite.

— Depois devo me reportar a você, não é?

Ele se recostou, incomodado mas não surpreso.

— Sei que você está resistente e eu também estaria.

— Sem o papo condescendente, Anderson — repliquei, exasperada. — Vou fazer meu trabalho.

Levantei-me, vesti a jaqueta e a fechei até a altura dos seios.

— Tenho certeza de que sim — finalizou com eloquência.

Encontrei Benson deitado em sua cama desconfortável, virado para a parede. Bati com as unhas no metal para acordá-lo.

Ao me reconhecer veio ao meu encontro. Afastei-me até recostar na cela do lado oposto, me apoiando na grade enquanto continha meu nervosismo acumulado.

— Green — disse George, me olhando por entre as barras. — Sua feitiçaria funcionou. Aquela coisa veio atrás de mim, mas não me viu.

— Claro que não — murmurei, respirando fundo. — Obrigada por não dizer nada aos estaduais.

— O detetive Emerson...

— Eu sei, Benson. Encontramos Casper e o pai dele, Sandy Donovan, conhece? — Ele negou de leve, lambendo os lábios secos. — Não estavam no dia do ritual?

— Eram três homens — falou, depois de hesitar um pouco. — Um deles era um garoto.

— Você não pensou em me dizer que Casper era uma criança?

— Eu sinto muito, mas pensei que não ajudaria Anastacia se soubesse — respondeu num tom de quem não se arrependia. — O que vai acontecer agora?

— Sandy confessou a morte de Nadine e por isso quero algo em troca — falei, me aproximando alguns passos. — Você tem que dizer que viu o suspeito que invadiu a delegacia, mas descreva-o de qualquer jeito, menos como o detetive Emerson, entendeu?

Benson se afastou, esfregando o rosto esgotado.

— Coisas piores vão acontecer, não vão?

— Vamos encontrar Axel e fazer um exorcismo. Nada pior vai acontecer.

Benson estava com as costas mais eretas, mais confiante, próximo ao homem que era antes daqueles eventos.

— Sabe o que ele queria comigo e com minha filha? — perguntou, comedido. — Se ele me enganou e o pacto não era por dinheiro, como você disse, então o que ele quer?

— A mim — soltei, chegando perto da cela. — Eles colocaram generais do inferno ao redor de Darkville para encontrar uma forma de chegar a mim. Você e Ana foram os portões escancarados. Agora toda a cidade corre risco enquanto ele não me encontrar, ou eu não o encontrar.

— Por que ele a quer, detetive?

Irritada, molhei os lábios e pisquei longamente para conter o fluxo de respostas tortas.

— Não é *por quê*, mas *quem* eu sou — respondi com irritação. — E para você, George, eu sou a pessoa que salvou sua filha e lhe deu uma nova chance. Caso você falhe, eu serei a pessoa que vai matá-lo, entendeu? Ele anuiu, eu fiz um ruído de aprovação.

— Quando eu sair daqui, você vai dizer ao detetive Anderson que vai colaborar, agora que seu susto passou — prossegui, assertiva. — Invente algo bem convincente sobre como o estranho entrou aqui e fez com que mijasse nas calças. Depois vai dar o fora e cuidar muito bem de Anastacia. Fui clara?

Estreitando os lábios, ele concordou num movimento veemente.

O estridente ruído do celular tocando quebrou o clima intenso da conversa. Percorri meu bolso até encontrar o aparelho, verificando que se tratava de uma chamada de vídeo. Troquei olhares com Benson e me afastei já deslizando o botão verde, do outro lado o rosto de meu Guardião me encarava, austero, ocupando praticamente toda a tela.

— Espero que não esteja apenas com saudade do meu rosto primaveril — fui dizendo, constrangida.

— Preciso que veja isso — devolveu, ignorando a ironia.

Oz colocou o celular em algum lugar estático, mostrando a extensão do porão da casa de Malik. Havia um garoto dentro de um círculo. Um pentagrama, feito com giz e óleo sagrado, certamente desenhado por ela. O menino era magrelo, cabelos pretos enrolados, mas bem curtos, olhos castanho-avermelhados e um nariz muito pontudo desenhado num rosto cheio de marcas de espinha.

— Ela está vendo — falou, olhando para a feiticeira que adentrava a imagem. — Diga olá, pivete.

O garoto não se moveu. Eu engolia o nó em minha garganta, indecisa sobre o que sentir a respeito daquele ser humano de aparência tão vulnerável.

— Valery — disse Malik, muito serenamente —, Casper não sabe o nome do demônio, mas podemos rastreá-lo usando a mente dele. Se foi mesmo um portal, deixou resquícios.

— Eles estão mesmo com o garoto?! — indagou Benson.

— Cale a boca! — esbravejei, erguendo o dedo em riste. Em seguida, me recompus e voltei a Oz: — Vocês vão destruir a mente dele. É uma criança.

Foi justamente quando a câmera o focou, lançando-me uma careta de reprovação que claramente condenava minha ingenuidade.

— Não é só um garoto — respondeu, ríspido. — Precisamos tentar. Os riscos de esperar são muito maiores.

A cabeça prostrada do garoto se moveu um pouco, os olhos piscaram, como se acordasse de um transe. Em um segundo assumiu uma expressão arrogante, adulta demais para um rosto tão pueril, manchando-o com certo cinismo.

— Destruíram o Coven Lenoir. — A voz era rouca, afetada. — Eu não vou deixar que saiam vivos dessa.

— Quando eu acabar, não haverá mais magia em você, garoto — falou Malik, com paciência.

Casper riu ardilosamente, então desviou os olhos para analisar o seu redor, perdendo a expressão assim que se viu sem opções de fuga. Estava cercado por um homem dotado de mais de 100 quilos de músculos, juntamente a uma mulher com a magia de dez bruxas. Sem saída, pareceu começar a ceder, exprimindo uma pontada de medo.

— Ele gosta dos garotos — retrucou, impávido. — Por isso não escolheu Lenoir ou meu pai. Escolheu a mim.

— Continue — incentivou Oz, ainda andando da direita para a esquerda.

— Um garoto como portal — prosseguiu, sem mudar a expressão. — Ele queria minha alma, e queria a alma da menina que me mostrou. Queria ver a garota beber o sangue da própria mãe.

— Vendeu sua alma a ele?

Casper abaixou a cabeça, desapontado. Naquele momento só parecia um menino abandonado.

— Ele a *toma*, não a compra — arrematou com arrogância. — Não está aqui para assombrar criancinhas. Ele quer uma coisa, e está disposto a conseguir.

Oz parou de andar, emitindo um rosnado.

— Mostre-me o que houve naquele dia — disse Malik. — Se eu conseguir encontrar as respostas de que precisamos, você estará livre e protegido. Dou minha palavra.

O garoto riu.

— Não estou interessado em mostrar nada a você, bruxa — cuspiu, balançando a cabeça provocativamente. — Sirvo ao lado oposto, esqueceu? Se eu morrer, vocês perdem tudo, então terão que caçar sozinhos.

O olhar. Frio, maldoso, sem nenhum outro tipo de sentimentos.

— É melhor que você faça — resmungou Oz, olhando para Malik. — Minha raiva pode estragar tudo.

— Eu posso fazer — respondeu ela, assentindo.

— Quando você abrir minha mente, vou ver dentro da sua, bruxa.

Jovem e poderoso, porém tolo.

Ignorando a fala torpe de Casper, a feiticeira ergueu os braços. No mesmo instante, o óleo que desenhava o pentagrama entrou em combustão, produzindo chamas azuis. O menino gritou, intercalando com risos nervosos que mudavam de tom à medida que se apavorava.

Usando a língua materna das Covak, ela passou a recitar os feitiços, enquanto Oz mantinha-se afastado, mirando a cena com a expressão impassível de um caçador. Logo ela adentrou o círculo, controlando as chamas para que se modulassem à sua passagem. Espalmou as mãos nas laterais da cabeça do garoto, que agora chorava feito uma criança desamparada, aumentando a frequência grave da ladainha.

Foi de uma agonia inominável observar aquilo. Levou menos de um minuto, mas até mesmo Benson, ali ao meu lado, mantinha as mãos trêmulas agarrada às barras da cela ao som daquela agrura infinita. Ao soltar das mãos dela, as têmporas de Casper pareciam queimadas. Gemia segurando a dor, seus olhos em chamas feito lava vulcânica.

— O que você viu, Malik? — chamei-a, angustiada.

A feiticeira mirou-me pela tela, sendo-me nítida sua expressão perturbada.

— Nada que ainda não soubéssemos — respondeu, respirando fundo. — Imagens que o demônio enviou ao menino, mostrando a sepultura no Brasil sendo desenterrada, os ossos de Lourdes queimando.

A profanação do corpo da última Lacrymosa.

— Quanto mais rápido nos mostrar o que precisamos, menos dor irá sentir — ameaçou num tom rouco.

Os dois trocaram um assentimento, mesmo que Malik ainda parecesse resistente em repetir o processo. Tornou a envolver o garoto com suas mãos, produzindo novamente tais gritos. Eu conhecia a dor que Donovan sentia. Quando há resistência, as sensações de uma invasão mental são dolorosas ao extremo. Por mais que ele fosse um instrumento de maledicência, era uma criança sem a chance de conhecer algo diferente do mal. Só desejava que aquilo acabasse logo.

Ao fim de mais uma sessão de tortura, os olhos de Casper se abriram pesadamente, enquanto a bruxa transpassava terror em sua expressão.

— É tão escuro lá dentro — ouvi-a sussurrar.

— Então continue — incentivou Oz, resoluto. — Se você não continuar, eu vou. Sabe que não me importo com os gritos dele, não sabe?

Com uma maldição em outra língua, o garoto provocou o casal, cuspindo no chão em seguida. Malik respirou fundo e retornou, dessa vez com as escápulas mais abertas num sinal de convicção.

Os berros recomeçaram.

Minhas mãos tremiam, mal conseguindo sustentar o peso do aparelho.

— Oz, por que eu tenho que ver isso? — bradei, atraindo-o para a frente da câmera.

— Quero me poupar de ter que contar essa história pelos próximos 2 mil anos — respondeu brevemente, voltando para perto do ritual.

Enxuguei o suor da testa e desviei os olhos do vídeo, ainda ao som atormentador.

Por entre as barras Benson me encarava.

— Esse garoto não merece sua pena, detetive — disse-me seriamente. — Foi ele quem comandou tudo, que ordenou que o velho e o tatuado colocassem minha filha sobre o balcão. Acendeu as velas com um gesto, os olhos ficaram vermelhos enquanto pronunciava aquelas coisas.

Benson engasgou, perturbado com suas lembranças.

Virei abruptamente a tela do celular para que visse aquele ser a quem tanto odiava se contorcer aos berros. Não recuou, mas desmanchou a expressão prazerosa da vingança.

— Alguém deturpou esse menino, assim como você permitiu que deturpassem sua filha — falei, recolhendo o aparelho. — Agora cale a boca e espere.

Quando voltei a assistir, Malik tirava as mãos de Casper e Oz amparava seu corpo trêmulo. O garoto tinha desfalecido, sua cabeça e ombros caídos, mal dando para perceber sua respiração. A feiticeira chorava recostada ao peito do marido, todos os rostos ocultos de minha vista ansiosa.

— Por favor, alguém aí fale comigo — implorei entre dentes. — Preciso de alguma informação que possa me ajudar a encontrar Axel.

Casper gemeu, levantando um pouco a cabeça. Nas laterais de sua tez vi a marca vermelha feito queimaduras de esporas em brasa. Sorriu de lado e revirou os olhos.

— Eram só imagens do inferno — choramingou ela, chegando perto da câmera. — Uma besta montada num cavalo de fogo. — Torceu o rosto numa expressão de nojo. — E havia crianças ao redor dele. Muitas! Cantavam músicas infantis num tom de lamento, como se fossem obrigadas. Vi o ritual de possessão, mas nada além do que já sabíamos. Ele bebeu o sangue de Ana por meio de Casper, para então possuir o corpo. Depois ele matou a mãe.

Recostei na parede, entorpecida com as informações aterradoras e inúteis.

— Casper não vai deixar vocês rastrearem por meio da mente dele — murmurei, vencida. — Parem antes que ele morra.

Ouvi um riso irônico. O casal se virou para ver o menino bem acordado, cheio de um prazer sádico.

— Parece que conquistei um coração — provocou, forjando um sorriso.

Oz avançou sobre ele com um rosnado, mas Malik o deteve.

— Se me matar, não vai descobrir nunca a melhor parte de tudo isso — continuou com jactância, os olhos escuros abertos demais, formando aquela feição insana. — Sei o nome dele e também sei que tem um mestre. Queria passar pela loirinha por puro prazer, mas sua intenção era caçar um homem forte para poder usufruir por mais tempo.

De repente eu já não sentia mais pena, apenas o retumbar oco de um ódio extremo.

— Malik, volte para lá — ordenou o impassível Oz.

— Não — esbravejei de mandíbulas cerradas. — Faça as perguntas da forma correta, Oz.

O garoto escorregou os olhos para a câmera do celular e me jogou um beijo cínico.

Oz saiu de trás de Malik e se envergou defronte a ele. Em comparação, o rosto do mago era enorme, feito um leão diante de um suricato. Contudo Donovan não se intimidava, mantendo fixo seu olhar maligno.

—Já estamos cansados de ler suas memórias. Prefiro agora partir para um dos feitiços mais eficazes dos meus livros antigos. Você não sabe, pivete, mas eu sou muito, muito velho — rosnou meu Guardião, soturno. — Minha magia parte do pressuposto de que um demônio sempre deixa rastros na mente de seus possuídos. Como sabemos que o maldito passou alguns minutos em seu corpo, posso usar esse rastro para localizá-lo. Poderei ver através dos olhos dele nesse exato momento.

Uma sombra de pavor passou pelos olhos do garoto. Reconhecimento comedido. Sabia do que o gigante estava falando.

— Isso me mataria — arrulhou, lívido. — Fritaria meu cérebro.

— Não fui eu quem prometeu sua segurança ao seu pai de merda. Vou fazer, Casper.

— A visão do inferno que viu dentro de mim — soltou Casper, expressando uma ponta de resignação. — Gosta de crianças, você viu o inferno cheio delas, todas ao redor dele. Agora eu sei que ele vai me levar para lá. Se fritarem meu cérebro agora, eu não vou ter nenhuma chance.

— Então tente ser mais humilde e me ajude a rastreá-lo. Vai doer menos se você colaborar — retrucou Oz num tom adestrador. — Eu vou tentar pegar leve com você dessa vez.

Malik estendeu a ele uma adaga antiga que mantinha consigo sempre. Mesmo que estivesse de costas para mim, eu sabia que havia lhe custado ceder à ideia do marido, que agarrou o objeto e imediatamente puxou a mão do garoto. Abriu na palma um corte que sangrou imediatamente, espalmando a enorme mão sobre o ferimento.

Quando o toque das peles se fez, Casper gritou estridente. O som reverberou pelo meu autofalante, perdendo a estabilidade e se desfazendo em distorções. O som da bateria apitou, em seguida a imagem foi substituída pela imagem vermelha do esgotamento de carga.

Andei de um lado para o outro com o celular desligado sobre a mão trêmula. O eco da voz de Casper em meus ouvidos.

— O que aconteceu?! — interferiu Benson, em alerta.

— Minha droga de bateria — rosnei, prestes a estilhaçar aquela droga contra a parede. — Quando trouxerem Donovan pai, você já estará com seu advogado e vão libertá-lo. Antes disso, siga com o plano, entendeu?

Benson tentou argumentar quando me retirei, mas o deixei chamando meu nome repetidamente.

Não havia mais nenhum recurso ao meu alcance.

"Os generais só são soltos na terra para planejar coisas maiores. Guerras", dissera Chas no dia anterior. "Ele deve ter vindo abrir as portas para algo maior. Ou formará um exército, ou invocará um demônio da mais alta patente."

Mas eu não poderia permitir; tinha que sair dali e usar a única coisa que nunca me decepcionava e sempre estava lá para me guiar — a Fumaça Negra.

34
HENRY

A chamada de Oz tinha me acordado de supetão. Com a adrenalina nas alturas, ouvi-o vociferar do outro lado tudo o que tinha descoberto no ritual que realizara com Casper. Um endereço exato em Darkville, a visão que o demônio tinha de um grupo de crianças brincando num parque.

Com Valery incomunicável, nossa maior preocupação era que rastreasse a Fumaça Negra e agisse sozinha.

Emprestei o Fiat 1990 de padre Angélico. Saí da casa paroquial sem nem mesmo dar justificativas ao velho. Tive que lutar com o aparelho de GPS do carro, depois com a direção arruinada daquele veículo em frangalhos. Desesperado, precisei de um segundo para recobrar o raciocínio.

Talvez não seja certo correr tanto, conjecturei, ralhando com aquele teclado tacanho. *Valery não precisa ser protegida, ela não é frágil! Droga, ela é mais forte do que qualquer pessoa que conheci na vida.*

Contudo eu sabia o motivo de minha pressa — Axel lhe era querido. Apesar do pensamento azedar meu paladar, eu tinha que considerar que um encontro entre ela e o corpo possuído poderia ser catastrófico.

A voz monótona do aparelho sinalizou o cálculo da rota para a rua Rey Murdock, que duraria doze minutos sem trânsito. Porém a garota misteriosa por trás daquelas orientações vocais não considerou os solavancos do Fiat, nem a dificuldade em mudar as marchas que custavam a obedecer.

Levei três quadras para pegar velocidade. Palavrões inúteis me escapavam sem que eu pudesse controlá-los. A cortina densa de neve que caía sobre o chão atrasaria ainda mais meu trajeto.

Tamborilava os dedos sobre o volante de forma irritada, quando avistei uma silhueta vindo naquela direção. Aparentava ser um homem, embora não tivesse certeza. Contudo cambaleava como um bêbado, protegendo o rosto do vento gélido que empurrava. *Ignore, Henry! Algum outro motorista irá parar para ajudá-lo. Só ignore.*

Meus instintos não me permitiram tal façanha. Reduzi a marcha até parar o carro ao seu encontro, observando a compleição curvada de um homem que provavelmente passava muito tempo em frente à televisão. Alguém que jamais deixaria o aquecedor de seu lar para enfrentar um inverno como aquele, ainda mais um dia tempestivo de nevasca.

Desci do carro às pressas, correndo para ampará-lo. Um senhor franzino, coberto em feridas congeladas, lágrimas em gelo escorridas pelas bochechas inchadas. Abraçava o corpo quase desfalecido, murmurando um choro de palavras engasgadas.

Agarrei seu corpo quando bateu de encontro ao meu, cedendo sobre os joelhos. Cheirava a sangue, tremia convulsivamente. A contrição que senti quase me fez ceder, esquecendo a tarefa urgente que tinha que completar. Ajudei-o a se recompor, apoiando seus braços para que andasse até o carro.

— Meu filho! — Chorou roucamente, resistindo em me acompanhar. — Preciso que ajude, meu filho!

Apertou minha camisa de súbito, parando com os olhos em minha gola. Quase caímos juntos, mas ainda consegui ampará-lo e conduzi-lo finalmente ao veículo, onde estaria protegido do frio.

— Padre — sussurrou fracamente, quando o sentei no banco do carona —, eu te-tenho que-que en-encontrar...

Fiz um muxoxo e corri para o banco do motorista, ligando o motor para que o aquecedor o impedisse de morrer de hipotermia. O desconhecido tremia abraçado ao tronco magro, fungando em desespero as palavras que mal articulava. Por entre a fenda de seus olhos inchados, fitava-me em súplica.

Aqui estou eu escolhendo as vidas em vez das missões. Gostaria que o bispo Cervacci estivesse ali para me ver insubordinado às suas ordens arbitrárias.

— Vou levá-lo ao hospital — acalmei-o, pisando fundo no acelerador.
— O senhor precisa de cuidados. Lá vão chamar a polícia e então...

— Valery Green! — sobrepôs, engolfando as palavras com dificuldade.

Ao puxar o ar, um ruído oco transpassou seu peito, causado pelo enorme esforço em falar e respirar. Ele tinha minha atenção agora.

— Consegue dizer seu nome?

— Emerson — pronunciou, ainda rouco. — Phillip Emerson.

A compreensão me acometeu de imediato, gelando meu estômago vazio. Aquele era o pai de Axel, cuja origem dos machucados não seria difícil de inferir em dado momento. O senhor ao meu lado tinha lutado com um demônio e sobrevivido.

Nem todos tinham um pai assim.

— Senhor Emerson, pode prestar atenção ao que eu vou falar agora? — pronunciei devagar.

Ainda fungava, aturdido.

— Ajuda. Meu. Filho. Padre.

Cuspiu palavra por palavra, chorando convulsivamente.

Pousei a mão em seu ombro sem tirar a atenção da direção. Seus tremores tinham arrefecido.

— Vou ajudar, Axel — falei, enfatizando o nome do rapaz para que confiasse em mim. — Conheço Valery Green. Vou até ela agora mesmo.

— Uma coisa horrível — choramingou, soluçando em espasmos. — Axel sempre foi tão bom.

— Não fale agora, só se acalme — devolvi, recolhendo o toque. — Preciso que confie em mim, sr. Emerson. Pode me ouvir?

Com o cessar de seu desespero, assentiu com dificuldade. Estava prestes a desmaiar, eu sabia. Logo seria vencido pela gravidade dos machucados.

— Nada do que aconteceu foi culpa de Axel — comecei, arrancando um soluço do homem. — Mas a polícia não vai acreditar em nós e vão condená-lo. Ele pode perder sua carreira por isso.

— Não era ele! — chorou, limpando o rosto ferido com as costas da mão. — Não era meu menino naquele corpo.

— Eu sei, eu sei — murmurei, compreensivo. — Quando chegarmos ao hospital, relate que você e seu filho foram atacados, mas que perdeu a consciência antes de ver o agressor. Temos que mentir para ajudar Axel, ou ele pode morrer, Phillip. Pode mentir por ele?

O sr. Emerson choramingou, seus ombros pesados convulsionaram.

— Vai ajudar meu filho, padre? — perguntou com dificuldade, mirando-me com uma feição exausta.

— Darei minha vida se for necessário — respondi, convicto.

Não era dramático ou mentiroso. Todas as vezes que, munido dos objetos sagrados, entrava em batalha contra o mal, estava disposto a dar minha vida em favor dos seres humanos cativos. Era o que fazia minha existência valer a pena.

Era o que orgulharia Rose.

Vencido, ele chacoalhou a cabeça. Em três minutos estávamos no portão de emergência do Mercy Hospital.

Enfermeiros me ajudaram a descê-lo do carro e colocá-lo, semiconsciente, sobre a maca. Tentaram me fazer perguntas, porém eu já estava arrancando dali, os pneus cantando sobre o asfalto liso.

Uma hora dessas, minhas famigeradas promessas de sacrifício seriam concretizadas.

35
VALERY

Como um sinalizador disparado ao céu, a Fumaça Negra serpenteava no horizonte de Darkville.

Por alguns segundos antes de sair dali, parei diante da porta e me deixei aturdir pela cacofonia externa do prédio. Jornalistas, curiosos, civis em histeria, todos se misturando num borrão de rostos e calor humano, clamando por explicações acerca da morte do tenente. Não culpava aquelas pessoas, mas elas representavam a parede humana que me impedia de perseguir aquilo que mais gritava aos meus sentidos.

Lancei-me para fora, passando pela barreira protetora dos guardas, abrindo caminho entre o acalorado agrupamento de corpos. Não sem emitir palavrões quando se recusavam a sair da minha frente, tampouco imune a empurrões e olhares enviesados. Por fim, consegui chegar até o meio da rua, de onde poderia ver o céu num panorama mais aberto, percebendo de qual região provinha a energia maligna.

Oz já teria contatado Chas se soubesse de algo, mas eu não poderia contar com essa possibilidade. Se o rastreamento falhasse, perderíamos mais minutos em que o corpo de Axel definharia e o maldito conseguiria ferir mais pessoas, cumprir suas tarefas nefastas.

Eu devia ter feito isso sozinha desde o começo, rosnei para mim mesma, já alcançando a Harley no estacionamento. Dei partida e fiz o motor roncar alto para espantar os pedestres. *Devia ter me deixado guiar pela Fumaça Negra e não envolvido Chastain nisso.*

Em disparada, segui as vibrações da Fumaça Negra pelas ruas frias de Darkville. A energia obliterava enquanto a velocidade aumentava. Talvez eu perdesse o controle da moto e acabasse estragando tudo ao morrer com o pescoço quebrado numa sarjeta.

Isso resolveria tudo, na verdade.

Dei por mim já adentrando a região mais abastada da cidade, o bairro onde famílias de classe média alta podiam residir de portas abertas, com suas crianças brincando juntas na neve.

Aquelas famílias jamais imaginariam o visitante que as espreitava.

A vibração se intensificou quando me aproximei de um dos parquinhos do bairro, uma área aberta ladeada por vegetação, próxima à entrada da floresta. Estacionei a algumas quadras dali, de onde observei três grupos de mães e filhos brincando. A nevasca inusitada não parecia preocupar aquelas mulheres. O demônio que possuiu Axel causou aquilo, enregelou a cidade, tão poderoso que era.

Encarei a floresta ao fundo, retirei o capacete e deixei os cabelos caírem para proteger minhas orelhas do frio. Minhas bochechas congelavam, a respiração era dificultosa, mas a adrenalina me impedia de tremer com mais intensidade.

Ele estava ali, atrás da vegetação, escondido em meio à floresta.

As vozes chegavam até mim, despreocupadas. Gritinhos felizes ao correrem atrás uns dos outros atirando bolas de neve, enquanto as três mães envoltas em casacos grossos conversavam por perto, atentas aos filhos.

Era tão pungente agora que podia adivinhar suas formas esgueirando--se por entre os troncos. Não me notaram ali, quando eu fingia que estava apenas passando pela rua e dava a volta na quadra, caminhando em direção à entrada da floresta.

Cheguei ao ponto onde a vegetação que protegia a área de lazer terminava, um caminho de árvores começava rumo a uma trilha. Senti medo naquele momento, que Axel morresse em meus braços, que o demônio me visse e descobrisse que eu era o objeto de seu desejo. Temia friamente, sem me envergonhar de senti-lo.

Sem querer, estava olhando para o céu gris, ofegante, minha respiração congelada assoviando por minhas narinas.

Você ferrou todas as vidas que eu tive. Sim, você ferrou! Agora me deve isso pelo trabalho que vem me obrigando a prestar. Não ferre com a vida de Axel, nem com essas crianças.

Brigar com Ele nunca ajudou em nada. Eu duvidava muito que ouvisse qualquer uma das minhas tentativas infantis de contravenção. Atender aos meus pedidos seria uma cortesia, mas não acho que Javé tenha tido uma mãe para ensiná-lo a ser educado e grato.

Era como mostrar o dedo do meio para o céu.

Adentrei a trilha, ainda ouvindo bem distante o soar das vozes infantis. Ali ficava maior.

A opressão, como Chas costuma chamar, mais e mais intensa.

O cheiro impregnado no ar — algo queimando, ovo podre, putrefação.

Meu estômago revirava conforme eu avançava sorrateiramente, movida pelo instinto de luta. Perto de um muro de folhas e trepadeiras, pisei sobre um galho que emitiu um som cortado, causando uma reação na criatura que estava ali por perto. Sua reação de alarme mudou a atmosfera, tornando-a mais urgente, vibrante, como se um tambor de proporções dantescas tivesse soado longe dali, ondulando até mim, para então atingir as crianças do outro lado do muro.

Choramingando alto, uma delas gritou pela mãe. Outros gritos se seguiram.

Mamãe, eu estou me sentindo doente!

Mamãe!

Eu vou vomitar!

Protegida pela cortina espessa de neve e pela parede de árvores e trepadeiras, consegui ver os movimentos dos corpos das mães correndo de encontro aos seus filhos. Recolhi-me à penumbra, vasculhando meu entorno para visualizar a fonte da energia que me oprimia. A poucos metros, em pé no centro de dois troncos altos, a silhueta me observava.

Encorpada, alta, cabelos compridos emaranhados caindo em cascatas negras oleosas.

Aquilo que costumava ser Axel.

Com a respiração entrecortada, não me movi. A coisa mandava vibrações que chacoalhavam meus tímpanos, feito um enxame de marimbondos tentando adentrar meus ouvidos para cavoucar até o cérebro. Mas foi em vão. Aquilo não surtiu nenhum efeito. Ele rosnou.

Entretanto, Axel tinha em sua mente minha imagem, sabia meu nome e o que eu representava para o dono daquele corpo. Poderia usar suas mágoas, as esperanças e os sentimentos para me ferir.

Talvez eu devesse ligar para Chas.

Não era hora de titubear.

Os grupos se distanciaram até que as vozes sumiram e o local mergulhara num silêncio profundo. A silhueta se mexeu alguns centímetros, revelando parte do rosto de Axel — hematomas, feridas e veias negras lhe cobrindo as feições.

Minhas botas roçavam na grama congelada conforme me movia sutilmente, rumando para mais perto da criatura imóvel.

— Qual seu negócio com as crianças? — indaguei, engrossando a voz.

Pensei ter ouvido uma risada, porém, quando o corpo de Axel se moveu das sombras, o rosto estava sério, contorcido do lado direito, como se tivesse tido uma paralisia facial.

Aguente firme, Emerson. Só sobreviva, por favor.

— Você, outra vez — rosnou uma voz distorcida.

Irreal e profano, seu tom teve o poder de me congelar por dentro.

— O que você quer?

A figura de Axel convulsionou em pé, vibrando feito uma vespa raivosa. As feições distorcidas mudavam de expressão numa velocidade extrema, impossível de ser realizada por um ser humano. Estava sofrendo, talvez pela luta interna de Axel que fazia o demônio reagir. Isso o mataria mais rápido, portanto não era hora para bater papo.

— *Crux Sacra sit mihi lux; non draco sit mihi dux** — murmurei, tentando manter a voz num nível mais baixo.

A reação foi instantânea. Axel caiu de joelhos soltando um ruído oco e afundando o rosto na grama salpicada de neve. Aquilo durou alguns

---

* Santa Cruz seja minha Luz, que o Dragão não seja meu guia.

segundos, antes de parar repentinamente. Aos meus ouvidos o silêncio foi aterrador, apenas os resquícios do zumbido reverberando feito uma alucinação dentro do meu crânio.

O corpo desfalecido era pura imobilidade. Poderia estar morto, mas era essa ideia que simplesmente me desesperava. Alerta, corri até ele e medi sua pulsação na jugular. Apesar de fraco, seu coração ainda batia. Virei o corpo delicadamente para cima, me deparando com aquelas feridas coaguladas, o rombo de uma bala em seu ombro e a sujeira impregnada em cada um de seus machucados.

O corpo não duraria muito tempo.

A bota ensanguentada estava gasta demais, denunciando que tinha andado longos quilômetros arrastando os pés. *Onde você esteve até agora, Axel?* Incapaz sequer de imaginar por onde andara enquanto não tinha sentido sua presença em Darkville, puxei meu telefone, convencida a chamar Chas para me ajudar.

Ergui o aparelho com as mãos trêmulas, quando a mão fria e escorregadia agarrou bruscamente meu pulso e me fez derrubá-lo. Aquele rosto me sorria, o lado esquerdo expressando a insanidade de um assassino. Olhos puramente atrozes e um ruído gorgolejado saindo de sua garganta. Afastei-o com um golpe no rosto e me coloquei em pé, porém rapidamente fui derrubada quando ele me agarrou pelas canelas.

Lutei contra a força redobrada de Axel. Não desistiria de me arrastar para longe ou chutá-lo até poder me desvencilhar. Em questão de segundos ele estava por cima de meu corpo agitado, prendendo-me com seu peso.

— Consegue bater agora, vadia? — arrulhou, malicioso.

Respirar era quase impossível com a pressão de seu peso sobre meu peito. Olhei-o nos olhos, encarei a escuridão fétida dentro dele e desferi uma cabeçada. Ele se afastou e aliviou a pressão sobre mim, porém interceptou minha fuga desesperada me agarrando pelos ombros. Em segundos estava atada a ele novamente, sendo levantada como um peso morto enquanto Axel cuspia uma saliva ocre em meu rosto. Rapidamente me lançou com força contra o muro de trepadeiras, fazendo-me estatelar ali e escorregar até o chão. A dor reverberou nas costelas até a nuca, causando tonturas.

— Agora você morre...

Por segundos a tontura me imobilizou num torpor involuntário. Logo, o corpo pesado montou novamente sobre o meu, agarrando meu queixo com uma das mãos enquanto ria num som de várias vozes, com seu hálito podre batendo em minha face.

— Incomoda não conseguir ler meus pensamentos?

A provocação o exasperou. Sua mão desceu em meu pescoço enquanto o corpo de 100 quilos me apertou com mais força. Os dedos se fecharam na traqueia; meus braços procuraram atingi-lo, mas logo que o ar faltou eu me tornei apenas um amontoado inútil de ossos em movimentos insanos. Sentia prazer em me ver agonizar, atordoada em dor, emitindo aqueles gorjeios em busca do ar que ele me roubava.

Apertou mais o toque.

Aquele desejo inalcançável de feri-lo. O rosto distorcido virando apenas uma sombra disforme. A dor no pescoço, a garganta fechada.

A consciência era a única coisa que me separava da morte, como uma pequena fenda de luz em meio a uma imensidão de sombras.

Eu não devia ter vindo. Estraguei tudo!

— Vadia imunda — sussurrou, bem perto de meu ouvido. — Aproveite seus últimos minutos antes do inferno.

Disse mais coisas. Maldições e profanações que ficariam para trás junto com minha vida. Caminhei tanto, fugi, renunciei, para morrer enforcada pelas mãos de um demônio possuindo um homem que amava. *Como fui tão estúpida?* Não me dei a chance de morrer de forma digna depois de uma vida tão cheia de erros e fardos. Cedia agora, entregando-me a um ponto daquela passagem em que a dor e o mal-estar se evanesciam, dando lugar a uma anestesia surda, de espera pelo beijo frígido da morte.

Ouvi um brado longínquo. Uma ordem emitida em latim, o timbre inconfundível.

O PESO SOBRE o meu corpo sumiu de repente, assim como os dedos que espremiam minha garganta. O ar voltou para meus pulmões de uma vez, rasgando-o num respirar profundo. Vi o corpo arremessado sobre as folhas enquanto meus sentidos se reavivavam.

Num átimo Chas estava ali, puxando meu rosto com as mãos. Passou o polegar em meu pescoço, provavelmente marcado com hematomas de enforcamento, adquirindo uma expressão aflita e endurecida.

— Você ainda é bom nisso — resmunguei.

— Você ainda é teimosa.

Com um gemido alto, Axel começou a se levantar. Chas seguiu um ruído com a intrepidez de um predador, se colocando imediatamente em pé e me ajudando a levantar ao seu lado. Ainda que a exaustão me dominasse, obriguei-me a recompor minhas forças, sabendo que a luta ainda se seguiria.

— Saia daqui agora, Valery — ordenou, pondo-se à minha frente sem tirar os olhos do demônio.

— Não vou fazer isso, Chas — respondi, rouca.

Por sobre o ombro, me olhou repreensivo. O demônio estava em pé agora, mexendo o pescoço como se quisesse alongá-lo e cerrando os punhos enquanto nos observava com uma expressão sarcástica.

— Um Exorcista dos velhos tempos — disse, contemplativo.

Um ser de outros tempos, moldado no fogo das profundezas, caminhando alguns passos com a atenção presa em Chastain como se o estudasse. Era a voz de Axel, mas a forma de usar as palavras não se parecia em nada com ele.

— Sabe que não vai conseguir lutar comigo — retrucou Chas, abrindo os braços em provocação. — Nós conhecemos um ao outro. Sabemos qual será o resultado disso.

— Eu poderia fugir — rilhou, um som agudo no fim das palavras.

— Hora ou outra, vai acontecer.

O demônio forjou uma risada e se aproximou. Chas levantou a mão direita munida do terço, que reluziu diante dos olhos malignos, perturbando-o sutilmente.

— Exorcistas não são tão raros, padre — debochou, desviando o olhar. — Na minha idade já devo ter cruzado com vários, até mesmo matado alguns. Talvez até quando eu era um homem.

— *Incurvatio, diaboli!* *

---

* De joelhos, demônio.

Caiu de joelhos em estado convulsivo, revirando os olhos, saliva em espuma saindo pelas laterais da boca. Ver Axel sofrer disparou meus instintos, mesmo que eu soubesse que era a coisa dentro dele a ser acometida por tal agrura.

Chas me lançou um rápido olhar, certamente lendo as expressões em meu rosto.

— Ele não vai morrer, Valery! — disse alto, fazendo um sinal para que eu me afastasse. — Precisamos levá-lo a um lugar seguro, mas antes preciso que fique inconsciente.

— Estamos em um local público, Chas! — gritei de volta, exasperada.

Chas me ignorou, avançando sobre o corpo curvado de Axel. Pressionou o terço em sua testa. O cheiro pronunciado de carne queimada se espalhou. O que restava da criatura profana desabou sobre a neve, queimando em vida de forma a derreter todo o gelo ao seu redor.

— *Per auctoritatem Nomen enim Dei* — disse Chas, a voz ainda mais grave. — *Te iubeo studio pugnandi ne.*

Os movimentos do corpo cessaram e a inconsciência lhe sobreveio. Chas ofegou, aliviando o toque do objeto sagrado sobre a pele de Axel, já apresentando sinal de cansaço pela luta.

— Ajude-me a levá-lo para o carro — pediu, a voz entrecortada pela respiração difícil.

Aproximei-me, observando o corpo desfalecido sobre a neve derretida, depois Chastain se apoiando sobre os joelhos com o peito arfante.

— Chas, tem certeza de que deu certo? — murmurei a pergunta. — É um demônio de alta hierarquia, não acho que foi o bastante.

Chastain se levantou, mediu a pulsação de Axel e emitiu uma expressão nada otimista.

— Não sei se ele vai aguentar, Valery — disse-me, num tom culpado. — Mas precisamos levá-lo para o carro e procurar um local para o exorcismo.

— Podemos ser vistos pelos moradores — argumentei, pensativa. — Se nos virem arrastando um corpo de dentro da floresta, não vamos ter dois minutos para fugir com ele antes de Anderson nos pegar.

— Anderson? — indagou, confuso.

— Os policiais estaduais — esclareci brevemente. — Estão considerando Axel um suspeito. Vão vigiar todos os cantos da cidade e, se nos pegarem aqui, vamos todos para a cadeia.

— Talvez o risco fosse menor se você não fosse tão inconsequente, Valery — exasperou, olhando-me duramente. — Agora não interessa, não é mesmo?

Estreitei os olhos, engolindo minha agressividade. Não tinha o direito de retrucar.

— Vamos carregar o corpo então — cuspi, já me abaixando sobre as pernas de Axel.

No instante em que dobrei os joelhos, a coisa rapidamente me interceptou pegando-me com a mão pegajosa. Foi tão rápido que mal o vi se mexer. Deparei-me, no susto, com os olhos azuis de Axel me encarando enquanto puxava meu braço, tentando se levantar.

— Axel — concluí, aliviada.

— Valery — sussurrou ele, abrindo um leve sorriso. — O desgraçado me pegou.

— Eu sei — respondi baixo. — Sinto muito.

A bile subiu à garganta junto com a vontade quase incontrolável de chorar. Sorte minha ter aquela habilidade extraordinária de segurar as lágrimas.

— Vamos tirar ele de você, Axel. Eu juro.

— *Vamos?*

Axel ergueu os olhos e mirou em Chastain, que imerso em tensão observava a cena. O olhar tornou-se profundo, cheio de ódio, ainda que não fosse o demônio no controle. O desgraçado estava lá dentro, sussurrando, procurando pelas fraquezas, pelos impulsos reprimidos.

— Eu tenho que — engasgou, apoiando-se em minha mão para levantar. — Há várias vozes lá dentro. Elas querem que eu faça.

Com o apoio de meu corpo, ajudei-o a ficar em pé. Cambaleante, o apoiei sobre o ombro e testei se conseguiria andar.

— Não vai precisar fazer nada — disse a ele, num tom calmo. — Padre Chastain está aqui para nos ajudar. Vai ser rápido agora, eu prometo. Consegue andar até o carro?

A cabeça deitou na minha, seu nariz afundou em meu cabelo enquanto se deixava chorar. Esperei que se acalmasse para começar a andar, atenta à sua respiração curta.

Foi quando eu ouvi o sussurro. Fraco, penetrante e preciso.

— Ela é sua, então mate-o.

Axel caiu novamente sobre os joelhos. As mãos se elevaram até a cabeça enquanto ele lutava em desespero. Chas vinha ao nosso socorro, mas o afastei com um movimento imperativo.

— Deixe-me ajudar, Valery! — bradou, irritadiço.

— Posso aguentar, fique longe — alertei-o, rispidamente. — Fique. Longe.

Entendendo o alerta, deu dois passos para o lado, embora se mantivesse alerta.

— Tudo bem, Axel! — falei, comovida. — Olhe pra mim, já vai acabar, ok?

— Você é uma... — arrulhou com dificuldade. — Uma vadia!

Não era a voz do demônio, era o próprio Axel.

— Afaste-se dele — murmurou Chas.

Petrificada e sem saber como agir, soltei-o e dei um passo para trás, procurando a ajuda de Chas. O olhar de Axel me seguia, titubeando até repousar no padre. Lágrimas escorreram de seu rosto, seu peito dava solavancos com o choro magoado que se iniciava.

— Não ouça a voz, Axel — choraminguei, as mãos no ar. — Ele é mentiroso, não deve prestar atenção em nada do que diz.

— Então é mentira? Diga que é mentira que você e esse padre não estão juntos — replicou, a mágoa transpassando seu tom. — É mentira que você o ama? E eu ofereci tudo de mim! Eu fiz tudo por você, puta desgraçada!

— Valery, não discuta agora — alertou Chas. — Afaste-se e deixe que eu lido com ele agora.

Antes mesmo que terminasse de dizer a frase, vi a mão de Axel deslizar para dentro da roupa. Durou um átimo; os sons emudeceram à compressão do que se seguiria.

Puxou a arma no instante em que saltei em direção a Chas, as mãos prontas para empurrá-lo.

O ruído cortou o ar, oco, seco.

A bala atingiu o ombro de Chastain e o impacto o lançou ao chão. O desespero me fez arfar, me debruçando sobre ele e pressionando a mão sobre o ferimento.

— Merda! — esbravejei, vendo o sangue brotar pelo vão dos meus dedos. — Chas, fale comigo!

— Estou bem! — gemeu alto. — Ele vai escapar.

Olhei para trás a tempo de ver Axel readquirir o olhar negro, mirando-me com aquele sorriso satisfeito e sarcástico. Colocou-se a caminhar em nossa direção, pronto para atacar. Dessa vez nos mataria. Arrancaria minha cabeça com as mãos em garra.

Eu tinha que proteger Chastain.

— *Incendeia!* — urrou Chas.

—Não! — gritei, colocando-me de pé diante de Axel.

A ordem para que o corpo entrasse em combustão estava proibida havia muito tempo entre os Exorcistas. O fogo que consumia o demônio também ceifava a vida de seu portador. Nos velhos tempos costumava ser a forma mais rápida de acabar com um espírito maligno, mas fora banida por motivos óbvios.

A besta raivosa dentro de Chas tinha falado mais alto.

O demônio agiu mais rápido, no entanto. Desistiu do ataque e fugiu para a floresta escura como um vento, deixando para trás somente o cheiro de uma leve brasa. Eu deveria sair em seu encalço, contudo meus instintos me mandavam garantir que Chas sobrevivesse.

Voltei a me ajoelhar ao lado dele, apertando o ferimento para estancar o sangue.

— Você ia matá-lo! — falei, entre dentes.

Chas pressionou a mão sobre a minha com mais força, contendo um gemido.

— Ele ia me matar primeiro — arquejou, mirando o sangue com temor. — Ele mesmo atirou. Era um desejo do próprio Axel.

— Não importa — rosnei, desesperada, vendo aquele sangue insistindo em brotar. — Matar uma pessoa não o faria melhor que o demônio.

Chas fechou os olhos e deitou a cabeça na neve. A dor em seu ombro o rasgava e o sangue escorria pelas minhas mãos. Morreria em minutos se não cuidasse do ferimento.

— Precisa ir para o hospital.

Arregalou os olhos em estado de alerta.

— Leve-me para sua casa — golfou, tentando se levantar. — Posso me curar sozinho, só precisamos tirar a bala.

— Não sei tirar a bala! Sei que pode se curar, mas precisamos de ajuda!

Agarrou minha mão e me puxou para bem perto. Ao longe, algumas vozes dos moradores espalhavam um ruído de temor, certamente procurando pelo perigo que tinham ouvido ainda há pouco.

— Ele pode ter ido atrás de Anastacia — sussurrou, alarmado. — Leve-me para sua casa. Eu dou um jeito nisso sozinho, você vai até o hospital antes dele.

Concordei, levantando-o do chão. Andando o mais rápido possível, consegui chegar ao carro antes que os moradores nos vissem. Para minha surpresa, Chas estava com o Fiat capenga do padre Angélico.

Coloquei-o com cuidado no banco do carona. Sem avisá-lo, rasguei um pedaço de sua blusa para improvisar um torniquete e amarrar com força em seu ombro. Apertei o máximo que pude, ignorando seus gemidos.

Ele me observou com atenção, suando aos borbotões, um olhar dolorido no qual eu não poderia me deter por muito tempo.

— Denise fez um curso de enfermagem ou algo assim — disse, constrangida. — Acho que ela pode ajudar.

— Obrigado — murmurou, levando a mão ao lugar do ferimento.

Contornei o carro e observei a Harley a distância. Algum morador provavelmente tinha ouvido o tiro. A polícia estaria a caminho. Eu esperava que nenhum dos meus colegas notasse minha moto estacionada a algumas quadras dali. Caso acontecesse, precisaria de uma boa história.

SOBRE O PASSADO
V

2006

As ruas de Manhattan estavam cheias por conta da proximidade do feriado. Chas caminhava ao meu lado, indiferente a todo aquele movimento enquanto contava suas histórias de infância, sempre atento a cada uma das minhas reações.

— E como um garoto com visões do além e criado por padres foi se interessar por motocicletas antigas? — indaguei sugestivamente.

Antes de responder ele sorriu abaixando a cabeça, pensativo.

— Acho que elas estão vinculadas à liberdade de leis, dogmas... Tudo que eu não tinha. Era minha alma pedindo por contravenção — disse, como um desabafo. — Sempre pensei que, se um dia eu escapasse do seminário, faria parte de algum clube de motoqueiros.

Ao dizer a última frase, engrossou a voz de um jeito engraçado, tão espontâneo que me fez rir.

— O quê? Acha que eu não ficaria bem de colete e calças rasgadas?

— Acho que você ficaria ótimo com eles, inclusive com os coturnos. Mas por clube você quer dizer gangue? — Ergui uma sobrancelha, esperando sua reação. Ele riu, olhando para os pés. — Não posso imaginá-lo perturbando a paz dos policiais. Você é bonzinho demais!

Suas bochechas coraram imediatamente, junto com aquele riso tímido que era tão marcante em sua expressão.

— Não sou tão bonzinho, srta. Green — murmurou, lançando-me um olhar prostrado.

— Por causa das coisas que me contou no outro dia? — Arqueei uma sobrancelha. — Você não pode negar sua bondade por ter violado a castidade.

— Já fiz coisas piores.

— Eu duvido — retruquei, franzindo o cenho de um jeito dramático.

Por alguns minutos caminhamos num silêncio quebrado por risos idiotas, respirações profundas e tentativas gaguejadas de começar a falar. Ambos estávamos alheios ao movimento da rua, atentos a cada gesto e expressão que o outro emitia. Por isso não vimos a escada de emergência de um dos prédios, suspensa sobre a calçada.

— Cuid...

A pancada aconteceu antes que eu o alertasse, produzindo um ruído oco metalizado. Soltei um grito quando ele desequilibrou para trás, suas mãos tapando o rosto na região atingida.

— Droga! — disse ele, a voz abafada pelas mãos. — Meus reflexos costumam ser melhores do que isso.

— Sinto muito não ter visto a escada — apressei-me, puxando seus braços. — Deixe-me ver isso.

Resistente, abaixou as mãos. Havia um corte diagonal sangrando no supercílio esquerdo, já arroxeado e inchado.

— Meu Deus, Chas! Temos que levá-lo ao hospital.

— Está tudo bem, Valery! Só espere um minuto — arquejou, recuperando-se da dor. — Tem algo sobre mim que eu preciso mesmo contar. Digamos que isso é uma oportunidade.

— Você está sangrando!

— Só espere. Vou mostrar...

Aquela voz tão macia em nada se parecia com a de alguém que tinha acabado de ter uma possível concussão. Era hipnótica, pois enquanto toda minha razão me dizia que ele teria que levar alguns pontos, minha emoção estava parada ali, obedecendo ao seu pedido tão parcimonioso.

— *Sanaret* — disse, com os olhos fechados.

Um segundo se passou, quando eu vi o machucado clarear, sutilmente. Mais um, dois e ele pareceu ter diminuído de tamanho. Meus olhos secaram, sem piscar, como se crescessem nas órbitas. Minha boca abriu sem emitir fala alguma.

Não era bem isso que eu tinha imaginado quando percebi que ele era diferente.

Chas abriu os olhos, sorrindo satisfeito ao ver minha reação.

— Você não deveria fazer isso — falei, desarticulada. — Eu pensei que... Pensei que era... Você é um bruxo?

— Não — falou resoluto, em seguida pegou minha mão e entrelaçou seus dedos nos meus. — O que pensou que eu era, Valery?

Pensei que ele pudesse ser como eu, uma das aberrações, mesmo que parecesse iluminado demais para isso.

— Médium! — exclamei de olhos arregalados.

— Médiuns não se curam sozinhos, eles contatam pessoas mortas — esclareceu, como se eu não soubesse. — Malik guardou meu segredo.

Sem perceber, apertava a mão dele com muita força. Estava confusa, transparecendo meus sentimentos em gestos descuidados, interjeições malucas.

— Malik sabe o que é você e eu não sei? — resmunguei, desviando os olhos. — Ótimo!

— Sou um dos Cavaleiros Originais, ou um Exorcista Original, como eles preferem dizer nos dias de hoje — revelou, tocando meus braços para que o encarasse frente a frente. — Em letras maiúsculas.

Soltou-me, talvez esperando que fosse repeli-lo ao compreender sua confissão. Só que eu não tinha a mínima ideia do que ele estava falando. Logo minha expressão denunciou nitidamente minha ignorância.

— Venha comigo para o meu apartamento — sugeriu, apontando a rua com um gesto sutil. — Eu vou contar tudo sobre ser um Cavaleiro Original.

Aguardou que eu prosseguisse ao seu lado, porém hesitei por um segundo de contemplação. Havia segredos no mundo que eu ainda não conhecia, sendo eu um deles. Ao pensar que Oz e Malik tinham deixado de me contar algo, o sentimento de traição tolheu qualquer esforço que eu fizesse de não parecer uma idiota perplexa diante de Chas.

Andei devagar. Ele seguiu no mesmo passo, sempre parcimonioso.

— Sua testa vai se curar por inteiro?

— Em cerca de quinze ou vinte minutos.

— Tem uma ciência exata por trás dessa coisa toda? — indaguei em seguida.

— Talvez — balançou a cabeça, incerto. — Eu conheço o tempo de cura para cada ferimento, porque já me machuquei muito. Só tenho dados empíricos.

— Só me diga o que eu devo esperar, Chas — soltei, derrotada. — Sinto muito se eu estava tão enganada sobre você.

Chas parou de caminhar e me encarou por um tempo. Não estava habituada com momentos como aquele, em que meus sentimentos ambivalentes queriam proximidade enquanto a razão ordenava o oposto. Para ele pareceu tão natural se aproximar e segurar meu rosto com as mãos, encarar-me nos olhos daquela forma enternecida, prestes a dizer algo tão sincero. Antes mesmo de ouvir, eu já estava disposta a acreditar.

Seus polegares acariciaram minhas bochechas, espantando delas todo o frio noturno. Involuntariamente, meus olhos se fecharam.

— Você é a única pessoa no mundo que não está enganada sobre mim, Valery Green.

O APARTAMENTO ESTAVA repleto de caixas fechadas, objetos espalhados e móveis ainda cobertos pelo plástico das lojas. Aquela bagunça me pareceu proposital, como se ele quisesse provar a si mesmo que estava de fato livre das regras nas quais foi enredado desde sempre, podendo arrumar sua casa quando e como quisesse.

Sobre um aparador abaixo de uma janela, havia uma caixa de discos que imediatamente atraiu minha atenção. Todas as bandas que marcaram minha vida estavam ali, enfileiradas em embalagens antigas bem cuidadas.

Tanto o rock quanto as motocicletas eram as paixões platônicas de Chas, como se fossem as mulheres que ele nunca tinha pegado.

Ou será que tinha?

Não era bonito de um jeito convencional, como Leonardo DiCaprio e seus traços delicados, olhos de príncipe. Era uma beleza rústica, assimétrica, totalmente atraente para mim. E para todas as outras na rua que ficavam olhando cheias de más intenções, como eu.

Enquanto explicava sobre como tinha conseguido manter os discos escondidos dos tutores sacerdotes, peguei-me absorta em sua forma de falar. As covinhas nos cantos do sorriso, a barba escura e seus fios brancos solitários que brilhavam contra a luz, a serenidade de seu tom de voz.

Dentro de mim a geleira derretia.

— Acho que cada um dos acólitos tinha sua fuga. Uma forma de querer ser rebelde, parecer independente dos padres mais velhos. Mas eram todos uns...

Parou de falar. A expressão divertida se desmanchou um pouco. Restou um filete de humor ao qual ele se agarrou para suspirar e me sorrir só com os lábios. Em seu supercílio, o que antes era uma ferida roxa agora se revelava somente uma nódoa.

— Você é virgem? — soltei, com um tom sarcástico.

Chas riu elevando as mãos como se já esperasse por aquilo há algum tempo.

Era bom pensar naquela memória às vezes; no tom suave do riso dele, na expressão teatral serena de surpresa. Foi a melhor coisa que memorizei, pois me deu força para aturar o que viria a seguir.

— Eu não sou virgem — respondeu, sentando-se num sofá bagunçado, em que teve que abrir espaço. — Também não perdi minha virgindade com outro acólito.

— Não era o que eu ia dizer.

— As pessoas gostam de fazer piada com isso.

— As pessoas gostam de fazer piada com tudo que não entendem — arrematei, contundente.

Chas anuiu, observando-me caminhar de braços cruzados em frente à janela, coberta em tensão. Constatei que a testa estava completamente curada agora, não restando nem mesmo aquele velho arroxeado de uma ferida antiga. Certamente ele leu a expressão petrificada em meu rosto, percebendo que era chegada a hora de falar. Seu sorriso desmanchou completamente quando fez um sinal educado para que eu me sentasse na poltrona adjacente.

— Eu já nasci assim — falou, quando tomei o assento. — Está no sangue da minha família paterna, embora eu duvide muito que meu pai tenha conhecimento disso.

Estava ansiosa por mais, porém mantendo um respeito cúmplice por sua hesitação na escolha das palavras. Aqueles segredos nunca eram fáceis de verbalizar, como se as palavras inventadas pelo homem não fossem somente insuficientes, mas também fizessem a mensagem parecer ridícula.

— Então, você e seu pai são Exorcistas Originais — incentivei, mantendo um tom neutro. — Ou Cavaleiros, que seja...

— Não, ele não é — esclareceu, rindo como se a ideia o divertisse. — É um presente que pula algumas gerações. Várias, talvez. Dizem que há doze linhagens sanguíneas que portam o gene, porém são raros nos dias de hoje. — Parou e suspirou alto, desviando os olhos distantes. — Por isso insistiram para minha mãe que me deixasse ir com eles quando me encontraram.

Percebi a grande carga emocional imposta na palavra *mãe*: uma ferida aberta que ele tentava não deixar sangrar.

— O que um Exorcista Original pode fazer?

Não sabia se tinha articulado a palavra corretamente, só não me pareceu certo deixar que Chas mergulhasse numa reflexão a respeito de sua mãe, acordando antigos fantasmas por minha causa.

— Caçar e expulsar demônios e outras criaturas da noite. Sou um Exorcista por natureza, não por treinamento ou formação — esclareceu, despertando de um torpor. — Na oração de todos os fiéis, assim como dito por Cristo, há um poder não só de comunicação com o Criador, mas também de autoridade sobre o mal. Nós temos isso multiplicado, um poder maior em nossas palavras proferidas contra todas as criaturas do submundo. Nossos demais dons são como instinto de sobrevivência. Basta uma palavra minha, dita com convicção e tudo o que eu ordenar acontecerá.

— O que você disse me pareceu um feitiço — devolvi, confusa. — Usou palavras em latim, como as feiticeiras fazem.

— Latim é uma das línguas mais antigas, assim como aramaico, hebraico e muitas outras. Elas carregam poder por si mesmas — esclareceu com paciência. — A pronúncia de uma ordem em qualquer uma delas potencializa o efeito, mas eu poderia escolher outra língua que quisesse.

Considerei as informações, percebendo que ele as estava comedindo de forma homeopática para não me aterrar delas de imediato.

— Você ordenou que seu corpo se curasse? — indaguei, entrevendo a resposta. Em devolutiva veio uma sutil anuência que me encorajava a perguntar mais. — Então, vocês podem fazer essas coisas extraordinárias para caçar demônios e exorcizá-los. Qual a história por trás disso?

Chas se inclinou e passou a mão pelo rosto. Sua energia vibrava de forma pungente. O jeito cuidadoso com que me encarava denunciava seu medo de me violar com tais confissões.

— Sempre há uma história, não? — brincou, rindo de forma resignada. — Você deve estar familiarizada com a história da Paixão de Cristo. Em essência, quando ele levou sobre si os pecados de toda humanidade, desceu às profundezas do inferno e tomou de Satanás as chaves dos portões que aprisionavam as almas, tornando-as livres. — Pausou, imerso em sua narrativa sombria. — Então ele ressuscitou e o inferno ficou vazio.

Naquelas palavras a história que dava sentido ao Cristianismo pareceu de terror. Um pormenor quase subliminar no qual os fiéis mal refletiam ao ditarem preces noturnas decoradas.

— Lúcifer tinha necessidade das almas para governar, elas eram o triunfo sobre o Criador — prosseguiu, os olhos pendendo ao longe, compenetrados. — Não demorou para que ele ordenasse aos seus príncipes que recrutassem mais. Conforme os novos humanos corrompidos morriam, eram demonizados mais rápido para se tornarem novos soldados, formarem exércitos. Uma nova hierarquia começou a ser criada no inferno.

— A maioria dos livros que estudam as identidades dos demônios relata almas que viveram depois de Cristo — concluí, contemplativa. — Exceto os Caídos, é claro.

Aquele conto nefasto logo começava a fazer sentido e se conectar com meus próprios conhecimentos. Parecia tão óbvio agora.

— Após a ressurreição, os discípulos deveriam viajar os continentes pregando a palavra, mas a verdade é que viver na terra nesse período era um caos absoluto — prosseguiu, enérgico. — O sumo concílio do inferno estava à solta.

— Isso deveria estar na Bíblia.

— Esteve por algum tempo — sobrepôs. — Mas é exatamente nessa parte que entra algo muito importante. Você já ouviu a palavra *Drachenorden*? — indagou. Neguei enfaticamente, interessada no que viria a seguir. — Eles agiram para impedir que os novos cristãos tomassem conhecimento das verdades acerca do mal que assolou o mundo naquela época. Com uma grande luz, sempre vêm grandes proporções de trevas.

Eu sei disso, Chas... Sei melhor do que você pode imaginar.

— E essa Drachenorden foi responsável pelo surgimento dos Exorcistas?

— Não! — negou com veemência, quase ultrajado pela minha pergunta. — Eles os descobriram. Os relatos dizem que o Espírito de Deus visitou as linhagens familiares dos doze discípulos e soprou sobre elas o dom de ver, ouvir e exercer poder sobre quaisquer entidades espirituais. Os Exorcistas Originais seriam criações divinas, humanos com potenciais extraordinários.

Ao final daquela frase, pareceu exultante. Parou por um instante, analisando minha expressão, certamente a procurar por sinais de credulidade ou estupefação.

Isso não me assusta ou encanta, Chas, pensei, tentada a verbalizar. *Somos armas forjadas na mesma fornalha, embora você pareça menos pesaroso que eu por conta disso.*

— Então os padres que o levaram quando era criança sabiam quem você era — afirmei, soando como uma pergunta.

Minha garganta se fechou quando ele hesitou, quase como se eu pudesse sentir por projeção o peso que aquilo tudo ainda trazia.

— Os padres na verdade são a Drachenorden — disse, distante. — Eu esperava que você soubesse sobre eles. A maioria das pessoas pensa que é uma lenda.

— Todas as maldições lendárias são reais, Chas — emendei para tranquilizá-lo. — De qualquer forma, o que você tem a dizer não vai me assustar. Só confie em mim e continue.

Ele assentiu, trincando as mandíbulas antes de prosseguir.

— A Ordem do Dragão — falou finalmente, observando-me com mais atenção agora.

Sim, eu sabia o que era. Estava em todos os livros, desde os de ficção. Os grandes responsáveis pela queda de Vlad, o imperador. Senti o sangue fugir de meu rosto, mas nada verbalizei.

— São a maior facção religiosa do mundo. O verdadeiro poder por trás de toda a fé conhecida pelos seres humanos — engoliu em seco. — Eles comandam outras facções menores. Políticas, farmacêuticas e até mesmo influenciam líderes de outras religiões. Desde o século quarto depois de Cristo, possuem recursos para rastrear Exorcistas, embora nós possamos encontrar uns aos outros através de um fenômeno que chamamos de Revelações.

— Eu sei o que são Revelações — falei, bruscamente. Chas abriu demais os olhos, assustado. — Continue.

Com uma expressão de quem me cobraria explicações, limpou a garganta antes de continuar.

— Queriam os Exorcistas para lutar guerras que iam muito além das espirituais. Envolveram-nos nas cruzadas, na inquisição e em outras batalhas que não nos diziam respeito. Deram-nos o nome de Cavaleiros Originais, como se pertencêssemos a eles para que pudessem atribuir nomenclaturas — bufou, consternado. — Muitos de nós rastrearam bruxas, como Malik, ou magos, como Oz, e os levaram à fogueira sob o comando da Ordem e do Vaticano. — Engasgou ali, o olhar ainda mais distante, resignado. — Foi nessa época que viramos lenda. Soldados misteriosos, cavaleiros que agiam à noite, vestidos em armaduras negras, invisíveis e letais. Os pagãos nos temiam e amaldiçoavam, mas os cristãos oravam por nós.

— Nós — divaguei, desviando os olhos. — Você passou a falar nisso no plural, de repente. Não era exatamente o que eu esperava quando o apresentei a Malik, mas agora eu compreendo sua resistência.

— Ela não é minha inimiga — interrompeu-me, agravando o tom.
— De forma alguma me considero um Cavaleiro da Inquisição. Aquilo é passado e a Ordem de hoje sabe disso. Trabalham com feiticeiros de todos os tipos.

Respirei fundo e tapei o rosto, antes que o confundisse com minhas cóleras e não permitisse que me explicasse sua história verdadeira. Eu queria acreditar nele. Queria muito confiar que sendo portador de algo tão extraordinário ele poderia entender o que eu tinha a dizer.

— Você faz parte de uma Ordem secreta que matou centenas de ancestrais de Malik. Erradicou quase toda a família de Oz.

— Eu não faço parte, sou uma das ferramentas deles — emendou, peremptório. — Não vou esconder de você que fui escolhido por Cervacci como o próximo Exorcista a sentar ao lado do papa, no Vaticano. É obvio que eu declinei qualquer coerção, mesmo sabendo que posso ser o mais poderoso dos Exorcistas vivos.

— E quem é Cervacci?

Chas piscou, talvez lembrando que não havia me explicado tudo.

— O atual líder da Ordem — explicou, cansado. — Apesar de não se sentir obrigado ao celibato, está infiltrado no Sumo Concílio do Vaticano como um dos bispos de Roma. Grande parte da liderança não sabe sobre ele, mas é necessário que o líder esteja ligado ao papa e tenha controle sobre os arquivos secretos da Igreja. Em resumo, a Drachenorden é mais poderosa do que a Igreja em si.

— Então, toda aquela teoria da conspiração sobre a Igreja deter informações não reveladas não é de todo mentira?

Negou efusivamente.

— As pessoas não sabem a metade dos segredos que a Ordem oculta. Se soubessem a verdade sobre o Cristianismo e a história do mundo, enlouqueceriam.

Houve um minuto de silêncio profundo, cortado apenas pelo som alto da minha respiração. Chas bateu com os indicadores no nariz, pendendo no vazio daquela quietude ensurdecedora, enquanto dentro de mim diversas perguntas pipocavam, confundindo meu raciocínio.

De uma forma egoísta e extremamente inusitada, eu me importava mais em saber o que ele planejava para seu futuro do que em conhecer os segredos da lendária Ordem do Dragão.

— Se você é o Exorcista vivo mais poderoso... — engasguei, erguendo meus olhos para encontrar os dele, lendo a pergunta em minha expressão. — Não me parece ser o tipo de coisa da qual alguém possa fugir e sair incólume.

— Não preciso do sacerdócio para ser quem eu sou — disse, contundente. — Por natureza, eu sou livre. Meus instintos de caça, meus sentidos aguçados, o ímpeto da batalha, tudo isso é meu, não da Ordem.

Considerei sua resposta, ainda incerta. Ele tinha fugido, já estava livre deles, então por que eu teimava em me preocupar? O que era aquele sentimento apertando minha garganta?

— Por que você deixou tudo isso de lado? — insisti, lutando para não transparecer meus sentimentos conflitantes. — Todo o poder que você teria, os segredos que descobriria. Você abriu mão de tudo?

Chas sorriu de leve, molhou os lábios e se aproximou até nossos joelhos se tocarem. O atrito despertou uma corrente elétrica por meu corpo, paralisando meus sentidos ali, por mais que racionalmente eu soubesse que era hora de fugir.

— Não quero poder ou conhecimento — falou baixo e pousou a mão quente sobre a minha, acariciando minha pele gelada com cuidado. — Minha visão sobre a Ordem sempre foi arbitrária. Eu só precisava de algo para me motivar de verdade, me encorajar a enfrentar o destino que Rose imputou a mim quando tirou sua vida.

— Você queria ser um herói para provar a ela que não era um monstro — repliquei, impávida. Ele interrompeu seu toque e me encarou afetado, como se eu tivesse tocado um ponto sensível de sua alma. — Desculpe, eu não queria magoá-lo.

— Não magoou — respondeu baixo, pegando a minha mão com mais força dessa vez. — Eu pensei que só conseguiria controlar o monstro dentro de mim caso acatasse o celibato. Você mudou tudo.

— Chas, eu não posso ser a razão de algo tão importante — pronunciei, minha voz quase um murmúrio. — Você não me conhece ainda. Eu não sou quem você pensa.

— Não me engano com o que vejo — sobrepôs, envergando-se em minha direção efusivamente. Os olhos enérgicos brilhando, tão diáfanos. — E não foi você que mudou tudo, foi Malik.

Acabei rindo sem querer e quando vi estava entrelaçando meus dedos aos dele, cedendo ao toque.

Havia algo naquela união de epidermes que fazia meu sangue esquentar; agitava a monotonia já tão costumeira do meu espírito e despertava algo que eu pensei ter morrido lá dentro.

— Ainda não sou quem você pensa.

— Você é fascinante — retrucou, mirando meus olhos atenciosamente, vendo algo através deles. — É como se tivesse erguido uma barreira de escuridão para esconder a luz que tem atrás dos seus olhos. Sinto isso todas as vezes que olho para eles. Meus sentidos não são meramente intuitivos.

— Não é assim — respondi, percebendo minha voz embargar. — É pior do que você imagina. É pior do que acabou de me contar.

— Estou disposto a arriscar — emendou, convicto.

Chas estava perto agora. Nossas peles raspando, as testas tocando uma na outra. Respirações cruzadas em euforia enquanto os batimentos cardíacos aceleravam.

Aquilo era perigoso.

A fragrância de laranjas recém-colhidas invadiu minhas narinas e me fez sentir. Apenas sentir, sem o pesar do perigo e da dor.

Um tipo inédito de felicidade. A esperança deliberada.

— Prometi para mim mesma que não mentiria para você, Chas — sussurrei, segurando o choro que prendia minha fala. — Eu gostaria de não estar sentindo tudo isso agora, muito menos de ter me deixado chegar até aqui, mas eu estava sozinha havia muito tempo e você pareceu tão perdido quanto eu.

Chas riu baixo, afastou a testa da minha e acariciou minha bochecha com o polegar.

— Você ainda me parece perdida — disse lamentosamente. — Não gostaria de confessar estar apaixonado por uma garota que não consegui encontrar aí dentro.

O solavanco em meu coração foi imediato, escapando como um soluço.

Então me dei conta da inefável perdição. Do meu desejo inegável de ir até o fim, ainda que interiormente a voz castradora de Oz me dissesse para recuar.

— Não vai ter mais volta depois que eu começar a falar — sibilei, tombando a testa contra a dele. — Se depois disso você não tiver mais nada para confessar, eu vou entender.

HENRY

Valery tinha razão — aquele era um ponto de virada.

Sem retorno. Caótico.

Ouvi-a narrar sobre o dom dentro de si, mantendo o silêncio até o fim. Ainda que torcesse o nariz cada vez que usava a palavra *aberração* para definir a si mesma, respeitei seu desabafo e não a interrompi.

Não pareceu certo.

Estava absorto, fascinado e sobrepujado pela essência de tais revelações. A Ordem do Dragão desconhecia a existência de Valery, e assim deveria ser até o fim dos tempos. De alguma forma sentia-me compelido a proteger tal segredo sobretudo daqueles que me criaram, mesmo sabendo que, de todos os inimigos dela, eles seriam os menos temerários.

Quando sua fala findou e a quietude caiu sobre nós com seu manto contrito, levei alguns segundos para recuperar o dom da fala.

— Como você conseguiu carregar isso sozinha por tanto tempo? — foi o que consegui indagar.

Há tantas coisas envolvidas nisso, Henry, e essa é sua maior preocupação?

— Foram quatorze vidas antes da minha — respondeu-me, exaurida. As costas sempre eretas de repente pareciam encurvadas, os olhos tão vivos estavam estreitos, pesados. — De alguma forma sinto que dividi isso com elas.

— Ele soube cuidar de você? — murmurei a questão, soando estranhamente desconfortável com ela.

— Oz?

Meneei a cabeça, sentindo-me um invasor.

— Não sei por que perguntar algo assim, viver 2 mil anos aguardando reencarnações soa para mim como uma missão homérica. Aquele homem me pareceu tão...

— Selvagem? — interrompeu-me, irritadiça. Fiquei em silêncio, sabendo ter violado as regras ao questionar tal coisa. — Oz sabe como cumprir seu papel. Ele foi rude com você porque é contra nossa aproximação. Apenas uma de minhas ancestrais conseguiu viver a vida toda ao lado de alguém e não machucar muito os que estavam ao seu redor.

— Ele não pareceu querer me proteger — retruquei, distante. Lembrando-me do meu fatídico encontro com o Mago de 2 metros de altura na casa de Malik. — Oz teme que eu a machuque, não o oposto. Não tiro sua razão. Você é preciosa, Valery.

Em resposta, ela apenas riu, feito uma adulta caçoando de uma criança tola que não sabe discernir o perigo. Levantou-se num rompante extenuado e se distanciou, parando à janela com a atenção voltada para o movimento das ruas.

Ainda atordoado, considerei ter que esperar alguns minutos antes de persegui-la e dizer o que me acometia. As certezas que me possuíam de forma tão perene, imutáveis ao que ela tinha me revelado.

— Eu sabia que você ia mudar de ideia — resmungou por sobre o ombro. — Ninguém deveria se sentir atraído pelo perigo quando seus instintos são exatamente opostos. Eu seria sua caça, não seria?

Aquela atitude belicosa de sempre, vibrando nas palavras que ela pronunciava entre dentes, como se pudesse me afastar com elas. Atravessei a sala em alguns passos e a virei pelos ombros, percebendo os músculos retesados sob os meus dedos.

— Quando você compreendeu meu sentimento de culpa por ser quem eu sou, você me deu razão? — confrontei-a, pescando sua atenção. Ela não respondeu, declinando com uma expressão endurecida. — Se eu não sou um monstro, por que você seria? Que tipo de pessoa acha que eu sou para mudar de ideia diante de algo que decidi antes mesmo de ouvir o que ouvi?

— Você não está apaixonado por mim — respondeu cansada, piscando os olhos longamente. — É um simulacro, não é real. Não até você ver o que eu posso fazer.

— Então por que veio até aqui? — tornei a enfrentá-la, subindo o tom.

— Por que me abordou na cafeteria, insistiu para que eu visitasse sua casa e conhecesse Malik? Por que fazer tanto se no fim quer me convencer a não amar quem você é?

Valery se desvencilhou do meu toque e deu dois passos para trás, resistente. Estava cansada, solitária e desesperada em meio às suas mentiras e fugas.

— Eu não sou boa o bastante!

— Eu quero isso! — sobrepus, gravemente. — Quero por minha conta e risco e sei que você também quer. Só não seja tão teimosa, Valery. Sou um Exorcista, não sou? Não posso me proteger sozinho como venho fazendo até hoje?

Seus ombros decaíram, denunciando o esforço que fazia em manter-se distante quando estava tão vulnerável. Tudo dentro de mim se estilhaçou ao contemplar, de uma vez por todas, a dor que ela vinha carregando dentro de si e que escondia por trás de uma carapaça gélida. De repente, era só uma garota cujo verdadeiro nome me ocultava, trazendo nos ombros um fardo pelo qual não pediu.

Como eu.

Tão parecidos em nossa solidão divina.

Sussurrei seu nome e vi lágrimas se avultarem nas pálpebras. Ela lutou contra aquilo, engolindo o choro, querelando bravamente contra as emoções que vivenciava ardorosamente. Encarou-me enquanto as lágrimas secavam.

Era desesperador ver sua luta.

Sufocante, embora não soubesse se deveria ou não interferir, ou se eu mesmo cedia ao lhe mostrar que chorar não seria assim tão catastrófico. Eu aguentaria.

Tinha que deixar claro que poderia conter qualquer que fosse seu fardo.

— Pode me abraçar agora se você quiser — murmurou, erguendo o olhar lacrimoso.

Tomei-a nos braços e apertei seu rosto contra meu peito. Desejava que ouvisse como meu coração estava acelerado, e minha respiração, encurtada.

323

Desejava que ela pudesse compreender a honestidade dos meus sentimentos por meio dos meus gestos e da força com a qual a apertei, porque eu sabia com toda sobriedade do mundo que Valery Green não era uma garota convencida por palavras.

Iria mais longe para ver o que olhos humanos não conseguiam.

— Posso proteger a nós dois — falei, puxando sua cabeça para que olhasse nos meus olhos enquanto eu dizia. — Não estamos mais sozinhos.

— Não sei que tipo de vida posso oferecer — resmungou, embora sua expressão não parecesse mais resistente. — Só não posso mais me sufocar de novo.

— Você não vai — afirmei, contundente.

Depositei um longo beijo em sua testa, sentindo a pele dela esquentar sob o meu toque. Valery apertou as mãos em meus braços, cedendo, respirando audivelmente para expressar um alívio visceral.

Desci meu rosto e uni nossos lábios por um longo segundo em que me senti completo, preenchendo-me daquele contato como se cada minuto antes dele fosse errado, profano. Só era certo estar com ela, conhecendo seu segredo e protegendo-o como um amuleto sacrossanto. Valery me beijou de volta com uma urgência vigorosa e então nada mais restava das suas defesas ou resistências.

Nada mais precisava ser dito.

36
VALERY

Larguei Chas sobre o sofá da sala, dando tapas leves em seu rosto para que se mantivesse consciente. Denise estava saindo do quarto naquele momento, recendendo a colônia floral que se espalhava pela casa toda sempre que ela acabava de se arrumar.

Chas resmungou dolorosamente, revirando os olhos com a palma apertada sobre a ferida.

— Valery, é você?!

— Denise, preciso de ajuda aqui!

Vou ter que dar explicações a ela que vão mudar tudo. Droga!

Chastain agarrou minha mão e tombou a cabeça para o lado, perto de desmaiar. Os passos de Denise agora ecoavam num ritmo acelerado até chegar à sala e se deparar com a cena que encarou, petrificada. A boca aberta engasgada com a pergunta que não conseguia formular, emitindo ruídos inarticulados.

— Sei que essa é a última coisa que você imaginava ver na vida — comecei, acelerada. — Mas ele foi baleado e eu preciso da sua ajuda.

Transpassada pelo estarrecimento, Denise escorregou o olhar arregalado para Chas, depois o subiu para mim com incerteza.

— Esse é o padre Henry — arquejou, incrédula.

Chas se contorceu com a dor, gemendo ainda mais alto. Instintivamente me debrucei sobre ele e puxei seu rosto em minha direção.

— Chas — chamei-o num sussurro acalorado. — Fique comigo, ok?

— A bala — gemeu, quase de forma inaudível. — Está afundando mais.

Ergui os olhos para Denise.

— O que está acontecendo?! — indagou Denise, como se acordasse de vez para a realidade escusa diante de si.

— Você sabe fazer essas coisas — devolvi, quase em desespero. — Ajude-me a remover a bala.

— Fiz um curso de duas semanas de enfermagem, não sei remover balas! — Estava beirando a histeria, gesticulando com as mãos tremendo. — Temos que levá-lo para o hospital, agora!

— Não podemos, Denise! Por favor!

Ela negou enfaticamente, murmurando incrédula.

— Que tipo de merda vocês fizeram?

Chas levantou a mão livre para chamar a atenção de Denise, procurando articular as palavras embora estivesse quase convulsionando. Seu rosto estava pálido como um papel, os lábios arroxeados e os olhos arregalados demais. Suor escorria aos borbotões de sua tez empalidecida.

— Não vou conseguir — engasgou, cuspindo saliva no esforço. — Tire a bala, por favor.

Medi seus batimentos pela jugular e vi que estavam enfraquecendo. Encarei Denise com animosidade.

— Vá pegar o kit e uma pinça. Eu mesma vou fazer!

Lendo minha expressão certamente selvagem, ela correu até os fundos do apartamento. Ouvi quando remexeu os armários e bradou alguns palavrões enérgicos antes de derrubar tudo o que via pela frente.

— Por favor, Chas — implorei firme, segurando novamente seu rosto entre as mãos. — Aguente só mais um pouco, tudo bem?

Ele cerrou os olhos em anuência e tossiu roucamente, o que aumentou os frêmitos de dor. Gritei por Denise, que respondeu estridente um xingamento angustiado. Dentro de minha mente só havia caos e medo. Pavor em pensar que Chastain poderia morrer ali, diante dos meus olhos impotentes, me obrigando a tomar atitudes extremas em seguida.

— Anastacia — sussurrou, exaurido.

— Depois que removermos a bala eu vou até o hospital — tranquilizei-o. Medi sua temperatura. Estava frio. — Vou cuidar dela enquanto você se cura.

— Só vai curar depois que a bala sair.

— Eu sei — rosnei, trêmula. — Só cale a boca e espere!

Contrastando com a fala colérica, peguei-me tombando a testa contra a dele, sentindo a pele fria aquecer sob a minha. Quando Denise retornou à sala, estancou ao ver nossa disposição, parada com a caixa de primeiros-socorros.

Afastei-me e tomei o objeto de suas mãos, indisposta a dar quaisquer explicações ou justificativas.

— Eu faço — replicou, tomando-a de volta. Sentou-se na beirada do sofá e abriu a trava, caçando algo lá dentro. — Não vou deixar você matar o padre no meu sofá.

Enquanto ela resmungava, rapidamente tirei a mão de Chas de cima da ferida e rasguei o que restava de sua camisa. Denise molhava uma gaze com um líquido marrom, quando parou para olhar a região baleada e fazer uma varredura do entorno da pele nívea e tatuada de Chastain.

Homens do clero não deveriam ter músculos ou tatuagens.

— Vai querer se confessar antes de fazer? — provoquei-a, rispidamente.

Denise limpou a garganta e balançou a cabeça como para desanuviá-la. Sentou ao lado de Chastain, puxou a pinça do meio dos instrumentos. Passou um líquido com gaze para desinfetar o ferimento e então posicionou a pinça em frente ao buraco da bala.

— Sinto muito, padre — choramingou, preparada. — Isso vai doer.

— Eu aguento — gemeu ele, virando o rosto para o outro lado.

Chas não emitiu mais nenhum ruído enquanto ela cavoucava a ferida. Não foi a primeira vez que o vi machucado. Era extremamente tolerante a qualquer tipo de sofrimento, físico ou emocional. Henry Chastain era a pessoas mais equilibrada e comedida que eu conhecia.

— Ele precisa de cuidados médicos, agora — disse ela, vendo o sangue jorrar do local de onde tinha removido a bala.

O rosto dele estava pálido e inexpressivo, mas eu sabia que era uma questão de tempo até melhorar. Sem que Denise percebesse, ele levantou a mão e a pousou sobre a região machucada, murmurou a ordem de cura e se deixou relaxar, compassando a respiração com dificuldade.

— Denise — chamei-a, colocando a mão em seu braço. — Posso falar com você agora?

— Esse homem vai morrer no nosso sofá, Valery! — retorquiu, indignada. — Ele está sangrando muito!

— Ele vai ficar bem.

Talvez já tivesse parado de sangrar.

Percebendo que ela teimaria, agarrei sua mão e a arrastei bruscamente até a cozinha. Ela entrou no cômodo a contragosto, respirando alto e batendo os pés. Antes de fechar a porta às minhas costas, verifiquei que Chas descansava a cabeça no encosto e fechando os olhos numa expressão meditativa.

Denise lavou as mãos sujas de sangue na pia da cozinha, seu rosto contorcido, gestos acelerados. Esperei que terminasse, ainda sem encontrar uma forma adequada de conjecturar uma boa frase que começasse a explicar o que ela vira e o que tinha acabado de fazer.

— Obrigada por isso — falei, baixo demais.

— Hora das explicações.

Chacoalhou o excesso de água e enxugou as mãos num guardanapo, sem tirar os olhos inquisitivos de mim. Não contava com aquela espera paciente, mas sim com uma explosão de perguntas e pré-julgamentos.

Tinha subestimado minha amiga.

— Denise, não quero mentir sobre o que acabou de ver.

— Ele é mesmo padre? Levou um tiro? O que vocês estavam fazendo? Por que não pode ir para o hospital? — cuspiu as perguntas, mal acabando uma antes de começar a outra.

Não a subestimei afinal.

— Calma! — bradei, engrossando a voz com as mãos para o alto.

Denise se calou, cruzou os braços com uma expressão traída.

— Ele é um padre, foi baleado e não pode ir ao hospital, porque ninguém pode saber quem o feriu — pronunciei devagar. Denise abriu a boca para começar outra questão e eu a interrompi com um muxoxo exasperado. — Foi a mesma coisa que matou o tenente Carpax.

Ela arquejou, se acalmando em seguida para assumir uma compleição preocupada.

— Então por que não chamou reforços? — indagou, aflita. — O que o padre tem a ver com isso?

— Não podia chamar, porque os policiais não entenderiam — respondi, exausta. — Chastain estava atrás da coisa que matou o tenente, mas eu me intrometi e estraguei tudo. Ele se feriu por minha culpa.

Não me percebi pronunciar aquelas palavras com mais emoção do que deveria, fato que Denise notou, se aproximando para poder me observar melhor. Seus olhos escuros cheios de energia me fitavam, como se ela tivesse visto algo a mais, algo que a alarmou e interessou muito.

— Então você o conhece? — perguntou baixo. Meneei a cabeça e desviei os olhos. — Isso faz parte daquela parte da sua vida que você nunca me contou, não é?

Eu não estava com vontade de enredá-la em mais mentiras ou de inventar uma desculpa idiota e desconsiderar sua inteligência. Nossa amizade era verdadeira apesar das minhas lacunas. Eu devia muito a ela.

— Você não devia saber sobre certas coisas que tirariam sua paz.

— Não estou em paz nesse momento. — Abriu os braços, andando pela cozinha de um jeito nervoso. — Tem um padre tatuado sangrando na minha sala e minha amiga está claramente mentindo para mim há cinco anos. É o bastante para você me compreender um pouco?

— Conheço o padre Henry há muito tempo — retruquei, erguendo a voz sobre a dela. — Muito antes de vir morar em Darkville. Quando Axel e eu resgatamos Anastacia a algumas noites, eu liguei para ele pedindo ajuda.

Compenetrada, ela chacoalhou a cabeça como se estivesse entendendo.

— Até agora tudo bem — resmungou. — Continue.

— Prometa-me que não vai contar a ninguém o que vou dizer.

— Mas é claro que não vou, Valery! — berrou em resposta, ultrajada pela minha insinuação. — Só continue a falar antes que eu chame uma ambulância para levar o padre.

Acalmei-a com um gesto, limpei a garganta e prossegui.

— Henry é um Exorcista — revelei, contundente. — Ele trabalha para o Vaticano há anos, mas antes disso trabalhava comigo. Ou eu com ele, não sei dizer.

— Exorcismos — divagou ela, com uma expressão de surpresa. — Você trabalhando com exorcismos?! Mas você nem acredita em Deus, Val!

— Acredito — devolvi, vencida. — Tenho uma relação um pouco conflituosa com ele, mas sei que está lá, em algum lugar, ignorando que garotinhas são possuídas pelo demônio.

— Anastacia Benson está possuída pelo demônio?!

Tentei apaziguar seu rompante com diversas perguntas inquisitivas, explicando em frases esquivas sobre o que houve com Anastacia. Denise teimou em dizer que eu estava brincando, mas ela sabia que eu não tinha humor para piadas de mau gosto.

Depois de um diálogo acalorado, ela se calou, passou a mão pelo rosto por vezes demais e me encarou, primeiro, como se eu fosse uma desconhecida, depois, como se tivesse se dado conta da realidade e sentisse pena de mim.

— Você está falando a verdade... — sussurrou, ainda atordoada. — Meu Deus, Valery.

— Ele possuiu Axel e usou os sentimentos dele por mim para ferir Chas.

Aquilo soou como um desabafo sentimental antes incrustado em minha mente. Senti-me exaurida naquele momento, perto de uma crise nervosa de completo descontrole da raiva.

Em seguida ela simplesmente me abraçou.

Ao rodear de seus braços sobre os meus, hesitei antes de ceder e corresponder ao gesto. Nele havia medo, assim como pena e lamento. Ouvia sussurrar que aquilo era loucura, depois que sentia muito. Fiquei ali por um tempo, tentando entender o que aquele abraço significava de verdade, mas sabia que demonstrações de afeto não precisavam de análises tão minuciosas.

— Quando houver um tempo e estivermos sozinhas, vou explicar melhor essa loucura toda. — Afastei-me e me recompus, constrangida. — Não precisa se preocupar com mais nada agora. Você me ajudou como uma amiga ajudaria, e agora eu lhe devo uma.

— Ainda não entendi que parte explica o porquê de deixar o padre gostoso morrendo no sofá.

— Ele não vai morrer. Chas tem o dom de se curar sozinho — respondi, temendo soar ridícula. — Em três horas, o ferimento deve fechar.

— O quê?!

Ignorei o rompante histérico, pois estava sem tempo.

— Ele tem um ouvido três vezes melhor que o nosso também, provavelmente ouviu você chamá-lo de padre gostoso.

Denise corou inteira, levando a mão ao rosto e reprimindo um gemido.

— Lobisomem ou vampiro?

— Caçador — rosnei, num tom que colocava fim às perguntas por ora.

— Eu sei que é demais, Denise! Talvez você não precise saber de tudo. Continue vivendo sua vida, indo à missa, fazendo suas orações. Você tem luz! Tem a mim! Agora eu preciso da sua confiança e que fique com Chas enquanto eu vou checar Anastacia, tudo bem?

Denise não respondeu de imediato, apertou os lábios. Assentiu enfaticamente e eu me afastei no mesmo momento, indo em direção à porta.

— Espere! — disse alto, atraindo de volta minha atenção. — Posso perguntar por que você o chama de Chas?

Abaixei a cabeça, mordi o lábio.

— Você sabe por quê.

37
HENRY

Já cruzava a tênue linha entre a vigília e a realidade, quando senti uma presença se aproximando de meu corpo quase inconsciente. Com ela despertava-me o olfato para as pronunciadas fragrâncias de mel, cidreira e camomila, assim como acordava meu tato para a sensação pungente da dor no ombro esquerdo.

Abri os olhos com cuidado, vendo o vulto da srta. Nelson defronte a mim, aguardando que me recobrasse. Pisquei algumas vezes, colocando a vista em foco, para apreender que os aromas prazerosos vinham de uma xícara de chá que trazia em suas mãos, estendida para mim assim que emiti, da melhor forma que pude, um sorriso grato e tímido.

— Para acalmar o susto, padre — disse ela, de um jeito acanhado. — Costumam dizer que meu chá calmante é melhor que qualquer remédio.

Segurei a alça da xícara e imediatamente levei a borda aos lábios, sorvendo o gosto forte das ervas. De fato, parecia acalentador sentir o chá invadir meu sistema, abastecer minhas células exauridas.

— É perfeito, srta. Nelson. Obrigado.

— Por favor, me chame de Denise — falou baixo, ainda timidamente.

— Claro, se não for um problema para o senhor.

— Não é, Denise — devolvi, armado de meu parco sorriso.

Sentou-se na poltrona adjacente e me observou de soslaio. Seus olhos de opala pareciam assustados, repletos de perguntas e um forte desejo de colocá-las para fora à mínima abertura que eu desse.

— Eu me lembro de você no almoço na casa do padre Angélico — observei, mantendo um tom sereno. — Queria agradecer pela coragem que teve em remover a bala.

A gaze, sobre a qual ela depositara o metal ensanguentado, ainda estava sobre a mesa de centro, assim como a caixa de primeiros socorros revirada. Era um lembrete de que a dor extenuante e o sangue que vi deixar minhas veias em grandes quantidades eram de fato reais. E não um pesadelo do meu inferno pessoal.

— Valery me falou sobre o que aconteceu com Axel — disse, temerosa. — Ainda não sei o que pensar sobre tudo isso. Como uma boa católica eu deveria mesmo acreditar que o Diabo pode fazer todas as coisas? Matar, possuir crianças, trocar de corpos?

Hesitou, me olhando agora nos olhos à procura de algum sinal ou resposta.

— Não há nada que eu possa dizer para atenuar seu temor, além de incentivar que continue tendo fé.

Ela anuiu, não muito convencida. Aquela resposta havia sido terrível, mas não me ocorria nada diferente naquelas circunstâncias.

— O senhor tem mesmo uma audição três vezes melhor do que a de pessoas normais?

— Sim — respondi simplesmente. Ela corou ao extremo, olhando para as mãos com os olhos lacrimejados de culpa. — Não se preocupe com nada, Denise.

— Sinto muito, não quis desrespeitá-lo.

Consegui me ajeitar um pouco, colocando as costas em uma posição confortável. Agora que o sangue estava voltando a encher minhas veias, minha mente recomeçava a trabalhar e eu conseguia processar o que ocorrera no parquinho.

Naquela opressão que atingiu as crianças, na intensidade dos ataques. Meu quase homicídio ao ordenar que o corpo incendiasse, completamente tomado pela ira em ser derrotado pela vil criatura.

Não foi o demônio que atirou, mas Axel, comandado por sua subversão.

— Padre, o senhor está bem? — indagou Denise, preocupada. — Ficou ainda mais pálido de repente.

— Ainda estou me curando — apressei-me em dizer. — Não precisa se preocupar com desrespeitos, sendo a pessoa a salvar minha vida. Aliás, uma boa conversa iria me ajudar a curar mais rápido, distrair-me da dor em meu ombro. Por que não me conta como você e Valery se conheceram?

Denise sorriu timidamente, suspirou com profundidade, abanando as mãos como quem diz que está tudo bem. Ela emanava uma energia iluminada, tinha um ar intuitivo e sensível, protetor, certamente. Alegrava-me saber que Valery a tinha escolhido para ter por perto, me fazia pensar que o tal sacrifício arbitrário tinha valido a pena de alguma forma.

— Bem, foi na época em que me mudei para Darkville, fugindo da cidade grande — começou, sorrindo de forma nostálgica, talvez até mesmo um pouco triste. — Fiquei hospedada por um tempo em um hotel, mas cheguei a um ponto em que não tinha mais como pagar as diárias e fui colocada para fora.

— Aposto que é nessa parte que Valery entra — emendei, quando ela parou e mirou suas mãos, perdida nas lembranças.

Sorrindo, concordou. Passou sobre seu rosto uma expressão de estranheza, talvez se apercebendo que eu conhecia bem sua amiga.

— Sempre defensora dos menos favorecidos, não é? — Riu, nervosamente. — Nós nos encontramos num café perto do hotel, logo depois de eu ser expulsa de lá com uma mala pesada. Valery me viu esbravejando com meu pai pelo celular e bisbilhotou o assunto, cercando-me logo que finalizei a ligação. Tinha dinheiro para mais um copo de água, o que não pagaria nem minha passagem de volta, mas ela me pagou outro café e alguma comida, depois me ouviu choramingar sobre os meus problemas.

Pude imaginar a cena perfeitamente. Valery querendo parecer durona, quando se compadecia sempre que via alguém perdido. Tinha a intuição aguçada para identificar pessoas que precisavam de ajuda, o que ela fornecia com seu jeito desajeitado, sempre armada e pronta para partir assim que terminasse a missão.

Mas Denise ainda estava ali.

— Ela me ofereceu abrigo por alguns dias — prosseguiu, um pouco emotiva. — E eles estão durando até hoje. Não sei dizer como sou grata a ela, mas não nego que...

— Está se sentindo traída agora — completei, quando percebi que ela não conseguiria. — Gostaria de saber tanto sobre ela, como ela sabe sobre você.

A garota fechou a expressão, piscando os olhos anuviados de sentimentos conflitantes.

— Basicamente isso — respondeu baixo. Fungou para esconder o choro e depois voltou a me encarar. — Sempre pensei nela como uma missão. Alguém que tinha sofrido demais e se fechado por isso.

— Você sempre esteve certa, então — sobrepus, peremptório. — Sei bem qual história ela contou, de forma curta e sucinta. Pais mortos, tutor sem nome. — Aguardei que ela assentisse, confirmando que era a mesma história. — A verdade é bem pior que isso, Denise. Acredite em mim: você foi a melhor coisa que aconteceu com ela desde que a vi pela última vez. Valery costumava afastar as pessoas, mas a manteve por perto. Isso significa muito.

Cedendo, ela respirou fundo. As lágrimas em seus olhos se tornaram ainda mais insistentes. Enxugou-as antes que caíssem, usando a manga de seu casaco.

— O senhor sabe a história toda, não sabe?

— Sim — respondi honestamente.

— Não pode me contar alguma parte dela? — pediu, fazendo uma expressão solícita. — Nem que seja algo bobo, insignificante.

— Bem... — divaguei, tomando um tempo para considerar o que falar. — Existe mesmo um tutor, e seu nome é Oz.

— Oz... — repetiu, introspectiva. — Tipo o Mágico de Oz?

Soltei um riso que ela correspondeu.

— Acho que está mais para o presídio do seriado.

— Tão ruim assim?

— Ele é superprotetor, possessivo ao extremo quando se trata de pessoas estranhas chegando perto dela. Não vai gostar de você também.

Denise encarou o nada, claramente confusa.

— Não sou tão má influência.

— Por isso. Oz acha que Valery pode ferir as pessoas, por causa das coisas que ela atrai.

Chacoalhou a cabeça, confusa.

— Valery não é capaz de ferir ninguém. Não alguém inocente, eu digo. — Arqueou as sobrancelhas, perdida em pensamentos. — Bom, ela é policial, então já teve que ferir antes. Não lidou bem com isso, começou a beber, sair com uns caras estranhos, até Axel aparecer.

Senti a expressão fechar, mas lutei sem nenhum sucesso para não expressar nada. Minha transparência sempre foi uma maldição, por isso logo a garota corava ao ler minhas emoções.

— Não quis dizer nada que... — emendou, batendo contra a testa num gesto expressivo. — Sinto muito.

— Não se sinta mal — acalmei-a com sinceridade. — Por favor, Denise. Não há problema algum nisso.

Mas tinha. Eu nunca me permiti pensar no que Valery fez depois de entrar naquele avião. Sentia uma obrigação vital de salvar sua vida e manter seguro o dom que ela carregava, mas nunca fui desonesto comigo mesmo em desejar que ela encontrasse alguém para amar em meu lugar. Minha única permissão de egoísmo, numa vida toda de completa doação ao outro.

Virei a xícara inteira de chá, numa atitude que lembrava o entornar de uma bebida alcoólica num ato de consternação.

— O senhor precisa descansar, padre — falou, interrompendo meus pensamentos. — Não vou importunar o senhor com minhas curiosidades agora.

— Só mais tarde?

Denise riu de leve tomando a xícara vazia de minha mão.

— Vou preparar a cama do quarto extra para que o senhor descanse — propôs, agora mais assertiva e menos emotiva. — Se quiser se limpar, o banheiro é no fim do corredor. Posso ajudá-lo a ir até lá, se ainda estiver fraco para caminhar sozinho.

Neguei. Tentei me levantar, mas senti-me atordoado, ainda prejudicado pela parca circulação. Denise me segurou, ajudando-me a voltar para o sofá.

— Preciso voltar para a casa paroquial.

— Posso pedir ao padre Angélico que venha buscá-lo — falou, já tateando o bolso à procura de seu celular.

Angélico não tinha como me buscar sem seu carro, que aliás estava com Valery agora.

— Denise, pode ligar para Valery e pedir que ela devolva o Fiat a ele? — pedi, embora envergonhado. — E acho que vou aceitar o quarto.

38
VALERY

Anastacia dormia tranquilamente com os braços sob a bochecha, uma expressão serena no rosto níveo, respirando de forma compassada. Enquanto isso, Amara Verner a vigiava, os dedos sobre as contas do terço, a boca sussurrando orações cuidadosas.

Observava as duas pelo vidro da porta, parada ali já havia tempo demais. Ele não tinha vindo por ela, afinal. Nenhum sinal de Fumaça Negra, só a proteção que Chas tinha deixado, espalhando um cheiro de bálsamo e alecrim no ar, coisa que somente eu poderia sentir. Ou outras pessoas como eu.

Anastacia ficaria bem.

Senti a presença se agigantar ao meu lado, produzindo um calor que me atingiu feito uma brisa veraneia. Reconhecia o dono da tórrida energia, sem necessidade de me virar para cumprimentá-lo.

Oz observou Anastacia comigo, em silêncio por um longo tempo.

— Não devia deixar Malik sozinha com o terrível feiticeiro do ensino fundamental.

Ele emitiu um curto riso, ainda observando pelo vidro, antes de me fitar de soslaio.

— O ritual de localização o esgotou até a beira da morte — disse-me, com escusa tranquilidade. — Não vai oferecer nenhum perigo por algumas horas.

— Sempre bom ter o protetor das crianças para cuidar de nós, não é mesmo?

Minha insinuação o aborreceu, fazendo-me encarar daquele jeito paternalmente repreensivo.

— Anastacia vai ficar bem, Valery — rosnou, apontando o corredor com um gesto para que saíssemos dali. — Temos que conversar agora. Tem algo que venho querendo falar a sós com você há algum tempo.

Aquilo nunca era um bom sinal. Cruzei os braços para disfarçar a respiração violenta, andando em silêncio ao lado de meu Guardião para fora do hospital. Na rua a neve espessa já cobria boa parte do solo, caindo em flocos brancos que davam à paisagem do céu caliginoso um obscuro tom cinzento.

Paramos no jardim do Mercy Hospital, que estava tão deserto quanto qualquer parte da cidade naquela hora. Os olhos de ônix me encaravam fulgurosos, sempre animalescos. Cruzei os braços e aguardei.

— Minhas visões começaram antes das suas — disse-me simplesmente. — A mulher com o terço na mão, as formigas, o bebê na foto. Você sabe.

Oz aguardou alguma reação minha, mas o cansaço me dominara com tamanha força que mal consegui reagir à menção daquela visão assombrada que me perseguia havia dias.

— Por que não me falou sobre isso antes?

O Guardião diminuiu a distância entre nós, de forma que eu tinha que erguer a cabeça se quisesse encará-lo. Expressava uma emoção incomum, custando a escolher as palavras para o que devia ser dito, certamente. Meus batimentos aceleraram quando percebi que era mais sério do que tinha julgado.

— Você me bloqueou há tempos, Valery — replicou, olhos estreitos. — Foi incapaz de me olhar nos olhos achando que eu ia soltar um "eu avisei" quando voltou sozinha do Vaticano, não é? Eu só respeitei seu espaço.

Envergonhada, porém orgulhosa, abaixei a cabeça.

— Só continue.

— Valery... — pronunciou como um lamento. Encarei-o e o vi de mandíbulas cerradas, o ônix brilhando em seus olhos indecifráveis. — Não é sua única mágoa comigo. Você pensa que eu me envergonho de você ou que não a amo como amava Lourdes.

Bufei, fingindo exasperação, mas meu coração estava contrito, pego de surpresa.

— Ela se apaixonou por um homem comum e eu por um Exorcista Original que você odeia. Lourdes falava como uma dama, eu, como um viking. Também bebo como um e tenho ferraduras no lugar das mãos. Entendo perfeitamente que...

Um muxoxo inquisitivo me calou. Oz me fitava com certo divertimento agora.

— É exatamente o oposto do que você pensa: essas suas peculiaridades são o que a tornaram diferente aos meus olhos.

— Você anda assistindo muito ao canal mexicano, meninão.

Com um riso rouco, ele virou a cabeça para o céu, desacreditando de minha teimosia.

— Sabe que eu tive uma revelação quando você nasceu, não sabe? — prosseguiu, ainda com voz de riso. — Estava chovendo torrencialmente naquele dia. Vi seu pai a segurando nos braços trêmulos, o mal-estar que ele sentiu por conta do poder que emanava do seu corpo, e também o medo. Todos sentiram, o trovão rasgando os céus e você ali quietinha, observando todo mundo. Um bebê que já nasceu de olhos abertos.

Meu peito se apertou, com pesar.

— O que está tentando dizer?

— Que pela primeira vez, ao ver uma das minhas protegidas nascer, tive medo. Achei que, por causa da sua escuridão, não conseguiria guardar aquilo que o Criador lhe deu como missão.

— Um fardo — retruquei no mesmo instante, a voz tremendo. — Ele me deu um fardo.

— E é hora de isso chegar a um fim. É isso que as visões estão mostrando, desde o começo.

O jeito como ele disse, suas mandíbulas quadradas latejando e o tom animalesco. Meu corpo relaxou sem querer, esperando agora o desfecho.

Ele estendeu as mãos e puxou meus ombros ao seu encontro. Colocou minha cabeça contra seu peito, envolvendo meu rosto e cabelos com a mão direita e depositando o queixo sobre minha cabeça. Fiquei sem reação, desacostumada a contatos físicos, mas entendi o que ele pretendia quando o ouvi murmurar os feitiços em sua língua de origem.

Um tremor começou em meu peito, se alastrando ao meu redor, feito o abraço de uma pulsação sonora. A atmosfera se aquietou, como se nossos corpos tivessem deslocado no espaço em segundos, transportados para um local diferente, repleto de ventos quentes que atingiram meu rosto.

Oz tinha uma habilidade destra em viajar para dentro da mente das pessoas e era em minhas memórias antigas que estávamos agora. Notei primeiramente por me ver frente ao túmulo de Lourdes Vila-Lobos no cemitério de minha cidade-natal, no interior de São Paulo. Depois, por notar ter meus 15 anos, usando as roupas desleixadas da época. Estava nublado, como eu me lembrava do dia do encontro com o meu Guardião misterioso. Defronte à sepultura da mulher chorando, meu peito subia e descia inundado em sentimentos conflitantes.

Oz estava atrás de mim, aguardando que eu me virasse e o encarasse. Aquele era um local seguro em minha mente, distante do mal que podia estar à espreita, pronto para nos ouvir a qualquer momento. Virei para observá-lo, vendo os cabelos negros volumosos revoltos pelo vento, a jaqueta jeans surrada e o olhar penetrante que sempre toldava meus esforços insubordinados com o temor que me causavam.

Trazia algo em suas mãos, uma lágrima solitária escorrendo de seu olho direito quando estendeu o objeto em minha direção.

O que é isso? O aperto quente em meu peito frio incomodava as veias, fazendo a visão ficar anuviada.

O objeto se parecia com uma pequena caixa de joias forjada em cobre, laqueada com texturas que formavam símbolos desconhecidos. Era peculiar e atrativa, não de um jeito físico, mas algo nela me magnetizava de uma forma temerária.

— Aquelas visões foram mais a fundo comigo — disse-me, quebrando o silêncio contemplativo. — Depois de ver a mulher e a foto do bebê, eu sempre acabava aqui no cemitério, em frente ao túmulo de Lourdes. Uma nuvem de borboletas pretas me envolvia em seguida e eu me forçava a despertar.

— Costumo acordar quando ela começa a me acusar — interrompi-o, assombrada pela lembrança daquele pesadelo.

— Houve um dia que decidi não acordar quando as borboletas apareceram — prosseguiu, mantendo o tom concentrado. — Segui os insetos e fui parar num pequeno museu da sua cidade, onde me deparava com a visão dessa caixa e, sem mais nem menos, acordava em seguida.

— Então, isso está naquele museu?

Ele negou sutilmente.

— Estava, mas eu fui até lá e o comprei, enfim — esclareceu, introspectivo. — Se as Revelações o estavam mostrando, era porque algo queria que víssemos, ou que só eu visse.

— O que é isso? — questionei, intrigada. — Você conseguiu descobrir alguma coisa?

Oz manuseou a caixa e a abriu, revelando dois pequenos pedaços de madeira com letras de outro alfabeto em tinta vermelha, assim como metade de formas geométricas indecifráveis. Esses pedaços pareciam se completar, mas uma divisória de metal os separava. Senti algo frio, como um ponto gelado que saiu da caixa e me atingiu nas bochechas. Daquele objeto emanava um poder intenso, frígido e inédito.

— Depois que a trouxe para casa, afundei em pesquisas. Livros, registros de internet, tudo. Mandei para todos os guardiões que conheço. Fizemos uma varredura de história oculta — disse, num tom cansado. — Antes estava em Portugal, onde Lourdes nasceu, e antes disso, em Londres, perto de Elena. Cheguei até 1770, quando estava em Viena, exatamente na época em que residi lá com Jozette.

Meu coração acelerou de forma alarmante.

— Por favor, me mostre de uma vez!

— Em suma, é um objeto sagrado criado pelo Escriba Original, o primeiro ancestral daquele que fez sua tatuagem e hoje está em posse do Vaticano — continuou, compenetrado. — Os primeiros registros datam de muitos séculos antes de Cristo, na África. A lenda diz que a matéria-prima para criá-lo foi o sangue de uma família muito antiga, os Arkhan, uma tribo muito poderosa de guerreiros que deveria protegê-lo. Contudo, no século 16, essa pequena Arca desapareceu da posse dos Arkhan, misteriosamente. Durante anos houve caçadas, mortes, acusações, mas a família nunca mais a encontrou. Acabaram se dispersando pelos novos continentes ao longo dos anos, até que a Arca virou uma lenda entre eles.

Com a boca meio aberta, fitei os objetos sem piscar.

— Oz, eu gostaria mesmo que você me explicasse o que isso significa.

Ele me estendeu a caixa, ou Arca, para que eu a segurasse. Hesitei, mas senti-me tentada a tocar nela. Fiz com cautela, tomando-a em minhas duas palmas abertas.

— O que sente?

Fechei os olhos, deixando a sensação me invadir...

— É frio e penetra meus ossos. Meu coração bate intensamente, mas não é desconfortável.

Abri os olhos. Oz me sondava.

— Depois que ela desapareceu da casa dos Arkhan, começou a seguir vocês, minhas protegidas — pontuou, chegando perto da conclusão.

— Se estava me seguindo há tanto tempo, porque as Revelações sobre ela só começaram agora?

Oz sorriu de uma forma triste, acariciando a lateral da caixa laqueada em símbolos.

— De imediato, não toquei nas peças que estão aí dentro — prosseguiu, certamente chegando até a resposta que queria me dar. — Mantive a caixa num cofre e analisei os símbolos entalhados interna e externamente. São runas de proteção em sumério, uma língua morta. A Arca serve para ocultar as peças, e é nelas que mora o verdadeiro poder. Quando as toquei, tive uma Revelação muito maior que as outras.

Exultante com a história e com a esperança que me trazia, mal piscava ou conseguia me mover. As minhas visões começaram muito depois das de Oz. *Por quê?*

— Por favor, Oz, me mostre a Revelação?

Ele anuiu, em seguida apertou o dedo indicador sobre minha testa e murmurou as palavras. Uma luz se abriu dentro de minha mente e então tudo foi empurrado para ela. A trajetória da caixa inominada, minhas outras vidas tão perto dela, como se o objeto lá dentro as tivesse sondando em silêncio, estudando-as. Vi as montanhas de Israel, onde nascera a primeira de nós, e depois desertos escaldantes, pessoas nuas ao redor de fogueiras. Tambores.

Trombetas.

Asas douradas e negras.

E então, o início de tudo.

Vi o que eram as madeiras, o que poderiam fazer e a que poder pertenciam.

Caí sobre os joelhos, aturdida demais para prosseguir.

— Oz... — sussurrei. *Aquilo era... Era demais...* — É mais poderoso até do que eu! Se eles me pegarem com isso em mãos, tudo pode acabar.

Ele fez um gesto tranquilizador, sorrindo parcialmente.

— A caçada que ocorreu há cinco anos foi liderada por espíritos inferiores, demônios de classe baixa. Mas agora estamos à mercê de um general do inferno, talvez de algo pior. Vamos precisar desse poder, e ele é seu, minha Lacrymosa. Quando chegar a hora, não devemos hesitar em invocá-lo.

Fechei a caixa e a protegi com minhas mãos, apertando-a contra o peito. Ela pesou, emanou o poder frio, mas ele me fazia sentir uma segurança poderosa que havia muito tempo não sentia.

— Agora nós vamos lutar até as últimas consequências. Prepare-se para o pior.

— Eu sempre me preparei.

Assentiu, como se fosse uma continência. Então a visão desvaneceu de repente, colocando-me de volta ao mundo real naquela rua fria, embaixo de uma lâmpada quebrada.

Estava sozinha, mas ainda sentia a quentura dele no ar. A ausência de Oz era dolorosa, como uma ardência de uma pancada.

No meu bolso o celular vibrava com uma chamada de Denise.

— Já estou voltando — fui dizendo assim que atendi a chamada.

— Padre Henry pediu que você devolva o carro para o padre Angélico.

Enfiei a caixa dentro da jaqueta, enroscando-a protegida com um dos braços. Olhei para o Fiat do outro lado da rua.

Suspirei alto.

— Tudo bem. Já volto para casa.

39

Estacionei o veículo em frente à casa paroquial, permanecendo lá dentro por um tempo que tomei para pensar no que estava fazendo.

Uma chance? Uma esperança? Poderia morrer em paz e saber que teria uma alma para descansar ou teria que renascer e carregar em outro corpo todo aquele peso novamente?

Oz tinha me abraçado muitas vezes nessa vida, como eu sabia que tinha abraçado nas outras, desde aquele dia antigo na cabana no meio do deserto. Porém aquele abraço tinha sido diferente, como se seus braços houvessem estilhaçado meu corpo de vidro.

De todas as vidas passadas, a única a ter as visões da Arca era a minha. A caixa tinha sondado as Lacrymosas por reencarnações sobre reencarnações, mas me escolhera. Por quê?

A ausência de esperança é uma geleira, contudo eu estava aquecida naquele momento.

Padre Angélico estava do lado de fora do carro, me olhando. Não sabia havia quanto tempo tinha me permitido devanear e nem o que minha expressão denunciava. Só passei para o lado do carona, dando a entender que ele deveria entrar.

O aquecedor do carro logo apaziguou os tremores do padre, que agora respirava profundamente ao meu lado. A conversa que teríamos ainda pairando no ar, nos faltando coragem para iniciá-la.

— Não pegaram o detetive Emerson — afirmou, olhando através do vidro.

— Não.

— Você e ele têm uma ligação emocional — continuou dizendo, observando a rua com um jeito distante. Parecia ter perdido um pouco da ingenuidade, o que atribuiu certa dureza na expressão antes inocente. — Isso pode ser usado contra você. Contra todo o processo.

Como ele sabia daquilo? Como poderia presumir o que tinha acontecido sem ter estado lá? Naquela escuridão iluminada apenas pelo poste fraco da rua, a pele escura do padre brilhava com um suor de nervosismo.

— Cometi um erro indo até lá antes do padre Chastain — admiti, sombria. — Talvez ele tivesse conseguido pegar Axel sozinho.

— O que houve, exatamente?

Os olhos castanhos intensos me encararam, remetendo a algo profundo que eu não sabia definir. Tinha visto esse padre tantas vezes, ouvido sua voz, estado em sua presença, mas nada como aquilo.

Foi assustador, por uma razão desconhecida.

— O que foi, Valery? Seu rosto parece assustado.

Balancei a cabeça tentando desanuviá-la, mas vi de relance a mulher que segurava o terço. Sua mão sangrava. A pele escura, o rosto retorcido. Tive que me concentrar para afastar a lembrança daquela visão que me assombrava despertada pela recente conversa com Oz.

— Acabo de ter uma conversa difícil, um dia pior ainda. Desculpa se pareço perturbada, padre.

Angélico me olhou de soslaio, aguardando maiores explicações.

— Chastain foi baleado e o demônio fugiu. Temos pouco tempo antes de o corpo de Axel ceder.

— Ele está no hospital?

— Não.

O padre estava petrificado, me olhando como se eu fosse louca.

— Teria que dar explicações, o que despertaria mais perguntas. Há coisas sobre ele que o senhor não sabe, mas Chas nem mesmo *precisa* de um hospital.

Encostei a cabeça no banco e respirei fundo. Chas não tinha explicado a Angélico quem ele era nem para quem trabalhava.

— O exorcismo que temos que fazer não vai ser suficiente. A coisa que pegou Axel veio com um propósito, quer algo. Ele pode tanto estar fazendo uma armadilha quanto invocando algo ainda mais poderoso que ele.

— Como sabem dessas coisas? — devolveu, angustiado com suas incertezas. — Eu me sinto um peão inútil num enorme tabuleiro de xadrez.

— Chas trabalha para um homem chamado Lucas Cervacci — soltei como um desabafo, sem medir as palavras. — Um bispo próximo ao conselho do papa, mas líder de outra ordem. Um psicopata, controlador, hipócrita e sem fé. Chamam há séculos de Drachenorden.

O padre ficou perpassado, claramente sendo afetado pela revelação.

— Isso não pode ser real, Valery. A Ordem do Dragão?

— É real. Eles detêm padres como Chastain e outras pessoas com dons parecidos.

Angélico certamente sabia da história da Ordem. Criada por nobres e membros do clero para caçar criaturas e pessoas que tinham dons que os ameaçavam.

— Eu não sei se posso acreditar em algo assim — resmungou, resignado. — O que mais você tem que me contar?

— Eu não posso contar ao senhor o que gostaria, mas preciso que nos ajude no exorcismo — pontuei com contundência, embora vacilasse por dentro, tentada a dividir meu segredo com o sacerdote. — Tem que saber que deve confiar em Chastain acima de qualquer ordem da Igreja que o senhor já tenha ouvido.

Angélico sorriu cansado, balançando a cabeça para os lados ainda incerto.

— Ele está fazendo isso para protegê-la — concluiu, por fim. — Agora entendo a raiva que sempre vi em você. Entendo, certo de que não estou inferindo nada ingênuo, de que Chastain só está enredado pela Ordem do Dragão porque precisava se sacrificar por algo que amava. E ninguém, detetive Green, deveria ser privado da pessoa amada.

A compreensão altruísta em sua voz me fez titubear. Calei-me, olhando para as mãos frias sobre o colo, sentindo o peso da Arca em minha jaqueta. Era mais do que eu poderia pensar agora.

— Então me diga — continuou ele, assumindo um tom mais convicto —, o que preciso saber sobre Henry Chastain?

Contei a ele tudo o que julguei necessário sobre os Exorcistas Originais, me esforçando para conter meus sentimentos e meus próprios segredos. Por algum motivo muito maior, Angélico precisava saber.

Precisava saber *agora*.

Depois de cerca de uma hora, ele me deixou no local onde eu tinha estacionado a Harley. Fiquei parada na escuridão enevoada daquela madrugada, olhando para o parquinho três quadras à frente.

Não havia nada, nem a presença da Fumaça Negra. Só vozes de mães, pais e crianças dentro das casas, acordados tarde da noite, falando baixo. Toda aquela vida reverberando na penumbra, enquanto eu esperava sozinha, pensando na coisa em minha jaqueta, em Oz, em Chas, em Angélico.

E nas minhas lágrimas.

SOBRE O PASSADO
VI

2009

Já estávamos havia alguns anos na estrada quando chegou o dia que mudaria tudo.

Sombras subiam por todas as paredes, serpenteando famintas, ruídos guturais ondulando pelo cômodo. As coisas tinham saído do controle bem antes disso, quando o homem amarrado na cadeira sussurrara alguma coisa que tinha feito Chas titubear.

Em anos na estrada, caçando demônios, ele nunca tinha hesitado diante de um.

Depois de acostumar meus ouvidos aos sons perturbadores das vozes demoníacas, recuperei minha postura e voltei a proferir o exorcismo. O homem possuído tinha arrebentado umas das amarras e avançava sobre Chas, que proferiu uma ordem violenta e o lançou ao chão, ainda atado ao assento.

— Chas, o que ele disse?

As sombras chiaram.

— Acho melhor você ir. Ele pode tentar invadir seus pensamentos — respondeu-me, ofegante.

Sabia que ele daria conta a partir dali. As sombras escalando as paredes era uma estratégia que não o assustava, como acontecera com os outros padres que tentaram exorcizar o homem. Assenti e murmurei um pedido de cuidado, me virando para deixar o quarto logo em seguida.

Mas algo deu errado naquele instante. De alguma forma outra possessão estava acontecendo por perto. Eu podia sentir a aproximação de uma opressão maligna, pungente, mirando a porta em aguardo. Logo a dona da casa apareceu na minha frente; os olhos completamente pretos, rosto imerso em veias, dentes à mostra.

— Chas, temos outro aqui!

Mas não era só ela. Vieram mais corpos sob possessão. Uma adolescente e uma senhora de unhas estendidas, procurando meu pescoço enquanto eu bradava a oração com minha medalha voltada para elas.

Então a estupidez de estar fazendo aquilo me acometeu.

Por que eu tive a ideia de sair pelo mundo caçando as coisas que queriam me caçar? Era tarde demais para uma reconsideração.

A adolescente estava no comando do demônio mais forte. Ela saltou sobre mim e enterrou os dentes em meu pescoço, provando meu sangue. Gritei, o que foi um erro, pois aquilo desequilibrou Chastain. Ele foi atacado pelo homem em seguida, também ferido.

Quando as criaturas beberam nosso sangue, elas viram nossas almas.

— Você... — guinchou a voz da garota. — Vale muito!

Não havia como dois lidarem com quatro demônios. A única alternativa era fugir dali antes que nos matassem. Chas ordenou que a garota sobre mim incendiasse, mesmo quando eu implorei para que ele não o fizesse. Contudo ela escapou, esgueirando-se pela porta enquanto partes do corpo começavam a arder em chamas. A mulher me atacou, mas lutei com força humana, conseguindo vencer e colocá-la desmaiada sobre o chão.

— Temos que controlar isso e pedir ajuda a Oz — gemeu Chas, tentando prender o homem sob seu corpo, a cruz de ouro enterrada em sua cabeça. — Eles não podem voltar ao inferno sabendo sobre você.

A senhora avançou em minha direção, mas uma ordem de Chas a lançou contra a parede. Parecia tudo sob controle naquela hora, já que só restava ali um deles.

O improvável aconteceu.

O pior de tudo foi ter aqueles olhos infernais perscrutando minha mente, penetrando minha defesa e a de Chas. Ele me via, sabia quem eu era e chamou-me pela alcunha mais particular de todas.

Lacrymosa.

Repetindo aquela palavra, o homem possuído entrou em combustão de repente.

O demônio lá dentro ria, gozando daquele momento em que partia ao inferno arrastando aquela alma e tudo o que tinha encontrado na mente de Chas. A mulher e a senhora também queimaram, seus risos macabros se juntando num canto nefasto que encobriu até mesmo o som das chamas.

Mais tarde e a alguns quilômetros dali, encontraríamos o corpo da garota reduzido a cinzas. Ao lado dela uma inscrição no chão feita com sangue.

"Nosso nome é Legião, porque somos muitos."

Já não éramos mais caçadores então. Éramos caça. Falhamos de forma grotesca.

Naquela mesma noite partimos do Novo México, rumo ao Brooklyn, onde encontraríamos ajuda. Durante o voo mal nos tocamos, nem trocamos muitas palavras, embora a vontade de me grudar a ele e chorar de desespero tenha eclipsado meus esforços de me manter firme.

Oz nos esperava já com trovoadas preparadas para nos receber, o discurso de culpa pronto, decorado. Foram minutos extensos de uma explosão tão tempestuosa que nem mesmo Malik conseguiu colocar um fim àquilo

— De quem foi a ideia de sair pelo mundo fazendo isso, hein? — insistia, esbravejando torridamente. — Valery, sua estupidez me constrange, me envergonha.

— Não há tempo para isso — respondi, seca. — Eles sabem como eu sou e onde estou. Temos que sair daqui imediatamente.

Só que não houve tempo. Os ataques começaram no mesmo dia. Demônios e mais demônios que transitavam de corpo a corpo, matando pessoas, arrastando almas, dizendo meu nome em voz alta. Foram dois meses de desespero e dor.

Chas estava sucumbindo em culpa, pois perdera o controle no exorcismo, mas a verdade era que tudo estava em meu encargo.

Por vezes ele disse que deveríamos ficar em nosso apartamento, formar uma família, mesmo que nossos filhos fossem gatos. Teve que reconhecer, depois de um tempo, que em mim não havia nenhum instinto materno. Porém eu via a natureza de predador que lutava dentro dele. Temia privá-lo da tentação e do instinto de lutar contra as sombras que sempre víamos por aí, tornando-o algo que não era. Chas tinha uma vida pautada no domínio de outras pessoas sobre ele, e eu, aquela que tanto o amava, não gostaria de impedi-lo de ser livre.

Para caçar.

Não poderia mentir que todos aqueles anos na estrada, exorcizando e vencendo o mal, tinham sido os melhores da minha vida, apesar de termos acabado ali, caçados pela Legião.

A ideia de ir para Roma não surgiu logo que os ataques começaram. Já havia sangue em nossas mãos quando ele reuniu Oz e Malik a mim para contar os detalhes do que sabia sobre a Ordem. Trouxe à tona seu conhecimento sobre um homem que estava sob posse deles e que detinha o poder da Palavra de Deus. Ele poderia me ajudar, me ocultar do mal de uma vez por todas, colocando as Runas Sagradas em minha pele.

Oz concordou, e eles apertaram as mãos pela primeira vez.

Quando entrei naquele voo, tinha esperança. Sentia que poderia ser salva e então voltar para casa e adotar aqueles gatos que Chas tanto queria.

E o tal Escriba realmente estava lá. Demorou um par de semanas para que fosse levada até ele, mas assim que colocou os olhos em mim pôde me desvendar. Guardava tal momento nas memórias vividamente preservadas e a acionava todas as vezes que via minha tatuagem no espelho. Nosso encontro durou mais de seis horas de muita dor e gritos.

Chas me prometeu que não vamos mais fugir, eu pensava, em raros momentos de lucidez.

Acordei coberta em lágrimas sobre uma cama com dossel, demorando a reconhecer o salão peculiar do Escriba. Os olhos negros desenhados na face tatuada me olhavam em expectativa, toda a energia cabalística vibrando ao redor dele com uma intensidade aterradora.

O homem que ouvia a voz de Deus e contemplava uma de suas tantas faces.

— Você não vai mais precisar fugir, Lacrymosa — disse-me, num tom doce.

— Por favor, não me chame assim — resmunguei, sonolenta, contorcendo-me pela dor latejante na pele das costas.

— Prefere seu nome verdadeiro? — indagou sugestivamente. — Ele lhe cai muito melhor do que esse.

O sotaque indiano era evidente, assim como a decoração ao meu redor. Um presente de Cervacci por ter tirado o Escriba de seu país, afastando-o de seu Guardião. Durante alguns momentos, ouvi-o tentar me acalmar falando sobre a sorte que eu tinha em ainda ter o meu por perto.

Gregório — era o nome que eu tinha ouvido.

— Esse é mais um segredo meu que você terá que guardar — tornei a resmungar, caindo no sono logo em seguida.

QUANDO DESPERTEI, ESTAVA em outro lugar. Um quarto branco sem decoração, tão iluminado que os reflexos ofuscantes do sol me cegaram. Havia um homem na beira da cama me observando, aguardando meu despertar.

Ele se apresentou. O poderoso Lucas Cervacci em sua batina branca e aquele chapéu pontiagudo ridículo. Falou que Chastain e eu não poderíamos mais ficar juntos, que ele pertencia à Ordem e que eu era apenas uma mulher que o colocava em perigo. Humilhou-me com palavras mansas e destruiu o pouco de calma que eu ainda trazia dentro de mim, me deixando sem respostas para suas falácias.

Estava drogada sob o efeito de analgésicos, vulnerável aos ataques verbais dele sem conseguir articular uma defesa adequada além de pedidos feitos em palavras torpes para que se calasse.

Mas Cervacci era poderoso demais para fechar a boca diante de meus palavrões. Desolada, não pensei em nada além do choro gritante preso na garganta.

Dormi por mais uma noite, que me pareceu um dia inteiro, despertando sempre aos gritos pela insuportável agrura ocasionada pela tatuagem. Enfermeiras me cercavam e administravam mais remédios, assim como calmantes. Chas não veio me ver um só dia, embora eu desconfiasse que me visitava soturnamente nas madrugadas.

Disseram-me que a febre demoraria a passar. O poder que corria em minhas veias era demasiado para qualquer criatura humana. Duvidavam que eu sobrevivesse. Outros já tinham morrido nas mãos do Escriba, segundo Cervacci. A tatuagem vinha como um teste de sobrevivência, sendo somente os aprovados dignos de serem protegidos por seus símbolos.

Subestimaram-me.

Completa uma semana de minha agonia e solidão entorpecida, Cervacci mandou que diminuíssem a dose de meus remédios e me preparassem para sair do quarto. O bispo em pessoa foi me buscar quando puseram-me um vestido tosco de gola alta, como uma católica provinciana, e trouxeram uma cadeira de rodas para me transportar, pois minhas pernas ainda estavam cambaleantes.

— Já que está aqui, srta. Green, acho justo conhecer nosso principal monumento arquitetônico — falou, enquanto empurrava minha cadeira para fora.

Quis protestar, mas estava fraca. Havia sete dias não deixava aquele lugar, e a dor ainda era pungente em minhas costas. Passiva, vi-me entrando em um carro e atravessando as ruas de Roma ao lado daquele homem odioso.

Em minutos estávamos numa enorme e ostentosa igreja. Cervacci me empurrou para dentro do salão repleto de pessoas, por um caminho adjacente que parecia reservado, como um camarote religioso. Abaixo do altar erguido sobre uma profusa escadaria, estavam três cadeiras altas ocupadas por dois sacerdotes. Cervacci tomou posse da que estava vazia e posicionou a minha ao seu lado, orgulhoso em dizer que aquele era um local especial que tinha preparado para mim.

A celebração começou. Um canto lírico ressoou, tão maravilhoso em uma perfeição absoluta, que desejei não estar dopada de analgésicos para poder admirá-lo como merecia.

A Basílica de São Pedro, era onde eu estava. Não me lembraria de metade das coisas que aquele velho asqueroso de olhos de jacaré me dizia. Era um olhar oblíquo, de um tom amarelo opaco, enquanto a voz era de um aspecto nasalado, nada imperiosa como a voz de um homem poderoso como ele deveria ser.

Foi entre as palavras dele que eu vi o padre que subiu ao altar depois do coro de vozes. Mal acreditei no que vi, deixando meus olhos derrubarem uma única lágrima.

Chas caminhava para o púlpito vestido numa batina fastuosa, olhando para a multidão com uma tristeza velada e uma calma fingida. Não me viu ali, drogada e subordinada à tortura de seu algoz, contemplando sua traição depois de tudo o que vivemos juntos. Depois de ter prometido que não nos separaríamos.

Mentiroso e covarde.

Após aqueles minutos eternos do cerimonial, já considerava lutar contra a letargia de meu corpo e fugir dali. A voz de Chas reverberava a Basílica num tom ameno e parcimonioso, como lhe era característico. Aquilo penetrava minha alma, cortando os poucos fios dela que me faziam humana, que me seguravam no mundo dos vivos.

Doeu mais do que a tatuagem.

Doeu mais do que tudo.

— Essa é minha primeira celebração como um sacerdote oficial — falou, andando pelo altar com os braços erguidos na altura do peito, seus olhos fixos no centro da multidão expectadora, aparentando distância, como se estivesse perdido em seu mundo interior enquanto o corpo falava ali. — Gostaria de deixar uma mensagem para que minha missão, que se inicia hoje, valha a pena. Quero dizer a vocês, nessa era de muitos julgamentos e difícil definição do que é certo e errado, que não estamos mais na época da Inquisição.

Alguns murmúrios reverberaram, mas um silêncio absoluto retornou. Chas estava no poder, parecia ter nascido para aquilo, para usar sua retórica impecável diante daquelas pessoas, e não para dormir ao meu lado, lutar comigo, envelhecer vendo meu rosto enrugar.

— Tire-me daqui — choraminguei.

Cervacci me calou com um muxoxo.

— Vejo que usam a comunicação para condenar pessoas, atos, religiões, etnias, povos inteiros — prosseguiu, quase melancólico. — Não queria estar aqui, na capital mundial da fé católica, sem deixar registrado o quanto estamos errados e o quanto ferimos a natureza do Criador quando usamos os meios que temos para praticar atos que seu Filho não praticaria.

Cervacci me cutucou de lado, sorrindo dramaticamente e apontando para Chastain com orgulho.

— Ele exigiu fazer esse discurso — informou-me num murmúrio. — Algumas pessoas vão ficar ultrajadas com ele, não acha?

— Vá para o inferno.

O bispo se encolheu, segurando o riso.

— O nome sobre todos os nomes não é católico, não é protestante, budista, ou propagador de qualquer religião — listou profusamente, gesticulando enquanto falava. — Ele não levanta bandeiras e tampouco nos deu autonomia para tal, não nos fez seus juízes, e sim seus mensageiros. Mas como usamos nossos ideais? Para agregar ou para segregar?

A quietude na Basílica era aterradora. A mensagem poderia soar subversiva, mas ninguém o interrompia. Eu sabia, por quanto o conhecia, que essa havia sido uma de suas condições para ceder à vontade de Cervacci — uma chance de usar aquele momento para dizer exatamente o que ele pensava.

Pena que não faria diferença alguma.

— O mal percorre toda a terra, vigilante, esperando portas destrancadas para adentrar — prosseguiu, elevando o tom numa altura incomum para um sacerdote. — Mas ele não está no outro, naqueles que condenamos por não pensar como pensamos, não agir como agimos e não ter a fé que temos. Não está nas etnias ou povos, nas orientações sexuais. O que nos faz enxergar esse mal em tais coisas, é o que o atrai. É a guerra que quer nos ver travar. Essa é nossa fraqueza.

"Pois dentro de cada um de nós há uma natureza dupla, dentre a qual pendemos e perecemos, cedendo mais a uma do que a outra, mas misturados em ambas. Somos complexos, humanos e falhos. Somos suscetíveis a diversas influências divinas ou ardis malignos. Só abrimos as portas para o mal quando aceitamos que é correto matar, julgar e ferir em nome de um deus ou de uma religião.

Uma cadeira se arrastou, algumas pessoas se levantaram, sobressaltadas, talvez indignadas, mas a maioria ainda prestava atenção. Até mesmo eu ouvia, lutando entre a dor da traição e o orgulho, tão amargo agora.

— Queimamos bruxas na época da Inquisição, mas agora queimamos uns aos outros, todos os dias — pontuou com veemência, encarando aquelas pessoas como se pudesse olhar nos olhos de cada uma. — Nas ruas, nas redes sociais, nos veículos de comunicação, sem nunca nos perguntarmos se Deus odeia aqueles a quem nós odiamos. Não nos damos conta de que ele criou mesmo todas as coisas, inclusive as diferenças.

Palmas soaram, surpreendendo os sacerdotes ao meu lado. Algumas pessoas até mesmo se levantaram, quebrando o silêncio da Basílica de São Pedro com os sons ovacionados. Percebi que alguns grupos estavam deixando a missa pelas laterais, notando que Chas não se importava com tais declinações de sua mensagem, ainda inacabada.

— Espero que se lembrem de minhas palavras por onde forem — continuou, assim que o silêncio retornou. — Embora saiba que as guerras em nomes de falsas ideologias não vão cessar por causa delas. Mas tenho fé de que o mal perde todos os dias quando um de nós entende que tudo o que nós temos que fazer é procurar por paz. Há um pedaço do Criador em todas as formas de fé que exercem o bem e confortam os homens.

Ao fim da mensagem, novos aplausos surgiram. Cervacci me tirou dali sem que eu fosse vista em frangalhos, indefesa, submersa na minha própria raiva e desolamento.

Mas eu me ergueria.

Não deixaria que me contemplassem partir de cabeça baixa.

Não permitiria que Henry Chastain me visse chorar.

Ele ficaria guardado na lembrança daquelas pessoas pela mensagem que tinha lhes passado com destreza, mas na minha, a partir daquele dia, ele se tornaria apenas uma lembrança de traição e a corroboração do que Oz sempre me disse.

Eu deveria me afastar de todos para não feri-los. E agora, para não ferir a mim mesma.

40
HENRY

Despertei na manhã seguinte à luta com Axel, custando a me lembrar que estava num quarto na casa de Valery. Ela tinha me deixado um bilhete na mesa de cabeceira.

> *O demônio espalhou algo nas crianças da cidade. Angélico trouxe suas roupas. Elas estão no banheiro.*
> *Prepare-se para caçar, padre.*
> *Te vejo quando voltar do coma.*
>
> *V.*

Proferi algumas maldições antes de me sentar na cama e realmente me dar conta do que estava havendo. Claro que ocorrência alguma em Darkville poderia ser descartada como uma coincidência, tudo estaria relacionado ao demônio que escapara de minhas mãos por duas vezes.

Duas malditas vezes!

Movido por instinto, rumei até o banheiro e me permiti um banho frio para recobrar meu raciocínio. Eu estava na minha melhor forma de caçador antes de chegar a Darkville. O que poderia ter de tão errado comigo para cometer tantas falhas consecutivas?

Procurei afastar o pensamento, assim como a expressão abatida em meu rosto refletida no espelho do banheiro. Trajei as roupas trazidas pelo padre Angélico, encaixando a gola clerical com desconforto. Se tantas mortes e consequências nefastas sobrevieram às minhas falhas, não mais merecia o título de Espada de Sal do papa.

Caminhei até a sala entre fungadas e tentativas vãs de parecer equilibrado e Denise e Angélico puseram os olhos em mim, como se eu fosse digno de pena. O padre mais velho desviou os olhos para as mãos e limpou a garganta, enquanto a moça fez uma mesura para que eu me juntasse a eles. Estavam tomando um café da manhã abundante, posto à mesa da sala de jantar do apartamento.

— O que houve com as crianças? — perguntei, sem nem os cumprimentar. — Valery me deixou um bilhete, mas gostaria que tivessem me acordado mais cedo.

— Desculpe-me, caro Chastain — preambulou Angélico, unindo as mãos em frente ao rosto, os cotovelos sobre a mesa. — O senhor ainda aparenta estar fraco demais para qualquer coisa. Acredito que a srta. Green tenha tido boas intenções em deixá-lo dormir algumas horas a mais.

— O senhor perdeu muito sangue — completou Denise, num tom sério. Apontou com o queixo para o sofá a poucos metros dali, onde uma mancha avermelhada tingia o tecido. — Valery me falou que ajudaria se tivesse uma boa refeição.

A mesa estava posta com fartura, fazendo minhas necessidades físicas sobressaírem sobre o incômodo psicológico. Era certo que, se abastecesse meu corpo, minha mente responderia imediatamente, e logo eu poderia transparecer equilíbrio, recuperar um pouco de minha credibilidade, talvez.

Procurei me alimentar, ainda sob o escrutínio dos dois. Assim que a cafeína invadiu meu sistema e a glicose despertou o sistema nervoso, já pude sentir indícios do distanciamento da nuvem negra que pairava minha cognição. Respirei fundo e encarei a ambos.

— Então, podem me dizer o que houve com as crianças.

— Há uma epidemia desconhecida desde a madrugada — começou Denise, comedida. — Além do fato de os policiais da capital tomarem a cidade por causa do que houve na delegacia e Valery não poder ajudar.

Eles suspenderam parte dos policiais de Darkville e estão substituindo a maioria pela força da capital.

— E são só 10 da manhã — completou Angélico, sem nenhuma inflexão de humor. — Os dois policiais que foram atacados durante o assassinato do tenente morreram essa manhã.

Mais mortes. Mais sangue em minhas mãos.

Esfreguei o rosto até arder a pele. O escrutínio deles só piorava tudo, potencializava minha explosão contida. Eu estava destruído, demonstrando aquela fraqueza diante de dois estranhos.

Afastei-me da mesa com um movimento brusco.

Preciso caçar agora. Não há mais espaço para falhas.

— Padre, o senhor precisa se acalmar — disse a voz de Angélico.

— Quantas crianças? — sobrepus a pergunta, cerrando a mandíbula em seguida.

Denise e o padre trocaram um olhar confuso, talvez até temeroso. Eu transparecia a perda de controle, a culpa, a fera que eu guardava dentro de mim e que não admitia fraquezas. Respirei fundo, forjei uma expressão imperativa, aguardando minha resposta.

— Valery foi chamada pela manhã — prosseguiu Denise, incerta. — Até aquele momento eram quarenta casos, mas não paravam de chegar.

— São todas do bairro leste — interpôs o padre, referindo-se ao local onde tinha abordado Axel. — A escola não vai funcionar hoje, então temos as crianças sob constante vigilância dos pais. Isso nos dá vantagem, não dá?

— Vantagem sobre o quê? — indagou Denise, um tanto assustada. — As crianças e Axel são a mesma coisa?

Troquei olhares com Angélico, talvez procurando sua autorização para assomar os terrores recém-chegados na vida daquela moça inocente.

— São, Denise — respondi, de repente sóbrio. — Ele tem algo com crianças. Uma preferência ou facilidade de dominá-las, ainda não sei dizer.

Era óbvio agora. O terror se espalhava nos olhos da garota.

— Se é algo espiritual que está causando essa epidemia, tem que ter alguma coisa que vocês possam fazer!

— Senhorita Nelson, a única coisa a fazermos agora é orar.

— Não — interrompi-o, olhando para os dois agora já calmo e recuperando meus pensamentos equilibrados. — Os tutores de Valery podem ajudar. Orações não vão salvar vidas agora, mas eles podem.

Angélico gaguejou algo, porém se calou.

— Vou pedir que eles venham a Darkville — completei, pensativo. — Isso não vai acabar enquanto não cortarmos a cabeça da cobra.

— Não vão conseguir achar Axel — protestou Angélico. — A polícia inteira da cidade está tentando rastreá-lo. O pai dele disse que foi atacado por...

— Eu sei — cortei-o. — Encontrei o pai dele na rua ontem, por isso me atrasei em chegar até Axel. A história que o sr. Emerson está contando foi instruída por mim.

O clima pesou. O assombro de Denise era estridente, feito uma taça de cristal estilhaçando ao solo. Podia ouvir o estrépito de uma vida tranquila e serena esvaindo-se em cacos.

— Ele vai morrer? — perguntou ela, meio chorosa.

— Talvez.

— Meu Deus — choramingou.

— Axel não vai morrer — falou Angélico, numa vã tentativa de soar convicto.

Notei o tom melancólico. Havia mais que ele não tinha falado, mas nesse momento Valery irrompeu pela porta, trazendo consigo ar frio de fora. Com passos duros, se aproximou da mesa e encarou cada um de nós, até parar em mim, o par de esmeraldas arregalado em demasia.

— Precisamos usar o garoto outra vez — disse, sem cerimônias. — As crianças estão enlouquecendo.

— Vou ligar para Malik.

Por mais prerrogativas que fossem apresentadas a Angélico sobre sua estada no apartamento, ele decidiu ficar. Suas ressalvas em relação ao que lhe foi exposto sobre Oz, Malik e Casper eram evidentes, porém o teimoso sacerdote insistiu querer participar de tudo até que Axel estivesse seguro.

Saiu para fazer uma caminhada enquanto Denise se recolhia ao quarto. Logo encontrei-me sozinho com Valery na sala de seu apartamento, podendo sentir a energia aterradora e hiperativa que ela enfrentava. Freei meus monstros interiores, os que me mandavam sair dali e caçar sem medir ações ou fazer planejamentos.

— Vamos matar aquele garoto — disse, num tom peremptório.

Parou de andar, olhando-me de soslaio. Arfava de cansaço, quando se jogou na poltrona de frente à minha e fitou a paisagem que despontava pela porta da varanda. Lá fora a cidade se revelava esbranquiçada e fria, assim como o ar ali dentro.

— Não tenha tanta certeza disso — respondi por fim.

Ela ergueu o rosto transmutado em uma expressão cáustica.

— Há algumas semanas fui afastada da polícia para avaliação psicológica — falou, num tom alusivo. — Apaguei depois de uma ação, o que surpreendeu a todos que achavam que eu era de gelo.

Uma digressão. Elas eram comuns quando se tratava de Valery.

— O que você quer dizer com "depois de uma ação"?

— Tive que matar um sujeito — arrematou, ainda mantendo a acidez. — Ele estava com Carlile como refém. Mal sabia eu que tentava evitar seu funeral, quando ele já tinha um preparado logo em seguida, não é mesmo?

O tom amargo de sua voz me calou, incapaz de proferir alguma idiotice na tentativa de consolá-la. Valery soltou um riso entristecido, limpou a garganta para prosseguir.

— Quando estava com o sujeito na mira, não pensei duas vezes — continuou, o olhar distante. — Era uma vida ou a outra. Só tive que decidir qual sangue eu ia ter nas mãos. Optei pelo sangue sujo e atirei. Vi a bala entrar na cabeça do cara e explodir tudo ali dentro; até ouvir o som do corpo atingindo o chão. É o tipo de coisa que não sai da cabeça da gente. — Apontou o indicador para a têmpora, com veemência.

Era a primeira vez que ela realmente falava comigo desde que chegara a Darkville. Não a interrompi, apenas esperei.

— Eu apaguei, não porque eu matei um cara — prosseguiu. — Apaguei porque eu fui dominada por aquilo, Chas. Eu queria matar e queria vê-lo morrer, pagar por tudo o que fez por meio das minhas mãos, como quando a gente acabava com aqueles demônios. Só que o filho da puta era um ser humano.

— Era o seu trabalho, Valery. Se você não atirasse, ele teria matado Carlile.

— Carlile morreu, de qualquer forma — interpôs, de forma acelerada.

— A morte tem sua maneira de cobrar o que é dela. O problema é que eu senti prazer naquilo. Eu, ao menos uma vez, escolhi as trevas em vez da luz. — Parou de falar e me encarou, como se quisesse medir minhas reações. — Sempre tive minha escuridão, mas ela piorou depois de Roma.

Abri a boca para protestar, argumentar que estava errada, que preterir a luz uma vez não a tornava um monstro. Porém me vi engasgado, desprovido de minha oratória quando mais precisava dela. Porque argumentar seria errado. A verdade estava ali, translúcida. Sua alma emanava trevas.

Mas às vezes o correto é errar. Se isso significar que alguém que você ama terá segurança, salvação ou uma chance de uma vida melhor. O erro altruísta — minha especialidade.

— Você não mente para mim — emendou, lendo minhas expressões. — Sabe que eu estou fora de controle e que isso precisa acabar.

— Não acho que perdeu o controle — interrompi-a, por fim, categórico. — Acho que está olhando as coisas pelo viés errado, mais uma vez.

Com um olhar condenatório, ela se envergou para mim. Havia fogo por trás do tom verde ofuscante de seus olhos, assim como na linha fina que seus lábios se tornaram antes do protesto derradeiro.

— Vamos trocar a vida de Donovan pela de Axel.

— Também por todas as crianças, por Darkville e por você — retruquei, impaciente.

— Estou cansada de ser salva — arrematou, abrindo demais os olhos afogueados.

Tal vislumbre poderia lhe soar fantástico, mas me desnorteou.

Aquela era a única atitude dela a acordar minha besta interior; quando dei por mim estava em pé no meio da sala, contornando-a até que seus olhos estivessem na reta dos meus.

— Matar um bandido não faz de você a vilã, Valery, por mais que eu saiba que esse papel lhe daria o maior prazer — soltei, com um veneno insincero, raivoso. — Ter justificativas para se depreciar é um vício seu, quase uma necessidade.

— Saia da minha fre...

— Não. Não saio da sua frente até terminar de falar — continuei. — Cansei de ouvi-la dizer essas coisas sobre si mesma enquanto eu mato todos os leões para provar o quanto sua vida deu significado à minha, o quanto você importa e o quanto a sua *luz* importa. Eu queria odiá-la. Juro que queria.

Afastei-me, recuperando minha calma.

Nem mesmo tinha imposto força ao gesto, mas ela ficara ali parada, vendo-me eclodir. Era a primeira vez que levantava minha voz ao falar com Valery ou com qualquer ser que não tivesse essência demoníaca.

Vi-a fechar a expressão e perder a costumeira frieza por meio de bochechas em brasa e pupilas dilatadas. Um acúmulo de lágrimas represadas apareceu na linha das pálpebras. Recuei, um pouco arrependido. Acredito que esperasse ofensas vazias em resposta, não aquela afetação.

Logo, num rompante impensado, a abracei de surpresa, até mesmo para mim. Pensei que ela me repeliria, mas não se moveu, nem para corresponder ao abraço. Seu coração retumbava no peito, produzindo aquele som único que só suas batidas poderiam produzir.

— Eu queria odiá-lo, Chas — murmurou com tristeza. — E quando eu quero algo com muito afinco, eu consigo.

— Eu não. — Afastei-me um passo para poder encará-la. — Nós estamos catastroficamente ligados um ao outro. Não podemos mentir, nem esconder nada. Nossa única opção agora é ficar e lutar.

— Chas — passou a mão pelo rosto, jogando-se novamente na poltrona —, estou escondendo uma coisa de você.

— O que, Valery? — questionei, sentando em sua frente.

Todo o clima de discussão tinha se dissipado, feito a cortina de um teatro quando cai ao chão. Não havia mais um só traço da ira nos olhos dela quando se inclinou para mim com pesarosa cumplicidade.

— Oz me deu uma coisa que pode mudar tudo — hesitou, temerosa. — Eu não posso mostrá-la a você, mas também não posso mentir. Nós estamos catastroficamente ligados um ao outro, não é?

Emiti um leve riso, mas não passei incólume ao desconforto daquela meia revelação.

— Eu não vou gostar disso — resmunguei, preso aos olhos dela.

— Não.

Interrompendo a conversa, Angélico abriu a porta da sala, trazendo consigo um ar gelado.

— Um carro chegou lá embaixo — anunciou, claramente em desagrado.

— Uma mulher e um homem, que poderia ser um gigante, logo presumo que possa ser o casal pagão.

— São eles — disse Valery, me olhando com expectativa. — Devemos ir para outro lugar ou...?

— Você protegeu o apartamento com os símbolos? — Ela fez que sim, mirando Angélico de lado. — Não podemos perder tempo fazendo isso em outro lugar. Demandaria energia e sangue, coisas que nenhum de nós pode perder hoje.

— Do que vocês estão falando? — perguntou o velho, parando ao lado da poltrona de Valery.

Expliquei a ele sobre as runas ocultas, cuja matéria-prima era sangue humano, para potencializar seu efeito. Angélico estava cada vez mais indignado com tais heresias, fazendo-me reconsiderar se ele seria capaz de ouvir acerca de toda a verdade do mundo espiritual.

Não tardei a sentir a presença de Oz e Malik se aproximando. O Mago, forte e vibrante feito a corrida de uma manada de elefantes; já Malik, dotada de uma energia mais doce e serena, ainda que fosse igualmente poderosa.

Logo eles estavam ali, invadindo a sala, Angélico os recebendo com resistência. Oz emanava arrogância enquanto estancava no meio do cômodo, passando os olhos por todos nós como se fosse um cumprimento.

— Vamos fazer aqui mesmo? — foi dizendo, com sua famigerada rudeza.

— Oz — falou Valery, fazendo um sinal repreensivo em direção ao sacerdote. — Esse é o padre Angélico, que vai ajudar Chas com o exorcismo.

Os dois trocaram um assentimento educado, porém nada amistoso.

Em seguida Malik entrou arrastando o garoto, Casper Donovan, envolto num enorme casaco de moletom que escondia seus braços amarrados atrás do corpo. A cena só causou mais desconforto em meu amigo do clero.

— Olá, padre — cumprimentou ela, polida e afável. — Sou Malik, mãe adotiva de Valery.

Ela tentou lhe estender a mão. Foi um cumprimento desajeitado.

— Algemas de ferro? — perguntei a ela, para quebrar o silêncio.

O Mago emitiu um ruído exasperado, lançando-me uma careta sarcástica.

— Não, algemas de pelúcia — retrucou Oz acidamente, puxando a blusa do menino. — Vamos, Casper, cumprimente os padres e conte que liberou um demônio pervertido no corpo de uma garotinha. Vai poupar o velho da culpa do que vamos fazer aqui.

O garoto encurvado sorriu de forma dúbia, madura demais para alguém de tão pouca idade.

— Não gosto de padres — respondeu com um tom rouco. Aparentava abatimento, contudo seus olhos maldosos não davam margem para compaixão. — Mas gosto de mulheres mais velhas.

O garoto mirava por sobre meu ombro, com malícia. Atrás de mim estava Denise, petrificada e empalidecida.

— Obrigada por me ajudar a não sentir pena de você — respondeu para o menino, a careta evidente de um nojo contido.

A atmosfera constrangedora atingiu seu ápice. Valery se virou e tocou o braço da amiga.

— Denise, vamos para outro lugar. Você não precisa ver isso.

— Eu estou bem e não quero deixar minha casa — respondeu, resoluta. Malik se adiantou.

— Você deve ser a amiga de quem Valery fala com tanto entusiasmo — falou, quebrando a tensão do momento. — Espero que possamos nos conhecer melhor num outro momento.

Denise sorriu meio triste, trocou um olhar com o padre, depois com Valery e se recolheu para o quarto. Angélico me fitava, certamente me julgando por eu ter participação naquilo — o sequestro de um menino de 14 anos que nem ao menos tinha pelos no rosto.

— Não há outra forma — justifiquei num murmúrio.

Oz pegou Casper pela gola da camiseta e o colocou sentado no sofá bruscamente. O menino parecia zombar, desafiando-o com um olhar cínico que causava arrepios. Valery ainda o observava, assombrada e imersa num silêncio analítico.

— Enquanto vocês respiram, o tal possuído está morrendo — falou o garoto, mirando direto nela. — Seu amante.

— Donovan, cale a boca, ou Malik não será boazinha — rosnou Oz, num tom adestrador.

O gigante não causava medo algum no menino, apesar de seus esforços quase dramáticos.

— No último feitiço de rastreamento, vi dentro da cabeça dele. Você estava pelada, fazendo coisas — destilou, sibilando como uma cobra. — Coisas profanas.

A insinuação despertou uma expressão de repulsa em Valery, ao mesmo tempo que me fez cerrar os pulsos e ter que engolir algo amargo em meu paladar.

— Ah, garoto — chiou Oz. — Antes do fim do dia você não terá bolas para fazer coisas profanas quando terminar a puberdade.

41
VALERY

Velas foram acesas, e símbolos, desenhados entre os móveis arrastados. O apartamento tornou-se uma arena ritualística.

Ficou decidido, mesmo com as ressalvas de Chas, que Malik me usaria no ritual de rastreamento, pois eu poderia reconhecer os recantos de Darkville sem muito esforço.

A especialidade de Malik com feitiços da psique humana nunca foi tão conveniente. Enquanto Oz se dava melhor com a força física e a telecinese, ela tinha o dom de manipular, ler e potencializar a mente. Estava concentrada em usar seus poderes agora, chamando-me para perto quando Casper se acalmou e cedeu ao ritual. Oz colocou os pés descalços do garoto dentro de uma bacia com água e as ervas que Malik usaria no feitiço. Assim que o garoto relaxou, embora ainda chorasse em silêncio, ela murmurou as palavras num tom monocórdio, distante. Todo o apartamento foi inundado por um tipo de vibração pesada, quase tão opressora quanto a presença de um demônio. Casper revirou os olhos, os braços e demais membros tremeram, muito perto de uma convulsão.

— Essa é sua chance de consertar as coisas — disse Malik, pressionando as mãos nas laterais de sua cabeça suada. — Mostre-me onde ele está agora.

Chas levou padre Angélico para a cozinha, evitando que ele tivesse que ver o que prosseguiria. Assim que se retiraram, me aproximei do garoto, as mãos estendidas prontas para tocar sua pele pegajosa.

Ele tem a idade do meu irmão. É só uma criança, por favor!

Posicionei a mão nas têmporas de Casper, arrancando dele um gemido sonolento. Malik repetiu as palavras que compunham o feitiço, a água aos pés do menino começou a borbulhar, fervendo sua pele. Os gemidos aumentaram de tom até se tornarem um grito rasgado.

Logo o som foi engolido pela imagem empurrada para dentro de minha mente.

A visão do demônio era confusa. Formava-se de apenas um rastro que ele deixara dentro de Casper. Por meio de uma lente amarelada, vi um céu aberto, sem nuvens, topos do que me pareceram lápides, ao passo que ouvia uma respiração dificultosa. Ao redor dele, vi sepulturas reviradas e, sobre suas mãos, um punhado de ossos.

Humanos.

Jogou sobre uma pilha com mais deles. Não estava sozinho. Vozes, braços e mais ossos. Estava planejando um ritual utilizando restos humanos em um cemitério.

Enojada, forcei-me a permanecer mais um pouco, quando ele se virou e eu vi uma enorme escultura de ferro formando uma entrada. Sobre ela, a figura de um anjo segurando uma espada. São Miguel, o Arcanjo Guerreiro.

Forcei-me a retornar, engolfando uma grande quantidade de ar assim que me percebi na realidade. Casper desmaiara sobre meu toque, minhas mãos suadas saindo dele com pressa, involuntariamente repelindo-o. Uma fraca respiração lhe saía pelas narinas, sinalizando que o feitiço, mais uma vez, não o tinha matado.

— Valery! — chamou Oz, acordando-me do torpor. — O que viu?

O que eu não queria ter visto. Não dessa forma ou a esse custo! Ele é só uma criança, merda!

Virei-me ainda ofegante. Tornava-me a cada minuto o monstro que sempre temi ser, trocando sangue por mais sangue, para me proteger, para fugir. Sempre.

— Valery! — insistiu Malik, segurando meu braço com cuidado. — Sei que está se sentindo culpada por ter feito isso, mas pense em Anastacia.

— Isso não justifica o que estamos fazendo.

— Tem razão — prosseguiu Oz, contundente. — Mas vamos cuidar dele depois. O pequeno filho da puta sobreviveu, não sobreviveu?

Respirei fundo e dispersei a agrura que experimentava, concentrando-me no que tinha visto.

— Ele está no cemitério de Havenswar, a dez quilômetros daqui — falei, parando os olhos em Chas, que aguardava com paciência. — É um vilarejo abandonado em Darkville, onde construíram um cemitério para heróis de guerra. Está fazendo um ritual. Há mais dois homens possuídos com ele.

Oz rumorejou uma blasfêmia, encolerizado.

— Está invocando um demônio maior que ele — vociferou, por fim.

— Podemos chegar antes de acabar.

A movimentação começou em seguida, enquanto eu ainda estava perplexa com as imagens mentais que me acometiam. Malik me segurou pelo braço, provavelmente vendo-me sem rumo e encarou-me como quem quer passar alguma confiança.

— Vou ficar com Denise e Casper — emendou Malik. — Sei que é difícil, Valery, mas tente agir com cautela.

— Talvez quando vocês pararem de me tratar com condescendência.

Desviei a atenção para Chastain, que fechou a expressão defensiva. Passei por eles rumo à porta, já tateando a bancada onde costumava deixar as chaves da Harley. Estanquei ali quando Oz tomou a chave das minhas mãos e fez um sinal de que iria na frente, impaciente e taciturno. Do outro lado da sala, Chas tentava dissuadir Angélico a nos acompanhar na caçada, obtendo somente negativas e insistências.

Se o velho sacerdote estava imerso naquele perpétuo conflito, Denise estaria muito pior, despreparada para lidar com aquele despejar de verdades sobrenaturais acerca do mundo. Peguei-me reconsiderando o que havia causado a ela. Provavelmente julgava-me como uma traidora.

Resistente e, sabendo que poderia estar estragando tudo, chamei Malik num canto, mantendo um tom furtivo.

— Conte tudo a ela enquanto eu estiver fora — pedi, murmurando.

A bruxa me fitou enternecida, talvez sentindo pena por eu perder minha única amiga em uma vida inteira.

— E se for pior, querida?

— Então apague a memória dela. Você sabe como fazer.

Oz só nos ultrapassou depois que vimos a placa indicativa do cemitério a alguns metros. Nos seguia na Harley, provocando Chas com o som alto do motor. Chegava a pensar agora, procurando uma distração de minhas considerações fáticas, que eles entravam naquele jogo de gato e rato para lidar com situações como aquela.

De qualquer forma, era irritante.

Logo ele sumiu no horizonte esbranquiçado, enquanto o Fiat trotava com dificuldade na subida, aumentando nossa ansiedade. Chas olhou-me pelo retrovisor, franzindo o cenho de forma indecifrável.

Angélico parecia contrariado. Os dedos enterrados no banco do carona, analisando a forma acirrada de dirigir do motorista, acredito que lamentando pelo sofrimento de seu velho carro.

— Então vocês podem fazer magias que olham por meio dos olhos das pessoas? — perguntou nervosamente, procurando um assunto para se distrair, certamente. — Não vejo mais como contradizer todas as heresias que me obrigam a assistir.

Chas se contorceu sutilmente, como se pego de surpresa pelo questionamento.

— Malik pode — respondi, fingindo indiferença. — Ela estudou as magias da mente desde muito nova.

— Isso não deveria ser correto — fungou o padre, olhando para trás para me encarar. — Na Bíblia, bruxaria é execrável. Eu não deveria estar aqui — falou com Chas, que ainda estava em silêncio. — O senhor, como um sacerdote do mais alto escalão do Vaticano, não deveria estar aqui também.

Aquela era uma bela hora para esclarecimentos religiosos, é claro. Gostaria de mandar que os dois se calassem, mas não poderia tirar de Chastain o prazer de desconstruir uma mente dogmática.

— A Bíblia condena *bruxaria* — respondeu Chas, soando irritadiço ao enfatizar a palavra. — Isso porque o homem precisa escrever regras e castigos para aquilo que quer monopolizar.

— É a Palavra de Deus — repreendeu Angélico. — Não foi escrita pelo homem.

Chas emitiu um risinho. Ele sempre se portava com polidez até mesmo mediante a incoerência ou ignorância dos outros.

— A Palavra de Deus manipulada pelos homens — divagou, mirando a estrada. — Há muito tempo a essência dela se perdeu na vontade humana de enredar os devotos. Além disso, padre, o Cristianismo não é o centro do universo.

Angélico o mirava de olhos arregalados. Senti pena.

— Chas! — ralhei gravemente.

Ele pareceu arrepender-se, limpando a garganta.

— Sinto muito pelo meu tom, padre — desculpou-se, recuperando seu jeito impecável. — O que quero dizer é: a bruxaria não é maligna. Alguns homens a tornam maligna, assim como alguns homens do cristianismo também o fazem. A Igreja a condena, pois seria catastrófico se tal conhecimento caísse em mãos erradas. Contudo, o casal que o senhor conheceu hoje, apesar da indolência de Ozzias, não poderia estar mais correto.

— A Ordem do Dragão não caça esse tipo de pessoa?

Ele me lançou outro olhar e eu assenti. *Sim, seu filho da mãe, eu contei tudo a ele. E não, não sei por que achei isso necessário.*

— Sim, mas eu escondo deles tudo que posso — pontuou, num tom de falsa paciência.

— Muito bem. — Padre Angélico olhou para fora, esfregando a protuberante barba branca.

— Por ora devemos nos ater ao que vamos enfrentar. Eu preciso que o senhor fique com Valery enquanto Oz e eu tentamos impedir o ritual.

Imediatamente minhas bochechas ferveram. Deslizei entre os bancos, muito perto da orelha de Chastain.

— Eu vou entrar! — rugi entre dentes. — Nem ferrando serei a mocinha que fica no carro, entendeu?

— Valery — alertou Angélico, autoritário a ponto de me calar. — Você é a fraqueza de Axel. Sabe o que pode acontecer se os pensamentos dele convergirem para você outra vez.

Mordi os lábios por dentro até sentir o gosto de sangue. Sabia o quanto minhas atitudes impensadas já tinham prejudicado as coisas antes. Por sorte o despontar das grades do cemitério no horizonte tragaram minha atenção e despertaram novos alertas, desviando-me da discussão com Chas. A sepultura de guerra esquecida nos arredores de Darkville servindo como palco para a pantomima infernal de um demônio que, certamente, invocava outro naquele momento.

Todos no carro se silenciaram, tensionados pela visão da peleja que nos esperava. Henry Chastain já acionara dentro de si o botão que iniciava seu modo Exorcista do Vaticano, Espada de Sal do papa. Seu foco jamais seria desviado agora.

Aproximando-me do local, a enorme Fumaça Negra me acometeu, retorcendo minhas entranhas. Meus ouvidos latejaram pela pulsação crescente e meus músculos reagiram, endurecidos. Angélico mal notara a mudança da atmosfera. Aquela sensação iminente de explosão e um cheiro de algo queimando, como borracha ou outro material nauseabundo.

— A opressão no cemitério está maior do que eu imaginei, Chas — murmurei, séria.

Ele não me respondeu, nem mesmo com um gesto. Oz já estava ali, a Harley estacionada no gramado, as marcas de pneu até perto do portão de ferro escancarado que balançava com o vento, produzindo um sonido enferrujado. Chas estacionou rente a ela, não se preocupando com o solavanco provocado ao frear.

— Em alta temporada, esse local fica cheio — falei, olhando para os lados, constatando a paisagem vazia. — Ele deve ter usado um dos coveiros como receptáculo. Estamos sozinhos.

— A presença demoníaca do outro lado ainda não foi liberada. — Ele entortou a cabeça diversas vezes de um lado para o outro, como um pássaro inquieto. — Não vai adiantar se vocês entrarem, de qualquer forma. É melhor esperarem que eu traga o corpo de Axel. Valery, encha o carro de runas de proteção e fiquem aqui dentro.

Ele tentou sair do carro, mas segurei seu braço, atraindo seu olhar.

— Se você morrer lá dentro, não vou perdoá-lo nunca.

— Não vou morrer hoje — respondeu, lacônico.

A contragosto, assenti, mas ele já tinha pulado para fora do carro.

42
HENRY

A amálgama maligna envolvia toda a extensão do cemitério.

Com extrema diligência me esgueirei para dentro, amaldiçoando a prepotência de Oz em não me esperar para a batalha que travaríamos juntos. Aquele lugar todo exalava morte violenta, despedidas dolorosas, tornando-se um compêndio de pura energia espiritual. Locais como aquele eram chamarizes sobrenaturais, podendo ser usados como um grande combustível de rituais diversos.

Recostado a um muro de trepadeiras secas, permiti que meus sentidos percorressem tudo ao meu redor. Ocultado pela marca da tatuagem em minha pele, ainda gozava de um hiato até ser identificado ali. O que me foi mais pungente além da energia aterradora e maligna foi a aura pulsante soberana do Mago imortal.

Então algo começou a queimar.

A fumaça fétida e cinzenta se precipitando entre as lápides, advinda de uma fogueira armada no meio do cemitério. Percebi, olhando de esguelha pela viga de concreto que me escondia, que as tumbas foram escavadas, os caixões exumados agora vazios sobre o gramado revolto. Na vibração incômoda do ar, tive a nítida intuição de estar vivendo o prenúncio de algo ignóbil o bastante para me fazer vacilar. Uma mudança em tudo. A entrada para a queda de meu espírito.

Rumei para Oz, abaixando-me entre os amontoados da bagunça. Ele esperava oculto por uma capela abandonada, maltratada pelo tempo e pela indulgência dos donos. Observava o desenrolar dos acontecimentos adiante, por meio de uma pequena janela enferrujada, mirando aquela exumação em massa e o caminho do arrastar dos caixões.

As almas que um dia habitaram aqueles veteranos de guerra tinham sorte por não contemplarem a profanação.

JONATHAN WILSON MCBURRY. MORREU SERVINDO AO SEU PAÍS. 1948 — 1974.

Sinto muito, John.

Oz sibilou meu nome, contando com a audição indefectível. Juntei-me a ele, espiando pela pequena abertura o fogo crepitando enquanto era abastecido por dois homens maltrapilhos.

O combustível era inconfundível — ossos.

O cheiro pronunciado também abarcava o odor inconfundível de carne fresca. Ainda me aturdia a presença daquele tipo de maldade. Oz estava incólume, o rosto impávido, aguardando.

— É um ritual de invocação, como previ — sussurrou ele, alerta. — O coveiro velho e um indigente foram possuídos por dois demônios mais fracos.

— Temos que parar o ritual.

Ele estreitou os olhos, exasperado.

— Estão falando em sumério — observou, atento aos murmúrios. — Ele sabe o que está fazendo, devem ter planejado isso minuciosamente. Olhe.

Inclinei a cabeça para mirar com a devida atenção a imagem que se desdobrava pouco mais de 10 metros dali. Uma pilha enorme de ossos cuidadosamente empilhados formavam uma espiral, a qual terminava com um crânio pequeno sobre o topo. Um crânio minúsculo, branco, um pouco manchado de um líquido rubro.

Porque era fresco.

Porque acabara de ser morto.

Porque pertencia a um ser puro.

Recolhi-me, nauseado. *Só se recupere, por ora. Ignore isso e se recobre, Henry!*

— Viu o símbolo?

— Eu vi um bebê! — sussurrei, gesticulando indignado.

— Então olhe outra vez!

Na segunda verificação tentei ser frio, então vi a mancha de sangue desenhando um símbolo sobre a pilha. Era complexo, esculpido em letras e traços retos que convergiam, somado a desenhos menores. Ao redor as gravuras formavam a harmonia de uma palavra, um nome. O nome.

Da coisa que invocava.

De uma criatura que fora enviada às profundezas havia muito tempo. Atrás daquela pilha macabra estava o corpo de Axel, os braços abertos em sinal de adoração, esperando pela chegada de sua divindade.

— Isso é ruim — murmurei, aturdido.

A frieza subiu pela minha espinha, formando ramificações enquanto precipitava e espalhando o gelo pelas minhas veias. A vingança. A raiva. A justiça em minhas mãos.

Era essa a escuridão de que Valery falava e da qual eu compartilhava.

Meu rosto se fechou e meu corpo todo correspondeu.

— Essa é a criatura que está vindo pegar nossa menina — resmungou Oz, o tom destoando o teor da fala. — Como vamos distribuir a violência, meu amigo?

Abaixei, mas não o olhei nos olhos. Fitei meus instintos desenhando o plano em minha mente.

— Eu pego os dois menores enquanto você lida com Axel.

— Vai deixar o grandão para mim? Está generoso hoje, padre?

Olhei-o de soslaio e respirei fundo para não lhe redirecionar a cólera.

— Se o machucar demais, será você que ela vai odiar.

— Falou o homem que a trocou por um vestido.

Já tinha os olhos obscurecidos pela invocação de seu poder, certamente se preparando para atacar. No centro de sua íris surgiu uma cor avermelhada, uma fumaça rubra que se espalharia pelo negro em instantes.

— Vá se foder, Ozzias — cuspi, arqueando os ombros para me levantar.

— Boa sorte para você também.

Abriu uma coisa que parecia um sorriso enviesado. Tal gesto não era zombaria ou algum tipo de graça, e sim a chegada daquela sede escura. A mesma vontade que vinha das minhas entranhas, intensificada a cada troca de animosidades entre nós.

Andei dois passos para trás, encarando-o enquanto ele se distanciava para o outro lado. A uma troca de assentimentos, saímos do esconderijo.

— Olá! — gritei com a voz rouca.

Fomos imediatamente vistos pelos homens possuídos. Estavam a duas fileiras das lápides, então fui em sua direção, já inundado de adrenalina. Os dois correram ao meu encontro, enquanto os olhos do demônio líder captavam nossa chegada. Eles me atingiram no meio do caminho, porém minhas mãos já estavam arqueadas, de forma que os agarrei pelo pescoço, tombando os dois corpos no chão.

Uma explosão ocorreu na pilha de ossos naquele momento, liberando um cheiro pungente de carne podre que se alastrou rapidamente. Detive-me em recitar as ordens de exorcismo, contendo os dois corpos que se debatiam sob meus braços contraídos, tentando me atacar com unhas e investidas violentas. Apesar das inflexões ininteligíveis e maldições pronunciadas, os mantinha atados ao chão com dificuldade, erguendo minha voz sobre eles. Meus joelhos flexionados contra a superfície terrosa tremiam por conta do esforço, minhas veias estavam infladas e a voz era só um ruído grave que eu mal reconhecia.

Torne-se um monstro bem melhor do que eles, Chastain.

— *Regna terrae, cantate deo, psállite dómino, tribuite virtutem deo Exorcizamus te, omnis immundus spiritus, omnis satanica potestas, omnis incursio infernalis adversarii, omnis legio...*

Uma segunda explosão ribombou alto, quase me distraindo. Em meio ao ruído da chuva de ossos que adveio do rompante, captei sons da luta de Oz com o demônio e percebi que ele empregava somente força física no embate. Voaram juntos sobre um amontoado de terra revirada, quebrando lápides no caminho e, com isso, produzindo um forte estrondo. Ao perceber que o fim daquela peleja seria fatídico, gritei uma ordem final aos seres sob meus cuidados, causando um berro doloroso em ambos.

Quando me calei, estavam imóveis. Um deles abriu os olhos, confuso, beirando o desespero ao se ver em um lugar que claramente não reconhecia, certamente tendo passado por agruras indescritíveis durante algumas horas.

— Pegue esse homem e leve-o daqui — ordenei para o coveiro, ofegante e ameaçador. — Não olhe para trás.

Ajudei-o a ficar de pé e erguer o outro homem desfalecido, que provavelmente era o indigente. O perecer de seu corpo desnutrido iria atrasar sua recuperação, mas não era algo com que se preocupar agora.

— Eu tenho um carro, está nos fundos — pronunciou com fraqueza. — O que eu fiz?

Ele ameaçou olhar para trás, mas desferi um tapa em seu rosto e atraí para mim sua atenção.

— Não. Olhe. Para. Trás.

No pescoço dos dois homens, as marcas de meus dedos se projetavam, arroxeadas e bem delineadas. Disse a ele que não tinha feito nada, murmurei uma bênção forjada para acamá-lo e ordenei que partisse. Ele partiu com o outro homem apoiado em seu ombro, mancando e sem olhar para trás.

Agora Oz estava a alguns metros dali, montado sobre Axel, as mãos espremendo sua traqueia enquanto desferia palavras naquela língua antiga.

— Pare! — gritei, aproximando-me velozmente. — Oz, pare agora!

O corpo de Axel revirou, guinchando frases desconexas. Estava padecente em carne, veias negras percorrendo cada parte dele e feridas necrosadas espalhando uma infecção já avançada. Os olhos estavam tomados pelo negrume absoluto.

Usando toda minha força física, empurrei Oz com violência fazendo-o rolar para o lado, ofegante. O demônio tremia, agora vomitando uma substância escura e viscosa. Apressei-me em virar o corpo de lado para que não terminasse de matar Axel. Oz se levantava, respirando de forma chiada.

Pela visão periférica, captei que a pilha de ossos entrara em combustão. Com uma alarmante velocidade, consumia os ossos, reduzindo-os a um amontoado ocre de poeira, o vento morno ajudando a espalhar o odor fétido.

— Oz, está queimando muito rápido — gritei, alarmado.

Num movimento o Guardião se colocou de pé. Observamos numa fração de segundos o símbolo nefasto ser consumido até a metade.

Por favor, que não seja tarde demais!

Proferi uma ordem para que o espírito se mantivesse fraco, percebendo a força e a resistência dele ao se colocar sobre os joelhos, tentando levantar. Não iria embora tão facilmente, como os outros. Seria um ritual longo, exaustivo, o qual eu não poderia performar sozinho.

— Guardião — zombou uma voz que pareciam muitas, embora fraco, ainda cuspindo a coisa negra. — Eles querem você também.

— Você vai voltar ao inferno agora, seu filho da puta — rosnou Oz, voltando para perto.

A coisa riu com seus dentes ensanguentados. Puxei-o pela roupa e o arrastei para mais longe da pilha, onde proferi outra ordem, dessa vez mais poderosa. Porém nenhum esforço o levou à inconsciência.

— Vai ter que ser físico — disse Oz, resistente. — Torça para o corpo não morrer.

Neguei, custando a me entregar à ideia de que iria machucar mais ainda o homem dentro daquele receptáculo à beira da morte.

— Não posso fazer isso — soltei num lamento.

Mais uma vez o demônio riu. Cuspiu no chão uma porção do líquido pútrido e me encarou com malícia.

— Sente pesar por esse amontoado de carne que fodeu tanto a sua puta? — cantarolou naquele tom maligno chiado. — Vou lhe fazer um favor, padre Chastain. Vou garantir que ele não possa olhar para ela nunca mais!

A gargalhada ressoou alta, ecoando por toda extensão do cemitério naquele som arrepiante. Ouvi pássaros grasnarem e uivos virem de longe, como se toda natureza o temesse e se assombrasse com sua voz.

— Maldito — rosnou o Mago.

O corpo de Axel se elevou sobre as pernas, as mãos em garra prontas para enforcar Oz. Sem medir a força do golpe em reflexo, atingi-o, recebendo em seguida um tapa certeiro em meu rosto. O Mago o agarrou pelo pescoço, levantando-o com sua força sobre-humana.

— Se eu posso matar vocês dois sozinho, imagine o que a besta do abismo fará quando chegar.

Com rapidez, Oz lhe desferiu um gancho com a outra mão, provocando um ruído de dentes estilhaçando. Axel voou alguns metros, caindo de encontro a um amontoado de terra perto da pilha de ossos. Nenhum ser humano sobreviveria àquilo. Tive poucos segundos para considerar o que tinha acabado de acontecer, vendo Oz em pé com os olhos vidrados, o rosto beirando a loucura.

— PORRA, OZ!

Meu cérebro gritava a condenação, enquanto minhas mãos agarravam, em desespero, os cabelos úmidos de suor.

— Ele vai ficar bem! — devolveu o outro, com uma expressão satisfeita.

— Ele está morto!

Olhei para o corpo, mas senti as batidas. A coisa negra, profunda e poderosa ainda estava ali, tentando se recuperar. Oz andou até ele, o ergueu nos braços e colocou sobre um dos ombros, sem nem se abalar com o peso. Andou até mim e me encarou com satisfação velada.

— Às vezes a gente tem que dar umas porradas no demônio. Literalmente.

A PILHA TERMINAVA de queimar. Em alguns minutos tudo estaria consumido, restando apenas cinzas ao redor da cratera que já se desenhava sobre o solo. Oz mirou a crepitação já quase finda, depois partiu rumo à saída, deixando-me ali a observar a fumaça se elevar até o céu, o aroma ocre penetrando minhas narinas com um aviso de nossa chegada tardia.

Algo sairia dali agora. Pararia diante de mim e contemplaria minha fraqueza, minha incapacidade de atingi-lo como tinha feito com os outros. Dentro de meu peito a opressão vibrava, lutando com cada célula minha, com cada gota do meu sangue de Exorcista.

Murmurei orações, ordens, mas nada apagou aquele fogo. Nada impedia aqueles ossos de se tornarem cinzas e se esvaírem pelo ar. Aquele buraco no chão era como uma ferida que consumia tudo ao seu redor. Não havia sido aberto por mãos humanas, não tinha princípio ou fim. Eram as profundezas emergindo.

E eu era incapaz de fechá-lo agora.

Pouco mais de um minuto depois, Oz retornou e parou atrás de mim. Certamente contemplava a imagem de minha ruína, talvez experimentando algum regozijo.

— Queimou mais rápido do que imaginávamos, Chastain — disse com sobriedade, para minha surpresa. — Já estava feito quando chegamos.

— Está escalando.

Ele bufou, resignado.

— Não podemos fazer nada agora. Só esperar o desgraçado sair e acabar com ele do jeito tradicional.

— Vai matar tudo que estiver no caminho até conseguir o que ele quer, e nós sabemos o que é. — Virei-me, vendo que Oz encarava a cratera no chão tão perpassado quanto eu. — Não sabemos o que eles planejaram todo esse tempo, mas sabemos o que ela é. Se eles tiverem recursos, podem tomar posse do que ela traz dentro de si.

Pela expressão vidrada e animalesca, ele sabia que eu tinha razão. A ira eclodia dentro dele, não restando ninguém ali a quem pudesse ofender ou culpar.

— Desde que soube que desenterraram o corpo de Lourdes, passei todas as noites acordado tentando não pensar no que fariam se colocassem as mãos em Valery. — Sua voz saía entre dentes, distante, vazia. — Quando essa coisa sair daí, vou estar esperando, e nós vamos lutar. Claro que você vai me ajudar, mas só há duas opções, Chas: ou você o exorciza como sabe fazer, ou nós dois morremos lutando, entendeu?

Balbuciei, incapaz de articular as palavras. Estava à beira da fúria, sentindo-me derrotado pela terceira vez desde que chegara ali. Poderia descrever com precisão todo o efeito em cadeia que tinha se iniciado desde o dia em que encontrei Valery na cafeteria, havia nove anos. Disse a ela que sofreríamos mesmo separados, *então por que não fazermos aquilo juntos?*

Mas era por estarmos juntos que Valery estava no Novo México, caçando demônios ao meu lado. Estava lá para ser vista pela legião daqueles malditos que possuíram toda a família, escapando de nossas mãos quando provaram do nosso sangue.

Quando a viram em meus pensamentos.

Eles voltaram ao inferno e começaram a planejar o que fariam com ela, certamente. Agora algo muito pior que qualquer orla demoníaca escalava das profundezas em sua busca.

— Vejo você mais tarde, Oz.

Foi tudo o que saiu de minha boca quando virei as costas e o deixei ali, envolto no ar fétido dos ossos queimados.

43

Tinha pleno conhecimento de que meu silêncio a estava sufocando. Vi-me furioso pelo espelho retrovisor, incapaz de ocultar minha expressão ou verbalizar minhas razões. Era difícil decidir o que mais me acometia: a impotência diante do mal que estava por vir ou a consciência de que todos os meus sacrifícios passados haviam sido em vão.

O dia chegou, de qualquer forma.

— Já vi esse olhar antes, Chas — disse ela, braços cruzados, olhar preso ao meu pelo reflexo. — É Roma, acontecendo outra vez. Você está indo de encontro ao fim, como naquele dia.

Não respondi, nem mesmo com o suspiro que contive. Angélico estava mergulhado em sua própria quietude desde que trouxemos o corpo de Axel para o carro, logo achei melhor respeitar sua sugestão e continuei calado. Em alguns minutos estávamos em Darkville, próximos ao condomínio de Valery.

— Pare na outra rua — sugeriu ela, compenetrada. — Tenho uma ideia de onde podemos levar Axel. Tem um armazém abandonado na rua de trás, rodeado de outros locais inabitados a essa hora. É melhor que fazer no apartamento e correr o risco de um dos vizinhos chamar a polícia.

— Não tenho certeza se isso é uma boa ide...

— Padre — interrompeu ela, pousando a mão cautelosamente sobre o ombro dele. — O senhor pode subir ao apartamento e pedir a Malik que venha nos ajudar?

Ele reconsiderou o pedido, sombrio. Provavelmente ainda custando a ceder à ideia de trabalhar com aqueles a quem chamava de pagãos, ou ao fato de que teria que enfrentar o mal em breve.

— Pretendo me aposentar depois disso — resmungou, abrindo a porta. — Estou muito velho para esse tipo de aventura.

Bateu na lataria, evaporando de nossas vistas logo em seguida. Valery pulou para o banco da frente e, sem delongas ou diálogos calorosos, me indicou o caminho para o local planejado. Levou alguns segundos para estacionarmos em frente ao tal armazém. A placa estava enferrujada, a enorme porta de correr coberta de lascas de tinta que denunciavam o abandono.

Antes de descer ela observou o local por um segundo, percorrendo os olhos naquela escuridão. O dia já findava e a luz do sol era parca, evanescendo a cada instante. A fachada lúgubre do local estava permeada de chumaços de grama e fezes de animais, enquanto um gato cinzento percorria as aberturas na parede, parando para nos fitar com os olhos amarelos.

— Se esse filho da puta consegue entrar, eu também consigo — divagou ela, de forma distante.

— Valery, eu posso fazer isso.

— Tem um alarme. Sabe lidar com alarmes? — provocou, encarando-me. Quando não respondi, ela fez um gesto irritadiço. — Preciso de alguns minutos e eu abro a maldita porta para vocês.

Ela ameaçou descer, mas uma onda repentina de culpa me invadiu, provocando um gesto brusco de a segurar pelo braço. Trocamos um curto olhar antes de eu perceber que precisava mesmo dizer alguma coisa em seguida.

— Oz ficou para lidar com um problema — soltei, resignado. Admitir aquilo ia para além do pesaroso. — Não conseguimos evitar que o ritual se concluísse.

Valery cerrou os olhos, a cor fugindo de suas bochechas, as mãos fechando em punho. Por fim, não respondeu nada, apenas desceu do carro e correu para a lateral do barracão escuro, desaparecendo em segundos no breu que se estendia até o fundo. Vi quando o gato de olhos amarelos a seguiu, mas não me mexi. Eu tinha alguns segundos de quietude antes da explosão final.

Os RUÍDOS AO fundo foram obliterados por pancadas na lataria do carro. Axel estava se mexendo, o tempo se esgotando, Valery demorando mais que o esperado.

Um miado alto eclipsou todos os sons, atraindo minha atenção. Desci do carro a tempo de ver o felino passando por uma abertura na porta de metal, espantado por alguma ameaça iminente. Parou em frente ao carro, a poucos centímetros de mim, estancado feito uma estátua de pelos eriçados, rilhando um som que nunca tinha ouvido em toda a minha vida. Mirava o porta-malas com um pavor que me deu pena.

Segurei-o com cautela, cuidando para que não me arranhasse, e atravessei a rua com o animal trêmulo no colo. Ao me virar de volta para o armazém, Valery me observava com uma ironia estampada em um sorriso enviesado, porém de nenhuma forma parecia bem-humorada.

— Eu pretendia matar o maldito gato e você o ajudou. Acaba de conquistar o reino dos céus.

Ignorei a brincadeira e rumei para a porta recém-aberta, a fim de fazer uma varredura do ambiente. Seguindo em meu encalço, minha antiga companheira de guerra já sabia o que fazer para dar sequência ao exorcismo. Vasculhava restos do que um dia foram escrivaninhas de trabalho, talvez em busca de algo com que riscar o chão, enquanto eu empurrava as placas de madeira para os lados, abrindo um espaço vazio no centro. Aquela edificação provinciana provavelmente era um antigo estabelecimento de carpintaria, ou até mesmo depósito de madeira para alguma fábrica.

— Acho que esse espaço será suficiente — disse, ofegante.

Valery vinha dos fundos, os pés raspando em cacos e sujeira. A luz ali era de um amarelo forte que turvava a vista e fazia tudo parecer um pesadelo.

— Isso deve servir — falou lacônica, me estendendo alguns pedaços curtos de giz.

Anuí em resposta, não me deixando pensar que estávamos de volta à nossa realidade póstuma, de um passado que torridamente jurei estar sepultado. Com isso desenhamos no chão os símbolos que compunham as Runas Sagradas para auxiliar no exorcismo. Os símbolos milenares eram representações gráficas do que os antepassados dos Exorcistas acreditavam ser o Nome Impronunciável de Deus, e, desde que começaram a ser postas em prática, funcionavam com grande frequência.

Valéry conhecia as runas de cor.

Ainda somos bons nisso, querida. Juntos. Mas o pensamento foi engolido na amálgama de outros como ele, já cicatrizados num canto de minha alma.

Em segundos tudo estava pronto, só restando as preces de purificação.

— Vou sair para você purificar o local.

Havia coisas que eu gostaria de dizer a ela, porém captei as vozes de Malik e Angélico próximas.

— Valery, Oz vai lidar com o problema do cemitério — murmurei. Ela me observava com certo desespero impregnado nas feições. — Seja o que for.

— Você sabe o que é — sentenciou, a voz embargada. — Como eu disse: é Roma acontecendo novamente. Você sabia que ia me abandonar no momento que pronunciou as palavras. Agora sabe o que está vindo e eu sei que não é bom.

— É muito ruim, Valery — soltei, aproximando-me dela. — Mas primeiro temos que lidar com isso.

Ela fingiu dar de ombros, só que pareceu um movimento dramático demais. Afastou-se de costas, o som das vozes da bruxa e do padre já muito perto, chegando na entrada do armazém.

— Uma coisa de casa vez — disse baixo.

Malik se esgueirou pela entrada, seguida pelo padre, que olhava o entorno com uma expressão de pesar contemplativo. Sem cumprimentos ou qualquer observação, a bruxa caminhou rapidamente até Valery, armada com uma compleição de más notícias.

— A epidemia das crianças se agravou — disse, num tom temeroso.

Num fluxo rápido de perguntas e respostas, as duas falaram sobre Casper estar inconsciente e exaurido pelo ritual e sobre a conversa que Malik teve com Denise a respeito do passado de Valery. Incomodado, Angélico limpou a garganta, colocando um fim ao diálogo. Quando todos o olharam, ele estendeu minha maleta contendo os apetrechos do ritual. Havia um peso em seus ombros e uma nebulosidade ansiosa em sua face.

— Obrigado, padre — agradeci, agarrando o objeto.

— O que é tudo isso rabiscado no chão? Não faz parte do Ritual Romano.

Abri a maleta sobre o solo, estiquei a ele uma das estolas roxas e vesti a outra. Ainda aguardava a resposta de sua indagação.

— São Runas que potencializam proteção e a força do Exorcista — respondi simplesmente. Parei em pé, agora lhe estendendo uma cruz de bronze, o objeto sagrado. — Elas foram criadas para Exorcistas, por Escribas e outros como eu. Escribas são homens ou mulheres que nascem com o dom de ouvir e ver a Deus, ou o Divino em si. Cada um deles relata de uma forma.

Angélico resmungou algo, aturdido.

— Então por que eles não descobriram uma fórmula mais eficaz de expulsar esses espíritos?

Valery soltou um riso sarcástico, atraindo para si olhares condenatórios de sua tutora.

— O que foi? — devolveu, erguendo os ombros. — Já me fiz essa pergunta muitas vezes. Eu ri porque concordo com o senhor.

Angélico me mirou em expectativa.

— Existe uma forma simplificada e é essa — respondi, irritado com a perda de tempo. — Agora precisamos buscar Axel. Não vai ser a parte mais difícil, mas é importante que sejamos precisos.

— Pare de ser condescendente com o homem — interrompeu Malik, exasperada. — Vamos, padres. Melhor chamar Oz para os ajudar com o peso do corpo. Onde ele está?

Valery foi ligeira em desviar os olhos e sair dali de vez, me deixando com a obrigação pesarosa de contar a ela que seu marido tinha ficado para trás, esperando aquela coisa emergir do abismo e lutar contra ele.

— Deve estar a caminho — respondi. — Teremos muito tempo para explicações depois que isso acabar.

Eles me seguiram, não sem um turbilhão de questionamentos. Valery estava estancada do lado de fora do Fiat, olhando para o veículo que chacoalhava freneticamente, enquanto urros guturais escapavam pela lataria. Vendo a cena grotesca, Malik e Angélico se calaram. Dava para sentir o arrepio enregelar cada um de nós, passando de um para o outro.

Tantos anos praticando exorcismos não me vacinaram contra tal assombro na presença do mal.

— Padre — resmungou Angélico, sem tirar os olhos do carro —, depois que começarmos o ritual, ele não poderá fugir, não é mesmo?

Sua insegurança me preocupou. Era provável que ele afetasse o sacerdote durante o ritual, mas essa era uma possibilidade que eu precisava ignorar. Fazer aquilo sozinho poderia me esgotar ao extremo antes mesmo do momento final.

— Ele ainda poderá nos atingir, ou usufruir de eventuais rituais que tenha realizado previamente.

Angélico ajeitou a estola, descansando os braços em frente ao corpo.

— Isso significa...?

— Que se ele enfeitiçou as crianças, ou está exercendo poder sobre elas, ainda poderá lançar mão disso como uma arma. Provavelmente vai.

Malik me aguardava com um ar endurecido, nos apressando para que tudo acabasse logo. Em consonância, sua expressão me passou a confiança que sempre teve em mim.

— Vamos removê-lo agora — pontuei, encarando Malik.

A lataria do carro parou de emitir ruídos, a coisa lá dentro ficou quieta, esperando. Abri o porta-malas, imediatamente sendo atingido pelo odor nauseabundo de sangue e suor. Aguardei alguns segundos, prevendo o rompante que aconteceria. No exato instante em que o corpo de Axel se projetou em minha direção, agarrei-o pela roupa e o arrastei para fora, colocando-o no chão sobre os joelhos.

Ouvi a voz de Valery acompanhando as orações junto com Angélico, mas estava ocupado mantendo o demônio sob o meu domínio. Seus olhos estavam queimados agora, brancos no centro, apenas uma marca esverdeada sinalizando o que antes fora sua íris.

O demônio percebeu-se fraco ao som das orações. Seus esforços em me ferir eram apequenados diante das palavras sagradas, porém ainda tinha o escárnio como arma adjacente. Soltou um riso seguido de olhares afetados e sorrisos marcados pela dentição ensanguentada.

— Bruxa — destilou com a voz de muitos. — Seu amante vai morrer hoje.

Arrastei-o dali rumo ao barracão, vendo como aquilo tinha perturbado a feiticeira.

— Não o ouça, Malik! — bradei em meio ao esforço. — Ignore-o.

Ele tornou a rir com empenho.

— A fera do abismo está vindo por ele — continuou, agora usando a voz de Axel. — Vai arrancar sua cabeça nojenta e entregar para Lúcifer!

Malik abraçou o corpo, tentando manter o rosto confiante. O demônio gargalhava, sua maldade oprimindo tudo ao nosso redor. A afetação atingiu os poucos postes da rua que passaram a piscar velozmente, enquanto o ar pesava, embaçado. Percebi que Valery tinha se escondido numa parte escura da lateral do barracão, os olhos brilhantes me encarando feito as íris do gato cinzento, provavelmente acometida do horror em ver Axel naquele estado.

Joguei-o para dentro do armazém e arrastei-o em direção ao local das Runas Sagradas. A voz de Axel gritou, tornando-se um som inumano e doentio à medida que se espalhava. Todos os postes da rua explodiram, trazendo a escuridão para engolir todo o local onde eu deixara as duas mulheres.

Angélico me seguiu, cerrando a porta atrás de mim enquanto eu posicionava Axel no centro do espaço vazio. O padre arrastou uma das cadeiras caquéticas que estava jogada num canto, sobre a qual posicionei o corpo com cuidado. Parecia parcialmente inconsciente agora, babando um líquido viscoso sobre o peitoral rasgado em hematomas.

— Não era real até eu ver com meus próprios olhos — arrulhou o padre atrás de mim.

Não tive tempo de responder quando a cabeça do possuído levantou e olhos injetados me encararam.

— Eu sei agora — disse a voz que era de Axel. Ambos olhamos para o que restava do homem sentado sobre a cadeira. — Aquela mulher que eu encontrei quando ainda estava no corpo da garotinha. É ela.

Estreitei os olhos sentindo meu sangue ferver. Quando ele sorriu, quase cedi e quebrei cada osso de seu rosto, contudo a razão falava mais alto e me manteria frio até que fosse finda a possessão. Porém aquele conflito estava só começando. Seus esforços ainda eram incipientes, incluindo o riso pútrido que soltava enquanto sondava minha expressão.

Começou baixo, resignado, mas cresceu vaidosamente, vangloriando-se de sua recente descoberta a respeito de Valery. O sonido era doentio e profano. Ficamos, padre Angélico e eu, petrificados ouvindo aquela ofensa, esmagados, ainda que por um átimo, pelo mal que habitava aquela carne, incrustado naquele som. Por fim, soltou um rugido, a cabeça envergada para cima, feito alguém que vai começar a rezar.

O grito veio em segundos.

— LACRYMOSA! — berrou, pronunciando cada sílaba com prazer.

Era uma provocação e uma promessa.

44

O olhar de Axel era negro, avultado de sangue e escuridão. Angélico findava a sequência de orações, abrindo os olhos toldados por pesar. Despertei-o de seu devaneio, pedindo para que passasse para a próxima etapa do ritual. Fiz o sinal da cruz e lancei a água ungida em direção ao rapaz, sob os escárnios da voz maligna.

Iniciamos a sequência do Ritual Romano, em uníssono e potencializando com eloquência o volume de nossas vozes. Apesar do medo, Angélico estava ao meu lado de braços meio abertos, segurando com firmeza a cruz que lhe entregara.

Sobre a cadeira, a criatura se contorcia e bramia ruídos arrotados de muitas vozes desafinadas gritando maldições. As luzes piscavam ainda, quando a primeira parte das orações acabou e o barracão mergulhou num silêncio fúnebre.

— Está frio, padre — murmurou Angélico.

A temperatura despencava rapidamente, fazendo o velho sacerdote tremer. Com uma elevação de indicador, sinalizei para que esperasse, percebendo o corpo de Axel mexer sutilmente, um grunhido baixo se iniciando. O corpo escorregou, feito uma criança sobre um tobogã, caiu deitado sobre o chão com os membros contorcidos. Ficou imóvel por um tempo, como se estivesse todo quebrado. Devagar o tronco subiu, as pernas o erguendo em forma de ponte, até que o dobrou em duas partes, produzindo o crepitar de ossos se partindo.

— Santo Cristo — sussurrou Angélico, num ruído pífio.

— Não fique impressionado. É o que ele quer.

De repente a coluna desdobrou e a figura estava em pé, nos fitando com olhos injetados e uma expressão insana de satisfação. Murmurava, babando sangue escuro.

— Você não pode sair — proferi, num tom adestrador. — Seja qual for sua missão, ela será interrompida agora.

— Está feito — sussurrou uma voz vinda de todos os lados.

Angélico virou as páginas da Bíblia e recomeçou a oração, estendendo a cruz em direção ao demônio. Esfreguei as mãos com a medalha entre elas, retomando minha concentração.

— Não vejo a hora de ver suas caras quando descobrirem o que eu fiz — disse a criatura, de forma alta e bem entonada.

Como a de um homem saudável.

Aproximei-me dois passos, mesmo conhecendo o risco de chegar tão perto. Ele já relutava contra as paredes de minha mente, buscando uma entrada, uma forma de ver minhas fraquezas. Sentia os olhos me violando, os arrepios se assomando e a sensação opressora me mandando correr.

— Eu sei o que você fez — devolvi, estreitando os olhos. Mirei Angélico por cima do ombro. — Leia os salmos, padre!

Ele limpou a garganta, o demônio chiou.

— Empunhai a lança e o machado de guerra contra os meus persegui- dores — continuou, a voz mais firme. — Dizei à minha alma: Eu sou a vossa salvação.

— Eu não sou seu perseguidor, Angie — cantarolou malicioso, forjando uma careta de mágoa. — Eu sou seu amiguinho.

Angélico não parou de recitar os salmos, nem mesmo mudou os olhos de lugar para corresponder à provocação. Ergui então minha medalha sagrada em direção a Axel, mantendo-me atento a seus movimentos.

— Clamo ao Senhor que salve esse homem, seu servo, Axel Emerson, das mãos de Satanás e seus escravos. Livrai sua alma da danação eterna e lhe conceda o livramento do mal. Fortaleça seu corpo contra a batalha que eu, seu humilde e devotado sacerdote, travarei com ele em Seu Nome. Amém.

— Amém — zombou a voz gutural.

Axel virou a cabeça de lado, torcendo demais o pescoço. Senti-o arranhar as paredes da minha mente, esgueirando-se pelos caminhos, procurando uma fresta.

— Você não é um sacerdote, Henry — disse, roucamente. — Você é uma aberração e eu não tenho medo das suas palavras. Não tem poder nenhum sobre mim.

Resistindo à sua presença dentro de meus pensamentos, alcancei o corpo e ergui a medalha dourada, como se fosse continuar a fazer uma oração. Ele me observou, procurando lá dentro por mais pensamentos, percebendo-os protegidos. Quando fraquejou reduzi nossa distância e enterrei o ouro em sua testa.

A coisa bradou em angústia.

Um vento agressivo percorreu o local, adentrando pelas ombreiras das portas e uivando assombrosamente. A pele embaixo da minha mão queimava, o corpo tombando de joelhos até envergar de costas novamente no ângulo inumano. Em segundos, o cheiro de podridão era tão pungente, que meu estômago emitia espasmos enojados.

— *Regna terrae, cantate deo, psállite dominio, tribuite virtutem deo Exorcizamus te, omnis immundus spiritus, omnis satanica potestas, omnis incursio infernalis adversarii, omnis legio...*

Minha voz era alta e impenetrável, destacando-se nos inúmeros gritos que saíam pela garganta do demônio. A oração em latim era proferida com força, enquanto Angélico a repetia tentando alcançar aquela entonação, ignorando os guinchos, gritos de dor e desespero.

O vento dobrou a velocidade, as luzes piscavam frenéticas. As estolas de ambos balançavam, enquanto os dedos de Axel forçavam o chão, quebrando unha a unha, sangrando sobre os símbolos desenhados a giz. Guinchou alto e tombou de lado, estendido sobre o solo como se tivesse desmaiado.

Angélico se aproximou e eu me calei, colocando-me em pé para evitar que chegasse muito perto e corresse algum risco. Sobre a pele maculada do homem possuído, algumas veias negras evanesceram e uma cor rosácea tomou o lugar dela.

— Não acabou — proferi baixo, mirando o padre.

A luz se apagou completamente no instante em que a mão sangrando agarrou minha canela e Axel expirou profundamente, feito um homem afogado que retorna à vida de repente.

— Padre! — soltou entre as lufadas sofridas. — Ajude-me.

Angélico se mexeu por instinto, mas com o esticar do meu braço o impedi.

— Padre, por favor! Eu vou morrer! — implorou, tentando escalar por minha perna com um olhar suplicante. — Estou ferido.

Mantive-me ereto e estancado no lugar.

— Não é ele — pontuei, resoluto. — Está escondendo sua face. Preciso que o senhor me ajude ainda mais agora. Ele vai lutar contra um de nós dois, vai oprimir nossos sentidos, talvez causar alucinações.

— Padre Angélico, sou eu, Axel! — prosseguiu, engasgado. — Por favor!

Angélico fez que ia se aproximar, mas espalmei a mão em seu peito e o afastei. Ele me olhou com dúvida, pendendo entre a preocupação e o desespero.

— E se for ele? — indagou, angustiado. — E se estivermos matando Axel?

— Vocês estão me matando! — gritou, chorando, com a voz do rapaz. — Ele foi embora, por favor, me ajude.

Deflagrando um curto golpe, desvencilhei minha perna do toque do demônio e mirei seus olhos. Estavam azuis agora, naquele tom diáfano que eu vira no dia em que conheci o detetive.

— Não é ele, Angélico — prossegui, ainda absorto na miragem daquele olhar. — Mantenha-se afastado e...

Mas o padre já estava se aproximando quando minha fala foi interrompida pelo movimento brusco que colocou o corpo em pé, os olhos perpassados de ódio mirando sobre meu ombro. Tudo ocorreu com brevidade assustadora, escapando de meu controle. Angélico diminuiu a distância entre eles. No mesmo instante foi projetado para cima com um golpe em seu estômago.

Segurei-o por reflexo e impedi que fosse arremessado, arrastando-o para longe logo em seguida. As contorções de dor aumentavam, quando o sentei no chão de encontro a uma pilastra e sondei seu rosto, preocupado com seu estado.

Atrás de mim o demônio ria, satisfeito.

— INGÊNUO!

Axel caiu de joelhos, ainda gargalhando. O som ecoava e tremia os vidros quebrados, bem como a porta de ferro.

— Seu padre fraco de merda — destilou um som arrotado. — Conheço lugares onde covardes como você seriam enforcados!

Agarrei o braço do sacerdote, que retomava o movimento regular dos pulmões.

— Não o ouça, não fale com ele, não chegue perto dele, entendeu?

Num assentimento de respiração chiada, ele concordou. Ajudei-o a se levantar.

— Sua mãe era uma prostituta!

— Agora, me ajude com as orações — emendei, assim que ele se recobrou.

— Padre de merda, filho de uma prostituta — insistiu com tom venenoso. — Você não tem vergonha de ter abandonado a outra velha naquele lugar horrível?

Caminhei até uma runa, parando sobre ela enquanto Angélico ficou atrás. Pedia força a Deus em preces sussurradas, enquanto eu sentia que era atacado mentalmente pela forte opressão.

— Pelo poder da morte e ressurreição de Jesus Cristo — ergui a voz grave —, pela chave do inferno conquistada pelo seu sacrifício, ao poder a mim conferido como seu servo, eu lhe conjuro, espírito das trevas, dê-me o seu nome.

A ordem não surtira efeito. Ele caminhou com dificuldade o máximo que pôde, os pés roçando na beirada dos símbolos, joelhos trêmulos.

— Ele abandonou sua santa mãezinha num lugar fedido, onde eu a visito todos os dias.

Angélico estava parado, olhando para cima num gesto de rendição. Só podia ver o branco de seus olhos, e, agora, enquanto ele era atacado, eu tinha uma brecha para vencer aquela batalha. Fiz um sinal da cruz e murmurei orações silenciosas.

— Pelo poder da Santa Cruz de Jesus Cristo, dê-me o seu nome!

— Nãaaaao!!! — berrou o demônio, abrindo os braços nus em direção aos céus.

A voz ecoou para fora do barracão. O silêncio de um átimo se fez, causando um zunido em meu ouvido. Aos poucos eu entendi que havia mais um som; baixo, longínquo. Eram vozes, cantando, sussurrando, entoando algo em outra língua.

Eu poderia estar alucinando?

Virei de costas e vi Angélico retornando.

— Padre?

Angélico abriu os olhos cheios de lágrimas, olhando para mim como se não houvesse mais nada além de uma dor pungente que lhe abria o peito.

— Você deveria ter me contado — murmurou, piscando longamente.

— O quê? — quis ouvir a resposta, mas as vozes aumentaram do lado de fora, me dando a certeza de que não tinha alucinado. — Padre, está acabando. O senhor tem que lutar comigo agora.

— Eu estou forte agora.

— Não vou conseguir sozinho.

O canto. Era real, entoado pela voz de muitas crianças. Num som unânime feito um coral infantil, cantavam um conjunto repetido de palavras em alguma língua que me era estranha. A característica forma monocórdia de uma canção de ninar me fez compreender que era um som nefasto, provindo do demônio.

— Calma, bebezinho, não diga nenhuma palavra — zombou o demônio com um olhar satisfeito. — Reze comigo. Reze!

Conhecia aquelas palavras. Elas vinham acompanhadas da voz soporífera de minha mãe, quando eu era uma criança amedrontada pelas visões da escuridão. Ele tinha conseguido abrir aquela porta enquanto eu estava confuso com as vozes.

— Não pode me derrubar com isso.

— Desde sempre eu estive na sua vida e comigo passará a eternidade, Chas — destilou meu nome, saboreando a expressão com malícia.

— *SILENTIUM!*

Resistente, revirou os olhos e mimetizou um gesto que remetia ao coito, encarando-me com zombaria.

— NÃO! NÃO! NÃO! — repetiu, flexionando os lábios, com sotaque afetado. — Reze comigo, reze comigo, bebezinho! Se você morrer durante o sono, que sua alma seja MINHA, MINHA, MINHA, MINHA, MINHA!

— *SILENTIUM DEMON!*

O canto lá fora ficou mais alto, mais próximo, enquanto o frio ali dentro aumentou exponencialmente. Meus braços pareciam congelar enquanto a respiração saía cansada, os braços e a boca tremendo.

— Angélico, meu querido padre de merda! — cuspiu, a voz arrulhada.

— É hora de se entregar a mim!

Ergui a voz e recomecei a oração em latim. Angélico se levantou, enxugou as lágrimas e segurou firme a Bíblia aberta. Ele trocou um olhar com a criatura dentro de Axel e murmurou um pedido de perdão a Deus.

— Ele resistiu — zombou, imitando uma expressão de mágoa. — Eu não precisava de um covarde como você. Um velho. Eu tenho meus bebês. É deles que eu gosto! Ouçam...

Não queria demonstrar minha perturbação com as vozes infantis do lado de fora. Elas eram reais, pareciam estar vindo da rua.

— O que fez, demônio?

— Eu venci. A Lacrymosa logo será da besta do abismo e minhas crianças irão comigo para as profundezas. Elas são deliciosas quando gritam, quando me pedem para parar...

Revirou os olhos e os abriu demais logo em seguida. O canto aumentou de frequência, me causando um assombro aterrador. Respirei fundo e encarei aqueles olhos negros, recobrando as forças para lutar.

— É agora, demônio, que você me conta o seu nome e eu o faço sofrer muito. Muito mesmo.

45
VALERY

Começou apenas com uma vibração. Uma deturpação sonora no tecido da atmosfera. Malik estava encostada na lataria do Fiat, os olhos preocupados voltados para o condomínio envolto em escuridão, e eu ainda presa nas sombras do muro do armazém.

Aquela coisa estranha acontecendo me tirou da imobilidade. Não era uma Fumaça Negra, mas parecia-se com ela. Vinha da região que dava para a linha do trem, atravessando para o centro da cidade. Antes de chegar ao caminho de casas, passava pela rodovia que vinha da ponte de Nova York.

Malik foi para o meio da rua, assumindo uma posição analítica. Juntei-me a ela, tentando focalizar a vista para enxergar melhor o horizonte. Vi de leve uma sombra tênue se erguer, se estendendo de ponta a ponta na rua estreita.

— O que é aquilo? — perguntei.

— Isso não parece bom.

A leve deturpação virou um som tênue, constante. A sensação fúnebre veio logo em seguida. Vozes.

— Malik?

— Estão cantando — sussurrou ela.

Nenhuma luz, veículo ou viva alma cruzava a rodovia. O mau agouro cresceu conforme o som se aproximava. Estava a alguns metros, talvez uns 15. Era difícil de dizer naquela escuridão.

— São vozes de crianças.

O som constante tomou a forma de uma canção feita em tons diminutos. Ainda não dava para distinguir as palavras. Era o prelúdio de uma desgraça.

— São as crianças, Valery — sussurrou ela, assombrada como nunca tinha visto.

A sombra tinha avançado, tornando-se um emaranhado de muitas sombras. A noite estava escura, tornando a visão ainda mais difusa. Era possível ver formas, pequenas e humanas, alinhadas de forma disciplinada.

— É uma procissão — disse ela, olhando-me de lado.

— Então vamos esperar — retruquei, incerta.

Recebi um olhar rápido de soslaio.

— Elas estão vindo nos matar, Valery — replicou, num tom acelerado.

— Não sabe disso ainda.

Andei mais um pouco, tentando ver melhor. As coisas no barracão estavam cada vez mais barulhentas. Temia por Angélico no momento da tentação mental, também que Chastain pudesse se atrasar ou perder as forças no meio do ritual.

Contava os segundos à medida que as crianças marchavam, até poder ver alguns rostos. Os que estavam na frente, ao menos. Faces sem vida, presas numa expressão plácida nada humana, cobertos de veias negras das pernas à cabeça, vestindo apenas camisolas de hospital. Não tremiam, não titubeavam, apenas marchavam.

E cantavam. Era outra língua, mas a melodia era a mesma da canção que Anastacia cantava na noite em que a resgatei.

Malik puxou-me para trás do carro, como se isso pudesse nos esconder.

— Você acha que são quantas? — indagou de forma preocupada.

— De quantas você daria conta?

— Não vou conseguir por muito tempo sem matar nenhuma delas, Valery — disse, a voz aguda. — Eu posso criar um contrafeitiço, mas isso seria invasivo e perturbador. Eles precisam apressar as coisas lá dentro.

Gritos ecoaram do barracão. O ar frio que provinha de lá já começava a vazar para fora. A energia gerada pelo exorcismo não estava enfraquecendo a influência do demônio, mas atraindo as crianças para lá.

— Nenhuma criança pode morrer, Malik. Nenhuma.

— Eu sei disso, Valery! Vou fazer o meu melhor, mas não posso garantir. Não sem Oz para me ajudar.

A angústia pairava entre nós, embora não fosse momento para fraquezas. Eu o sentia em algum lugar, mas as emoções que chegavam a mim eram confusas.

A procissão parou no cruzamento. As crianças que vinham na frente tinham os braços pendendo ao lado do corpo, olhares mortos azulados e as roupas cobertas de sangue. Feridas escapavam pelos braços, sangrando e sendo absorvidas pelas camisolas brancas. Não se podia ver o fim do grupo, mas, a julgar pela forma como estavam unidos, muito perto uns dos outros, poderiam ser dezenas.

Um garoto de estatura mediana deu um passo à frente. Era o único que não cantava nada, enquanto a música ganhava força pela rua. Tinha cabelos negros, pele bronzeada e bochechas fofas. Uma criança inocente, adoecida, agora profanada.

Malik estendeu as duas mãos e proferiu uma oração em sua língua materna, causando uma reverberação ao nosso redor. Ignorando tudo, o menino deixou o grupo e caminhou até nós com os passos marchados, encarando-nos sem nenhuma vida em seu olhar.

O garoto se aproximou, destemido, parando a 5 metros, com os bracinhos miúdos para baixo, sangue pingando de feridas abertas. Contive um arrepio e aguardei, custando a lidar com a ideia de que aquele pequeno ser poderia me atacar, obrigando-me a escolher como agiria.

— Quieto, bebezinho, não diga nenhuma palavra — falou, a voz aguda, enganando com seu tom de inocência.

— O quê? — Minha voz foi só um som baixo, sem forças.

— Você é a Lacrymosa?

Estremeci e olhei para Malik, que vinha logo atrás. De repente, aquela criança parecia só um ser inocente esperando a resposta de uma pergunta ingênua. *Mamãe, posso levar meu G.I. Joe na escola na sexta-feira?*

— Onde aprendeu essa palavra? — rosnei de volta, fechando as mãos em punho.

— A besta que escala o abismo sussurra o nome dela. Disseram-nos que ela nos aguardaria em frente ao local indicado por nosso mestre.

— Malik — resmunguei, sentindo os passos dela se aproximando. — O que diabos isso significa?

— Que demônios sabem fazer as contas, querida. Não precisa mais olhar dentro da sua mente.

— *Você* é a Lacrymosa? — perguntou o jovem para Malik, entortando a cabeça como um cachorro pidão.

— Garoto — falou com a voz contundente, chegando perto demais. — Volte para perto dos seus amigos agora. Vamos esperar aqui, tudo bem?

— Eu vou machucar vocês — falou, ameaçador. — As duas. Até conseguir descobrir quem é a Lacrymosa e levá-la para a besta.

Malik arqueou os braços, vencida, dando uns passos para trás e me puxando junto com ela. Paramos bem em frente à porta do barracão, onde uma gritaria ecoava, fazendo tremerem as paredes e vidros quebrados nas janelas.

O canto recomeçou e a procissão se aproximou, marchando mais rápido agora. O garoto que tomara a frente esperava, mexendo a boca para articular aquele som aterrador, encarando Malik nos olhos como se ela tivesse magoado seus sentimentos e fosse pagar muito caro por isso.

Ela abriu os braços e começou a recitar feitiços. Houve uma ondulação provinda dela, se espalhando até chegar ao garoto, que levantou as mãos à cabeça, perturbado como se sentisse muita dor. Outras crianças reagiram gemendo alto, enquanto as de trás cantavam. Não me percebi indo ao encontro do menino no instinto de ajudá-lo. Ele enterrava as mãos nas têmporas, fazendo as feridas do rosto sangrarem ainda mais.

Topei em algo duro, invisível. Fui lançada para trás, percebendo que Malik tinha erguido uma redoma de proteção.

— Ele vai morrer! — gritei, desesperada.

— Se eu parar, eles vão chegar até nós. O que posso fazer é ganhar tempo.

— Não! — Fui até Malik, abaixando seu braço e fazendo com que me olhasse. — Por favor, tente outra coisa. Tente um feitiço de cura.

— Não sei se sou forte o suficiente. — Ela olhou para a multidão que se aproximava. Eram muitos, talvez uma centena, ou mais. — Posso ajudar metade delas talvez, mas a outra metade vai chegar até nós e...

— Então faça — sobrepus, categórica. — Até lá Chas vai ter terminado o ritual.

Malik fez um sinal de assentimento, ergueu as mãos para o céu para redobrar suas forças. Um trovão rasgou a paisagem escura da cor do barro puro, iluminando o rosto dos pequenos que se aproximavam.

Não demoraria para aquilo atrair a população, a polícia, os paramédicos. Eles deveriam estar por perto.

Malik entoava seus feitiços, cada vez mais forte, cada vez mais poderosa. Seus olhos dilataram por completo e as pontas dos dedos estavam envergadas, quentes demais com a iminência do poder que invocava.

O grupo chegou até o garoto, mas foi obrigado a parar mediante o escudo. Em seguida, ela abaixou as mãos e mudou a entonação, usando um novo feitiço. Os primeiros efeitos foram sentidos pelos menores. Feridas que diminuíam, olhos que reacendiam. As crianças começaram a chorar alto, invadindo o canto macabro com a agudez de seus desesperos. As que ainda permaneciam nem pareciam ver as demais.

As vozes das crianças a chorar tinham acordado vizinhos e atraído a atenção dos moradores do condomínio, inclusive Denise, que observava tudo lá de cima, andando de um lado a outro na varanda. Não demoraria para alguém discar o número da emergência.

— Não podem nos ver dentro do escudo — tranquilizou-me Malik, enquanto mais e mais crianças iam caindo de joelhos.

O garoto que estava na frente não parecia estar respirando. Tentei correr em seu socorro, quando um solavanco me atingiu, despontando uma dor aguda nas têmporas.

Foi então que eu ouvi o grito.

Tentei me locomover, mas, no mesmo instante em que meu cérebro foi dar a ordem para minhas pernas, a mente travou, estancando-me no meio da ação. O formigamento seguiu o amortecimento de meus membros. Senti-me distante, ouvindo os sons em ecos enquanto era levada pela minha consciência para longe dali.

Caí de joelhos, vendo por trás de uma cortina embaçada a imagem do garoto desmaiado no chão, quase sem vida. Não conseguiria reagir.

A coisa já tinha começado, bem ali, no meio da procissão macabra. Um átimo depois, vi-me em outro lugar.

46
HENRY

Busquei manter a expressão firme e ignorar o que poderia estar acontecendo do lado de fora. Angélico estava petrificado atrás de mim, os ouvidos atentos, talvez ainda tomado pela perturbação ocorrida havia poucos minutos.

— Padre! — chamei-o, arquejando. — Faça a imposição de mãos.

Nem percebi que estava ofegando, mas o cansaço já ameaçava vencer minhas forças. Angélico obedeceu, dando a volta e se ajoelhando ao lado de Axel. O padre tinha uma postura mais assertiva agora, de quem enfrentara o mal e se saíra vencedor, embora eu ainda não tivesse ideia do que tinha se passado enquanto a tentação acontecia. O que o demônio o tinha feito ver, sentir, reviver, talvez.

Fiz um sinal da cruz involuntário. Elevei meus pensamentos, procurando dentro de mim aquela fé do Criador, que embora já tivesse sido mais forte, nunca tinha morrido. Fica mais fácil crer em Deus depois de conviver por anos ao lado de uma de suas maiores criações.

É hora de me ajudar a fazer isso funcionar.

As mãos do velho padre se impuseram sobre a cabeça de Axel, enquanto eu depositava minha medalha em seu peito. A região queimou em contato com a pele por entre um rasgo, golfando um cheiro terrível no ar.

— Seu nome, demônio.

— Meu nome é Valery e eu quero que você me foda, me foda, me foda!

— Pelo poder da Santa Cruz, eu ordeno, DIGA SEU NOME! — ordenei, autoritário.

— Meu nome é Rose, eu fodi com seu pai e nasceu essa criaturinha INFAME, INFAME, INFAME.

— Então você gosta de crianças, demônio?

Estreitei os olhos e o encarei, mostrando que não tinha medo, que suas provocações não me abalavam.

— Meus garotos vão matar todo mundo — arrulhou o demônio, provocador. — Vão matar cantando em meu nome, me adorando. Seu Deus não será nada perto de mim.

Angélico virou o rosto em repúdio, mas não tirou as mãos de Axel, ou mesmo fraquejou na força que empunha em seu toque. Mantinha a cabeça dele rente ao chão, mesmo com suas tentativas de se livrar de seus espasmos selvagens.

— Pelo poder do Sacrifício de Cristo, seu sangue, seus anjos, eu ordeno que me diga seu nome!

O demônio guinchou, as pernas debatendo.

Os olhos reviraram para trás até as pupilas sumirem. Lá fora, o canto se aproximava.

— O fim vai acontecer antes da hora — guinchou, cuspindo a saliva espessa ao falar. — Sua Bíblia, seu Deus, todos estarão mortos.

Angélico observava a coisa fraquejando sob seu toque, certamente exausto daquele ritual infindável. Senti em meu corpo a iminência de minha própria exaustão, e era nessa fraqueza da carne que a fé em meu espírito atingia seu ápice. Como um mecanismo de defesa para proteger o dom que corria em minhas veias, algo que jamais poderia ser entregue diante do que era maligno.

— Não há mais para onde escapar — bradei entre dentes. — Diga-me seu nome, demônio.

Com os olhos arregalados, a criatura encontrou forças para forjar um riso.

— No fim, a besta trará a Lacrymosa nos braços e esfregará na cara do seu Deus que ela é nossa.

O padre ao meu lado fungava, observando a cena com um misto de incredulidade e pena.

— Por favor, senhor — rezou, a voz embargada. — Tenha misericórdia da alma de seu filho Axel. Não são suas palavras que proferem tais blasfêmias.

Senti pena de sua oração honesta, embora não houvesse tempo para refletir em sentimentos. A coisa dentro de Axel protestou num guincho alto, mirando-me com seus olhos insanos.

— Eu não tenho mais nome — grunhiu a voz demoníaca. Um arroto saiu em seguida. — Você nunca vai vencer essa guerra, padre.

A voz se distorceu, reverberando sons agudos por todos os lados. Os músculos de Axel estavam se mexendo, como se algo por baixo dele lutasse para sair, com garras, arranhando a pele por dentro. A cada investida, a epiderme ameaçava rasgar, assim como abalava a proteção das Runas Sagradas e da minha mente. Uma onda fria caiu sobre nós, fazendo nossos corpos estremecerem.

Tinha que acabar. Tinha que ser rápido agora.

Debrucei sobre Axel, enfiando a medalha com força sobre sua testa entre as mãos de Angélico. Vi o negro dos olhos se dissipar um pouco e a expressão maligna ceder. Em seu lugar, um rápido átimo de confusão e dor. Era ele, lutando conosco, sobrevivendo com maestria enquanto a coisa destruía cada célula viva que lhe restava.

— Por favor, Senhor, tenha misericórdia da alma de seu filho, Axel Emerson — rezei, percebendo-me com o tom embargado também, proferindo as orações em súplica —, que bravamente luta dentro de seu corpo. Concedei a ele forças para lutar. Concedei a ele perdão por ter cedido à voz do mal.

Algo em sua expressão dúbia me fez perceber que Axel tinha me ouvido e que sabia que estávamos ali. Tinha fé de que era um homem forte e, sabendo estar sendo amparado, encontraria ainda mais recursos para lutar. Elevei meus pensamentos a Ele, limpei a mente e evoquei o local dentro de minha alma, aquele com cheiro de óleo que costumava visitar com tamanha facilidade. Logo a escuridão morna abraçou meu corpo vacilante e me fez estremecer.

Autoridade.

— *Vade, satana, inventor et magister omnis fallaciæ, hostis humanæ salutis* — orava Angélico.

— Agora, diga-me seu nome — ordenei, usando toda a autoridade de minhas palavras.

A porta sofreu uma pancada invisível, as paredes cederam em rachaduras que vomitavam poeira. O ruído de vidro estilhaçando ecoou em meus ouvidos, trazendo-me de volta de onde estava, para o frio maligno do lugar. Apertei a medalha e segurei a nuca de Axel. Angélico afastou as mãos, ajudando-me quando segurou as pernas no lugar, para que não me atingissem com os golpes.

A medalha produziu uma dor intensa que o fez urrar, clamando por mais, desafiando-me com sua voz desafinada.

— AGORA, DIGA O SEU MALDITO NOME!

Aquele instante parou no tempo, nos prendendo ao momento de uma iminente explosão. Minha voz ainda ecoava, quando senti a gravidade inverter, como se não houvesse chão sob meus joelhos.

— BARON! — urrou, respirando numa velocidade alarmante. — EU SOU BARON!

O demônio gritou, projetando-se para trás. Foi o golpe mais forte que eu presenciei em todos aqueles anos. Sobre o inominável mal que tem poder de atingir nossos corpos e penetrar nossas almas. Vi-me no mesmo lugar, os joelhos enterrados no chão sujo, rasgando a roupa e me ferindo a pele. Angélico estava caído de costas, mas já se levantava, atordoado. O rosto de Axel ficou negro e vermelho, pulsando as cores de forma sobrenatural, mas os olhos tinham recobrado a cor azul, embora por baixo de uma camada de nata branca.

Baron de Rais, eu o conhecia. Lera sobre ele na demonologia e também na história. Um nobre soldado que lutou diversas batalhas ao lado de Joana d'Arc, mas que cometera uma série de assassinatos e estupros contra crianças.

Agora que tinha seu nome, meu poder sobre ele era irreversível, porém suas provocações não cessaram.

— Fez sua lição de casa, *connard prêtre** — fomentou, a voz afetada com o sotaque. — *Va te faire foutre!***

Ignorando as injúrias, levantei do chão ajudando o velho padre a ficar em pé. Fiz um sinal resoluto, então impusemos nossas mãos em direção a Axel.

— *Deus caeli, Deus terræ, Deus Angelorum, Deus Archangelorum, Deus Patriarcharum**** — rezamos, mesmo com os gritos obliterados da voz demoníaca.

— SOU BARON DE RAIS! — urrou em fúria. — *Oh, crucis, Oh, jubile!*

Baron repetiu aquilo diversas vezes, debatendo-se no chão em estado convulsivo. Estendemos nossas mãos para o corpo e encaramos um ao outro dizendo no silêncio que era o bastante. Tinha que acabar. Agora!

— Em nome do Pai, do Filho e do Espírito Santo, eu ordeno que você, Baron de Rais, espírito imundo, saia desse corpo!

Angélico repetiu a oração junto comigo enquanto as vozes que vinham de Baron pareciam surgir de todos os lados. Os dedos de ambos pareciam congelados, as vozes estavam trêmulas com o frio. Havia uma sensação forte e aterradora de que ele falava dentro de nossas cabeças. Vi o mesmo horror nos olhos de Angélico.

— A besta vai tomar o meu lugar — disse a voz demoníaca, agora enfraquecida. — Vai tomar o que você mais ama.

O corpo se envergou para cima, assumindo a forma de um U. Pés inertes não o sustentavam, mas arrastavam no chão enquanto tremia com o peito e a cabeça inclinados para baixo. A chuva de sujeira ficou ainda mais intensa, girando sobre ele quando seus olhos abriram demais.

Enchi o peito.

— EU ORDENO, BARON DE RAIS, QUE SAIA AGORA DESSE CORPO E RETORNE AO FOGO ETERNO!

O corpo envergou, engasgado, girando a cabeça em círculos enquanto os braços se debatiam. Angélico o segurou a caminho do chão, quando eu quase caí sobre os joelhos.

---

* Padre cretino
** Vá se foder.
*** Deus do Céu, Deus da Terra, Deus dos Anjos, Deus dos Arcanjos, Deus dos Patriarcas.

Houve uma explosão concomitante, ribombando em som de madeiras caindo e vidros estilhaçando. Era difícil distinguir se eram as janelas ou as paredes que eclodiam. Seguirei Axel e ajudei padre Angélico a colocar o corpo quase sem vida no chão, ainda aos sons das pancadas. A energia não tinha se dissipado, embora tivesse deixado o hospedeiro. Cobri-o com o corpo, tomando as pancadas de vidro e sujeira nas costas enquanto Angélico protegia seu rosto.

Acabou.

Um silêncio zunido propagou-se, quase aterrador.

Afastei-me de Axel para ver seu rosto, medindo seus sinais vitais e puxando suas pupilas. Elas não responderam, estavam esbranquiçadas.

Respirei fundo, fechei os olhos e olhei para cima com os braços abertos.

— *Per Christum Dominum nostrum. Amen.*

Lá fora o canto das crianças se calou. A quietude foi tão intensa a ponto de parecer ensurdecedora. Até mesmo a respiração de Axel podia ser ouvida, normalizando à medida que o ar lhe voltava aos pulmões. Angélico o observava atento, curioso. Seu rosto perdia aos poucos a cor negra e vermelha, algumas feridas iam se curando. Porém, a queimadura ao redor dos olhos ficou e o tom branco por cima da íris também.

— Axel, sou eu, padre Angélico — falou com um tom sereno. — Pode me ouvir?

— Acho que sim — murmurou a voz fraca.

— Axel, você acaba de se tornar um sobrevivente — emendei, soando fraco. — Em breve você estará recebendo cuidados.

— Onde ela está? — arquejou, esfregando os olhos. — Ele a queria.

— Valery — disse Angélico. — Ela está lá fora e está bem.

Axel assentiu, os olhos estranhamente voltados para o teto. A mão dele deslizou para o lado e agarrou meu pulso com urgência e força.

— O desgraçado foi embora de uma vez? — indagou, rouco. — Voltou para o inferno?

— Sim, Axel. Ele não vai mais voltar.

— Isso é bom.

Tentou levantar, mas o corpo cedeu e voltou ao chão. Angélico ameaçou ajudar, mas os braços de Axel o afastaram.

— Vocês podem acender as luzes agora?

Angélico e eu trocamos um olhar sombrio e de compreensão. Era doloroso perceber o que tinha ocorrido. *Vou lhe fazer um favor, padre Chastain. Vou garantir que ele não possa olhar para ela nunca mais!*

— As luzes estão acesas, Axel — disse Angélico, à beira das lágrimas.

47
VALERY

A Revelação levou-me para perto de Oz, como sempre sendo uma mera expectadora do desenrolar dos fatos.

A frequência das imagens era estática, como fotos jogadas numa mesa branca. Oz em meio a um amontoado de lápides abertas, em seguida ele perto de uma pilha de ossos, e, por último, ela explodindo. Algo fantasmagórico saiu de um buraco profundo; era mais forte e mais maligno que a coisa que gritava dentro do barracão, pois a força aterradora de sua rajada fez-me encolher como a mera espectadora que era, vendo Oz se apressar, correndo entre as lápides a perseguir o recém-chegado.

Subiu na Harley e seguiu aquela escuridão como se a Fumaça Negra o atraísse, pressionando o acelerador com agressividade.

Ainda aturdida pela velocidade exorbitante, fui lançada daquela visão para dentro de meu apartamento, como se despertasse de repente de um sono agitado, o ar penetrando meus pulmões com força. Denise estava na varanda, observando o movimento lá embaixo, virou-se para entrar, tateando os bolsos certamente à procura do celular.

— Denise? — chamei-a, não ouvindo mais que um sussurro no som de minha voz.

Entretanto ela não reagiu. Eu não estava ali, defronte a ela, esperando para assistir ao que quer que fosse se desenrolar. Mal tive tempo para degustar o mau agouro, quando vi uma sombra disforme se erguer no céu à altura de nossa varanda. Emoldurando o corpo tenso de minha colega, a criatura de órbitas amarelas, feita em névoa fétida e uma cavidade gutural do que lembrava uma boca animalesca, investiu contra a entrada do pórtico, produzindo uma oscilação que me fez tremer.

— Denise! — gritei com a voz aguda, incapaz de produzir reação qualquer nela, que não sentira a presença que se avolumava em suas costas.

— Não pode entrar. Seja o que for, ele não pode entrar.

Mas meu mantra não surtiu efeito, já que a criatura soltou um arrulho oco muito próximo a uma risada, como se pudesse me adivinhar ali, rezando para nenhuma divindade e temendo-o sem nem o conhecer. A proteção espiritual da casa deveria contê-lo, não permitindo nem mesmo que aquela opressão penetrasse as barreiras e me fizesse sentir tamanha náusea.

A Fumaça Negra cresceu, soterrando meu espírito, ainda que não estivesse presente ali. Denise se jogou no sofá e abraçou os joelhos sobre o estofado, permitindo que algumas lágrimas rolassem pelo rosto empalidecido. Observei impotente quando ela mirou o céu, encolhendo-se antes de soltar o grito, contemplando pela primeira vez o mal em sua visão bruta.

Ao som daquele temor intransponível, o mal invadiu a casa com uma investida estrondosa. Entrou como uma ventania nauseabunda, espalhando um arrulhar profano que me ensurdeceu, assim como fez Denise tapar os ouvidos e se esconder nas almofadas em desespero.

Passou por ela, adentrou o corredor em alta velocidade.

Segui-o, mas minha limitação de observadora fez-me estancar na sala, agoniada para saber o que procurava e quais eram suas intenções.

Logo veio o grito.

Intenso, rouco. De uma dor profunda e insuportável, rasgando os ouvidos de Denise e a fazendo colar o corpo na parede, amedrontada.

Era mais do que um grito alto.

Era visceral.

A vertiginosa volta da Revelação demorou a passar. Estava estancada de joelhos no chão da rua, nenhum minuto havia se passado, as portas de ferro do armazém chacoalhavam com a força emitida pelo exorcismo.

Malik leu em minha expressão o aturdimento ao fim de uma visão. Abaixou os braços, a compleição de quem estava exausta. No ínterim de nossa troca de olhares, mal tive tempo de me levantar quando o som zunido da Harley passou atrás de mim. Virei-me de súbito, vendo Oz se distanciar pela rua em direção ao condomínio.

— Valery! — gritou Malik, apontando para cima.

Ergui os olhos sentindo a Fumaça Negra investindo conta a varanda de meu apartamento. *Está acontecendo agora!*

— O que está acontecendo? — apressou-se ela, vindo ao meu encontro. — É um demônio?

Com a força que tinha contemplado na visão, a criatura adentrou o apartamento. Coloquei-me a correr, como se houvesse tempo de chegar em minha casa a tempo de evitar o que iria acontecer.

O som do cântico das crianças se converteu em um som unânime de um choro alto.

Em seguida, o grito vindo do apartamento reverberou pela rua, ecoando nos céus enquanto eu estanquei imóvel, vendo a procissão daqueles meninos caindo sobre os joelhos, desesperados, pedindo por suas mães, correndo em direção uns aos outros em busca de ajuda.

O que eu faço? O que eu faço agora?!

— Oz vai chegar a tempo — ofegou Malik, me puxando para o barracão. — Acabou, Valery.

— Funcionou — arquejei em seu encalço. — O exorcismo funcionou, Malik?

Sirenes apontavam ao fundo e um silêncio fúnebre vinha de dentro do armazém. Chastain arrastava a porta, andando cambaleante até mim, o rosto pálido e os olhos dilatados. Os ombros em riste, numa posição vitoriosa, apesar da exaustão.

Encontrei-o na calçada, procurando em seu rosto um sinal de que tudo estava bem. Padre Angélico saiu logo atrás. Sua expressão denotava não só o cansaço, como também algo perto da resignação.

— Chas — murmurei, o mau pressentimento invadindo-me friamente. — Axel?

— Está vivo — respondeu, erguendo os olhos por cima de meu ombro.

As sirenes se aproximavam, as crianças atordoadas procuravam por ajuda, algumas já se espalhando em direção às luzes. Muitas coisas estavam acontecendo ao mesmo tempo. Era impreterível que eu escolhesse a mais urgente e confiasse em Chas para lidar com as demais.

— Filha, precisa ir ficar com Axel — ofegou Angélico, os olhos entristecidos.

— E nós temos que sair daqui antes de a polícia chegar — emendou Chas.

A urgência cresceu quando uma viatura cantou pneu algumas ruas adiante.

— Agora! — ordenou Malik, puxando Angélico pelo braço em direção à rua que dava para o condomínio.

Chas me segurou por um segundo antes de segui-los, como se quisesse dizer algo que fosse urgente demais para esperar. Porém no momento em que sua boca abriu para formular a frase, um brado agudo ressoou pela rua, vindo do condomínio. Como se já soubesse do que se tratava, Chas me segurou quando ameacei correr, vendo que Denise gritava segurando-se apenas com um braço na grade da varanda.

Proferi seu nome alto, mas o som foi abafado pela cacofonia das crianças.

Oz estava na varanda, agarrando minha amiga no segundo em que seu braço cedeu, impedindo-a de uma terrível queda e a envolvendo em um abraço. Chas assistiu à cena comigo. Virou-me de frente para ele. Só então percebi que estava respirando ruidosamente, o peito subindo e descendo, incapaz de controlar o ar.

— Valery, ela está bem! — soltou, mantendo meu rosto com firmeza entre as mãos. — Ela está bem! Me ouça agora.

— Algo entrou no apartamento — falei, com dificuldade.

Meneou a cabeça com veemência em resposta.

— Eu tenho que ir — murmurou, olhando de lado para a aproximação dos carros. — Entre no armazém e espere os policiais chegarem. Vamos resolver tudo.

— Chas!

— VÁ!

Em segundos, ele sumiu pela rua, adentrando a escuridão.

Axel estava desmaiado quando entrei.

Sentei-me ao seu lado no chão e puxei sua cabeça e tronco para o meu colo. Abracei-o sem me censurar, sentindo a respiração quente contra a minha bochecha.

SEU FILHO DA puta, você sobreviveu!

Deixei a porta do barracão aberta para facilitar as coisas, embora não me agradasse saber o que os policiais veriam. Quando Anderson entrasse no armazém, teria uma imagem real da minha devastação. Seria real, não uma encenação para corroborar a mentira.

— Valery — sussurrou ele, muito fracamente. — Eu acho que estou cego.

Levou um segundo para eu processar a informação, até vê-lo abrir de leve os olhos e contemplar as íris esbranquiçadas.

O choro se avolumou na garganta, como um grito engasgado.

Apertei Axel com força, incapaz de mentir dizendo que ficaria tudo bem.

— Eu estou aqui, Axel — choraminguei. — Só espere a ajuda chegar, tudo bem? Não vamos nos desesperar agora.

— Eu não estou desesperado — rilhou, apertando minha mão sobre o seu ombro. — Depois daquele inferno, estou aliviado.

— Sinto muito — repliquei, a voz embargada tentando parecer dura. Apertei seus dedos com mais força, ouvindo vozes do lado de fora. — Você era a última pessoa que merecia ter passado por isso.

— Eu sei — respondeu, sorrindo de lado entre as feridas que deturpavam seu rosto. — A boa notícia é que não me lembro de muita coisa. Espero continuar assim.

Sim, que continue, Axel. Eu não desejava que se recordasse das atrocidades cometidas pelo demônio em seu corpo. Tudo o que me importava era esperar os policiais entrarem ali, mentir e garantir que Emerson saísse daquela como uma vítima.

Alguns minutos depois, alguém passou pela porta do armazém, adentrando a passos comedidos o território sujo. Anderson tinha a arma em riste, prendendo os olhos nos meus, para em seguida mirar seu entorno com sua frigidez de perito em desgraças.

— Detetive Green — disse, erguendo a voz adestradora. — Vocês estão sozinhos?

Fiz que sim com a boca franzida, condenando-me por estar tremendo e aparentando tanto desespero. Ao meu assentimento, o detetive da capital guardou a arma e correu ao nosso encontro, se abaixando à minha frente para verificar os sinais vitais de Axel.

— Detetive — murmurou para mim, como se quisesse me acalmar. — Vamos levá-lo agora, tudo bem?

Sua expressão me fez ter o pensamento irritante de que era uma boa pessoa, que se importava de verdade em me ver ali naquele estado segurando meu parceiro no colo, à beira da morte.

Eu não queria sentir aquilo. Não queria permitir ser consolada.

— Ele não se lembra de muita coisa — soltei, soando chorosa. — Viu as crianças?

— Os paramédicos estão chegando — informou a voz calma. — Não sei dizer se estão machucadas, mas estão todas vivas.

Axel tinha desmaiado. Apertei-o com mais força em meus braços, tomada pelo choque. Estava aturdida demais para formular um pensamento coerente no momento.

Um paramédico apareceu na porta, Anderson deu alguma ordem a ele que não consegui discernir, em seguida um movimento de sirenes e vozes se elevou lá fora.

— Vão levar o detetive Emerson agora — disse a voz serena, a mão apoiando em meu ombro para atrair minha atenção. O par de olhos azuis me encarava, esperando alguma reação. — Como chegou aqui?

— Eu não sei — abaixei a cabeça, escondendo a mentira com uma expressão de desespero. — Preciso de um tempo. Axel está morrendo, Anderson!

Os paramédicos entraram, junto com mais dois homens de terno falando em rádios. Anderson me ajudou a levantar e me conduziu para fora enquanto colocavam Axel numa maca e administravam os primeiros cuidados.

Esperei perto da ambulância para vê-lo partir, ainda inconsciente, a máscara de oxigênio pressionada em seu rosto, envolto em amarras. Quando a porta se fechou, sons de rádio ecoaram pela rua e um cobertor áspero caiu sobre minhas costas.

Encarei o nada, ainda procurando algo concreto em minha mente. Denise, Chas, Oz. Todos se confundiam, envoltos pelos meus pensamentos obsessivos de culpa. Então a imagem de Anderson apareceu na minha frente, acordando-me do entorpecimento. Tinha uma expressão irritante de especulação.

Em silêncio, ele esperou alguns carros e ambulâncias se afastarem, levando dali as últimas crianças que restaram. Compreendi que não era mais uma detetive, mas uma vítima em choque no meio de um caos inexplicável. Nada restara de minha atitude convicta, do meu peito estufado e ações comedidas.

Anderson me segurou pelo cotovelo, conduziu-me para longe da comoção com cuidado e paciência, até que os sons tinham se tornado distantes. A escuridão da rua quebrada pelas luzes vermelhas e azuis das viaturas, refletindo em meu rosto e turvando minha visão. Tive um segundo para compreender que tudo o que eu dissesse dali para a frente era crucial, que nenhuma explosão de cólera seria permitida.

Tudo bem parecer fraca agora, Valery. Você está fraca!

Andamos até seu carro oficial, onde ele encostou, agora esfregando o queixo diversas vezes, notavelmente travando alguma batalha pessoal dentro de si mesmo.

— O que aconteceu aqui, detetive Green? — indagou simplesmente.

Respirei fundo para obrigar meu corpo a responder. Ao longe, mais carros chegavam, mais luzes, vozes.

— Começou há pouco mais de uma hora — comecei, a foz desafinada. — Ouvi um som estranho e saí para a varanda, foi quando eu vi as luzes do armazém acesas e as crianças chegando em bando pela rua.

— Você não nos chamou — interrompeu-me, desagradado. — Foi um dos seus vizinhos, detetive.

— Eu tinha que ser rápida — apressei-me em responder. — Ainda não entendia o que estava havendo, Anderson. Só aquela multidão de crianças cantando algum tipo de música. Foi... perturbador.

— É uma palavra que está sendo muito repetida pelos meus homens — retrucou, passando a mão pelos cabelos. — Como encontrou o detetive Emerson?

A história já estava ali, na ponta da língua.

A fonte conhecida da mentira azeda que eu estava acostumada a contar, cheia de bifurcações que levavam até aquela. Era tão fácil que eu estava quase convencida que aquilo me agradava. Mas não, mentir era indigesto.

— Eu estava com o celular na mão para fazer a ligação, no exato instante em que vi que havia algo errado com as crianças — soltei, soando acelerada.

— Foi quando ouvi os gritos dentro do barracão. Alguém parecia ferido, pedindo ajuda. Eu reconheci a voz. Pensei que a essa altura os vizinhos teriam chamado a polícia, então agi rápido e entrei.

— Não viu nada do seu apartamento mais cedo? Não notou o armazém movimentado?

— Não — respondi com pressa. — Eu estava com visitas em casa e me distraí o dia todo. Tivemos uma manhã estressante. Lembra?

Anderson anuiu, cerrando os lábios.

— Isso tudo acontecendo em Darkville ao mesmo tempo — continuou, medindo as palavras. — Todos esses policiais mortos e essas crianças enlouquecendo. O que acha disso, detetive?

— Temos que encontrar quem atacou Axel, assim como nos concentrar com todas as forças em pegar os responsáveis pela morte de Carpax e dos outros oficiais — repliquei, contundente. — Mas Carlile e as crianças são casos separados.

— Talvez não sejam.

Consegui emitir um riso dúbio, que ele correspondeu, cruzando os braços.

— O que o senhor acha, detetive Anderson? — provoquei-o, enraivecida.

Descontente e encabulado, Anderson girou nos calcanhares e mirou a rua, observando o movimento com uma expressão indecifrável.

— Eu não acho, eu sei — devolveu, sem me encarar. — Vamos cercar sua cidade, Green.

Gaguejei uma pergunta que não consegui formular. Compreendi o que ele estava pretendendo fazer. Os policiais estaduais sabiam reconhecer quando uma série de coisas estranhas e sem conexão ocorriam numa cidade pacata, debaixo dos olhos dos policiais locais.

— Meus companheiros não vão aceitar bem sua tomada — respondi, entre dentes. — Devo presumir que você tenha um mandado de emergência.

Anderson voltou a me olhar, prendeu a língua no meio dos dentes e anuiu. Soltei uma bufada e esmurrei a lataria do carro atrás de mim.

— Sinto muito, Green, mas as coisas que aconteceram aqui já viraram notícia no país todo — argumentou, eloquente. — Depois disso, mais mídia sensacionalista vai ser atraída para cá. Chegamos a um tipo de limite e o governo de Nova York não pode deixar que as coisas fujam ainda mais do controle.

— O seu governo não vai evitar o que pensa que vai evitar — devolvi, exasperada. — Foda-se a preocupação que vocês têm com sensacionalismo. Essa é a minha cidade!

Meu arremate acalorado ficou no ar, tornando a expressão de Anderson ainda mais consternada. Claramente tomado por sua luta pessoal, emitiu um ruído irritado, esfregou o rosto e ensaiou alguns segundos antes de falar.

— Está suspensa da polícia de Darkville por tempo indeterminado — disse enfim, num tom monocórdio, típico de uma voz de prisão. — Você e Emerson são vítimas agora, portanto serão protegidos e tratados como tal. Nós vamos assumir daqui.

— Não posso acreditar — sussurrei, olhando para o céu ao travar a mandíbula.

A escuridão caliginosa do firmamento me invadiu, penetrando minhas veias congeladas. Ouvi vozes ao fundo e eram as do noticiário local, prontas para gravar uma matéria em primeira mão, o que aumentou meu estado de ira.

Não iria ficar para brigar e ainda ser obrigada a dar entrevistas.

Deixei o cobertor cair ao chão, erguendo as costas e cruzando os braços em frente ao torso. Troquei um olhar intenso com Anderson, brigando para ver quem desviaria primeiro. Ele desviou, talvez percebendo o que a perda de toda a polícia local iria significar para a cidade. Mas ele não tinha escolha. Eu o compreendia, apesar de tudo, pois faria a mesma coisa em seu lugar.

— Faça o que tem que fazer — resmunguei por fim.

Anderson assentiu, desviando os olhos para o carro da imprensa ao ver que se aproximavam de nós. O detetive agora tinha outra preocupação, desviando-se de mim para respirar fundo.

— Vá para casa, durma por pelo menos doze horas — disse-me, sem me olhar. — Vou mantê-la informada de tudo, Green, eu prometo.

Enfiei a mão no bolso e puxei meu distintivo. Em seguida peguei a arma da cintura e soquei os dois na lataria da viatura chique, provocando um estalo oco.

A palavra *pandemônio* passou pela minha cabeça, então peguei-me sentindo pena de Anderson. Quando tudo estourasse e coisas piores acontecessem, ele estaria no comando de uma cidade que nem era a sua. Aquele estresse da falta de respostas o consumiria, o obrigaria a dizer coisas sem sentido para acalmar a população.

Porque um exorcismo havia sido feito, mas um mal ainda maior estava chegando.

— Proteja seus homens, Thomas.

— Cuide-se, Valery.

Virei as costas e enfiei as mãos nos bolsos. Não deixaria minha aparência derrotada perdurar por muito tempo.

Eu só precisava ir para casa agora.

DENISE ESTAVA SENTADA ao lado de padre Angélico, que envolvia suas mãos trêmulas e a acalmava paternalmente. Ao me ver, ela se levantou, deixando o velho com uma expressão de preocupação. Ele parecia cansado, mas estava diferente. Seu olhar, sua postura, o jeito com que me olhou e a forma como manteve-se ali, a me observar como se fosse a primeira vez que me via.

Minha amiga esperou que eu dissesse algo, mas nada saía de meus lábios. Era muito a processar, muita informação a partilhar. Ouvi os passos de Malik vindos da cozinha. Trazia uma xícara de chá em cada mão e entregou uma ao padre primeiro, depois outra a Denise, ajudando-a a se reacomodar no sofá.

— Beba, querida — disse, passando a mão gentilmente no antebraço de Denise. — E se acalme agora. Tudo está bem.

— Não, não está.

E me vi dizendo aquilo, mas poderia jurar que não tinha dado ordem ao meu cérebro de fazê-lo. Senti-me envergonhada, depois me dei conta de todos os pensamentos latentes — Oz, Axel, a coisa que gritou de dentro do apartamento antes de Denise cair —, o ar me faltou.

Malik estava me olhando pesarosa, mas sinalizava para que eu me contivesse. Fez um sinal imperativo para que eu a seguisse até a cozinha, onde fechou a porta atrás de si para me encarar com uma expressão enganosamente lívida.

— Casper é um hospedeiro agora — disse, soturna. Os olhos escuros piscaram longamente. — Aconteceu no mesmo momento da expulsão de Baron.

Então agora chamamos o desgraçado pelo nome?

Engoli a saliva amarga e considerei a nova informação. Depois de tudo, outra criança fora tomada. Ainda que o corrupto feiticeiro fosse o responsável pela morte de Nadine e a possessão de Anastacia, me custava não sentir o resignar de sua perda.

— Sandy vai retirar o depoimento se souber — divaguei, esfregando o rosto para conter o fluxo colérico. — De qualquer forma, não foi o mesmo demônio. Tive uma Revelação pouco antes do fim do exorcismo.

— Chas estava certo — emendou ela, caminhando pela cozinha com as mãos grudadas à cintura. — Baron foi enviado para fazer um ritual de invocação. A coisa que ele trouxe passou pelas runas sacras que protegiam a casa.

— Oz deve saber o que fazer agora — soltei, bufando. Procurei um lugar onde me recostar, emitindo um gemido enquanto fitava o teto. — Ele tentou jogar Denise da varanda? Como vou dizer a ela que está segura agora, Malik? A vida dela nunca mais vai ser a mesma.

Parei de reclamar quando vi que Malik me olhava sombria, mordendo os lábios por dentro da boca. Compreendi que havia mais, como se não bastasse toda aquela derradeira empreitada, ainda havia mais. Aguardei, segurando a respiração. Ela endireitou as costas, mas sua expressão parecia cansada.

— Quando chegamos, tanto Casper quanto Oz tinham desaparecido — contou-me, mal olhando em meus olhos. — Denise estava desmaiada na varanda e não se lembra de quase nada. Não sabemos o que aconteceu.

Levei um segundo para considerar que Oz não estava ali, percebendo que tinha notado sua ausência desde que entrara na casa.

— Vamos receber notícias dele em breve — falei, esganiçando demais a voz. — Oz não ficaria sem nos avisar onde está.

Percebi a linha de preocupação perpassando a compleição de Malik.

— Aconteceu algo no cemitério — prosseguiu, o tom monocórdio. — Chas não disse nada, só se trancou no seu quarto. Pensei que talvez você pudesse forçar algo, usar sua ligação espiritual com Oz para localizá-lo.

Era mais que a ausência dele. Não o sentia de forma alguma, como se nossa ligação estivesse suspensa. Sempre fora automático, como ter consciência de meus membros sem precisar tocá-los.

Se me arrancassem um braço, doeria menos?

Ao me dar conta do vazio onde antes estava a ligação com meu Guardião, senti as pernas amolecerem, meus ossos gelatinosos e a garganta seca. Malik percebeu minha mudança, vindo em minha direção quando uma tontura me fez cambalear.

— Filha, o que está errado? — sussurrou, procurando sinais em meu rosto.

Senti meu peito estremecer quando a onda de pavor me invadiu, emudecendo minhas palavras.

— O demônio que saiu daquele cemitério — soltei, engasgando ao final da frase. — Levou Oz.

Malik deixou a expressão se converter em algo lacônico, perplexo, afastando-se de mim com as mãos em volta do pescoço. Houve um segundo pesaroso de silêncio, eu forçando minha mente, procurando pela presença dele lá dentro; ela se distanciando cada vez mais, caminhando pela cozinha estreita até a janela, de onde me olhou finalmente.

— Oz não é um principiante — disse, novamente monocórdia. — É um Mago imortal. Aquela coisa não vai conseguir machucá-lo.

— Ele tem um corpo humano, de carne e osso — devolvi, entre dentes. — Pode ser morto se souberem como fazer da forma correta.

Dizer em voz alta soou cruel, a feriu. Finalmente a preocupação rasgou sua face e contorceu seus lábios, os olhos escuros lacrimejando, embora ela contivesse o choro.

— Você está com aquele olhar — observou, caminhando de volta ao meu encontro, para me analisar mais uma vez. — Todas as vezes que vi esse olhar no seu rosto, você fez uma besteira em seguida. Alguma besteira egoísta, como fugir ou se esconder. Mas dessa vez parece ainda mais grave.

Seria a solução para tudo, Malik. Chas sairia ileso, Denise poderia voltar a ter uma vida e Oz teria anos de liberdade.

Se eu morresse, o demônio em Casper perderia sua missão.

Eu só precisava ter coragem.

Ela piscou os olhos quando eu não respondi.

— É tarde demais para dar um tiro na própria cabeça — advertiu, exasperada feito uma vespa, olhos estreitos, olhar materno de autoridade.

— Parece dramático dizer em voz alta — murmurei, respirando tão alto que soava descontrolada. — Mas isso tudo está acontecendo por minha causa. Está atrás de mim, desde sempre, e vai continuar.

Ela riu, consternada, alisando o rosto cansado enquanto me olhava como se eu fosse fraca e previsível. O que eu era, certamente.

— Um demônio que só pode ir à terra por meio de um ritual feito por outro demônio — conjecturou, fria. — Com certeza ele irá embora caso você morra e o propósito de sua visita ao nosso planeta se finde. Porque demônios são assim, não é mesmo?

— A ironia não fica bem em você, Malik.

Enraivecida, mandou que eu me calasse usando uma expressão em sua língua materna. Encolhi-me de vergonha.

Covarde, disse minha própria voz em meus pensamentos. *A melhor saída ou a mais cômoda?*

E já era hora de parar com as fraquezas.

FECHEI-ME NO BANHEIRO, longe das vozes de Malik e do padre Angélico. Joguei-me no chão de ladrilho enquanto minhas pernas tremiam.

Maldito, Oz! Onde você está?

A resposta era um vazio denso, sem revelações, ou visões.

Alguém bateu na porta antes de abrir. Cautelosa, Denise colocou a cabeça para dentro, encontrando-me ali sentada com a expressão vítrea no rosto. Adentrou o cubículo e sentou-se sobre o amontoado de roupas sujas, mirando-me com pena.

Com tudo que tinha acontecido, ela ainda arrumava um espaço dentro de si para sentir pena de mim.

— Malik está levando padre Angélico para casa — informou-me, num tom baixo. — Ela me disse para ficar com você.

— Ainda sou seu projeto de salvação? — devolvi, mais brusca do que deveria. — Desculpe. Eu não devia falar assim.

Funguei, desviando o olhar. Tudo ali naquele cubículo estava impregnado de coisas não ditas, de medos, violência e sangue derramado pelo chão. Cada parte de mim doía, latejava, minhas emoções fragmentadas eram merecidas.

Um castigo imputado com pouca intensidade perto do que eu merecia.

— Eu sei quem você é agora — falou, enternecida.

Ergui os olhos e vi a expressão serena, apesar de triste.

— Eu acho que estou aliviada por Malik ter contado tudo a você — falei, suspirando de exaustão. — Narrar essa história toda é um peso com o qual eu não sei se poderia lidar agora. Não só por isso, mas porque eu estava cansada de mentir para você.

— Sinto como se eu soubesse o tempo todo — foi o que ela respondeu, com loquaz sinceridade. — Qualquer um no meu lugar teria ligado para o hospício e mandado internar todos vocês, mas eu já sabia, em algum lugar, que havia algo diferente sobre você. Não é normal uma pessoa colocar muito leite no café e não gostar de ovos e bacon pela manhã.

Para minha própria surpresa, ri. Não ironicamente ou de tristeza. Era um riso de verdade, mostrando um pouco de dentes até. Ela correspondeu, mas logo assumiu uma expressão de tensão novamente.

— A coisa sobre o que você pode fazer — divagou, reticente.

Aquilo, pairando entre nós como a maior de todas as loucuras.

— Eu sei, Denise, é demais — falei, tão baixo que foi quase um sussurro. — Esmagador, eu diria.

— Preciso de um tempo para entender isso. Você me deixaria ler aquelas cartas? Malik disse que as outras deixaram cartas.

— Tenho medo de que você saiba demais e eles usem isso para machucá-la — argumentei. — Os demônios que vêm atrás de mim. Eles sempre vêm.

Denise assentiu, respeitando minha decisão.

— Seu Guardião salvou minha vida — continuou, assentindo com uma expressão contemplativa. — Casper começou a gritar, então de repente ele estava na sala, o corpo meio torto, como se não soubesse usá-lo. Foi tudo muito rápido! — Gesticulou um movimento brusco, o olhar distante e assustado. — Passou como um borrão diante dos meus olhos. Ele me atacou e, do nada, um corpo deslizou até o meu e me agarrou no ar.

A frequência rápida de sua voz passou de apavorada para maravilhada, em segundos.

— O que aconteceu depois?

— Eu apaguei nos braços dele — suspirou, com um olhar de confusão. — Acordei com Malik e padre Angélico me colocando no sofá.

— Eu preciso saber onde ele está.

— Malik disse que vocês podem sentir um ao outro.

Fechei os olhos e pensei em Oz com mais força. Visualizei sua barba rústica, o queixo quadrado, a pele bronzeada e os cabelos negros volumosos.

Uma leve presença, fraca como a chama de uma vela depois de assoprada.

Abri os olhos e vi Denise me observar preocupada.

— Val, o que você está sentindo? Está pálida.

Tentei responder, mas meu corpo não reagiu. Uma paralisia começou a amortecer minhas extremidades, reverberando até o meio do corpo, nos órgãos vitais. A respiração estancou em segundos, logo todo meu corpo entrou em espasmos.

A dor, lancinante e aguda, bem no coração. Ele parecia inchado, a ponto de explodir, enquanto meu corpo se cobria de anestesia. Logo percebi-me gritando, ouvindo a voz abafada de Denise chamando meu nome. Consegui sentir o toque de suas mãos em meu rosto, tentando me ajudar.

Escuridão. Paralisia. Dor.

Uma solidão inexorável.

Oz estava em pânico, amortecido, num lugar ermo e escuro.

— Oz! Por favor! — gritei, mas recebi o eco de minha voz em resposta. — Por favor! Faça parar!

Minha bochecha estava no chão frio. Lágrimas e muco nasal escorriam, enquanto eu retornava devagar, ainda possuída pelo terror. Denise me ajudou a sentar, abraçando meu rosto com as mãos geladas.

— Não pense nele agora! Val, não pense nele — implorou, ofegante. — Fique comigo, tudo bem? Nós vamos conseguir ajuda para Oz, mas você precisa se afastar agora.

— Se ele morrer... — choraminguei, incapaz de completar a sentença.

— Ele não vai morrer. Oz é forte, rápido e poderoso, não é?

Assenti, me apegando àquilo como se a mentira fosse surtir efeito. Ele era tudo aquilo, mas quem era o meu inimigo? Eu não o conhecia. Não fazia ideia de com que estávamos lidando agora.

De repente, senti-o se afastar. Sua alma se apagou, mergulhando novamente numa inconsciência profunda. O alívio foi imediato, como o de tomar ar depois de um mergulho profundo.

— Por favor, não conte a Malik quando ela voltar.

48

Acomodei Malik no quarto de hóspedes depois de Denise ter limpado de lá todos os vestígios da presença de Casper. Ela não tocou mais nos assuntos urgentes, talvez cansada demais e sabendo que todos precisávamos de uma longa noite de sono.

Garanti a ela que Oz estava inconsciente.

Denise dividiu a cama dela comigo, enquanto eu ouvia Chas ressonando no quarto ao lado. Minha mente esvaziou, tomada por certezas atrozes de que destinos se cumpriam, querendo ou não. Havia um ser maior do que todos os outros, era inegável; afinal ele tinha me dado uma missão que parecia um fardo.

Se eu não soubesse dos segredos que eu guardava, não acreditaria n'Ele. Diria que era como crer no Coelho da Páscoa, ou no Papai Noel.

Mas Ele existia. Estava lá em algum lugar.

Enviava visões quando lhe era conveniente.

O primogênito do machismo e do patriarcado.

Brigar com Ele no silêncio de pensamentos desconexos sempre me foi reconfortante, mas a verdade é que não lhe importava que eu o fizesse. Deus não pode ser julgado pela lente de olhos humanos. Ele não é humano. Não é homem ou mulher, nem mesmo é só um ser, mas vários, talvez.

Há muito tempo eu tinha entendido isso, e foi libertador de uma forma triste, pois minha mente humana limitada nunca poderia irritá-lo o suficiente.

Eu só queria minha família de volta. Peguei-me pensando, virada para a parede com os olhos abertos na escuridão do quarto. *Queria me casar com Henry Chastain. Eu só queria não ter que ser eu. Seria pedir muito?*

O silêncio me respondeu com uma respiração alta de Chas vinda do outro quarto. Levantei-me, deixei meu corpo cansado deslizar pelo corredor sem fazer barulho, adentrando a escuridão. Entrei em meu quarto, indo direto para o computador de mesa. Liguei-o, vendo que a luz não abalara Chas, que continuava dormindo, preso num sonho que movimentava seus olhos freneticamente.

É o fim, Chas. Sinto muito que você tenha lutado tanto até aqui.

Virei para a tela, pensando com veemência que partindo daquele dia, as coisas não retornariam ao que eram. Eu só precisava mesmo ver minha família, como uma despedida.

Enquanto digitava a senha de minha conta falsa, permiti minhas lembranças retornarem ao meu aniversário de 15 anos, quando Mirián me entregou, sorrindo, a caixinha preta de veludo contendo o anel de esmeraldas. Uma herança adiantada, dissera ela, orgulhosa. Pouca gente foi à festa de aniversário que ela preparou com tanto carinho. A cidade pequena era uma colmeia, e as fofocas eram o mel.

Eu era a estranha que via fantasmas. Coisas aconteciam quando eu estava por perto.

Acordei da lembrança percebendo que tinha deixado uma lágrima se avolumar em meu olho direito. Tarde demais, levei a mão ao rosto para limpá-la, o pingo atingiu a mobília, espalhou respingos menores ao redor dele, formando uma poça minúscula.

Atrás de mim, Chas ronronou despertando do sono. A luz azulada da tela iluminava parte de seu rosto cansado, os olhos abrindo devagar. Levei um segundo para espantar o choro e enxugar a lágrima sobre a madeira.

— Valery — resmungou ele, arrastando a voz.

O corpo surrado, ainda esgotado, se mexeu na cama até se sentar apoiando as costas na cabeceira. Apaguei a tela, deixando apenas a luz do botão do monitor impedir a escuridão completa de nos engolir. Aos poucos ela foi o bastante para deixar meus olhos distinguirem o formato dele em minha cama, sua expressão esgotada, ainda abobada de sono.

— Eu estou no seu quarto — divagou, sonolento.

— Parece que é sempre onde você acaba — devolvi, num tom pesaroso.

Chas não respondeu, apenas resmungou.

— O que você estava fazendo? — perguntou, depois de um silêncio constrangedor.

Ao dizer isso, os olhos de Chas se tornaram maiores, formando aquela expressão preocupada e amorosa que eu conhecia bem e que adoraria poder apreciar num outro momento. Engoli em seco. Ele se arrastou para o lado, dando espaço para que eu me sentasse. Hesitei, surpresa com o gesto.

— Chas, acho melhor não — respondi, irresoluta.

— Venha até aqui, por favor, Valery.

Levantei-me e deslizei o corpo para o meio da cama, ficando de frente para ele a uma distância segura. Senti que me observava com cautela, dando um espaço para que eu dissesse o que estava pensando.

— Está tudo desmoronando, Chas. Estamos caminhando para um tipo de conclusão, como se tudo fosse acabar.

— Talvez tudo esteja começando.

— Ele pegou Oz.

Chas assentiu, nada surpreso. Ajeitou-se na cama e envergou para mais perto.

— O ritual que eles estavam fazendo, Valery. — Parou de falar, passou a mão pelo rosto, contendo a voz trêmula. — Nós soubemos no momento em que vimos do que se tratava. De *quem* se tratava.

— Vocês sabem de qual demônio se trata?

— Asmodeus — falou, sobrepondo minha voz com um tom rouco, arrastado. — Um dos príncipes do inferno.

Um amontoado de páginas de livros de demonologia, trechos da Bíblia, vozes, sombras, me soterrou. O tempo parou num zunido, meu coração nem parecia bater dentro do peito.

— Há um ritual único para a invocação de cada um dos sete demônios que compõem o círculo próximo a Lúcifer. Asmodeus é um deles. A última vez que ele esteve na terra, foi invocado em Sodoma e Gomorra, para corromper o povo. Desde então esteve preso.

— Os príncipes, eles não podem ser exorcizados da forma tradicional — considerei, distante e fria. — Como nós vamos lidar com isso?!

— Nós precisaremos de outros — apressou-se em responder, sóbrio. — Bruxos como Malik, Exorcistas como eu. Vamos precisar de toda ajuda que pudermos.

— Não podemos confiar na Ordem, Chas! — repliquei, exasperada. — Cervacci vai acabar descobrindo que esses demônios vêm atrás de mim não porque eu sou sua namoradinha, mas sim porque tenho algum valor para eles. Se eles descobrirem o que eu posso fazer, serei como o Escriba.

Ele pensou, esfregando outra vez o rosto.

Olhamo-nos por alguns segundos, ambos com as forças minadas e o peso de todas as nossas falhas apontando culpas. Era difícil conceber, mas um mal intangível circulava no mundo agora, não como as possessões comuns de cada dia.

De repente a mão dele escorregou para a minha e a agarrou com força. Quis recolhê-la, mas senti-me tão cansada de ser fria, de manter a máscara irascível o tempo todo, que pareceu tão exaustivo tentar puxar meu braço. Em vez disso, girei a palma para cima e segurei sua mão quente, deixando o toque familiar emitir ao menos uma onda de bem-estar em meu corpo e alma tão dilacerados.

— Durma comigo.

Estreitei os olhos, pega ainda mais de surpresa.

— O quê?! — soltei, a voz aguda.

Contundente, Chas assentiu sem tirar os olhos dos meus.

— Só durma comigo, Valery — reiterou, apertando a mão sobre a minha. — Abrace-me agora, feche os olhos e durma. Só mais essa noite.

Lá estava a lágrima novamente. Ela caiu no pano da cama e se espalhou ali, até secar. Sabia o que aquilo significava. O mundo lá fora estava prestes a experimentar o mal, a dor, o sofrimento e o inferno, enquanto Chas não poderia lutar como lutara no barracão contra Baron.

Ele sabia, tanto quanto eu, que era mesmo o fim.

Sem dizer mais nada, soltei sua mão e deitei a seu lado, enterrando a cabeça na curva de seu peito, deixando os cabelos se espalharem pelo braço desnudo. Abraçando-me de lado, ele beijou o topo de minha cabeça e de repente era como antes. Como antes do Vaticano, do Escriba e do voto de castidade que o tirou de mim. Antes de meu mundo se tornar um mar de gelo e escuridão total. Era como se a distância entre a última vez que estivemos tão perto um do outro fosse apenas de segundos e não de cinco anos.

Às vezes as coisas mudam completamente sem que nada se altere exatamente.

— Um dia você vai conseguir me perdoar? — sussurrou ele.

Absorvi o momento, pensando na conversa com Denise, nas coisas que Malik já tinha dito e em tudo o que vinha remoendo nos anos que nos separavam.

Agora não me restava mais nada.

— Peça quando tudo isso acabar, então eu vou perdoar você, Chas.

Ao ACORDAR, DEI-ME conta de que estava na mesma posição que tinha adormecido.

Por um segundo me permiti ficar ali. Foi um momento longo e letárgico, em que menti para mim mesma que estava tudo bem. Devagar fui me dando conta da realidade, dos anos que espaçavam o último abraço, de Axel no Hospital, Oz desaparecido e, por fim, Asmodeus no corpo de Casper.

Levantei da cama devagar, temendo acordá-lo. Troquei as roupas ali mesmo, vestindo o casaco marrom grosso e botas de cano alto para me poupar do frio que tanto me castigara nos últimos dias.

Deixei a casa, peguei minha Harley e tomei rumo ao hospital.

Não foi fácil passar pela segurança que Anderson tinha colocado ao redor de Axel. O local estava abarrotado de pacientes e pais desesperados embalando crianças pelos corredores. A enfermeira que me conduziu até o quarto de meu parceiro forneceu alguns detalhes do desespero que passara na noite passada, tentando atender a todos os meninos e meninas que chegaram nas ambulâncias.

Nenhuma delas se lembrava da procissão.

Deixou-me à porta do quarto de Axel. Tive que passar ainda por mais dois policiais estaduais, que flanqueavam a entrada por ordens do novo chefe.

Assim que girei a maçaneta e empurrei a porta, vi Axel sobre a cama, coberto por ataduras. O rosto permeado por hematomas grosseiros, olhos inchados, embora estivessem fechados naquele momento. Abriu-os sutilmente ao ruído de minha chegada.

— Quem está aí? — inquiriu em tom sonolento. — Eu não vou saber só de olhar, só pra constar.

— Sou eu — falei, tão fraca que tive que limpar a garganta outra vez para continuar. — Valery.

Axel emitiu um leve sorriso que tremeu nas laterais, mas não disse nada. Sentei ao seu lado, numa poltrona que tive que arrastar um pouco, então tomei uma de suas mãos. Seus olhos estavam marejados.

— Valery — sussurrou, apertando minha mão com carinho. — Trouxe os padres que vivem na sua cola?

Ele não tinha perdido o bom humor, afinal de contas.

— Estou sozinha — respondi, seguido de um suspiro. — Axel, eu sinto mui...

— Está tudo bem — interrompeu-me, bruscamente. Sua expressão amenizou. — Estou vivo, não estou? E aquela coisa saiu do meu corpo. Eu me sinto livre.

Eu acreditaria, se não o conhecesse tão bem. Ao cerrar os lábios rachados, deixou escapar uma lágrima, depois outra, até o choro o tomar em soluços e o rosto desviar para o outro lado para que eu não visse.

Rodeei a cama e me sentei no colchão, tomando a liberdade de pegar seu rosto com as minhas mãos.

— Eu teria sofrido isso no seu lugar — pronunciei com pesar.

Ele estranhou, franzindo o cenho. Não era algo que a Valery que ele conhecia diria.

— Não é sua culpa — devolveu, fungando ao se desvencilhar do meu toque. — Aquela tortura, os momentos em que me vi agredindo meu pai, os apagões. Ninguém pode ser responsabilizado por isso. Talvez seja o que doa, no fim das contas. Não tem um bandido para algemar.

— Há algumas controvérsias — resmunguei de volta.

Axel limpou o rosto e afastou-se ainda mais, como se quisesse fugir de mim.

— Meu pai pediu para me ver hoje, mas ainda não estou pronto — contou-me, resignado, embora a voz se mantivesse grave. — Preferia que você não tivesse vindo também. Preciso me acostumar com isso primeiro. — Fez um sinal na direção dos olhos, soltou uma bufada que pretendia ser um riso e engoliu o choro. — Como aquela coisa conseguiu entrar em mim?

Parei em pé ao lado da cama pensando no que deveria responder. Meu parceiro aguardava minha fala com paciência, os olhos vítreos presos ao teto, o peito inflando e desinflando devagar.

— Você tocou em Anastacia naquela noite no Castle — comecei, cautelosa. — Essas coisas podem ler nossos pensamentos, na maioria das vezes. Eu deveria ter pensado nisso antes de permitir que você entrasse naquele quarto.

— Claro, porque você tem que proteger a todos e se culpar por todas as desgraças — cuspiu, amargamente. — Então ele simplesmente me escolheu e invadiu meu corpo?

Levemente atingida pela acidez magoada, fechei os olhos e disse a mim mesma que merecia aquilo. Suspirei, desviando a atenção para a janela por onde entrava a luz pálida do dia cinzento.

— Era para termos resolvido o problema antes — justifiquei, embora sem nenhuma emoção na voz. — Aconteceram coisas que não são comuns nesses casos.

Confuso e petrificado, Axel só anuiu, respirando profundamente. Contei a ele como o caso dos Benson tinha progredido e como conseguimos uma confissão que inocentou a menina. Ele ouviu tudo com paciência, os lábios cerrados, mandíbulas trincadas.

Era impossível encarar aqueles machucados por muito tempo.

Assim que acabei, ficamos em silêncio por alguns segundos constrangedores, cheios de coisas esmagadoras pairando sobre nós. Axel esticou a mão, procurando pela minha. Logo apressei-me em segurá-la, voltando a me sentar ao seu lado.

— Algo me diz que eu não terei uma chance de falar isso com você novamente — murmurou, o tom mais distante.

— Do que você está falando? — sussurrei de volta.

Axel apertou minha mão, piscou algumas vezes para espantar as lágrimas.

— Você provavelmente já sabe disso — continuou, engasgando no meio da frase —, mas eu amo você, Valery.

Seu tom triste fez meu peito se contorcer, as palavras me faltarem e uma imensa vontade de fugir me tomar por completo. Obriguei-me a ficar parada ali, ouvindo aquela declaração que eu não merecia.

— Sinto muito.

Axel ergueu a mão certeiramente para meu rosto, tapando minha boca com a ponta dos dedos enquanto emitia um muxoxo.

— Eu sei que você não me ama da mesma forma. Sempre soube, mas quis correr o risco.

Sem controlar, solucei engasgada com o choro reprimido. O ar do quarto de repente pareceu quente, a pele de Axel queimando sobre a minha.

— Quando eu atirei no padre, fui eu mesmo a tomar a decisão de puxar o gatilho — continuou, com firmeza. — A coisa dentro de mim distorcia meus pensamentos, usava a imagem da minha mãe para incitar as coisas sobre você.

— Não foi você, de qualquer forma — argumentei, enérgica.

Mas ele ainda não tinha terminado de falar, fazendo um sinal para que eu esperasse.

— Foi quando começou a usar sua imagem para me atormentar, que ele percebeu minhas dúvidas, meu pouco conhecimento a seu respeito. Então se deu conta de algo, passou horas me atormentando com versões horrendas de você, dizendo repetidamente que você era alguém, que só podia ser quem ele procurava.

— Ele me chamou de algo, não é?

Axel anuiu, franzindo o cenho para pensar.

— Lacrymosa — falou, por fim. — As histórias que você me contou sobre seu passado são mentiras tão ruins que até mesmo o demônio em meu corpo percebeu. Eu me deixei enganar.

— São mentiras ruins, você tem razão — concordei num tom glacial. — Só que a verdade vai ser a coisa mais insana e inacreditável que você vai ouvir em toda a sua vida.

Axel sorriu de lado, suspirou languidamente.

— Nunca é tarde para um desafio — disse por fim, se ajeitando em seus travesseiros. — Comece pelo começo, por favor. Nada de preâmbulos.

SOBRE O PASSADO
VII

25 de dezembro de 2002

— Filha, você pode dar uma olhada no Adrian? — pediu Mirián, erguendo a voz para me chamar a atenção. — Preciso levar as coisas para dentro.

Desviei os olhos do meu livro e concordei só com um movimento de cabeça. A festa de Natal tinha acabado fazia poucos minutos; como de costume, toda a família largou para trás a bagunça. Minha mãe era dessas mulheres que não reclamava, fazia de tudo para agradar e passava o dia todo na cozinha durante as vésperas das festas.

Larguei o livro sobre a mureta do quintal e vi que Pietro tinha vindo ajudar com as louças, então segui o caminho do quarto para encontrar meu irmão caçula. Adrian estava perto do cercado tentando alcançar um brinquedo enroscado no alto. Tinha começado a andar havia poucos meses, de forma que seus pezinhos ainda vacilavam quando perdia a concentração.

Desenrosquei o brinquedo e lhe entreguei. Ao sorrir para mim, a chupeta caiu de sua boca e a baba escorreu livre, sem que ele se importasse.

— Táta... óla...

— Bola? — Adrian concordou, apontando a porta da sala. — Você quer ir jogar bola lá fora? — Sorrindo, chacoalhou a cabeça de uma forma desajeitada que me fez rir. — O que acha de jogar lá no parquinho? Deve estar vazio.

— Zio... óla...

Peguei-o no colo e encontrei a bola no caminho, entre toda aquela bagunça. Passei pela cozinha e só coloquei a cabeça para dentro, vendo mamãe e Pietro entretidos com a pilha de louças.

— Vou levar o Adrian no parquinho um pouco.

— Não deve ter ninguém lá a essa hora, filha — advertiu, sobriamente. — Melhor ficarem em casa.

— Eu prefiro que não tenha ninguém — resmunguei. Ela me olhou de lado com uma repreensão, mas estava sorrindo. — Volto logo. Ninguém vai morrer, dona Mirián.

Minha mãe jogou água com sabão em mim, gritando meu nome como alerta. Afastei-me levando meu irmãozinho nos braços, dançando empolgado ao repetir *óla* freneticamente.

O parquinho do bairro estava vazio, como previ. Nossa casa ficava no distrito industrial da pequena cidade de Cerqueira César, uma área ainda mais vazia em dias festivos, quando todos estavam nos bairros do centro. O silêncio era tanto que podia ouvir grilos, pássaros, bem como os carros passando na estrada lá embaixo.

A vista da fachada de nossa casa era coberta por árvores frondosas, porém, com uma caminhada de alguns metros, os adultos poderiam nos ver ali quando quisessem. Era seguro, sempre tinha sido, por isso não pensei duas vezes em colocar Adrian no chão gramado para o deixar correr livre. Joguei a bola em sua direção com cuidado, para que chutasse de volta para mim com seu jeito desengonçado.

Caiu de bunda no chão, rindo alto aquela gargalhada de bebê inconfundível e contagiante. Ri com ele e tornei a jogar a bola devagar, para que repetisse seu feito. Quando enverguei meu corpo para receber o objeto, vi pela visão periférica quando um homem apareceu na curva da rua. Parecia cambaleante de uma forma inusitada.

Um bêbado idiota de uma das chácaras, pensei, aborrecida.

— Adrian, vem com a Tata — falei alto, estendendo os braços para que viesse ao meu encontro.

— ÓLA! — gritou ele, empolgado, indiferente ao meu chamado.

Caminhei na direção dele mantendo os olhos presos no homem, medindo sua velocidade, que aumentava gradativamente. Senti que era o momento de sair dali, ainda mais quando notei que sua expressão não denotava somente uma bebedeira. Estava sério, até mesmo agressivo, podia jurar que o ouvia rosnar.

A distração do horror naquela compleição deu a Adrian tempo de correr de mim, divertindo-se com a fuga. Gritei seu nome, mas ele correu mais. Disparei em sua direção, vendo a aproximação do estranho.

Então ele correu também.

O cheiro. Putrefação, ovo podre, era difícil discernir, mas me enojou prontamente. Alcançou meu irmão antes de mim, agarrando-o no colo e cobrindo seu rosto com uma enorme mão imunda. Seus olhos vidrados me encararam, totalmente cobertos de um negror absoluto.

— Você grita e eu quebro o pescoço dele — cuspiu, a saliva viscosa saindo junto à frase.

As pernas bambearam quando minha mente limpou, só um zunido no lugar dos pensamentos. Eu era puro instinto agora, embora soubesse que não tinha forças para um embate físico contra o homem opulento. Mas Adrian começou a chorar, abafado pela mão do agressor. Seu rosto avermelhou, depois arroxeou, sinalizando que estava ficando sem ar.

— Por favor, ele é só um bebê — chorei alto, implorando. — Pode me levar no lugar dele.

— Você vai me deixar fazer o que eu quiser com você?

Vários pensamentos repulsivos passaram pela minha cabeça. *Adrian é mais importante que tudo isso.*

— Só solte meu irmão.

— Sabe quem você é? — guinchou de forma repulsiva. — Sabe o que você pode fazer?

— Por favor, senhor — tornei a implorar, paralisada de horror. — Ele não está conseguindo respirar.

Dei um passo, mas o homem se afastou, apertando mais ainda o rosto de Adrian.

Segurei outro grito, dessa vez já à beira da histeria.

— Pode não saber o que você é, mas sabe o que eu sou, não sabe?

Aquela coisa negra, distorcida, pairando ao redor do homem. Estava lá, como em tantas outras pessoas, mas era mais intensa e mais escura nele. O cheiro, tão pungente, de morte. De coisas ruins.

Havia uma sombra dentro dele. Sua voz que não era natural, era demoníaca.

Eu estou enlouquecendo de vez? As sombras, sempre as sombras.

— Por favor — choraminguei.

Senti a raiva se avolumar em meu peito, ouvindo o choro preso de Adrian. Ela subiu gelada pelo meu rosto, possuiu minhas veias. Eu ia atacá-lo, ia encher seu rosto de arranhões e depois gritar até meu irmão mais velho e meu pai ouvirem.

Preparei os braços, fechando as mãos em punho, foi então que eu vi mais duas pessoas se aproximarem ao fundo, correndo em nossa direção.

Um homem alto de olhos negros.

— Solte a criança, criatura imunda! — urrou o homem.

— Deixe o garoto no chão — falou uma voz de mulher, tão determinada que me fez olhar para o lado. — Solte e depois pode correr. Vamos dar um tempo para você fugir.

O homem sorriu de lado, doentio ao negar com veemência. Senti uma segurança efêmera com a presença dos dois adultos, principalmente aquele homem. Eu já o tinha visto. *Era ele! O homem das minhas visões!*

— Oz — consegui dizer, atraindo o olhar cortante dele em minha direção. — Por favor, pegue o meu irmão.

Mas era tarde.

Adrian estava tão roxo, que seu choro tinha sumido. O homem que o mantinha nos braços relaxou a pressão e o colocou no chão. Saí em disparada, mas no instante em que viu meu corpo se mover, as duas mãos enormes dele seguraram o pescoço de Adrian e o torceram para o lado, produzindo um clique alto.

O som da espinha quebrando.

Gritei alto, um som rasgado de dor.

O demônio correu, perseguido pelo casal que sumiu atrás dele pela rua. Ao longe as vozes de Mirián e Paulo me chamavam. Eu não conseguia responder.

Adrian estava em meus braços, sem vida, o pescoço caído de lado. Seu pequeno rosto pálido de morte.

A marca daqueles dedos nefastos sobre as bochechas.

Não! Não! Não!

Apertei os olhos, engasgada com o prenúncio de um grito.

É só um pesadelo. Não está acontecendo!

Abri os olhos, trazendo Adrian para mais perto. Seu corpo morno ainda jazia morto, os olhos de bebê meio abertos, vítreos. Um novo grito irrompeu a garganta; rouco, puro em agonia. Tremeu em meu peito e arranhou a garganta. A dor só crescia, não havia grito que pudesse esvaziá-la.

Aos borbotões, as lágrimas desceram. Abracei-o e deixei-me chorar.

Sob meus joelhos, o mundo parecia convulsionar. Estava enlouquecendo a ponto de sentir que o chão se abria. Literalmente sentindo. Jurava que a dor era tanta a ponto de romper a linha da sanidade.

Adrian tinha pouco mais de um ano, estava aprendendo a falar e havia pouco tinha dado seus primeiros passos.

Está morto! Meu irmão está morto.

Devia ser eu em seu lugar.

Senti dedos sobre meu ombro, que afastei aos gritos, bruscamente. Era Mirián chamando meu nome, perguntando o que tinha acontecido, enquanto meu pai olhava o entorno, como se procurasse por alguém.

Não soltei Adrian.

Não podia deixá-lo ir.

Minha loucura atingiu o ápice quando senti as mãos pequenas dele tatearem meus braços, as pernas se movimentarem. Ergui a cabeça, procurando os olhos de Mirián, dizendo para mim mesma que eu merecia que ela me estapeasse, que me repudiasse.

Porém ela me olhava com uma pena misturada à ternura, como quando eu tinha ataques de pânico, visões ou qualquer uma das minhas estranhezas.

— Filha, solte o seu irmão — disse ternamente, acariciando meus cabelos —, ele está sufocando.

— Ele está morto! — berrei enlouquecidamente. — Ele morreu, mãe!

Mirián negou enfaticamente, ajoelhando ao meu lado. Tinha uma paciência sem tamanho, um jeito amável que me constrangia. Ainda não vira que Adrian tinha parado de respirar?

— Só solte o corpinho dele, tudo bem? — tornou a dizer com parcimônia. — Vamos para dentro, conversar um pouco. Você me conta o que aconteceu e eu prometo que vai ficar tudo bem.

— Não vai — chorei engasgada. Puxei o ar com força, tombando a cabeça sobre a de Adrian. — É culpa minha! Eu devia ter ficado dentro de casa.

— Táta — ouvi um resmungo abafado —, sota eu!

Eu estou louca! Estou louca de vez!

Horrorizada, abri os braços e, no mesmo instante, Mirián o tirou de mim. Vi os olhos, antes vidrados, dotados de um verde aceso, mais vivos do que nunca.

— Viu? Adrian está bem — disse ela, estendendo a mão para que eu me apoiasse nela para levantar.

O rosto dele ainda estava sujo de terra e lágrimas secas, mas não tinha marcas de dedos ou hematoma algum. Eu jurava que tudo tinha acontecido, mas será que fora minha imaginação? Será que eu tinha atingido o ápice de minha maluquice obscura?

Meu pai se aproximou, me rodeou com o braço e beijou minha cabeça, espremendo o rosto contra mim por tempo demais. Era pesaroso para os meus pais quando coisas como aquela aconteciam.

A filha problemática sendo um problema. Era só isso.

Olhei para o lado e vi meu irmão agitando as mãozinhas no ar, tão vivo como nunca.

Enquanto adentrava minha casa, a certeza gélida me sobreveio unida a uma lucidez aterradora. Não fora uma visão, nem um pesadelo. Havia algo em meu encalço, um perigo iminente me observando, procurando formas de me ferir.

Tinha assassinado meu irmão diante dos meus olhos. Porém, algo maravilhoso o trouxe de volta à vida.

Ao ANOITECER, MIRIÁN o tinha colocado no berço. Ninguém mais comentou o que tinha acontecido no parquinho, mas o peso ainda estava ali. Pietro fez uma brincadeira maldosa sobre eu ter pirado de vez, Paulo o repreendeu, o mandando para longe de mim. Vovó dormia no sofá ao meu lado enquanto um filme natalino reprisava na televisão pela centésima vez.

— Posso sentar lá fora? — perguntei para meu pai, que me olhou de lado com desconfiança. — Sei que foi demais hoje à tarde, pai. Eu só estava confusa, mas já estou bem.

— Está mentindo.

— Não estou. Eu voltei a sonhar acordada de novo — sustentei a mentira. *Sonhar acordada* era um termo que soava ridículo e não funcionava para mim. Era um termo para eles, mesmo que não soubessem. — Preciso tomar um ar. Esses filmes são um saco.

— Não vá ao parquinho. Pode ter bêbados ou garotos tarados. Fique no quintal, entendeu?

— Entendi.

Levantei rapidamente e corri para o quintal. Atravessei a piscina e sentei num dos bancos que dava para a cerca de onde eu podia ver a estrada. Estava deserto e silencioso. Minha mente turbulenta produzia barulhos que só eu poderia ouvir.

Meus pais tinham que continuar acreditando que aquilo fora um sonho acordado. Eles não poderiam lidar com a verdade. Não poderiam saber que coisas horripilantes realmente existiam e que uma delas tinha matado Adrian.

Oz o tinha trazido de volta à vida, eu tinha certeza agora. O homem de olhos negros tinha vindo em meu socorro, trazendo aquela mulher de pele negra vestida de linho branco.

— Ei! — chamou uma voz grave.

Coloquei-me em pé de sobressalto, vendo a figura se agigantar ao meu lado. Era o homem alto, barba volumosa, aqueles olhos cor da noite, cheios de um brilho que me detinha.

— O que você fez? — soltei, sem preâmbulos. — Você salvou meu irmão, não salvou?

Eu estava esperando por ele. *Sim, o tempo todo!* Só ele, vindo dos meus sonhos de verdade, das visões no meio da tarde, poderia me dizer o que tinha acontecido e que eu não era louca.

— Seu irmão está vivo? — perguntou com um ar soturno.

Anuí simplesmente, segurando uma onda de lágrimas que veio junto à lembrança vívida.

— Eu errei com você dessa vez, querida — disse num tom ameno. — Perdão.

— Do que você está falando? — devolvi, confusa. — Por que eu vejo você naquelas visões? De onde elas vêm? Por que eu sou desse jeito?

O homem se aproximou, fazendo um ruído para que eu falasse baixo. Olhou para a casa distante, verificando que não estava vindo ninguém.

— Encontre-me amanhã no cemitério. Diga aos seus pais que vai visitar o túmulo da sua tia e eles vão acreditar — falou com pressa, embora assertivo. — Procure pela sepultura onde está a estatueta de uma mulher chorando. Nos fundos, bem perto da capela.

— O quê?

— Só faça isso — sobrepôs, resoluto. — Eu vou explicar tudo. Pegue sua bicicleta e vá.

— É longe! E aquele homem pode voltar!

— Não, ele não vai voltar — respondeu, mantendo o olhar firme. — Minha esposa e eu cuidamos dele. Ela vai vigiar sua casa enquanto conversamos. Posso garantir que nada mais vai acontecer à sua família, querida. Nada.

De uma forma estranha e incomum, senti a confiança impressa em suas palavras me convencer. Nunca confiei em nenhum adulto, porém com Oz as coisas pareciam diferentes. Era como se eu o conhecesse, como se fizesse parte do meu ser tê-lo ali, cuidando das coisas.

Eu deveria correr. Afinal, ele era um estranho.

Tudo o que fiz, no entanto, foi assentir e seguir de volta para dentro da casa. Quando me virei para fechar a porta, olhei pela fresta a fim de vê-lo mais uma vez, porém Oz já tinha desaparecido.

Desci a estrada logo após o café da manhã. Pedalei como nunca, chegando ao outro lado da cidade em pouco menos de meia hora, suada e ofegante. Meus músculos das coxas latejavam pelo esforço, falhando a cada passo que eu dava depois de largar a bicicleta na porta do cemitério.

Perguntei ao coveiro sobre a tal estátua e ele me orientou a seguir o corredor principal até o fim, depois pegar a direita e andar mais alguns metros. Segui suas instruções, chegando a uma capela envelhecida e abandonada no final do terreno. Bem ao lado estava a distinta escultura de uma mulher de vestes compridas. Ela olhava para baixo e de seu rosto escorria uma lágrima solitária, esculpida ali para nunca terminar de rolar. Mais abaixo a identificação, entalhada numa placa preta em letras de bronze.

"Lourdes Vila-Lobos 1890-1960 — Aqui repousa aquela cujas lágrimas me trouxeram de volta à vida. Minha amada, Lacrymosa."

— Meu Deus — sussurrei, tapando a boca com as duas mãos.

O calor do verão queimou minha pele. Suava dentro do moletom pesado e os pés incharam nos tênis apertados, enquanto meus cabelos vermelhos soltos e emaranhados grudavam na testa úmida.

Senti a aproximação, mas estava petrificada demais para me virar. O homem se parecia com um urso gigante, tinha a voz mais grossa que eu já tinha visto e era o mais forte também. Ainda assim eu não o temia. Tinha a impressão de conhecê-lo de outras... vidas?

— Seu nome é mesmo Oz? — questionei, sem olhar para o lado. — Como eu sei disso?

— Sabe por que você me conhece.

— Eu vi você no deserto — falei, entrevendo a lembrança. — Tinha um bebê irritante chorando numa cabana.

— Sim, eu sei — arrematou. Apontou a sepultura com o queixo. — Você é a reencarnação dela, assim como ela foi a de outra mulher — falou a voz grave. Oz estava logo atrás de mim, sua sombra lânguida estendida no chão. — Lourdes nasceu em Portugal, mas eu a trouxe para cá ainda pequena.

— Você está tentando me confundir — murmurei, fechando os olhos com força. Se eu os abrisse, haveria outra sepultura em minha frente e aquele homem gigante não estaria às minhas costas. — Já tenho problemas demais dentro da minha cabeça.

— Você pode ver o mundo espiritual para poder se proteger — prosseguiu, ignorando minha fala. — É um mecanismo de defesa.

Virei, encarando o homem gigante com uma expressão belicosa, pronta para brigar. O problema é que o olhar em seu rosto me quebrou, me fez ceder rapidamente. Parecia estar com pena, assim como aparentava certa culpa.

— O que está acontecendo comigo? — sussurrei, emotiva. — Meu irmão estava morto nos meus braços. Eu juro que estava!

— Suas lágrimas, querida — pronunciou, deu dois passos em minha direção me encarando ainda com expressão contrita. — Suas lágrimas podem ressuscitar os mortos.

Engasgada, deixei a pergunta morrer no fundo da garganta enquanto mantinha a boca aberta. Desejei gritar, esmurrar aquele estranho, depois sair dali pedindo ajuda.

Todavia, parei ali, inerte ao tempo, deixando uma lágrima solitária escorrer de meu rosto.

Suas lágrimas podem ressuscitar os mortos.

Uma faca frígida atravessava meu pulmão, penetrando meu ar enquanto eu soluçava.

— Como isso... — hesitei, a voz embargada. Funguei e encarei Oz, mexendo com as mãos efusivamente. — Como isso pode ser possível?

Compenetrado, Oz caminhou até a beira da lápide e se recostou nela, completamente à vontade com aquele local. O rosto de queixo quadrado não parecia ter muito mais que 40 anos, muito embora a expressão carregasse um ar de experiência secular, feito a estátua que nos fazia companhia.

Eu o conheço há muito tempo, sussurrou a voz do meu pensamento. *Ele não é estranho como deveria ser.*

Não posso acreditar nele! Não posso!

Meu duelo interior foi quebrado quando ele me interrompeu chamando meu nome. O encarei, distante, perdida interna e externamente.

— Você foi educada como católica, não foi?

— Acho que sim — divaguei, a voz aguda.

Oz anuiu, trincando as mandíbulas, pensativo. Parecia estar escolhendo as palavras.

— Deve se lembrar de uma famigerada passagem da Bíblia em que Jesus volta dos mortos ao terceiro dia — disse, de forma sugestiva. Deu de ombros, sabendo que eu conhecia aquela história. — Também trouxe Lázaro da morte, antes disso. É um poder divino, puramente vindo do Criador.

— É só uma história — resmunguei, indignada.

Novamente recebi uma anuência em resposta, mas não era uma concordância. Oz sabia que eu reagiria daquela forma.

— Posso garantir que muita coisa escrita naquele livro é meramente uma metáfora ou uma distorção do que realmente ocorreu, da verdade sobre o Criador — prosseguiu, num tom assertivo. — Mas o poder é real. Foi disputado assim que descoberto, tanto pelos anjos quanto pelos demônios. Houve guerras depois da ressurreição de Cristo, pois todos os seres espirituais queriam poder sobre os humanos, a vida e a morte. O dia do Julgamento, quando todos serão trazidos de volta à vida para receberem sua sentença, depois alcançar vida ou danação eterna. A Ressurreição virou um prêmio.

Imersa naquele relato, cruzei os braços e me aproximei. Oz viu que eu respondia às suas palavras, então chegou para o lado, fazendo um sinal para que eu me encostasse ali. Deixei-me levar, parando à direita do gigante com meu corpo franzino, esperando que prosseguisse.

— Para evitar outra guerra, o Criador resolveu esconder tal poder entre sua criação — continuou, me olhando de soslaio. — Escolheu uma linhagem sanguínea e a abençoou com esse dom. Creio que a escolha não tenha sido aleatória, mas nunca me foi revelada. Tudo o que eu sei é que, no sangue e nas lágrimas dessas mulheres, há o poder da Ressurreição guardado.

— Sou descendente dessa linhagem? — perguntei, ainda incerta, olhando para a lápide de Lourdes. — Essa mulher era minha tataravó ou algo assim?

— Sim e não — respondeu, respirando fundo.

— Tem que ser mais claro que isso.

Afastei-me da sepultura, perguntando-me por que Mirián nunca tinha falado sobre ela. Talvez minha família materna tivesse perdido a própria árvore genealógica ou ela nunca achou interessante me contar a história de nossos ancestrais.

— Numa escala de parentesco ela é sua tataravó, mas numa instância espiritual, ela e você são a mesma pessoa. Uma reencarnação — pontuou, veemente. — Sua alma é diferente, já que não existe reencarnação para as demais, as almas normais, por assim dizer. A sua volta para o Criador a cada morte, depois retorna ainda mais poderosa.

Engoli cada uma daquelas palavras com cuidado, considerando que tudo não passava de um sonho novamente.

— Se tudo isso que você diz, por algum motivo muito insano, for mesmo verdade — estanquei, sentindo que soava estranha por considerar aquilo —, então o que era aquilo que pegou meu irmão?

Oz hesitou em responder. Molhou os lábios, fitou o nada em sua frente, talvez adiando pronunciar a palavra.

— Um demônio — respondeu por fim, num tom de desagrado. — Eles descobriram onde você está porque são atraídos pelo seu poder. Assim como pode ver a aura obscura deles, eles podem ver a sua.

Demônio, repeti mentalmente. Como nos filmes em que garotinhas giravam a cabeça 360 graus, vomitavam em padres e desciam as escadas em ponte? Peguei-me rindo acidamente, o que não passou despercebido por Oz.

— Vai levar um tempo até você se acostumar com essas ideias — continuou ele. — Se eu tivesse interferido mais cedo, as coisas seriam mais fáceis, certamente.

— O que esses demônios vão fazer se me pegarem?

Oz rosnou, como um animal. Recuei, vendo o rosto dele se contorcer em preocupação selvagem.

— Não vão — devolveu, com certa agressividade. — Tenho que tirá-la da cidade e levá-la para bem longe.

Soltei uma interjeição exasperada, mas fui acometida de um entorpecimento antes de conseguir dar continuidade ao rompante de questionamentos. A coisa se acendeu dentro de mim como se estivesse lá, esperando para acordar. Cada visão do passado, cada flor e pedaço de terra que parecia mais vivo quando eu me escondia nos lugares para chorar. E Adrian, o pescoço quebrado, voltando a se mexer em meus braços.

Oz chamou meu nome baixo, vendo em meu rosto a conclusão indelével do que eu era. Como pôde ser tão fácil acreditar nisso?

— As pessoas não vão precisar mais morrer — soltei num tom contemplativo. — Eu vou estar lá e as famílias não precisam mais chorar! Eu... — Parei de falar, segurando o rosto com as mãos. Meu coração aos saltos, exultante. — Meu Deus, por que não fez isso antes?! Por que você não levou as outras para salvarem a vida das pessoas?! Quem é você?!

Observando meu momento glorioso de entendimento, Oz envolveu meus ombros com suas mãos opulentas, segurando tão firme que poderia ter me tirado do chão sem que meu peso fosse um problema. Prossegui fazendo perguntas eloquentes, fazendo planos, imaginando cada lágrima que eu iria derramar para fazer os milagres acontecerem.

Com a voz muito semelhante ao estampido de um trovão, Oz bramiu meu nome e me calou, arrastando-me para o hiato entre a sepultura de Lourdes e a que ficava ao lado. Escondeu-me de um possível movimento no cemitério, olhando para os lados em vigília, para então me encarar imperativo.

— Você fala mais que as outras e tem mais ideias idiotas também — ralhou, num sussurro exasperado. — Sou seu Guardião. Todas as pessoas com dons, como você, possuem um desde o dia de seu nascimento. Sinto o que você sente, o que é mútuo. Podemos enviar mensagens um para o outro através de visões ou sonhos. — Observou-me diante dele, boquiaberta e incrédula. — Minha função era ter levado você ainda bebê, mas me convenci de que você merecia ter uma família, já que as outras não tiveram.

— Ia me sequestrar?!

— Fique calada por um minuto, pelo amor de Deus! — disse, efusivo e irritado. Em seguida sorriu, achando graça na minha voz esganiçada, como se aquilo o surpreendesse. — Não, eu não ia sequestrá-la, porque você é *minha* responsabilidade. Mas Malik, minha esposa, ela...

Ele se calou, voltando a ficar sombrio.

— Então — preambulei, tentando manter um tom sóbrio, apesar de ainda estar entorpecida —, por que nós não estamos por aí ressuscitando os mortos?

Oz piscou longamente. Respirou tão fundo, que senti o vento morno bater contra meu rosto.

— Porque uma vez que você ressuscita alguém, essa pessoa nunca mais morre.

A informação me atingiu como um tapa.

Primeiro, porque aquela notícia era ainda melhor que a primeira e, segundo, porque ele não parecia nada feliz com aquilo.

— Nós devemos mesmo sair por aí ressuscitando as pessoas — devolvi, quase rindo. — Semana passada um garoto morreu aqui na cidade. A família dele está devastada e eu posso ajudar!

Tornou a usar meu nome naquele tom animalesco, tão rouco e alto que estanquei, sentindo um arrepio percorrer todo o corpo.

— Aquele homem que assinou a lápide de Lourdes, ele ainda está vivo —argumentou efusivamente. — Ele está vagando por aí, como um mendigo preso num corpo jovem, uma alma velha e solitária, porque ele perdeu o amor da sua vida. E existem outros, alguns aprenderam a amaldiçoar a Lacrymosa porque não podem morrer. Estão presos, para sempre. A imortalidade, minha querida, é pior do que a morte.

— Mas Adrian, ele...

— Ele vai crescer — interrompeu-me, adivinhando minhas perguntas —, mas só vai envelhecer até cometer o primeiro pecado com consciência. Depois disso o tempo não exercerá influência sobre ele. Vai se tornar uma pessoa jovem para sempre até o dia do Juízo Final.

Considerei aquilo, pensando que talvez eu pudesse fazer a mesma coisa com toda a minha família, embora haveria um momento em que eles ficariam sozinhos no mundo, já que eu não tinha lágrimas suficientes para chorar sobre todos os cadáveres do planeta.

Então o peso daquilo me esmagou. Caí de joelhos de frente para Oz e segurei os olhos para conter as lágrimas. Ele se ajoelhou em minha frente e puxou meus pulsos finos para olhar em meus olhos.

— Se uma delas cair sobre o solo desse cemitério, as consequências serão muito parecidas com "A Madrugada dos Mortos" — disse-me, tentando parecer bem-humorado —, só que sem os comedores de cérebro. Mas muita gente vai aparecer e muita coisa vai acontecer depois. O mundo todo vai querer saber por que pessoas que morreram no século passado estão gritando dentro dos túmulos.

— Meu Deus — sussurrei, perplexa demais.

Sem piscar, senti meus olhos secarem nas órbitas. Oz me olhava, passando confiança, dizendo naquela expressão que eu não precisava ter medo, embora necessitasse cautela.

— Você não pode chorar, querida — pontuou, loquaz. — E eu vou ajudá-la com isso.

Ajudou-me a levantar do chão, enquanto eu sentia as lágrimas secarem nas pálpebras. Olhei ao meu redor, vendo todos aqueles túmulos coloridos cheios de flores e sentindo meu mundo desmoronar de vez.

Adrian. Imortal? Como eu contaria isso a ele?

— Nós temos que ir embora.

— O quê? — soltei, a voz saindo falha. — Eu não posso! Minha família!

— Mais criaturas iguais àquela virão atrás de você — pontuou, resoluto. — Se você não estiver por perto, sua família não corre perigo. Eu e Malik podemos escondê-la, ensiná-la sobre quem é e sobre tudo o que existe por aí. Você está segura comigo, sempre esteve.

A frieza me invadia mais a cada segundo, endurecendo minha expressão, matando tudo o que eu tinha por dentro. Oz me olhava com pena, agora assumindo algo muito perto do assombro.

— Coisas como aquela vão atacar minha família?

— Sim. Tentaram outras vezes, mas eu a protegi — disse, baixo. — Podem vir em maior número dessa vez, não podemos correr o risco. Nós temos que ir o mais rápido possível.

— O que vou dizer para os meus pais?

Ele fechou os olhos, molhou os lábios e olhou para cima.

— Há uma garota em coma nesse momento. O nome dela é Valery Green — começou, certamente ensaiando. — Eu tenho contatos no local onde aconteceu o acidente que matou sua família toda, e eles podem fazer com que todos os registros médicos desapareçam. Você tomará o lugar dela, eu serei seu tutor, junto com minha esposa.

— Está louco? Eu não vou fazer isso! — devolvi incrédula.

— Você tem que fazer.

— Valery Green? — repeti o nome, percebendo que não era brasileiro.

— Para onde você quer me levar.

— Nova York. Valery está no Kansas — explicou com calma —, é longe o suficiente. Ela não vai sobreviver mais de dez dias, com sorte, quinze.

— Você quer que eu fuja e assuma outra identidade?

— São muitas perguntas — reclamou, num rosnado. — Na madrugada do dia 10 para o dia 11 de janeiro, faça uma carta de despedida aos seus pais e pegue um ônibus para São Paulo. Estarei esperando por você quando chegar na rodoviária.

Engoli em seco, imaginando como faria. Se faria. Oz ainda falava enquanto meu mundo ruía.

— Não vou esperar mais que isso e não quero ficar para ver mais alguém da sua família morrer.

49

Ao fim de meu relato minucioso, senti-me absorta, aliviada. O vazio perdurou pouco tempo, quando me dei conta da expressão aturdida de Axel, que permaneceu com a boca meio aberta em silêncio, os olhos vidrados abertos demais. Por um minuto achei que ele não estava respirando, que eu o tinha matado com tantas informações e insanidades.

— O demônio que me pegou queria pegar você, então?

— Sim — respondi de imediato. — Fizeram um ritual de magia negra usando os ossos da minha vida passada. Foi assim que puderam me rastrear. Benson teve o azar de cruzar o caminho do demônio que seria enviado para me caçar.

— Ele a reconheceu usando a minha mente — disse Axel, num tom culposo. — Não sabia quem você era até vasculhar tudo aqui dentro. — Apontou com raiva para a própria cabeça, cerrando os dentes.

— Não importa — devolvi, exasperada. — Não podem me ver, de qualquer forma. Chas me levou até um homem há alguns anos. O Escriba. Ele tem um dom como o meu, vindo do Criador. Escreve coisas em nome d'Ele e pôde me ajudar a ficar invisível ao mal.

— A tatuagem nas suas costas — concluiu sobriamente.

Eu via na expressão de Axel as peças se encaixando, pouco a pouco. O mesmo peso aterrador que um dia tinha me consumido, agora o consumia.

— Seu nome verdadeiro, como é?

Sem me controlar, emiti um sorriso triste.

— Nenhuma tortura seria suficiente para me fazer contar isso a alguém.

— Contou ao seu padre preferido? — replicou, sorrindo ironicamente.

— Não.

— Vai me contar sobre ele agora?

— Não quero falar sobre Chas agora — interpus, andando ao redor da cama de braços cruzados.

Axel se magoou exatamente por aquilo.

— O filho da puta salvou a minha vida — soltou, jogando a cabeça para trás de forma cansada. — Perdi o direito de sentir ódio por ele.

— Não há nada para odiar em Henry Chastain, Axel — argumentei, parada de frente para a cama com os braços abertos. — Ele não tem culpa de ter cruzado meu caminho e se fodido, assim como você. Eu deveria ter me isolado no deserto há 12 anos, mas Oz queria que eu tivesse uma vida. Merda de vida.

Meu resmungo saiu cheio de amargor.

— Ele parece um cara legal. Oz.

— Às vezes — estanquei, incerta. — Segundo Oz, eu sou letal. Tinha razão todos esses anos: minha presença coloca em risco todos que cruzam o meu caminho.

Houve um segundo de silêncio em que pairaram no ar o eco das minhas palavras mais os argumentos que ele reprimia. Afinal, o primeiro impulso seria o de me consolar, mas agora, sabendo o que ele sabia, não poderia negar que eu era mesmo tóxica para qualquer pessoa que convivesse comigo.

— Eu teria assumido os riscos — disse por fim, engolindo em seco seu nervosismo —, mas só teria alguma chance caso a tivesse conhecido antes do tal Chas. Seria eu no lugar dele agora.

Mordi os lábios até sentir o gosto metálico inundar meu paladar.

— Gostaria de ter vivido melhor com você — respondi, amargamente. — De ter feito algo para merecer o que você me deu.

— Você o ama? — soltou ele, quando eu mal tinha terminado de falar.

Não respondi, apenas resmunguei.

— Só preciso ouvir uma vez — reiterou, flexionando a voz e gesticulando com as mãos. — Preciso me convencer que eu não tenho a mínima chance de ser o cara que vai proteger uma das garotas mais especiais de todos os tempos.

— Não sou especial.

Axel riu mediante minha atitude previsível de autorreprovação.

— Só me responda.

— Sim, Axel, eu o amo.

Senti-me cruel, brutalmente. Poderia ter mentido, porém estava cansada demais de inventar coisas para consertar meus estragos. Axel parecia preparado para ouvir aquilo, entretanto. Mexia a cabeça devagar, franzindo os lábios.

— Mas ele tem um voto de castidade — retorquiu, fingindo um sorriso.

Estreitei os olhos, incerta de onde ele queria chegar.

— Sim, ele tem um voto de castidade.

— Pois então eu só posso sentir muito — respondeu, erguendo as palmas abertas. — Entre um cara com um voto e um sem, você escolheu gostar do que não pode ter. Somos parecidos, enfim. Nos apaixonamos pelas pessoas erradas.

Tornei a me aproximar, desencorajada a tocá-lo por me sentir desmerecedora até de sua amizade.

— Axel, eu não quero que você espere por mim — falei, a voz embargada. — Em nenhum sentido, entende? Não sei se vou sobreviver dessa vez.

— Pare de sentir raiva de você mesma, Valery — devolveu, mais enérgico. — Eu odeio isso em você. Como odeio! — soltou, respirando de forma entrecortada. — Queria que acreditasse em você como eu acredito. Como eu acreditava antes mesmo de saber quem você é de verdade.

Aquela honestidade sem censuras me abrasou. Como eu gostaria de nunca ter tido que mentir, de nunca ter precisado me fechar. Como desejava ser a garota normal que se realizaria sendo amada por Axel.

Segurei sua mão, jurando para mim que seria a última vez até que tudo se resolvesse, enchendo-me de forças para retribuir aquela sinceridade. Axel apertou-me de volta, espremendo com força meus ossos entre seus dedos.

— Vai parecer bobo quando eu falar em voz alta, porque não sou muito boa com as palavras — comecei. Respirei fundo, soltando o ar devagar pela boca. — Do meu jeito torto, eu o amo, Axel. Ainda que não seja da forma como você gostaria.

— Eu sei disso — respondeu rindo, mas as lágrimas saíam velozes por seus olhos.

— Ver aquela coisa possuindo seu corpo foi um dos piores momentos da minha vida. — Parei de falar, segurando o nó no fundo da garganta. — Mudou tudo para mim. Me fez perceber que não posso continuar fingindo frieza, mentindo que não me importo com ninguém. Você e Denise são meus únicos amigos agora e eu vou proteger os dois, não vou permitir que o mal toque em vocês de novo.

— Você prefere morrer — emendou, como se completasse meu pensamento. — Valery, você está pensando em se entregar. Posso sentir pelo seu tom de voz e não sou cego há tanto tempo assim.

Sem sucesso em seu chiste, só conseguiu me fazer engasgar.

— Se eu não morrer, eu prometo voltar por vocês dois — respondi, tentando firmar a voz chorosa. — Não vou me afastar mais.

— Por que isso soa como uma despedida? — questionou, a voz agravada pelo choro. — Por favor, Valery, não faça nada ainda.

Sorri e ajeitei o cabelo dele antes de me levantar.

— Vou pedir à Denise que venha ficar com você — prossegui, respirando fundo para espantar a emoção da voz. — Quero que cuidem um do outro enquanto eu não estiver. Aliás, tem que cuidar dela. Denise parece toda certinha naqueles vestidos amarelos de professora, mas não tem o mínimo juízo.

Soltei as mãos dele e me afastei um pouco.

— Valery, você vai fazer alguma besteira.

— Nos vemos, Axel Emerson — sobrepus, engrossando meu timbre. — Na próxima vamos tomar aqueles dois copos de cerveja preta. Vou ensinar-lhe minha técnica infalível.

— Um para entornar de uma vez e outro para beber devagar — respondeu, nostálgico e emocionado. — Valery, fique só mais um pouco.

Neguei com veemência, mordendo os lábios. Sabia que não podia ficar, ou ruiria de vez. Caminhei de costas até a porta, sabendo que ele não podia me ver destruída naquela expressão dolorosa.

Ao som de sua voz chamando meu nome, passei pelo umbral às pressas. Distanciei-me o máximo que pude até não ouvir mais os ecos daqueles chamados, presa na despedida que não aconteceu.

Vou vê-lo novamente, disse a mim mesma. *Quando tudo isso acabar, vou ver Axel de novo.*

Encaminhei-me até a ala infantil, pronta para executar a última visita antes de voltar para casa e ter que lidar com o que estava por vir. Fui até o corredor onde Anastacia estava internada desde sua transferência, me deparando com a imagem de um homem parado no corredor.

George Benson. Sem algemas, trajado numa roupa casual bem alinhada. Os cabelos louros penteados e lavados, o rosto níveo sem barba.

A imagem de um homem livre.

A confissão de Sandy ainda persistia, afinal.

Parei ali para observá-lo, quando vi a porta do quarto se abrindo e Amara Verner saindo de lá com Anastacia em seu encalço. A garotinha falava efusivamente, gesticulando ao ver o pai, para quem correu de braços abertos.

Seus olhos azuis foram refletidos com o sol, brilhando feito turmalinas. A voz cheia de inocência, imaculada pelo toque do mal. Só podia observar aquilo de onde eu estava, parada na metade do caminho, percebendo que aquela cena era a única coisa boa que tinha acontecido em meio a toda aquela bagunça.

Há alguns dias vi Anastacia adormecer ao meu lado, naquele lúgubre hospital cheio de insanidade. Velei seu sono a madrugada toda.

Então o coração dela parou de bater. A máquina apitou.

Eu fiz. Nem precisei forçar.

O corpo sem vida de Anastacia morta me fez desaguar sobre ela instantaneamente. Com o tempo eu descobri que não eram só as lágrimas, mas sim a dor e o desespero ao chorá-las.

Lágrimas vazias não adiantariam nada.

Agora ela era uma imortal. Como Adrian, como Victor, como tantos outros.

Eu tinha toda uma vida para contar isso a ela.

Enquanto pensava naquilo, Benson e Amara me viram. A senhora sorriu de um jeito cansado, enquanto George me encarou temeroso. Com cautela acenou, esperando meu cumprimento.

Limitei-me a assentir, a face dura como um claro aviso de que ele teria que fazer por merecer os dois presentes que eu tinha lhe dado: sua filha viva e sua liberdade.

Virei as costas e marchei para longe.

Para a guerra.

PARTE III

RÉQUIEM

Viena, novembro de 1791.

Querida Jozette.

Escrevo com imensa saudade e velado fervor, já clamando por desculpas por ter quebrado nosso acordo de encerrar relações já há alguns anos.

Constanze fez uma longa viagem para visitar alguns familiares no interior, levando nosso pequeno bebê para um lugar mais calmo e com menos percalços que a cidade, o que me fez ter coragem e tempo para escolher as palavras que vos falarei.

Perdoe-me, querida, por não conter meus caprichos. Como um músico e compositor de tal arte, tenho ansioso espírito e incontida volúpia, além de sentir urgência em comunicar-me convosco. Minha saúde não anda das melhores, portanto considero de suma importância arriscar tais palavras, mesmo que não as receba com o mesmo coração aberto com que as escrevo. Desejo que guarde esse papel como um tesouro de lembranças vindouras, quando eu já não estiver mais entre os seres viventes.

Asseguro que atendi o pedido de nunca falar sobre vós ou mesmo citar vosso nome. Malgrado pense nele diversas vezes ao dia e me consuma de vontade de revelar-vos a todos que tenho conhecido em minhas longas viagens ao redor da Europa. Traria-me imenso regozijo que soubessem o quanto minha inspiração encontrou enlevo em vossa passagem por minha vida.

Ao ver-me rodeado da música, entorpecido e distante, vosso rosto me toma subitamente. Cabelos negros, olhos tão escuros quanto a noite e lábios tão pálidos! Não é somente essa beleza a me inspirar. É vossa essência.

Apaixonei-me pela divindade amalgamada em vossa alma.

Não me deterei mais em declarações, já que preciso contar-vos a respeito de uma nova composição — A Missa dos Mortos. *Algo aconteceu nos últimos tempos, e não quero entediá-la com muitos detalhes enfadonhos. Fui procurado para criar sob encomenda essa peça nomeada como Réquiem, e na qual encontrei uma oportunidade de expressar meu desejo com diligência, sem dar meios para que desvendem nosso segredo.*

Lacrymosa, como vos chamei, por todo aquele dia em que passamos juntos em Viena. Lacrymosa, como será chamada no fim dos dias, cujas lágrimas desenterrarão todos os homens, justos ou injustos.

Minha bela, inocente e divina, Lacrymosa.

Ainda sinto o braço quente entrelaçado ao meu, andando pelo sol fraco daquele verão, aos olhares maldosos daqueles que desconfiavam de nós, sem saber que vossa pureza jamais poderia ser transpassada pela minha alma insana, tão entorpecida de música e silêncio.

Meu amor por vós vai além da carne. É mais intenso e mais imaculado do que poderia ser colocado sobre lençóis. Constanze nos entenderia se pudesse confessar-me, porém minha esposa não estaria preparada para tal grandiosidade.

Os segredos dos céus que me foram confiados estarão guardados. Mesmo que não possa fazer de vós parte de minha história em registros, sinto-me privilegiado.

Muitos sabem que minha relação com Constanze não é feita somente de dias bons, e que nossos bolsos e armários passam mais tempo vazios do que abastados. Não posso renegar o amor que sinto por ela e meus filhos. Especialmente a paixão que nutro pelo violino, desde muito jovem. Porém, vossa passagem por minha vida marcou-me como nenhuma outra, e sinto-me entusiasmado com o futuro, abençoado, como se pudesse viver para sempre.

Dissestes que eu viveria. Profetizastes que minhas composições seriam ouvidas por séculos no porvir e que outros arquitetariam outras peças ins-

piradas nas que compus. Hoje, encontro forças em tais profecias. Conjecturo que ouvirei dos céus o cumprimento delas.

Sei que estivemos juntos por poucas horas, mas vos eternizarei embora já sejais eterna.

Minha amada imortal.

Do seu Wolferl
Wolfgang Amadeus Mozart.

50
HENRY

Uma sensação muito peculiar fica no corpo de um exorcista após a prática do ritual. Um entorpecimento muscular, ósseo, mas nunca mental. O passeio da entidade maligna por espaços intrincados da nossa mente desperta fantasmas que nos assombram posteriormente.

Assim que meus olhos se acostumaram à pouca luz do quarto de Valery, o caos de pensamentos me trouxe um ataúde de memórias revelando meus fracassos passados: a morte prematura de minha gêmea, Hope; o suicídio de minha mãe e agora Valery, que, mesmo depois de todas as minhas ações, estava nas mãos de Asmodeus.

Quantas mulheres eu preciso perder para que minha fé realmente se esgote?

Depois de um banho frio que ajudou a recobrar minha consciência, senti-me ansioso com sua ausência, mesmo sabendo exatamente onde ela estava. Vesti as roupas que sobraram na maleta que padre Angélico tinha deixado no apartamento, protegendo-me com o grosso casaco antes de sair para a rua, ignorando que Denise e Malik ficariam para trás, ambas cheias de perguntas que esperavam para me fazer.

Não podia suportar nem mesmo tentar explicar a Malik o que tinha acontecido com Oz.

O Mercy Hospital estava especialmente movimentado naquela tarde.

Padre Angélico estava no pórtico, rodeado por um grupo de pessoas que pareciam ávidas por uma palavra dele.

Esperei que me visse, fazendo um sinal para o lado quando seus olhos me encontraram. Com parcimônia, o padre pediu licença aos fiéis e me seguiu até um canto mais silencioso, longe de todos aqueles olhos.

— Veio procurar pela mesma pessoa que eu? — perguntou-me, sua voz mansa.

Sua expressão séria aparentava algo que destoava da ingenuidade costumeira. Estava mais assertivo, um ar de dureza, embora mantivesse a sobriedade de outrora. Havia passado pelas transformações causadas pela presença do mal.

— Conseguiu encontrá-la? — devolvi, depois de um tempo considerável.

Negou sutilmente e desviou o olhar para a porta cheia de guardas. Estava frio de um jeito descomunal, mas um sol pálido iluminava o gramado do local. Em poucas horas a neve voltaria, mais espessa e mais gelada que antes.

— Mas conversei com Axel Emerson e fui informado de que ela o visitou — prosseguiu, colocando os braços na frente do corpo. — Também me encontrei com Amara Verner. Ela viu Valery quando estava saindo com Anastacia, mas não chegou a falar com ela. Benson saiu da prisão ontem e hoje está levando a filha para casa.

Não me chamou de padre, notei.

— Muito me preocupa que Sandy Donovan descubra sobre Casper e retire seu depoimento — soltei, como um desabafo. — Não pude cumprir a promessa que fiz a ele.

Os olhos de Angélico fitaram algo sobre o meu ombro. Imediatamente senti a aproximação de um estranho. Passos vagarosos, ensaiados.

— Prepare-se para perguntas — disse-me, mal mexendo os lábios.

Um homem parou no espaço entre mim e Angélico, estendendo a mão para cumprimentar o mais velho primeiro. O estranho num terno escuro era dono de uma expressão forçada de simpatia, condescendente demais para enganar-me.

— Boa tarde, padres — saudou com veemência. — Sou o detetive Thomas Anderson, de Nova York.

— Padre Henry Chastain, de Roma — falei simplesmente, apertando com força o cumprimento de sua mão.

O homem arregalou um pouco os olhos com a minha resposta, fingindo estar impressionado quando aquilo realmente não lhe importava nem um pouco.

— Temos um mensageiro do papa entre nós! Isso me deixa mais tranquilo — suspirou ao final da frase, erguendo demais os ombros.

— E qual seria o motivo, detetive? — provoquei-o, estranhando minha impertinência.

Sorriu para Angélico e depois me olhou com curiosidade.

— Sou responsável pela investigação de uma lista infindável de eventos estranhos acontecidos nessa cidade nos últimos dias. Esbarrei com alguns repórteres que perguntaram se eu acho que o Diabo está vivendo em Darkville. — Riu chacoalhando a cabeça e passando a língua pelos lábios. — Talvez sua presença tão ilustre nos ajude a conter a população. O senhor estava de passagem?

— Ele veio nos fazer uma visita de rotina — respondeu rapidamente Angélico. — Roma costuma enviar missionários para as paróquias menores em algumas ocasiões — mentiu, bem demais para alguém como ele, mantendo a expressão impávida. — Estava justamente conversando com alguns fiéis a respeito disso, detetive. Eles estão muito mais preocupados com suas medidas cautelares do que com a presença do Diabo.

Percebi o tom do padre sentindo-me incomodado. Estava perdendo parte da conversa, a que estava nas entrelinhas. Anderson cruzou os braços e estreitou o cenho, ensaiando o que iria falar.

— Precisamos fazer isso ou perderemos o controle — justificou, fechando a expressão.

— Suas medidas vão criar o caos dentro da cidade, o que não vai demorar — replicou Angélico.

— Padre, eu não pedi seu conselho — a tréplica levou a conversa ao ápice.

— O que está acontecendo?! — ergui a voz, sobrepondo a de ambos.

Angélico se calou, sinalizando com os olhos para Anderson.

— Estamos fechando Darkville — disse-me com cautela. — As três estradas para a cidade, incluindo a estrada de Havenswar e a ponte para Nova York, estão sendo vigiadas por uma equipe de elite. Ninguém entra ou sai até pegarmos o assassino de Carpax.

O padre mais velho riu.

— Não é por isso que estão fechando nossos moradores aqui. O senhor não quer pegar nenhum assassino ou proteger nossos moradores — argumentou, impondo autoridade em sua voz. —Acha que estamos infectados por alguma loucura e não quer que ela escape para o mundo.

A conclusão das meias palavras de ambos despertou certa urgência. As luzes vermelhas dentro de minha mente começaram a acender, quando me dei conta de que Anderson estava trancando 30 mil pessoas dentro de um território que em breve seria tomado por um monstro de poderes inimagináveis.

Preciso tirar Valery daqui. Se sair com ela, vou atrair Asmodeus para fora e proteger essas pessoas.

— É nossa única forma de agir — pontuou o detetive, discutindo com Angélico. — Depois de ontem, acionei o controle de doenças e falei também sobre o ocorrido no Castle. Eles já cogitam um vírus que afeta o sistema nervoso. Se isso for comprovado e se espalhar, não teremos muito o que fazer.

— Vírus?! — soltei, quase à beira de um riso nervoso. — Poderiam ser mais criativos do que isso?

Anderson tinha um sorrisinho enviesado no rosto aquilino.

— O que o senhor acha? Que é o Diabo? — Ele esperou nossa resposta, mas tudo o que teve foi nosso silêncio de desagrado. Ajeitando a arma na cintura para ressaltar sua autoridade, ele me encarou com um ar altivo. — Façam o trabalho de vocês e eu farei o meu. O senhor não vai ter muita escolha por enquanto, já que não pode voltar para Roma.

— Está cometendo um erro — salientei, fechando os punhos. — Não vai conseguir evitar o que estiver por vir.

— Algo me diz que essa cidade vai virar mesmo um inferno. — Anderson abaixou os ombros, agora sombrio. Finalmente ele estava emitindo alguma expressão que lhe era natural. — Sou tudo o que vocês têm agora.

O policial saiu de nossa presença a passos duros, misturando-se aos grupos de pessoas reunidas na frente do hospital.

— O que achou disso? — perguntou Angélico, num tom soturno.

Hesitei em prosseguir, trocando um olhar duro com o padre, que se assombrava aos poucos, a expressão sóbria se transformando diante de meu escrutínio.

— Ontem, no cemitério, Baron estava fazendo um ritual de invocação que Oz e eu não conseguimos evitar — pronunciei, sentindo amarga cada uma das palavras. — Ele trouxe para nosso mundo um dos sete príncipes do Inferno.

Angélico estreitou os lábios e deixou os ombros decaírem.

— O que isso significa? — indagou, a voz velada de derrota.

— Não posso lidar com algo dessa magnitude sem a ajuda de outros homens como eu — continuei, procurando não expressar minha ansiedade. — Exorcistas conseguem burlar barreiras policiais, logo Anderson não seria um problema. Porém as pessoas aqui dentro podem se machucar. Seria preciso uma forma de tirá-las da cidade.

Angélico considerou minha fala, olhando para o céu como se buscasse por algo saindo por entre as nuvens. Um milagre.

Meu celular vibrou dentro do bolso da calça. Afastei-me para um lugar mais ermo, seguido por Angélico. O visor mostrava o nome que era o último dos quais eu queria ter notícias dadas as circunstâncias.

— O que foi? — perguntou o padre, preocupado.

— A Drachenorden.

O som da vibração insistia. Depois de um gemido baixo de ira, virei as costas e apertei o botão verde, já cerrando os olhos à procura da calma que guardava na alma. Um ruído intenso de carros e vozes soava do outro lado.

— Padre Chastain, o senhor está me ouvindo? — disse a voz conhecida. Cervacci. O próprio filho da mãe tinha resolvido fazer a ligação.

— Bispo, estou ouvindo.

Lucas pareceu entrar num lugar mais silencioso, deixando-me somente com o sonido de sua respiração de fumante.

— Estamos com a televisão ligada nos canais de notícia e descobrimos que o senhor não conseguiu realizar o exorcismo em Nova York. Esperávamos notícias há dias. Pensamos que estivesse morto.

Não era uma boa hora para me cobrar resultados.

Estava à beira de uma explosão, com a mente presa num estado aterrado de emoções que precisavam ser controladas. A voz de Cervacci em meu ouvido fazia o movimento oposto ao controle.

— Eu consegui realizar o exorcismo, bispo. Porém as coisas se complicaram.

— O senhor pode enviar seu relatório diretamente para o meu contato e eu reportarei para o conselho da Ordem. Eles não estão nada felizes com sua falha, Henry.

Esfreguei o rosto, andando ainda mais para longe do barulho na frente do hospital.

— Minha falha também não me deixa feliz — cuspi, exasperado.

— Somos a entidade mais poderosa do mundo e você é nosso melhor Exorcista — adulou, como se isso pudesse surtir algum efeito em mim. — Se algo está afetando sua ação, eu deveria saber de antemão.

Sim, ele era o homem mais poderoso do mundo.

O nome — Lucas Cervacci — que ninguém ouvira falar. Um encargo anônimo, que para todo mundo nada significava e que exatamente por isso tinha o poder em mãos. Fama nunca foi sinônimo de poder. Na verdade, era fraqueza.

O poder verdadeiro está nas coisas ocultas e nas pessoas anônimas que persuadem sem mostrar o rosto, governam sem usar o punho, e manipulam negando a verdade.

— Não posso sair de Darkville nesse momento, bispo — falei devagar, falsamente sóbrio. — A cidade está sendo isolada pela força policial da capital. Ficarei detido aqui até que a situação se resolva.

— Isso tem a ver com o demônio que você demorou a exorcizar, não tem?

Sob a pressão de meus dedos, o metal do aparelho estalou.

— Tente não pressionar — devolvi, entre dentes. — Sabe que posso não voltar, não sabe?

Lucas tossiu longamente do outro lado, depois arrulhou alguma de suas pragas inaudíveis.

— Sei que vai voltar, porque não é um homem que volta atrás com sua palavra — retorquiu, ardiloso como sempre.

— Não sou sua propriedade, Lucas. — Mudei o tom, indisposto a acatar seu paternalismo hipócrita. — Não trabalho para você, trabalho para o papa. Sou a Espada de Sal dele, e não da Ordem.

— Você não poderia estar mais enganado, Henry.

— Vai procurar por Valery e desfazer o que o Escriba fez? — desafiei-o, engrossando a voz.

A ira motivadora ascendia como trepadeiras serpenteando num muro desnudo. Tomavam conta de tudo aos poucos, enchendo minhas veias com sua substância peçonhenta.

— Seu Escriba, seus segredos e suas armas, tudo isso não vai valer de nada se eu não quiser voltar — prossegui, já tomado pela raiva percuciente. — Venha até aqui, Lucas, e lute suas próprias guerras para variar. O demônio que eu exorcizei ontem se chamava Baron de Rais, lembra-se dele? Das aulas que você me deu?

— O coronel Baron, de Joana — gaguejou do outro lado, ouvindo o que eu dizia com atenção agora.

Precisava evocar sua dedicação usando a gravidade do assunto.

— Ele libertou Asmodeus por meio de um ritual. Vai enviar seus Cavaleiros para me ajudar? — O tom de desafio era desrespeitoso, mas já não importava. — Vai proteger o seu Exorcista mais poderoso?

Esfreguei novamente o rosto, a respiração saindo em espasmos rápidos.

— Henry, você deve ter enlouquecido de uma vez por todas.

— Se em 24 horas você não me enviar uma dúzia dos seus Cavaleiros Exorcistas, pode me considerar fora da Ordem.

Lucas riu, tossindo no meio de cada lufada de ar. Tinha consciência de que eu não estava blefando, mas eu sabia que ele estava. Cervacci nunca colocava o corpo num campo de batalha, nunca exorcizara um demônio ou arriscara sua vida. Sua função de dar ordens e guardar chaves fazia dele apenas um covarde com uma batina branca ufanosa. Portanto não arriscaria perder aquele que sujava as mãos em seu lugar, que sentava ao lado do Sumo Sacerdote agindo em seu nome.

Os Exorcistas viriam por mim.

— Sabe que só sairá da Drachenorden se estiver morto — elucidou, agravando o tom.

— Então você terá que me caçar — repliquei, determinado. — Diga ao papa que eu sinto muito.

Assim que a ligação acabou, o celular partiu-se em cacos sob minha palma. Larguei os restos no chão e encarei um Angélico impávido, como se nada do que tivesse visto ou ouvido pudesse causar qualquer reação de assombro.

Tal momento de clareza foi-me pior que o veneno da ira sentido há poucos minutos. Junto aos estilhaços daquele aparelho estava minha palavra para a Ordem, que nem mesmo a tatuagem do Escriba podia proteger Valery.

O elo foi rompido.

Primeiro a queda ao fundo do poço, a sensação de que nada me restava. Meus sacrifícios me puseram no encarceramento de mim mesmo, mas agora estava a corda para me fazer retornar à superfície.

Não vou voltar com os Exorcistas. Eles podem vir por mim, mas não vestirei mais a batina da Drachenorden.

— Você não é um padre, é um Exorcista — disse Angélico, acordando-me de meu devaneio.

— Eu nunca precisei da batina para expulsar demônios em nome d'Ele — sussurrei, piscando os olhos ao sentir lágrimas à espreita.

Angélico meneou a cabeça, deu um passo para mais perto, sondando meus olhos como um pai vigilante de sua prole.

— Foi Ele quem nunca precisou da sua batina para usar seus lábios como uma arma, Chastain — argumentou, peremptório.

Deixei minha cabeça cair, mas não estava derrotado.

Permiti que as lágrimas rolassem, mas não estava perdido.

Cedi aos soluços e ao despertar de partes que estavam necrosadas dentro de mim, mas não estava cedendo.

Pelo contrário. Estava renascendo.

51
VALERY

Já tinha perdido a conta de quantos copos de uísque tinha tomado quando o noticiário acabou e Anderson calou a maldita boca. *Policiais de elite estão posicionados nas três saídas da cidade*, na verdade era um eufemismo para *Quem tentar sair vai levar um tiro na testa*. Isso, é claro, encheu meus planos de fuga com ainda mais entusiasmo.

A força policial de elite da capital assassina a Lacrymosa e salva o mundo!

— Quer um calmante? — perguntou Marie, me servindo mais uma dose. — Não adianta me olhar assim, ruiva. Dá para sentir seu drama daqui.

— Eu me odeio — soltei, a voz arrastada pela bebedeira. — Queria ter nascido sem coração. Essa merda não serve para nada.

O Joker estava vazio, ainda mais depressivo do que eu. Marie tinha me contado que todos os policiais de Darkville haviam passado por ali para se lamentarem das atitudes de Anderson, mas só eu tinha ficado tempo demais. Ela estava apreensiva, como todos na cidade, porém não comprara a balela de risco de vírus, era do time da histeria coletiva.

Alguém entrou bruscamente pela porta e a luz do sol do lado de fora me cegou. Marie lançou uma olhadela de lado para o sujeito e debruçou no balcão. Ele se sentou ao meu lado, o cheiro inconfundível de laranja. Com uma checagem diagonal vi que estava sem a gola estúpida de clérigo.

— Leite com Chocolate para o padre? — ironizei, virando um longo gole da bebida.

— Quero a garrafa do que ela está tomando — disse ele, cruzando os braços sobre o balcão, perto de Marie.

— Não trouxe o vestido preto hoje? — brincou ela, virando-se para pegar a garrafa de uísque 15 anos. Colocou sobre a mesa e bateu um copo em seguida. — Lembro-me de você do outro dia. Deu o que falar.

— Aquele era meu irmão gêmeo. *Eu* não sou padre.

Marie riu satisfeita, depois se afastou, trocou o canal da televisão para o de clipes musicais e sumiu para a cozinha. Só estávamos Chas e eu no bar por alguns minutos.

"The day that never comes" começou a tocar, o volume alto, aquela introdução ao som da guitarra do Metallica preenchendo meus ouvidos e ocupando o silêncio funesto. Parecia apropriado. O dia que nunca vem veio até mim.

Fechada em uma cidade com meu algoz. Meu destino traçado. *Onde o sol não brilha.*

— Tem planos de beber até cair hoje? — perguntei, olhando para as mãos.

— Pode ser o último dia na Terra.

— Homem de pouca fé — zombei, a voz mais amolecida ainda.

Born to push you around

Better just stay down

Chas encheu o copo até pouco mais da metade e virou o conteúdo em dois goles, em seguida colocou mais e deixou sobre a superfície, observando o movimento do líquido castanho com plácido interesse.

You pull away

He hits the flesh

You hit the ground

— Sei que assistiu à missa — disse, por fim, melancólico. — Cervacci a dopou e a levou para me ver sob seus grilhões.

O choque da frase se confundiu com meu atual entorpecimento. Pisquei diversas vezes antes de formular o pensamento, então compreendi que ele falava sobre a viagem a Roma.

— A mensagem foi válida.

— Eu não sou uma pessoa para eles, minha vida não lhes vale muito. Minha linhagem toda não significa nada além de mais poder — falou, ainda olhando para o copo antes de sorver mais um gole. — Achei que estaria dando um significado a mim mesmo quando decidi protegê-la. Você, a Lacrymosa — destacou, flexionando a voz uma oitava acima. — Não foi só pelo amor altruísta.

Tend to black your eyes
Just keep them closed
Keep praying

Estava bêbada demais para parar aquilo. Só queria que *ele* parasse.

— Achei que conseguiria alguma aprovação divina, mas agora eu vejo que nós não conseguimos vencer quando nos afastamos das pessoas que amamos — confessou, duramente. Virou o resto do copo e encheu mais um pouco. — Ele não parece aprovar esse tipo de conduta. Sacrifícios vãos, como o que você fez por sua família e eu fiz por você. É mais egoísta do que qualquer coisa. É vaidade.

— Sua vida no Vaticano foi tão depressiva assim? — retorqui, a voz embolada.

Olhou-me de soslaio, soltou um riso óbvio e então voltou a encarar o copo.

— Você também não parece ter estado em um paraíso particular — devolveu, sorrindo de lado.

Bufei e entornei o resto da bebida, que desceu ardendo pela garganta. Atordoada, quase tombei da cadeira alta, mas Chas me segurou pelo cotovelo, perto demais.

Perto. Demais. Parei com o rosto virado para o dele, incapaz de desviar. Cheirava tão bem, e eu queria muito, muito, muito odiá-lo. Talvez fosse uma boa hora para dizer isso em voz alta e fazê-lo acreditar.

— Eu queria sair com você da cidade — falou baixo, quase desesperado.

— Mas Anderson fodeu com seus planos — completei, voltando ao assento.

Ajeitei-me no banco, sentindo a tontura passar.

— Basicamente — respondeu, as sobrancelhas erguidas.

Resmunguei algo inaudível, depois senti as palavras chegando a mim, desconexas, mas bem claras na mente entorpecida.

— Por falar em vaidade, eu ressuscitei Anastacia Benson — soltei, ouvindo minha voz como se estivesse de fora. Soou ridícula, cheia de esforços para parecer convicta. Chas não parecia perplexo, mas seus olhos de citrino não conseguiam desviar dos meus. Era tão fácil falar para ele, tão transcendental poder pronunciar aquilo — *eu ressuscitei Anastacia Benson. Eu fiz isso!* — As crianças sempre voltam tão rápido. Os adultos demoram mais.

Chas parecia afetado. Sabia soletrar os pensamentos dele — uma junção modorrenta de consequências de tornar uma criança imortal. Dispensei com um gesto, como se ele pudesse ler meus pensamentos irritadiços.

— Nós vamos dar um jeito nisso — foi o que disse, embora soasse irresoluto.

— Vamos?

— Nós sempre demos um jeito — falou mais alto. — Eu tenho fé, Valery. Por favor, tenha fé comigo.

— A fé é a crença nas coisas que não podem ser vistas, não é? — Ele concordou com a cabeça, emitindo um ruído baixo. — Eu queria ver o filho da... Aquele cara barbudo que vive nas nuvens — pontuei, apontando para cima com uma careta dramática. — Queria vê-lo para mostrar a Ele o que aconteceu por causa do que ele colocou dentro de mim.

Na verdade, não tinha coragem para dizer aqueles opróbios de forma tão descarada.

— Talvez seja hora de parar de fugir — respondeu de imediato. — Talvez Ele queira que você fique e lute dessa vez. Não pode continuar fugindo para sempre.

Os olhos estavam com aquele tom esverdeado de quando ele chorava, somado com as bochechas vermelhas demais, para além do efeito do álcool. Tinha mudado, estava menos tenso em minha presença e mais como o Chas de antes. Sem a roupa preta.

— Está na hora de Ele lutar a própria guerra — consegui dizer.

— Cervacci vai mandar mais Exorcistas.

— Cervacci... — repeti o nome, batendo com a mão em minha testa. Encarei-o, lendo suas expressões transparentes. — Você está a ponto de ter uma daquelas explosões de raiva reprimida — falei, soando sã. — Isso é bom, Chas. O deixa mais forte, porém mais distante. Seu lado humano some quando se deixa levar pela raiva.

— Ainda não cheguei ao limite.

— Quando as pessoas em Darkville começarem a morrer e a maldição de Asmodeus se espalhar, vai chegar — salientei, apontando o dedo em riste. — Seu lado herói não deixará de agir. Se sua ajuda chegar a tempo, teremos uma chance de salvar algumas pessoas.

Chas assentiu, resignado.

— Oz? — perguntou, finalmente.

Fechei os olhos para segurar a onda de ansiedade que se espalhou pelo corpo todo.

— Inconsciente agora.

Poupei-o por ora de saber da agonia que vivi na noite anterior. Não porque Chas não saberia lidar com aquilo, mas porque estava incapacitada de acessar aquelas sensações sem perder a cabeça.

— Temos que começar a planejar como agir daqui para a frente.

Estremeci só de pensar no dali para a frente. Não havia perspectivas de como aquilo poderia se resolver, não sem o plano precedente de Oz. Sem a caixa de cobre com as duas madeiras dentro.

Eu sabia o que fazer, só precisava de um pileque antes de tudo. Um vício para escalar uma virtude.

— Você tem fé, Henry Chastain — divaguei, atordoada. — Mas sabe que tudo está ruindo.

Chas me encarou e interrompeu minha fala. No alto-falante a música pareceu subir. *O amor é uma palavra de quatro letras. Aqui nessa prisão. Aqui na minha prisão.*

Ele chegou perto demais agora, passou o braço pelas minhas costas e o apoiou na grade do banco. Os olhos escrutinando os meus, as respirações tórridas cruzadas.

— Não sei se vai ficar tudo bem, Valery — confessou baixo, mirando meus olhos com intensidade. — E mesmo que nós consigamos vencer mais essa, a Ordem vai me caçar até a morte. Eu não vou voltar para eles, não vivo, pelo menos.

— Onde você quer chegar com isso? Vai deixar Roma?

— Não vai mais importar — respondeu, desviando os olhos para baixo. Seu tom grave me calou.

— Você me disse que Oz deu algo a você e que não me contaria o que era — continuou, deslizando a atenção de volta para mim. — Ele tinha um plano o tempo todo, não tinha? — Fiz que sim sutilmente. — Presumo que ele não contava com o fato de que um dos príncipes do inferno fosse aparecer para estragá-los. Acha que ainda é possível seguir com ele?

— Chas, é uma coisa grande. — Aquela palavra estava longe de definir com propriedade o que eu estava escondendo. — Uma coisa tão grande quanto ressuscitar os mortos.

— Isso vai acabar matando você? — sobrepôs minha fala.

— Não sei. Acho que não. — Hesitei um segundo antes de responder, atrapalhada pela proximidade. — Oz e eu tivemos muitas visões a respeito disso. O plano dele não começou sozinho. É como se algo maior quisesse que ele encontrasse o que encontrou.

Chas mordeu os lábios por dentro, certamente lutando contra a vontade de perguntar o que eu não iria responder. Oz foi claro ao me mostrar o risco de dizer sobre as inscrições em voz alta. Coisas espirituais nos rondam o tempo todo e elas podem ouvir.

Demônios conversam.

— Eu sei que você vai fazer a coisa certa quando a hora chegar. Eu confio em você, Valery. Sempre confiei.

Desviei a cabeça para o balcão, afastando o copo.

— Foi essa confiança que você depositou em mim para me abandonar há cinco anos? — inquiri de forma belicosa. — Achou que eu ficaria bem, que me viraria sem você?

— Você nunca precisou de mim para se virar com nada. Era a coisa certa naquela época.

Assenti ironicamente. De repente a melancolia deu lugar à minha aura de irascibilidade inerente e minha cabeça se envergou em direção a ele, desafiadora.

— E agora você vai fazer um discurso ridículo sobre morrer aqui em Darkville, lutando por mim. Vai dizer que me ama muito e por isso vai abrir mão da sua vida pela minha. Também vai pedir para eu aceitar o amor de Axel, alegando que ele é um homem melhor que você, que pode me proteger e que podemos ter filhos juntos, sermos felizes até minha próxima vida. — Ele estava impassível, o que me provocava ainda mais. — Você é um péssimo padre. Uma droga mesmo, Chas. Um ótimo exorcista, mas um péssimo conselheiro.

— Eu não disse nada disso, Valery. É você quem pensa essas coisas, não é? — enfrentou-me, usando o mesmo tom irado. — Que poderia ser feliz se o amasse e não a mim? Que tudo seria mais fácil se só fugisse daqui com ele? Afinal, ele a ama de verdade e não abriria mão de nada por você. Criaria seus filhos, seria um ótimo pai, não é?

— Vá para o inferno.

— Eu já estou nele.

Engoli amargamente a resposta, a respiração acelerada, o peito retumbando com as batidas do coração.

— Você está errada — sua voz saiu baixa, porém penetrante.

Devagar, segurou minha mão fria e cerrou os olhos.

— Não faça isso — sussurrei.

— Eu não quero que você se case com outro homem — disse por fim, como um desabafo. — Eu quero que você fique comigo, sempre. Quero não me importar com um voto que eu fiz sem sinceridade, beijar você agora, como se nós dois fôssemos morrer amanhã. Quero fazer amor com você, sentir o cheiro da sua pele outra vez e a sensação de invencibilidade que eu sentia quando a abraçava. Eu quero morrer com a certeza de que eu a amei intensamente e que fui amado de volta.

Chas parou de falar. Seus olhos estavam cheios de lágrimas que não cairiam. Ele jamais se permitiria chorar na minha frente. Seria como uma afronta.

— Você não morreria, Chas — sussurrei de forma tórrida.

Fiquei em pé, minha testa nivelada com os olhos dele, o coração saltando como havia muito tempo não saltava. Todo o gelo dentro de mim derretia, espalhando calor para as extremidades.

A cidade estava fechada. As previsões eram das piores. Tudo o que fora feito estava feito, afinal. Por que resistir? Por que me castigar depois de ter vivido todo o inferno daqueles últimos anos?

Soltei minha mão da dele e a elevei até seu rosto. Ele fechou os olhos e os abriu devagar, dando um passo que encerrou de vez nossa distância. Senti sua respiração acelerar, o coração bater contra o meu. O hálito doce com tons de uísque atingiu meu rosto, enquanto sua boca semiaberta estava parada na última palavra dita.

— Você não morreria, porque eu choraria por você quantas vezes fossem necessárias.

Chas quase sorriu, mas foi apenas um tremor no canto da boca. Abraçou-me pela cintura, fazendo com que todo meu corpo começasse a entrar numa combustão lenta e dolorosa.

Fechei meus olhos e deixei meu coração falar dessa vez. Talvez apenas dessa.

— Não consigo parar de amar as pessoas — gemi, o peito tremendo. — E isso dói. É tão grande, Chas, mas dói tanto. Está doendo agora.

Era como se nossos corpos nunca tivessem se desgrudado. Como se eu decifrasse seus pensamentos e ele os meus.

— Essa é uma dor que vale a pena sentir — arrematou, apertando-me com mais força.

— Perdoe-me, padre, pois eu vou pecar — falei séria, nada irônica, como pretendia ser.

Minha cabeça inclinou de lado e meus lábios encontraram os dele primeiro. Chas correspondeu sem hesitar, passeando as mãos pelos meus cabelos volumosos com ansiedade. Havia um tipo triste de voracidade na forma como me tocava, e a mesma coisa começou a acontecer comigo quando senti o gosto daquele beijo que me despertara para a vida, nove anos atrás.

Senti o gosto salgado das lágrimas dele, sugando-as enquanto enterrava minhas mãos em seus cabelos, nuca e ombros, percebendo aquela urgência de não o deixar ir embora nunca mais.

— O que nós fazemos agora? — ofeguei, ainda encostada em seus lábios.

Ele sorriu um pouco de lado, talvez achando graça de algo em seus pensamentos.

— Padre Angélico está esperando no carro, então...

Por via das dúvidas, quando ele me puxou para sair do bar, segurei-o e o beijei mais uma vez. Era só uma garantia, para o caso de eu começar a me odiar logo que o álcool deixasse de fazer efeito.

Sabia que ia desmaiar em alguns minutos, mas não importava mais. Eu só queria viver aquele momento algumas vezes em meus sonhos e escapar do fatídico fim que se aproximava.

Só que depois que eu acordasse viria a luta. E eu a enfrentaria.

52

Trovões cortavam os céus com uma luz branca incandescente. Despertei no meio do mar de luz, parada sem saber como tinha chegado ali. Estava diante de uma porta aberta que dava para uma sala escura. Meu corpo todo em exaustão, como se tivesse corrido por quilômetros.

Da escuridão vinha um choro angustiado. Parecia uma reza, mas também um lamento. Com os cabelos molhados pingando sobre o capacho, dei um passo à frente sabendo que era o que eu deveria fazer. Depois outro, depois mais um, até estar dentro da sala escura e adaptar os meus olhos ao ambiente estranho. Aos poucos pude distinguir a mobília revirada, fotos rasgadas num chão sujo, vasos quebrados espalhando terra por todo lado. As flores dentro deles estavam mortas havia muito tempo. Tudo cheirava à morte. Não putrefação, como os demônios cheiravam, mas sim o cheiro da ausência de vida, daquela escuridão triste acalentada do tempo que não volta mais.

Andei por aquele ambiente insípido, ouvindo as solas úmidas das minhas botas estalando em contato com a sujeira. Outro relâmpago estourou no céu, iluminando todo o caminho, me permitindo ver no cômodo seguinte a parede enfeitada com o papel floral azul e branco. Havia uma mulher ajoelhada diante dele, uma cruz balançando no final de um terço enrolado em sua mão.

Mais um trovão e pude ver a foto. O bebê de pele negra, como a da mulher. Ela falava repetidamente algo que eu ainda não conseguia entender. Era uma canção, uma ladainha, talvez.

Parei na soleira, o coração aos saltos, uma presença aterradora fluindo da mulher e seu canto fúnebre. Eu já a tinha visto antes, nas visões, tão incompletas e irreais. O sangue saindo do corte em sua palma, escorrendo junto às contas e pingando ao final da cruz. Aquela dor que dela provinha se espalhando por tudo, como se tivesse vida própria, feroz e real como nenhum sentimento que eu tinha vivido.

Na parede, as formigas brotavam de trás da moldura redonda entalhada em arabescos. Aos montes, os insetos corriam até quase forrarem todo o enfeite com pontos negros que se movimentavam freneticamente.

Pensei que ia gritar, mas no momento em que elevei minhas mãos ao rosto percebi que estava segurando as duas placas de madeira que recebi de Oz. Respirei em gemidos, os pés querendo correr.

— *Usa-me em seu lugar, meu menino. Meu pequeno anjo* — a voz da mulher cantava, ou melhor, chorava.

Soltei um ruído oco, tentando me livrar daquele objeto tétrico, então atraí o olhar dela. A mulher virou a cabeça de um jeito rápido e penetrante, que me fez engolir outro grito. Devagar, girou o corpo para ficar ajoelhada em minha frente, as mãos sangrando, o rosto coberto de lágrimas.

— Por sua culpa, meu menino anjo será usado!

Ela não mexia a boca, mas a voz saía dela de algum jeito. Tentei esconder as mãos. Era tarde demais, os olhos dela já tinham capturado o objeto que eu trazia.

— Quem é você? — bradei, desesperada. — Por que fica aparecendo nas minhas visões?

— Por sua causa, nossa maldição será trazida.

As formigas tinham tomado conta do teto, dos móveis.

Eu preciso correr! Eu tenho que sair daqui o mais rápido que puder!

— O que quer de mim? — gritei, já me afastando.

Ela ficou em pé, tampando a imagem do bebê na parede oposta. O quadro era a única coisa que as formigas ainda não tinham coberto.

— Para trazer a maldição do nosso sangue, diga as palavras e una as duas metades — explicou de forma bruta. — Ele virá por você.

Queria continuar minhas perguntas, mas o corpo da mulher foi coberto pelas formigas. Era hora de correr. Virei as costas e mandei a ordem para as minhas pernas, porém uma força maior me lançou pela porta aberta, que bateu atrás de mim assim que caí de cara no chão do lado de fora da casa.

Cansada, rodei meu corpo de barriga para cima e olhei para o céu, deixando a chuva cair sobre meu rosto enquanto meu peito subia e descia. Minhas mãos ainda mantinham as placas de madeira presas entre os dedos.

Preciso acordar. Isso não é real, é uma visão! Preciso voltar para a realidade.

Mas ali na visão eu tinha o contato mais próximo com o Criador. Se ele se escondia no silêncio das minhas desgraças, estar no chão barroso era o grande símbolo delas.

— Por favor, me ajude a encontrar Oz. Eu faço o que tiver que fazer! — implorei, usando todo meu fôlego.

Fechei meus olhos e quando os abri não foi o céu cinza chuvoso que vi. Um vulto negro pairava sobre mim, envolto numa escuridão natural, sem Fumaça Negra, sem cheiro de podridão. E tinha asas! Eram douradas nas pontas e cor de chumbo em seu interior. Asas pontudas e imponentes que o mantinham elevado a alguns metros de meu corpo.

— Quem é você?

Formigas subiam em meu corpo preso ao chão. Tentei gritar, mas elas entravam pela minha boca, tampavam a visão, deixando só uma fenda para eu contemplar o ser que me observava ser tragada pelos insetos.

Não era isso que aconteceria com todos nós no final de tudo? Os insetos comem o que fomos, enquanto nossas almas sufocam, incapazes de agradar ao Criador e entrar no paraíso.

Já vai acabar, Valery. É só unir as duas metades.

DESPERTEI EM MINHA cama, suando e respirando com dificuldade. Logo fui acometida por um formigamento na língua, acompanhado por um gosto azedo de bile que me fez sentar, golfando em tosses o enjoo. Deitei assim que a ânsia cessou, então me lembrei de toda a bebedeira do dia anterior.

Devagar o sonho foi embora. A imagem da coisa com asas, as formigas, tudo desvanecendo como se pudesse ter sido somente um sonho idiota vindo da minha mente traumatizada.

Com cuidado voltei a me sentar, segurando firme quando a vertigem retornou. Gemi, esfregando o estômago dolorido a lamentar por todos aqueles copos de bebida. Foi aí que me lembrei de tudo. Chas sentando ao meu lado no bar, seu cheiro de laranja e sua voz inebriante. Eu o beijei e ele não se afastou.

Mas que se dane! O mundo vai acabar a qualquer momento e eu não posso ir para o inferno.

Uma batida na porta reverberou em meu ouvido com pancadas estridentes. Denise entrou sem receber concessão nenhuma. Sentou-se ao meu lado, estendeu-me uma xícara de café fumegante sem me encarar diretamente.

— Para a ressaca — disse com seriedade.

Segurei a xícara quente, abraçando-a com as mãos ainda fracas. Olhei de soslaio para minha amiga, percebendo suas costas curvadas e o rosto decaído sem maquiagem. Aquelas coisas todas pesaram sobre ela, abateram seu espírito jovial. Eu me odiava por aquilo, mais do que por qualquer coisa.

— Quanto tempo eu dormi e como eu cheguei aqui?

Beberiquei com cuidado o líquido quente, sentindo o organismo receber a presença da cafeína com regozijo. O prazer desmerecido daquele líquido dos deuses.

— Chas e padre Angélico a trouxeram ontem — explicou com paciência. — Você está dormindo faz mais de vinte horas. Malik pediu para que eu cuidasse de você até acordar.

— Onde ela está?

Denise mexeu na manga da blusa, ensaiando.

— Estão todos na igreja. Iam planejar alguma coisa com um livro — disse num tom confuso. — Eu não entendi.

Malik tinha irmãs e sobrinhas que eram bruxas como ela. Provavelmente pedira a ajuda delas.

Terminei o café, que desceu pela garganta apertada, mas não lhe entreguei a xícara. Coloquei-a sobre a mesa de cabeceira e, sem pensar muito, peguei sua mão. Ela se assustou de início, mas o gesto foi reconfortante o bastante para que abrisse um sorriso de lado.

— Sei que Chas vai lidar com a caça ao demônio, mas quem vai manter você e Axel vivos sou eu. Nem que eu tenha que fazer aquilo que você sabe que eu posso fazer.

Encarei-a sustentando minhas palavras, vendo que tinha ficado encabulada.

— Val, eu...

— Sei que essas verdades são amargas demais, e que sua vida jamais vai ser a mesma depois disso — continuei, mantendo minha coragem em permitir que os sentimentos falassem. — Mas você e Axel são as únicas pessoas que eu deixei entrar no meu coração depois de anos. Uma parte de mim acha que é justo que saibam quem eu sou. Eu quero que vocês fiquem juntos agora. Pode ficar com ele no hospital, por mim?

Ela hesitou um pouco, depois meneou a cabeça de um jeito pesaroso. Senti falta de suas piadas maliciosas de garota do colegial. Queria ouvi-la brincar sobre ele ser bonito e ser um sacrifício passar um tempo com ele, entretanto nada disso saiu de sua boca.

— Algumas pessoas estão entrando em desespero por causa da redoma em volta da cidade. Uma família tentou deixar Darkville e armas foram apontadas para eles. — Ela recolheu a mão e enxugou uma lágrima que ameaçou rolar por seu rosto. — A escola anunciou fechamento provisório hoje pela manhã. Acham que as crianças ainda estão doentes.

Respirei fundo e me levantei, procurando por minhas roupas, meu celular, minha arma. Até me dar conta de que não a tinha mais.

— A cidade vai entrar em surto em breve. Isso vai facilitar muito as coisas... — Calei-me, temendo assustá-la mais do que já estava. — Pode ir comigo até o hospital? Deixo você lá e vou para a igreja.

— Sim, Valery, *eu* posso fazer isso — apontou para si mesma com veemência —, mas será que *você* pode fazer parte disso tudo? Vai conseguir dar conta do plano deles? — A retórica me calou, dando mais poder aos seus argumentos. — Você está exausta, dá para ver só de olhar.

Estremeci com sua convicção sem ingenuidades, porém nada do que me falassem poderia me fazer desistir ou me esconder. Eu estava farta de fugas, de medo, de me sentir preciosa e profana ao mesmo tempo.

— Só me dê um minuto para me arrumar.

Denise deixou o quarto e imediatamente abri o guarda-roupa, manuseando tudo com pressa, na tentativa de abrir o baú secreto. Lá estava a caixa que Oz me entregara, protegida no meio dos livros.

Procurei minha jaqueta de couro e a estendi sobre a cama, deixando o pano da parte interna virado para cima. Ainda atrapalhada com o fluxo de pensamento, um plano tácito beirando meu raciocínio, revirei minhas coisas à procura de um giz qualquer que tivesse guardado lá dentro. Encontrei um pequeno pedaço, talvez usado para desenhar alguma armadilha anos atrás, e com ele fiz uma runa de proteção no pano.

Murmurei o feitiço ensinado por Oz.

Com destreza rasguei uma de minhas blusas velhas em duas tiras de pano. Abri a caixa, mirei as duas pequenas peças de madeira rústica e amarrei cada uma em um dos braços usando o pano.

Vesti a jaqueta, protegendo-as. Sentia as duas comprimindo minha pele, pressionando ali com a força do que significavam e do que eu teria que fazer com elas. Como no sonho.

Dizer as palavras e juntar as duas partes.

No momento certo.

Deixei Denise no hospital depois de subornar o oficial com dramalhões sobre sermos colegas de trabalho havia anos e versar sobre se ele se importava mesmo com Emerson. No fim, a bonita senhorita de olhos castanhos pôde entrar para lhe fazer companhia.

Estava chovendo quando cheguei à porta da igreja.

A construção alta, feita em estilo barroco, se erguia sobre uma escadaria elevada coberta de água e gelo. A porta de madeira estava cerrada, as aldravas douradas esperando o toque de minhas mãos molhadas e frias, mas a coragem não me vinha, meu corpo fraco tremia em espasmos.

Podia ouvir as vozes baixas lá dentro, distantes o bastante para que não pudesse distinguir o que conversavam. Pensei no que Denise tinha dito, sabendo que tinha razão — eu estava abalada. Tinha bebido demais porque emocionalmente me encontrava em frangalhos, tomada de uma melancolia insuportável que poderia colocar todos em risco.

Ouvi passos às minhas costas, lá na rua, trotando sobre as poças d'água e parando ali na calçada.

Ondulações, cheiros, mudanças de atmosfera.

Fumaça Negra.

Inclinei a cabeça e vi o vulto esguio. A onda opressiva se levantou, ondulando no ar, produzindo o efeito mais do que conhecido em cada osso do meu corpo.

— Valery Green — chamou a voz, quebrando o silêncio enfeitado pelos pingos da chuva.

Devagar virei o corpo e o vi parado ao pé da escadaria. Sorria, calmo e tranquilamente, como só um ser milenar poderia sorrir usando os lábios de um adolescente. Vestia uma roupa surrada, mas por cima dos farrapos uma jaqueta vermelha de algum time de futebol. Uma mancha mais escura na região do peito me fez estremecer. Era sangue.

— Asmodeus — pronunciei, estancada no lugar.

Chas vai sentir a presença dele e vir correndo, o que vai ocasionar uma luta que ele não pode vencer. As coisas vão sair do controle, pessoas vão morrer. É hora de agir com estabilidade, Valery, ou o inferno vai ser aqui mesmo.

— Tem uma reunião de padres e bruxas aí dentro — disse-me de forma descontraída. — Eles estão planejando como vão me pegar.

Falava com a voz de Casper. Sem trejeitos, sem cabeças entortando, vômitos, vozes que se projetam e hematomas. Se visto de longe, sem cuidado, pareceria mesmo com um garoto púbere malicioso, nada sobrenatural. Aquilo me aterrorizou mais do que qualquer coisa poderia ter feito. Demônios deveriam agir como demônios, assim como cachorros latem e bois pastam. Aquele ali se parecia com um ser humano comum.

— Pode culpá-los?

E lá estava eu, dialogando com ele. O terror em meu peito desafinou minha voz. Minha fraqueza fazia seus olhos brilharem em deleite.

— De onde eu vim as almas planejam muito, mas estão condenadas para sempre. O que é muito tempo, não acha?

— O que você veio fazer aqui? — retruquei, tentando ser mais assertiva.

— Eu queria entrar, ter uma conversa pessoal com aquele padre de sangue Original — respondeu, novamente aparentando estar se sentindo muito bem. — Porém esse território é proibido para mim, como deve saber. É uma pena vocês não poderem esconder a cidade toda aí dentro.

Asmodeus sorriu, pela primeira vez parecendo maligno de verdade. Os olhos negros e os dentes pontiagudos amarelados.

Escutei passos às minhas costas, burburinhos, sabendo que ele tinha ouvido também. As pessoas lá dentro estavam planejando sair, mas Asmodeus parecia seguro.

— Diga ao padre que o estarei esperando no pátio do Castle, amanhã à meia-noite em ponto — anunciou num tom desafiador. — Batalharei com ele pela sua vida e pela coisa que sua alma esconde. Porém serei justo — sua expressão sádica nada tinha de justa — não liberando nenhum dos meus súditos em Darkville até que a hora chegue, mas se ele faltar... Bem, você sabe, querida Lacrymosa.

Minha garganta emitiu algo muito parecido com um rosnado, os músculos entrando em combustão. Vi meus pés descerem as escadas e o corpo de Casper enrijecer ao ver minha aproximação. Ainda sorria, os olhos obscuros me escrutinavam, o cheiro pungente de enxofre predominava à medida que eu chegava mais perto. Não sabia de onde tinha saído tanta coragem para me aproximar. Ele poderia me pegar ali mesmo, levar-me embora para colocar seus planos em prática, mas aguardava e sentia deleite com minha proximidade.

Parei a dois degraus de distância somente.

— Leve-me agora — falei, erguendo a voz grave. — Deixe Oz livre e Chastain fora disso. É a mim que você quer.

Ele passou uma língua negra pelos lábios, tirou as mãos dos bolsos da blusa, esfregando-as uma na outra.

— Não é assim tão simples — replicou, forçando um falso lamento. — Eu não posso ver sua alma ou enxergar sua mente. No momento tudo o que vejo é um corpo sem energia. Eu sei quem você é por causa da imagem na cabeça do garoto. Quero muito mais do que isso, Lacrymosa. Eu quero as pessoas que você ama, sua entrega total, seu desespero chamando meu nome.

— Não vai conseguir isso. Você não me conhece — soltei, mantendo os dentes cerrados.

— É fraca demais para aguentar a dor — seu tom era sedutor e dúbio. — Quando Casper lhe mostrou o que Baron fez com aquelas crianças você estremeceu. Sua alma, cheia de — ele revirou os olhos com um prazer quase sexual — vida, só funciona com a dor. É dela que eu preciso. Quando eu assassinar seu Guardião e seu padre, tudo o que vai restar é a dor que eu sugarei com prazer. Você será somente minha e eu terei vencido. Eu terei o que é precioso para aquele que a criou.

— É sobre isso, então? — indaguei, provocativa. — Sobre ter algo que é d'Ele? Eu pensei que essa luta ridícula poderia ser um pouco menos previsível que isso.

Minhas palavras o ofenderam, mas não a ponto de perder o controle e agir feito o que ele era. Pensei em ver as garras para fora, os olhos demoníacos saltados e os corpos que se contorcem, mas ele se portava com a realeza do inferno em postura e voz bem articulada.

Ouvi a porta se abrir atrás de mim e passos se aproximarem.

— Só dê meu recado ou Darkville começará a sofrer as consequências, querida Lacrymosa.

— Valery? — gritou a voz de Chas.

Olhei para trás e o vi descendo as escadas em minha direção, porém quando me voltei a Asmodeus, ele já tinha desaparecido. Chas me alcançou, tomando meus ombros nas mãos enquanto perscrutava meu rosto.

— Onde ele está?

— Foi embora — falei, muito baixo.

Devagar a realidade daquilo me sobreveio.

Se eu não contar a ele, teremos um dia até pessoas começarem a morrer, mas se contar, Chas não hesitará em lutar e morrer. Eu o faria imortal, fadando-o a uma vida eterna de sofrimento e solidão.

— Eu senti a presença dele, mas não sabia que você estava aqui — arquejou, desesperado. — Ele poderia tê-la machucado! Eu hesitei.

Emiti um ruído para que parasse de falar e o abracei, enterrando o rosto molhado em sua camisa já salpicada de pingos. Chas se assustou de início, mas me rodeou devagar, depositando um beijo demorado no topo da minha cabeça.

— Vamos entrar — falou baixo. — Estamos seguros lá dentro por ora.

53
HENRY

Valery me seguiu sem nenhuma resistência. Seu corpo tremia e os olhos estavam distantes. Apesar de se encontrar molhada pela chuva fina, negou-se a deixar que Malik retirasse sua jaqueta para colocar para secar. Aceitou apenas uma toalha oferecida por Angélico, com a qual secou um pouco do cabelo, para, em seguida, sentar-se ao lado de Malik no primeiro banco da igreja.

Ficamos em silêncio por um tempo, até que Angélico trouxe um chá e estendeu para ela, mas Valery recusou com veemência, mantendo os olhos num espaço vazio.

— Dê uns minutos a ela — disse Malik, afagando os cabelos úmidos de Valery e olhando para mim. — Conseguiu vê-lo? Ouviu se disse algo?

Neguei com consternação.

— Quando cheguei, a presença tinha se dispersado.

— As comunicações foram cortadas — falou Angélico, num tom desconcertado. — Estava vendo o telejornal ainda há pouco, enquanto esperava a chaleira apitar. Falavam das famílias que querem tirar as crianças doentes da cidade, mas foram impedidas pela força policial de Nova York — disse com os ombros tensos. — Então a televisão apagou.

Malik se levantou, o rosto torcido numa careta preocupada.

— E os telefones? — indagou, revirando o bolso de seu casaco para procurar o seu. — Sem sinal.

— Nos isolaram do resto do mundo — lamentou o velho. — Ainda podemos contar que sua sobrinha vai nos ajudar?

Malik repensou, escorregou os olhos para a silenciosa Valery e depois me encarou.

— Manteremos nosso plano, sim — disse, forçando o tom resoluto. — Vallena é uma das bruxas mais habilidosas da minha família. Vai chegar a tempo. Teremos o livro.

— Do que vocês estão falando? — perguntou Valery, colocando-se em pé de repente.

Houve um minuto de silêncio em que Malik e eu nos perguntamos por meio de olhares quem contaria a ela. Nas horas em que Valery dormiu, Malik e eu planejamos. Muito. Traçamos linhas de possibilidades até chegarmos a algo improvável, mas que nos daria a melhor chance de lidar com o Príncipe do Inferno. Por fim, eu anuí.

— Valery, você se lembra de Vallena, a sobrinha mais nova de Malik? — Não respondeu, apenas cruzou os braços e apertou os lábios numa linha reta. — Nós recorremos à família Covak para nos ajudar. Ela foi nossa melhor opção para encontrar algo que eu venho caçando a mando da Ordem há alguns anos.

— O Tomo dos Malditos — completou Malik, como se Valery soubesse do que ela estava falando. — Vallena conseguiria localizar o livro e trazê-lo até Darkville até o entardecer de amanhã.

— Eu pensei que isso fosse uma lenda — murmurou Valery, erguendo um olhar assustado. — Mas também achei que...

Não completou a frase. Li seus olhos como ninguém poderia ler — ela tinha seu próprio plano. Certamente aquele que ela e Oz tinham omitido desde o princípio daquela batalha.

— O último vestígio que eu encontrei do livro foi perto de Nova York — prossegui. — Passei algumas coordenadas a Vallena pelo telefone, e alguns rituais que ela pode realizar para se manter oculta da Ordem em sua busca.

— É só isso? — retorquiu, exasperada. — Querem um livro proibido para usar Magia Negra contra uma criatura das trevas?

Malik abanou a cabeça, condescendente.

— O Tomo dos Malditos não contém Magia Negra, é um instrumento neutro — explicou, paciente. Padre Angélico já tinha ouvido aquela explicação mais cedo, ainda assim parecia assombrado por ela como da primeira vez. — Depende de como é usado, Valery. Nós pretendemos usá-lo da forma correta, com a minha magia.

— Vallena é uma garota. Não vai conseguir encontrar o Livro — tornou a argumentar. — Dizem que o próprio manuscrito se oculta, como se tivesse consciência, não é mesmo? O Livro escrito pelo escriba do inferno.

— Por que está agindo assim? — questionei-a, enfrentando seu olhar endurecido. — Se tivermos o livro, podemos banir Asmodeus. Vallena é nossa melhor chance agora.

— O que vão fazer depois? — Ela encarou Malik, abrindo os braços. — Uma garota com as mãos em um dos instrumentos mais poderosos do mundo. Algo que pode corrompê-la, Malik. O que vai fazer com sua preciosa sobrinha quando tudo acabar? Dizer para ela devolver o Tomo para você?

Malik mantinha o queixo erguido, mirando a outra como se não pudesse afetá-la com suas indagações envenenadas.

— Eu vou usá-lo — desferiu a mais velha, enraivecida pela primeira vez. — Sei o que fazer com ele. Agora pare de questionamentos e faça sua parte. Diga o que ouviu de Asmodeus.

Com um assoberbado sarcasmo, Valery riu alto. A expressão sombria de insanidade a tornou distante da garota que tinha cedido em meus braços no dia anterior. Por um minuto perdia as esperanças de que pudéssemos mesmo ganhar aquela guerra.

— Ele me pediu para dar um recado, Chas. — Esperou minha reação, procurando manter o tom glacial. — Ele quer batalhar com você por mim, num duelo maldito. Planeja matá-lo para me causar dor. Sem que eu sofra, ele não pode pegar o poder que eu tenho.

Lancei uma olhadela para Angélico, o único ali que não sabia sobre a Ressurreição Original.

— Se você não aparecer, ele vai começar a matar. Não podemos tirar as pessoas daqui — continuou Valery. — Vallena vai chegar a tempo?

Malik ergueu a cabeça com uma expressão de angústia.

— Eu preciso saber onde está meu marido! Ele saberia dizer o que é melhor fazer agora.

Valery fechou os olhos, sentindo o efeito das palavras de Malik.

— Eu sei o que ele quer fazer — falou Valery, seriamente. — Está tudo nas visões. Esteve o tempo todo.

Malik agarrou-a pela nuca e aproximou a face da dela. Um olhar febril foi trocado entre as duas. Ali estavam anos de uma relação materna, um amor intenso e o eclodir daquela guerra fervendo pungente.

— Por favor, me diga o que ele planejou, filha — implorou, choramingando. — Se isso o matar ou a ferir, eu prefiro me entregar.

— Ele não contou porque sabia que pensaria assim — sobrepôs Valery, recostando a testa na dela. — Malik, por favor, confie em mim.

— Então me devolva a cortesia — rosnou em resposta. — Deixe-me usar Vallena e o Tomo para banir Asmodeus. Não faça o que está pensando em fazer.

Valery se afastou, livrando-se do toque de Malik, ofegante.

— Asmodeus é um demônio, antes de tudo — falei, quebrando o momento tórrido. — Ele vai cumprir a palavra dele até quando lhe for conveniente, mas deve ter algo preparado que garanta que eu não poderei lutar. Nós precisamos dos Exorcistas.

— Eles vão chegar — afirmou Malik, resoluta. — Só se concentre em manter Valery dentro dessa igreja até amanhã. Aqui ela estará segura.

Angélico levou Valery para os fundos da igreja, onde ela poderia se aquecer e secar suas roupas.

Não quis me expressar durante a conversa tensa que tivemos, mas me preocupava duelar com Asmodeus tendo apenas meus poderes de Exorcista como arma. Ele era mais forte que todos os demônios que enfrentei.

Ali estava. O fim de tudo.

Não era medo o que sentia, nem mesmo pesar. Era a incerteza do que viria depois de minha morte.

— Chastain? — chamou a voz de Malik às minhas costas.

Observava o céu sem estrelas erguido sobre Darkville, em pé no meio da rua em frente à paróquia. Os passos da bruxa se aproximaram, mas eu permaneci de costas absorvendo a escuridão gris como um reflexo de mim mesmo.

— As pessoas estão escondidas dentro das casas — sibilei, taciturno. Não ouvia nem mesmo os insetos que arrulhavam nas madrugadas. — Está por toda parte.

— O Tomo dos Malditos — disse ela, aparecendo em minha frente com as mãos em frente ao corpo. — Valery tem razão. Ele pode corromper Vallena.

— Você disse que o usaria, não a menina.

Malik estava imersa em sua própria mente, enfrentando seus demônios particulares. Sua natureza era iluminada, mas a família Covak era conhecida por um grave histórico de bruxas que se deixavam levar por Magia Negra.

— Oz não vai me perdoar quando souber que eu cedi — continuou, num tom entristecido. — Depois do feitiço que usarei, o Tomo ficará à mercê dela. Você tem que me prometer que cuidará disso caso eu fique impossibilitada.

— Malik, eu prometo que cuidarei de Vallena — assegurei, antes que ela prosseguisse. — Se eu mesmo sobreviver.

— É sobre isso que queria lhe falar — disse, compenetrada. — Tem algo sobre o Tomo que você não sabe e, provavelmente, é uma das razões por que Cervacci o quer dentro da Drachenorden.

Prestei atenção a ela, vendo os olhos âmbar escrutinarem minha reação. Ao longe sirenes soaram agudas, gritos ecoaram. Contive o arrepio, a redoma imaginária da cidade denunciando minha impotência.

— Diga!

— Podemos usar Magia Negra para aumentar suas capacidades de Exorcista.

Reduzi nossa distância. Ela respirava ruidosamente, seus batimentos altos retumbando em minha audição aprimorada.

— Oz não vai me perdoar por ceder — repetiu, num sussurro.

— Diga, Malik! — bradei, minha voz perpetuando pela rua vazia e úmida.

Inclinou a cabeça em minha direção.

— Você conseguiria matá-lo, mas jamais seria o mesmo. Condenaria sua alma, Chas.

Ela já não estava condenada? No fundo de minhas lembranças ouvi o rosnar oco do Lobo Branco, vi sangue sobre a neve e o corpo de Rose sobre o chão. Eu a tinha assassinado com minha existência errada, com meu sangue de Cavaleiro Original.

Vivi toda uma vida tentando fazer do Criador o pai orgulhoso que me perdoaria.

Você já não me rejeitou?

— Nem todas as almas condenadas são demoníacas — falei, sombrio. — Às vezes só são aquelas abandonadas pela esperança de ação divina.

Malik piscou, tocou meu rosto com a mão fria e beijou minha bochecha com lábios secos.

— Os dois não vão nos perdoar por ceder.

E naquela troca de olhares enregelados, estava o meu consentimento.

54
VALERY

Demorei a parar de tremer.

Dessa vez aceitei o chá que Angélico ofereceu, mas permaneci com os olhos presos ao fogo da lareira, ouvindo a crepitação e mirando as chamas dançarem, lambendo a madeira enegrecida.

O padre sentou-se na poltrona atrás de mim. Podia ouvi-lo suspirar para chamar minha atenção.

— Vão usar a magia que conhecem para salvar a cidade — disse por fim, quebrando a quietude entre nós. — Eu irei só rezar, como sempre fiz.

Soou cansado, a voz distante. Olhei-o por sobre o ombro e captei a expressão adoentada de um senhor que, apesar de um corpo opulento, já atingira sua cota de forças.

— A última vez que me arrisquei a rezar, ganhei de presente uma das minhas visões macabras.

Claro, ele não sabia do que se tratava, mas não importava mais.

— Nenhum fardo lhe foi dado sem que a vontade fosse d'Ele — disse, convicto, apesar de cansado. — Se está nessa guerra, é porque ela pertence a Ele. Sua falta de fé só a torna mais como o mal precisa que você seja. Vulnerável.

— O senhor sabe o que eu sou? — desafiei-o, ficando em pé em sua frente.

Era uma provocação vazia, rebelde.

Só que ele assentiu, serenamente.

— Como?

Angélico fez um sinal para a poltrona mais próxima à lareira. Sentei-me, ainda surpresa.

— Aquela que guarda o poder que ressuscitou Cristo no terceiro dia — disse, sorrindo de lado, os olhos meio enternecidos.

Minha respiração ficou presa no peito.

— O senhor teve uma Revelação — concluí num tom pensativo.

— Foi na hora do exorcismo — revelou, passando a mão pelo rosto. — O demônio me confundia com imagens de minhas duas mães, a adotiva e a biológica, tentando me fazer sentir culpa por ambas. Então me veio uma imagem de um cemitério e você no meio das lápides, de costas. Depois disso o conhecimento me tomou subitamente, e eu soube.

Por quê? Como ele tinha visto o que Lourdes sonhara?

— Se o senhor teve uma Revelação é porque tem parte nisso — falei, tentando soar calma.

— Eu não sei como, mas sei que sim, filha — concordou, sobriamente. — Deus não mostra caminhos por onde não devemos nos embrenhar. Ele sabe o que está fazendo.

A não ser que essas visões não estejam vindo d'Ele.

Abracei meu corpo procurando raciocinar. Angélico tinha me despertado uma familiaridade desde o dia em que nos encontramos no saguão no Castle depois que Baron escapou. Houve um tempo que o fiz vítima de minha rebeldia, como se sua batina representasse tudo o que eu perdi em Roma, dando-me o direito de impressioná-lo com meus xingamentos.

Porém depois de tudo o que houve, sempre que estava com ele me pegava contando-lhe coisas, desabafando sobre a Ordem, pedindo sua ajuda mesmo sabendo que ele não poderia ajudar.

Eu o queria por perto.

— Padre, o que mais o senhor viu?

Abriu a boca para responder, mas meus olhos captaram algo no cômodo que eu não tinha visto antes. Minha cabeça girou, confusa. Mirei a estante de livros, procurando compreender o que tinha me detido, ainda perdida, atordoada.

Era um quadro com uma foto.

— Na maioria das vezes via minha mãe biológica, ela... — Ele parou de falar e me observou. — Valery?

Caminhei até a estante e agarrei o quadro com a fotografia em minhas mãos.

Engasguei.

Articulei algumas frases desconexas, mas nada saiu.

Em minhas mãos estava a imagem registrada de uma mulher de minhas visões, posando para a câmera sobre uma poltrona provençal emoldurada por uma parede de papel floral. Acima dela, um quadro oval, a fotografia de um bebê.

Tremia e arfava.

"Vão usar meu menino."

— Essa é minha mãe — disse-me com serenidade.

Padre Angélico forçava um sorriso, porém parecia triste. Não queria dizer aquilo a ele, mas sua mãe me perseguira em sonhos para me contar algo que eu não tinha conseguido entender.

O que tudo isso significa?

— O nome dela é Linda May. Essa é a única fotografia que eu tenho, já que minha mãe adotiva não me deixava olhar muito para ela. Tinha ciúmes, eu acho.

Depositei a foto de volta na estante, ainda tremendo.

— O que houve com Linda May?

Hesitou, desviando os olhos ainda dotados daquela tristeza tão profunda.

— Enlouqueceu quando eu ainda era um bebê e me entregou para a mulher que me adotou — revelou-me, pesaroso. — Ainda a visito no sanatório, mas confesso que não suporto os sentimentos que isso me traz. Ela diz coisas terríveis, sempre.

Engoli em seco, sabendo que minhas perguntas soariam impertinentes, porém não poderia simplesmente lhe dizer que Linda May me visitara em sonhos e Revelações, ameaçando-me e depois instruindo-me a respeito das peças misteriosas.

O que Oz tinha me passado por meio da conexão de nossas mentes poderia significar muito para o homem defronte a mim. Poderia ser enlouquecedor.

— Essas coisas terríveis eram, por acaso, sobre alguma maldição em seu sangue?

A pergunta o assombrou de imediato e eu soube que estava certa.

— Como sabe?

— Eu ainda não sei o que isso pode significar, padre Angélico — comecei, medindo as palavras cuidadosamente —, mas temo lhe dizer que ela estava certa. Gostaria de lhe perguntar uma coisa, ou melhor: pedir sua permissão para prosseguir com algo que meu Guardião descobriu.

A CONVERSA INTENSA que tive com Angélico ainda pesava entre nós agora que Chas e Malik estavam conosco na cozinha. A casa paroquial estava silenciosa, apesar dos ruídos de todos nós mastigando em consonância, forçados a alimentar os corpos nada famintos.

Não contamos a eles sobre Linda May, assim como não contavam a nós o que fariam com o Tomo dos Malditos. Duas duplas com segredos determinantes, unidas por planos que poderiam dar errado.

— Devemos dormir agora — disse Malik, seu timbre pesaroso. — Se estivermos esgotados amanhã, nada do que viermos a fazer sairá como deve.

O relógio imemorial da casa badalou meia-noite, então uma escuridão emotiva caiu sobre todos. Angélico me deu um leve sorriso antes de se levantar da mesa, compartilhando comigo o elo que estabelecemos na conversa oculta.

Meu coração batia devagar, custosamente.

Eu não queria isso tanto quanto o senhor.

— Eu vou me retirar — falou, unindo as mãos em frente ao corpo. — Creio que Henry pode acomodá-las por mim. Não me sinto particularmente bem.

— O que está sentido, padre? — questionou Malik, preocupada.

Ele deu com as mãos para acalmá-la.

— Só uma indisposição do cansaço. Estarei melhor pela manhã.

Chas se ofereceu para acompanhá-lo, também preocupado, mas Angélico negou, retirando-se dali sem olhar para trás. Cerrei meus olhos, contendo o choro. Tive que me esforçar muito para parecer forte, para que Chas e Malik não percebessem.

Queria outra solução, desesperadamente.

Assim que Chas e eu ficamos a sós, ele se aproximou e colocou a mão sobre a minha.

— Tem uma coisa que preciso que saiba — comecei a falar, engasgando no final da frase.

Com um muxoxo, calou-me. *Como sobreviver quando ele faz isso? Como restaurar as minhas forças sem lamentar por tudo não ser diferente?*

— Não me conte sobre o que você e Oz planejaram. Não diga em voz alta — alertou-me, olhando pela janela um trovão rasgando o céu e iluminando o local.

A cozinha era grande, iluminada por velas em candelabros antiquados. A luz plácida produzia algumas sombras no rosto dele, não me deixando ver os olhos de citrino, nem mesmo a escuridão dentro deles.

— Você deveria terminar de comer sua refeição. Está parecendo fraca — disse, baixo.

O prato de comida pela metade me olhou de volta, meu estômago roncou pedindo por mais. Porém, minha garganta estava fechada. A preocupação sempre me foi um poderoso inibidor de apetite.

— Não sei onde ele está agora — sussurrei, num lamento. — Malik não consegue se concentrar por isso. Ela deve estar sentindo a proximidade de Asmodeus e o que ele pode ter feito para vencer a força de Oz. Ela mal consegue olhar para mim.

— Oz tem dois mil anos de idade, Valery. Ele é mais poderoso por si só do que toda a família Covak unida.

— Por isso mesmo! — repliquei nervosamente. — Como ele pode estar desaparecido por tanto tempo? Ele não lutou? Por que eu não tenho sinal algum dele?

— Talvez deva dormir um pouco mais. Equilibrar sua mente. — Chegou bem perto, senti a respiração morna bater de encontro à minha e meu corpo entrou num relaxamento instantâneo. — Valery, se alguma coisa acontecer comigo no Castle amanhã, eu sei que você vai...

— Vou trazer você de volta — sobrepus, lendo seus pensamentos. — Não me peça para não fazer isso.

— Eu seria imortal.

— Se me pedir, Chas, eu juro que além de trazê-lo de volta eu vou virar as costas e você nunca mais vai me ver.

Por algum motivo, ele sorriu. Chegou ainda mais perto e depositou um beijo longo e delicado nos meus lábios.

— Não vou pedir, meu amor — falou, sem se afastar muito. — Eu sei que você vai fazer. Meu único lamento é que você não possa ser imortal junto comigo.

Havia mais alguma coisa. Algo que ele não estava me dizendo, mas que transitava por seus olhos oblíquos.

— Então não morra — respondi baixo, passando a mão pelo seu rosto, o indicador pelo seu lábio inferior.

— Se acontecer, eu quero que você espere — continuou, o tom insondável. — Não mostre sua dor na frente dele. Segure o máximo que puder, pense que eu só estarei morto por um tempo, que em breve você me trará de volta, mas não dê a Asmodeus o que ele quer.

Aquilo não era uma opção. As coisas que eu trazia comigo, os planos de Oz, eram determinantes e isso consistia em eu perder de vez meu poder da Ressurreição. Tinha que dizer isso a ele, argumentar, convencê-lo de que tinha que lutar com a certeza de sobreviver ou eu teria que me entregar a Asmodeus.

Antes mesmo de eu formar a palavra em meus lábios, senti meu corpo tremer, começando pela cabeça. Os olhos reviraram com a dor que subiu pela minha espinha e, num espasmo, fui jogada ao chão, soltando um grito rouco involuntário.

Ouvi-o chamar meu nome, segurar meu corpo em convulsão, mas não conseguia responder. Malik apareceu em meu campo de visão, perguntando o que eu estava vendo, o que estava acontecendo, mas as palavras não se formavam.

A mente dobrou, a visão escureceu, e então...

... a dor.

... vazio.

... o cheiro de putrefação.

Oz.

Naveguei por um limbo de uma pavorosa dor em todo o corpo, flutuando em direção a ele sem encontrá-lo. No vazio, eu ouvia sua voz, sentia seu cheiro, sua urgência, um clamor por mim.

Gritei seu nome, ouvindo o meu como resposta.

Aos poucos, o escuro foi ganhando uma forma; meus olhos eram os dele, vendo suas enormes mãos ensanguentadas, algemadas com um metal enferrujado, fedendo como tal. O corpo surrado estava no centro de um círculo de sangue, feito por dedos que deixaram rastros, mas desenhado com cuidado.

Sua roupa rasgada e os pés descalços estavam em farrapos. A dor começava onde as algemas estavam e reverberavam por todo o braço, até os tutanos, amortecendo suas forças. Ao redor havia um amontoado de móveis de hospital num canto, paredes brancas permeadas com outros símbolos e palavras escritas em outra língua.

Uma presença opressora estava por perto, mas não era Asmodeus. Vinha da saída, para onde Oz olhava agora, rosnando em frustração por sentir sua mágica esvaída.

Oz, estou aqui com você...

— Valery. Estou no Castle — respondeu baixo, atordoado como se tivesse acabado de acordar. — Asmodeus usou magia negra para me enfraquecer. Ele pode me matar se quiser.

Estamos indo, Oz. Por favor, aguente firme e não lute.

— Não venha, Valery! Por favor, não venha — implorou com seu timbre grave.

Ouvi passos. Oz também ouviu e se colocou em pé, antevendo quem chegava. A porta se escancarou sem nenhum contato, trazendo um vento fétido que bateu no corpo gigante do Mago, mas não o tirou do lugar.

No lado de fora dois enfermeiros vestidos de branco estavam parados. As cabeças pendiam de lado e veias negras lhes subiam pelos pescoços. Havia vozes mais distantes dali também, resmungando, clamando, talvez lamentando. Asmodeus tinha dominado o Castle.

Por entre os enfermeiros possuídos a imagem do corpo de Casper surgiu. Ainda usava a jaqueta vermelha ensanguentada, mas agora estava descalço, os pés machucados do contato com o solo, cobertos de barro até as canelas da calça rasgada. Seu olhar tinha adquirido uma cor negra total e os dentes pontiagudos eram protuberantes, famintos. Do peito vinha um ruído animal, nada parecido com qualquer coisa que eu já tivesse ouvido. Era algo misturado com um pulmão asmático e um cachorro enraivecido.

— Algemas de ferro da época da inquisição, batizadas com o sangue de uma bruxa — saudou a voz do garoto, chiando um pouco. — Vim de um encontro com a sua protegida. Fizemos um acordo muito tácito que inclui sua pessoa.

— Você não é tudo o que pensa, Asmodeus. Todos nós temos nossas fraquezas.

Ele riu, passando a língua escura pelos dentes.

— A sua está bem abaixo dos seus pés e ao seu redor, Mago — zombou ele, com malícia forçada. — Onde está o seu Deus agora? Ele não deveria proteger aqueles que o servem? Não lhe deu a maldição da eternidade?

Oz riu, embora com fraqueza.

— Estou vivo a dois milênios, demônio — disse ele, em seu tom arrogante de sempre. — Não vai me fazer questionar a vontade divina.

— Eu sei — cantarolou. — Só estou praticando o que pretendo fazer com todos os seres vis dessa cidade horrorosa! Aqui nesse lugar foi fácil — sorriu sarcasticamente, em puro deleite. — A maioria são loucos que fizeram coisas que vocês julgam horríveis. Trazer os meus para entrar nesses corpos foi quase uma brincadeira. Os enfermeiros deram mais trabalho, mas o medo deles, no final, foi até divertido.

— Não estou com humor para conversar.

Asmodeus se aproximou. Os pés sujos deixando pegadas no chão, parando bem na beirada do círculo de sangue para encarar o homem que era muito maior do que ele.

— Graças ao meu vasto poder de persuasão, um homenzinho chamado Anderson fechou a cidade. Tem policiais armados para todo lado que vão atirar na cabeça das pessoas sem titubear — recitou com orgulho. — Essa cidade é minha, você é meu, a Lacrymosa também será minha.

Oz não perdeu a paciência nem cedeu à ira profunda que castigava seu peito. Ele continuou olhando nos olhos pretos de Asmodeus, respirando ruidosamente e controlando sua vontade de matá-lo como faria com Casper.

— Você perguntou onde está o meu Deus — murmurou, ensaiando.

— Só sente e espere. Eu vou mandá-lo para o inferno assim que conseguir me livrar dessas algemas, aí terá a sua resposta.

Asmodeus fechou a expressão teatralmente, fingindo estar ofendido. Brincava com as expressões humanas como uma criança com um brinquedo novo, deleitando-se com o sucesso a cada mudança em seu rosto. Andou em volta do círculo, passou um dos dentes pela ponta do indicador, fazendo um filete de sangue brotar dali. Pousou então o dedo num local limpo da parede, começando a fazer um desenho.

— Isso aqui, significa dor — fechou o símbolo e colocou o dedo na boca, sugando o sangue do machucado enquanto revirava os olhos. — Meu intento não é somente fechar a cidade e matar pessoas, quero que sobrem alguns também. Quero adoradores!

Uma risada adolescente soou. Ele abriu os braços com um prazer absoluto.

— Mandei os meus possuírem uns pastores, líderes políticos e professores da cidade. Queria principalmente o velho padre, mas ele está escondido naquela igreja — descartou com desdém, voltando a sorrir logo em seguida. — Meus recrutas estão conseguindo um número imenso de fiéis para mim. Todos chegando aos poucos, pensando que vão salvar a cidade fazendo o que é certo.

— O que você está fazendo? — sussurrou Oz, enojado.

— Tirando as almas d'Ele. Usando meus argumentos enquanto finjo que *sou* ele — respondeu Asmodeus, num tom óbvio. — Nós, demônios, somos muito bons nisso. O Diabo gosta dos devotos porque eles fazem coisas estúpidas em nome de Deus. Gostamos dos líderes religiosos corrompidos porque eles são mais eficientes do que os nossos adoradores. Eles ditam ideias idiotas sobre Deus, afastando os mais espertos do caminho d'Ele e aprisionando os mais idiotas em um ideal distorcido, que na verdade os trazem até nós. Não é genial?

Oz sorriu forçado, mas com maestria.

— Sente prazer em me contar suas filosofias? — enfrentou-o com jactância. — Vai ter que procurar outra audiência, demônio.

— Eu tenho um nome — respondeu Asmodeus, engrossando a voz.

Nesse momento colocou a mão espalmada sobre o símbolo ainda molhado e pronunciou uma palavra em sua língua demoníaca. Senti a dor começar nos braços, latejando com força total para os demais membros. Oz urrou, caindo de joelhos e mantendo o corpo rijo o mais ereto que conseguia enquanto sua visão sumia com o efeito.

O urro durou por um tempo insuportável. Certamente meu corpo, no chão da cozinha do padre Angélico, também gritava.

Asmodeus observava tudo com prazer. Quando tirou a mão do símbolo, Oz caiu de frente, cansado e ofegando, ainda emitindo gritos mais baixos.

— A história da religião é feita por pecadores que humanizam Deus como um espelho deles mesmos. É assim que funciona e sempre será. Deus tem pouco a ver com isso, e eu, muito!

Oz ainda se contorcia no chão, quase à beira do desmaio. Sentia meu peito abrir sabendo que não poderia salvá-lo agora. Desejei que ele dormisse, que entrasse no mundo dos sonhos onde Asmodeus não poderia machucá-lo.

— Você ouviu — resmungou Oz, e eu sabia que era para mim.

Asmodeus se abaixou, olhou-o com curiosidade, como se quisesse compreender o que o Mago tinha falado.

— Ouvi o quê? Não quer ser minha audiência? Não vai me dar os parabéns pelo meu plano perfeito?

A face de milênios de maldades de Casper Donovan se aproximou, porém os olhos de Oz se estreitaram, tornando-se uma pequena moldura para a imagem nebulosa daquela expressão.

— Anderson... — tornou a dizer, ainda para mim.

Eu sei agora, Oz. Só durma.

Em seguida meu Guardião apagou, cerrando de vez a visão e me lançando novamente num mar de escuridão.

55

Observei o sono de Angélico por um longo tempo depois que despertei na casa vazia. O padre dormia sobre os lençóis revirados, imerso num sonho que agitava suas pupilas.

Nos vemos em breve, meu amigo — pensei, soturna.

Por sorte, arrastaram-me para a cama sem tirar a jaqueta que protegia meu segredo temeroso. Pensar nele ainda me fazia titubear.

Eram 6 da manhã e todos ali dormiam. Enquanto eu caminhava pela casa feito um fantasma, revia meu plano absurdo sabendo que Chas não compreenderia se eu fugisse.

Escapei pela porta dos fundos, já que Malik e Chas dormiam na sala. Fugi a pé, adentrando uma madrugada de céu arroxeado e pingos esparsos de uma chuva gelada que tornava difícil conter os espasmos do corpo. Aqueles tremores eram mistos do frio pujante do inverno e da sensação derradeira que me assomava, tanto pela fuga quanto pelo que estava a caminho de encontrar. Soltei o cabelo para proteger as orelhas e andei mais rápido para fazer o sangue fluir, ajudando a apaziguar o ar sombrio em meus pensamentos.

Mesmo sem saber onde encontrar o detetive, tinha que arriscar ser rápida e perspicaz.

As ruas estavam desertas. Nenhum canto de grilo ou o crocitar de um morcego, nem mesmo o latido longínquo de um cachorro. Não havia a sensação soporífera da madrugada, no entanto. Aquele horário da noite costuma ser repleto de quietude, mas aquilo era diferente. Havia um tom opressivo no ar carregado de medo, permeado pela ausência de vida. Eu tentava não pensar naquilo, mas quando olhava ao meu redor respirando ofegante, percebia que toda grama na fachada das casas estava acinzentada e que as árvores jaziam minadas pela queda de folhas, entristecidas.

Mortas.

Ouvi passos tirlintando por perto, virei o rosto com o susto, mas não vi nada. Minhas pernas se moveram com ainda mais rapidez quando o número de passos às minhas costas dobrou, como se houvessem mais pessoas me seguindo. Respirei fundo e segui sem olhar para trás novamente.

Próximo à área comercial da cidade, havia alguns estabelecimentos com luzes acesas, sombras de movimento reveladas através das janelas. Com minha aproximação, alguém postou o rosto por uma fresta, mas se esgueirou rapidamente. Em seguida a iluminação se apagou e o silêncio funesto denunciou o temor que vinha das ombreiras das portas trancadas. O mesmo aconteceu na esquina seguinte, também mais duas casas depois. As pessoas estavam sentindo o pavor implícito no ar. Os passos que não eram de ninguém. O cheiro subliminar do que estava impregnado em cada gotícula de ar de Darkville.

A presença do mal.

Demorei alguns minutos para ver a fachada do hotel. Parei na calçada considerando que aquele era o único lugar em Darkville a aceitar hóspedes, preparando-me mentalmente para abordar Anderson com aquele monólogo que me faria parecer insana. Já não importava. Na verdade, o que eu parecia diante dos outros nunca me tinha tido relevância alguma.

Ao atravessar a rua, eu senti. Cresceu e se avolumou ao meu redor, feito uma onda sonora retumbando de longe, se propagando rapidamente.

Fumaça Negra.

Vinha de todo lado, espalhando-se pelo ar. Era difícil definir números, mas sabia que não eram poucos.

Há alguns anos, no Novo México, eu senti pela primeira vez o efeito que uma horda de demônios causava. Aquele pavor obscuro cheio de vozes silenciosas, correndo feito serpentes minúsculas dentro dos seus tímpanos. A presença do mal em massa, prometendo tornar-se a única coisa que você vai sentir dali em diante. E seu corpo responde a ele como numa dança nefasta. Reage soltando adrenalina e paralisando cada músculo à medida que sucumbe a ele, feito uma crise de hipoglicemia ou uma ameaça de um derrame à espreita.

Era pior ali. As vozes chiadas baixas, o uivo das bestas vindas de todos os cantos e de nenhum. Uma contagem regressiva feita pelas batidas aceleradas do seu coração.

Estava escuro, deserto; a rua era só ausência.

Encolhi-me ao atravessar, batendo com força na porta de vidro da entrada do hotel. O estampido parecia quebrar o cortante silêncio maligno que me entornava, disparando minha ansiedade. Alguém lá dentro se mexeu, só uma silhueta atrás de um enorme balcão.

— Olá! — bradei. — Sou a detetive Green, da polícia de Darkville. Estou à procura de Thomas Anderson!

Depois de uma hesitação, a figura se levantou. Uma forma magra e lânguida de um homem cambaleou até a porta e girou a chave com resistência, colocando só a cabeça à mostra. O sujeito pálido não devia ter 30 anos completos, estava despenteado em exagero, fedendo a suor, remédios e a alguma coisa alcoólica.

— O detetive está dormindo agora — respondeu a voz empolada.

— Então o acorde.

Revirei os olhos e espalmei a mão na porta, forçando a entrada sem dificuldade. O magrelo cambaleou para trás, cedendo com um chiado de lamentação, para então fechar a porta e girar as chaves até o fim, como se isso fosse nos proteger. Depois que entrei, não demorou nada para convencer o recepcionista medroso a chamar quem eu queria.

Tive que aguardar um pouco até Anderson aparecer. Ouvi um elevador velho zunindo no corredor e abrindo as portas com um assovio que só as velharias podem emitir. Em seguida o homem alto se aproximou, vestindo um roupão azul-escuro, olhos pesados e o cabelo emaranhado. Era a personificação do desagrado e do mau humor, nada feliz em me ver, prometendo com o olhar me fazer pagar por isso.

— A que devo a honra, Green? — resmungou.

— Você vai abrir as entradas de Darkville e autorizar uma evacuação.

— Eu vou? — Ele sorriu, ainda amortecido pelo sono.

— Vai — afirmei com veemência. — Você vai matar pessoas se não o fizer.

Anderson limpou a garganta, cruzou os braços e me fitou com comedida paciência.

— Green, me desculpe, mas você não está nos seus melhores dias. Volte para sua casa, durma algumas horas.

— Foda-se, Anderson! — explodi, batendo com a mão no balcão da recepção. — Eu nunca estive em dias melhores! Você vem comigo ou eu vou para a entrada da ponte e vou forçar a saída até seus homens me matarem. A imprensa vai adorar.

— Não tenho medo da imprensa.

Soltei um riso seco e caminhei uns passos para mais perto. Anderson parecia estar com pena de mim, talvez julgando meu estado como uma loucura.

— John Carpax confiava em mim — pronunciei, agora medindo o tom. — Se eu dissesse a ele que estava cometendo um erro, ao menos me ouviria, consideraria o que eu tinha a dizer.

— Valery, eu não sou Carpax — soltou com falsa calma. — Ele está morto. Aliás, ele a tinha enviado para avaliação psicológica, e, considerando o que aconteceu com seu parceiro, acredito que ainda esteja precisando.

Soltei um riso cansado, esfregando o rosto ao perceber para onde estávamos caminhando.

— É sempre assim, não é mesmo? — provoquei-o, apontando o dedo em riste. — Quando uma mulher não age como vocês querem, é mais fácil chamá-la de louca.

Thomas tombou a cabeça e suspirou resignado.

— Não estamos falando disso agora — devolveu, parecendo exausto. — Sei que o tenente a respeitava e gostaria de não duvidar de você, detetive. Mas as coisas saíram do meu controle de uma forma... — parou de falar, olhando para o nada com as mandíbulas trincadas. — Tem ideia de quantas crianças perdemos? De quantas ocorrências chegaram hoje? As pessoas estão surtando pela cidade toda.

— Você não tem escolha, Anderson — repliquei antes mesmo que ele acabasse a frase. — Nem toda força de elite da capital ou o controle de doenças pode lidar com o que está matando a minha cidade. Mas eu sei o que *você* pode fazer para ajudar.

Anderson deu dois passos, o rosto iluminado por uma fraca fatia de luz da rua. Suas olheiras proeminentes e as narinas infladas eram sinais de seus sentimentos predominantes — exaustão e impotência.

— O que você sabe que não nos contou, Green? — indagou, o cenho franzido.

Fiz um sinal com as mãos para que ele se acalmasse, procurando recobrar meu raciocínio, manter a voz sóbria até convencê-lo a me seguir.

— Como você chama o sentimento que o ajudou a tomar a decisão de fechar a cidade? — disse, provocativa. — Precaução? Intuição? Prudência? Proteção?

— As pessoas de Darkville estão sofrendo algum tipo de efeito ou doença, eu não sei, mas estão matando policiais e deixando crianças insanas. Acha que eu quero que isso se espalhe pelo resto do estado? Do país?

— Não tomou essa decisão sozinho — pontuei, impondo autoridade na voz. — A mesma coisa que "deixou as crianças insanas" e que matou os policiais infectou você e o está deixando como eles. Não percebe? A insanidade disso é evidente, Anderson. Como pode pensar em trancar 30 mil pessoas num local de histeria? Não vai demorar para começar o caos.

Anderson sorriu como se tivesse pena de mim. Aquilo me trazia uma perigosa ira, colocando-o em risco de ter seus dentes quebrados caso eu não medisse minhas ações. Mas isso estragaria tudo.

— Teria feito isso em outro lugar? — continuei, mantendo o tom. — Se sua cidade tivesse uma ameaça, você fecharia as pessoas a quem supostamente tem que proteger no local da ameaça? Esse seria você?

Pela primeira vez um questionamento passou por seus olhos, brilhando neles por um segundo.

— O que está insinuando?

— Você tem filhos, não tem? — Arqueei as sobrancelhas, enfatizando a pergunta.

O detetive engoliu em seco ruidosamente.

— Não preciso responder suas perguntas, Green.

— Você tem — concluí, verificando seu nervosismo reativo. — Se um deles saísse vagando na madrugada, sem roupa, no frio de dezembro, e um policial dissesse que você não pode tirá-lo da cidade, o que você faria? *É isso! Eu venci, seu filho da puta.*

Abaixou os olhos e bateu a mão no balcão, perdendo a calma aos poucos.

— O que quer que eu faça? — provocou, ainda resistente. — Quer que eu ouça suas teorias?

— Não tenho teorias, Anderson — respondi, erguendo os ombros. — Tenho certezas e uma delas é que você tem que evacuar a cidade.

Esfregou o rosto, a respiração cada vez mais ruidosa.

— Preciso de provas de que não estou ouvindo uma maluca.

Assenti com a expressão fechada.

— Venha comigo. Eu só quero mostrar uma coisa e, se isso não o convencer, eu vou parar de aborrecê-lo — afirmei, salientando cada sílaba. — Eu juro, por Carpax.

Anderson chacoalhou a cabeça ainda relutante.

— Vou me trocar.

Conduzi Anderson até a rua do Castle, ignorando suas perguntas enquanto o carro protestava com o ronco do motor naquela subida íngreme. O bairro estava silencioso, mas ali a Fumaça Negra era tórrida, pairando em cada gotícula úmida de ar frio que entrava pelas minhas narinas congeladas.

Ele parou o carro num local vazio de onde podíamos ver as janelas do Castle acesas. A energia lá pulsava como se estivesse viva, feito um machucado inflamado na superfície da epiderme que lateja em dor. Darkville já estava ferida a ponto de uma infecção que poderia levá-la à morte, e ali estava a causa.

— O que está sentindo? — perguntei ao detetive, vendo que observava o enorme portão com os olhos abertos demais. — Descreva-me a sensação.

Anderson me fitou de soslaio. Suas mandíbulas tensionadas latejavam e a respiração curta só acelerava. Estava sentindo a opressão, certamente. Seria impossível não sentir, contudo para mentes céticas a interpretação daquilo poderia ser diferente.

— Um mau pressentimento. Intuição policial de anos, eu diria — respondeu, a contragosto. — O que você quer que eu veja, afinal?

— Tem algo acontecendo lá dentro. Estão esperando por mim, Anderson — falei, cuidando de cada palavra. — Sente essa opressão no ar? Uma vontade de correr, mas um impulso de ficar para ver?

— Green — suspirou, cansado e já prestes a perder a paciência —, não vai me convencer com sensações. Eu não posso acreditar que uma mulher forte como você se deixe levar por intuições.

— Não continue com essas insinuações, detetive — sobrepus, mordendo a bochecha por dentro. — Sua intuição infalível errou em trancar as pessoas aqui dentro, e a única coisa que me impede agora de lutar a minha guerra pessoal é saber que por sua causa a cidade pode perecer.

Anderson considerou minhas palavras.

— Sua guerra pessoal? — rebateu, condescendente.

— Com a coisa lá dentro — apontei com o queixo para o Castle.

Desci do carro em seguida, vasculhando tudo ao meu redor à procura de algo que pudesse convencer Anderson de que aquilo não era um caso policial. Bem no jardim do Castle Black estava uma mulher, ao longe pude ver sua roupa branca de enfermeira enquanto vagava a esmo, coberta de Fumaça Negra.

Eu poderia atraí-la, fazer manifestar o demônio dentro dela e impressionar Anderson a ponto de enegrecer sua alma de medo, tirando toda possibilidade de descrença dele. Mas era um caminho sem volta roubar a tranquilidade dele, a paz interior de quem acha que demônios não existem e que pode salvar o mundo usando uma pistola.

— Valery, volte para o carro, está congelando aí fora.

Quando não o obedeci, desceu e veio para perto de mim com um andar duro de quem já perde a paciência. O detetive seguiu meu olhar e também enxergou a enfermeira lá no jardim, vagando com o corpo torto, meio vacilante em seus passos. Ameaçou sair em sua direção, mas o segurei pelo braço até que voltasse e me olhasse nos olhos.

— Não tenho mais argumentos — falei, derrotada. — O trouxe aqui para mostrar algo, mas sou covarde demais para isso, Anderson.

— Se tem algo acontecendo lá dentro, eu preciso entrar. Tenho que chamar reforços e agir.

— Não — emendei, enterrando os dedos no pano da sua blusa. Era estranho tocar assim outro ser humano, abrir as comportas de mim mesma e expressar com honestidade meus sentimentos. — Você tem filhos, uma esposa, provavelmente, e uma carreira de verdade. Não vou deixar que entre lá e arrisque tudo isso. Eu só preciso que deixe de ser um policial por um segundo, só um segundo, Thomas.

Pronunciei seu nome com sílabas pausadas, para que ele se atentasse a mim, se conectasse comigo.

— O que está tentando me dizer, Valery? — implorou, querendo me ajudar. — O que aconteceu com você? Com essa cidade toda?

— Ouça-me como um homem e não como um policial. Pode fazer isso, por um minuto? — Ele meneou a cabeça, recolheu o braço e fechou a expressão. — Eu vou ficar aqui, fazer o que tiver que fazer, enfrentar o que tiver que enfrentar. A razão de todos os acontecimentos de Darkville está dentro dessas paredes e, de alguma forma, é minha responsabilidade. É a minha cidade.

— Não vou deixá-la aqui — retorquiu nervosamente.

— Sim, você vai — respondi de imediato, erguendo a voz. — Quando acordar, você vai chamar seus homens pelo rádio, vai ordenar que eles abram as saídas da cidade e vai conduzir o maior número possível de pessoas para fora daqui. Vai estar salvando vidas.

Anderson me olhou incrédulo, quase rindo de consternação. Não teria muito tempo para agir e precisava ser o mais forte possível. Rápida e certeira.

— O que disse? Quando eu acordar? Acha que vou conseguir dormir depois de todo esse seu discur...

Mas meu soco o atingiu no meio da face antes que terminasse a palavra. Anderson cambaleou atordoado, batendo com as costelas na lataria do carro. Usando o cotovelo, golpeei sua nuca com precisão e força, adormecendo-o no mesmo instante.

Quando o corpo pesado do detetive caiu no chão ao lado do veículo, tive um segundo para chacoalhar a mão dolorida antes de arrastá-lo para dentro do banco de trás. Essa seria minha última aventura errante antes de me entregar a Asmodeus, mas primeiro eu tinha que deixar o detetive em algum lugar seguro, perto das barreiras da cidade.

56
HENRY

Algo está errado, pensei logo que estava desperto no sofá desconfortável da sala paroquial. O incômodo ainda era um zunido interno em minha cabeça, bem como uma dor aguda que reverberava até minha nuca. Logo compreendi a sensação aterradora de ausência, tenaz e fria. Não encontrei o som da respiração compassada, o cheiro de baunilha, o bater acelerado do coração. *Ela não está aqui!*

— Valery — soltei, sentindo meu corpo entrar em estado de urgência.

Corri até o quarto para me deparar com a cama vazia onde ela tinha gritado por horas antes de cair no sono.

— Chastain! — chamou Malik, postada atrás de mim agora.

Seu rosto ainda estava amassado de sono, mas entrou em estado de alerta quando percebeu o quarto vazio. A cólera não a possuiu como tinha feito comigo.

— Ela sabe onde Oz está — soltei, bufando. — Deve ter visto na revelação e vai se entregar a Asmodeus por ele.

Malik encolheu os ombros e desviou o olhar em fuga. Aguardei, controlando-me para não fazer besteiras. *Eu podia matá-la só por querer morrer. Poderia gritar com ela até minha voz acabar. Filha da mãe!*

— Ela é adulta, sabe o que está fazendo — disse Malik, por fim.

Meus braços enrijeceram, mas minha mente sabia controlá-los. Se eu me desequilibrasse poderia cometer um erro fatal. Valery sempre fora minha grande força motivadora, mas poderia também ser minha ruína.

— Ela é a *adulta* que carrega o poder da Ressurreição Original — rosnei, estreitando os olhos para a feiticeira. — Há uma cidade sitiada por demônios atrás dela!

— Sua função hoje é lutar com Asmodeus, não a controlar.

— *Você* — engasguei, segurando-me enquanto a mente trabalhava para tentar compreender sem dramatizar. — Como pode ficar tão calma?

— O coração de Oz chama pelo de Valery, e o dela faz o mesmo caminho.

Bati com os punhos fechados na parede, usando toda a força da raiva que pulsava em meu peito. O concreto rachou, cedendo à pancada e abrindo na metade com um estalo oco que fez. Malik não se moveu, como uma mãe não se move aos acessos de birra de um filho pequeno.

— Eu posso não sobreviver à batalha de hoje — falei, olhando para os estilhaços caídos no chão e as mãos avermelhadas. — Se Vallena não conseguir, minhas chances são pequenas.

— Ela vai conseguir — retrucou convicta.

Demorei um tempo para me acalmar, caminhando pelas imediações do bairro sob uma escuridão em pleno dia. A opressão por todos os lados era pungente, assim como aquela que percorria minha alma. Sem conseguir conter o fluxo de ansiedade e os meus instintos de caça, comecei a correr até não saber mais onde estava.

Parei num jardim aberto, onde alguns moradores de rua tinham se juntado para acender uma fogueira embaixo de uma cobertura abandonada do que devia ter sido uma quadra de esportes.

Não me viram ali.

Pulsando, procurando por demônios com os quais lutar para aliviar aquela ira.

Depois de um tempo uma van se aproximou e parou na rua. Não havia nenhum outro carro, por isso me chamou a atenção quando uma mulher desceu do banco do motorista e abriu a porta traseira. Usava um uniforme dos bombeiros de Nova York e uma máscara branca.

Aproximei-me enquanto a motorista percorria os olhos pela rua até que encontrou o grupo de andarilhos ao redor do fogo. Assustou-se quando a chamei, pulando com um grito e depois pondo a mão no peito aliviada.

— Sinto muito — ofegou, se desculpando também com as mãos. — As coisas estão esquisitas nessa cidade. Desculpe se pareço um pouco assombrada, senhor.

— O que está havendo?

A recém-chegada andou alguns passos e subiu na calçada do jardim, fez um sinal para chamar a atenção e gritou para o grupo.

— Ei, vocês! Entrem todos na van agora. — Virou-se então para mim com uma expressão apressada. — O senhor tem um veículo para tirar sua família da cidade?

— Como?!

— A polícia está nos mandando tirar primeiro quem não possui nenhuma condução, até mesmo os moradores de rua — informou-me, com veemente pressa. — Parece que a cidade vai precisar ser evacuada, algum tipo de vírus, algo assim.

Os grupos já corriam para a van, atropelando uns aos outros pelo caminho, ansiosos por abrigo. Todos aqueles rostos sujos agora cheios de esperança, espremendo-se no veículo um a um.

— Pegue seu carro por volta das 6 da tarde e leve o máximo de pessoas que conseguir até o limite de Havenswar. Espalhe a notícia, mas diga para fazerem tudo com calma. Levará um tempo até a evacuação estar completa.

— Não vai dar tempo! — vociferei gesticulando.

A mulher subiu no carro e abriu a janela, deixando-me atônito, sem entender como as coisas haviam mudado de uma hora para outra.

Entretanto, a resposta era clara.

Valery.

Ela tinha ido atrás de Anderson e o convencido de alguma forma.

— Senhor, temos a previsão de que em três dias conseguiremos retirar todo mundo — disse-me, num tom otimista para o qual deveria ter sido treinada. — Daqui a algumas horas outra van irá passar, então, se conhecer algum morador sem veículo, diga para esperar por aqui. E não se aproximem do Castle. O que quer que seja, começou lá.

Deu partida na van abarrotada e saiu dali, deixando-me aturdido no meio da rua.

Corri de volta para a igreja, mirando a torre do sino para me nortear. *Os Exorcistas!* Era impreterível que eles chegassem antes da meia-noite. Pessoas ainda iriam morrer. Apesar do tempo curto, também precisava tirar Angélico, Denise e Axel da cidade com agilidade.

Levei menos de dez minutos para romper pela porta da casa paroquial às pressas, procurando pelo padre ou por Malik. Ouvi vozes nos fundos, percorrendo os cômodos em busca deles.

Ao chegar à cozinha, deparei-me com o recém-chegado.

Angélico o observava, encolhido num canto do local, Malik estava próxima à mesa e, ao seu lado, a garota baixa de cabelos escuros e encaracolados.

— Vallena — falei, sentindo um alívio momentâneo. — Você conseguiu.

Um sorriso de dentes muito grandes se abriu no rosto de ébano. A garota não passava dos 18 anos, mas pulsava uma energia magnânima, denunciando o poder que continha dentro de si. Tinha as costas muito eretas, expressando uma confiança tácita; vestida em linho, trajes brancos desenhavam um corpo repleto em curvas, como era o de Malik e de todas as irmãs Covak.

Não tive tempo para apreender a presença marcante da jovem bruxa, pois algo mais poderoso que ela chamou minha completa atenção.

Sobre a mesa de madeira branca estava um pano estendido, marrom escuro como couro, mas de uma aparência mais fina. No centro dele o objeto de minha caça havia mais de um ano.

O manuscrito feito durante séculos por homens e mulheres em seus mais extremos estados de sofrimento nas mãos do mal. Bruxos de magias diversas, em locais do mundo onde hecatombes assolaram e amaldiçoaram povos. Um livro de muitas mãos, que começara com a do Escriba do Inferno.

O Tomo dos Malditos.

57
VALERY

Asmodeus esperava por mim.

De pé na entrada principal do Castle, ladeado por duas enfermeiras possuídas por demônios, enfatizando seu domínio e controle.

Atravessei o umbral por vontade própria e assim pretendia seguir rumo ao meu destino, porém recebi uma pancada na nuca que me apagou em instantes, sem que eu tivesse a oportunidade de saber de onde tinha vindo.

Dor, em seguida o nada.

Meninas más que socam homens bons recebem na mesma moeda? A vingança de Anderson pendia na minha inconsciência como uma piada maldita.

Ali só estava escuro.

Até não estar mais.

Meus olhos captaram as formas de sombras provocadas pelo arrefecer do sol do lado de fora. Estava no chão de um cômodo frio, apenas uma pequena janela entalhada na parede escura. Lágrimas ameaçavam brotar dos meus olhos enquanto me encolhia num canto. Experimentei o odor de mofo, comida estragada e mais alguma coisa que eu ainda não tinha conseguido distinguir.

Só um animal encurralado. Toda minha capacidade de pensamento esvaziada diante do pavor sem nome que me acometera. Mesmo que eu tivesse me carregado até ali, estar entregue ao que evitei por vidas passadas, era a derrota.

Depois de tudo.

De amaldiçoar Adrian, abandonar minha família sem que eles soubessem que meu irmão jamais envelheceria ou morreria; de perder Chas, machucá-lo e arrastá-lo de volta para assistir a minha ruína enquanto dava sua vida por mim, mais uma vez; e, enfim, de cegar Axel, destruir uma cidade inteira.

Você confiou em todas as Lacrymosas e elas ascenderam, mas eu falhei. Olhei para um feixe de luz, pensando as palavras com força enquanto considerava minha decadência, a engolia e lidava com o último fio de esperança representado pelos pedaços de madeira amarrados em meus braços. *Se eu perder para o inferno o poder da Ressurreição, desejo que esteja satisfeito com suas más escolhas. Eu nunca deveria ter sido uma opção.*

Perdi-me em orações azedas, permitindo umas últimas horas de rebeldia silenciosa contra Ele, enquanto as horas me aproximavam da batalha final. Logo, quando a porta se abriu, eu deveria estar preparada, apta a abrir os braços, zombar do demônio e lutar até que a derrota fosse consumada. Contudo, estava inerte.

Uma mulher passou por ela, erguendo-me de meu cativeiro com mãos frias, sussurrando que sentia muito. Pisquei algumas vezes para me forçar a acordar os sentidos, percebendo de verdade o quarto bagunçado. Macas, cadeiras, lençóis e outros objetos arrastados até um canto. As paredes brancas marcadas com símbolos que eu conhecia muito bem, além de frases em hebraico e latim.

— Detetive — choramingou a misteriosa acompanhante. Logo se sentou numa cadeira que puxou da bagunça. — Por favor, fale comigo.

Dei-me conta de que estava petrificada, imersa num torpor de pensamentos que mantinha meus sentidos desligados até aquele momento. Despertava em etapas, claudicando entre resmungos e piscadas rápidas. Devagar ouvi a voz, percebendo o tom de puro medo. Desespero. Desses que fazem o nariz escorrer e os olhos avermelharem. Focalizei minha atenção nela, reconhecendo-a à medida que a compreensão me fazia gaguejar, até acertar seu nome.

— Giselle?

— Eu sinto muito — chorou, passando a mão pelo rosto coberto de mucosa e hematomas. — Não queria fazer isso, mas ele — engasgou, gaguejando. — Ele está dentro da minha cabeça. A voz. Por todo lado! Por favor, me ajude.

Arrastei-me até conseguir ficar em pé. A enfermeira não tinha Fumaça Negra dentro de si, mas Asmodeus a tinha sob controle.

— Eu sei o que você está sentindo.

— Não sabe — interpôs, arregalando os olhos. — Não sabe o que é ser tocada pelo mal, detetive. Tudo o que está caindo aos pedaços dentro de mim parece ofuscado quando eu olho para você. Ele me mandou aqui para me torturar. Não há nada além de luz em você.

— Só fique longe de mim e lute contra isso.

Os lábios forjaram um sorriso, mas não era nada além do desenho do que um dia fora uma mulher feliz. Um retrato infiel e doloroso da srta. King.

— Eu tenho que obedecer — continuou com aquele tom perturbado, quase um gemido. — Não tenho outra opção. Estão todos assim. Lá embaixo, um exército de loucos. Estão esperando. A ordem.

A mulher se levantou, o ombro direito pendendo para baixo, olhar feroz e distante. Estava ouvindo as vozes, atenta, tão concentrada. Ela segurou meu braço, enterrando as unhas no couro da jaqueta.

— O que está fazendo, Giselle? — indaguei, engasgada.

— Ele quer vocês juntos — arrulhou num tom insano. — Quer ver sua dor.

— Aonde está me levando?!

A enfermeira me puxou bruscamente e eu me deixei levar, não por não ter forças, mas por medo de machucá-la. Fingi estar fraca, caminhando pelos corredores do Castle, por onde eu tinha andado havia poucos dias em busca da salvação de Anastacia. Agora eles fediam à presença demoníaca. Era o prenúncio do inferno, cheio de moscas, larvas pelo chão e o odor proeminente do que eles eram — a essa altura, a palavra enxofre seria redundante.

Uma outra porta foi aberta e me empurraram para dentro dela. Giselle abaixou a cabeça atrás do vidro, murmurando outro pedido de desculpas antes de sair se arrastando para longe. Agora estava em um quarto maior que cheirava a ferrugem. Havia uma respiração ali. Animalesca. Ofegante. À beira de um ataque.

A presença me despertou, fez meu peito subir e descer engasgado.

— Oz.

Seu corpo estava virado para uma parede suja. Acima, uma janela de um metro por um, gradeada, exibindo a luz do entardecer.

Há quantas horas eu já estava ali?

— Você não devia estar aqui — disse, áspero.

Seu braço tremeu, apoiado com as mãos espalmadas na parede. A cabeça estava baixa, pingava suor. Oz usava algemas e tinha marcas nas costas largas, rasgando sua roupa amarrotada.

— O que fizeram com você? — ofeguei, o choro já tingindo a voz.

O Mago emitiu um ruído enraivecido, sem olhar para mim, como se quisesse me afastar. Não me importei, deixando meu corpo me guiar até ele. Passei as mãos pelos machucados, busquei desesperadamente ver seu rosto. A dor de Oz doía em mim. Cada célula do meu corpo se completava quando estava em sua presença.

— Por favor, Oz, olhe para mim. Por favor? — implorei, com a voz quase embargada.

Minha mão umedeceu ao encontrar seu rosto, molhado em lágrimas. Forcei o toque e o puxei para um abraço. De início Oz resistiu, mas aos poucos cedeu e apoiou o rosto em minha cabeça, o peito em espasmos.

— Eu falhei em protegê-la — sussurrou resignado. — Eu falhei com Ele.

Afastei-me e limpei seus olhos. Nunca o tinha visto chorar, crendo que em seus quase 2.000 anos aquilo tinha acontecido poucas vezes. A expressão exausta marcava o rosto selvagem com o peso da dor, de anos de existência e de uma derrota que nunca imaginei ver. Não nele, o Guardião invulnerável.

— Você não falhou — corrigi-o, impondo certeza em meu tom. — Não havia muito a ser feito.

— Havia, Valery — lamentou, como se eu fosse uma criança ingênua. — Eu devia ter destruído o túmulo de Lourdes, em primeiro lugar. Depois poderia ter chegado antes de Baron concluir o ritual. Não deveria ter sido pego, nem algemado com essas...

Engasgou, tremendo ao cerrar a mandíbula de forma que ela estalou. Segurei suas mãos. A algema de ferro que parecia tão fraca para seus pulsos.

— O que isso? — murmurei indignada.

— São encantadas com Magia Negra — informou-me sombrio. — Ferro da Inquisição, banhado com o sangue de uma Bruxa. Tiram minha magia e enfraquecem meu corpo.

— Chas está vindo — soltei rapidamente. — Temos uma chance, vamos sair daqui.

É sempre assim quando você perde as esperanças, Valery. Cai na besteira de recuperá-las quando vê aqueles que ama enfraquecidos.

Oz riu, cuspindo saliva em espasmos. Jogou-se de encontro à parede, caindo sentado no chão a esfregar os cabelos oleosos.

— À meia-noite é a ascensão da lua cheia. Ele vai usar Chas em sacrifício, vai atrair mais e mais demônios, Valery — disse abatido. — Asmodeus não tem a intenção de lutar, ele quer matar Chastain, usar o sangue dele para mais invocações. Tem ideia do poder no sangue de um Exorcista Original? A linhagem escolhida e abençoada pelo próprio Cristo?

— Chas sabe do perigo. Vallena foi atrás de um livro que pode ajudar.

— Não — interrompeu-me, irascível. — Nós temos uma única chance, e ela está naquelas peças que eu lhe entreguei. Espero que tenha feito o ritual.

Não havia mesmo tempo de contar a Oz a ideia que Malik e Chas tiveram. O tamanho do disparate, o anátema, em invocar poderes tão sombrios. Ele veria por si mesmo, caso conseguissem. Tinha razão sobre as peças, no entanto.

Corri até a porta para ouvir a movimentação no lado de fora. Silêncio. A Fumaça Negra estava distante, talvez um andar para baixo e do lado de fora do Castle.

Arranquei a jaqueta, mas a mantive amarrada na cintura para que a runa de proteção não parasse de funcionar. Oz viu as faixas ao redor dos meus braços, percebendo o que eu tinha feito. Levantou-se balançando a cabeça em aprovação.

— A lua cheia vai nos ajudar também — falou, mirando a janela.

O dia se esvaía aos poucos.

— Só precisamos de sangue e algumas palavras — complementei.

Oz assentiu, sorrindo enquanto seus olhos negros recobravam o brilho. Asmodeus tinha me levado para o Castle para me infligir sofrimento, mas não esperava o que estava vindo. Quando o sol terminasse de se pôr e a lua ascendesse, o início do fim começaria.

— Só tem um problema quanto ao que vamos fazer — falei baixo, desviando o olhar vacilante —, e é sobre a mulher em nossas visões.

Em seguida, contei a ele o que provavelmente iria acontecer.

O DESPONTAR DA lua ocorreu em pouco menos de uma hora. Oz descansava num colchão que eu tinha lhe dado, antes escondido nos escombros do quarto. Deitado de barriga para cima, observava meu esforço em mirar a lua pela pequena janela. Sua vulnerabilidade me trazia um desconforto oneroso, que eu mantinha submerso em uma expressão fria. Ignoraria aquilo, pois encará-lo era o equivalente a espiá-lo tomar banho pelo buraco da fechadura — errado e pervertido.

— A lua cheia não vai descer do céu — reclamou, fingindo indiferença.

Forcei um olhar repreensivo em sua direção.

— Só precisamos de mais alguns minutos — respondi de soslaio. Em seguida desci da parede deixando o corpo cair em pé no chão. Juntei-me a ele, sentando com as costas na parede adjacente, fora do círculo. — O que acontece com nós dois caso esse ritual funcione?

Oz sentou de lado, mantendo os braços na nuca num gesto que não pareceu natural.

— O ritual funcionar não é garantia de você conseguir o que quer, Valery.

Limpei a garganta, procurando palavras para formular a frase corretamente.

— O que acontece com nós dois se eu perder meus poderes?

— É isso mesmo que você quer? — retrucou de imediato.

— É sim — respondi na mesma velocidade. — Ressuscitar os mortos poderia ser uma bênção, um dom heroico. Mas aquele que retorna tem que assistir ao ceifador carregar a todos que ama. Frente à eternidade de solidão, a morte é o verdadeiro presente.

Oz assentiu, meio distante.

— Eu sou um imortal e não me sinto amaldiçoado por isso — replicou sóbrio. — Não é exatamente isso que a incomoda, não é?

Remexi de minha posição, desviando os olhos para a porta. Qualquer um que me fizesse aquela pergunta, que cavoucasse aqueles sentimentos que nem mesmo Freud poderia desvendar, levaria um esporro raivoso com meu melhor olhar fulminante. Contudo era Oz, meu Guardião, escolhendo o melhor momento de desarme para tocar em assuntos antes intocáveis.

O cárcere nos torna maleáveis.

— Cansei de ser tóxica — soltei. — Minha presença coloca em risco as pessoas que eu amo, e quanto mais as amo, mais chances atraio de ter que ressuscitá-las uma hora ou outra. Nunca tive a chance de me sentir boa, Oz. Nunca pude ser algo de bom no mundo, como minha mãe me ensinava a ser. Eu sou uma decepção, complexa, maligna e envenenada.

O Mago discordou com um gesto sutil. Não era algo que as outras Lacrymosas tinham parado para pensar. Todas elas eram iluminadas demais para tais reflexões nebulosas.

— Isso é minha culpa — falou, olhando-me nos olhos com uma ferocidade emocionada. — Eu disse que você era perigosa porque queria protegê-la das decepções que atrairia. Mas deveria ter deixado que tivesse uma vida além daquela que as outras tiveram.

— Não é sua culpa. — Desviei os olhos novamente, sentindo o amargor crescer no fundo de minha garganta. — Não foi você a me escolher para carregar essa maldição.

Oz riu, mas o som foi tão amargo quanto o gosto em meu paladar.

— Não pode culpar Deus por tudo. — Ele se empertigou, atraindo minha atenção como se o que tivesse a dizer pudesse ser definitivo. — O Criador não pensa como os humanos, não julga como eles, não escolhe como escolheriam. Ele nem ao menos articula palavras para entregar mensagens, mas eu estou certo de que essas peças enroladas em seus braços entregam uma clara resolução — pontuou, falando mais baixo e pausadamente do que já o tinha visto falar. — É hora de parar de julgá-lo como um humano e se acertar com Ele, Valery.

Meu coração acelerou motivado por aquelas palavras duras. A exortação de Oz estapeava meu rosto e ativava minha fúria. *Não quero perdoá-lo, não por isso! Não posso ceder a Ele e me entregar a uma vontade tão submissa.*

— Não respondeu minha primeira pergunta. — Ignorei-o, ainda engolindo os sentimentos disparados. — O que acontece com nós dois?

Oz arrastou o corpo para a beira do círculo, perto de mim agora.

— Está com medo de me perder, menina? — disse, sorrindo de uma forma quase triste. — Quer dizer que sentiria minha falta se nosso laço se rompesse?

— Ele pode se romper? — devolvi, engolindo o choro seco que me ameaçava.

— Não — respondeu por fim, afastando-se um pouco. — Sou ligado ao seu sangue, não ao seu poder.

Sem querer, respirei aliviada. Só então me dei conta daquele medo latente de ficar ainda mais sozinha, de me perder no mundo só com minha raiva e meu vazio. Já não sabia mais quem era, só sabia que tinha pessoas por quem lutar e essa era minha única motivação desde sempre: *proteger aqueles que eu amo*. Domar minha fera interior, minha escuridão, para mantê-los vivos e mortais, até o dia da morte real.

— Há 2 mil anos você é minha filha — continuou. Seus olhos negros brilharam como uma noite estrelada. — Até o dia do julgamento, será minha filha. Nossa ligação transcende a morte até a ressurreição.

Coloquei-me sobre os joelhos rente ao sangue que compunha o círculo. Oz me observou tentando ler minha expressão, que deveria ser de pura contradição — dor, ansiedade e raiva, somados ao afeto que ameaçava transbordar.

— Não sou sua filha — respondi, a voz trêmula. — Filhos e pais não conseguem sentir a dor um do outro como eu senti a sua. É mais que isso, Oz. Se você morrer, eu vou morrer também.

— Malik ficaria — falou, resistente. — Chas ficaria.

— Dor física — pontuei, resoluta. — Sou altamente resistente à dor emocional, mas o que eu sinto quando você é ferido é muito mais do que posso aguentar.

— Não vou morrer. Vou ficar exatamente aqui, até que você não precise mais de mim.

Pela primeira vez me permiti sorrir, mesmo que o momento afetuoso já estivesse nos constrangendo ao máximo. Desviei os olhos, respirei fundo e reprimi as lágrimas.

Percebi que o céu tinha escurecido ainda mais e a lua cheia estava prestes a chegar ao ápice. O ritual poderia ser feito em minutos. Levantei-me para ver melhor pela pequena janela. Oz se levantou em seguida, respirando alto às minhas costas.

— Está na hora — falei com ansiedade.

Retirei novamente a jaqueta, então caminhei até a porta, ouvindo os sussurros de todos os demônios que passeavam pelo Castle, espalhando escuridão e podridão infernal pelas paredes, contudo nenhum deles prestava atenção em nós, aguardando a tal ordem de Asmodeus. Tínhamos alguns minutos decisivos pela frente.

— Precisamos de sangue — disse ele, apontando para uma lasca de espelho quebrado no chão, perto da porta. — Tem que ser o seu. A gratidão é sempre direcionada para quem realizou a invocação.

Alcancei a lasca pontiaguda e me ajoelhei defronte ao meu Guardião. Sem temer a dor, deslizei o material afiado sobre a palma, observando o sague brotar rapidamente. Espremi os dedos e deixei pingar o líquido sobre o solo, formando uma pequena poça que cresceu velozmente.

"Um feitiço simples para algo grandioso", Oz dissera no dia em que me revelou o que as peças significavam. Um ser poderoso, vindo ao encontro de um poder único, usando um conhecimento que não pode ser verbalizado.

— Comece — ordenou, secamente.

Arca da Invocação — o nome piscou em minhas lembranças. Elas estavam ali, atadas à minha pele. O sangue havia se espalhado em um formato que, ironicamente, lembrava um coração. A conclusão soou sarcástica.

Não teria volta a partir do momento em que minha boca se abrisse.

Com o indicador fiz o desenho usando meu sangue. Primeiro um círculo perfeito, depois curvas interiores que o dividiam em intersecções, formando asas, um corpo no meio do que parecia ser um inseto ou um anjo. Para encerrar, uma linha reta cortando o desenho em duas metades.

Desfiz as faixas improvisadas. Coloquei as duas pequenas peças, uma de cada lado do triângulo. Oz percebeu que elas estavam em posições erradas e as inverteu, me encarando com uma seriedade indagativa.

— Você se lembra?

— Como se fosse uma música ruim.

— Então cante.

Cerrei os olhos, alcançando as memórias.

Em algum lugar no éter, um ser alado feito de fumaça, asas negras com as pontas douradas, me observava. Seus olhos dourados exerciam poder sobre mim, enquanto suas mãos transparentes seguravam um enorme e pontudo objeto indistinguível.

As palavras chegaram à minha língua, prontas para serem pronunciadas, como um doce que fica amargo quando alcança o recheio. As palavras que poderiam fazer tudo dar certo ou muito errado.

— Minha alma agora se apresenta como instrumento de sua liberdade e minha voz é sua arma — rezei, sem soar convincente.

— Mais alto, Valery — exortou-me Oz, com um tom grave.

Apertei ainda mais os olhos. Tremia agora. Meu peito estava frio de dentro para fora, como se meu coração transbordasse gelo.

— Minha alma agora se apresenta como instrumento de sua liberdade e minha voz é sua arma — repeti mais alto. Tomei fôlego, preparada para falar com mais intensidade. — Minha alma agora se apresenta como instrumento de sua liberdade e minha voz é sua arma. Minha alma agora se apresenta como instrumento de sua liberdade e minha voz é sua arma.

Minha voz ascendeu, rouca, tremulando no ar com ondas sonoras cortantes. Respirei o mais fundo que pude para continuar.

— Aquele que precede a existência da vida, olhai para mim. Aquele que se deita na escuridão, olhai para mim. O Ser que não vive, olhai para mim.

Repeti a reza mais duas vezes, até abrir os olhos. Houve um tremor no chão. As peças se mexeram sutilmente e as gotículas de sangue se moviam, como se fervessem.

— Está funcionando — sussurrou Oz.

— Está sentindo? — Ele gemeu uma concordância, mas não acreditei. Fora o tremor, tudo o que eu sentia era um vazio glacial. — É latim, não sei se vou conseguir.

— Só faça, pelo amor de Deus.

Cerrei os olhos e abri as palmas viradas para cima.

— *Et in glória requiescit tenebras* * — prossegui repetindo as palavras que me vinham à memória.

Dizendo o longo verso mais duas vezes, senti a mudança no ar. Minhas mãos enregeladas suavam e, com custo, consegui abrir os olhos. O sangue no desenho caminhava em gotículas que deslizavam feito pequenas cobras em torno das curvas, rondando-o. As duas peças não só tremulavam, mas agora deixavam o chão, flutuando no ar como se fossem atraídas uma pela outra. Chegando ao fim da terceira repetição, elas pararam lado a lado.

Hesitei.

O gelo do ar agora tinha congelado meus lábios. Oz sentia os mesmos efeitos, pois tremia, embora me encorajasse com o olhar. Era quase possível ouvir o ar tilintar com o frio que regelava nossos corpos ao passo que não afetava o estado do líquido grosso no chão.

— É... é agora — gaguejou Oz.

As madeiras pararam lado a lado, como se me perguntassem se eu queria mesmo continuar. Estavam vivas e tinham seus pensamentos, suas vibrações. Mostraram-me a mulher segurando o terço, seu sangue caindo na palma sobre o chão, agora formando o mesmo símbolo que eu tinha desenhado. Vi-as ali, diante dos olhos dela, e agora eu sabia seu nome.

Linda May.

"Chame-o, e ele virá por você..."

Engoli o ar e ergui meus pensamentos. A vibração cresceu, como se fosse explodir. A invocação em latim saindo dos meus lábios ao som de minha voz soava-me irreal: era como ter outra consciência dentro de mim chamando por aquele ser transposto nas palavras. Num tom monocórdio, falei as palavras mais duas vezes, a musculatura tensa e os ossos gelatinosos.

Estou chamando por ele, Linda May. Espero que me perdoe.

Numa intensa onda de energia, vi as peças se distanciarem e se unirem em seguida num baque surdo que fez com que tudo explodisse de repente.

Emudeci no mesmo instante, paralisada.

Luz, escuridão. Escuridão e vazio.

---

* E na sua glória repousa na escuridão.

Sussurros erguiam-se enquanto eu me tornava um nada, deslizando de encontro a alguma superfície, como se tivesse sido arremessada. Meu coração retumbava, quebrando o ruído de muitas vozes rezando a mesma oração que eu tinha repetido há segundos, enquanto uma dor pungente nas costas me tornava consciente de meu corpo machucado. Quando recuperei a visão, vi Oz se levantando, vindo em minha direção com uma expressão preocupada. Nós dois tínhamos sido arremessados em lados opostos quando a intensa energia foi liberada.

Entre zunidos, ouvi meu nome.

— Valery! — urrou ele, incapaz de me alcançar. — Responda, Valery!

Pisquei algumas vezes, a visão embaçada melhorando aos poucos. Captei o rosto alerta de Oz.

— Deu certo? — murmurei, sentando no chão a esfregar a cabeça.

Coloquei-me em pé, estalei meu pescoço e olhei para o sangue no chão. Era só um rastro, bagunçado e disforme. As peças tinham caído juntas no centro. Formavam um desenho só, a borboleta feita de intersecções.

O zunido ficou mais distante.

— Espere — disse Oz, olhando para o objeto com uma espera contemplativa.

— Oz, nada aconteceu.

— Em todos esses anos vendo Malik e eu praticarmos, não aprendeu ainda o valor da paciência? — retorquiu, adestrador.

O objeto tremeu, estalando feito um ovo partindo a casca. Meu coração parou com o susto, segurei o impulso de me debruçar ali e tocar na madeira, mas minha intuição dizia que seria errado.

Profanação — a palavra me veio em mente, como se sussurrada por outra voz, fora de mim.

Atentei para ele, que ainda emitia os ruídos de algo quebrando. Oz observava impassível, nada surpreso, mas intrigado. Fascinado. Eu esperava mais considerando o enigmático ser que ousamos invocar, mas meu Guardião parecia satisfeito.

Então eu vi uma asa, depois uma pequena cabeça e olhos translúcidos, em seguida outra asa negra e patinhas minúsculas. As madeiras juntas eram um casulo quebrado no chão e uma borboleta saía dela com dificuldade, nascendo para o mundo aos poucos.

A imago ficou maior do lado de fora, talvez do tamanho de minhas duas palmas juntas com dedos abertos. As asas pretas eram adornadas em dourado, criando o desenho de olhos gigantes que me miravam. A Borboleta Negra esperou ali, testando o leve movimento delas, brilhando na escuridão quebrada pela luz da lua cheia.

Ameacei chegar perto, mas fui interpelada por um repentino levantar de voo. Com um rasante passou por mim, tropeçou nas paredes em busca de uma abertura, atingiu Oz e depois ascendeu rumo à janela.

Corri para subir na grade e ver para onde seguia, observando os olhos dourados das asas contrastando com o escuro da cidade lá embaixo. A torre da igreja católica despontava entre algumas casas, quilômetros abaixo dali, e foi rumo a ela quando percebi que já não podia mais ver a Borboleta.

Oz respirava audivelmente lá embaixo, ansioso.

— O que está acontecendo? — ofegou.

— Ela sumiu.

— Não era assim que eu imaginava agora — disse, descontente. — Devemos esperar. Deve faltar pouco para meia-noite.

Minha empolgação evanesceu à medida que percebi que as poucas luzes acesas em Darkville começavam a se apagar. Nosso feitiço de invocação dispersara e o zunido em minha cabeça deu lugar a um ruído de sirenes ao longe. Elas passavam em fila na avenida principal, apenas dois pontinhos de luz, azul e vermelho, caminhando em filas agora.

— O que está acontecendo?

Fascinada e satisfeita, concluí que não fora tão mal apagar Anderson daquela forma.

— Abriram a cidade e estão retirando algumas pessoas — falei, exalando um alívio incomum. Desci da grade e encarei Oz. — Agora é hora de começar a bater bem forte nessas algemas. Quando a hora chegar, você vai poder arrebentá-las.

58
HENRY

Em que lugar da linha entre o bem e o mal estou agora? O questionamento pulsava enquanto eu encarava o Tomo dos Malditos sobre a mesa, ouvindo Vallena falar sobre o que iria ser feito.

— Quando esse feitiço foi escrito, sangue de sete sacerdotes foi dissolvido na tinta, potencializando o efeito — dizia ela, os olhos escuros espelhando a luz da vela que era a única iluminação do ambiente. — Vamos usar o poder do sangue deles para multiplicar o seu, Henry.

Nunca soube ao certo se, para fazer boas ações, estaria tão distante das más. Enquanto aqueles trovões arroxeados quebravam o silêncio maligno da cidade, eu observava minha alma pender no vazio, incapaz de obter a resposta que poderia fortalecer-me mais do que nunca.

— Chas — chamou Malik, vendo-me mergulhado no silêncio. — Pode mesmo fazer isso? Temos que começar agora.

Cerrei os lábios e anuí, resistente.

Por Valery.

Quantas vezes a terei que perder para saber que ela não me pertence?

— Henry, é melhor que vista a batina — prosseguiu Vallena, seu tom cálido era quase hipnótico, incongruente ao conteúdo de sua fala. — Isso traria identificação com os espíritos que vamos invocar.

Encarei a garota, seus cabelos encaracolados cobriam parte do rosto, emoldurando-o com magnificência. Não parou de falar praticamente o tempo todo desde sua chegada, manuseando o livro com estranho fervor, com tamanha destreza que me despertava certa desconfiança. Mesmo com a recente maioridade, não era pueril, apesar de delicada. Naquelas expressões contundentes ao falar da Magia dos Malditos, aparentava ser uma sacerdotisa de mais idade.

Uma alma antiga.

Vallena me despertava temor e admiração em igual medida.

Fiz o que ela sugeriu a contragosto, sentindo-me um mentiroso naquele traje que foi minha fantasia por anos.

Padre Angélico adentrou o cômodo. Estava perpassado de sentimentos que lhe endureciam a face, mesmo que não quisesse confessá-los a mim quando o questionei. Ele trazia nas mãos um casaco grosso e as chaves do Fiat, pronto para ir ao hospital buscar Denise, Axel e o sr. Emerson, a fim de tirá-los da cidade.

— Esperem que eu saia antes de profanarem minha casa com necromancia — disse rispidamente, lançando um olhar de condenação para a bruxa mais jovem. — Henry, posso falar com você lá fora antes de partir?

Malik tentou dizer algo, mas a impedi com um gesto imperativo. A lua cheia acabara de subir ao céu, então ainda tínhamos um tempo.

Acompanhei meu amigo para fora da casa paroquial, percebendo-o curvado, mais abatido que outrora. Paramos perto do veículo, ambos mergulhados em silêncios dispendiosos que exauriam as forças de nossa despedida. Um pressentimento agourento me impedia de olhar o homem nos olhos, e pela forma como ele procurava manter nossa distância, achei que sentia o mesmo.

— Sei que provavelmente não fará muita diferença, mas manterei uma prece constante enquanto vocês batalham, filho — começou ele, finalmente rompendo a quietude. — Quero que saiba que não concordo com o que está para fazer, mas ainda assim confio em sua força.

— Não sou o mesmo homem que eu era antes de conhecê-lo, padre Angélico — confessei, soando melancólico. — O senhor me ensinou muito, sem nem perceber. O considero um amigo.

Ele saiu da sombra, os braços esticados daquela forma serena em que as mãos se juntavam na altura da cintura. Era o olhar de um homem que se viu diante de um espelho ao encarar seus maiores medos.

— Então cumpri minha missão — arrematou, simplesmente, para sorrir em seguida como um pai sorri para seu filho.

Por um segundo permiti-me sorrir de volta, me sentir como um filho amparado pela confiança de um pai. Angélico mal me conhecia, mas olhava-me ali embaixo daquela penumbra densa de neve e frio, como se o fato de pensar que nunca mais me veria lhe esmagasse a alma.

Esmagava a minha também.

— Obrigado, Angélico.

— Agradeça-me quando voltar vivo dessa guerra, filho — falou, aproximando-se. Tocou meu ombro com força e, em seguida, me puxou para si num abraço desajeitado, batendo em minhas costas antes de me afastar. — Agora preciso ajudar aqueles jovens a sair desse lugar. Espero estar fora de Darkville antes da meia-noite.

O padre sorriu, olhou para o céu e depois para mim, batendo mais uma vez em meu ombro antes de se virar e entrar no carro. Observei-o partir, meu coração se quebrando em pedaços com uma força abismal. A silhueta do carro se afastou, sumindo entre tantas outras sombras da rua, deixando para trás aquela ausência que resvalou pelo peito, trazendo lágrimas aos meus olhos.

Atrás de mim uma ave grasnou. Levantou voo, espalhando folhas que caíram sobre a minha cabeça. Numa onda sonora que se assemelhava a um bater de asas, senti outra ave se aproximar, produzindo um vento que bagunçou meus cabelos e me fez proteger o rosto.

Pensei ter sentido o animal passar por mim, mas vi que as asas negras se afastavam para o mesmo rumo que Angélico tinha tomado. Pisquei os olhos, ainda atônito por conta do quase ataque, quando percebi que o ser que voava pela rua tinha traços dourados que desenhavam olhos.

Era uma ave ou uma enorme borboleta?

NÃO ENCONTREI AS duas bruxas na cozinha. O Tomo dos Malditos também não estava mais sobre a mesa da sala de jantar, agora mergulhada numa escuridão sombria.

Segui os sussurros até a entrada adjacente que dava para o salão da igreja, iluminado por uma fraca chama de vela. Malik e a sobrinha sussurravam furtivas, embora entendesse que falavam sobre o percurso de Vallena até o livro e como ela o tinha encontrado tão rápido.

— Quando isso acabar, quero esclarecimentos — dizia Malik, num tom repreensivo. — Não há tempo agora para...

Apareci no umbral e Malik me captou no mesmo instante, calando-se. O pentagrama desenhado no chão, velas dispostas em suas pontas. O símbolo posto no meio de um templo católico.

— Você trouxe todos os ingredientes, Vallena? — questionei-a, ignorando minha desconfiança.

A garota se levantou da posição de lótus e fez um sinal para que eu adentrasse o círculo. Sem questionar devido à pressa em acabar logo com aquilo, fiz o que ela sugeriu. Permaneci em pé, aguardando sua resposta.

— Só preciso do seu sangue agora — falou-me, sombria. — O restante das coisas está aqui. Vai haver dor, não vou mentir. Sua mente vai sofrer graves perturbações e não acabará com o término do ritual. Vai durar meses. Talvez sua vida toda.

Vallena estava falando aquilo para mim? Um garoto que cresceu vendo fantasmas e demônios, que passou boa parte da existência exorcizando-os.

— Eu já vi Malditos com meus próprios olhos, Vallena — retorqui, seco. — As pessoas que escreveram esse livro não são muito diferentes de mim.

— Se tornará um deles, Chas — insistiu Malik, mesmo sabendo que era nossa única alternativa. — Não queria que tivesse que fazer isso.

Abaixei a cabeça e suspirei, estiquei a palma e Vallena se aproximou, segurando uma pequena adaga. A pele dela era quente demais, produzindo um choque contra minha que quase me fez recuar.

— Essa adaga será ligada a você, com seu sangue. Depois que tudo estiver feito, ela poderá ferir Asmodeus. Não matá-lo, mas causará danos e o ajudará a ganhar tempo de atingi-lo com suas habilidades. — Vallena abriu um corte fundo em minha palma. A dor não me assustou nem durou muito tempo, pois enquanto eu apertava a mão e deixava meu líquido vital escorrer no centro do pentagrama, o processo de cura já se iniciou. — Elas serão multiplicadas por sete, o número de sacerdotes que morreram na iniciação do Rituale Mortuarum.

Vallena saiu do círculo, pegou uma taça que estava posicionada ao lado de Malik, e pediu à tia que lhe entregasse o livro que trazia em mãos. Girou as páginas com a força de sua mente poderosa e estendeu a taça aos céus, cerrando os olhos.

Malik se afastou, dando as costas ao que se sucederia. Cobriu as têmporas com as mãos, como se não quisesse ouvir. Vallena proferiu as palavras que ia lendo no livro, alto, rouca e determinada, feito alguém que já as tinha dito muitas vezes. De início me assombrei, mas então fui tomado por uma letargia que me colocou sobre os joelhos.

A mente, que sempre me orgulhei de ter em tamanho equilíbrio, borrou-se inteiramente ao som das palavras sombrias daquela jovem. Pendia num vazio, anestesiado, mas podia ouvir minha voz gritando, sentia as reverberações em minhas cordas vocais.

Algum tempo se passou. Sombras iam e voltavam, vultos, vozes. Então um gosto amargo preencheu todo meu paladar, acordando-me sutilmente daquela paralisia. Vallena segurava a taça apoiando meu queixo com as mãos enquanto entornava uma substância em meus lábios.

A jovem feiticeira me perscrutava com olhos em chama, sua boca achocolatada manchada de escarlate e um ar transpassado em sua expressão, feito uma pessoa sob possessão.

Em seguida tudo aconteceu no que me pareceu uma eternidade em segundos. Minha audição captou gritos intensos, minha pele pegou fogo e meus olhos reviraram ao transpassar de imagens cheias de sangue, morte e clamores a Deus.

A existência dos Exorcistas Originais sempre esteve latente em meu inconsciente, como se as marcas das batalhas de todos eles estivessem impressas em mim para tornar a consciência de minha missão como algo instintual, programado. Mas nada naquela guerra milenar se pareceu com a agrura completa que senti quando toda aquela energia dentro de mim se multiplicou e o grito intenso irrompeu de minha garganta.

Gritei num som rasgado.

Convulsionei. As imagens de sacerdotes empalados ao redor de uma fogueira, mulheres dançando entre eles.

A energia cresceu mais.

Gritei em proporção.

Vi vultos ao meu redor iluminados pelas velas que mal serviam para me ajudar a entrever o rosto da feiticeira que impunha as mãos sobre a minha cabeça, repetindo com intensidade palavras que mudavam de timbre à medida que aumentava a velocidade.

Phasmatos mortuum, animate corpus.

Phasmatos mortuum, animate lux.

*Phasmatos mortuum, animate verbi.**

Murmurei um pedido de socorro e desmaiei.

Não havia mais aquele local dentro de mim que se encontrava com Ele, se conectava a Ele. Estava escuro, nada reconfortante. Não poderia acessá-lo, mas o elo que nos unia não se extinguira.

Ainda era um Exorcista Original.

Uma poça de águas negras me envolvia e um céu sem estrelas me contemplava, ali jogado naquele limbo espiritual. Sentia-me mais forte, embora aterrado numa dor que transpassava o físico.

Será que um dia você me perdoará por deturpar os seus dons?

Não houve resposta, mas senti-o me olhar. Os olhos do Criador, afogueados e intensos. Sua presença envolvendo meus braços era uma negativa dolorosa.

Jamais vai romper seu elo comigo, não é mesmo?

Ele vai ficar aqui para me lembrar de que eu o traí. Vai me perseguir, enquanto eu viver, e então irei descer às profundezas?

Mas não havia nada. Só o silêncio e a presença d'Ele me queimando até o tutano de meus ossos. Ninguém acreditaria se eu contasse que no momento em que meus dedos tocaram a orla das vestes do Diabo, foi que eu consegui abraçar Deus.

---

* Espírito do que está morto, energiza o corpo.
 Espírito do que está morto, energiza a luz.
 Espírito do que está morto, energiza as palavras.

59
VALERY

Incapaz de adormecer, passei as quatro horas seguintes observando as paredes descascadas enquanto Oz ressonava. A escuridão quebrada por um pífio feixe de luz iluminava o chão ainda manchado de sangue, lançando sombra sobre os símbolos das paredes.

A meia-noite estava próxima quando subi na janela para mirar a cidade piscando lá embaixo. O movimento de carros seguindo para o horizonte, gritos chegando em ecos baixos, a sensação febril da Opressão Maligna reverberando por tudo.

Não demorou para três silhuetas surgirem na rua em frente ao Castle. Malik, Chas e Vallena, certamente.

— Oz! — vociferei, agarrando-me às barras da janela, não sei se de esperança ou de lamento, por me dar conta de que eles tinham conseguido sucesso no plano. — Oz, acorde!

— O que está acontecendo?! — indagou, se pondo em pé num átimo.

Oz me fez descer para que pudesse olhar o que estava havendo, observando pela janela com um ar preocupado.

— O que Vallena está fazendo aqui?

— Eles têm um plano — comentei, ofegante. — E você não vai gostar de saber qual é.

— Contou a eles sobre a invocação?

— Não — respondi, seca. — Foi uma cortesia mútua por eles não terem me contado o que vão fazer com aquele anátema.

— Do que ínfernos você está falando? — soltou áspero.

Hesitei em responder, mirando com urgência as algemas que eu tinha tentado quebrar com vários golpes. Tinha que ter certeza de que elas arrebentariam no momento certo.

— Malik autorizou que Vallena fosse atrás do Tomo dos Malditos.

Houve um segundo de tensão. Oz seguiu meu olhar para suas algemas e abriu os braços, testando a força do metal. Foram incontáveis pancadas usando madeira, ferro e tudo que eu pude encontrar nos escombros do quarto.

— Não há tempo para discutir as merdas que Chas e Malik fazem quando pensam juntos — disse, furioso. — Valery, eles vão chegar a qualquer momento agora. Quando nos separarem, não olhe para trás, entendeu?

Ergui o rosto, sentindo as lágrimas emergirem. Passos ritmados vinham pelo corredor. Alguns pares de pés e a pungente energia maligna. Asmodeus estava chegando.

— Eu estou com medo — confessei, colocando aquilo para fora num sopro. — Não sei se consigo evitar a dor.

— Faça o seu melhor, querida — repetiu com parcimônia. — Olhe nos olhos dele, erga sua cabeça. Você não é fraca.

A porta escancarou de repente e uma rajada de vento quente me atingiu. Oz encostou na parede com os braços, as mandíbulas retesadas e o rosto endurecido. Fiz o que ele disse, engolindo o choro e erguendo minha cabeça quando Asmodeus apareceu em meu campo de visão.

Estava vestido de preto agora. Um terno com uma gravata vermelha, refinado, bem passado. O corpo magrelo de Casper brilhando lá dentro naquela pele pálida translúcida, coberta de algumas veias.

A besta do abismo manifestada num olhar malicioso e ferino.

— Tenho um presente para minha Lacrymosa — cantarolou de um jeito efeminado.

Ao estalar de seus dedos finos, uma mulher trajada de interna entrou no quarto obediente, estava possuída, andando com aquele jeito vago e arrastado. Trazia nas mãos um cabide que mantinha estendido. Tratava-se de um vestido longo feito de veludo e renda, um par de botas de cano alto com cadarços. Tudo junto formava um agourento traje de época.

Meu estômago embrulhou.

— Darkville tem um teatro refinadíssimo — continuou o demônio, como se anunciasse um belo cardápio. — Quando vi esse vestido, pensei logo em você, Lacrymosa. Esses cabelos vermelhos em contraste com o preto. Como o fogo das profundezas.

A voz juvenil soltou um riso, mas aos poucos ele se transformou num grunhido feroz.

— Não vou usar isso — pronunciei, entre dentes. — Isso não é um teatro, demônio. É uma guerra.

A expressão se fechou.

— Eu tenho um nome.

Asmodeus não gostava de ser tratado como um demônio comum. Ele tinha orgulho de si mesmo, daquele nome, de sua malignidade. Portava--se tão requintadamente e queria ser reconhecido como um príncipe. Era sua fraqueza.

— Valery — murmurou Oz, como uma advertência. Queria jogar aquele jogo para que eu não me machucasse.

— Sabe, Lacrymosa, eu pensei que você era diferente. Mais feminina, mais delicada. Há um pouco de masculinidade nos seus gestos que me incomoda. Devo matá-la agora e esperar que nasça numa mulher que me agrade mais? O que acha, Mago?

— Acho que você vai voltar para o inferno hoje — retrucou Oz, bufando.

Asmodeus riu, novamente terminando com aquele ruído bestial. Ele fez um gesto para o outro demônio, e a interna jogou em mim o vestido.

— Seu padre e duas Bruxas estão lá embaixo — falou ele, agora afirmando a voz num tom grave. — Acham que vão lutar ou algo assim. Quero que se vista adequadamente para ver nosso duelo.

Segurei o pano de veludo com força. Não iria me despir na frente dele. A ideia era irracionalmente mais aterrorizante do que o que estava para se desenrolar.

— Uma puta envergonhada! — rosnou o demônio no corpo da mulher. Asmodeus a mandou se calar, o que ela obedeceu instantaneamente. Oz me advertiu com o olhar, virou de costas, sinalizando que eu deveria começar. Humilhar-me daria ao demônio parte da minha estabilidade e do meu autocontrole, Oz sabia disso, mas me mandava obedecer na mesma medida em que me manter intrépida.

Enquanto duelava com meu ego, os dois demônios me observavam com expressões cheias de uma ânsia prazerosa. Meu desespero os excitava, porque subjugar-me significava ferir o Criador e seu poder. Ferir a ressurreição de Lázaro e a de Cristo, principalmente. Eu era só um bode expiatório, afinal.

Retirei a jaqueta, depois a camiseta, em seguida me desfiz das botas e das calças. Em um segundo encontrava-me só com as roupas de baixo sob o olhar de dois seres do inferno. Quando me virei de costas, dando a visão de minha tatuagem a eles, ambos chiaram tapando os olhos.

O VESTIDO ERA justo, apertava meus seios e tornava a respiração mais difícil. Também era curto, deixando minhas canelas à mostra, logo vestidas pela bota que cheirava a naftalina.

— Já está pronta, ruivinha? — provocou-me, pronunciando cada palavra com uma pausa deleitosa. — Não querem dar um abraço antes da despedida final? Sabe o que vai acontecer com seu Mago, não sabe?

Virei-me devagar à procura de Oz. Ele estava me fitando de soslaio com uma expressão que me preocupou. Parecia assombrado como nunca o tinha visto, como se estivesse vendo um fantasma e não eu, a garota que ele tinha criado desde os 16 anos.

— Acha que vou me despedir dele na sua frente? — devolvi, desviando os olhos de Oz para o demônio. — Acha que vou dar a você a chance de ver uma só lágrima minha?

Asmodeus entortou a cabeça, mordendo os lábios na sua tentativa de brincar com expressões humanas.

— Verme, venha comigo. Deixe-os a sós um instante — murmurou, cínico. — Depois que ela sair, mate-o e leve o corpo para mim.

A mulher possuída saiu do quarto, mancando, grunhindo xingamentos em uma língua estranha. Oz esperou, mantendo a expressão neutra de antes. Era como ele tinha dito que seria. Asmodeus queria degustar minhas emoções e enquanto não visse minha casca rachar, não me deixaria sair dali.

— O que está fazendo? — fingi surpresa, percebendo minha voz teatralizar. — Não ia me levar? Não está esperando que eu ceda?

Asmodeus se aproximou. O cheiro forte de podridão veio com ele, mas junto o odor de poeira da roupa e um perfume envelhecido incrustado dela, a imagem decrépita de algo tentando ser humano.

— Antes de Deus atear fogo em Sodoma e Gomorra, meu pai me deu a doce missão de corromper os homens retos, os justos — pronunciou, feito um apresentador de um magnífico espetáculo. — Não havia muitos, na verdade. Foi algo rápido, mais tedioso do que qualquer uma das minhas missões.

— Você quer contar historinhas, demônio? — cuspi, armando uma careta de repulsa.

A criatura prosseguiu incólume, o olhar de um garoto de 14 anos me desprezando como se eu não passasse de uma mosca.

— Já estiveram numa orgia?! Aposto que você sim, Mago. — Revirou os olhos, passando a língua pelos lábios pálidos. — Bem, a melhor parte não eram as orgias que aconteciam lá, nem o banho de sangue, as comilanças exacerbadas ou os assassinatos. A melhor parte, querida Lacrymosa, era quando eu virava as minhas costas e ouvia o ruído do choro dos sobreviventes.

Mirei Oz de lado, o nó na minha garganta dilacerando qualquer fala que fosse pronunciar.

— Onde quer chegar com isso, Asmodeus? — enfrentou o Guardião num tom grave.

O demônio sorriu dramaticamente, fazendo um gesto hiperativo para que aguardássemos.

— No fim de tudo, com as mãos cheias de sangue, os sobreviventes gritavam o nome do meu mestre pedindo misericórdia. Pedindo alento no fogo do inferno quando se davam conta de que não mereciam mais o paraíso. — Ele parou de frente para mim, ergueu o dedo indicador em riste na altura do meu nariz, como uma acusação ou a promessa de um toque íntimo. — Quando eu lhe der minhas costas, você vai ceder. Eu saberei disso. Você estará vestida nos meus trajes, sob o meu comando, então chorará sobre seu Guardião sabendo que é a última vez que o verá em toda a eternidade e que eu, Asmodeus, sou seu futuro.

— Eu não teria essa certeza — soltei, a fala embargada de cólera.

A mão tétrica tocou minha pele rapidamente. Foi só um raspão, mas o bastante para me fazer recuar, dando um soluço quando senti a quentura maligna reverberar em minha epiderme. Ele, no entanto, parecia encantado a mirar os dedos com que tinha me atingido. Ergueu os olhos de volta para os meus, a boca espumando uma saliva viscosa nas laterais.

— Sou tudo o que você merece e tudo o que terá. Isso vai me alimentar como nada nesse universo pode fazer — destilou, soando como uma cobra antes do bote. — Sua dor é meu prazer. Sua luz morrerá em meus braços e eu terei triunfado sobre aquele que a criou.

Suas palavras ecoaram em mim enquanto arquejava, sem saber como responder àquilo. Atrás de mim Oz rosnava feito um tigre à espreita.

— E o que acontece depois, Asmodeus? — indagou a voz selvagem. — O que podem fazer com a Lacrymosa quando sua luz se apagar?

— Temos recursos para tomar seu poder para nós — gabou-se, entortando o corpo para trás. — Sem a ressurreição só haverá a morte e nosso Mestre será o dono de um poder divino. Não há mais volta.

Pisquei os olhos, dando um passo para trás para trombar em Oz, que me segurou pelos ombros. Nossa proximidade desagradou o demônio, mas sua atenção fugiu dali em um segundo quando entortou a cabeça de lado, como se ouvisse algo ao longe.

— Henry Chastain chama meu nome. — Os olhos negros sedentos abriram em minha direção. — Vou mandar um dos vermes levá-la em dois minutos. É tudo o que vocês têm agora.

Após a saída de Asmodeus, a porta cerrou com força, produzindo um alarido metálico. Logo Oz me virou de supetão, segurou meus ombros com uma força dolorida e ergueu meu queixo para que o olhasse nos olhos.

— A visão de Lourdes — soltou com desespero. — Você estava vestida com esses trajes diante de um campo de lápides. Era uma profecia. Era uma profecia, Valery!

— Ela descreveu um cemitério, Oz!

Ele negou com a cabeça, emocionado agora. Segurou minha cabeça com veemência, os olhos de ônix cobertos de lágrimas.

— Todas as visões se interligam. Ele me disse o tempo todo — pronunciou, exultante. — O tempo todo!

— Por favor, não me dê esperanças.

— É tudo o que você tem que ter, minha Lacrymosa — disse, num tom tão emocionado que o fazia diferente do homem rude que sempre fora. — Não era um cemitério, era um pátio, mesas, cadeiras e cinzas. Agora eu consigo entender.

Puxei as mãos dele do meu rosto e o olhei com fúria, mordendo os lábios até sentir o gosto de sangue.

— Eu não consigo ter esperança — afirmei contundente.

Oz sorriu, as lágrimas lhe escorrendo pelo rosto feito cachoeira.

— Vá agora, Valery. Faça tudo o que estiver ao seu alcance, até que a Borboleta Negra venha por você.

— Não posso deixá-lo — choraminguei.

— Eu vou sair daqui antes que você note — acalmou-me, em seguida beijou minha testa longamente. — Nós vamos ter que derramar sangue hoje, sangue humano. Não feche os olhos e não chore.

Assenti, sentindo aquele fio de esperança se multiplicar. Oz beijou minha testa com um fervor sôfrego e me afastou, repetindo que eu deveria ir.

— Bata com toda a sua força — disse-lhe, com dureza.

Abri a porta e corri. Os demônios em guarda passaram por mim, outros dois me encontraram e agarraram meu corpo, arrastando-me com meus pés tateando o chão.

Em um segundo a voz de Oz ascendeu e fez tremer todas as paredes.

60
HENRY

Segui a passos lentos até o pátio interno do Castle, atraído pela Opressão Maligna, como uma bússola indicando o caminho da guerra. Saí de um corredor escuro para o local aberto, respirando pausadamente, a cabeça vazia, focada no que estava por vir.

A luz da lua cheia preenchia o ambiente penumbroso, lançando uma parca iluminação sobre a cena que se desvelou à minha frente. O chão de concreto estava alquebrado, como se atingido por pancadas avassaladoras que reviraram cimento e barro, desnivelando o solo. Encostos de cadeiras e tampos de mesa jaziam enterrados na vertical entre as rachaduras.

Um cenário. Artificial como o de um teatro. Asmodeus queria que aquilo parecesse um cemitério. Visava me horrorizar com aquele subterfúgio, certamente.

Com uma calma gélida, ergui os olhos para encontrar a segunda atração tétrica. Tentei não desviar quando percebi que uma multidão de internos do hospital me fazia companhia, alinhados como um exército, completamente desnudados, exibindo suas peles acinzentadas e macilentas enquanto me encaravam de olhos vítreos, imóveis como se já fossem cadáveres. No peito de cada uma daquelas pessoas infelizes, estava entalhado em cortes sangrentos o símbolo profano de Asmodeus.

Eles não vão sobreviver, pensei num lamento sombrio.

A espera estava no ar, pulsando. Senti em meus ossos a vibração da chegada de meu adversário. Logo os internos se moveram em consonância, abrindo um caminho para sua passagem.

A face sombria de Casper Donovan caminhava até mim a passos comedidos. Na expressão deleitosa, passava-me a certeza de que estava satisfeito em me ver.

Será que ele consegue ver a magia negra através dos meus olhos? Considerei, engolindo o nó na garganta. Uma gota de suor escorreu por minha tez, meus batimentos retumbaram contra o tímpano. Permaneci encarando o demônio tentando não expressar nada. Ele parou em frente aos internos e acertou a postura, feito um general.

— Padre, perdoe-me, pois pequei — zombou em tom de saudação.

A voz também era da criança interrompida, seu receptáculo. Ao mesmo tempo que usava o timbre humano, soou como a criatura milenar que era, carregando o mal desde o início da humanidade.

— Quer que eu lhe conceda o perdão para alcançar o paraíso? — provoquei-o, sentindo o ódio esquentar minhas veias. — Não seria uma pena?

Ele riu, porém os tons que finalizavam a risada se assemelhavam a um rosnado bestial.

— Uma pena, padre?

— Descobrir a misericórdia — respondi de imediato, mantendo o timbre ameaçador. — Mas não há perdão para os caídos, não é mesmo?

A cabeça tombou para o outro lado, o pescoço estalou como o som de ossos se quebrando.

— Vou lhe conceder um segredo, Henry — pronunciou num tom moroso. — Eu não sou um anjo caído.

Ele se abaixou e guinchou em minha direção, mostrando dentes pontudos amarelos, todos em formatos de presas. Seus olhos negros adquiriram uma profundidade que não me aterrorizou, mas fez com que eu me lembrasse com o que estava lidando.

Pensei em Malik e Vallena, no livro embrulhado naquele feitiço de proteção. Elas estavam por perto, preparando o que viria a seguir, enquanto o poder dentro de mim denunciava a profanação sacrossanta que realizamos para que eu pudesse lutar.

De forma involuntária, fiz o sinal da cruz e elevei meus pensamentos para o local onde tinha tocado o poder santo agora corrompido.

Nenhum poder lhe foi concedido sem que houvesse a permissão d'Ele. Por favor, dê-me só essa licença antes de me condenar? Deixe-me lutar por sua Lacrymosa mais uma vez.

— Está rezando, menininho?

Asmodeus me provocou usando a mesma estratégia de Baron. Os demônios também conversam, afinal. Enverguei o corpo, agarrando a adaga no cós da calça por baixo da batina para ter certeza de que estava ali.

— Não há nenhum lugar em minha mente que um dos seus já não tenha visitado. Pode tentar, demônio.

Seu rosto se fechou, mas os dentes se abriram. Uma das pernas foi para trás pressionando o chão a empurrar terra e concreto quebrado para trás.

— Eu tenho um nome — golfou, com uma voz rouca demoníaca.

Sorri, satisfeito pela efetiva afronta. O poder ascendeu por todo meu corpo, respondendo ao ódio que dele emanava. Senti-o em meu sangue, correndo em temperatura febril.

— Não um que me tenha valor, *demônio* — provoquei-o num tom atiçador.

Como um touro liberto ele me atacou de cabeça, tentando me atingir no ar e enterrar os braços em mim, mas alcancei a adaga com perícia, girei o corpo no ar e ergui a lâmina em seu peito, rasgando o pano de seu terno barato. Minhas pernas desenharam um arco no ar até caírem em pé no lugar onde ele estava. O demônio deslizou de ombro, fumaça pútrida saindo do corte aberto. A dor cintilava em seus olhos.

Atrás de mim os internos se moveram para a frente, feito uma dança ensaiada.

— Deixe que ela veja — disse, mirando algo atrás de mim.

Virei a cabeça por sobre o ombro, respirando devagar. O ódio borbulhava em minhas veias sem expressar em meu rosto impávido. Valery se aproximava, flanqueada por dois enfermeiros trajados em farrapos, os olhos inteiramente negros denunciando que estavam possuídos.

— Eu posso andar sozinha! — protestou ela, lutando para que a soltassem.

Trajada num vestido preto vitoriano, os seios fartos de pele translúcida estavam apertados contra um corpete amarrado, seu torso emoldurado pelos fios ruivos do cabelo descendo em ondas. Os olhos verdes capturaram os meus, perpassados por um tênue lampejo de desespero que logo sumiu, certamente lutando para permanecer neutra diante do terror que nos cercava.

— Venha até mim, querida — disse Asmodeus, flexionando a voz para ironizar a forma como a tratava.

Valery desferiu um golpe de lado para se desvencilhar do demônio que segurava seu braço direito, apertando os dedos imundos sobre a pele já avermelhada. Segurei o impulso de interferir, sabendo que poderia estragar tudo.

— Ela não está primorosa? — falou para mim, arrastando a voz feito um gato ronronando. Revirou os olhos em deleite e a tomou com força pela cintura, trazendo-a para perto de si. — Você deve ter tido prazeres inomináveis com esse belo corpo, padre. Confesso que o invejo.

— Filho da puta — resmungou ela, entre dentes cerrados. O olhar fulgurando de cólera.

— Já entendi, Asmodeus — sobrepus, elevando a voz e salientando as sílabas de seu nome. — Acha que vestindo-a assim vai atingir meus sentimentos extremamente humanos.

Respondeu com um arrulho, forjando uma expressão pensativa.

— Isso, é claro — soltou, sorrindo de forma insana. — Mas também tenho gostos antiquados e não queria perder a oportunidade de vê-la perecer em tão maravilhoso estilo.

Dito isso, virou-a para si e aproximou o nariz de seu pescoço nu. Valery era mais alta que o corpo do garoto, mas sua força a mantinha atada, incapaz de fugir quando subiu as narinas na curvatura do queixo, respirando audivelmente seu odor.

Tive que lutar para não atacar. Não fossem os dois demônios cercando a ambos, eu poderia tê-la defendido. Valery tombou a cabeça de lado com o rosto coberto em repulsa, segurando um gemido.

— Vire as costas — falei, num tom neutro, indecifrável.

Asmodeus me olhou. Sua língua agora estava para fora, apontando para o pescoço de Valery, a caminho de tocá-la.

— O que você disse? — indagou o demônio, erguendo uma sobrancelha. Afrouxou o toque, intrigado.

— Não falei com você — retorqui.

Levou um segundo para que ela compreendesse o que eu lhe dizia. Saquei a adaga no exato momento em que Valery rodopiou com velocidade e precisão, afastando-se de Asmodeus quando os cabelos giraram no ar, revelando a tatuagem entre as escápulas.

O demônio cobriu os olhos, um alarido doloroso se projetando de sua boca, causando uma reação nos demais. O desespero entre as criaturas se propagou, dando-me tempo para lançar a adaga nas mãos de Valery e puxá-la para mim, protegendo-a às minhas costas.

— *Incendeia!* — ordenei, para as duas criaturas que ladeavam Asmodeus.

Labaredas violentas cresceram de seus corpos, consumindo-os velozmente entre os gritos agudos, silvos de agrura que feriam meus ouvidos. Foi mais rápido do que tinha imaginado, o fogo de minha ordem consumiu as almas endemoniadas em segundos.

— Que porra é essa? — falou Valery, retomando o fôlego, se referindo à adaga.

— Você pode machucá-lo com isso — respondi rápida e simplesmente.

Asmodeus me encarou com os olhos falsos arregalados quando suas criaturas terminaram de queimar.

— Você matou meus vermes?! — desferiu num tom artificial de incredulidade.

Sacudiu as roupas, limpando a poeira esbranquiçada e as cinzas que se ergueram dos demônios incinerados. O cheiro pungente de enxofre e carne queimada pinicou minhas narinas, lembrando-me com amargor de que dentro daqueles corpos almas humanas tinham sido ceifadas pelas minhas palavras.

— Quer um minuto para chorar? — devolvi, num tom ácido.

— Não — resmungou, sorrindo novamente daquela forma aberta demais, enlouquecida. — Tenho centenas deles espalhados por aqui e por toda a cidade. Sou praticamente um rei agora.

— Você parece só um garoto olhando daqui — provocou Valery, sarcástica.

Asmodeus arrulhou mostrando os dentes novamente, ofendido de uma forma imatura. Colocou-se de quatro no chão com as costas envergadas como as de um felino selvagem, transformado completamente de um ser humano para uma figura bestial.

Valery permanecia por trás de meu corpo, envergando a cabeça de lado para não tirar os olhos dele. Giramos em uma dança circular com o demônio, que, devagar e com movimentos comedidos, se deslocou novamente para a posição frente ao exército de loucos. Os internos se mantinham de olhos abertos, as cabeças pendidas de lado, como se pendurados pelo pescoço numa corda invisível.

— O que ele fez com essas pessoas? — sussurrou ela ao meu ouvido, num tom desesperado.

— Se algum deles atacar, não hesite — murmurei, mal mexendo a boca.

Era o limiar. Ferir humanos em favor de uma causa divina. Até onde poderíamos ir para proteger uns aos outros, a porção de culpa que poderíamos suportar, era o que pesaria na balança do juízo. Asmodeus sabia disso, porquanto liderava a multidão sombria, feito a Besta que se revelava em sua face coberta em rugas crispadas, dentes amarelados sedentos.

— Você viu uma Borboleta Negra? — tornou a sussurrar, dessa vez com mais urgência.

Girei um pouco a cabeça, capturando o rosto dela pela visão periférica. Assenti sutilmente. Valery pareceu respirar pela primeira vez em seguida.

— Temos que aguentar firme então, Chas.

— Os pombinhos estão fazendo as despedidas?! — Asmodeus ergueu a voz, colocando-se sobre dois pés novamente. — Aliás, onde está aquele Mago que vive no seu ombro? Meus vermes tiveram tempo de acabar com ele?

— Está vendo alguma lágrima? — bradou ela, a voz grave.

— Não ainda — cantarolou, dramático. Lançou uma olhadela para os internos e me mirou, altivo. — Sabe, padre, o senhor não é o único aqui com problemas maternos. Sinto-me ligado a você, de certa forma. Rose, pobre criatura, tão atormentada e tão bela em seu fim... Uma mulher como nenhuma outra. Em certos aspectos, como a minha mãe.

Consonante à sua provocação, uma onda sonora vibrou por meio dos muros altos do Castle. Ecos de vozes, ondas opressoras e um tremor sutil no solo.

Os demônios estão atacando a população, concluí sentindo o peito gelar. Minha mão desceu devagar, o braço rodeando o corpo de Valery de forma instintiva, como se eu pudesse assim protegê-la do que iria se desenrolar.

— Sou imune aos seus joguinhos, demônio — falei, lutando para manter o foco.

Notava com mais certeza agora que aquele ser que rosnava ofendido sentia com intensidade o ferir de seu ego.

— Meu nome é Asmodeus, filho de Lilith, primogênito de Adão! — gritou em sua inflexão bestial. — Eu tenho um nome e não o temo em seus lábios, Exorcista.

Ele não é um caído... Asmodeus é fruto do primeiro pecado contra o Criador.

Quando a compreensão me acometeu, ela não tinha utilidade estratégica, mas me cobriu em arrepios. Ele era o filho rejeitado de Adão com a primeira mulher, a amaldiçoada Lilith.

— Não estou interessada na sua história de família — soltou ela, não dando tempo para afetações. — Devemos começar ou quer continuar com o teatro?

Feito um touro raivoso diante de um pano vermelho, o rosto de Asmodeus balançou, fungando. Movia-se com uma rapidez assombrosa, enquanto suas unhas cresciam monstruosamente.

— Devemos começar, Lacrymosa — chiou, satisfeito. — É agora que você sente dor.

O dedo humano de Casper estalou no ar, mas a explosão que reverberou na atmosfera não foi natural. Um rompante sonoro e os internos bradaram em uníssono, atacando em nossa direção. Por todo o extenso pátio revirado do Castle, vi cabeças humanas moverem-se em conjunto, pés imundos sobre o solo íngreme, machucados pelas pontas de concreto e estacas de madeira, sem ao menos demonstrarem dor enquanto sangraram.

Minhas Ordens Originais surtiram pouco efeito, porém prosseguia gritando cada uma delas num tom rouco, afastando Valery até o outro extremo do local, adiando o momento de ferir aquelas pessoas. Alguns dos algozes recuaram, mas os que vinham atrás seguiam determinados, envergando os braços esquálidos, arrulhando como se fossem animais.

Asmodeus assistia a tudo do meio da multidão, os olhos brilhando, quando um grupo de internos saltou sobre nós aos gritos agudos. Atingi um deles na lateral da cabeça, dominando mais um em seguida, enquanto Valery os atacava com precisão usando a adaga.

Ouvia os sons de seus ataques, as vozes agressivas dos homens e mulheres que aguardavam a vez de desferir golpes usando unhas e dentes em nossa direção, mas só conseguia entrever o tom vermelho do cabelo por meio do movimento de corpos que saltava sobre mim. As peles eram finas, rompiam facilmente quando atingidas. Os ossos cedendo como vidro quando os golpeava na mandíbula, joelhos ou qualquer parte do corpo.

Caíam ao chão, mas continuavam rastejando como aranhas, lutando indolentes em busca de minhas pernas, emitindo chiados demoníacos que abafavam minha audição. Aquela degradação humana me destruía a cada segundo, ainda que não pudesse perceber os estragos no calor da batalha. Sabia que fazia o mesmo com Valery, que já exibia o peito salpicado de sangue, arranhões por todo o braço desnudo, face e peito. O duelo entre Valery e sua derradeira escuridão não me pertencia, mas maculava minha atenção.

— Não olhe para mim, Chas! — gritou ela, roucamente, levantando a voz entre os sons inarticulados das criaturas.

Dominei mais dois homens, abrindo espaço para enxergá-la melhor, a menos de 2 metros de onde eu estava, ofegando. Afundou a adaga no peito de uma mulher, retirando-a num solavanco e me mirando de lado, insatisfeita com minha intransigência. Valery resfolegava, tingida em escarlate, quando o cadáver caiu sobre seus pés, por cima de outro.

— São muitos! — respondi, ofegante.

Bloqueei um ataque, já cercado por mais deles. Procurei me focar, não refletir a expressão no rosto de Valery, seus olhos arregalados, boca pálida e compleição arrebatada em terror. Aquela obscuridade pertencia a ela. A sensação orgástica da batalha e do derramar do sangue, de ter controle sobre a morte enquanto o que atraía sua presença era a possibilidade da ressurreição.

Já com uma pilha de corpos ao meu lado, defendendo-me de um imenso homem que saltara em minha direção, senti uma mudança no ar com a aproximação de uma onda de poder que me era familiar. Por entre os corpos que me atacavam e ao som dos berros de Valery, vi Oz chegar. Suas roupas rasgadas e os hematomas pelo corpo, marcas de queimadura nos pulsos, os olhos mais coléricos e intensos do que nunca.

Numa braçada derrubou três homens. Seus poderes certamente não estavam em força total, mas sua forma física era inabalável. Juntou-se a nós, à medida que os internos pareciam se multiplicar.

Fomos cercados por vários deles, que iam parando ao lado uns dos outros, formando uma armadilha. Em segundos estávamos os três no centro daquela ciranda, olhando ao redor uma forma de escapar ou lutar. Para onde olhássemos, pessoas nuas de pele cinzenta nos miravam com sede nos olhares vazios de vida. A imagem era de um horror atroz, permeado de cheiros de suor, sangue e dejetos humanos. Nenhuma alma lhes sobrara para ser salva, não havia esperança naqueles olhos amarelos de pupila dilatada, nas bocas secas que babavam um líquido amarronzado viscoso.

— Vocês foram bem até aqui — murmurou Oz, arquejante —, mas precisamos atacar mais rápido agora.

Os internos fecharam o círculo um pouco mais. Balançavam num movimento errático. Tropeçavam nos cadáveres que estavam espalhados pelo chão, inertes a qualquer obstáculo.

— Eles vão continuar vindo — devolvi, mirando Oz atrás de mim.

— Temos que pensar em alguma coisa. A cidade já deve estar sitiada a essas horas.

— Parece que estão esperando alguma coisa — sobrepôs Valery, também respirando com dificuldade.

Vi quando ela limpou um rastro de sangue de sobre os olhos usando as costas das mãos. Seus braços estavam cobertos do líquido viscoso, já coagulado.

— Onde está Asmodeus? — indagou Oz, percorrendo os olhos ao redor.

O exército estava a pouco mais de 3 metros de distância agora, aguardando, pendendo de um lado para o outro com olhares vidrados. Valery elevou o queixo, mirando o céu devagar. Sua face se contorceu ainda mais numa expressão de terror.

— Merda — cuspiu, sombria.

Segui seu olhar, já sentindo o crescer da opressão. Era como um zumbido em meu ouvido, aumentando de frequência conforme eu voltava minha atenção para ele. Ao me deparar com a imagem do corpo de Casper pairando no ar, suspenso, senti o zunido reverberar até meu crânio.

Os olhos eram de um negro profundo, duas vezes maior que os olhos do garoto, e suas mãos e pés tornaram-se garras. Do corte aberto pela adaga escorria um lodo preto já formando uma poça no solo.

Posso alcançá-lo, considerei, sentindo a quentura em minhas veias borbulhar. A magia negra do Tomo dos Malditos se trançando com os poderes de Exorcista, feito cobras deslizando umas sobre as outras no ninho. Se impusesse força o suficiente em meus pés contra o solo, poderia saltar e acertar Asmodeus sem que percebesse. Mal senti o chão afundando com a pressão que fiz sobre os pés, arrastando pedras enquanto me preparava.

Valery me observou de forma taciturna, sondando meus movimentos com desconfiança.

— O que está fazendo, Chas? — disse, friamente incrédula.

— Podem aguentar por um segundo? — perguntei, deslizando os olhos para Oz.

O Mago assentiu uma vez.

Sem medir a força que despendia para o salto, enlevei meu corpo por metros acima do chão. Asmodeus pareceu assombrado com minha chegada, sem tempo de elaborar uma defesa quando o agarrei e girei nossos corpos no ar, enviando-o com toda a força de volta à superfície.

Valery e Oz se afastaram quando nossa queda atingiu o solo num ruído estrondoso, esmagando um grupo de internos que ficaram soterrados sob o corpo do demônio.

Levantei-me sobre o corpo de Casper. A adrenalina possuindo todas as minhas terminações nervosas, abastecendo ainda mais meus sentidos. Ao meu redor uma poeira esbranquiçada e espessa tornava a visão do entorno um borrão de formas humanas, mas vi Valery batalhando com alguns dos soldados de Asmodeus, ao lado do gigante que a protegia com sua força brutal.

Asmodeus tateava o chão, onde estava aterrado. Suas garras procurando um apoio para se colocar em pé. Um odor pútrido provinha de seu hálito. Tossia uma saliva macilenta.

— *Regna terrae, cantate deo, psállite dominio, tribuite virtutem deo* — pronunciei, monocórdio.

A risada maligna chiou, zombando de minhas palavras. As garras impulsionavam o corpo, mas se envergaram ao som da minha voz. Vultos passaram pela lateral do pátio, diferindo do movimento pungente de batalha, figuras furtivas esgueirando-se pela balbúrdia intensa. As bruxas tinham chegado para colocar em movimento o plano combinado.

— Isso é inútil contra o Príncipe do Inferno — arrulhou Asmodeus.

— *Exorcizamus te, omnis immundus spiritus, omnis satanica potestas, omnis incursio infernalis adversarii.*

— Sou aquele que se senta ao lado de Lúcifer — cuspiu, a saliva me atingindo na face.

— *Omnis legio, omnis congregatio et secta diabolica.*

— Entregarei a ele a arma de seu adversário! — prosseguiu, intrépido, a mão em garra tentando alcançar meu pescoço.

— *In nomine et virtute Domini Nostri Jesu Christi, eradicare et effugare a Dei Ecclesia.*

— Sua Valery será esposa dele — cantarolou maliciosamente. — Ela e Satanás.

Afundei a mão sobre o peito esquálido, afundando-o de volta no chão revirado. Engolfei o ar, a mente limpa, distante de suas provocações.

— *Ab animabus ad imaginem Dei conditis ac pretioso divini Agni sanguine redemptis...*

— Ressuscitarão um exército de monstros.

— *Non ultra audeas, serpens callidissime, decipere humanum genus.*

— E a Lacrymosa será torturada — tornou a cuspir, os olhos sobremodo insanos. — E clamaremos a Ele... E a você, seu padre de merda!

— *Dei Ecclesiam persequi, ac Dei electos excutere et cribrare sicut triticum.*

— Para que vejam a espada divina ser maculada, por toda a eternidade.

Asmodeus me atacou com força agora. Sua mão se enterrou em meu pescoço com força. Pude ouvir os ossos de minha mandíbula estalando conforme quebravam. A dor me fez urrar, por alguns segundos meus sentidos titubearam e uma escuridão me engoliu.

— CHAS!

Um canto em um timbre baixo soprano soou ao longe. As vozes de Vallena e Malik proferindo a primeira parte do feitiço.

— Não pare! — gritei de volta para Valery, procurando o pescoço dele para me defender.

A voz das bruxas se tornou mais alta. Quando Asmodeus percebeu o que estava havendo, lançou meu corpo com força para a frente. Caí de costas em uma parede dura, costelas se romperam e um enorme fluxo de sangue subiu do meu pulmão para explodir em minha boca.

A dor, pungente e ofuscante, ameaçava me dominar.

É bom que a cura seja muito mais rápida dessa vez! Só preciso ganhar tempo, droga!

Vi os vultos de Vallena e Malik na outra extremidade do pátio e o rosnado de Asmodeus reverberando de encontro ao canto. Ainda havia internos lutando contra Oz, mas Valery estava próxima. Senti seu cheiro e seu toque em meu rosto, mas minha visão sumia, indo e voltando para me devolver apenas imagens de vultos. Numa piscadela abri os olhos, enxerguei sua íris verde em contraste à luz afogueada dos cabelos, tampando minha visão do que estava acontecendo.

— Chas, fale comigo! — implorava, em sopros de desespero. — Por favor, por favor, não morra!

Tentei falar, mas meu pulmão fora perfurado, de forma que uma rajada de sangue saía em golfadas quando me esforçava.

— Vou — engasguei, gaguejando um arremedo de palavra — cu-ra-ar.

— Tem que ser mais rápido — disse, agarrando meu rosto com as mãos úmidas. — Por favor, que seja rápido. Vocês fizeram aquela Magia Negra, então ela tem que ter servido para alguma coisa.

Meu corpo escorregou para o chão, mas ela me apoiou, a mão passando por meus cabelos com urgência. Um pouco de ar retornava aos meus pulmões à medida que a cura se alastrava.

Uma onda de sons me atingiu. Vozes, marchas, rezas.

Eles estão aqui. Estão exorcizando, estão lutando!

A esperança acelerou meus batimentos, contudo os ossos de meu rosto ainda estavam estilhaçados demais para que minha expressão denunciasse o sentimento.

— Eu sei que errei com você — disse Valery, num murmúrio entristecido.

Não, você nunca errou comigo, Valery.

— Sei que neguei o que me entregou e que amaldiçoei seu silêncio — continuou, mantendo uma nuance emotiva que lhe era incomum. — Eu sei que não mereço falar com você agora.

Ela está falando com Ele.

Valery estava cedendo ao Criador, enquanto se agarrava a mim com um furor doloroso.

— Eu não mereceria nada só por ter me forçado a acreditar que você me abandonou, mas, por favor, não por mim — soltou, num soluço. — Não por mim. Por ele. Ajude-o a se curar.

Eu não acho que sou a pessoa preferida dele agora, meu amor.

A voz dela subiu angustiada, num choro seco que ecoou no ar e cortou até mesmo o canto das bruxas. Minha visão se reacendeu, embora a dor ainda continuasse a latejar em meu rosto. Os ossos estalaram ao se unirem no mesmo instante em que o ar emergiu em meus pulmões. Senti o toque dela agarrando minha roupa e seus lábios encontrarem os meus, desesperados.

— Saia daqui, Valery — gemi, agarrando forte a mão que ainda segurava a adaga. — Volte para a igreja e me espere lá.

— Não vou fazer isso! — devolveu, contundente.

— Os Exorcistas chegaram — informei-a, ainda ofegante. — Eles estão lutando, você tem que ficar segura.

Puxei seu rosto e olhei em seus olhos, pronto para pedir mais uma vez que fugisse dali antes que pudesse ver Asmodeus me machucar ainda mais, ou a Oz e Malik, colocando-a em risco de derramar as lágrimas que ele tanto desejava.

— Oz e eu conseguimos — ofegou ela, cheia de uma esperança que acendeu seus olhos. — Vai haver uma luta e eu tenho que estar aqui quando ela acabar.

Um trovão oco rasgou o céu e num piscar de olhos Asmodeus a tirou de perto de mim, lançando seu corpo para o meio do pátio, para depois me erguer do chão usando toda a sua força. Tinha quase me curado, porém agora ele espremia meus braços, quebrando-os em partes de forma que os ossos estalaram, resvalando a agonia até meu tutano. Segurei um grito, defendendo-me com um chute que o lançou na parede, abrindo um espaço a poucos metros de onde eu tinha sido lançado.

Valery se levantava do chão com a ajuda de Oz. Olhei ao redor. Malik estava de olhos fechados e braços abertos, repetindo roucamente palavras estranhas com a voz cada vez mais alta. Aquele canto uníssono não surtia efeito no demônio, entretanto. Ele parecia inabalado, mas com pressa, cada vez mais furioso.

Ela estava mesmo fazendo.

Asmodeus parecia ter entendido antes de mim. Viu quando Vallena caminhou esplendorosa em seu poder, debruçando diante de Malik feito uma serva devotada a uma deusa. Em suas mãos o embrulho macabro, que quando revelado fez o poder ominoso do Tomo dos Malditos se tornar evidente.

O demônio sorriu, despreocupado.

— Isso não vai funcionar comigo — rosnou ele, tirando os membros da parede, um a um. — Nenhum de vocês vai ter força para me empurrar para o abismo — arrematou, confiante.

Oz levou Valery para um canto do pátio. Estava machucada, sangrando na testa e os braços também se cobriam com hematomas. Afastei-me até o meio do local, para chegar perto de Malik e protegê-la se fosse necessário.

Outro trovão rasgou o céu, me fazendo lembrar de que não havia nuvens, nem sinal de chuva. A luz cor de violeta tinha reverberações douradas e na terceira vez que ela sobreveio, notei que não era natural.

Asmodeus recobrou a postura, ainda tinha pele humana pingando em sangue do rosto e um dos olhos estava deslocado da órbita.

— *Potestade confractus!* — urrei.

As pernas dele tremeram e um dos joelhos quebrou, colocando-o ao chão enquanto ria de forma doentia.

— Sabe o que vai acontecer agora? — indagou num tom de insulto.

Proferi mais uma ordem de ataque, dessa vez mais violenta. Numa golfada de sangue, ele se prostrou. Levantou-se com o joelho torto ainda sustentando o corpo, ergueu a mão e fez um gesto de torção. Aquilo não me atingiu, mas ouvi o bradar de dor ecoar às minhas costas.

Oz caiu de joelhos, o pescoço virado de lado e o corpo desfalecendo em partes, até atingir o chão, inerte.

— Maldito! — gritou Valery, berrando com toda força.

O acalorar da ira me fez atacar sem pensar, atingindo-o com as duas mãos espalmadas para lançá-lo de volta à parede. Asmodeus contra-atacou em seguida, satisfeito por ter vencido aquela etapa, infligindo a agrura da perda em Valery. Contudo, a luta física agora estava sob meu controle, apesar dos socos doloridos em meu estômago. Coloquei-o de joelhos, tendo um segundo para ver Valery arrastando Oz e arrumando seu corpo no canto do pátio. Malik não se atentara ao acontecimento, mas agora abria os olhos com uma expressão animalesca desenhada em sua face.

A partir dali tudo ocorreu em concomitância.

Vallena posicionara velas brancas ao redor dela, que fulguraram no ar e afastaram os internos que se esgueiravam feito animais rastejantes tentando atacá-las. Malik abaixou e se reergueu segurando o Tomo dos Malditos em sua mão, bradando um feitiço enquanto o elevava para o céu.

Valery ergueu-se, correndo em direção a ela ao formar um grito de súplica em seus lábios, lágrimas vertendo de seus olhos. Asmodeus atingiu meu rosto com um golpe de garras, três cortes abriram em minha pele, que se desfez em carne e sangue.

Mas Malik ainda estava intocada. Braços abertos em direção ao céu em trovoadas, frechando-se num arco acima de sua cabeça. Estava perto de concluir o ritual.

Perto do desfecho doloroso que poderia não ter volta.

Vi Vallena tomar o livro e colocá-lo sobre o chão, em seguida entregar a ela um punhal que tirou do meio de seu casaco branco. Malik agarrou a lâmina.

As duas trocaram um olhar.

Sem nenhum pesar em sua expressão, Vallena correu para um lugar seguro no canto do pátio e se escondeu entre alguns escombros.

Quando vi a consumação dos nossos planos, dei-me conta do erro grotesco que cometemos. Que eu cometi. A corrupção já correndo em minhas veias e agora emergindo sobre a bruxa que havia sido como uma mãe para mim. Por instinto, saltei no instante em que ela levantou o punhal e o desceu certeiramente sobre o próprio coração.

Mas era tarde.

A lâmina entrou em seu corpo, seus olhos esbugalharam e a boca desenhou um grito mudo, assoberbado pelo clamar de Valery chamando seu nome.

61
VALERY

Malik, sua filha da puta!

Por que todos tinham que insistir nessa missão de sacrifício em nome das minhas causas?!

Chas tinha saltado para tentar impedi-la, o que me fez perceber que ele se arrependera dos planos inconsequentes que tinham feito. Porém Asmodeus o puxou de volta para a briga que provavelmente o mataria também.

Debrucei sobre o corpo de Malik. Soluçava ao chamar seu nome, incapaz de impedir as lágrimas. Olhei ao redor, desesperada. Tinha que tirá-la dali e juntá-la a Oz.

Abaixo de mim o chão vibrou, produzindo ruídos crepitantes como se quebrasse nas profundezas e anunciasse a iminência de um terremoto. Agarrei Malik pelas axilas. Ela ainda estava viva.

— Vai abrir — gemeu, já quase morta.

Segurei meu desespero e a levantei com toda força, arrastando-a até que estivesse ao lado de Oz. Sem ensaios, sem momentos de despedida ou sopros divinos, ela não respirava mais. Era só um corpo posicionado ao lado de outro. Olhos abertos vidrados, o punhal penetrado em seu coração, manchando sua roupa branca de escarlate.

Acima de nós um trovão amarelo rasgou o céu, unindo-se ao barulho oco do terremoto anunciado. Vallena estava em pé agora, saída de seu esconderijo a olhar para o céu com estranheza, como se aquela tempestade roxa em raios dourados não fosse esperada por elas.

— Vallena! — gritei a todo pulmão. Ela me olhou com uma expressão altiva encorajadora, sem se abalar em ver Malik morta aos meus pés. — O que vocês fizeram?

— Chore, agora!

Como se eu pudesse controlar!

Não poderia, de qualquer forma. Os corpos sobre os quais me debrucei pertenciam às pessoas que eu mais amava, enquanto a outra pessoa sangrava num embate violento a poucos metros de mim. Asmodeus golpeara Chas no rosto, causando uma ferida grotesca que havia deformado sua face, insistindo em feri-lo no mesmo lugar à medida que ele se curava.

Segurei a cabeça de Oz, seu pescoço quebrado cedia sob minhas mãos, causando um tumulto raivoso em meu peito. *Como um demônio pode matar com tanta facilidade um ser imortal como você? Eu devia odiá-lo por ter sido frágil!*

Quando dei por mim as lágrimas estavam em torrentes. Meu peito inflava e soluçava, tomado por sentimentos tão intensos que me rasgavam de dentro para fora. Pensei em Adrian, em Anastacia e em todos os que as outras Lacrymosas tinham tocado com suas gotas salgadas cheias de dor.

As crianças voltam mais rápido.

Encostei a testa na de Oz e deixei-o ser molhado pela cachoeira que verteu de meus olhos, depois fiz o mesmo com Malik, beijando-a na bochecha com os lábios úmidos.

— Vejo vocês mais tarde — sussurrei em seu ouvido.

Antes de me levantar, senti quando minhas pernas vibraram e a quentura me atingiu na região do estômago. A sensação conhecida do poder fluindo de dentro de mim, remexendo lá dentro como um leite morno bem recebido por um organismo faminto. Era tão bom, quase tão prazeroso quanto o embate físico tentador. Mas era efêmero. Quando passava e eu podia me levantar de olhos secos sabendo o que eu tinha feito, a culpa me atingia.

Malik viveria para sempre.

Ela talvez merecesse viver ao lado de Oz, e ele merecia ter finalmente uma só companheira. Nunca tinha amado ninguém como a amava.

Ergui-me sobre as pernas e encarei Chas golpeando Asmodeus com todo o seu poder físico. O demônio tentava me alcançar, atraído certamente pela energia que eu acabara de liberar por meio da minha dor. O vento frio produzido pela tempestade atingiu meu rosto, secando as lágrimas e deixando aquele rastro duro de sal para trás. Com uma rasteira ele conseguiu se desvencilhar de Chas e voar sobre mim, enterrando as mãos em meu pescoço e fingindo uma expressão de ternura.

Dentro de suas pupilas estava o ardor do inferno que nos aguardava.

Chas gemia no chão, atingido em alguma área do corpo que o apagara por alguns segundos. Por um instante o único som que ouvi foi o rosnar do demônio que me agarrara e o explodir do concreto do centro do pátio.

A eclosão foi vigorosa, feito a erupção de um vulcão. Quase foi lindo o espetáculo, a tórrida emersão das chamas, mas eu não teria tempo de admirá-la agora que Asmodeus fechava os dedos em minha traqueia.

— Sua dor... Posso senti-la em minha pele — destilou ele, revirando os olhos com o prazer que sentia.

O céu rasgou em um novo trovão dourado. Em seguida tudo se apagou. Todas as luzes, estrelas e todos os sons, deixando para trás somente o estalar do chão.

As coisas acontecendo em consonância pareciam uma dança macabra ensaiada. O livro maldito havia sido engolido por uma rachadura, assim como os corpos de alguns dos internos mortos no chão. Logo eu entendi o que estava havendo, o que Malik tinha feito com a autorização de Chastain.

— Conseguiu o que você queria — cuspi, sentindo dificuldade para respirar.

Uma sombra negra terminou de cobrir o céu, tapando o que restava da lua cheia. Ali embaixo um ar quente soprou das aberturas que se faziam no chão, formando uma espiral no centro do pátio. Vallena correu até Chas se ajoelhou sobre ele para ajudá-lo, finalmente.

— Não consegui ainda — respondeu Asmodeus, usando a voz do garoto dessa vez.

— Elas abriram um portal para o inferno — gemi, lutando contra a falta de ar.

— Eu sei — sussurrou ele. — Vou levar você comigo. Presentear meu pai com suas lágrimas.

Com a mão livre passou o indicador e o dedo médio sobre minha face, capturando algumas lágrimas secas, levou os dedos à boca para sorver o sal enquanto revirava os olhos.

— Dói — tornou a sussurrar. — Dói como o inferno.

Ele soltou meu corpo. Caí segurando o pescoço para recuperar a respiração. Era energia divina que doía nele, mas as lágrimas estavam restaurando o corpo de Casper, tornando-o imortal. *Era o que ele queria afinal? Condenar minha alma ao inferno e ainda poder caminhar na terra com um corpo humano que durasse para sempre?*

— Não acabou, Asmodeus — cuspi entre dentes. — Tenho minha parte nisso também.

— Confesse que está cansada dessa luta idiota — retrucou, um tom venenoso conspirador. — Bem e mal. Céu e inferno. Estão todos enfadados de escolher lados.

— Você está escolhendo um — devolvi, no mesmo tom. — Vai me entregar para Lúcifer ou tem uma ideia diferente?

Irritado com minha provocação, Asmodeus me arrastou para a margem do abismo, segurando-me pelo tronco a centímetros da queda. Vi Chas do outro lado, flanqueado por Vallena, que o impedia de saltar em minha direção.

— Ele vai arrastá-la com ele! — Protestou Chas, tentando passar por entre as rachaduras que agora fumegavam uma fumaça densa.

— Podemos protegê-la — interferiu Vallena, agarrando-o pelo braço. — É esse o nosso plano, Chastain!

O portal ainda se abria. Era uma questão de tempo até o demônio me lançar lá dentro, aproveitando assim os planos de Malik para acabar com nossa luta. Porém um novo trovão soou, dessa vez mais dourado, frio e intenso. O ruído era agudo, como um grito vindo dos céus em decibéis inconcebíveis aos tímpanos humanos. Era tão cortante e ensurdecedor que fez Asmodeus me soltar para tapar os ouvidos. Caí de joelhos e me arrastei para longe do portal, protegendo minha audição com as palmas pressionadas contra a cabeça.

Abri os olhos quando o som cessou. Asmodeus estava em pé ao meu lado com o rosto perplexo fitando algo do outro lado da cratera aberta no centro do pátio. Estava surda, por isso só conseguia ouvir as vibrações das vozes. Chas e Vallena estavam agachados também, tentando recuperar a audição enquanto algo se desenrolava sem compreendermos.

Coloquei-me em pé com custo, cambaleante. O chão estava transformado em uma piscina de lava espessa, enquanto o ar ao meu redor exalava uma frieza dura. Foi então que meus olhos captaram a origem da perplexidade de Asmodeus.

Vinha do outro lado, onde Chas e Vallena estavam, ambos tão paralisados quanto eu. Uma nova presença, corpulenta, emitindo uma energia arroxeada enquanto aparentava ter um par de asas negras de desenhos dourados. *Aquele desenho...*

Parecem olhos?

A Borboleta Negra está aqui.

Vallena colocou-se sobre os joelhos, venerando a aparição. Chas se levantou estarrecido e eu estava da mesma forma, gaguejando palavras inarticuladas. Minha audição retornou captando o respirar de Asmodeus, como um búfalo pronto para atacar.

— Ela reverencia sua presença — destilou o demônio, indignado, ofendido. — VOCÊ!

A figura oculta em sombras se moveu, iluminada pelo brilho avermelhado do portal no chão. Quando vi seu rosto, seu corpo, cada um daqueles traços, minhas pernas amoleceram e quase me coloquei de joelhos. Mesmo que eu já houvesse compreendido antes o que tudo significava, desde a visão com a mulher segurando o terço, a parede cheia de formigas e o bebê na fotografia, vê-lo defronte a mim foi aterrador.

Desde o começo, as visões eram signos do que aconteceria. Ele estava ali o tempo todo, por perto, aguardando a hora de ser usado, assim como Linda May dissera nas Revelações.

— Padre Angélico — sussurrei, atraindo seus olhos ferozes e enigmáticos sobre mim.

Ainda ouvia minhas palavras destinadas a ele, lamentando ter que as proferir. *Padre, o senhor é um receptáculo. Costuma ser um presente de linhagens sanguíneas, e sua mãe sabia disso. Eu sinto muito.* Lembrava-me claramente das mãos de meu amigo tomando as minhas, sussurrando que aceitaria o destino e abraçaria a maldição para transformá-la em bênção. Era sua missão divina, dissera-me. Angélico aceitara ser o vaso daquela criatura, olhando aos céus e agradecendo ao Criador por tê-lo escolhido para salvar a Lacrymosa.

Agora estava ali, seus olhos negros brilhando num tom púrpura. Seu rosto não mais expressava a parcimônia, mas sim um altivo poder milenar. Algo que nos seria incompreensível se revelado em sua forma original.

— Você chamou por mim, Lacrymosa? — disse a voz, mansa, cortante e cantarolada.

Assenti uma vez, constrangida por sua presença. Asmodeus rosnou.

— Está tarde, verme — disse ele, enraivecido. — Ela é minha e a entregarei ao Caído.

A criatura recém-chegada caminhou no entorno do portal, chegando frente a frente ao demônio que insistia em me rodear, como se eu fosse seu troféu. Nenhum temor me restava, nenhuma incerteza de que eu conseguiria vencer o que tinha que vencer. Aquela batalha agora não era mais minha.

— Lúcifer não está interessado na Ressurreição Original, garoto — argumentou a voz de padre Angélico, agora usando um tom assertivo. — Ele só o está distraindo com missões vazias enquanto planeja coisas maiores. É o que ele faz, trair, mentir. Você é só um garoto, Asmodeus. Um menino perdido buscando aprovação de um pai. Lúcifer já foi assim um dia.

Asmodeus chiou e lançou sua mão para me puxar, atando meu corpo ao seu enquanto eu estava aturdida demais para me defender. Os olhos brilhantes de Angélico pousaram em mim, calmos, prometendo que acabaria logo, se eu tivesse paciência.

Chas tinha caminhado para perto, dando a volta na abertura no chão. O abismo crepitava e exalava o cheiro pungente de cinzas. Todos pareciam cativos demais ao Ser presente para agirem com imprudência.

— Você mente! — cuspiu Asmodeus, deixando um rastro de saliva em meu rosto. — Você é como todos eles!

— Não perca tempo com falácias — respondeu o outro, num timbre imperturbável. — Solte-a e lute comigo.

Com serenidade, abriu os braços e sinalizou para o abismo. Asmodeus me empurrou, jogando-me no chão com fúria enquanto chiava. Agora, mais do que nunca, se parecia mesmo com um menino ferido. Chas correu em meu socorro, mas o Ser no corpo de padre Angélico caminhou devagar até mim e me estendeu a mão, ajudando-me a levantar.

Olhamos nos olhos um do outro por um longo tempo. Naquela profundidade eu reconheci o mesmo brilho que tinha visto na Borboleta Negra. Eu o tinha trazido ao mundo e ele parecia tão fascinado por mim quanto eu estava por ele. Um ser mais poderoso do que eu e ainda mais do que o demônio que esperava ansioso pela chance de feri-lo.

— Conversaremos em um segundo, Valery — disse-me com cordialidade.

Passei por ele, encontrando os braços de Chas estendidos para me segurar. Abracei-o com força, passando as mãos pelas feridas que já estavam quase curadas em seu rosto.

— Graças a Deus você está vivo — sussurrei, agarrando-me àquele toque como se fosse a última vez.

Mas não é a última vez, Chas. Agora nós temos esperança. Agora vamos resolver as coisas de verdade.

Ele me levou para longe dali, onde Vallena estava ajoelhada. Estranhamente ela rezava, repetindo palavras em latim muito parecidas com aquela que Oz e eu repetimos horas atrás, invocando aquele ser.

Asmodeus investiu em um golpe, mas foi defendido de forma que acabou prostrado muito perto do abismo. Os olhos demoníacos encararam o fundo com pavor.

— Valery, o que você fez? — indagou Chas, incrédulo. — Quem é aquele?

Agarrei seus braços, procurando palavras para explicar. Lembrei-me do dia em que Oz tinha projetado aquele conhecimento para dentro de mim. Vira a caixa de bronze num lugar antigo, antes mesmo da construção da Arca de Noé, do Paraíso e do Pecado Original. Ela estava pendendo no firmamento enquanto duas presenças, uma iluminada em tons prata e azul e outra em negro e violeta, se dispunham lado a lado.

Asmodeus tentou atingi-lo novamente, mas o corpo de padre Angélico desviou e o agarrou pelos braços, jogando-o de volta à beira do abismo. Estava brincando, ganhando tempo.

— Lutar comigo é um desperdício de forças — anunciou a voz cortante. A nuance grave reverberava em cada palavra, como se pudesse hipnotizar.

Asmodeus entortou a cabeça, colocou-se em pé e seus ombros tremeram.

— Mais como eu irão voltar — retrucou ofegante o demônio. — Nossa mesa tem sete e eu sou apenas um.

— *Você* não vai voltar, Asmodeus. Isso eu vou garantir.

Tornei a encarar Chas, ainda buscando em meu arcabouço de lembrança algo naquelas imagens que pudesse ser compreensível Havia flashes de um rio sem fim, águas furiosas caindo em torrentes sobre um mar de terra. O caos. O nada.

E palavras que vinham sem som, só o significado bruto delas desenhados em minha memória.

No início a Terra era sem forma e vazia. Então ao sétimo dia o fôlego do Criador soprou sobre ela e a vida se propagou para os quatro cantos.

— Ele sempre esteve lá — sussurrei, atraindo os olhos de Chas.

Asmodeus tentava lutar, mas a presença do outro o enfraquecia.

— Quem, Valery?! — implorou, já beirando o desespero.

— Eles nasceram juntos — pronunciei, ouvindo minha voz num tom fascinado. — Estão escondidos entre nós, onde olhos humanos não podem ver. Esteve envolto em escuridão e cercado pelo medo dos homens, até hoje.

Chas me encarou, assombrado.

— O que vocês fizeram?

Encarei-o uma última vez antes de ver o temor em seus olhos quebrar sua alma. Antes de correr o risco de desapontá-lo, de atrair algum tipo de condenação. O conhecimento que não pode ser verbalizado, seria.

— Nós invocamos a Morte.

62
HENRY

Morte.

A palavra perdurou em minha audição por tempo demais.

Era impossível não recuar ao ver a imagem de padre Angélico agora, coberto em forças, emanando aquele poder que pressionava em meu peito e me constrangia, a ponto de me emudecer. Ele infringia medo e fascínio ao mesmo tempo.

O homem antes tímido, inocente, recendia em sombras gloriosas de um poder incalculável, cuja equivalência eu só tinha visto nas vezes em que Valery chorou. Eram opostos, desconcertantes entre si, fantasticamente complementares.

A Morte levantou o corpo de Asmodeus feito uma pluma e toda a força do demônio se esvaía. A pele negra brilhava com o reflexo das chamas do abismo, enquanto sons sedentos de gritos vinham de lá.

Vallena tocou meu ombro, atraindo minha atenção.

— O Portal vai se fechar em segundos — alertou-me. — Se ele não atirar Asmodeus lá dentro, não conseguiremos abrir novamente.

— Ele vai atirar — disse Valery, sem tirar os olhos da querela entre os dois.

— Por que Malik e Oz ainda não voltaram? — questionou Vallena, pela primeira vez parecendo perder a compostura lívida.

Valery olhou para trás, segurou a adaga que eu a tinha entregado e me devolveu, sinalizando para a luta.

— Demora mais com os adultos.

A voz de Asmodeus gritou uma maldição, quando a Morte lhe atingiu o peito, jogando-o contra a parede. As mãos que outrora pertenciam a Angélico o agarraram e o puxaram para a beira do abismo, onde o colocaram deitado com a cabeça relando nas chamas furiosas.

— Você será marcado por mim, condenado ao inferno usando o corpo de um garoto humano — cuspiu o ser de sombras, resoluto. Seu tom não era de maldade, mas de um poder que transpassava tal conceito. — Será motivo de chacota entre os Príncipes do Inferno e a vergonha de Lúcifer. Então, no dia do Juízo, quando as Lágrimas trouxerem os mortos à vida, nos encontraremos novamente e eu sorrirei de prazer em vê-lo perecer.

— Você não é melhor que nenhum de nós, Tânatos! — urrou Asmodeus, derrotado, ainda que não transparecesse. — Não é anjo ou demônio! É desprezado, temido e deixado de lado, no entanto não tem alma para queimar, tampouco juízos. Você é nada.

Inabalado, a Morte levantou a mão direita para o céu, quando uma luz dourada lhe sobreveio e acendeu sua palma, formando um brasão incandescente. Desceu a mão sobre a cabeça de Asmodeus, marcando a testa de Casper como se fosse um gado de sua propriedade.

O cheiro de carne queimada subiu no mesmo instante e ele gritou, rasgada e intensamente, fazendo com que tapássemos os ouvidos. Valery estava perplexa, um olhar vagamente apaixonado, mas distante.

A Morte se levantou, lançou um olhar curioso para mim por entre os picos das chamas do portal. A cratera começava a se fechar e as chamas perdiam a intensidade.

— Você é o Exorcista Original — ergueu a voz. — A Espada de Sal do papa.

Andei até a beirada, sustentando seu olhar por entre as chamas.

— Não mais a Espada, mas, sim, um dos Originais.

Ele sorriu sem mostrar os dentes, erguendo Asmodeus no chão. Na testa o símbolo da morte, que eu já conhecia bem dos livros, das lendas, das inscrições do Vaticano. A Ordem do Dragão tinha registros seculares das aparições do possível Anjo da Morte pelo mundo, sobre seus receptáculos humanos e suas invocações.

Angélico era um deles. O Vaso da Morte.

Meu caro amigo partira daquele corpo, eu sabia. Sua alma não o habitava mais, tocada pela essência indelével da Morte. *Eu só queria poder ter me despedido adequadamente, padre.* A ambivalência de sentimentos fez lágrimas subirem aos meus olhos, tanto pelo luto em perder Angélico, quanto pela abrasadora sensação de estar olhando nos olhos de um dos seres que antecederam a criação do mundo.

— Sou a mão esquerda do seu Criador — disse ele, mais alto. — Ele é grato pelo que tem feito, vê sua fé e proteção para com a Lacrymosa. E esse é meu presente para você.

— Ele ainda me oferece gratidão? — devolvi, erguendo a voz o mais alto que pude.

A Morte sabia do que eu falava. Os olhos brilharam e um leve anuir veio em resposta. Aquela criatura que transcendia o bem e o mal, a moral e a ética dos homens, me entregava a vingança.

— A linha entre o bem e o mal é tênue, Exorcista — bradou, seriamente. — Você é sacrossanto agora.

Haveria tempo para refletir sobre o que ele tinha dito, mas não para perguntas. Agarrei a adaga. A Morte segurou o corpo amolecido do demônio e o lançou no ar. Impulsionei-me e saltei, de encontro a ele no centro do abismo. Enterrei a lâmina em seu coração, ouvindo o grito reverberar, as chamas se apagarem dos olhos que eram de Casper e a derrota perpassar a expressão de Asmodeus.

O portal se fechava. Puxei a adaga num solavanco.

— Demônios foram feitos para queimar.

Soltei o corpo. Asmodeus submergiu no mar de chamas com os braços estendidos, o último grito preso na garganta e o ódio no olhar. O portal fechou, engolindo o fogo e tornando-se somente terra revirada, tendo no centro o Tomo dos Malditos, intacto a não ser por uma fumaça escura que subia dele.

Pousei no chão, os pés sobre a superfície e o corpo quase totalmente curado.

Os primeiros olhos que vi foram os de Malik.

Ela estava sentada agora, passando as mãos sobre os ombros de Oz enquanto me fitava, tão viva quanto nunca. Oz se mexeu no chão, despertando aos poucos sob o toque da mulher, que desviou os olhos para recebê-lo de volta à vida.

Valery se chocou contra mim, agarrou meu tronco e afundou a cabeça na curva do meu maxilar enquanto respirava ruidosamente. Jamais imaginei vê-la vulnerável aos seus sentimentos. Cedia a eles depois de muito tempo os prendendo entre defesas intransponíveis que já não aguentava sustentar.

Segurei-a com força e afaguei seus cabelos, aproveitando aquele segundo depois da vitória enquanto podia tocá-la.

A Morte se aproximou feito um gato, seus passos resolutos andando por sobre o chão revirado sem nenhuma dificuldade. À medida que ele caminhava, o que restara dos internos decrépitos caía ao chão, desfalecidos e sem vida.

Valery me soltou, os dois se encararam por um par de segundos até que ele escorregou os olhos para mim.

— Bom trabalho — falou, a voz carregada de serenidade.

— Eu teria morrido se não... — travei, engasgado com as palavras.

A mão direita dele se levantou e as asas envergaram produzindo uma onda de frio que me fez tremer, calando-me.

— Sequer está ferido — observou de forma espirituosa. — Estava liderando essa batalha com maestria.

Apesar da cura física completa, as feridas que se abrem dentro de nós não podem ser curadas nem mesmo com o mais poderoso dos feitiços.

— Com todo respeito, nós poderíamos tê-lo empurrado ao abismo.

— Sei disso — disse com calma, meio sorrindo. — Fui chamado por outra razão. Vocês teriam vencido essa parte sem mim, embora tenha que ser sincero e admitir que castigar o filho de Lilith tenha me trazido uma satisfação quase humana.

Valery sorriu de lado, em seguida agarrou minha mão para atrair minha atenção.

— Esse é o segredo que Oz e eu escondemos. O conhecimento que não pode ser verbalizado — confessou ela, como se quisesse se justificar.

— Há muito queria ter contigo, Lacrymosa. Nossos caminhos foram guiados um para o outro — disse a Morte, como uma profunda mansidão.

Era excêntrico o jeito que falava, anacrônico, mas perto de ser parecido com os homens. Ele nos conhecia de observar e de carregar nossas almas. Era frio, pragmático, mas misterioso.

Oz estava em pé agora, aproximando-se junto com Malik e Vallena, que ainda parecia abismada com a nova presença. O Mago se postou ao lado de sua protegida, enquanto mirava a Morte com um fascínio de ferocidade inigualável.

Eu era apenas um expectador ali, assim como as bruxas.

— Terei muito trabalho nessa cidade hoje — falou a Morte, passando o olhar por cada um de nós. — Minhas tarefas nunca acabam, entretanto não posso reclamar de estar cansado. Ainda hoje tenho que levar almas para o descanso. Almas que os demônios de Asmodeus ceifaram em sua cidade.

— Você é real — disse Oz, a voz saindo com ressoar estranho, distante. — No começo das Revelações eu pensei estar enganado.

A Morte lhe lançou um olhar indagativo.

— Não me vê todos os dias, desde os princípios dos seus dias, Mago? A cada apagar de olhos, lá estou — recitou, abrindo os braços de um jeito professoral. — Estive contigo hoje quando cruzou a fronteira dos vivos e dos mortos pela primeira vez em dois milênios.

Oz deu um passo à frente. Apesar do fascínio, não tinha por Morte qualquer reverência ou temor.

— Não está em carne e osso para que realize suas tarefas — enfrentou-o com jactância. — Você me guiou até a Arca da Invocação, até o Vaso que ocupa, não guiou? Era você que mandava as visões, não Ele.

Os olhos mansos que outrora pertenceram a Angélico deslizaram para mim, causando uma frieza em meu peito.

— Exorcista, há algo que preciso lhe falar antes de ter com o Guardião.

Ele se aproximou, seu poder me esmagando. Seus olhos vendo o limbo espiritual dentro de mim, escrutinando aquela parte profanada do meu ser da qual eu sabia que ele tinha conhecimento.

— No momento em que me manifestei a seu amigo Angélico, o último pensamento que ele teve foi relacionado a você — disse, num tom sereno e firme. — Estava já do outro lado da fronteira, seus amigos a salvo aos cuidados da polícia. Ele ficou dentro do carro me esperando enquanto fazia preces para que o Criador relevasse suas virtudes com mais peso que seus erros.

Uma lágrima solitária escorreu por meu olho direito, a visão turvada pelas que não rolariam. Eu só queria poder ter me despedido. Só queria poder tê-lo preparado ou até mesmo evitado o que Valery e Oz fizeram.

— As lendas dizem que um ser como você não pode adentrar um corpo sem consentimento — disse, mantendo meu olhar preso ao dele. — Ele cedeu voluntariamente? Sentiu alguma dor?

A Morte negou, o rosto expressando um pesar cálido.

— Não houve qualquer pesar quando me autorizou a tomar sua alma e habitar sua carne. Assim como seus ancestrais, ele foi consagrado a mim desde pequeno. Agora sua alma repousa com os justos.

— Espero que lhe dê uma bela eternidade — respondi, tácito.

A Morte sorriu como um adulto sorri a uma criança tola.

— Agora gostaria de pedir a vocês, Exorcista e bruxas, que me deixem a sós com minha querida Valery e seu Guardião — pediu polidamente, passando o olhar por nós com mansidão.

Valery agarrou minha mão, como se quisesse que eu ficasse mesmo sendo proibido.

— É um prazer poder ter visto a Morte duas vezes hoje — falou Malik, num tom bem-humorado apesar de sério. — Em espírito e em verdade.

— O prazer é todo meu, bruxa Covak — respondeu ele, em seguida olhou para Vallena. — A você, jovem pitonisa, alerto para que vigie com mais afinco o destino de seus poderes. Sabe do que estou falando?

Vallena me olhou de lado e assentiu. Havia algo nela que me incomodara desde o princípio, mas agora todas as luzes de emergência se acendiam.

Malik agarrou a sobrinha e a conduziu para a saída, mas eu ainda permanecia ali, agarrado a Valery incerto se deveria deixá-la, se deveria permitir que seus planos se consumassem.

— O que vai fazer? — sussurrei para ela, puxando seus braços em minha direção.

— Vou ser normal, finalmente. Por você — sussurrou de volta, num tom passional.

Apertei os dedos em sua pele nua, contendo o fluxo de impulsos que me tomavam. *Se eu fugisse com ela dali, ele nos alcançaria? Angélico teria morrido em vão?*

— Não — soltei, num tom emotivo. — Valery, eu não quero...

— Eu o perdoo — calou-me, falando em voz alta. — Eu o perdoo por ter aberto mão de mim para me proteger. Perdoo por ter me amado o bastante para não se permitir ser egoísta. Agora é minha vez de fazer tudo o que fez por mim ter valido a pena.

Segurei seu rosto, sem me importar com aqueles que nos observavam.

— Eu amo você, Valery — falei, mantendo um tom resoluto, como se dissesse isso pela primeira vez. — Não importa o que você decida, o que seja ou o que possa fazer. Eu a amo de qualquer forma. Para sempre.

Ela fechou os olhos e beijou minha mão.

— Nos vemos lá fora — foi tudo o que respondeu.

Ao CRUZAR o portão do Castle Black e encarar o ar do amanhecer pungente depois de uma madrugada de trevas, a primeira coisa que vi foram os Cavaleiros Originais, os Exorcistas alinhados defronte ao portão. Haviam dezenas deles, cansados, respirando ofegantes enquanto suas batinas rasgadas denunciavam a batalha acabada.

O sol dourado saía de trás das nuvens, agora livre da presença do mal de Darkville, mas em raios pálidos lamentosos pelo luto dos mortos naquele solo. Para sempre marcado a partir daquele dia.

Encarei os meus semelhantes por um segundo, pensando em tudo o que eles eram. No que eu era. Na essência que temos em cada um de nós, que é apenas uma semente do que poderemos nos tornar um dia, pronta para florescer, definir e traçar destinos. A parte inerente à nossa alma que evolui com os anos, criando raízes, ramificações e frutos, mudando conforme as estações. Essa essência também pode morrer ou mudar, se tocada por um certo tipo de poder.

Eu fui tocado pelo mal e eles saberiam disso.

Isso é o que eu sou.

Exorcista.

O cheiro de sal de suor humano agora impregnava o ar onde antes havia odor pútrido. A lucidez daquele momento tinha um ar de violência, de resolução. Algo ali fora decidido de tal forma que antigos equilíbrios jamais poderiam ser restaurados.

Todos aqueles Cavaleiros ajuntados, voltados para mim com os resquícios da Guerra que eu os chamei para lutar, me aguardavam. Tudo andava em câmera lenta e cada uma daquelas respirações me atingia.

Sabia o nome de vários, mas alguns eram novos.

Dez Exorcistas Originais à frente. Seus filhos, primos e tios, em fila, formando um batalhão. Eu era um dos únicos que fora descoberto sozinho, perdido e sem um familiar com o conhecimento para me transmitir.

— Espada de Sal — bradaram em uníssono. — Glória na Guerra!

Como na inquisição, nas cruzadas e nos genocídios liderados pela mente dos loucos. Não respondi. Não senti vontade de responder como antes, nunca quis fazer parte daquilo. Desprezando minha essência.

Predador de demônios.

Vallena passou por mim, pousou a mão em meu ombro e seus olhos ardendo em âmbar me observaram por um segundo que se arrastou no tempo, como se tivesse o poder de pará-lo. Havia emoções demais neles e em seus lábios dizendo palavras mudas.

Cuidado, pensei tê-la ouvido sussurrar para mim.

Malik disse alguma coisa e tocou meu braço, mas não apreendi sua fala a tempo, pois a sobrinha a arrastou dali para longe dos Cavaleiros que certamente temiam. Tínhamos um histórico de fogueiras e estacas em relação às suas antepassadas.

Darkville estava morta. Os sobreviventes deviam estar sendo evacuados, um a um, por um homem de carne osso e essência humana, enquanto eu deixava meus pés parados ali, vendo os Exorcistas aguardando por uma palavra minha.

— Acabou — anunciei, elevando a voz. — Asmodeus foi enviado de volta ao inferno.

Ergui a adaga no ar, e os dez da frente curvaram as cabeças como faziam os Exorcistas mais próximos a Cervacci. O primeiro deu um passo para o lado, à medida que outros fizeram o mesmo, abrindo caminho para alguém que iria passar.

A passarela de reverência aberta pelos Cavaleiros revelou alguém que caminhava do fim do grupo. Passos pesados, pose irreverente. Cervacci.

Então você veio lutar, ao menos uma vez?

Ele usava sua batina bege e a estola roxa, trazendo nas mãos vazias o poder sobre os segredos da humanidade. Sua imagem me alarmou e me enraiveceu de forma descomunal, pois Lucas não era um homem de deixar seu trono, seu posto ao lado do papa e seus pés de sobre seu templo, não por qualquer batalha que fosse.

— Henry Chastain! — saudou-me, abrindo os braços. A voz rouca de velho tremulou ao se erguer. Ele parou em minha frente e bateu a mão enrugada trêmula sobre meu ombro, sorrindo falsamente. — Que bela dupla de mulheres o acompanhou até aqui. Que bela energia elas têm, não é mesmo?

— O senhor sabe o que elas são, bispo — retruquei com desgosto.

— Bruxas do coven Covak — emendou, assentindo com aquele ar de hipocrisia. Em seguida riu, meneou a cabeça e retirou a mão de mim, dando-me um alívio instantâneo ao me livrar de seu toque. — Elas engrandeceram seus poderes. Foi capaz de lutar com o Príncipe do Inferno e vencer? Não imaginei que sairia vivo.

— Você enviou os Cavaleiros para salvar a cidade e por isso sou imensamente grato, mas...

— Não vai voltar comigo — emendou, piscando os olhos anuviados de catarata. — Eu entendi seu recado ao telefone. Teremos que arrumar outra Espada de Sal, então. Absalon é um ótimo candidato.

— Onde está querendo chegar, Lucas? — desafiei-o, desfazendo-me de minha postura para me distanciar dele, chegando mais perto dos demais Cavaleiros.

Algo estava errado naquela atitude, na inflexão dúbia de sua voz.

— A missão em Darkville foi cumprida e agora devemos nos retirar — completei, resoluto. — Antes das perguntas, das câmeras, lembra?

— O que Asmodeus queria nessa cidade? — insistiu, determinado a mostrar aquela discussão aos demais.

A resposta estava na ponta da língua, mas uma energia opressiva no ar, não demoníaca, mas humana, me fez hesitar.

— Uma sucessão de invocações e rituais que saíram do meu controle.

— O que está acontecendo lá dentro? — insistiu Cervacci, chegando muito perto. Desconfortavelmente perto. — Você esconde segredos de mim. Esconde segredos da Ordem e dos seus amigos, sua família, os Cavaleiros Originais.

— Eu não sirvo à Ordem, Lucas — retruquei, erguendo meu queixo.

— Nós não servimos à Ordem do Dragão, não somos seus Cavaleiros. Lutamos porque nascemos com a Guerra contra o Mal em nossas veias, e você não tem poder algum sobre nós que não tenhamos permitido.

Senti as respirações pararem. Os demais Exorcistas se retesaram, esperando a conclusão daquela discussão da qual estava disposto a sair vitorioso. E livre.

Cego pela ira e pelo desejo de esmagar a garganta do homem que há tantos anos vinha manipulando minha vida, eu me aproximei.

— Tem Magia Negra na sua alma — sussurrou Cervacci. — Sabe o que acontece com ela se eu disser apenas uma palavra?

Os Exorcistas estavam ouvindo, emudecidos. *Será que também podem ver? Sentem que eu maculei nossa essência?* Eram guerreiros e guerreiros não sabiam fazer nada se não obedecer e aguardar ordens. Senti Absalon vibrar, uma tensão emanando dele em direção a mim e virei o rosto de lado para encará-lo. Os olhos azuis cintilavam, alertas.

— Fiz o que deveria ser feito, e eu mesmo pagarei o preço.

Absalon deu um passo, mas Cervacci o impediu com uma ordem imperiosa, usando apenas a palma erguida.

— Você não vai viver para permitir mais nada, Henry Chastain — ameaçou, quase grudando seu rosto ao meu.

As palavras zuniram em minha audição e remexeram dentro de meu cérebro, como se um ninho de marimbondos atacasse minha cabeça e confundisse meus sentidos. Cervacci usara uma Ordem contra mim, para me ferir usando minha própria magia negra. Só tive tempo de elevar a mão às têmporas, quando um ruído metálico cortou o ar.

Houve um protesto rouco, passos descontentes.

Depois um tranco duro e uma dor lancinante em meu estômago.

Quando recuperei minha capacidade mental, senti a letargia, a analgesia e um gosto metálico subindo em meu paladar. Havia um punhal enterrado em meu tronco.

— Afastem-se dele! — gritou a voz de Cervacci, quando vultos se aproximavam e uma cacofonia de vozes me acometia. — Chastain agora irá para uma prisão juntamente com aqueles que prendeu.

— Não deveria ter feito isso, Cervacci — protestou Absalon. — O papa jamais irá perdoá-lo.

Cervacci riu, arrancou o punhal. Caí de joelhos, depois de lado, a bochecha sobre o chão salpicado de cinzas. Lucas me olhou enojado, jogou a arma que usara para me matar sobre meu rosto. Era o estilo Vaticano de cuspir na face de seus inimigos.

— Então fique com ele e lhe preste sua misericórdia sozinho — arrematou, já se distanciando. — Nos vemos mais tarde, Absalon.

Já estava para apagar quando as mãos do Cavaleiro tocaram as minhas. Borbotões de sangue emergiam por minha garganta e minha fala saía em engasgos. Já não mais via, não sentia, só experimentava a vida escorregando de dentro de mim.

— Descanse em paz meu amigo — falou a voz de Absalon.

Ao longe ouvi um urro estridente, fechando os olhos ao me dar conta de que era Valery.

63
VALERY

Minutos antes...

O Ser em minha frente não conseguiria parecer humano nem mesmo se pudesse esconder a cor sobrenatural dos seus olhos. O sorriso contraditório parado em seus lábios, asas fechadas, pontudas, reluzindo em dourado e negro aveludado. Aquele sentimento em meu peito, a atração extremamente palpável era extraordinária. Eu sentia vontade de tocá-lo na mesma medida em que gostaria de correr.

— É bom vê-la de tão perto — falou a voz. Era o timbre de Angélico, mas soava tão manso e apaziguador que era quase soporífero. — Você é muito famosa no lugar de onde eu venho.

Emudecida, permaneci com a boca aberta sem saber o que responder. Oz tocou minhas costas nuas com a palma quente. Foi bom senti-lo vivo, respirar o alívio por ter conseguido trazê-lo de volta.

— Era você que enviava aquelas visões desde o princípio? — Oz repetiu a pergunta.

A Morte deu um passo à frente e abriu as asas, encarando meu Guardião com a mesma curiosidade com que encarara Chas.

— Não no princípio, mas desde o nascimento dela. — Apontou para mim com o queixo. — Quando o Criador decidiu guardar o poder da Ressurreição entre sua criação, não vou mentir que fui um dos primeiros a me posicionar contra a ideia. Sou o único a quem Ele ouve, às vezes. Estamos juntos desde... sempre. — A Morte andou, escondendo as mãos cruzadas atrás do corpo. A batina limpa demais, como se toda sujeira fugisse de seu toque e toda vida ao seu redor se escondesse. — Eu duvidei que houvesse um ser humano capaz de carregar tamanho poder sem ceder. Por isso a cada morte de uma Lacrymosa, lá estava eu para devolver a Ele o que lhe pertencia. Teimoso, crente e orgulhoso de sua criação, insistia em enviá-la de volta. Tamanho poder, tão desejado quanto eu sou repelido.

Resmunguei algo sem querer, atraindo a atenção dele. Oz estava petrificado, prestando atenção a cada movimento. Meu coração acelerado estava ansioso, querendo perguntar logo o que eu tanto desejava, não vendo a hora de fugir dali correndo para os braços de Chastain e anunciar que seríamos livres agora. Que eu não carregaria mais aquele fardo.

— Eu vi a Arca da sua invocação, sei que ela seguia Valery e que se atraía por ela. Você a quis, Tânatos.

O nome lhe servia e não o incomodava.

— Todos nós sairemos ganhando se Valery for a última — disse, paciente.

Oz estava agitado, querendo mais. Mal me olhava, só se concentrava no diálogo.

— Você não é um mensageiro do Criador, você é a Mão Esquerda. O Ceifador — concluiu Oz, num tom duvidoso. — Não está aqui a mando d'Ele, não é mesmo?

Tânatos se aproximou, sem responder à sugestão de Oz. Sua mão fria ergueu a minha e a levou aos lábios, mas não a beijou. Parecia estar cheirando, sutil, transmitindo para mim o toque gelado que arrepiava todo meu corpo. O vestido pinicou em minhas pernas, lembrando que eu estava ridiculamente exposta. Queria estar mais bem vestida em meu encontro com a Morte.

— Não sabe nada sobre si mesma, Lacrymosa. Aliás, Mozart lhe deu um nome apropriado, não é mesmo?

— O que eu tenho que saber sobre mim? Não sou a última? Não era isso que as visões mostravam a Lourdes?

Ele sorriu para minha tolice.

— Você está sedenta para que eu retire o poder de você.

— É o que eu mais desejo.

— Você sabia que você e eu, Morte e Ressurreição, não somos opostos? — Largou minha mão e percorreu a atenção de mim para Oz. — Você não traz a Vida dentro de você, aliás, nem ela seria oposta a mim. O Criador é a Vida, eu sou a Morte, e você, a Ressurreição. Não posso tocar aqueles que você toca. Suas almas ficam marcadas pelas suas lágrimas, esperando o dia do Juízo. Não nos opomos, mas nos completamos.

Absorvi seu esclarecimento. Aquele conhecimento era bem-vindo, mas seria melhor se as encarnações antes de mim pudessem tê-lo sabido.

— Sinto muito se isso soar desrespeitoso, mas eu não quero mais — falei, depois de um tempo. — Pode levar a Ressurreição de volta a Ele e dizer que meu trabalho foi feito. Todas as minhas vidas carregaram esse fardo por Ele, e agora eu...

— Você é tola. — Sua voz saiu feroz, entretanto baixa.

Oz rosnou, involuntariamente, puxando meu braço para perto do seu. A Morte o encarou como se ele também fosse tolo.

— Por que me mandou as visões e me fez encontrá-lo se não para levar o poder que a Ele pertence? — retorquiu Oz, ao meu silêncio.

— Ela pode mesmo ser a última — respondeu como se fosse óbvio. — Mas é preciso cuidar dos próprios desejos.

— Você tomou uma vida preciosa para estar nesse corpo, ainda que a culpa seja minha — continuei, num tom de quem implora. — Quando descobri que a linhagem de Angélico era de receptáculos, eu contei a ele. Se sair daqui hoje levando-o consigo, sem cumprir o que me prometeu, eu serei uma assassina.

— Já não o era? — replicou com mórbida elegância. — Desculpe-me se pareço insensível, minha querida, mas há alguns meses passou por meus braços a alma de um homem cuja vida foi tirada por uma bala desferida por suas mãos. Não havia sido a primeira vez.

— É meu trabalho! — retruquei, cuspindo as palavras culpadas. — Mas no final das contas é você quem retira as almas e não eu.

— Bela conclusão. São nossos trabalhos.

Oz estava impaciente. Pelo toque em meu braço queria que eu me calasse, mas estava afetada demais para continuar a me articular adequadamente.

— Valery tem certeza do que quer — sobrepôs Oz. — Há dois milênios venho guardando essas mulheres e as vendo viver com medo, atraindo demônios, levando consigo o peso da imortalidade daqueles a quem tocam. — Oz calou-se por um instante. Seus olhos aparentavam um choro contido, mas que logo desapareceu. — Eu aceitei de bom grado a missão que me foi dada, e faria tudo outra vez, mas tudo o que pedi, como Guardião, foi a misericórdia d'Ele.

— É o que todos dizem antes da minha chegada — respondeu a Morte, calmamente. — Perdoem-me pelo solilóquio, mas não estou acostumado a receber tanta atenção dos seres viventes. Não sei agir com o humor e a leveza que vocês fazem. Quando eu chego só ouço choro, vazio, temor... São os primeiros que me desejam, não para colocar um fim a algo, mas para trazer um começo. Tudo isso é muito novo para mim.

Quis rir, mas o tom foi sério, quase melancólico.

— Você é onipresente, como Ele. Vê nossa dor, nossas batalhas, nossa espera pela misericórdia sem que saibamos quando o Dia dos Justos vai chegar. Não vamos mais adiar isso — implorou Oz. — Pode tirar a Ressurreição dela?

Tânatos me olhou e eu me constrangi.

De repente senti uma imensa vontade de chorar, de colocar aos pés dele a dor que vinha carregando desde a primeira vida que vivi. Minha contrição deve ter sido nítida em minha expressão, pois a Morte se aproximou de mim como um pai indo ao socorro da filha machucada.

— Antes de terminarmos isso, gostaria que você pensasse a respeito de algo. Essência — disse, esticando as mãos em forma de concha. Ali dentro surgiu uma luz negra, uma demonstração de seu poder de escuridão. — Essa é a minha. Eu sou a Morte. A sua essência contém luz, mas ambas têm a mesma natureza.

— O que quer dizer com isso?

Ele recolheu as mãos, ainda me encarando.

— Há alguns anos conheceu o Exorcista Original — prosseguiu, atingindo num ponto delicado do meu ser. — A essência dos discípulos de Cristo e a autoridade em suas palavras são divinas e você as viu. Sabia que a família de Chastain é descendente direta de Pedro, São Pedro? O homem que negou a Cristo três vezes antes do galo cantar?

Não podia negar que as informações me encantavam, aquele momento era único, fervoroso como nenhum outro, mas o egoísmo da pressa ainda sobressaía.

— Essa essência que você viu em Chastain desde que colocou os olhos nele foi respeitada — continuou, num tom professoral. — Foi por aceitar quem ele era que você sugeriu que a união de vocês não fosse como a de casais humanos comuns. Quis sair pelo mundo ao lado dele, caçando demônios, sentindo a euforia de encarar o mal e sair vitoriosa. Sabia que se o obrigasse a ser um marido dentro de uma casa provinciana, a natureza dele o mataria. Ele nunca seria completamente feliz.

— Você está certo — respondi, sem precisar pensar muito. — Mas veja aonde isso nos levou. Eu me expus ao mal e, a partir do dia em que ele me viu, muitas pessoas morreram.

— Por causa da sua essência — emendou, também de imediato. — Por que respeita a natureza dos outros, mas repele a sua? Por que odeia o Criador, quando ele na verdade lhe imputou confiança? As decisões de fugir foram tomadas unicamente por vocês dois.

Oz rosnou, petrificado pela conclusão fria da Morte. Engasguei com o que deveria responder, atingida em cheio. Mas a decisão final não mudara. Não era o bastante, e olhando para o meu rosto ele poderia ler que eu não tinha alternativa.

— É isso que você quer? — indagou com cautela. — Tem certeza de que quer renegar sua natureza e pagar o preço por isso?

— Quero ser a última.

— Você é — disse, soando como um pastor ao pregar seu evangelho. — Mas tenho uma mensagem dele que acho que você gostaria de ouvir: seu nome, foi Ele quem soprou no ouvido de sua mãe. Não é mais chamada por esse nome, no entanto. Gostaria de tê-lo de volta?

Aguardou que suas palavras me ecoassem, trazendo à minha memória meu nome, a voz de Mirián, o olhar de Adrian e o toque do abraço de Pietro. A vida que valia a pena ser vivida... O Criador não teve misericórdia de mim antes, por que teria agora? O que eu tinha feito para atrair sua atenção além de invocar a Morte?

— Por quê? — sussurrei, o peito quase explodindo num choro convulsivo.

Caí de joelhos, minha mente inundada pelas vozes de todos aqueles que eu amava, chamando meu nome. Meu verdadeiro nome. Por que não poderia ouvir a voz d'Ele? Por que eu queria tanto ouvi-la agora? Desde quando lhe atribuía tamanho afeto, tamanha necessidade?

Oz se aproximou, mas a Morte abriu totalmente as asas e imperativamente ergueu a mão sinalizando para que se afastasse. Podia sentir a frieza que dele emanava, percebendo que me sentia bem com ela. Era a sensação da minha própria alma, cheia de morte, cheia de dor.

— Vai doer — disse-me, abaixando-se sobre mim.

— Não vai doer mais do que o peso que eu carrego.

Na última vez que alguém tinha me dito aquilo, eu tinha respondido a mesma coisa sem pensar.

Mais uma vez ouvi meu nome. Ele reverberou no vazio da minha mente até encontrar a imagem de minha mãe, Mirián, deitada em uma cama com um bebê nos braços. Um bebê que carregava a Ressurreição dentro de si. *Você agora é minha vida.*

Curvei o corpo e encostei a testa no chão. O choro me acometeu e a dor que senti me fez gritar, porém Tânatos ainda não tinha me tocado. Oz me ergueu pelos cotovelos, colocou meu corpo em pé e minha cabeça foi levantada pelo toque frio da Morte.

— Esse é o choro que pode ressuscitar os mortos — sussurrou, fascinado. — Pode olhar nos meus olhos enquanto acontece?

Cerrei os lábios e anuí. Meu peito continha soluços de um choro que em breve me dominaria. A expressão de Tânatos se fechou e os olhos se acenderam. Num movimento brusco a mão esquerda dele espalmou em meu peito, na região do coração. A dor começou a despontar, fria, queimando como gelo, mas exalando cheiro de fogo. Vi uma luz dourada acender e senti a proximidade dele, como se sua essência tivesse se fundido com a minha. Meus olhos se abriram quando a dor estancou num limite extremo e minha garganta arranhou, soltando um som rasgado que reverberou por todos os cantos.

Não fechei os olhos.

Encarei a Morte por todo o tempo enquanto ele me encarava de volta. Olhos púrpura, enquanto o meu verde refletia no dele. Demorou uma eternidade até a mão desgrudar do meu peito e eu finalmente poder ceder.

Oz me segurou, minha cabeça pendeu de encontro ao seu peito. Meu Guardião também chorava. As mãos enormes passaram em meu rosto e desceram até o peito, onde eu sentia a terrível dor.

— Ela foi marcada — disse sua voz animalesca.

A Morte ainda estava parada ali, nos olhando.

— Nos veremos em breve — pronunciou, calmo, com um sorriso sereno.

Um vento frio o varreu de nossa presença, deixando para trás um vazio absoluto, gélido.

Oz me virou de frente, procurou em meu rosto com uma ansiedade desesperada por algum sinal de vida, mas a dor ainda latejava na pele do peito, me fazendo soluçar. Desci a mão até ela, recuando ao sentir a queimadura. Decidi encará-la e vi a marca em minha pele. Era protuberante num tom rubro, crispada e assustadora. O mesmo símbolo que desenhei no chão para a invocação, o mesmo que fora colocado sobre a testa de Asmodeus.

— Está feito — falei, soluçando. — Eu me sinto vazia.

— De qualquer forma, isso não é bom, Valery — replicou, preocupado. — Essa marca pode ser uma maldição, tanto quanto uma bênção.

— Não importa. Eu estou vazia. Não tenho mais aquilo dentro de mim, Oz!

Os olhos negros do meu Guardião brilharam, querendo dizer algo com cuidado paterno. No instante em que sua voz arranhou a garganta, um ruído de comoção se levantou do lado de fora do Castle, como de muitos homens soltando um brado em direção a uma guerra.

— Exorcistas — disse Oz, olhando para o céu laranja do amanhecer iminente.

— Chas...

Corri, sem rumo e sem saber direito o que encontraria, colocando as pernas frenéticas em direção a qualquer vento que sinalizasse a saída.

Oz me seguiu até estarmos no corredor principal, depois na recepção e então do lado de fora, olhando pela escadaria que descia até o portão de metal escancarado.

Parei ali, sem compreender o que estava acontecendo lá embaixo. Um dos homens de batina, um dos exorcistas, erguia outro do chão. O homem desfalecido parecia pesado nos braços do outro, que se esforçava para carregá-lo enquanto o rosto se contorcia em tristeza.

Eu soube de imediato, mas não corri. Oz disparou em minha frente, deixando-me petrificada para trás, com uma frase engasgada na garganta seca.

Chas?

O corpo no ombro daquele homem... É Chas?

Meu Guardião soltou uma ordem para que ele fosse colocado no chão. O Exorcista lhe obedeceu com respeito, mas não medo. Ao colocar Chas no chão, vi quando o rosto lívido tombou para o lado, inerte.

Anestesiada, desci cada degrau um a um, devagar. Em meu âmago um grito estava parado, aguardando a hora de irromper o peito e esvaziá-lo.

É um sonho. Só pode ser um sonho. Tudo não passou de um pesadelo.

Desde Anastacia possuída por Baron naquela noite fria, até aquele momento, em que a Morte tomara meus poderes.

Ele não estava morto. Não pode estar morto.

Parei ao lado da cena, mas o braço imperativo de Oz tentou impedir minha aproximação. Num gesto histérico o afastei, colocando-me de joelho com as palmas no chão imundo. Ouvia a voz do Exorcista desconhecido conversando com meu Guardião, sem compreender o que diziam. Estava com os olhos secos, perdidos naquela imagem aterradora, incapaz até mesmo de articular uma palavra compreensível.

O rosto de Chastain jazia azulado, lábios roxos marcados por um filete de sangue que escorria do lado direito. Estiquei a mão trêmula sobre o peito, escorregando-a até tocar a ferida úmida na região do estômago.

— Não — soltei, o tom carregado de súplica. — Não, Chas!

Solucei de forma violenta, levando a mão aos lábios para segurar o choro. Não vi que minha palma trazia o sangue de seu ferimento, tingindo meu rosto do líquido rubro. Chorei alto, as mãos tremendo, sem saber onde colocá-las ou o que fazer com elas.

Chas estava deitado defronte a mim, usando ainda a batina emprestada de padre Angélico, esvaindo em sangue depois de ser ferido. *Alguém fez isso com você, Chas.* O assassinaram no exato momento em que eu renunciava meu poder. Meu gemido oco me fez retesar inteira, enquanto segurava o choro no fundo da garganta.

Só acorde, Valery! Só acorde!

Ergui meus olhos cobertos em ódio para o Exorcista que restara. Ele e Oz me encaravam em silêncio, ambos carregados em pena e pesar.

— Quem. Fez. Isso?

O rapaz me encarou, depois abaixou os olhos.

— Lucas Cervacci — respondeu sua voz de barítono. — O Bispo nos disse que puniria Henry por traição, mas não que iria executá-lo. Nós sentimos muito.

— Como ele pôde ter feito isso? — perguntei para ninguém em específico, quase rindo em desespero. — Chastain poderia ter se defendido, feito alguma coisa.

— Foi algo que Cervacci disse — respondeu o Exorcista, confuso.

Eu o matarei, maldito Cervacci! E entregarei sua cabeça numa bandeja de prata ao papa!

— Uma ordem Original — falei, choramingando. — Ele usou a arma que vocês usam para exorcizar e punir o mal.

— Não faria sentido — argumentou o estranho.

— Havia Magia Negra dentro dele, para aprimorar os poderes de Exorcista — choraminguei, sentindo a culpa por saber que ele tinha se rendido àquilo por minha causa. — A ordem funcionou por isso.

— Isso seria impossível. Padre Henry nunca cederia à... — O Exorcista se calou, mirando o corpo. Havia dor em sua expressão, por isso soube que ele e Chas eram amigos. — Eu sinto muito. Henry foi um dos melhores homens que já conheci.

— Onde Cervacci está? — perguntou Oz, em seguida.

Voltei a tocá-lo, pressionando o rosto frio entre minhas mãos. Não conseguia compreender, minha mente custava a aceitar. Nem me via pronunciar seu nome em sussurros desesperados, apertando o toque como se isso pudesse acordá-lo. A ferida aberta em seu estômago ainda sangrava.

Tinha sido cravada certeiramente, para matar, sem dar chances para que ele se curasse antes de parar seu coração. Fora desferida com tamanha precisão maldosa, assassina, a mesma precisão com a qual eu tiraria a vida de Cervacci.

O grito estava vindo.

O choro de dor querendo cavar para fora com garras envenenadas, abrindo meu peito com um rombo que jamais poderia ser curado.

Oz e o padre discutiam, mas eu não os queria ouvir. Olhando para o rosto apagado de Chastain, senti a visão turvar, a dor amortecer meus membros, minha alma descolar do corpo e pender num firmamento entorpecente.

Esse corpo frio morto, esses olhos vítreos. Não pode ser você, Chas! Não você, tão forte, tão vivo. Tão quente!

Fechei os punhos e os desci sobre o corpo, três vezes. Ouvi meus gritos, senti meu desespero, mas não conseguia parar. Só precisava que ele voltasse. *Por favor, Chas, respire! Respire, seu filho da puta!* Ao fim da terceira batida, deslizei a mão até o rosto e o puxei. Os olhos de citrino estavam abertos, parados na última imagem que ele tinha visto, tão distantes e sem vida. A primeira lágrima caiu, unindo-se ao sangue de sua morte.

Mas era Chas.

Meu Chas.

O homem que eu conheci numa cafeteria em Manhattan, que tinha me ligado numa noite de primavera e contado seus segredos. O homem cuja voz me acalmava e cujo toque me fazia acreditar que eu merecia aquele sentimento que despontava em meu peito. O homem que me deitara sobre sua cama, negara seu destino e enfrentara a Ordem mais poderosa do mundo por mim.

O homem que eu amava.

Outras lágrimas caíram e nenhum chão tremulou sob os meus joelhos. Não havia poder, não haveria ressurreição, porque eu tinha renegado àquilo. Por ele. Para ficar com ele.

Rosnei, tremendo.

— Oz! — chamei, sem saber o que dizia. — Ele fez isso. Ele fez de propósito!

Oz mandou o Exorcista embora dali num grito raivoso. Ficamos só nós três. Meu Guardião, um cadáver e uma mulher quebrada.

— Valery, não regrida. — Oz se ajoelhou, puxou meus braços com violência quando tentei me defender. — Eu vou encontrar Lucas Cervacci e vou fazê-lo pagar por isso.

Vou chegar primeiro que você.

— A Morte! — bradei, rouca em cólera. — Morte, seu desgraçado!

Meus gritos roucos eram viscerais. Faziam saliva voar para todo o lado, junto com as lágrimas que desciam em censura.

— Não, não o chame! — implorou a voz de animal raivoso. — Isso é regredir, Valery. Voltar ao que era antes de tudo. Você está com raiva, mas precisa pensar agora.

— Ele fez isso de propósito.

— Luccas Cervacci fez isso!

Engoli uma enorme quantidade de ar que provocou um ruído agudo. Solucei, quando Oz me abraçou e tentou conter meus socos, meus gritos, minha vontade de ferir alguém. O corpo sem vida de Chastain ainda estava ali, cheio das minhas lágrimas sem poder, da minha dor sem a Ressurreição.

Chas vencera Asmodeus e morrera nas mãos da Ordem.

Senti o vento frio reverberar em minhas costas e o rosto de Oz se erguer. A presença retornando.

Morte. O cheiro de cinzas impregnando o ar.

Saltei para ficar em pé, enxugando as lágrimas que vinham aos borbotões.

— Foi mais rápido do que imaginamos, esse reencontro — disse, impávido.

— Sabia que ele morreria?

— Sei de todos a quem eu toco, sim.

— Traga-o de volta — ordenei, erguendo a voz num tom histérico. — Por favor, tenha misericórdia e traga-o de volta. Ele fez alguma coisa com o Tomo dos Malditos e agora deve estar no inferno por isso!

— Tomo dos Malditos? — indagou a Morte, genuinamente surpreso.

— Eu deveria saber quando olhei para aquela bruxa...

Oz se precipitou sobre ele para atacá-lo, mas, sem um movimento sequer de Tânatos, seu corpo ficou estancado no lugar.

— Não importa nada agora — bradei, desesperada. — Só o traga de volta!

— Não posso fazer isso.

Oz se mexeu e segurou a respiração, me puxou pelos ombros e fechou as mãos com força, sabendo que meu peito ia convulsionar com o choro. Caí novamente ao lado do corpo e dessa vez o tomei, arrastei sobre o meu colo e o abracei, sem me importar se o sangue me sujaria, se o toque frio de sua pele me faria tremer.

— Valery, eu sinto muito — chorou Oz, passando a mão por minha cabeça. — Eu sinto tanto!

— Ele morreu, Oz. Chas se foi!

Eu não pude nem mesmo dizer que o amava. Engoli as palavras, afundando meu rosto em seus cabelos. Minhas mãos agarravam sua batina rasgada e a puxavam, sem saber o que fazer.

A dor. Tamanha dor. A impotência. O vazio.

Era aquilo que eu merecia?

— Você é tão tola, Valery Green — falou a voz da Morte.

Lá estava ele, usando padre Angélico como sua fantasia de carnaval, sorrindo sutilmente enquanto meu coração caía aos pedaços sobre o cadáver de Chas.

— Você é sádico.

— Não — negou enfaticamente, abaixando-se em minha frente para ficar na reta dos meus olhos. Sua mão se estendeu a mim e quando recuei, os olhos insistiram. Sem forças para lutar, deixei que me tocasse. Usando minhas lágrimas ele fez um sinal da cruz em minha própria testa. — Não encontro nenhum prazer na sua dor. Nunca encontrei prazer na dor de nenhum ser humano, embora tenha sido tudo que eu vi em meu trabalho.

— Você o levou.

— Sim. Levei muitas pessoas hoje. A alma de Henry Chastain passou por meus braços.

— O que você ainda está fazendo aqui se não pode me ajudar? Por quê?

— Porque você me deve agora e precisa entender isso. Você é minha por sua própria escolha — pronunciou com uma leve impaciência. —

Tamanho poder deixou marcas em você, na sua essência. Vou chamá-la quando for a hora.

Engoli os soluços, focando nele. Nos olhos obscuros e insondáveis da Morte.

— Não vai tocá-la de novo, seu filho da puta! — bradou Oz, com uma voz rasgada.

A Morte soltou um riso, mas nada havia de humor ou prazer em sua expressão. A minha visão, nublada pela cachoeira de lágrimas vazias que corria por meu rosto, conseguiu captar o movimento de Oz para golpear o ser à sua frente. Porém, num som oco de bater de asas, Tânatos não estava mais ali.

Ao mesmo tempo, como num paradoxo irônico do Criador, só havia morte ao meu redor.

64

Dois meses depois...

O noticiário da madrugada anunciava que a evacuação de Darkville havia sido concluída. Enverguei meu corpo sobre a poltrona, tentando chegar mais perto da televisão para não ter que aumentar o volume. Não queria que ninguém soubesse que eu ainda estava acordada.

A jornalista mostrava imagens feitas por helicóptero das ruas vazias da cidade, carros de portas abertas e rastros de sangue e sujeira já incrustados no chão pela ação do tempo. Não podia negar que aquelas imagens doíam tão profundamente, mas meu rosto congelado era incapaz de chorar ou expressar aquele sentimento agora.

— *Todas as casas já foram esvaziadas, e os pertences de valor, enviados aos moradores* — narrava a voz monocórdia da mulher, enquanto a câmera filmava de cima a rua da igreja, os jardins agora cinzentos da casa paroquial, abandonados. —*Alguns dos cidadãos de Darkville estão realocados em casas de familiares, outros em moradias cedidas pelo governo, porém todos estão auxiliados por profissionais na busca pelo estabelecimento de uma nova vida, longe dos acontecimentos desastrosos daquela noite.*

Fechei os olhos e me afastei do aparelho, suspirando longa e pesarosamente. Culpava-me por Darkville ter que virar uma cidade fantasma, perdida no mapa com milhões de segredos guardados. O governo não queria correr o risco de algo pior acontecer caso os moradores retornassem tão cedo, por isso fechou a área por tempo indeterminado. Estavam prontos para maquiar o que viram. Jamais relatariam exatamente o que tinham presenciado pelas ruas escuras da pequena cidade, quando padres empunhando armas tomaram a frente de uma batalha animalesca, cheia de cidadãos de olhos negros e garras afiadas atacando uns aos outros. Jamais admitiriam que tinham falhado ou que não detinham explicações para tudo aquilo, por isso modificavam as notícias e enchiam o povo com balelas rápidas, mudando o assunto da programação logo em seguida.

Eu ainda pensava em Angélico com o coração perdido numa tristeza silenciosa. Meu amigo fora tomado naquela batalha, sua alma ceifada, e seu corpo estava por aí, nas mãos de Tânatos, sem que soubéssemos suas intenções, embora tivesse certeza de que ele viria por mim, em breve. Tantos sacrifícios resultaram em múltiplas maldições e perdas.

Por um tempo culpariam Thomas Anderson por não ter ordenado a evacuação logo depois do incidente com as crianças. O policial falava comigo quase todos os dias, como se pesasse sobre mim a incumbência de aliviar sua consciência. Thomas não parecia se importar com aquela responsabilidade. Apesar de tudo, eu era grata por ele ter cedido ao meu pedido. Os mais de duzentos mortos daquela noite poderiam ser um número muito maior se Thomas não tivesse interferido.

Abri os olhos, respirando pausadamente para tentar espantar a dor.

Já fazia dois meses que eu estava alocada no meu antigo quarto na casa de Oz e Malik, no Brooklyn. Não saía de casa, mas recebia visitas de Axel e Denise, que insistiam em aparecer mesmo sabendo que eu me negava a conversar sobre aquele dia. Às vezes, mesmo com os dois presentes, eu entrava em um estado tão catatônico que era impossível falar comigo sobre qualquer coisa.

Chas. Que tivera o corpo reclamado pelos Exorcistas, transportado e enterrado num cemitério do Vaticano sem que eu tivesse o direito de estar presente. Chas, que fora arrancado de mim pela minha própria estupidez. Quase todos os dias experimentava uma convulsão de pânico que vinha junto à lembrança daquele cadáver sem vida em meus braços. Das lágrimas sem poder. Da marca que ainda estava dolorida em meu peito.

A Marca da Morte.

Minha mente ficava turvada pelas imagens dos mortos pelas ruas, os gritos de angústia dos familiares, o motor dos helicópteros da polícia pairando os céus, lanternas vasculhando e homens bradando ordens. Porém, era a morte dele que pesava mais, que me fazia querer vingança, que me fazia desejar derramar mais sangue...

Enquanto isso, na televisão, a jornalista já falava sobre algum concurso de bolos que aconteceria na capital no dia seguinte e em quanta animação o evento estava trazendo para os nova-iorquinos. *Eu duvido, querida, mas valeu a tentativa.*

Ouvi batidas fracas na porta do quarto. Encolhi-me no roupão peludo que me protegia do frio, na esperança de que ninguém entrasse ali. Oz entrou, no entanto. Caminhou pelo quarto que cheirava a mofo e depressão, desligou a televisão e sentou-se na beira da cama, em minha frente.

Seu rosto estava calmo, embora cheio de pesar.

— Valery...

— Pensou sobre o que eu falei? — perguntei num tom baixo, mas incisivo.

Há semanas eu vinha tentando persuadir Oz a ir comigo ao Vaticano, para assassinarmos juntos o Bispo Luccas Cervacci. Só não tinha ido sozinha ainda porque me sentia fraca demais, vulnerável de uma forma irritante que feria meu orgulho.

A resposta de Oz foi apenas enfiar a mão no bolso de seu roupão e, com uma expressão de certa expectativa, me mostrar dois papéis abertos como um leque. Vi o que eram. Meus olhos turvaram.

— Passagens — sussurrei, quase sem voz. — Para o Brasil?

Meu guardião anuiu.

— Vamos deixar a vingança para mais tarde — falou, quase como se fosse uma pergunta. Não era. — Você tem que contar ao seu irmão que ele não vai morrer nunca. Isso vai ser mais difícil que matar o chefão da Ordem do Dragão.

Segurei as passagens com as mãos trêmulas.

— Só tem duas.

— Malik não vai — sentenciou, ficando mais sério. — Não gosto de mentir para você. Ainda não achamos Vallena, nem o Tomo dos Malditos.

Quis me levantar, ter um rompante de raiva e profanar aquele momento quase sagrado com palavrões e promessas de morte, porém Oz me interceptou, mantendo-me sentada, acalmando-me apenas com o toque febril de suas mãos. Nossos olhos nivelados conversavam mais do que palavras poderiam expressar.

— Malik vai resolver isso — disse pausadamente. — Você e eu, vamos embora por um tempo.

Eu estava cansada demais para lutar, então fechei os olhos e cedi.

Por Chas.

Epílogo
Valery

Eu sou uma mulher feita de trevas.

Minha porta trancada não impediu a morte de me tocar, porém essas trevas não escondem o mal. Escondem as cicatrizes das minhas batalhas. Meu desejo oculto de vingança e os nós que deixei abertos para honrar a memória da única pessoa de alma pura que vi em toda minha vida. A pessoa que se entregou ao inferno para me salvar.

Nas minhas costas eu trago a Marca da Palavra que me faz invisível aos demônios, em meu peito a cicatriz da Morte, cujas mãos toquei e lábios beijei.

Tânatos, que virá me cobrar algum dia. Era a ele que eu pertencia agora.

Há muitos anos, com costas curvadas, atravessei um continente à procura de uma fuga obrigatória, deixando para trás aqueles a quem mais amava e a quem fiz sofrer por conta da luz que atraía a escuridão. Agora, depois de cada pedaço de minha vida falsa perder o sentindo, entrava em um avião com Oz sentado ao meu lado, fazendo a viagem inversa que fizemos há 12 anos.

No dia em que voei de São Paulo para Nova York assumi a identidade de Valery e me livrei de detalhes que me lembravam de quem eu era. O anel de esmeraldas que ganhei de minha mãe, quando fiz quinze anos, ainda estava guardado num compartimento de minha carteira velha. Tirei-o de lá, experimentando a sensação de formigamento que o ouro e as pedrinhas causavam na palma de minha mão.

Oz me observou fazer aquilo, vendo que eu não tinha coragem para prosseguir.

Pegou a diminuta joia entre aqueles dedos enormes e colocou no dedo médio da minha mão direita. Era estranho como ainda servia.

— Isso não precisa ser triste, Valery — sussurrou ele, fechando a mão sobre a minha. — Você não merece que isso seja triste.

Pisquei para espantar as lágrimas e forcei-me a devolver um sorriso fraco, porém sincero para ele. Desde a morte de Chas, Oz não mediu esforços para me amparar, enquanto Malik se ocupava a caçar Vallena e me manter longe daquela batalha entre as bruxas Covak.

Empurrei aquele problema para longe, tentando adormecer para encurtar a viagem. Porém ela foi tão curta a ponto de me deixar despreparada para o que viria depois.

Em muitos anos jamais pensei que estaria de volta, que poderia revê-los e que teria que dizer algo, explicar, talvez. Depois do avião e de mais três horas de ônibus, um táxi nos deixou no distrito industrial de Cerqueira César, no interior de São Paulo.

Sem que eu pudesse controlar, meus pés me conduziram para onde minhas lembranças mantinham intacta a imagem da casa dos meus pais. Lá estava ela, a fachada de tijolos à vista, o jardim bem cuidado e os pássaros assentando nos telhados. Oz disse que havia vozes lá dentro. Cinco adultos e uma criança.

— O que eu devo falar? — sussurrei para o meu guardião, que se postava ao meu lado, tocando minhas costas num sinal de incentivo.

Oz segurou minha mão com força, apertando o toque com veemência para corroborar que estava ao meu lado de todas as formas imagináveis.

— Diga que os ama e que sentiu falta de cada um deles, todos os dias.

Assenti, já segurando um choro iminente.

Soltei a mão de Oz, apertei a campainha e aguardei. Lancei um olhar para meu Guardião, mas ele não estava mais ali. Apesar de saber que estaria sempre por perto, mesmo que não fosse interferir, meu estômago se cobriu com uma nevasca de ansiedade.

Ouvi passos se aproximando da porta.

Era aquele o momento. Onde Valery ia morrer e a outra garota ia ressuscitar.

Mirián atendeu a porta dizendo um "pois não" solícito. Não consegui dizer nada, nem mesmo uma saudação. Ela escancarou a porta e arregalou os olhos, levando a mão à boca à medida que se dava conta de que a visão não era uma mentira.

Gritou o nome de meu pai, depois de Pietro e Adrian. Todos correram, enfileiraram-se à porta, olhando para mim com assombro, como se eu fosse um fantasma.

— É ela! — disse minha mãe.

Pietro tinha dúvida, Adrian tinha certeza. Meu pai desmoronava, como se pudesse desmaiar a qualquer momento.

Mirián saiu correndo, abriu o portão e saltou sobre mim, me agarrando com força e puxando minha cabeça para deitar em seu ombro. Ela chorou, copiosa, desesperadamente e eu pude chorar com ela. Aquele momento duraria para sempre, seria registrado em algum lugar do firmamento da criação humana.

Os olhos verdes dela encararam os meus e seguraram minha cabeça bem perto da sua, como se quisesse me prender pela eternidade. Então, sutil e com um choro emocionado, ela disse:

— Você finalmente voltou para casa, Zoé.

Cheia de Vida.

AGRADECIMENTOS

Eis a tarefa mais difícil de toda essa jornada que foi trazer *Lacrymosa* ao mundo literário: agradecer sem deixar ninguém de fora. Muita gente fez parte do processo como todo. Muita gente me influenciou, me inspirou, me deu forças e muita gente trabalhou diretamente no livro.

Primeiramente, a toda a equipe Increasy (Guta, Alba, Mari e Lívia), que apostou no livro, que me ajudou a melhorar a história, a preparar cada etapa dela com detalhes (noites acordada tomando chibatadas metafóricas no *coaching* dessas meninas). Em especial à Grazi, minha agente e minha amiga: você foi maravilhosa em cada momento, mulher. Minha Anja da Guarda realizadora de sonhos, eu te amo!

Aos leitores beta que leram este livro quando ele ainda era um *girininho* cheio de defeitos horrendos, mas que mesmo assim acreditaram que *Lacrymosa* tinha potencial: Giuliana Sperandio e Luiz Henrique Mazzaron, cada conselho e cada comentário foram importantíssimos para o resultado final. Italo Natã e Helena Dias, vocês são os melhores amigos leitores que eu poderia ter sonhado em ter. A outros leitores que impulsionaram minha carreira e nunca me deixaram desistir: Glaucia de Paula, Lari Patricio, Lari Escuer, Nuccia de Ciccio, Fran Nobre, Lilah Prates, Andy, Lua Andrade, Sabrina Oliveira, e muitos outros que não cabem aqui nestas páginas. Amigos escritores, Glau Kemp, Camila Pelegrini, Cláudia Lemes, Everaldo Rodrigues, Martha Ricas, Carol Camargo, Bianca Souza, Joyce Xavier,

Tatiane Durães, Adriana Chaves, Karen Alvares, obrigada pela torcida sincera, pelo apoio e pela companhia. Vocês são demais!

Ao André Vianco, nossa superestrela do terror, obrigada por ter aceitado fazer a quarta capa desse livro!

Equipe Aberst, meu muito obrigada pela acolhida, e por cada conversa no grupo. Espero que nossa associação só cresça e possamos ver mais nomes do terror nacional ganhando espaço no mercado editorial.

Neto, meu amorzão, obrigada por entender meus momentos de mergulho nas ideias, as ausências e as noites de ansiedade; você é o melhor companheiro, amigo e marido do mundo! Mãe, Ju e Pai, obrigada por estarem do meu lado e serem minhas inspirações. Eu amo vocês incondicionalmente.

A toda a equipe Bertrand, incluindo Ana Paula Costa, que me abriu essa enorme porta e me permitiu voar através dela, Renata Pettengill, que encheu o projeto de energia, e Marina Avila, que deu cor ao sonho e fez a capa mais maravilhosa que este livro poderia ter. A cada copidesque, revisor, diagramador e todo mundo que trabalhou no livro — vocês foram incríveis!

E a você, leitor! Meu muito obrigada por ter seguido até aqui e mergulhado com Valery e Chas nestas páginas. Essa história não nasceu da noite para o dia; foi intensa e foi tatuada em mim. Eu espero que ela acompanhe você por muitos e muitos dias após este término de leitura. Foi um prazer e uma honra ser lida por vocês.

Impresso no Brasil pelo
Sistema Cameron da Divisão Gráfica da
DISTRIBUIDORA RECORD DE SERVIÇOS DE IMPRENSA S.A.
Rua Argentina, 171 – Rio de Janeiro, RJ – 20921-380 – Tel.: (21)2585-2000